Le Cercle des mensonges

Hélène Amalric présente

Céline Denjean

Le Cercle des mensonges

BLACK LAB

Je dédie ce livre à Claude.
Sa présence à mes côtés et sa confiance intacte constituent une véritable force et une chance immense.
Je ne le remercierai jamais assez…

PARTIE 1

Jean de La Fontaine :
L'ingratitude et l'injustice des hommes envers la Fortune

[…]
Et si de quelque échec notre faute est suivie,
Nous disons injures au sort.
Chose n'est ici plus commune :
Le bien nous le faisons, le mal c'est la Fortune,
On a toujours raison, le destin toujours tort.

SONGE 1

Les cadavres qui jonchent mon jardin secret

Assis devant la grande baie vitrée, je fixe les flocons de neige qui tourbillonnent dans un silence ouaté, hypnotisé par cette danse de larmiches blanches qui duvettent mon gazon. J'aime la neige, je l'ai toujours aimée. Elle fait silence et pureté. Elle tait la cacophonie de notre monde agité, jugulant de sa chape les hurlements du dehors… et du dedans, aussi. Elle couvre les imperfections à perte de vue, et son suaire de nacre semble vouloir laver la Terre de ses péchés. Avec elle, tout est beau, doux, soyeux.

Mais c'est un leurre, bien sûr. La neige fond et la peau du monde tatouée d'horreurs ressurgit en s'égouttant. Hélas…

Je termine d'un trait mon verre de bourgueil et tends la main vers la bouteille pour me resservir, mais elle est vide. Dans un effort qui m'arrache un soupir, je m'étire et la pose à côté des deux autres sur la table basse, puis mon bras retombe lourdement sur l'accoudoir. Je voudrais me lever pour aller en chercher une autre au cellier mais je ne suis pas certain que mes jambes me porteront. Je me sens totalement groggy, ivre de vin et de stupéfaction. En boucle dans ma tête, je revois le film de ces dernières semaines, celles qui m'ont conduit à la nuit passée, et j'en reviens toujours à cette question qui peine à trouver une réponse : comment les choses ont-elles pu dérailler à ce point ? À quel moment fatidique ma vie a-t-elle quitté son orbite ? Qu'aurait-il fallu que je fasse ou ne fasse point pour éviter d'avoir aujourd'hui du sang séché incrusté le long de mes cuticules ?

Je me rends compte que j'observe mes mains d'assassin avec une sorte d'effroi et de fascination. J'ai frotté mon corps, j'ai brossé mes ongles, j'ai nettoyé chaque particule de ma peau mais le sang est là. Ineffaçable. Collé à ma rétine comme un filigrane sur une feuille de papier. J'ai commis l'irréparable. Et pourtant, je ne vois pas comment j'aurais pu l'éviter.

Peut-être que si je n'avais pas flambé ce soir-là... Je chasse l'idée aussi vite qu'elle surgit : absurde ! J'avais un carré de dames, c'était un boulevard ouvert devant moi. Tous les joueurs s'étaient couchés. Tous sauf Wang Fang. Je revois son visage impassible durant notre duel, ses yeux étirés comme ceux d'un chat entre veille et somnolence. J'étais sûr de mon coup. J'ai fait tapis. Lui aussi. Et il a gagné avec une quinte flush... En un coup de poker, j'avais tout perdu. Absolument tout. Mais j'étais alors à des années-lumière d'imaginer ce qui suivrait. De toute façon, à ce stade de l'histoire, comment aurais-je pu concevoir un instant que le neveu du ministre des Finances perdrait la vie ? À cause d'une quinte flush ?! Mais... est-ce vraiment là que s'est amorcée la spirale infernale ?

Non, ce qui m'a vraiment et définitivement mis dedans, c'est ce putain de divorce ! Je repense à Karen, à son inflexibilité. J'ai eu beau lui dire que Mina, Caroline, Jennifer et quels-que-soient-leurs-petits-noms ne comptaient pas, que c'était juste des seins ronds comme des pommes à croquer ou des fesses provocantes qui mettaient la queue au garde-à-vous, elle n'a pas voulu comprendre. Je grimace un sourire amer. Karen a toujours été un peu rigide... Peut-être bien que la racine du mal est là ? Après tout, quelle idée de se marier à une avocate en droit de la famille ! En cas de divorce, ça revient à signer un chèque en blanc... Et moi je n'ai rien vu venir de cette banqueroute-là. Il faut l'avouer, j'ai toujours été malavisé avec les femmes.

Les femmes... cette idée m'amène à Céline. J'ai encore du mal à croire que ce n'est plus son parfum qui imprègne mes mains, mais son sang... La belle Céline. La première et la seule avec qui le contrat était simple. Pas d'engagement, pas d'attachement. On était dans la même situation, chacun marié avec deux enfants. On s'est rencontrés à un colloque à Lyon alors qu'on habitait tous les deux la couronne toulousaine ! Ça a matché immédiatement. Il a suffi d'un seul regard. Le soir même, on baisait comme des lapins dans ma chambre d'hôtel. C'était tellement bien qu'on a voulu garder le contact. Mais Céline était prudente. Extrêmement prudente. À la lumière des événements qui se sont produits depuis, je ne peux que la féliciter. Notre relation a duré plusieurs mois, on se retrouvait dans un hôtel modeste mais propret à une encablure du périph. Et bon sang, qu'est-ce que c'était bon ! C'était animal, hormonal, jouissif et si j'avais dû nous donner une note sur l'échelle de la compatibilité sexuelle, je pense que je nous aurais mis un 10 sur 10. Puis le divorce a été prononcé et Karen a mis les voiles. J'ai alors eu la maison pour moi seul. Mes nouvelles disponibilités nous ont donné du champ. Céline et moi, on s'est vus plus fréquemment... Sans rien modifier de nos habitudes. À une clé près... celle de ma baraque. D'ailleurs, à bien y réfléchir, il est peut-être là l'élément fatal, le point de bascule... Dans cette simple clé qui a permis à Céline de m'attendre chez moi alors que je n'étais pas encore rentré. J'étais en retard. Bon OK, c'est un doux euphémisme... Pour être honnête, j'étais sacrément à la bourre !

Or rien ne serait arrivé si j'avais été à l'heure. Mais, pour cela, il aurait fallu que ce crétin de Thomas Andrieu – le neveu du ministre – n'entre pas dans l'équation. Ou que Wlad s'acquitte de la basse besogne sans moi. Ou encore que Karen ferme les yeux sur mes petites infidélités sans importance, ce qui aurait empêché que Céline ait la clé de la maison et entre chez moi ce soir-là...

La tête me tourne à force de ressasser. Ma langue est aussi lourde que le silence qui écrase l'atmosphère. Dehors, la neige a redoublé d'intensité. Elle floute ma vue et tisse un voile protecteur et irréel qui me sépare de la férocité de mon existence. Je ne vois plus rien, ni le paysage, ni l'abîme insondable qui s'ouvre à mes pieds... La neige n'a pas encore fondu, alors je me plais à croire que son duvet immaculé ne disparaîtra pas, dissimulant à jamais les cadavres qui jonchent mon jardin secret.

Grâce au clair de lune d'un ciel dégagé

Efia M'Bani jeta un œil à sa montre. 23 h 21. Plus qu'une poignée de minutes avant de débaucher, songea-t-elle en étirant ses lombaires. Elle fit rouler son chariot de nettoyage vers le couloir et referma la porte de la salle de réunion. Puis elle se ravisa, rouvrit la porte et vérifia l'angle droit de la pièce. Oui, elle avait bien replacé la plante verte sur son promontoire devant la baie vitrée. Son employeur avait été clair avec elle, il y allait d'un contrat qui rapportait gros et, compte tenu des tarifs négociés, BCM Entreprise était en droit d'exiger les meilleures prestations de ménage. Efia eut un sourire ironique. Elle se demandait bien à qui profitait le fric de BCM, parce que, au vu de sa fiche de paye en fin de mois, une chose était certaine, ce n'était pas à elle !

La minuterie s'éteignit et, éclairée par les veilleuses, Efia poussa son chariot dans le long couloir jusqu'à l'ascenseur en bout d'aile, côté droit – Nadia, aux étages inférieurs, utilisait l'ascenseur côté gauche –, et appuya sur le bouton d'appel. L'ascenseur sortit du mode veille et les lumières s'activèrent au moment où les portes s'ouvrirent. Elle fit rouler son chariot à l'intérieur et, comme elle se plaisait à le faire chaque soir où elle travaillait, se plaqua contre la paroi de verre qui offrait une vue panoramique de la ville. Alors que la cabine entamait sa lente descente depuis le vingtième et dernier étage du building BCM, elle balaya des yeux le serpent de rocade et les boulevards lumineux qui sillonnaient le parterre d'immeubles des quartiers périphériques au sud de Toulouse. La femme de ménage avait descendu environ cinq étages, quand son regard fut attiré en contrebas par de l'agitation sur le toit de l'immeuble voisin en cours de construction.

Grâce au clair de lune d'un ciel dégagé, elle distingua trois hommes au sommet de la structure de béton brut, hérissée de picots de fer, à côté de laquelle une grue gigantesque étirait ses bras d'acier. Deux types très balèzes traînaient de force quelqu'un qui avait tout d'un jeune si elle en jugeait à ses vêtements et à sa frêle carrure. Il semblait pousser des cris et tentait de résister à l'étau humain en se débattant, mais c'est à peine si ses pieds touchaient le sol. Efia se raidit et son cœur commença à s'affoler lorsque le trio flirta dangereusement avec la bordure du toit. L'un des types – numéro un – dégaina alors une arme de son épais blouson et la braqua sur la tempe du jeunot, tandis que son acolyte – numéro deux – sortait un portable de la poche arrière de son jean et obligeait le jeune à manipuler l'appareil. Aux gestes qu'il fit, Efia songea à l'envoi d'un texto mais elle ne pouvait en être certaine… Dès que le gringalet eut fini, numéro deux récupéra le portable et le glissa dans le blouson du jeune. Et là, sans attendre et sans état d'âme, les deux armoires attrapèrent le jeune homme sous les aisselles et, dans un mouvement aussi rapide qu'énergique, le soulevèrent du sol et le balancèrent dans le vide, tête la première.

Efia eut un haut-le-cœur et porta instinctivement ses mains devant sa bouche pour juguler un cri d'horreur. Quelques microsecondes qui lui parurent durer une éternité filèrent, pendant lesquelles elle eut le sentiment de chuter elle-même. Ses intestins se soulevèrent, son ventre se tordit sous l'effet du stress, et sa mâchoire se décrocha dans un braillement silencieux qui résonna pourtant à ses oreilles… avant qu'elle comprenne qu'il venait du dehors, qu'il s'agissait du hurlement du gamin qu'on venait de jeter du sommet d'une tour comme une vulgaire poupée de chiffons. Suivit un silence brutal à peine rompu par le ronronnement de l'ascenseur… Sidérée, Efia fixait les tueurs qui rebroussaient chemin – bonnets enfoncés jusqu'aux oreilles, allures de brutes épaisses – et ne réalisa pas que la cage de verre éclairée dans laquelle elle se trouvait s'apprêtait à passer à hauteur du toit voisin. Mais lorsque l'attention de numéro deux fut attirée par le mouvement lumineux et qu'il tourna vivement la tête vers elle, la femme de ménage se sentit comme un lapin pris dans le faisceau d'un phare. La scène ne dura pas plus de deux secondes, mais Efia eut le temps de sentir une terreur profonde couler en elle comme une lave pétrifiant tout sur son passage. Le regard fixe et menaçant du criminel lui fit prendre conscience du danger. Elle poussa alors un petit cri surpris. Bondit en arrière. Percuta son chariot. Manqua de le renverser. Le retint dans un fatras de mouvements désordonnés, et, choquée, se laissa finalement glisser par terre. Tremblements des mains, puis du corps tout entier. Sueur. Tics nerveux. Regard stupéfait, incrédule, dévoré par la peur. Efia n'avait plus que dix étages pour réfléchir à ce qu'elle devait faire, mais son cerveau tournait dans le vide, gagné par la panique. Numéro deux l'avait repérée ! Il l'avait fixée avec une intensité à glacer les sangs ! Elle pouvait peut-être le reconnaître, le confondre ! Elle avait vu son visage ! Peau blanche, nez cassé de boxeur, pommettes saillantes, menton carré et petits yeux clairs enfoncés sous des arcades sourcilière proéminentes. Elle venait d'être témoin d'un meurtre, bon sang ! En se disant cela, la femme de ménage laissa échapper un glapissement.

Quand les portes s'ouvrirent sur le rez-de-chaussée, Efia se mordit les lèvres au sang. Le couloir sombre lui parut immédiatement hostile et elle demeura prostrée par terre, le cœur battant, paralysée. Un laps de temps affolé, sans contours, fila. Soudain, un bruit de porte qui claquait au rez-de-chaussée résonna, amplifié par la gorge du couloir silencieux. Efia manqua de hurler. Elle plaqua une main sur sa bouche et, de l'autre, tâtonna au-dessus d'elle, enfonçant nerveusement des touches au hasard sur le pavé numérique fixé à la paroi. Un *clong* se fit entendre et les portes commencèrent à chuinter dans leurs rails, à une lenteur effrayante. Efia voulut tendre l'oreille vers les bruits du couloir mais la terreur distillait son poison et elle ne percevait que les palpitations de son cœur qui cognait à ses oreilles. Les yeux exorbités, elle fixa alors le lent mouvement des portes, redoutant à chaque instant de voir surgir une main dans l'interstice. Mais, à son grand soulagement, l'ascenseur se referma enfin et repartit vers les étages.

Efia poussa un long soupir et s'obligea à respirer lentement. Les visages d'Ali et de Fatia s'invitèrent alors dans son esprit. La mère de famille s'accrocha de toutes ses forces à cette image. Elle se concentra sur leurs deux bouilles d'anges, leurs cheveux crépus, leur peau sombre et douce, leurs petites dents blanches, et un sursaut vital jaillit en elle. Ses enfants l'attendaient ! Ils avaient besoin d'elle ! Que deviendraient-ils s'il lui arrivait quelque chose ?!

Qui les protégerait ? Qui les aimerait contre vents et marées ? Galvanisée par ces pensées, Efia parvint à se relever et à recouvrer ses esprits. Les deux types n'allaient peut-être pas vouloir la laisser filer. Mais contrairement à eux, cet immeuble, elle le connaissait comme sa poche !

Rapidement, elle balaya les différentes options qui s'ouvraient. En toute logique – c'est ce qu'aurait fait n'importe qui à sa place –, elle n'avait qu'à se terrer dans l'un des cent bureaux disponibles, appeler la police et attendre sagement que celle-ci arrive. Mais voilà... Efia n'était pas n'importe qui. Elle vivait et travaillait en France depuis plus de sept ans. Y payait des impôts. Avait même scolarisé ses deux jeunes enfants. Mais elle était en situation irrégulière. Elle faisait partie de la horde invisible des sans-papiers, des étrangers présents illégalement sur le territoire, avec – cerise sur le gâteau – une OQTF[1] au derrière ! Appeler la police, ça revenait pour elle à se jeter dans la gueule du loup... Impossible !

Efia visualisa mentalement les différentes sorties du building. Elle pouvait tenter sa chance car, sauf erreur de sa part, entre les sorties de service, les issues de secours, les portes latérales et l'entrée principale, il existait une bonne dizaine d'accès vers l'extérieur. Le hic résidait dans le risque de tomber dehors nez à nez avec un des deux types. N'avaient-ils pas tout intérêt à l'attendre ?! *Ils ne savent pas que tu n'as pas de papiers, ils ignorent que tu ne peux pas joindre la police*, se matraqua-t-elle. Certes... mais rien ne les empêchait de faire le guet et de prendre le large si la police débarquait ! N'agirait-elle pas comme ça à leur place ?!

L'ascenseur s'immobilisa et les portes s'ouvrirent. Efia se trouvait au quatorzième étage. Elle repensa au bruit de porte qu'elle avait entendu au rez-de-chaussée et marqua une hésitation. Si les deux hommes avaient réussi à entrer dans le bâtiment, ils pouvaient à l'instant même suivre en direct les mouvements de l'ascenseur. Efia jeta alors un œil au pavé numérique. Sous l'effet de la peur, elle avait appuyé à l'aveugle sur trois autres étages. Elle décida de brouiller totalement les pistes et pressa chacun des boutons. L'ascenseur mettrait ainsi plusieurs minutes à redescendre et cela allait lui laisser le temps de se cacher.

1. Obligation de quitter le territoire français.

Elle abandonna son chariot de ménage derrière elle et se précipita dans le couloir sans activer la minuterie. Un coup d'œil à sa montre lui indiqua 23 h 33. Lorsqu'elle parvint à la porte desservant l'escalier, elle la poussa et dévala silencieusement deux étages. Elle s'enfonça alors dans le couloir du douzième et opta pour un des bureaux du service comptabilité qu'elle ouvrit à l'aide de son passe avant de s'enfermer à l'intérieur. Malgré la terreur qui se propageait en ondes dans son corps, elle se raisonna. Vingt étages. Six à huit bureaux par étage, plus les open spaces, les salles de conférence, de réunion, de pause-déjeuner, les W-C... Une bonne moitié de pièces fermées à clé. Quasi impossible pour les deux types de la déloger. Elle était beaucoup plus en sécurité à l'intérieur qu'à l'extérieur... Alors elle se glissa sous l'un des bureaux, ramena le fauteuil vers elle et, d'une main tremblante, sortit son téléphone portable de la poche de son jogging. Elle réfléchit quelques secondes, pesa le pour et le contre, puis se décida. Rien ne comptait davantage que ses deux loulous et, pour eux, elle devait parer à toute éventualité... Si jamais le pire se produisait, Cynthia ne devait pas se retrouver démunie. Il faudrait qu'elle agisse rapidement et efficacement. Efia fit tourner les mots dans sa tête et tapota fébrilement son texto qu'elle envoya après plusieurs relectures. Il était 23 h 41 quand elle alla sur les paramètres de son téléphone et activa « Réinitialiser tous les réglages ». Son smartphone moulina plusieurs secondes avant de retourner à son état d'origine, vierge de tout contact, de toute photo et de tout échange. On n'est jamais trop prudent...

***

Les premiers rais d'un jour diaphane percèrent entre les persiennes du bureau. Efia se réveilla en sursaut d'une somnolence inquiète. Elle regarda sa montre, il était déjà 7 h 38 ! Elle sursauta, les premiers employés n'allaient pas tarder ! Une vague de soulagement coula en elle : elle était saine et sauve... Puis son instinct reprit le dessus : elle devait s'éclipser avant l'ouverture des bureaux. Elle s'extirpa de sa cachette, déplia son corps en grimaçant, se précipita vers la porte et tendit l'oreille. Tout semblait parfaitement calme. Elle combattit son appréhension et déverrouilla la porte précautionneusement. Un regard dans le couloir, à gauche, à droite. Personne.

La femme de ménage se dirigea vers l'ascenseur et s'apprêtait à appuyer sur le bouton d'appel quand elle se ravisa. De manière absurde, une image avait surgi, celle du type au bonnet tapi dans la cabine. Peut-être l'attendait-il depuis minuit… Tout bien pesé, autant limiter les risques. Elle décida de descendre à pied. Elle revint sur ses pas, poussa la porte qui donnait sur les escaliers et entama sa descente des marches avec lenteur, l'oreille tendue, prête à remonter en courant si le moindre bruit lui parvenait. Les étages défilèrent un à un sans que rien ne l'alarmât. Six minutes plus tard, elle parvint au rez-de-chaussée. Elle ouvrit la porte, le cœur battant à rompre, attendit sans bouger et osa finalement passer la tête. Le couloir, arrosé d'une pâleur grise propre aux journées d'hiver, était désert. Désert et sinistre. Efia se dirigea à pas rapides vers les vestiaires. Elle passa devant l'ascenseur et se souvint de son chariot de ménage qu'elle avait abandonné à l'intérieur. Elle appuya sur le bouton d'appel et les portes s'écartèrent, révélant son matériel. Elle le récupéra d'un geste nerveux et fila vers les locaux techniques au pas de course. Dès qu'elle eut ouvert la porte, la bouche sombre aux odeurs de détergents la dissuada d'aller plus loin. Elle poussa sans ménagement et à l'aveugle son chariot à l'intérieur et s'empressa de refermer la porte. Puis elle courut jusqu'aux vestiaires, alluma la lumière crue des néons, et attendit quelques secondes en plissant les yeux.

Le local ne faisait guère plus de huit mètres carrés, avec un banc au milieu et des casiers le long des murs. Non, personne ne l'attendait ici, prêt à lui sauter à la gorge ! Efia défit nerveusement son cadenas, ouvrit son casier et enfila sa doudoune. Au même moment, une porte s'ouvrit et se referma dans un claquement, suivi de bruits de pas. La femme de ménage sentit de nouveau une onde de stress lui lacérer le ventre. Elle se figea, terrorisée. La pendule murale indiquait 7 h 52 et son tic-tac commença à marteler le temps comme dans un décompte funeste. Efia entendit nettement se rapprocher des semelles qui couinaient sur le carrelage. Les pas parvinrent à sa hauteur mais ne ralentirent pas. Quelques secondes plus tard, le *clong* de l'ascenseur retentit. Efia se relâcha. Ça devait être un employé ! De fait, quelques instants plus tard, de nouveaux bruits lui parvinrent de l'entrée principale. Des gens arrivaient, drainant avec eux les échos des vivants : conversations, petits rires, talons claquant sur le carrelage… La femme de ménage resserra ses lacets de tennis à la hâte, attrapa son sac à main, referma son casier et sortit des vestiaires. Puis elle remonta le long couloir jusqu'à la porte de sortie, croisant ces inconnus dont elle nettoyait les bureaux, arrosait les plantes et vidait les corbeilles depuis deux ans, et qui ne soupçonnaient même pas son existence.

Elle franchit la porte du building à 7 h 59, en songeant que Cynthia devait déjà être en train d'accompagner Ali et Fatia à l'ALAE[1]. Chaque matin, cette dernière prenait le bus entre 8 h 10 et 8 h 15 pour embaucher à 9 heures à l'usine. Du fait de ses horaires, Cynthia s'occupait des petits le matin, mais généralement, Efia pointait le bout de son nez pour les embrasser avant leur départ. Ce matin, elle ne les aurait même pas vus…

Dehors, le froid la saisit immédiatement. Efia resserra contre elle les pans de sa doudoune et fonça droit vers la bouche de métro située à six cents mètres. D'ordinaire, elle faisait le chemin de nuit, sous l'arrosage des lampadaires qui bordaient la rue Vauquelin, une voie sinistre au cœur de la zone industrielle prise en étau entre le périphérique et l'université Jean-Jaurès. Là, sous la lumière falote de ce matin terne et glacial, elle peinait presque à reconnaître le paysage. Des grappes d'employés ou d'ouvriers pressés traversaient les parkings au pas de course, les néons des enseignes le long de l'artère crachaient leurs réverbérations criardes jusque sur le bitume, et des sarabandes de voitures éclaboussaient le calme habituel de leurs bruits de moteur et de leurs coups de Klaxon. Les odeurs aussi la saisirent. Celle des gaz d'échappement dans l'air froid. Ou celles des parfums des employés qui se hâtaient vers une des enseignes de la zone. Efia sentit sa tension diminuer. Elle avait échappé aux représailles, elle retrouvait l'animation rassurante du monde ordinaire. Les ombres de la nuit se délitèrent légèrement, rendant presque improbable la scène atroce à laquelle elle avait assisté. Mais à peine se dit-elle cela qu'elle entendit des sirènes hurlantes déchirer le bourdonnement familier des vivants. Des sirènes en approche, sans nul doute.

Immédiatement, elle se crispa et jeta un œil par-dessus son épaule, vers la tour voisine de celle qu'elle venait de quitter. Rien, pourtant, ne trahissait une agitation particulière. Le gamin avait été balancé de l'autre côté de l'immeuble, sur une étroite voie de

1. Accueil de loisirs associé à l'école.

desserte coincée entre la rocade et l'arrière du bâtiment. Le corps avait-il déjà été repéré ? Par un employé, du haut de son bureau ?

Ça ne la regardait pas ! Ce n'était pas son histoire ! Son histoire à elle, c'était celle d'une clandestine en lutte pour sa survie ! Son histoire, c'était celle d'une mère qui devait protéger et éduquer ses enfants ! Son histoire, c'était celle de l'individualisme farouche des parias de la société, de ceux qu'elle a mis au ban et exclus des institutions et de leurs mains protectrices. Efia réprima un hoquet, le cœur au bord des lèvres à cause de l'inhumanité à laquelle elle se trouvait réduite. En remontant l'avenue de l'université, elle distingua enfin l'entrée du métro à une centaine de mètres et ralentit instinctivement le pas. Un attroupement s'était formé et des lumières bleues clignotaient, annonciatrices d'un sinistre présage. Des badauds – étudiants pour la plupart – s'agrégeaient au spectacle en sortant du métro tandis que d'autres, repus, s'arrachaient à l'amas humain, s'empressant de filer vers l'université en pianotant sur leur téléphone. Efia eut une sorte de pressentiment confus mais tenace. Elle s'approcha à pas vifs et parvint à se faufiler au travers de la grappe serrée des curieux. Trois jeunes flics bataillaient pour maintenir la foule à distance respectable, mais le périmètre délimité par les rubalises était tellement étroit que le premier rang pouvait pleinement profiter du spectacle : des techniciens de scène de crime étaient déjà à pied d'œuvre, vêtus de leurs combinaisons intégrales. Efia eut le sentiment d'être passée de l'autre côté d'un écran de télévision et de nager en pleine fiction. Autour d'elle, les gens parlaient, et elle saisit des bribes de conversation : une femme de couleur… des coups de poignard… Puis l'un des TIC surgit de derrière une rangée de conteneurs. Il tenait à la main un grand sachet en plastique dans lequel se trouvait un sac à main. Efia sentit ses jambes se dérober. Ce sac, elle le reconnaissait parfaitement ! C'était celui de Nadia, sa collègue. Un faux Vuitton acheté deux semaines plus tôt au marché aux puces Saint-Sernin. Nadia ne cessait de faire la belle avec…

Horrifiée, Efia recula. L'angoisse l'avait prise à la gorge et elle se sentit subitement oppressée par tous ces gens agglutinés autour d'elle. Le souffle court, elle dut jouer des coudes pour s'extirper de la foule avant de se trouver mal. Lorsqu'elle réussit à s'éloigner, elle aspira de grandes goulées d'air en tentant vainement de combattre le sentiment vertigineux que sa vie était en train de basculer en enfer.

Son cerveau moulinait à plein régime. La victime, c'était Nadia ! Et si… et si le sale type au bonnet l'avait prise pour elle ? Après tout, la vision qu'il avait eue d'elle derrière la paroi de verre avait été fugace ! Nadia était également africaine. Même peau brune. Même gabarit. Même âge à trois années près… Et puis, les Blancs ne distinguent pas les traits africains ! Elle était bien placée pour le savoir, elle qui utilisait la carte d'identité d'une lointaine cousine depuis plus de sept ans. Or, de sa cousine ou de Nadia, nul doute, Nadia lui ressemblait bien davantage !

Efia réprima un haut-le-cœur et s'engouffra dans le métro, aussi paniquée que si elle avait le diable aux trousses. Qui étaient ces deux individus ?! Que cachaient-ils pour aller jusqu'à tuer une femme innocente ? Et que se passerait-il s'ils se rendaient compte de leur méprise ? Une minute plus tard, elle s'engagea dans les Escalator et une puissante montée d'adrénaline la fouetta. Elle retrouva d'un coup toute sa lucidité et la raison prit le pas sur ses émotions. L'enquête autour de Nadia allait attirer la police chez son employeur et ça, c'était déjà en soi une très mauvaise chose. Mais le pire était ailleurs, en lien avec les tueurs. S'ils apprenaient qu'ils n'avaient pas éliminé le bon témoin, elle se retrouverait en danger de mort et ses enfants seraient aussi exposés à ces deux assassins… La jeune femme sentit comme un coup de poignard lui perforer le ventre. Dans sa situation, le champ des options était plus que restreint. Pour protéger sa famille et se protéger elle-même, il n'existait qu'une seule issue : disparaître.

Efia serra rageusement les poings : en une nuit, elle avait tout perdu, passant de l'état de clandestine à celui de fugitive…

Le cadavre exhibait la sauvagerie dont il avait fait l'objet

Le lieutenant Urbain Malot laissa courir son regard sur le serpent de bitume qui luisait sous les flaques de lumière blanche des lampadaires en bordure de rocade. Côté conducteur, le major Margaux Dutilleux faisait de son mieux pour gagner du temps, slalomant entre les voitures, sirène hurlante. 8 h 39, en semaine. La pire des configurations pour circuler dans Toulouse...

— On sera sur place dans trois à quatre minutes, lança Margaux en faisant une queue de poisson à un poids lourd pour se rabattre vers la sortie « La Faourette ».

— Si on arrive entiers, commenta Urbain, laconique.

Margaux éteignit la sirène en levant les yeux au ciel et préféra changer de sujet.

— On a quoi comme infos ?

— Le peu que m'a dit la proc : la victime s'appelle Nadia Sissoko. Trente-deux ans. Malienne, d'après le titre de séjour retrouvé dans son sac à main.

— Une idée de la nature du crime ? Crapuleux, raciste, sexuel ?

— Difficile à dire pour l'instant. On en saura plus sur place avec Pom.

Margaux sortit d'un grand rond-point à toute berzingue et s'engagea sur l'avenue de Tabar. Là, elle réactiva la sirène deux-tons et s'offrit une voie de circulation entre les deux réglementaires. Parvenue à un nouveau rond-point, elle se rabattit vers la première sortie et coupa la trajectoire d'une Clio rouge. La voiture pila en plein carrefour et sa conductrice réprima *in extremis* un coup de Klaxon pour ne pas s'exposer aux foudres policières. Parvenus devant l'attroupement, Urbain et Margaux descendirent de voiture. Tous deux durent jouer des coudes pour s'approcher. Quand Urbain repéra un agent, visiblement débordé, il lui brandit sa carte sous le nez et lui ordonna d'un ton agacé :

— C'est quoi ce foutoir ? Agrandissez-moi le périmètre et écartez-moi tous ces gens !

— Ben... J'essaie, mais...

Margaux, dépitée par la mollesse du jeune bleu, secoua la tête et décida qu'il était temps de donner de la voix :

— Messieurs-dames, s'il vous plaît, écartez-vous maintenant ! Laissez-nous travailler, circulez ! Allez, circulez, j'ai dit !

Son autorité naturelle et sa détermination vinrent rapidement à bout des protestations et le lieu fut vidé en moins de trois minutes. Deux agents s'empressèrent alors de définir un large périmètre et de tendre des bâches pour éviter que de nouveaux badauds ne se massent à proximité de la scène de crime.

— Salut, Margaux, lança alors une voix dans son dos.

Elle se retourna et découvrit Bertrand Pom, le légiste.

— Bonjour, Bertrand.

— Le Zèbre n'est pas avec toi ?

— Si, si... (Elle regarda autour d'elle.) Là-bas, il est avec la proc, fit-elle avec un signe de tête.

— Vous n'êtes pas en avance, dites-moi !

— Tu le diras au Zèbre ! J'ai dû aller le récupérer à Léo-Lagrange.

— Il nage à 8 heures du matin ?!

— Il était dans le bassin à 7 heures, figure-toi ! répondit Margaux en haussant les épaules. Il est un peu frappé, si tu veux mon avis. Enfin, bon, on ne le changera pas !... Sinon, tu as vu le corps ?

— Oui, je viens juste de finir... Viens, je te montre.

Margaux emboîta le pas au légiste qui contourna une rangée de conteneurs et s'arrêta. Devant lui, s'ouvrait un goulot d'un mètre de large pris en sandwich entre un haut mur et l'alignement de poubelles. À peine éclairé par la lumière grisonnante qui peinait à s'engouffrer, le corps d'une femme gisait au fond du boyau dans une flaque de sang impressionnante.

— On n'entre pas à deux, fit-il. Tu peux y aller, les TIC ont fait leurs prélèvements... Vu l'environnement et la nature du crime, on n'a pas beaucoup d'éléments à glaner ici, expliqua Pom en rallumant le projecteur qui leur avait servi un peu plus tôt.

Margaux se faufila alors dans l'étroit passage, réprimant un haut-le-cœur à cause des relents de déchets qui flottaient dans l'air. Désormais arrosé d'une lumière crue, le cadavre exhibait la sauvagerie dont il avait fait l'objet. Le sang presque séché avait noirci par terre et des traces rouge vif se détachaient en éclaboussures et en giclées sur le flanc d'un des conteneurs verdâtres.

— Elle a été poignardée, lança Pom dans son dos. Trois coups de couteau. Un au niveau de l'abdomen, un autre au niveau du cœur et un troisième – probablement le coup mortel – qui lui a transpercé la jugulaire.

— Elle a été tuée ici ?

— *A priori*, oui. On n'a trouvé aucune trace de sang ailleurs.

— Je vois... Son agresseur a dû la contraindre à s'engager dans ce boyau pour la planter à l'abri des regards.

— Il y a de fortes chances, en effet.

— On a quoi ?

— Une empreinte de pas bien nette à peu près là où tu te trouves, les relevés ont été faits.

— L'arme du crime, on l'a retrouvée ?

— Non. Le type a dû partir avec. Mais pour plus de sécurité, Barraud de la scientifique a fait poser des scellés sur les poubelles.

— OK. Des traces d'agression sexuelle ?

— *A priori*, non. Je confirmerai avec l'autopsie mais le premier examen ne révèle rien de cette nature.

— Il s'agirait d'un crime crapuleux ?

— Son sac semble intact : on a trouvé papiers, carte bancaire, argent liquide et téléphone portable.

Margaux s'arracha à la crudité de la morte qui jonchait le sol comme un vulgaire déchet et rebroussa chemin. Urbain Malot surgit à ce moment précis.

— Salut, le Zèbre, lui lança Pom.

— Salut, Bertrand.

Les deux hommes échangèrent une poignée de main vigoureuse.

— Alors, si j'ai bien compris, le crime ne serait pas crapuleux ?

— Ce n'est pas à moi de le dire ! En tout cas, rien ne semble avoir disparu dans le sac à main.

— OK... L'autopsie aura lieu quand ?

— Euh, en fin de journée, vers 17 heures. C'est bon pour vous ?

— On va faire en sorte !

— Parfait. Alors je file, j'ai du boulot par-dessus la tête à l'IML[1]. À tout à l'heure.

Les policiers regardèrent Bertrand Pom, une grande perche filiforme, se faufiler derrière les bâches et disparaître. Malgré ses cinquante ans, Pom avait l'air d'un adolescent avec son jean taille basse tire-bouchonné au niveau des chevilles, ses Doc Martens sans lacets et sa démarche dégingandée.

— Bon, va falloir qu'on se tape la visite à la famille, expliqua Urbain. D'après les papiers retrouvés dans le portefeuille de la victime et notre banque de données, Nadia Sissoko habite à Mermoz. Elle a trois enfants et est mariée à Djibril Sissoko, un chauffeur-livreur déjà épinglé par nos services pour recel et vente de contrefaçons. Le gus n'a pas l'air d'être une grosse pointure mais... Mais rien n'exclut qu'il ait trempé dans un trafic plus louche.

— Et que sa femme ait été victime de représailles... le coupa Margaux.

Le portable d'Urbain sonna pile-poil à ce moment-là. L'homme grimaça avant de balancer à Margaux :

— C'est Chabrol.

Margaux esquissa un sourire compatissant. Chabrol, le commissaire à la tête du SRPJ[2], était arrivé trois mois plus tôt à l'Embouchure. C'était un type froid et plutôt autoritaire, pas vraiment du genre à susciter la sympathie. Dès le début de l'échange téléphonique, elle vit son collègue froncer les sourcils et opiner de la tête, l'air soucieux. Comme il le faisait souvent quand il avait une conversation sérieuse, le Zèbre se mit à frotter le sol du bout de sa semelle droite, chassant un caillou invisible. Puis il conclut avec une formulation qui permit à Margaux de comprendre que quelque chose d'important venait de redéfinir l'ordre des priorités.

— Qu'est-ce qui se passe ? demanda-t-elle dès qu'il eut raccroché.

— Thomas Andrieu.

— Le jeune qui a disparu, celui dont parlent les tabloïds ? Le neveu du Premier ministre ?

— Ne parle pas de malheur ! Le neveu du ministre des Finances, c'est déjà bien suffisant !

— Oui, OK, et donc ?

1. Institut médico-légal.

2. Service régional de police judiciaire

— Son corps vient d'être retrouvé à l'instant.

— Et ?

— Et vu qu'on est vernis, ça s'est passé à moins d'un kilomètre d'ici.

— Ne me dis pas qu'on hérite aussi de ça ?!

— Ben… Chabrol veut qu'on profite d'être sur place pour aller jeter un œil. À première vue, le gamin a sauté dans le vide.

— Pff… sérieux ! Pourquoi t'as accepté ?!

— Je n'ai pas eu mon mot à dire, je te signale. Chabrol m'a donné un ordre, répondit-il d'un ton égal.

La jeune policière lui lança un regard excédé.

— Je sais… reprit Malot, mais vois le bon côté des choses : si c'est bien un suicide – comme doit le confirmer le médecin –, on procède aux vérifications de base et *basta, terminado*. Fin de l'histoire.

— Tu as l'air bien sûr de toi ou je me trompe ?

— Disons que le môme a envoyé un texto d'excuse à son père juste avant de sauter dans le vide.

— Je vois… Et pour Nadia Sissoko, on fait comment ? On ne va pas laisser le mari apprendre la mort de sa femme par les médias !

— J'appelle Nounours pour qu'il file à Mermoz chez les Sissoko.

— Il est en train de boucler le dossier Montebourg, comme tu le lui as demandé.

— Je sais. Tant pis, le dossier Montebourg attendra, parce que là, je n'ai pas le choix, conclut-il en prenant son portable.

Avec sa manie de s'adresser aux morts

Depuis la fin de matinée, le ciel crachait une petite pluie fine et froide. Ici, sur le chemin vicinal qui fendait les bois, la lumière semblait s'être rétractée pour ne laisser planer qu'un jour terne et gris. L'atmosphère était gorgée d'une désolation pluvieuse propre au mois de février. Éloïse se gara derrière une flopée de véhicules dans un renfoncement qui servait de petit parking et coupa le moteur.

— On est arrivés, lança-t-elle à Thibault.

Elle remonta la fermeture Éclair de sa parka et se décida à quitter la chaleur de l'habitacle. Thibault l'imita en pestant.

— Tu parles d'une galère ! lança-t-il en regardant autour de lui.

Ils étaient au cœur de la forêt de Buzet, à une vingtaine de kilomètres au nord de Toulouse. Autour d'eux, les arbres détrempés s'égouttaient mollement sur un tapis d'humus qui exhalait des relents de champignons et de terre retournée. Éloïse se contenta d'enfoncer son menton dans sa parka et s'approcha d'un jeune gendarme posté un peu plus haut sur le bord du chemin.

— Capitaine Éloïse Bouquet, SR de Toulouse, entama-t-elle en exhibant sa carte.

— Bonjour, capitaine. Le... le corps est derrière moi, à une vingtaine de mètres dans les bois. La scientifique est arrivée il y a une petite demi-heure et le médecin légiste il y a dix minutes. Et il y a aussi le joggeur qui a découvert la victime. On lui a demandé d'attendre votre arrivée, il est à l'abri dans le fourgon de la brigade de proximité.

Éloïse repéra le véhicule, stationné un peu plus haut sur le chemin, obstruant le passage.

— OK, merci. Je vais d'abord aller voir la scène de crime. Thibault, tu veux recueillir la déposition du joggeur ou tu viens avec moi ?

— Ah, *chief*, si tu me laisses le choix entre crapahuter sous la flotte en forêt ou prendre la…

— Te fatigue pas, j'ai compris ! le coupa-t-elle, un sourire aux lèvres. Je t'appelle si certains éléments là-bas soulèvent des questions.

— OK, *chief*, merci !

Éloïse quitta la voie vicinale et s'enfonça dans les bois. Sous ses pieds, le terrain ramolli par la pluie formait un tapis spongieux et collant de terre. Éloïse progressait prudemment, évaluant régulièrement le sol pour éviter de s'empêtrer dans les racines luisantes qui bosselaient le terrain. Elle repéra rapidement la scène de crime au cœur d'une zone un peu plus clairsemée dans laquelle s'affairaient déjà les TIC. Son jean s'agrippa à un roncier qui rampait au sol, en bordure de la minuscule clairière. Éloïse manqua de tomber et jura à haute voix en se dégageant. Une fois dans la zone, elle aperçut Danièle Lefort, la légiste, agenouillée au pied du cadavre qui reposait sur le dos devant un bouleau. La gendarme approcha en prenant garde de ne pas piétiner les cavaliers au sol. Lefort avait revêtu une combinaison imperméable et des gouttes ruisselaient le long de la matière cirée, malgré la toile tendue au-dessus du corps.

— Bonjour, docteur Lefort, fit-elle en passant sous la bâche.

— Capitaine Bouquet, quelle surprise ! Ravie de vous revoir parmi nous !… Ça fait quoi, deux ans ?

— Trois.

— Trois ans ?! s'étrangla-t-elle. Mon Dieu, que le temps passe vite !… En tout cas, vous avez bonne mine, reprit-elle après quelques secondes de silence. Vous vous sentez d'attaque ?

— Parfaitement, lui répondit Éloïse. Mais ma hiérarchie doit vouloir le vérifier pour m'envoyer ici, ajouta-t-elle avec un soupçon d'ironie.

— Ah, c'est ça ?! Je me demandais aussi pourquoi ils avaient dépêché la grosse cavalerie pour ce qui ressemble à… à un simple homicide… si je puis me permettre, chère madame, conclut-elle en s'adressant au cadavre.

Éloïse esquissa un sourire. Danièle Lefort avait toujours été un peu particulière avec sa manie de s'adresser aux morts. Comme pour lui donner raison, la légiste poursuivit :

— Voyons voir, madame, ce que vous avez sous les ongles.

Et elle commença à faire des prélèvements qu'elle plaça dans un sachet. Éloïse en profita pour observer le corps. La victime devait avoir dans les trente-cinq ans. Malgré la peau marbrée et le nez éclaté, on devinait un visage joli et entretenu. Le corps renvoyait l'image d'une belle femme qui prenait soin d'elle. Physique pulpeux et harmonieux, de taille plutôt petite, un mètre soixante au maximum. Coupe de cheveux soignée, coloration récente des mèches dans un camaïeu de châtains lumineux. Ongles manucurés comme en témoignaient le petit doigt et l'annulaire de la main gauche – seuls doigts intacts à l'issue de la violence du meurtre. Vêtements de qualité et seyants : pantalon cigarette en tissu noir, chemise en flanelle noire, chaussures à talons hauts dont le cuir de couleur crème était parfaitement accordé à la couleur du blazer. La gendarme s'attarda sur le pantalon descendu au niveau du pubis, laissant deviner une culotte en satin.

— Pas de sac à main ? questionna Éloïse.

— Ici même, non. Je sais qu'un manteau a été trouvé entre le chemin et la clairière, mais je n'ai pas entendu parler de sac… Vérifiez quand même avec la scientifique.

— OK, je ferai le point avec Dominguez après… Une idée de la date de la mort ?

— Les rigidités cadavériques sont bien présentes, comme vous pouvez le voir. Après calcul selon le nomogramme de Henssge, la mort ne remonte pas à plus de dix-huit heures, ça c'est certain. Et au plus tard, le décès a eu lieu il y a quatorze heures.

Éloïse jeta un œil à sa montre et fit un rapide calcul.

— Ce qui nous amène à une mort située entre le mercredi 6 février à 22 heures et le jeudi 7 février à 2 heures du matin… Elle a été étranglée, si j'en crois les marques visibles sur le cou, non ?

— En effet, capitaine. Mais je ne serai en mesure de trancher sur la cause du décès qu'après l'autopsie… Regardez ici, ajouta la légiste en soulevant la tête de la femme. On a une belle blessure à l'arrière du crâne, provoquée par un choc avec un objet contondant. A-t-elle été étranglée et achevée plus tard par ce cou ou l'inverse ? Je ne saurais le dire pour le moment.

Éloïse grimaça à la vue de la blessure à la tête : sous une touffe de cheveux collée par le sang séché, luisait l'os crânien, d'un blanc criard. Son agresseur n'y était pas allé de main morte.

— Ce que je peux vous affirmer en revanche, c'est que cette femme s'est débattue. Elle porte des hématomes sur la tranche de la main droite et sur les deux avant-bras, expliqua la légiste en montrant les traces bleutées sous la peau fine. Et qui dit bleus dit blessures *ante mortem*.

— Forcément.

— Leur localisation indique que la victime a porté des coups à son agresseur et qu'elle a également cherché à le repousser vivement avec les avant-bras.

— Elle a dû lui taper sur les bras pour qu'il lâche prise au moment de la strangulation… Des traces de violences sexuelles ?

— Apparemment, non. Il faudra bien sûr que j'examine le corps pour vous le confirmer. Les vêtements sont déchirés à plusieurs endroits mais il s'agit d'éraflures provoquées par le déplacement du corps. Les techniciens ont relevé des fibres de tissu dans différents fourrés, et notamment là-bas, au niveau des broussailles à l'entrée de la clairière. Qui plus est, des contusions, lacérations et griffures apparaissent en grand nombre sur la peau, au niveau des lombaires de la victime, ce qui corrobore l'idée que le corps a été tiré à travers le bois. Et c'est à cause de cela que le pantalon est descendu.

— Je vois… Le corps a donc été transporté ici *post mortem* ?

— C'est quasiment certain. Disons que si la victime n'était pas encore morte, elle était agonisante, parce que je n'ai relevé aucune trace de violences dans ce sous-bois. Le sang issu de la cloison nasale fracturée a coulé sur le bas du visage, comme vous le voyez. Mais la scientifique n'a trouvé aucune trace de sang près du corps. À tout le moins, ils auraient dû relever quelques éclaboussures liées au coup porté au visage.

— La pluie aurait pu les effacer ?

— Peut-être. À voir avec Dominguez…

— D'accord. Et que pouvez-vous me dire d'autre ?

— Rien pour le moment, capitaine. Rendez-vous à l'IML pour l'autopsie.

— Merci, docteur.

Éloïse s'éloigna de la légiste et observa attentivement l'environnement, en resserrant sa capuche sur sa tête. Elle distingua un sentier étroit qui serpentait à travers bois à deux ou trois mètres de la petite clairière. Elle sortit alors son portable et appela Thibault.

— Oui, *chief* ?

Éloïse entendit clairement la porte du fourgon coulisser sur les rails, lui indiquant que Thibault passait à l'extérieur.

— Alors, ce joggeur ?

— Boris Levak, vingt-huit ans. Marié à Séverine Levak. Sans enfant. Ils habitent à Buzet. Levak pratique le trail à haut niveau. Donc il court quatre à cinq fois par semaine, même par mauvais temps. Il est employé dans une usine de traitement des déchets et travaille soit le matin, soit l'après-midi. Cette semaine, il est du matin, c'est-à-dire qu'il bosse de 6 heures à 13 heures. Après son travail, il est passé chez lui pour se changer et il est parti courir. Il a commencé son footing à 13 h 40. Vingt minutes plus tard, en passant à proximité de la clairière – il y a un petit sentier pédestre, m'a-t-il dit…

— Je confirme, le coupa-t-elle.

— OK, donc à 14 heures environ, ses yeux ont été attirés par une masse noire au sol. Levak s'est approché et c'est là qu'il a vu le corps. Il a immédiatement contacté la gendarmerie. L'appel est enregistré à 14 h 04 exactement. J'ai retracé son itinéraire, ça colle avec sa déclaration.

— Mmm… Évidemment, il n'a rien vu de suspect ni croisé personne traînant dans le coin ?

— C'est ça.

— Peux-tu lui demander s'il a repéré un sac main à proximité de la clairière et me rappeler, s'il te plaît ?

— Yep !

La gendarme balaya la clairière des yeux et finit par distinguer Dominguez, accroupi devant une mallette dans laquelle il déposait un nouveau scellé. Avec son ciré kaki dégoulinant qui le couvrait de pied en cap, on aurait dit un campeur en mode survie, surpris par l'orage. Elle zigzagua entre les flaques qui ravinaient le sous-bois, mais s'enfonça malgré tout dans le sol amolli et gluant.

— Bonjour, Dominguez, lança-t-elle.

— Ah, salut, Bouquet ! Sale temps pour une balade en forêt, hein ?!

— Je ne te le fais pas dire. Dis-moi, tes hommes n'auraient pas retrouvé le sac à main de la victime, par hasard ?

— Hélas, non… Il faudra procéder autrement pour identifier notre morte.

— OK. On a quoi, sinon ?

— Pas mal de prélèvements de fibres... provenant des vêtements de la victime mais pas que... Le type a traîné le corps, je te montre, suis-moi.

Éloïse emboîta le pas du chef de la scientifique. Il la conduisit à un angle de la clairière, pas très loin du corps, et emprunta un tracé entre les arbres.

— Tu vois la végétation ici, arrachée ou rabattue dans ce sens ? Ce sont des traces assez nettes du passage du corps qui a raclé le sol. On a reconstitué le trajet. Le type est passé par là, commenta-t-il en évoluant entre les arbres, et voilà son point de départ, acheva-t-il en se faufilant dans une trouée qui menait à la petite route vicinale.

Éloïse fit un dernier pas et rejoignit Mathieu Dominguez sur le chemin dont une partie du bas-côté avait été condamnée par la mise en place de rubalises. À une dizaine de mètres derrière eux, stationnait le fourgon de la brigade de proximité.

— À l'intérieur du périmètre, ici, on a relevé une empreinte fraîche de semelle qui s'est imprimée dans ce petit monticule de terre humide. Notre type a écrasé une taupinière ! Comme tu peux le constater, l'empreinte est tournée vers la route mais...

— Mais le talon est bien plus enfoncé que la pointe, compléta Éloïse, ce qui laisse penser que l'empreinte appartient bien à notre tueur qui évoluait en marche arrière pour traîner le corps.

— Exactement ! Il poussait sur ses talons pour s'enfoncer dans les bois. Même si la victime est de petit gabarit, elle pèse *a minima* cinquante kilos, ce qui demande pas mal d'efforts pour la faire suivre.

— C'est sûr.

— D'ailleurs, regarde, on voit nettement les sillons laissés par les talons de la victime. On sait donc que notre gus devait porter le corps en ayant passé les mains sous les aisselles de la femme : cela explique l'inclinaison du corps ayant permis le sillon des talons dans la terre. S'il l'avait tirée par les bras, le corps tout entier aurait été en contact avec le sol et aurait tout labouré sur son passage.

La gendarme s'agenouilla et repéra en effet les deux traits dessinés dans la motte de terre. À ce moment-là, la pluie s'épaissit et se transforma en neige mouillée.

— Cette empreinte de semelle, elle est exploitable ?

— Partiellement... Avec la pluie qui tombe depuis 11 h 30 ce matin, la marque s'est beaucoup détériorée. Mais bon, on a procédé à un moulage, on verra bien. Je peux d'ores et déjà te dire que notre type chausse du 45 et qu'il portait des chaussures à bout pointu et dotées d'un talon de trois centimètres environ. Vu la forme de la semelle et celle biseautée du talon, je pense à des bottes de type santiags.

— OK… Quoi d'autre ?

— Ben… Comme je te le disais, on a pu relever des fibres le long du chemin emprunté, et je peux affirmer que certaines n'appartiennent pas à la victime puisqu'on a un petit lambeau de cuir noir qui correspond apparemment à une déchirure au niveau de l'ourlet d'un pantalon. Les analyses trahiront peut-être l'ADN du meurtrier ?

Éloïse fronça les sourcils. Entre les santiags et un pantalon de cuir noir, le tueur avait le profil d'un biker ou d'un rocker… ce qui pouvait correspondre à des milliers d'individus. Un TIC apparut à ce moment-là entre deux arbres et héla Dominguez :

— Patron, on vient de retrouver le sac à main !

— Ah bon ? Pourtant, je croyais qu'on avait ratissé large ?

— Ben oui, par terre… à part que le sac était suspendu en l'air ! Le tueur a dû vouloir le bazarder assez loin de la petite clairière et la lanière s'est accrochée à une branche. Franchement, c'est une sacrée veine, on aurait pu passer complètement à côté… enfin, dessous, si j'ose dire.

— Il y a des papiers à l'intérieur ? demanda Éloïse, intéressée.

— On ne pourra vous le dire que lorsqu'on sera parvenus à le décrocher de son perchoir !

La gendarme leva les yeux vers le sac qui pendouillait d'une branche et, comme elle fixait l'objet, quelques flocons épars commencèrent à danser entre la cime des arbres. Une minute plus tard, une neige drue papillonnait dans le ciel et nappait silencieusement le sol forestier de son duvet immaculé.

Mais ce fut un long silence qui lui répondit

Margaux Dutilleux entra dans la salle de réunion et déposa deux dossiers ainsi qu'un gros sachet de croquants aux amandes sur la table. Nounours, surnom donné à Christian Saucède à cause de son physique grassouillet, releva les yeux de son téléphone.

— Sérieux, Margaux, t'as rien d'autre que ces trucs tout juste bons à se casser les dents !

— Tu as tort, Nounours, ce sont des biscuits bio, de bonne qualité énergétique, pleins de magnésium et de vitamine E !

— Tu m'en diras tant, soupira le flic d'un air moqueur en tendant néanmoins la main vers le sachet.

— Et dois-je ajouter, bien meilleurs pour la ligne que tes baklavas bourrés de mauvais sucres !

— Hé, y'a plein d'amandes dans les baklavas, je te signale ! Et puis, qu'est-ce qu'elle a ma ligne, hein ?!

— Puisque tu le demandes, c'est moi ou tu as *encore* pris du ventre ?!

Margaux termina sa phrase avec un sourire amusé. Depuis son mariage huit mois plus tôt avec Toriya, son collègue s'était sérieusement empâté. Entre tajines, pastillas et briwates, Christian profitait de manière bien visible des délices de la cuisine marocaine.

— C'est toi ! contre-attaqua le flic, feignant la vexation.

— Sérieux, Nounours. Faudrait vraiment songer à limiter les excès.

Christian leva les mains vers le ciel en signe d'impuissance.

— Facile à dire ! Tu penses qu'on peut refuser d'être resservi quand on est marié à une femme marocaine ?! En réalité, ça revient à une demande de divorce déguisée !

— Alors, aux grands maux, les grands remèdes : remets-toi au sport. Je suis sûre que le Zèbre serait prêt à te donner des cours de natation.

Le lieutenant Urbain Malot poussait justement la porte.

— On parle de moi en mon absence ?

— Exact ! Désolée, le Zèbre, mais je prépare déjà ta reconversion : ça te dirait de devenir coach sportif ? Parce que Nounours aurait besoin d'une sérieuse prise en main ! s'amusa la jeune femme.

— Arrête, Margaux, ou je demande ma mutation !

Malot laissa échapper un soupir faussement désabusé en posant son mug de thé fumant devant lui. Puis il claqua des mains :

— Allez, fin de la récré... Je vous rappelle qu'on a du taf. Et si vous ne voulez pas terminer à pas d'heure, il vaudrait mieux qu'on attaque tout de suite.

En quelques secondes, l'ambiance redevint professionnelle. Urbain Malot avait ce talent-là : sans jamais brider ses hommes, il savait les mettre au travail. En réalité, son tempérament était à l'image de son physique, ferme, vif et solide. Avec ses quatre séances hebdomadaires de natation – une tous les deux jours, discipline oblige –, il s'était sculpté un corps d'athlète impressionnant. Mais ce n'était pas ce que l'on voyait en premier chez lui, loin de là... Il était appelé « le Zèbre » par tout le commissariat de l'Embouchure à cause d'une surprenante particularité : un important vitiligo formait des dessins sur sa peau, le rendant littéralement bicolore. La carnation mate de son visage s'était par endroits totalement dépigmentée et une sorte de grande griffure blanche balafrait sa figure depuis la tempe gauche jusqu'à l'angle droit de sa bouche. Quand les regards s'étaient habitués à cette spécificité, ils pouvaient se concentrer sur le reste de son visage : deux iris clairs, d'une couleur vert boisé pailleté de jaune, une belle et grande bouche, des traits fins et équilibrés. Le Zèbre était plutôt bel homme et, une fois la surprise passée, son vitiligo lui donnait même un certain charme.

— Bon... On va démarrer par le dossier Thomas Andrieu, dans la mesure où l'histoire semble plutôt limpide. Margaux, tu commences, s'il te plaît ?

La jeune femme se racla la gorge en parcourant le dossier :

— Thomas Andrieu, vingt-deux ans. Étudiant en sociologie à la fac du Mirail, en maîtrise depuis la rentrée universitaire de 2018. Disparu de la circulation le 29 janvier dernier. Le jeune homme est le neveu du ministre des Finances, tout le monde sait ça, vu le raffut qu'a suscité cette disparition jusque dans nos services. En substance, c'est un étudiant plutôt brillant et un jeune homme sans histoires. Les recherches ont débuté assez rapidement, dès le 30 janvier au matin. En effet, le soir du 29 janvier, Thomas est attendu au domicile parental – les Andrieu habitent à Rouffiac – pour l'anniversaire de sa sœur qui fête ses dix-huit ans. Notez que le jeune homme a confirmé le jour même par texto qu'il serait bien présent et qu'il dormirait sur place. À 21 heures, il n'est toujours pas arrivé et ses parents commencent à s'inquiéter. Ils multiplient vainement les appels et ils finissent par joindre Bastien, son meilleur ami. Celui-ci se montre étonné : Thomas et lui ont mangé ensemble au restau U à midi et, avant de partir, Thomas lui a justement dit qu'il serait à Rouffiac jusqu'au lendemain car il fêtait l'anniv de sa sœur. Du coup, les parents s'affolent. Le père file au studio qu'occupe son fils, rue Gabriel-Péri. Pendant ce temps, la mère appelle les autres amis de Thomas mais il est tard, et beaucoup ne répondent pas. À son arrivée en ville, M. Andrieu découvre le studio vide. Il laisse un mot à destination de son fils et retourne à Rouffiac. Suit une nuit d'angoisse. Le lendemain, même topo : les Andrieu contactent les amis de Thomas ainsi que les hôpitaux de Toulouse. En vain. Nulle trace du jeune homme. Ils se rendent alors au commissariat où ils se heurtent en gros à une fin de non-recevoir : Thomas est majeur, blablabla, vous connaissez la musique.

— Et c'est là que notre ministre des Finances entre dans la danse ! déduisit Christian.

— Tout à fait, Nounours. Après quelques coups de fil entre haut placés, la plainte est enregistrée le 31 janvier au matin et une instruction est ouverte. Avis de recherche avec photos, porte-à-porte, appel à témoins, auditions des proches…

Margaux s'arrêta pour boire un grand verre d'eau. Urbain décida alors de prendre le relais.

— La triangulation du portable ne donne rien : le téléphone est éteint. Le dernier bornage remonte au soir du mardi 29 janvier à 18 h 36, à proximité de la gare Matabiau. Cet élément incitera d'ailleurs les enquêteurs à penser que Thomas a mis les voiles et qu'il a éteint son portable pour qu'on ne puisse pas le tracer… Au final, l'affaire stagne jusqu'à ce matin, où je reçois l'appel de Chabrol. À ce moment-là, Margaux et moi sommes devant l'université du Mirail pour l'homicide de Nadia Sissoko. Le corps du jeune Thomas Andrieu vient d'être retrouvé en bas d'un immeuble en construction par une équipe d'ouvriers travaillant sur le chantier : apparemment, le môme aurait sauté dans le vide. Chabrol profite de ce qu'on est à une encablure du lieu pour nous envoyer jeter un œil sur place. D'où le passage de relais sur le dossier Sissoko.

— Comment les ouvriers ont-ils su qu'il s'agissait de Thomas Andrieu ? demanda Christian.

— Le portefeuille du jeunot retrouvé à deux mètres du corps... Il a dû se déloger de la poche pendant la chute ou au moment de l'impact, répondit Margaux.

— Pour finir, Margaux et moi nous rendons sur place et, honnêtement, il n'y a pas grand-chose à voir, enchaîna Malot. Le gamin s'est rendu sur le toit-terrasse en cours de finition, accessible par les échafaudages. Sur le toit, aucune trace de quoi que ce soit... À ce stade, précision importante : avant de faire le grand saut, le môme a envoyé un texto à son père, qui disait ceci (le Zèbre attrapa le dossier et l'ouvrit) : « Je suis désolé. Pardonnez-moi. Je vous aime. »

Un silence glacé suivit cette lecture. Nul besoin d'être parent pour imaginer l'horreur suscitée par la lecture d'une telle déclaration.

— Dès qu'il voit le texto, le père cherche à joindre son fils, mais il tombe sur la messagerie. Il prévient la police. Vu l'heure tardive, il faut attendre l'ouverture des bureaux du fournisseur d'accès pour localiser le portable... et, finalement, le corps est retrouvé ce jeudi matin au moment où les recherches de traçage du portable allaient être lancées...

— Donc, pas de mort suspecte. On boucle ce dossier sur un suicide ?

— En tout cas, ça y ressemble vraiment... J'ai fait mettre le téléphone sous scellés et demandé des relevés d'empreintes. Après tout, n'importe qui peut envoyer un texto depuis un portable, même s'il s'agit d'un Apple qui s'ouvre par reconnaissance digitale... Disons que cette vérification est une précaution, mais pour être honnête, je ne pense pas lever un lièvre, expliqua Urbain. D'autant que Margaux a dégoté quelques infos qui peuvent corroborer la thèse du suicide, acheva-t-il en se tournant vers sa collègue.

— Effectivement. J'ai fait un tour rapide des relations de Thomas et j'ai eu une longue conversation avec Mathilde Seguin, son ex-petite amie, qui est aussi la dernière personne à avoir vu Thomas en vie. Elle est restée deux ans avec lui et a rompu juste avant les vacances de Noël, il y a environ six semaines. Elle m'a fait part à demi-mot du tempérament taciturne de Thomas. Derrière la façade lisse de l'étudiant brillant à qui tout réussit, se cachait un garçon idéaliste, rongé par un sentiment d'injustice et de déconvenue sociale et politique. Dès le mois d'octobre, il avait opté pour un mémoire sur les sans-abri et sillonnait beaucoup les milieux du quart-monde pour « trouver de la matière », selon son expression. D'après Mathilde, Thomas devenait de plus en plus renfermé, il avait tendance à déprimer et refusait toute aide, arguant qu'il allait très bien et que c'était le monde qui ne tournait pas rond.

— Un garçon lucide… On ne peut que lui donner raison, ironisa Christian.

— Certes, Nounours… mais dans la tête d'un jeune de vingt-deux ans, bien né, ayant toujours vécu à l'abri des difficultés, la lucidité dont tu parles peut provoquer des ravages, la preuve !… En tout cas, Mathilde s'était décidée à rompre parce qu'elle avait le sentiment de sombrer avec lui plus qu'elle ne parvenait à l'aider. Son esprit tourmenté, ses désillusions le rendaient désagréable au quotidien et gangrenaient leur vie de couple.

— Tu penses que le suicide est en lien avec cette rupture ?

— Certainement, oui… Mathilde se sent d'ailleurs terriblement coupable. D'après elle, Thomas lui aurait fait le coup du reviens-y à de nombreuses reprises. À part que, de son côté, elle avait récemment entamé une bluette avec un étudiant en sciences po… Quoi qu'il en soit, la veille de sa disparition, le lundi 28 janvier, Thomas fait envoyer une rose rouge chez elle. Désireuse de mettre les choses au clair, Mathilde lui propose une rencontre à son domicile le lendemain. Il accepte. On est donc le mardi 29 janvier quand les deux jeunes se voient. D'après les dires de Mathilde, ce jour-là, Thomas est particulièrement nerveux, peu réceptif à ce qu'elle cherche à lui dire, pianotant sans arrêt sur son téléphone portable… Au bout d'une vingtaine de minutes, agacée par cette attitude, elle met les pieds dans le plat et lui annonce de but en blanc qu'elle fréquente quelqu'un d'autre. Elle dit qu'il accuse le coup sans broncher mais qu'elle sent bien que ça lui fait mal. Finalement, Thomas se lève et lui balance à peu de chose près : « De toute façon, tu sais quoi ? Je m'en tape ! Vis ta vie, oublie-moi, et moi, je vais faire pareil !

Parce que, crois-le ou pas, y'a des choses bien plus importantes que notre petite histoire ratée ! »

Margaux se tut. Ses collègues échangèrent un air grave et le Zèbre conclut :

— Le soir même, il disparaît de la circulation pendant huit jours… et hier soir, mercredi 6 février, il se donne la mort du haut d'un immeuble en construction, situé à trois pas de l'université qu'il fréquente, après avoir envoyé un message d'adieu à sa famille. Pour couronner le tout, le légiste n'a rien relevé de suspect : le gamin ne portait aucune blessure ni marque sur le corps. Une autopsie sera effectuée demain, qui devrait clore le dossier… Des questions ? termina Urbain Malot en refermant la chemise.

— Il était où, ce jeune, entre le moment de sa disparition et son suicide ? demanda Christian. Il s'est tout de même écoulé huit jours.

— Pour le moment, on n'en sait rien. Son téléphone était éteint tout du long… donc ça risque d'être difficile d'en apprendre davantage. Mais on peut toujours essayer de farfouiller. En revanche, si on n'a rien de neuf avec l'autopsie et les résultats des relevés d'empreintes, je rédigerai mon rapport en faisant valoir le suicide.

— Affaire bien triste mais presque classée, commenta Margaux d'un ton désabusé.

Le Zèbre hocha la tête avec gravité. Les flics avaient beau se coltiner des histoires plus sordides les unes que les autres, le suicide d'un jeune de vingt-deux ans constituait toujours un événement révoltant : il mettait en lumière les maux et les violences d'une société.

— Allez, passons maintenant à l'homicide de Nadia Sissoko… Nounours, tu as rencontré la famille ?

— Oui, en fin de matinée. Djibril Sissoko m'a reçu chez lui. Il viendra faire sa déposition en bonne et due forme demain à 10 heures. Il a déclaré que sa femme avait quitté son domicile hier, mercredi 6 février, à 19 h 30, comme elle le faisait tous les soirs du lundi au vendredi, pour embaucher à 20 heures. Nadia Sissoko est en effet employée depuis six ans par l'entreprise Clean Office, spécialisée dans le nettoyage de bureaux et de locaux industriels. Il y a deux ans, elle a fait sa demande d'affectation sur le site de BCM car le métro dessert son domicile ainsi que le lieu de travail.

— Ça me dit quelque chose, ce sigle, BCM, intervint Urbain, sourcils froncés. J'ai déjà vu cette enseigne quelque part.

— Attends voir, je cherche, lui répondit Christian en plongeant dans son portable… Ah, voilà ! BCM est une grosse entreprise de *B to B*. Le groupe propose à d'autres entreprises d'assurer pour leur compte diverses missions juridiques, administratives et RH : tenue comptable, recrutement de profils spécifiques, gestion des contrats CDD, gestion du patrimoine, mise en place et suivi de la démarche qualité, vérification des normes de sécurité liées aux bâtiments *et cetera*.

Le Zèbre secoua négativement la tête, ces éléments ne l'éclairaient guère. Il laissa filer quelques secondes et fit signe à Christian de reprendre :

— Donc, notre victime se rend chez BCM pour son travail : elle badge à 19 h 58 en entrant dans le bâtiment, puis de nouveau à 23 h 31 quand elle quitte les locaux de l'entreprise, sachant qu'elle terminait son service à 23 h 30. Généralement, Nadia Sissoko arrive chez elle entre 23 h 50 et 00 h 10, au plus, puisque le dernier métro part à minuit. À 00 h 45, son mari se réveille et se rend compte qu'elle n'est pas rentrée. Il l'appelle à plusieurs reprises sur son portable, en vain. À 1 h 15, paniqué, il contacte le commissariat du quartier Mermoz. Au regard de la situation personnelle – Mme Sissoko est mariée et mère de trois enfants – et de la situation géographique – le Mirail n'étant pas à proprement parler Versailles –, l'agent présent décide de dépêcher une patrouille sur les lieux. Les collègues tournent dans le quartier de 1 h 45 à 2 h 05 du matin mais ne repèrent rien.

— Notre victime devait déjà être derrière les conteneurs, suggéra Margaux.

— Je confirme. Entre autres joyeusetés, j'ai assisté à l'autopsie à ta place : l'heure de la mort est située entre 23 h 30 et 1 h 30 du matin, grand maximum.

— Oui, je sais, merci, Nounours… Mais nous reviendrons après sur les éléments médico-légaux, intervint Urbain. Pour le moment, finissons sur l'entrevue avec Djibril Sissoko.

— Le gus a été arrêté et condamné en novembre 2010 pour recel et vente d'objets de contrefaçon. Il a écopé de trois mois ferme. Depuis sa sortie de prison en février 2011, rien. D'après ce qu'il dit, il a rencontré Nadia peu de temps après sa sortie de taule et il s'est rangé direct. Les trois mômes nés en 2012, 2013 et 2016 ont certainement fini de convaincre notre zigoto de se tenir à carreau. Il travaille depuis 2012 comme chauffeur-livreur sur une plate-forme de livraison de colis aux particuliers. Ses papiers sont en règle et son patron, que j'ai eu au téléphone, m'a décrit un type globalement réglo.

— Ça veut dire quoi « globalement réglo » ?

— Ça veut dire qu'il ne vole pas la came qu'il transporte, qu'il entretient correctement son camion, mais qu'il a souvent mal au dos avant les fériés, ironisa Christian, ce qui lui permet de bénéficier de ponts un peu plus longs.

Margaux pouffa :

— Ouais, un type rangé des bagnoles mais un poil tire-au-flanc !

— Voilà, c'est ça...

— Donc, selon toi, l'idée qu'il ait pu tremper dans une intrigue qui sent mauvais et que sa femme ait été victime de représailles n'est pas convaincante ?

— Je vais approfondir cette éventualité, bien sûr... Mais franchement, le Zèbre, je serais étonné de trouver quelque chose.

— OK... Et concernant l'autopsie, alors ?

— Nadia Sissoko a pris un violent coup sur la nuque qui l'a probablement sonnée mais qui n'était pas mortel. Elle est décédée d'une hémorragie suite aux coups de couteau qu'elle a reçus. Un au niveau du foie, un second juste en dessous du cœur et un dernier au niveau de la carotide. C'est ce dernier qui lui a été fatal, provoquant une hémorragie massive. L'attaque a été portée par un droitier qui se tenait au-dessus de la victime. Il n'y a aucune marque de blessure de défense chez Nadia Sissoko, ce qui semble indiquer que le type l'a neutralisée en l'assommant, puis l'a traînée dans l'espace entre le mur et les poubelles. Là, il l'a plantée à trois reprises, alors qu'elle gisait au sol, inconsciente. Pour finir, Nadia Sissoko n'a subi aucune violence sexuelle et, apparemment, son sac à main, retrouvé sur les lieux, n'a même pas été fouillé.

Un silence suivit cette déclaration. En dehors du passage à l'acte opportuniste d'un détraqué, ce genre de crime ressemblait à un règlement de comptes ou à une vengeance : c'était à Nadia Sissoko elle-même que le type en voulait.

— L'arme du crime ? finit par demander Urbain.

— Elle n'a pas été retrouvée. D'après le légiste, il s'agirait d'un couteau de chasse denté, largeur de lame de trois centimètres, longueur de vingt centimètres. Ou le tueur se balade toujours avec, ou il avait prémédité son coup...

— Des caméras de surveillance devant le métro ?

— Oui, j'ai demandé les bandes. Je pourrai aller les récupérer demain matin. Avec un peu de chance, j'aurai quelque chose.

— Et pour les prélèvements de la scientifique, les résultats tombent quand ? demanda Margaux.

— Pas avant dix jours.

— OK, approuva Malot. On récapitule : Nounours, demain matin, tu vas récupérer les bandes de vidéosurveillance. Puis avec Margaux, tu prends la déposition de Djibril Sissoko. Et vous me l'asticotez un peu, hein, pour être certains qu'il ne nous cache rien ! Moi, de mon côté, je vais rentrer les éléments qu'on possède dans le SALVAC[1] pour voir si on a un rapprochement... Sait-on jamais... Et demain après-midi, on commence l'enquête de proximité : famille, voisins, employeur, amis et *tutti quanti* ! acheva-t-il en se levant. Allez, il est 20 heures, je ne vous retiens pas plus longtemps.

Margaux et Christian se levèrent sans se faire prier. Les jours à venir s'annonçaient chargés, autant profiter de la soirée.

— Tu ne viens pas, le Zèbre ? demanda Margaux avant de quitter la pièce.

Mais l'homme, tourné vers la vitre, semblait déjà perdu dans la contemplation du boulevard de l'Embouchure qui rampait en contrebas, le long du canal du Midi. Une neige inattendue était tombée tout l'après-midi, transformant la physionomie de la Ville rose. Avec la nuit qui s'était installée, les toits scintillaient sous les feux urbains et des sarabandes lumineuses de voitures glissaient sur l'asphalte blanchi dans un ballet perturbé par les intempéries. Margaux observa quelques instants l'homme de dos : son torse taillé en V, ses épaules carrées, sa plastique musculeuse, et elle sourit de dépit. Malgré ses nombreuses tentatives pour l'approcher, le Zèbre demeurait pour elle un véritable mystère. Elle travaillait dans son équipe depuis deux ans et demi, et elle ne savait toujours rien de lui... Il lui faisait penser à ces superbes portes ouvragées des pays du Sud, pleines de couleurs, de promesses et d'histoire. De cette porte-ci, elle n'avait pas encore réussi à trouver la clé.

---

1. Système d'analyse des liens de la violence associée aux crimes.

— Bonne soirée, lança-t-elle en passant le seuil.

Mais ce fut un long silence qui lui répondit. Margaux remonta le couloir jusqu'au grand bureau qu'elle partageait avec le reste de l'équipe. Christian était en train d'envoyer un texto, certainement pour prévenir Toriya de son retour imminent.

— Je ne te propose pas d'aller boire un verre au Cactus[1], Nounours ?

— Tu veux ma mort ou quoi ?! J'avais dit à Toriya que je rentrerais tôt. Allez, je file ! À demain.

— Oui, bonne soirée. La bise à Toriya ! lui retourna-t-elle.

1. Café-concert situé sur le boulevard intérieur de Toulouse et fréquenté par les policiers.

… De cachette en cachette

Efia demeura un long moment devant la porte entrouverte de la chambre. Ali et Fatia s'étaient blottis l'un contre l'autre, réconfortés par cette proximité, et leurs lentes respirations attestaient qu'ils avaient enfin trouvé le sommeil. La mère de famille avait mis plus d'une heure à les apaiser malgré la lecture de l'histoire de Kirikou – leur préférée – qui agissait habituellement comme le meilleur des somnifères. Malgré tous ses efforts pour les rassurer, les enfants étaient terrorisés, incapables de comprendre ce qui leur arrivait. Efia sentit les larmes lui piquer les yeux en faisant le compte de ce qu'elle les obligeait à endurer. En l'espace de quelques heures, ils venaient de perdre leur école, leurs copains et leur maison… Tous leurs repères, en somme.

Efia s'essuya les yeux et remonta à pas de loup le couloir donnant sur la minuscule pièce à vivre. Sacs et valises jonchaient le linoléum terne de l'appartement mis à disposition par l'association et la jeune femme sentit d'un coup le poids de l'existence s'abattre sur elle à la manière d'un déluge inaltérable. Voilà donc à quoi se résumait sa vie après des années de travail en France : à ce pêle-mêle inconsistant de vêtements d'occasion, de photos écornées et de formulaires administratifs retraçant en pointillé le parcours d'une clandestine se battant pour sa survie et celle de sa famille. Elle n'avait jamais possédé que ce fatras sans valeur mais jusqu'à hier, elle caressait encore l'espoir d'une régularisation et d'une vie meilleure pour ses enfants. Aujourd'hui, ce tas de petits riens qu'elle allait devoir trimballer de cachette en cachette lui renvoyait au visage l'inacceptable précarité de sa condition, une condition qui se résumait à une fuite en avant. Ali et Fatia avaient quitté les bancs de l'école ! Quel serait leur avenir s'ils n'avaient plus accès aux apprentissages ? Que deviendraient-ils s'ils devaient passer les plus précieuses années de leur vie d'un accueil d'urgence à un autre ?!

En proie à une détresse grandissante, la mère de famille se laissa choir sur le clic-clac qui allait lui servir de couchage et s'autorisa enfin à pleurer. Qu'elle-même doive affronter le danger était une chose. Mais que ses enfants soient privés de tout espoir d'avenir ou, pire encore, que leur vie soit menacée, ça, c'était pour elle insoutenable ! De longs sanglots la secouèrent brutalement. Efia se sentait cruellement seule et vulnérable. À cet instant, accablée par l'injustice de sa situation, elle aurait donné n'importe quoi pour n'avoir jamais croisé le chemin des deux tueurs.

D'une main tremblante, elle se moucha puis se décida à allumer le téléphone portable à carte prépayée qu'elle avait acheté l'après-midi même. En deux ou trois clics, elle accéda aux pages d'actualité sur Internet et entra quelques mots clés. Elle crut s'être trompée quand elle découvrit un des gros titres mais fut rattrapée par l'ensemble des détails de l'article. Oui, les faits relatés dans la presse ne laissaient aucune place au doute et, subitement, le drame d'Efia prit à ses yeux une nouvelle ampleur qui finit de la terrifier : le jeune retrouvé en bas de l'immeuble en construction de la rue Vauquelin s'appelait Thomas Andrieu et n'était autre que le neveu du ministre des Finances ! Efia se mordit le dos de la main pour retenir le cri d'effroi qui menaçait de franchir ses lèvres, tandis qu'une avalanche de pensées plus glaçantes les unes que les autres se frayait un chemin jusqu'à sa conscience… Non seulement, elle avait été témoin d'un meurtre abject, mais, en plus, cet assassinat concernait la famille politique française !

Dans ce contexte, ses espoirs de survie s'amenuisaient considérablement. Pour l'heure, les médias évoquaient un possible suicide en s'appuyant sur le texto envoyé par le jeune homme – texto dicté sous la contrainte, elle l'avait vu de ses yeux. Mais il y avait fort à parier que la police n'en resterait pas là, parce que Thomas Andrieu n'était pas n'importe qui. Et si les enquêteurs penchaient pour la piste criminelle, ils pourraient fort bien établir le lien entre le meurtre de Nadia et celui du jeune étudiant. Auquel cas, il ne leur faudrait pas beaucoup de temps pour s'intéresser à la collègue qui travaillait ce soir-là avec Nadia… Efia allait être traquée, sa fuite apparaîtrait aux yeux de tous comme la preuve qu'elle détenait des informations ou, pire, qu'elle était impliquée. Elle imagina un instant son portrait-robot en première page des journaux et les gros titres la concernant ! Son cœur se mit alors à cogner douloureusement dans sa poitrine et elle se sentit gagnée par une sueur glacée. Si les policiers lançaient un appel pour la retrouver, elle aurait également les tueurs à ses trousses ! Des hommes sans scrupule, des tueurs de sang-froid, capables de jeter un gamin du haut d'un toit, et l'instant d'après, de poignarder un témoin gênant. Des assassins professionnels qui ne reculaient devant aucune basse besogne et pour lesquels chacun de ses souffles à elle constituait la menace d'une dénonciation ou d'une identification…

Se sentant comme un fétu de paille que l'on aurait jeté sur une mer démontée, Efia invoqua Dieu en levant des yeux implorants vers le ciel… Mais ils ne rencontrèrent que la faible lumière d'une ampoule pendouillant au bout d'un fil électrique.

Instagram, Facebook et tout le tralala…

L'air gris et ramassé semblait tout droit craché d'une bétonneuse. La neige avait fondu dans la nuit et il ne restait du manteau blanc que quelques plaques à la croûte grisâtre qui s'égouttaient mollement des corniches et des trottoirs. Éloïse termina sa tasse de café et s'arracha à la contemplation des toits de tuiles orangées qui émaillaient la voûte cafardeuse du ciel de leurs auréoles humides et sans éclat. Un coup d'œil à l'horloge murale lui indiqua qu'il était 7 h 55. Elle se leva, ramassa son dossier et fila en salle de réunion où l'attendait son équipe. Elle remonta le couloir et eut une pensée émue pour Jean-Marc lorsqu'elle passa devant le bureau qu'il avait occupé durant des années. La gendarme accéléra le pas sans même s'en rendre compte. Son retour à la SR de Toulouse avait été particulièrement douloureux, mais elle avait souhaité en passer par là pour achever son deuil. Toutes les autres options lui étaient apparues comme des fuites déguisées. Elle avait donc réintégré son poste après trois ans de congé sans solde, mais elle se sentait presque comme une étrangère dans un vaisseau inconnu. Le colonel Prat était parti à la retraite, Kamel avait été muté à Strasbourg et Jean-Marc était mort. Ne restait que Thibault, le plus jeune de ses anciens coéquipiers… et elle avait tendance à s'accrocher à lui comme au seul repère rescapé de sa vie à Toulouse. Lui seul pouvait la comprendre. Comme elle, il avait vécu le drame frontalement. Et même s'ils n'avaient jamais évoqué ensemble la mort de Jean-Marc, les regards qu'ils échangeaient en disaient beaucoup sur la tragédie qui les unissait.

Quand elle entra dans la pièce, elle nota que Djamila Azay était en train de préparer une pleine cafetière. La jeune métisse, fraîchement nommée à la SR, déployait des trésors d'attention pour satisfaire Éloïse et donner vie à une équipe qui peinait encore à se forger une identité. À côté d'elle, Ludovic Blanchard, juché derrière son ordinateur portable, dégageait son aura habituelle : sérieuse et inaccessible. Le quadragénaire était un crack en informatique mais sur le plan relationnel il cumulait les tares, ne s'exprimant que lorsqu'on lui posait des questions, et encore, par monosyllabes qui semblaient lui coûter.

— Bonjour à tous ! lança Éloïse d'une voix qu'elle voulut enjouée.

Elle prit place en bout de table et attendit que Djamila les rejoigne pour entamer :

— Grâce aux papiers retrouvés dans son sac à main, nous avons pu identifier notre victime. Elle s'appelle Céline Servat. D'après nos premiers renseignements, elle a trente-huit ans, enseigne la biologie à l'université Paul-Sabatier, est mariée à Anthony Servat et mère de deux fillettes de six et huit ans. La famille est domiciliée à Portet-sur-Garonne. Céline Servat a été retrouvée hier, jeudi 7 février, aux alentours de 14 heures, dans la forêt de Buzet par un joggeur. L'homme s'est entretenu avec Thibault et, *a priori*, il n'a rien à se reprocher. Bien sûr, par acquit de conscience, il faudra vérifier l'ensemble de ses déclarations… De mon côté, j'ai assisté à l'autopsie qui a eu lieu hier, en début de soirée. Des examens plus approfondis permettent de situer le décès le jeudi 7 février entre minuit et 2 heures du matin. Céline Servat est morte par strangulation. Elle a d'abord reçu un violent coup à la base du crâne, qui l'a certainement assommée. La strangulation est intervenue après. La légiste n'a relevé aucune marque de coups en dehors de celui porté au crâne. Les griffures, abrasions cutanées et contusions relevées sur la face externe des bras et des mollets ainsi que sur le bas du dos sont toutes liées au transport du corps dans la forêt. La fracture du nez est doublée d'une fracture de l'arcade sourcilière – mais je reviendrai là-dessus dans un instant. Pour finir, les seules blessures de défense relevées sur la victime sont des hématomes situés sur la face interne des avant-bras – au niveau des poignets – et sur la tranche de la main droite. En conclusion, Céline Servat a été agressée par-derrière avec un coup violent porté sur la base du crâne à l'aide d'un objet contondant. Elle a perdu connaissance et a lourdement chuté en avant, se fracturant le nez et l'arcade sourcilière. Si elle n'avait pas été dans les vapes, elle aurait certainement cherché à amortir sa chute avec ses mains, c'est un réflexe. Là, vu les blessures au visage, elle est tombée de tout son poids, face contre terre. Notre victime s'est donc retrouvée au sol, sans connaissance. Son agresseur l'a retournée et a commencé à l'étrangler. Elle a dû reprendre connaissance à ce moment-là et a cherché à se défendre en portant des coups sur les bras de son agresseur pour lui faire lâcher prise, d'où les marques sur les poignets et la tranche de la main. Pour information, Céline Servat est de petite corpulence. Au regard de l'écrasement de la trachée et de l'empreinte taille 45 relevée dans la forêt, son agresseur est un homme imposant.

La cafetière crachouilla, signe que le café avait fini de passer. Éloïse allait se lever mais Djamila la devança et commença à faire le service.

— En se défendant, Céline Servat a également griffé le meurtrier. Des lambeaux de peau ont été prélevés sous ses ongles et sont partis pour analyse ADN. Nous verrons s'il y a correspondance dans le FNAEG[1], conclut la gendarme. Djamila, tu t'es rendue au domicile des Servat hier en fin d'après-midi, on t'écoute.

La jeune gendarme noua ses cheveux avec un stylo dans un geste rapide, chaussa ses lunettes et attrapa ses notes :

— Je me suis présentée chez les Servat hier à 18 h 45. C'est M. Servat qui m'a ouvert et il a paru très surpris et plutôt embarrassé de ma présence.

— Embarrassé ?

— Oui. Il m'a expliqué qu'il était pressé car il devait aller chercher les deux gamines chez ses parents à Muret. Habituellement, le jeudi, c'est sa femme qui récupère les petites à la sortie de l'école et qui s'en occupe car lui finit trop tard. Mais ce n'était pas le cas hier, sa femme étant partie la veille, mercredi 6 février, en fin d'après-midi, pour assister à un colloque programmé à Montpellier la journée du jeudi. Son train n'arrivant à Matabiau qu'à 18 h 35, Mme Servat devait rentrer chez elle aux alentours de 19 h 15.

Un court silence suivit la déclaration de la jeune gendarme.

1. Fichier national des empreintes génétiques.

— Et c'est pour cette raison qu'il n'aurait pas alerté la gendarmerie suite à l'absence de son épouse la nuit du mercredi 6 février ? énonça Éloïse.

— Exactement. Pour lui, sa femme dormait dans un hôtel de Montpellier pour raison professionnelle… À part que j'ai appelé l'université et devinez quoi ?

— Il n'y avait aucun colloque, proposa Thibault.

— Voilà… Tu as deviné.

Éloïse acheva d'un trait sa tasse de café, son cerveau turbinait déjà à plein régime.

— Deux options : ou M. Servat t'a menti en inventant cette histoire de colloque pour se laisser le temps d'agir et de masquer son crime, ou bien Céline Servat a menti à son mari…

— Je peux me tromper, bien sûr, mais je pencherais plutôt pour la seconde hypothèse, énonça Djamila.

— Déroule.

— Eh bien… Il s'agit peut-être d'un excellent comédien, mais M. Servat m'a paru très choqué lorsque je lui ai annoncé le décès de sa femme. Les réactions et les questions qui ont suivi étaient vraiment appropriées dans le contexte… Mais surtout, Éloïse, tu as parlé de griffures qu'aurait faites la victime en tentant de se défendre : je n'ai repéré aucune marque sur les mains et le visage de son mari. Vu qu'on est en février, Anthony Servat portait un pull et il faudra donc qu'on vérifie l'état de ses avant-bras durant la déposition qui aura lieu ici même cet après-midi.

— En effet. Et il faudra également vérifier ce que dit l'entourage : Céline Servat a-t-elle parlé de ce colloque à quelqu'un d'autre que son mari ? Ses parents, ses beaux-parents ? Pour finir, il faut aussi qu'on reconstitue son emploi du temps ainsi que celui de son mari les journées des mercredi 6 et jeudi 7 février.

Éloïse laissa filer un instant. En face d'elle, Ludovic achevait de saisir les différentes informations. Fidèle à lui-même, il n'avait pas pipé mot depuis le début de la réunion. Elle décida de le remuer un peu :

— Ludovic, on ne t'a pas entendu… Des questions ? des remarques ?

Le gendarme, surpris, releva la tête. Il sembla chercher ses mots avant de répondre :

— Non, non…

Éloïse se mordit les lèvres pour ne pas lui rentrer dedans et Thibault, qui la connaissait bien, se dépêcha d'intervenir :

— Reste l'hypothèse numéro deux : Céline Servat a menti. Si tel est le cas, pourquoi ? Que cachait-elle ?

— Si elle a menti à son mari, ça sent l'adultère à plein nez, enchaîna Djamila.

— C'est fort probable. Il va donc falloir retourner sa vie et chercher les failles... Et puis, il y a cette bizarrerie géographique : la forêt de Buzet où l'on a retrouvé le cadavre et Portet-sur-Garonne, lieu du domicile, ça n'est pas vraiment la porte à côté ! Céline Servat se trouvait-elle à proximité de Buzet quand son agresseur s'en est pris à elle ? Et si oui, que faisait-elle là-bas ?

— Oui, Thibault... Autant de questions à éclaircir ! commenta Éloïse. Bon, voilà comment on se répartit : Thibault et Djamila, vous commencez un 360 sur Anthony Servat. Famille, amis, voisins, travail... Vous essayez d'en apprendre davantage sur son couple et sur sa personnalité. Il faut qu'on ait du grain à moudre avant de le recevoir pour sa déposition. Au passage, vous regardez si certains proches des Servat habitent du côté de Buzet.

— Ça marche ! lui retourna Djamila.

— Ludovic, tu effectues des recherches sur les comptes bancaires de la famille. Essaie notamment de retracer les dernières opérations par Carte Bleue de Céline Servat, ça nous éclairera sur ses déplacements. Bien sûr, tu examines ses mails, les appels passés depuis son portable, et tu grattes également du côté des réseaux sociaux : Instagram, Facebook et tout le tralala... *Idem*, tu essaies de recouper les informations que tu glanes avec la zone géographique de Buzet. Si tu trouves la moindre correspondance, tu nous fais passer l'info en direct. De mon côté, je me charge de prendre la déposition officielle du joggeur qui sera là d'ici une demi-heure. Ensuite, je me concentre sur l'emploi du temps de la victime... Je pense d'ailleurs commencer par un saut à l'université.

Éloïse se leva, se resservit un café dans un mug qu'elle emporta avec elle et se dirigea vers le couloir en lançant :

— Et on se retrouve ici demain matin pour un débrief, OK ?

La gendarme rejoignit son bureau et commença à pianoter sur Internet, en quête du numéro de téléphone de l'accueil de l'université Paul-Sabatier. Elle disposait d'un peu de temps avant l'arrivée de Boris Levak, le joggeur, autant le mettre à profit pour obtenir un rendez-vous avec les collègues de Céline Servat. Elle trouva rapidement ce qu'elle cherchait et s'apprêtait à passer un coup de fil quand son téléphone portable vibra. Une enveloppe indiquait l'arrivée d'un message. Éloïse cliqua dessus et eut un coup au cœur dès qu'elle en découvrit le contenu. Trois ans et demi avaient passé depuis la fuite d'Anne Poey[1]. Quarante-deux mois pendant lesquels colère et frustration s'étaient accumulées. Malgré le mandat d'arrêt international, malgré les barrages routiers, malgré les contrôles en zones portuaires et aéroportuaires, l'ancienne « grande prêtresse » – qui se faisait appeler Virinaë – était passée entre les mailles du filet. Où était-elle aujourd'hui ? Sous quelle identité ? Coulait-elle des jours heureux et tranquilles à l'autre bout du monde ? Malgré l'acharnement des enquêteurs, la piste de la criminelle stoppait net après son évasion de l'hôpital de Pau. Anne Poey s'était comme *volatilisée*… Aujourd'hui, le dossier dormait en attente d'éléments nouveaux. Les nouvelles affaires enterraient celle du cheptel, comme un ultime mépris pour le gendarme Jean-Marc Pradel, mort dans l'exercice de ses fonctions. Pourtant, il devait bien y avoir une faille quelque part, bon sang ! Une piste non explorée. Un détail qui aurait échappé à la vigilance des enquêteurs…

Incapable de se résoudre à cette injustice, Éloïse avait finalement choisi la seule option acceptable pour elle, et le SMS qu'elle venait de recevoir matérialisait désormais cet ultime recours… Si elle donnait suite, elle franchirait la ligne rouge sans retour en arrière possible. La gendarme ne réfléchit pas plus d'une seconde et s'empressa de répondre.

1. Voir *Le Cheptel*, du même auteur.

Comme un faux suicide

Il était presque 7 heures et demie et le jour peinait encore à chasser les ombres de la nuit. Dehors, défiant un ciel terne et humide, les réverbères teintaient le boulevard de l'Embouchure de leurs halos pâlichons. Urbain Malot monta quatre à quatre les escaliers jusqu'aux bureaux de son équipe. Après une nuit perturbée, il s'était réveillé une heure plus tôt avec une idée jaillie des tréfonds de son cerveau, le genre d'idée frappante qui harcèle l'esprit jusqu'à obtenir d'être vérifiée. Un simple clic sur un moteur de recherche aurait suffi, mais voilà, il n'avait pas d'accès à Internet... Malgré les railleries de ses collègues, il refusait farouchement de remplacer son portable de première génération ! Et la vision d'une humanité dépendante des écrans confortait chaque jour sa position. Quant à l'installation de sa box dans son nouvel appartement – il avait emmenagé trois mois plus tôt –, il l'avait sans cesse repoussée, tant et si bien qu'il n'avait eu d'autre choix, au saut du lit, que de se hâter vers le commissariat central. Il avait enjambé les cartons qui jonchaient le sol jusqu'à la salle de bains, s'était rasé fissa, avait filé sous la douche, puis avait enfilé les premiers vêtements qui lui étaient tombés sous la main avant de claquer la porte de son petit appartement. Avaient suivi vingt minutes d'une marche rapide sur la neige fondue, vingt minutes durant lesquelles il avait examiné sa fameuse idée sous tous les angles, alternant des phases de pressentiment intense – il ne pouvait pas faire erreur – et des phases de doute farouche – son esprit lui jouait des tours.

Parvenu au troisième étage, Urbain longea le mur de briquettes régulières qui paraient chaque étage de l'Embouchure et marcha à pas vifs jusqu'au bureau que partageaient ses coéquipiers. Il poussa la porte, la pièce était vide. Rien d'étonnant vu l'heure ! Il alluma le plafonnier et scruta avec une fébrilité croissante les dossiers accumulés sur les différents bureaux. Il repéra enfin la pochette marquée Sissoko sur celui de Margaux, juste à côté de son mug personnalisé sur lequel était écrit *Femme, Flic et Fière de l'être. So what ?* Le flic fondit sur le fauteuil habituellement occupé par la jeune femme et examina le dossier jusqu'à tomber sur l'indication qu'il cherchait. Son cœur cogna lorsqu'il découvrit l'adresse de l'entreprise BCM dans laquelle travaillait l'agente d'entretien.

41, rue Nicolas-Louis-Vauquelin.

Urbain ferma un instant les yeux. Il se revit la veille sur le toit du bâtiment en construction duquel avait sauté le jeune Thomas Andrieu. Oui, son pressentiment était juste, c'était bien depuis ce toit-terrasse qu'il avait repéré l'enseigne BCM. D'où son impression de déjà-vu concernant le sigle du groupe quand Christian lui avait dressé son rapport la veille. Le policier sentit un léger frisson l'électriser. Nadia Sissoko avait été assassinée juste à côté de l'entrée du métro Mirail Université… sans mobile apparent. Or elle venait juste de quitter son lieu de travail, l'entreprise BCM, dont l'immeuble voisin n'était autre que le chantier où Thomas Andrieu s'était donné la mort…

Quelle était la probabilité que ces deux morts – même lieu, même créneau horaire – ne soient pas liées ?… Ou le soient ?

Se pouvait-il qu'il y ait un lien entre les deux affaires ? Et si oui, lequel ?

Ou s'agissait-il d'un pur hasard ? d'une coïncidence ?

— Salut, le Zèbre ! lui lança Margaux en déboulant. Tu manques de place dans ton bureau ou quoi ?!

La jeune femme scruta son supérieur. Il n'avait même pas pris la peine de relever la tête. Paupières plissées, sourcils froncés – elle lui connaissait par cœur cet air pénétré. Malot avait une idée en tête. Par expérience, elle savait que rien ni personne ne le sortirait de ses songes. Il fallait juste attendre qu'il s'en extirpe tout seul. Margaux laissa échapper un soupir et mit en route la bouilloire électrique reposant sur une petite tablette à côté de son bureau. Puis elle plongea un sachet de thé dans son mug et attendit. Christian fit son entrée au moment où l'eau commençait à frémir.

— Bonjour tout le monde !

— Salut, Nounours, lui retourna Margaux.

— Qu'est-ce qui se passe ?

— Je n'en sais fichtre rien, mais j'imagine que nous allons en apprendre plus sous peu ! se moqua-t-elle en remplissant son mug d'eau fumante.

***

Urbain fit un aller-retour supplémentaire entre les bureaux et finit par s'adosser au mur en concluant :

— Moi, ça me chiffonne ! Pas vous ?

— Je ne dis pas que tu as tort mais... Rien n'exclut non plus qu'il s'agisse d'une coïncidence, tenta de tempérer Margaux.

Christian se leva, excité par l'idée que son chef avait peut-être levé un lièvre :

— Bon, imaginons un instant que tu aies raison ! Ce serait quoi, la théorie ?! Nadia Sissoko aurait vu quelque chose depuis l'immeuble où elle faisait le ménage, c'est ça ?! Quelque chose qu'elle n'aurait pas dû voir... Comme un faux suicide ? interrogea-t-il, paumes ouvertes.

Le silence se fit pendant que chacun soupesait cette hypothèse. Si le Zèbre avait vu juste, le dossier Thomas Andrieu ne serait pas clos aussi vite que prévu.

— À ce stade, intervint Urbain, nous ne pouvons ni ignorer cette concomitance, ni en tirer de conclusions hâtives. Donc, les choses sont simples : on procède à toutes les vérifications possibles pour infirmer ou valider un lien existant. Deux dossiers, deux équipes. Une sur Thomas Andrieu, l'autre sur Nadia Sissoko.

— Tu avais réparti les tâches hier, autant continuer sur notre lancée, non ? proposa Christian.

— Ça me va. Margaux et moi, on plonge dans l'affaire Andrieu. On va essayer d'en apprendre un peu plus sur ce gamin. Nounours, tu poursuis sur le dossier Sissoko.

— Hey, doucement, le Zèbre ! Laisse-nous du temps. Parce que je te rappelle que dans une demi-heure, Margaux et moi, on reçoit Djibril Sissoko pour sa déposition ! Sans compter que je dois aussi aller récupérer les bandes de vidéosurveillance du métro et me cogner leur visionnage.

— Entendu… Margaux, tu viens me chercher dès que vous en avez fini avec la déposition de Sissoko. L'idéal serait d'arriver à faire un saut chez les parents de Thomas Andrieu cet après-midi.

— Ça marche.

Eh bien... vous voyez... les bonnes femmes !

Il était 15 heures quand Éloïse se gara au fin fond du parking de l'Université Paul-Sabatier, après avoir tourné cinq bonnes minutes pour trouver une place. À deux cents mètres, le gigantesque parterre de bâtiments rampait sous le ciel morne et humide. La gendarme remonta la fermeture Éclair de sa parka et parcourut d'un pas vif la distance qui la séparait du premier cube de béton. Un bon quart d'heure plus tard, après avoir demandé trois fois son chemin, elle parvint enfin à trouver le département où travaillait Céline Servat. À l'accueil, elle présenta sa carte à une secrétaire qui s'empressa de faire appeler le Pr Duloung, chef du département de microbiologie. L'homme, la cinquantaine bien sonnée, apparut au bas des escaliers quelques minutes plus tard. Avec une barbe poivre et sel aussi indisciplinée que sa tonsure, ses lunettes à monture noire, ses chaussures Mephisto et sa veste de costume en velours beige côtelé, il déployait la parfaite panoplie de l'universitaire. *Une vraie caricature*, songea Éloïse. Duloung se fendit d'une poignée de main vigoureuse et l'invita d'un air grave à le suivre jusque dans son bureau.

— Un café ? proposa-t-il dès qu'Éloïse fut assise.

— Avec plaisir.

Le professeur s'affaira autour d'une Senseo qui jouxtait la double hélice géante d'un ADN en plastique tandis que la gendarme contemplait le capharnaüm autour d'elle. Livres, revues, notes et documents s'étalaient partout : du grand bureau de Duloung aux étagères ployant sous le poids de la science, en passant par la table de réunion derrière laquelle la gendarme avait pris place. Encore prisonnier de son emballage transparent, un rétroprojecteur dépassait d'un carton éventré à même le sol, et sur un des murs trônait un immense tableau blanc truffé d'inscriptions qui avaient tout de hiéroglyphes pour la profane qu'elle était.

— Du sucre ? demanda Duloung en posant la tasse fumante devant la gendarme.

— Non, merci.

— Bien… Alors, je vous écoute.

— Que pouvez-vous me dire à propos de Céline Servat ?

L'homme soupira en remontant ses lunettes d'un geste nerveux.

— Le Pr Servat était un de nos plus brillants éléments. Elle a intégré le département il y a sept ans pour enseigner la microbiologie… Ses différentes publications ont reçu un accueil enthousiaste et respectueux de ses pairs… C'était une collègue agréable et très bien intégrée… Je la tenais moi-même en très haute estime…

Tout en sirotant son café, Éloïse laissa Duloung achever son long panégyrique de feue Servat. Quand l'homme se tut, elle décida d'attaquer dans le dur :

— Céline Servat a affirmé à son mari qu'elle était inscrite à un colloque se tenant à Montpellier hier, jeudi.

Bien qu'il dût s'attendre à cette question, Duloung s'empourpra. Il se racla la gorge, visiblement mal à l'aise :

— Eh bien… comme nous l'avons déjà dit au téléphone à un de vos collègues hier, nous n'avions répertorié aucune inscription à un colloque… D'ailleurs, le Pr Servat devait assurer ses cours hier après-midi… Et son absence n'était pas prévue.

— Céline Servat devait enseigner hier ? s'étonna Éloïse.

— Oui, de 14 heures à 17 heures, avec les troisièmes années.

La gendarme fit un point rapide. Puisqu'elle n'avait pas prévenu de son absence, Céline Servat pensait forcément qu'elle assurerait ses cours de la veille. L'hypothèse de Djamila semblait donc être la bonne : l'enseignante avait inventé cette histoire de colloque le jeudi pour justifier auprès de son mari son absence la nuit du mercredi au jeudi. Quoi qu'elle ait pu faire cette nuit-là, elle pensait être à l'université le jeudi après-midi.

— En plus des nombreuses qualités professionnelles que vous m'avez vantées, Céline Servat était une belle femme… À votre connaissance, entretenait-elle une ou des relations adultères ?

— Je vous arrête de suite, je n'en ai personnellement aucune idée.

Éloïse esquissa un sourire narquois. On lisait dans le Pr Duloung comme à livre ouvert, et l'homme était en train de lui mentir. Le regard fuyant et le feu qui venait de naître sur ses pommettes finirent de le trahir.

— Vraiment ? Alors pourquoi ai-je l'impression que vous me cachez quelque chose ?

L'homme releva vivement la tête, comme prêt à l'affronter, mais l'élan d'indignation qui l'animait mourut dès qu'il se heurta aux yeux de la gendarme.

— Je... je ne vous ai pas menti, madame... Pour ce qui me concerne, je n'avais rien remarqué. D'autant que cela ne me regardait absolument pas.

— Vous n'*aviez* rien remarqué ? le relança Eloïse.

— Ce que j'essaie de vous dire... Oh, bon sang ! C'est très gênant de... de colporter des rumeurs. Ça n'est pas mon genre du tout...

— De quelles rumeurs parlez-vous, monsieur Duloung ?

— Eh bien... après l'appel de votre collègue hier au sujet de cette histoire de colloque, j'ai entendu... j'ai entendu dire que le Pr Servat... enfin, vous me comprenez ?

— Qu'elle avait un amant ?

— Oui, voilà... c'est ça, admit l'homme piteusement. Mais je vous le redis, personnellement je n'ai jamais remarqué...

— Qui le dit ? le coupa Éloïse.

— Je vous demande pardon ?

— Qui dit que Céline Servat avait un amant ?

L'homme comprit certainement qu'il ne s'en tirerait pas à si bon compte, mais joua malgré tout son va-tout en faisant un vague geste de la main :

— Eh bien... vous voyez... les bonnes femmes !

— Les bonnes femmes ?

— ... Les secrétaires à l'accueil, lâcha-t-il finalement d'un air désapprobateur.

— Je vois. Alors, nous allons vérifier tout ça, qu'en dites-vous ?

— Nous ?!

— Oui, nous. En substance, en votre qualité de chef de département, je vous demande d'appeler le secrétariat et de faire monter l'une des *bonnes femmes*... Et si possible, la bonne, ajouta la gendarme avec ironie.

Le Pr Duloung vira au cramoisi.

— Professeur, précisa Éloïse devant son trouble, comprenons-nous bien : Céline Servat a été sauvagement assassinée. Alors, il me semble particulièrement opportun de fouiller chaque piste – fondée ou non – qui permettrait de mettre la main sur le type qui a fait ça.

L'homme accusa le coup puis hocha vigoureusement la tête. Oui, bien sûr, il comprenait. D'un pas lourd, il se dirigea vers son bureau et attrapa son téléphone :

— Viviane ? Pouvez-vous demander à Colette de monter, s'il vous plaît ?... Oui, de suite.

— Merci, professeur, commenta Eloïse dès qu'il eut raccroché.

***

L'universitaire quitta la pièce à la demande de la gendarme. Colette, secrétaire de son état, quarante-cinq ans environ, moulée dans un tailleur jupe à bouclettes gris chiné, s'assit en face d'elle. L'entrevue la rendait nerveuse et elle attendit en trifouillant son chignon, les yeux inquiets, qu'Éloïse ouvrît l'entretien.

— Pouvez-vous me décliner votre identité complète, s'il vous plaît ?

— Colette Matignon, quarante-sept ans, secrétaire d'accueil.

— Madame Matignon, vous n'ignorez pas que le Pr Céline Servat a été assassinée dans la nuit de mercredi à jeudi et que son corps a été retrouvé hier à 14 heures dans la forêt de Buzet ?

La secrétaire se fendit d'un hochement de tête empressé. La télévision ne parlait que de ça depuis la veille. De ça et, dans un autre registre, du probable suicide de Thomas Andrieu, neveu du ministre des Finances.

— Mme Servat s'est absentée de son domicile la nuit de mercredi au motif qu'elle devait se rendre à un colloque à Montpellier hier. Or nous savons que le motif invoqué était faux. Nous avons donc de bonnes raisons de croire qu'elle cachait quelque chose à son mari. Avez-vous la moindre idée de ce que cela pourrait être ?

Colette Matignon fit un mouvement du menton tout en réfléchissant à ce qu'elle allait dire et à la façon de s'y prendre.

— Oui, j'ai bien une idée... mais je... je ne sais pas du tout si c'est en lien avec ce drame, hein ? s'enquit-elle.

— Ne vous inquiétez pas, c'est notre travail de vérifier.

— Je pense que Mme Servat voyait quelqu'un, avança la secrétaire en baissant la voix.

— Vous pensez ?

— J'en suis sûre. Enfin... elle avait quelqu'un il y a cinq mois, c'est certain...

— Qu'est-ce qui vous fait dire ça ?

— Une conversation que j'ai surprise, confessa la secrétaire, gênée.

— Madame Matignon, décrivez-moi la scène en question et essayez d'être la plus précise possible, je vous prie.

— Eh bien... c'était peu de temps après la rentrée universitaire, il y a donc à peu près cinq mois. Je suis sûre de moi car j'étais allée récupérer l'original du dossier de rentrée pour un étudiant qui était en retard. Les dossiers de rentrée sont tous archivés dans le grand placard du hall, en face du bureau de Mme Servat, au rez-de-chaussée. Quand je suis arrivée, Mme Servat était assise derrière son bureau. Elle m'a saluée, moi aussi. Puis j'ai ouvert le placard, j'ai récupéré les documents et j'ai commencé à les photocopier. Comme je vous l'ai dit, la porte du bureau était grande ouverte, alors...

— Alors ?

— Eh bien... je faisais mes photocopies et c'est à ce moment-là que j'ai surpris une conversation... une conversation *connotée...*

— Connotée comment ?

La secrétaire rougit légèrement mais précisa néanmoins :

— ... À caractère sexuel.

— C'était peut-être son mari ?

— Non, répondit-elle catégoriquement. L'homme à qui elle parlait s'appelait Guillaume, or le mari de Mme Servat s'appelle Anthony. Et elle lui donnait rendez-vous à l'hôtel.

— Guillaume ?

— Oui.

— ... Qu'avez-vous entendu exactement ?

— Mme Servat avait des inflexions séductrices. Elle parlait à voix basse et avec le sourire, c'est ce qui a attiré mon attention. Ça s'entend, vous savez, quand quelqu'un parle avec le sourire, ajouta-t-elle.

— D'accord. Et donc ?

— Eh bien… j'ai tendu l'oreille, avoua-t-elle, légèrement mal à l'aise. Et j'ai entendu Mme Servat qui minaudait : « Arrête Guillaume, tu me rends complètement dingue ! » Puis, elle a gloussé et murmuré des choses que je n'ai pas saisies. Ensuite, elle a répondu : « Non, là de suite, je ne peux pas. J'ai cours jusqu'à 16 heures » ; puis : « D'accord, on se retrouve à 17 heures à l'hôtel. Mais je te préviens, à 19 heures maxi, je mets les bouts… Oui… Moi aussi, à tout à l'heure ! »

La gendarme hocha la tête. Colette Matignon venait de confirmer la réalité d'un adultère. Restait à savoir si le prénommé Guillaume était lié au meurtre et s'il était le seul à entretenir une liaison avec Céline Servat.

— Diriez-vous que Mme Servat avait des attitudes de séduction avec ses collègues… ou ses étudiants ?

La secrétaire ouvrit deux grands yeux ébahis.

— Ciel, non ! Elle n'était pas du tout comme ça… Enfin, je veux dire… Ici, au travail, c'était quelqu'un de très droit, de très professionnel. Pour être honnête, j'ai été vraiment étonnée lorsque j'ai surpris cette conversation. Mme Servat n'avait pas du tout le profil de…

Colette Matignon laissa sa phrase en suspens.

— Bien… Y a-t-il autre chose que vous puissiez me dire ? Une précision supplémentaire concernant ce prénommé Guillaume ?

— Non. Je suis désolée, mais je vous ai dit tout ce que je sais.

— À votre connaissance, y a-t-il d'autres personnes dans le service qui aient découvert cette liaison ? Et qui puissent nous en dire davantage ?

— Euh… je ne pense pas, répondit la secrétaire en secouant la tête. Je n'ai rien entendu, en tout cas.

— Très bien, je vous remercie… Nous vous contacterons pour que vous veniez faire une déposition en bonne et due forme dans nos locaux… Si d'ici là quelque chose vous revenait en mémoire, appelez-moi directement, lui intima la gendarme en lui tendant sa carte. Et maintenant, je voudrais que vous m'ouvriez le bureau de Mme Servat, s'il vous plaît.

Il faisait face à certaines désillusions, c'est vrai...

La maison des Andrieu se découpait au bout d'un chemin gravillonné et bordé d'arbres. Petit manoir cossu en briques zébrées de lierre grimpant que le ciel bas étreignait de ses bras nuageux. Dès qu'ils garèrent leur voiture, un homme à la mine accablée se présenta sur le seuil. Le père de famille, nul doute possible... Paul Andrieu resserra contre lui les pans de sa veste en laine et leur jeta un regard chargé d'affliction.

— Monsieur Andrieu ? Bonjour... Lieutenant Urbain Malot, police judiciaire... et ma collègue, le major Margaux Dutilleux.

L'homme se contenta d'un vague hochement de tête et s'écarta pour les inviter à entrer. Une odeur persistante de bougie parfumée à la vanille planait dans l'air, qui s'accentua quand ils quittèrent le grand hall en damier noir et blanc pour suivre Andrieu vers un petit salon. L'homme, qui n'avait toujours pas desserré les dents, referma la double porte derrière lui et leur fit signe de s'asseoir sur l'un des sofas disposés autour d'un tapis aux tons chatoyants. Dans l'angle de la pièce, aussi pâle et figée qu'une statue, se tenait une femme au visage ravagé par la douleur. Un combiné téléphonique plaqué sur son oreille, elle hochait la tête sans conviction au gré des paroles de son interlocuteur. Elle profita de l'arrivée de la police pour mettre un terme à cette conversation qui semblait lui coûter.

— Solange, ma femme, présenta Paul Andrieu.

L'épouse s'éloigna de la console où reposait le téléphone, non sans avoir pris soin de décrocher le combiné de son support.

— Les appels n'arrêtent pas, se justifia-t-elle d'une voix à peine audible. Je suppose que c'est normal… vu les circonstances (et elle porta un mouchoir à ses yeux pour réprimer ses larmes).

Urbain et Margaux déclinèrent poliment la proposition de boisson et un silence gênant commença à peser. Le Zèbre se racla finalement la gorge et se lança.

— Madame et monsieur Andrieu… tout d'abord, permettez-moi de vous présenter nos plus sincères condoléances. Nous sommes vraiment désolés pour… Thomas. Nous sommes venus car…

— Thomas était un jeune homme brillant, le coupa la mère dans un élan plein de détresse et de sincérité. Un garçon déterminé, sensible et généreux, à l'intelligence vive et… mon Dieu, il avait l'avenir devant lui ! murmura-t-elle d'une voix brisée.

— Nous ne comprenons pas, enchaîna le père en attrapant la main de son épouse. Nous ne comprenons pas. Tout cela est… insensé. Et d'une extrême violence pour nous tous.

Les deux policiers échangèrent un regard rapide. Ils devaient parvenir à glaner un maximum d'informations tout en taisant l'hypothèse plus que ténue d'un crime déguisé en suicide. L'exercice était d'autant plus périlleux que les Andrieu, comme tout parent endeuillé, étaient prêts à s'engouffrer dans la moindre brèche pour tenter de donner un sens à leur drame.

— Nous avons… nous avons rencontré Mathilde, hier et… d'après elle, Thomas traversait une période *compliquée*, osa Margaux d'une voix qu'elle voulait bienveillante et précautionneuse… Elle nous a dit qu'au fil des derniers mois, Thomas était devenu plus sombre, plus taciturne…

— Nous connaissons cette version, réagit le père en s'empourprant. Mais… mais cela n'explique en rien cet acte irréparable !

Urbain se demanda si quoi que ce soit pouvait expliquer le suicide d'un jeune homme de vingt-deux ans, s'il pouvait exister pour des parents un motif acceptable, recevable, au départ d'un enfant.

— N'aviez-vous pas vous-mêmes détecté un changement chez votre fils ?

— Si… bien sûr que si, admit le père. Pour autant, rien d'alarmant… Thomas était un garçon sensible, altruiste et épris d'une certaine idée de la justice… De fait, il faisait face à certaines désillusions, c'est vrai… Mais il y a deux choses que vous devez savoir. Premièrement, Thomas aimait la vie, il était combatif et ne baissait jamais les bras.

Deuxièmement, Thomas parlait facilement avec nous des questions qu'il se posait, de ses doutes, de tout ce qui pouvait l'ébranler.

Paul Andrieu marqua un temps d'arrêt avant de conclure d'un ton convaincu :

— Le côté sombre dont vous parlez correspondait davantage à une phase de maturité, de vraie prise de conscience politique et sociale. Ses recherches en sociologie, son choix de pénétrer le milieu des sans-abri faisaient naître un regard plus éclairé sur certaines problématiques sociétales, dont celle du quart-monde... Ce que n'avait pas l'air de comprendre Mathilde... Je pense que l'écart entre eux deux s'est creusé au fil des mois et que Mathilde a mis fin à une relation qui ne présentait plus l'aspect festif et insouciant de ses débuts.

— Certes... Et Thomas a dû souffrir de cette rupture.

— Thomas était amoureux mais...

— Mais ? relança Margaux.

— Mais il n'aurait pas mis fin à ses jours pour une déception amoureuse... ça ne lui ressemblait pas ! Même profondément meurtri, Thomas n'aurait jamais été assez égocentré pour commettre un acte de cette nature... Il était trop responsable pour ça... Sans parler de Coline !

— Coline ?

— Sa petite sœur, notre fille... jamais... jamais, Thomas n'aurait accepté l'idée de laisser Coline affronter son suicide !

Margaux croisa le regard de son supérieur. Elle le connaissait suffisamment pour voir les rouages de son esprit se mettre en branle. Si Andrieu père avait raison, alors, le suicide de son fils n'en était peut-être pas un...

— Admettons, monsieur. Mais ce texto qu'il vous a envoyé avant de... avant le drame ?

Les deux parents prirent le temps de se regarder. Il apparut très clairement aux policiers qu'ils avaient déjà abordé cette question ensemble. Solange Andrieu inspira et se lança :

— C'est incompréhensible... On en a parlé avec Paul et on n'arrive pas à assembler les pièces du puzzle... Thomas avait confirmé qu'il venait à l'anniversaire de Coline. Il l'avait confirmé le jour même !

— Et il l'avait même annoncé à Bastien Krimer, son meilleur ami, le midi au restau U, renchérit Paul Andrieu. Au lieu de quoi, il se volatilise et nous envoie un texto huit jours après sa disparition pour nous demander pardon avant de sauter du toit d'un immeuble ! Ça n'a aucun sens !

— Son entrevue avec Mathilde constitue peut-être l'élément déclencheur, intervint Urbain. Saviez-vous que Thomas lui avait fait envoyer une rose la veille ?

— Oui, il en avait parlé avec Coline. Il voulait essayer de recoller les morceaux, admit Solange Andrieu. Mais il avait également confié à Coline qu'il n'y croyait pas trop… Au fond, il savait bien que quelque chose s'était cassé entre eux, quelque chose qui ne se réparerait pas avec une simple fleur.

Un silence suivit cette explication. Mme Andrieu se tordait les doigts en reniflant discrètement et son mari fixait la table basse d'un œil impénétrable. Puis, de manière inattendue, il sortit de sa réserve :

— Écoutez, on ne va pas y aller par quatre chemins… Ça va peut-être vous paraître peu crédible au vu des circonstances qui nous réunissent, mais nous avons toujours formé une famille unie, soudée. Alors, à supposer que quelque chose ait pu nous échapper, à supposer que Thomas ait eu à affronter des difficultés que nous ignorons, s'il avait été désespéré – désespéré au point de perdre le goût de la vie –, vous savez ce qu'il aurait fait ? (Le père planta ses yeux dans ceux d'Urbain.) Il serait venu ici même, au cœur de sa famille, chercher du soutien… Il nous aurait parlé comme il l'a toujours fait… Il aurait demandé de l'aide… Mais jamais il n'aurait sauté du toit d'un immeuble, asséna Paul Andrieu.

Sa femme hoqueta avant d'enfoncer le clou d'une voix suppliante :

— Paul a raison, il faut nous croire, cette histoire de suicide ne tient pas la route !… S'il vous plaît, promettez-nous que vous allez chercher la vérité !

***

En quittant la demeure des Andrieu en fin de journée, Urbain Malot laissa le volant à Margaux. Contrairement à ses congénères, il n'avait aucun goût pour la conduite et les belles voitures de sport le laissaient totalement de marbre. Tandis que sa collègue s'engageait sur le périphérique surchargé, il se laissa absorber par ses pensées. Les parents du jeune Thomas refusaient l'idée de son suicide et lui-même ne pouvait s'empêcher de croire qu'ils avaient peut-être raison. Si on avait « aidé » le môme à sauter du toit, le lien entre cette mort et le meurtre actuellement sans mobile apparent de Nadia Sissoko sautait alors aux yeux : depuis l'immeuble où elle travaillait, la femme de ménage avait vu ce qu'elle n'aurait pas dû voir et *on* s'était débarrassé d'elle comme d'un témoin gênant. Aussi audacieuse – scabreuse ? – qu'elle fût, cette hypothèse refusait obstinément de quitter l'esprit du flic.

— Tu as l'air bien songeur... À quoi penses-tu, le Zèbre ?

— À notre entrevue avec les parents de Thomas Andrieu... Tu les as trouvés comment ?

— Tu veux que je sois honnête ?

— Évidemment.

— Eh bien... sur le moment, je les ai trouvés convaincants... mais avec un peu de recul, je ne peux m'empêcher de me dire que c'est une réaction normale face à la mort d'un enfant. Une sorte de déni qui endigue sûrement leur sentiment de culpabilité.

— De culpabilité ?

— Oui. Celle de n'avoir rien vu, de n'avoir pas su détecter les signes avant-coureurs du drame.

Urbain Malot se rencogna sur le siège passager et laissa échapper un soupir.

— Pas toi ? relança Margaux.

— En fait... je ne suis sûr de rien... Mais imagine un instant qu'ils aient raison, hein ?!...

— C'est assez farfelu ! Concrètement, on ne possède aucun élément allant dans le sens d'un meurtre. *A contrario*, on a le portrait d'un jeune plutôt déprimé qui venait de se faire définitivement lourder par sa copine.

— Certes... Mais, il y a quand même des choses étranges dans ce scénario du suicide.

— Comme quoi ?

— Ceci, par exemple : Thomas habitait le centre-ville, rue Gabriel-Péri. Alors pourquoi sauter depuis un toit du quartier du Mirail et non depuis chez lui ?!

— Ben... Peut-être qu'il habitait au rez-de-chaussée ou au premier ? hasarda Margaux. Et puis, n'oublie pas que le Mirail est le quartier où il étudiait.

— Sérieux, Margaux ! Il étudiait à l'université du Mirail, et non dans le quartier du Mirail. C'est très différent ! Tu penses qu'il y a combien d'étudiants qui se baladent entre deux cours dans ce quartier de seconde zone fait de barres d'immeubles et d'allées bétonnées ? On n'est pas en train de parler de l'Arsenal[1], là !

Un blanc suivit son assertion.

— Au Mirail, martela-t-il, les étudiants sortent du métro situé à cinquante mètres de l'entrée de la fac et passent leurs journées sur le campus. Après quoi, ils s'empressent de rentrer chez eux. Aucun d'eux ne s'aventure hors du campus ! Tu as vu à quoi ressemble la rue Nicolas-Louis-Vauquelin ?! Qui irait se promener là et pourquoi ?

Le Zèbre n'avait pas tort sur ce dernier point mais Margaux décida de l'asticoter. Elle le connaissait suffisamment pour savoir qu'il était particulièrement persuasif quand il s'agissait de raisonner de manière contradictoire.

— Admettons, consentit-elle. Mais qui aurait eu intérêt à se débarrasser du jeune Thomas ? Pour quelle foutue raison, hein ?

— Je n'en sais rien ! riposta-t-il. Seule une enquête approfondie pourrait faire émerger un motif… Et puis, il y a aussi cette histoire de disparition de plusieurs jours. Le môme coupe son téléphone et on perd sa trace près de la gare. Une semaine après, il réapparaît au sommet d'un toit, envoie un texto à son père et saute dans le vide. Que s'est-il passé durant cette semaine, hein ?

— Difficile à dire. Mais, bon sang, s'il se trouvait du côté de la gare avant de se volatiliser en éteignant son portable, on peut peut-être en déduire que Thomas Andrieu a décidé de filer, hasarda Margaux. Qu'il avait besoin de prendre du recul… Et qu'il a quitté Toulouse pendant une semaine, non ?…

— C'est possible, en effet. Mais dans ce cas, il serait allé où ? Et comment aurait-il payé son billet de train ? Sa Carte Bleue n'a pas été utilisée durant toute son absence !

— Je ne sais pas, le Zèbre ! Thomas Andrieu a peut-être fraudé le train et s'est rendu chez une personne de confiance ?… Si tu

1. À Toulouse, l'Arsenal désigne l'université des sciences sociales (Université Toulouse-1-Capitole). Construite sur l'ancien arsenal, cette université est située en plein cœur de la ville.

veux, on peut interroger ses plus proches amis pour essayer d'en apprendre davantage sur une destination possible ?

— Oui, c'est précisément ce qu'on va faire ! décida Urbain Malot en sortant son portable. Il faut qu'on rencontre Bastien Krimer, le meilleur ami de Thomas Andrieu. Je l'appelle pour un rendez-vous.

Toutes les cartes en main

La nuit tapissait les contours de la ville d'un vaste lé noir de jais. Sous les lumières orangées de l'avenue de Crampel, les voitures poursuivaient leur incessant tourbillon. Éloïse aspira une dernière bouffée de sa cigarette et consulta une énième fois sa montre.

— Désolée pour le retard ! lança alors une voix familière.

Amanda Kraft[1] surgit aux côtés de la gendarme, emmitouflée dans un épais manteau beige en peau lainée avec col et manchettes imitation fourrure. Aux pieds, la journaliste avait enfilé des bottes du même style qui s'achevaient à mi-mollet sur une couronne moutonnante.

— Vous projetez un saut au Canada ? la charria Éloïse.

— Moi aussi, ça me fait plaisir de vous revoir !

Les deux femmes échangèrent un sourire complice et entrèrent au Dubliner. Amanda partit chercher deux pintes au bar tandis que la gendarme prenait place sur une banquette située dans un recoin. Elle laissa courir ses yeux alentour et les images affluèrent immédiatement dans son esprit : elle avait eu son premier rendez-vous avec Jean-Marc dans ce bar irlandais.

— Vous avez l'air bien songeur, lui lança la journaliste en s'asseyant en face d'elle.

— C'est que... certains de mes souvenirs sont liés à ce lieu.

— De grâce, Éloïse... Ne me dites pas que vous avez choisi le Dubliner alors que vous avez passé du bon temps ici avec Jean-Marc ?!

1. Amanda Kraft est une journaliste apparue dans *La Fille de Kali* et qui revient dans *Double Amnésie*, du même auteur.

En lieu de réponse, la gendarme se fendit d'une moue explicite.

— Mais vous êtes complètement maso, ma parole !

— Écoutez Amanda, je ne vous demande pas de comprendre... La vie reprend ses droits et Jean-Marc est en train d'être oublié du monde des vivants... Le colonel Prat est aujourd'hui à la retraite, les gendarmes qui ont bossé avec moi sont presque tous partis. Le bureau de Jean-Marc à la SR est désormais occupé par quelqu'un d'autre. Et il y a belle lurette que les journaux ne parlent plus de l'affaire du cheptel... De Jean-Marc, il ne me reste plus que... que mes souvenirs. Et ce lieu en fait partie.

— Éloïse... Je ne veux pas vous faire de peine mais... plus de trois ans ont coulé... Il faudra bien qu'un jour Jean-Marc appartienne aussi au passé pour vous... vous ne croyez pas ?

— Oui, vous avez raison. Mais Jean-Marc ne pourra appartenir au passé que lorsque j'aurai mis la main sur cette tarée de Virinaë[1]. C'est cette étape, et cette étape seulement, qui me permettra d'enterrer l'homme que j'ai aimé.

La journaliste laissa échapper un long soupir en hochant la tête.

— Je vois ! Si c'est une manière de me mettre la pression, c'est plutôt réussi ! ironisa-t-elle.

Amusées, les deux femmes levèrent leurs verres. Puis après un silence, Éloïse se décida :

— Amanda... Je vous remercie d'avoir accepté ma proposition.

— Avez-vous jamais eu le moindre doute ?! Le challenge a toujours constitué un moteur pour moi... Et si on aboutit à quelque chose, je ne vous cache pas que je pourrai alors sortir un des meilleurs dossiers d'investigation criminelle jamais paru sur la dernière décennie !

— Oh, pour ça, je vous crois sur parole ! ironisa la gendarme. Amanda, puisqu'on évoque votre travail, je voudrais mettre l'accent sur un point : la nécessité absolue de protéger vos sources...

— Évidemment ! Hors de question de vous mettre en lumière, non, mais ! la railla la journaliste.

Éloïse sourit de la boutade mais reprit rapidement avec gravité :

— En réalité, ce n'est pas tant à moi que je pensais, voyez-vous.

— ... Que dois-je comprendre, Éloïse ? Je vous trouve soudain un air bien énigmatique.

1. Voir *Le Cheptel*, du même auteur.

— J'attendais de vous voir pour vous mettre toutes les cartes en main… Mais avant toute chose, je veux que vous me promettiez que la nature ainsi que l'origine des échanges qui vont avoir lieu ce soir ne sortiront jamais d'ici. D'aucune manière et sous aucun prétexte.

— Oh la la ! Que de mystères, dites-moi ! C'est digne d'un thriller !

— Je suis très sérieuse, Amanda.

La journaliste sonda Eloïse avec intensité et finit par hocher la tête.

— Bien… C'est entendu…

Puis, voyant que la gendarme attendait encore, elle précisa :

— J'ai dit OK ! Je ne sais pas exactement de quoi il retourne mais je vous promets solennellement que quoi que j'apprenne ce soir, je ne l'utiliserai pas publiquement. Ça vous va ?

— Quoi que vous appreniez et aussi, de quelle source.

Instinctivement, la journaliste balaya la salle des yeux.

— Dois-je comprendre qu'on attend quelqu'un, Éloïse ?!

— Amanda ?

— Oui, oui, d'accord ! J'ignore ce que vous avez en tête, mais je vous garantis que je ne révélerai jamais mes sources d'information. Vous avez ma parole… ça vous va ?

Quelques secondes s'égrenèrent, durant lesquelles la journaliste interrogea la gendarme du regard. Puis, un grand homme blond se leva de la table voisine et se planta devant les deux femmes.

— Amanda, je vous présente Olivier. Olivier Merlot.

Le cerveau de la journaliste se mit alors à turbiner à plein régime.

— Je connais ce… Mais oui ! s'exclama-t-elle d'un coup. Vous êtes le…

— Chuuut ! lui intima immédiatement la gendarme.

— … Vous êtes le flic d'Interpol[1], acheva Amanda en baissant la voix.

L'homme s'assit à côté d'Éloïse face à la journaliste, puis il tendit le bras par-dessus la table pour lui serrer la main :

— Exactement, je suis le flic d'Interpol… Et je compte bien finir ma carrière là-bas, si vous voyez ce que je veux dire.

---

1. Olivier Merlot est un policier travaillant pour Interpol. Dans *Le Cheptel*, il intègre la cellule Trafic d'êtres humains dirigée par Éloïse.

Amanda détailla Merlot. Massif, le visage cabossé des anciens boxeurs ou joueurs de rugby. Des yeux d'un bleu délavé qui trahissaient une intelligence vive et une grande placidité. Incontestablement, ce type en imposait.

— Je me suis engagée, je ne reviendrai pas là-dessus, lui retourna finalement la journaliste. Vous pouvez compter sur ma discrétion.

— Je ne vous cache pas qu'Éloïse a mis plusieurs semaines à me convaincre. Vos papiers ont largement fait parler de vous... et pas forcément de manière rassurante, asséna-t-il.

— Agréable entrée en matière, ça fait plaisir... Cependant, si certains ont trouvé à redire, c'est peut-être que mon efficacité leur a fait de l'ombre ! Quant à la capacité que j'ai de tenir ma parole, Éloïse ici présente peut attester ma fiabilité, se défendit Amanda.

— Je sais, elle me l'a dit. Et si j'ai fait le voyage depuis Lyon, c'est uniquement parce que je fais confiance à Éloïse.

Un léger froid menaça de s'installer et la gendarme se décida à intervenir.

— Bien... Maintenant que les présentations sont faites, je propose que nous entrions dans le vif du sujet ?

— Mmm... Laissez-moi remettre une tournée, je sens que la soirée va être longue et intéressante, lança la journaliste.

***

Olivier Merlot reposa sa pinte de Guinness et commença son exposé :

— Reprenons l'affaire où nous l'avons laissée il y a trois ans et demi. Éloïse est hors jeu, vu le drame qui s'est produit, et on vient de se rendre compte que la grande prêtresse s'est échappée de l'hôpital au nez et à la barbe de tout le monde. Tollé général. L'hôpital est fouillé de fond en comble tandis que la police des frontières et les trois quarts des gendarmes et policiers du grand quart Sud-Ouest sont réquisitionnés au pied levé pour ratisser le territoire, photo et signalement d'Anne Poey à l'appui. En plus des barrages routiers et autoroutiers, le colonel Prat place des uniformes dans la moindre gare de province et à chaque point stratégique dans un rayon de deux cents kilomètres autour de Pau : aéroports, aérodromes, ports *et cetera* ! Et...

— Et malgré ça, aucune trace de la prêtresse, acheva Amanda qui n'en perdait pas une miette.

— C'est dingue, non ?! Le dispositif a été maintenu pendant des semaines, ... La photo d'Anne Poey a été diffusée en long, en large et en travers dans tous les médias nationaux avec une récompense à la clé ! Et malgré tout ça, rien, *nada* ! s'agaça la gendarme.

Amanda prit une longue lampée de bière avant de relancer :

— Olivier, vous étiez toujours dans le coup à ce moment-là ?

— Oui. Une cellule de crise a été créée pour réagir à la fuite de la grande prêtresse. Elle a été dissoute un mois après. Durant ce laps de temps, j'ai coordonné l'ensemble des recherches. Après la dissolution de la cellule, j'ai bien entendu continué à investiguer.

— OK... Alors quelles pistes avez-vous suivies ? Quelles ont été vos déductions ?

— Eh bien... Compte tenu de la porte de sortie qu'Anne Poey s'était aménagée quand l'assaut a été donné dans les montagnes, nous avons rapidement supposé que notre criminelle n'était pas vraiment du genre à improviser.

— C'est clair... Elle avait paré à toute éventualité !

— On est bien d'accord... Nous avons donc pensé qu'elle avait dû anticiper en se faisant faire des faux papiers qui devaient lui servir en cas de fuite.

— À supposer que ce soit le cas, intervint la journaliste, elle les aurait récupérés comment ?! Je vous rappelle qu'elle n'a pas eu le loisir de repasser par chez elle.

— C'est exactement ce que nous nous sommes dit... Et nous avons fini par conclure qu'elle avait bénéficié d'une complicité à proximité de Pau. Quelqu'un sur qui elle aurait pu s'appuyer, certainement moyennant rétribution. Et qui serait venu la chercher à l'hôpital avec des faux papiers déjà préparés pour la conduire à l'aéroport ou à la gare de Pau, et ce, avant même que sa disparition soit détectée...

Amanda fronça les sourcils, l'air sceptique.

— Vous n'avez pas l'air convaincue mais c'est encore ce qui est le plus plausible ! Regardez le temps écoulé entre le moment où Anne Poey a été conduite à l'hôpital et le moment où Prat s'est rendu compte de la supercherie ! Sachant qu'Anne Poey et le bébé ont été transférés des urgences vers le service de pédiatrie aux alentours de minuit, on est certains que notre criminelle n'a pas quitté l'hôpital avant minuit. Or Prat s'est aperçu du leurre vers 7 heures du matin. Nous avons donc une fenêtre de sept heures à laquelle on peut ajouter trois à quatre heures correspondant au temps nécessaire pour rendre opérationnel le ratissage des forces de l'ordre. Bilan, notre criminelle a disposé de sept à onze heures pour quitter la France, déroula Merlot, paumes ouvertes dans un geste d'évidence.

— Mmm… Mais cette hypothèse suppose une complicité géographiquement proche, rétorqua la journaliste.

— En effet.

— Or j'imagine que vous avez passé la vie d'Anne Poey au crible : amis, famille, relations… S'il y avait eu un complice, vous auriez fini par l'identifier, non ?

— Il peut fort bien s'agir d'une relation commerciale autour de son trafic d'êtres humains !

La journaliste secoua la tête.

— Quoi ?!

— Je suppose qu'une armada d'informaticiens a décortiqué le PC de la grande prêtresse dans ses moindres retranchements de mémoire, non ?

— Exact.

— Et ?

— Ils n'ont rien trouvé.

— Rien de plus normal, avança la journaliste. Après le démantèlement de ce trafic, j'ai moi-même enquêté pour produire un gros papier récapitulatif sur l'affaire, et je crois me souvenir que les relations commerciales d'Anne Poey sur le Darknet étaient tellement sécurisées qu'elle-même ignorait tout de l'identité de ses clients… et *vice versa*. Dans ces conditions, comment aurait-elle pu faire d'une de ses relations commerciales un futur complice ?

— Certes, les informaticiens n'ont rien trouvé ! Et alors ?… L'absence de preuves n'est pas la preuve de l'absence ! lui retourna Merlot. Rien n'exclut qu'Anne Poey ait développé, d'une manière qui nous échappe, une relation privilégiée avec un de ses clients et qu'elle ait fait appel à lui pour organiser sa fuite.

— Admettons, souffla Amanda. Alors venons-en à un autre point : si Anne Poey a bénéficié de l'aide d'un complice, elle a forcément dû le contacter par téléphone depuis l'hôpital !

Le flic laissa échapper un long soupir. Il comprenait parfaitement où la journaliste voulait en venir.

— Nous avons interrogé l'ensemble des personnels en service la nuit où Anne Poey s'est enfuie, ainsi que les patientes accueillies en pédiatrie : l'un d'eux avait-il prêté son portable à la bonne femme ? Réponse : non. Nous avons bien entendu vérifié qu'aucun appel n'avait été passé depuis le fixe de la chambre d'Anne Poey… et, pour faire bonne mesure, nous avons même analysé tous les appels sortants depuis l'ensemble des lignes fixes de l'hôpital durant cette nuit-là. Et ça n'a rien donné.

— Donc elle n'a pas contacté de complice, conclut Amanda.

— Mais bon sang ! Si personne n'est venu la chercher, comment a-t-elle pu fuir ?! questionna la gendarme. Anne Poey n'est pas Houdini, non plus ! Elle ne s'est pas volatilisée, comme ça ! Vous avez vu où est situé l'hôpital ?! On est très loin du cœur de la ville ! Je ne suis même pas certaine qu'il y ait des bus qui desservent le centre hospitalier… alors la nuit !

— Trois.

— Pardon ?

— Il existe trois lignes de bus qui vont jusqu'à l'hôpital, répondit Merlot. Mais elles ne fonctionnent plus après 22 heures, donc cette éventualité est aussi écartée.

SONGE 2

Certaines rencontres sont des pièges

Voilà. Désormais, le silence autour de moi est parfait. La neige et la nuit m'enveloppent et l'ivresse d'il y a quelques heures s'est estompée au profit d'un engourdissement apaisant. Je pourrais presque m'endormir si l'image des yeux exorbités et suppliants de Céline ne s'imposait pas dès que mes paupières se ferment. Elle s'est débattue. Elle ne voulait pas mourir...

En réalité, c'était affreux. Il n'y a pas de mot pour exprimer l'horreur des sensations physiques liées à la strangulation. Céline a tenté de happer l'air de toutes ses forces et, à peine la pression de mes mains sur sa fine gorge se relâchait-elle un peu, que j'entendais le sifflement rauque de son inspiration désespérée. J'ai senti sous mes cuisses qui l'enserraient, son corps lutter, se tendre et se cabrer. J'ai vu son regard stupéfait se remplir de terreur quand le souffle a commencé à lui manquer et que ses poumons en feu exigeaient de se gorger d'air. J'ai aussi vu la veine sur une de ses tempes enfler, palpiter et bleuir quand la suffocation s'est emparée d'elle. Puis ses traits barbouillés de sang et déformés par ses blessures, se congestionner sous l'écrasement de mes mains meurtrières. Ce n'était plus le visage de Céline, là devant moi, mais un faciès sanguinolent, écarlate et bouffi suintant la souffrance. Un étranglement, c'est long. Terriblement long. Il s'en passe des choses dans votre tête. Comme cette voix intérieure qui me hurlait d'arrêter, combattant vainement l'inéluctabilité d'une mort – une de plus – censée me protéger moi... et protéger mes enfants. Parce qu'elle est là, la terrible vérité. J'avais mis les pieds dans un engrenage empêchant toute marche arrière. Et malgré cette voix catastrophée qui refusait de tuer, il y avait par-dessus, et impérieuse, la certitude de devoir agir ainsi, de ne pas avoir le choix. Tout simplement parce que la ligne rouge avait déjà été dépassée dans les grandes largeurs. Certains appellent ça la théorie de l'escalade.

Mon escalade à moi a commencé par une rencontre salvatrice. Du moins, en avait-elle les apparences. Mais je le sais aujourd'hui, certaines rencontres sont des pièges. Et certaines mains tendues, des portes d'entrée sur les chemins infernaux d'une compromission croissante.

J'ai rapidement eu pour le jeu d'argent la plus grande attraction. Il ne s'est jamais véritablement agi pour moi de m'enrichir, car d'argent, je n'ai jamais manqué. Enfin si, après que j'en ai eu perdu beaucoup trop en jouant, justement… Mais au départ, avant la spirale infernale, je n'en manquais pas et, à bien y réfléchir, j'en avais même suffisamment pour me payer le luxe de miser gros. C'est assez paradoxal si l'on considère le mobile apparent du jeu comme le désir de gagner de l'argent… Bref, j'ai commencé à jouer durant mes études. À ce moment-là, dans le rythme effréné de mon travail, c'était un passe-temps distrayant dans lequel j'étanchais ma soif de performances. Paul, un ami de l'époque et que j'ai complètement perdu de vue après qu'il a exporté ses compétences outre-Atlantique, m'a initié. Paul était comme moi un étudiant brillant et on se tirait la bourre. Il était ce genre de personnes à qui tout réussit, et son esprit retors et souvent subversif le conduisait fréquemment vers des milieux interlopes où il se frottait à des codes différents, bien loin de ceux de la fac. Il m'a enseigné les rudiments du poker et du black jack et m'a entraîné rapidement à sa suite. J'ai alors découvert le monde des casinos, son ambiance mystérieuse, sélecte, feutrée et élitiste – on était loin des casinos d'aujourd'hui –, et les premières sensations fortes liées au risque de perdre et au défi de gagner. D'ailleurs, je me souviens parfaitement du premier soir où j'ai raflé la mise sous les yeux incrédules de Paul – je venais de bénéficier d'une chance insolente, celle du débutant, mais je ne mesurais pas ce qu'elle comportait de malchance. Parce que j'ai vécu à cet instant-là quelque chose de magique et de terriblement intense, une forme aiguë, paroxystique, d'excitation que je ne cesserais par la suite de vouloir retrouver… Paul avait aussi dans les yeux une lueur que je ne lui avais jamais vue pour personne : l'admiration du type bluffé. Nos soirées ont dès lors connu une accélération notable. Sans que je m'en rende compte, le virus du jeu m'avait contaminé. J'étais déjà comme un électron incapable de se détacher de son noyau. Paul, lui, s'est fait de moins en moins présent, la fin des études approchait et, finalement, après notre doctorat, il est parti au Canada. De mon côté, j'avais rencontré Karen en fin de cursus lors d'une soirée étudiante et, les choses devenant sérieuses entre nous, nous nous installâmes ensemble dans la couronne toulousaine dès que nous obtînmes chacun notre premier poste. Nous prîmes un crédit pour l'achat de la maison, nous étions jeunes et déjà fort bien lotis, nos métiers respectifs nous assurant toutes les sécurités possibles. Je me rappelle avoir pris la décision ferme et définitive d'arrêter de jouer quoi qu'il m'en coûtât, mais je ne sais trop comment je me retrouvai, un vendredi soir où Karen était retenue à son cabinet pour une affaire urgente, derrière la table de black jack du casino. Je me fis l'effet d'un plongeur apnéiste remontant à la surface et retrouvant la texture de l'air dont il s'était privé. Comble de chance, je fus en veine ce soir-là et remportai quelques jolies parties et une coquette somme d'argent. De l'argent que je n'aurais pas eu si je n'avais pas joué. De l'argent que je pouvais donc me permettre de rejouer et de perdre. Non ? Prétextant auprès de Karen une obligation professionnelle, je le jouai le samedi de la semaine suivante. Je le perdis et cela me mit hors de moi. Je devais me refaire !

Les samedis se succédèrent et je devais déployer des trésors d'ingéniosité et de mensonges pour cacher mon vice à Karen et à mon entourage… J'essuyai mes premières grosses pertes mais je croyais en ma veine, c'était juste une question de roue qui tourne et je retrouverais sans tarder la main du gagnant ! Le découvert sur mon compte personnel devint bientôt préoccupant, je commençais à être aux abois. Au final, le décès d'une tante argentée sans enfant arriva à point nommé puisque j'héritai d'une somme qui me remit à flot. Karen n'en sut rien, j'avais évité le pire ! En réalité, même si je l'ignorais, j'étais en train de descendre tranquillement mais sûrement la pente.

Puis – surprise – je fus contacté par un chasseur de têtes qui me proposait un poste très intéressant à Paris. Karen venait de tomber enceinte et nous pesâmes donc le pour et le contre pour la forme – car j'en suis intimement persuadé encore aujourd'hui, ni elle ni moi n'étions prêts à nous asseoir sur une telle opportunité de carrière avec un salaire passant pour moi du simple au double. Je rejoignis donc la capitale et n'endossai plus mon rôle de mari et de père que le temps des week-ends. En semaine, les soirées s'apparentèrent bien vite à des plages de jeu libre ! J'entamai ainsi ma première liaison un soir où, après avoir essuyé un beau revers dans un casino, j'avais besoin d'être consolé. Je ne sais plus comment elle s'appelait, mais elle avait la plus belle paire de seins qu'il m'ait été donné de palper. Elle se donna sans réticence et je goûtai la joie d'une relation sans lendemain, uniquement fondée sur le sexe. C'était simple, agréable et sans conséquence. Et cela se poursuivit durant des années, alors même que Karen donnait naissance à notre second enfant…

L'absence totale de garde-fou parisien fut certainement l'accélérateur de ma déconfiture. Entre infidélités et jeux, je dépensais des sommes folles, des sommes que je n'avais pas. Je contractai un prêt en hypothéquant notre maison familiale dans le dos de Karen – j'imitai tout simplement sa signature. Malgré mes efforts et mes invocations multiples à ma bonne étoile, j'allai de Charybde en Scylla et les dettes de jeu recommencèrent à s'amonceler. Le casino me fit crédit. Une fois. Puis plusieurs. Avant que je ne devienne définitivement *persona non grata*.

Vinrent alors les salles de jeu illégales, le milieu dur et intensément risqué des tables gérées par la Mafia et pour partie peuplées de truands. Autant l'admettre, à ce stade, jouer était devenu une addiction, une mécanique instinctive, viscérale, passionnelle, située hors champ réflexif. Je me posais à la table de jeu dans un état d'exaltation totale, prêt à en découdre, certain de faire le coup du siècle, de rafler une mise qui effacerait comme par magie toutes mes déconvenues. Mais cela ne se passa pas comme ça. Et l'histoire de la quinte flush de Wang Fang finit de me mettre à terre. Je croulais sous les dettes et les crédits revolving quand Karen m'annonça qu'elle entamait une procédure de divorce. Des photos compromettantes de mes virées nocturnes lui étaient parvenues et il ne me fallut pas un dessin pour comprendre que Fang estimait avoir attendu bien trop longtemps son dû. Après quelques relances musclées, il accentuait donc la pression. Je devais payer ou m'attendre au pire, comme me le laissa comprendre le cliché en noir et blanc de mes enfants sortant de l'école, que je trouvai dans ma boîte aux lettres parisienne. Karen, de son côté, organisait déjà le combat des mois qui allaient suivre en prévoyant de me laisser la maison contre la moitié de sa valeur, soit la bagatelle supplémentaire de deux cent cinquante mille euros.

C'est au moment même où Karen entamait les hostilités, me promettant de me saigner à blanc, et où Fang réclamait son dû avec l'insistance et les méthodes propres aux bandits, qu'apparut la main secourable que je n'osais même plus espérer. Loin de la brutalité animale de ceux qui me menaçaient, Bruno Lamarque m'apparut plein d'amabilité et de bienveillance. Il avait une tête harmonieuse, des yeux doux et un sourire sincère qu'accompagnait une poignée de main franche. Portait un costume sur mesure. Brassait des millions pour le compte d'un portefeuille de clients fortunés et avait pour mission de mener à son terme un projet très lucratif au bénéfice d'un grand groupe. Pour y parvenir, il pourrait bien avoir besoin de moi.

En réalité, c'était le mal incarné, mais il me fallut la suite des événements pour le comprendre… Et c'est avec la clairvoyance d'un homme aux abois que je me jetai dans la gueule du diable.

… Le début d'une piste inexplorée

Olivier Merlot avait posé le double du dossier de recherches concernant Anne Poey sur la table du bar et cela faisait plus d'une heure et demie que le trio examinait les différents axes de l'enquête. Suite à la diffusion des avis de recherche, certains témoins s'étaient manifestés. Merlot avait donc été amené à suivre des pistes en France, en Roumanie, en Russie, en Angleterre et même au Maroc. Au final, aucune n'avait débouché sur quoi que ce fût de concret… Les contrôles aux frontières dans les semaines qui avaient suivi la fuite d'Anne Poey n'avaient rien donné et les enquêteurs en étaient arrivés à la conclusion que la prêtresse s'était enfuie à l'étranger sous une fausse identité avant que le dispositif de contrôle et les barrages soient opérationnels. Le comment, quant à lui, demeurait indéterminé… La gendarme revint du bar avec deux Smithwick's et une Guinness qu'elle posa sur la table. La journaliste attendit qu'elle soit installée pour relancer :

— Revenons au point de départ : l'hôpital de Pau. Si l'on part du principe que le fameux complice n'existe pas et qu'Anne Poey n'a reçu aucune aide extérieure, quels ont pu être ses différents moyens de s'échapper ?

— Taxi ? hasarda Éloïse.

— Impossible, je te rappelle qu'on a passé au crible l'ensemble des numéros sortants de l'hôpital, lui retourna Merlot. Par mesure de précaution, on a même contacté toutes les sociétés de taxis du coin ainsi que les Uber. Pas de course depuis l'hôpital cette nuit-là.

— Qui plus est, Anne Poey a été conduite à l'hôpital alors qu'elle était en robe de bure ! commenta Amanda. En d'autres termes, elle n'avait pas un kopeck sur elle.

— Elle s'est peut-être tout bonnement enfuie à pied ? proposa Éloïse.

— Peu convaincant et idéal pour se faire repérer, notamment quand vous vous trimballez en nuisette d'hôpital.

— Le stop ?

— *Idem.* Et puis, vu le ramdam médiatique avec appels à témoins dès le lendemain, le conducteur se serait manifesté…

Un silence s'installa, chacun réfléchissant aux options restantes. Finalement, Amanda prit la parole.

— Vous vous souvenez du mode opératoire concernant les livraisons des individus du cheptel aux clients qui avaient passé commande ? Pour brouiller les pistes, Anne Poey et son défunt sbire Francis volaient un véhicule qu'ils maquillaient avec de fausses plaques et qu'ils utilisaient uniquement pour la livraison.

— Merde ! Vous pensez qu'Anne Poey, après de longues années de pratique aux côtés de Francis, a pu apprendre à voler un véhicule, c'est ça ?! s'exclama la gendarme, excitée.

— On se calme, mesdames ! intervint Merlot en souriant avec lassitude. Vous n'imaginez tout de même pas que si la moindre voiture avait manqué à l'appel le lendemain de la fuite d'Anne Poey, on serait passés à côté ?!

— Vous avez donc vérifié ? insista la journaliste.

— Oui. Parmi les deux cent quarante-trois voitures stationnées sur le parking, aucune ne manquait.

— D'accord… Mais avez-vous examiné le FVV[1] ?

Merlot lui opposa un regard noir mais répondit cependant très calmement :

— Non. Mais pour votre gouverne, j'ai demandé au commissariat de Pau de me faire remonter toute plainte pour vol de voiture qui pourrait paraître suspecte.

— Suspecte ?

— Oui, suspecte. À savoir, située à proximité de l'hôpital la nuit où a eu lieu la fuite d'Anne Poey. Ça vous va, comme ça ?

— Je vous réponds franchement ou pas ?

1. Fichier des véhicules volés.

— Au point où nous en sommes, allez-y ! s'amusa le flic.

La journaliste prit une grande inspiration et se lança :

— Bon… à votre décharge, j'imagine aisément que le vol de voiture relève très majoritairement – voire exclusivement – de la gent masculine… et que c'est pour cette raison que vous n'avez…

— Soyez directe, j'aime autant…

— Bien. Moi aussi ! Donc, pour vous répondre, non, ça ne me va pas… Revenons au contexte : Anne Poey vient de mettre les bouts. C'est le branle-bas de combat et je n'imagine même pas le bordel ambiant au niveau du flot d'informations à relier entre les différentes forces de police et de gendarmerie, sans parler des médias qui doivent s'en donner à cœur joie et à qui il faut donner des petits bouts de gras.

— Je ne sais pas où vous voulez en venir, mais la cellule de crise a fait un travail remarquable, se défendit Merlot.

— Je n'en doute pas un instant. En revanche, des dizaines et des dizaines de directives sont tombées dans tous les sens sur les « Pinot simples flics » – passez-moi l'expression –, et je ne saurais me contenter de la réponse qui consiste à dire que vous avez demandé que vous soit remontée toute plainte pour vol « suspecte ».

— Vous êtes en train de me dire que j'aurais dû vérifier moi-même ?

— Disons que… eh bien, oui. C'est exactement ce que je vous dis.

Olivier Merlot se rencogna sur son fauteuil et croisa les bras. Plus songeur que vexé, il finit par dire :

— Très bien, Éloïse, tu pourras jeter un œil au FVV ?

— Dès demain, ce sera fait… Mais, puisque nous en sommes là, Amanda, poussons la logique jusqu'au bout, énonça la gendarme. Anne Poey n'a reçu aucune aide extérieure. Elle vole un véhicule, et après ? Que se passe-t-il ? Comment peut-elle fuir ? Elle est en nuisette d'hôpital, sans papiers, elle n'a pas un radis et ne peut donc pas acheter de billet d'avion ou de train… Ça la mène où, tout ça ?

— C'est exactement ce que j'étais en train de me dire, figurez-vous… Partons de ce que nous savons de cette femme… Elle est ultra-méfiante et a toujours agi seule, Francis n'ayant jamais été que son exécutant, commença à lister la journaliste.

— Mmm…

— Elle est organisée, tant et si bien qu'elle avait déjà planifié l'hypothèse d'une prise d'assaut du cheptel et aménagé une porte de sortie. Son commerce était particulièrement lucratif et on sait d'ores et déjà – vu ce que j'ai parcouru dans le dossier apporté par Olivier – que la plus grosse partie des sommes touchées grâce à son trafic n'a jamais été retrouvée. Ce qui veut dire qu'elle avait organisé la fuite de ses revenus illégaux : comptes anonymes *via* des paradis fiscaux, montage de holdings et sociétés écrans *et cetera*…

— Il y a de fortes chances, oui. Et donc ? demanda Merlot.

— Donc, si – comme j'en suis quasiment persuadée – Anne Poey a mis les bouts avec une voiture volée, elle n'a pas pu parcourir une énorme distance puisqu'elle n'avait même pas d'argent sur elle pour refaire un plein… Deux options, à partir de là : ou bien elle taille la route en volant une nouvelle voiture chaque fois que le réservoir de la précédente est vide, ou bien elle a un point de chute, et ce, dans un périmètre raisonnable autour de Pau. Quelle hypothèse vous paraît la plus crédible au regard de ce que nous savons d'elle ?

— Attendez, Amanda ! réagit la gendarme en écarquillant les yeux. Vous pensez qu'elle a pu rejoindre un… une planque ?!

— Disons que je la vois mal se lancer dans un road-movie improvisé, de voiture volée en voiture volée, tentant de franchir les barrages de police en nuisette d'hôpital, le tout sans être repérée.

Éloïse s'avança sur son siège et croisa les mains en signe de réflexion. Visiblement, les déductions de la journaliste l'interpellaient, et elle commença à récapituler à voix haute :

— L'idée serait donc celle d'une planque organisée en cas d'arrestation… Une propriété acquise par le biais d'une holding et impossible à détecter en examinant les avoirs déclarés d'Anne Poey… Un endroit où elle pourrait se terrer aussi longtemps que dureraient les recherches la concernant… Et en toute logique, un pied-à-terre géographiquement proche du lieu où se déroulerait l'action, c'est-à-dire non loin du cheptel…

— Oui. Et pour parfaire le tableau, j'ajouterais qu'elle avait probablement fait établir depuis longtemps des faux papiers qui l'attendaient sagement dans cette planque et qu'il devait y avoir sur place un jeu de cartes bancaires et quelques liasses de billets pour voir venir…

La gendarme hocha lentement la tête. La théorie d'Amanda commençait à prendre corps. C'était encore l'hypothèse la plus plausible et, surtout, le début d'une piste inexplorée. En écho à ses pensées, la journaliste récita avec un brin d'humour :

— Écoutez... Ça n'est pas moi qui l'ai dit mais Sherlock Holmes : « Lorsque vous avez éliminé l'impossible, ce qui reste, si improbable soit-il, est nécessairement la vérité. »

— Eh bien, Sherlock, une simple vérification dans le FVV devrait nous indiquer si vous avez vu juste, conclut Olivier Merlot en levant les yeux au ciel.

On ne pouvait pas étudier une population en la regardant de l'extérieur

Margaux tourna dans le quartier et finit par trouver une place près de la poste Saint-Aubin. Il était 9 heures du matin, le ciel était maussade et il faisait un froid de canard. Les policiers pressèrent le pas pour rejoindre le numéro 42 de la rue Riquet où vivait Bastien Krimer, le meilleur ami de Thomas Andrieu. Ils parvinrent essoufflés au quatrième étage sans ascenseur et un grand échalas aux allures de geek leur ouvrit la porte. Avec sa silhouette longiligne, sa tignasse rousse en bataille et ses lunettes cerclées d'acier noir, l'étudiant en informatique semblait tout droit sorti d'une BD pour adolescents. Il tira négligemment sur son jean trop ample pour le remonter sur ses hanches et les invita à entrer. Le minuscule studio sentait le café et le renfermé, et trahissait le peu d'enthousiasme de son occupant pour les tâches ménagères. Bastien Krimer débarrassa le clic-clac du fatras qui le recouvrait et les deux flics s'assirent. À sa manière de ronger les peaux mortes autour de ses ongles, le jeune était visiblement nerveux. Il leur jeta un regard grave, sembla vouloir dire quelque chose mais se ravisa et attendit.

— Bonjour Bastien, entama alors le Zèbre d'une voix amicale. Je suis le lieutenant Urbain Malot, et voici ma collègue, le major Margaux Dutilleux.

L'étudiant hocha la tête, évitant soigneusement de regarder son interlocuteur à l'étrange visage bicolore. Devant la gêne du jeune homme, Margaux décida de prendre la main sur la conduite de l'entretien.

— Nous sommes venus te rencontrer pour essayer de comprendre ce qui a pu se passer autour de la mort de Thomas… C'était ton meilleur ami, c'est bien ça ?

— Oui. (Sa voix sourde était empreinte d'émotion.) On se connaissait depuis le primaire… Mes parents aussi habitent Rouffiac et j'ai grandi là-bas.

— D'accord… On peut donc considérer que tu étais proche de Thomas, n'est-ce pas ?

— Mmm… On se disait tout… Enfin, c'est ce que je croyais, se reprit-il en prenant conscience que certaines choses avaient dû lui échapper, au regard du suicide de son meilleur ami.

— Avant sa… avant sa mort… est-ce que Thomas t'a paru déprimé ? mal dans sa peau ?

Bastien Krimer plissa le front, soupesant les effets de la réponse qu'il s'apprêtait à donner.

— Non, je… je ne dirais pas « déprimé »… C'est vrai que Thomas avait un peu changé… Il semblait légèrement désabusé. Mais de là à… (Il laissa sa phrase en suspens.)

— Toi qui le connaissais bien, tu n'avais pas entendu dans sa bouche des propos à connotation suicidaire ?

— Jamais ! réagit-il vivement. Quoi que vous en pensiez, Thomas n'était pas du genre à broyer du noir, vous savez.

— D'accord… et de quel genre était-il, alors ?

— Du genre qui veut faire changer les choses… améliorer le monde… essayer de trouver des solutions. Vous voyez ?

— Oui, je crois… Pourtant, tu as dit qu'il était plutôt… « désabusé » ? questionna Margaux en relisant ses notes.

— Oui, c'est vrai… Plus Thomas évoluait, plus il se rendait compte qu'il fallait bien plus que de bonnes intentions pour transformer le monde… Et puis, plus récemment, certains conflits l'avaient pas mal déstabilisé.

— Explique-nous.

— Eh bien… je pensais à ce qui se passait à l'Unef[1], expliqua Bastien en fronçant les sourcils. Peu après son entrée à la fac, Thomas avait décidé de s'investir au sein du syndicat étudiant. Ça faisait trois ans qu'il y était et il prenait ça très à cœur… Mais voilà, cette année, il y a eu des rivalités importantes dans le syndicat et,

1. Union nationale des étudiants de France.

même s'il n'en parlait pas beaucoup, je sais que Thomas avait du mal à tolérer cette situation.

— C'est-à-dire ?

— En gros, l'Unef intervient dans pas mal de domaines et conduit certaines actions pour faire évoluer les choses pour les étudiants et aussi pour la société de manière générale… Je sais que Thomas était dégoûté parce que la conduite de certaines actions était freinée par des dissensions qui étaient apparues entre deux représentants du syndicat. Thomas m'avait confié qu'il trouvait que cette guéguerre ressemblait à un combat d'ego plus qu'à de vraies divergences de fond. Et il ne supportait pas que les stratégies individuelles prennent le pas sur les enjeux collectifs, sociaux… surtout au sein d'un organe censé fédérer et défendre des causes importantes.

— Un vrai idéaliste, en somme ?

Bastien Krimer se fendit d'un sourire mêlant tristesse et nostalgie.

— C'est ça, un idéaliste. Un gars intègre. Entier… Alors forcément, il essuyait des déceptions… D'ailleurs, on ne se ressemblait pas du tout sur ce point… Moi, je n'ai jamais prêté l'oreille à tous les beaux discours qu'on nous sert à droite et à gauche… Thomas, lui, cherchait toujours des réponses. Dès qu'on parlait inégalités, salaires, statuts sociaux, conditions de vie, avenir, alternatives économiques, il était à fond !… Il était intarissable sur Rousseau, Bourdieu, Tocqueville et tout le tsoin-tsoin ! C'était son dada… Il allait au fond des choses, il se donnait à mille pour cent. Comme avec son mémoire cette année.

— Sur les SDF ?

— Oui, répondit-il avec un sourire attendri. Il s'était mis en tête de pénétrer le milieu !

Devant la mine intriguée de Malot, Bastien Krimer précisa en levant les yeux au ciel :

— Thomas avait décidé d'affronter certaines réalités pour de vrai. Il affirmait qu'on ne pouvait pas étudier une population en la regardant de l'extérieur. Du coup, il avait commencé à infiltrer les réseaux des sans-abri toulousains ! Il se faisait passer pour l'un d'eux… Vous voyez le tableau ?! Ben, voilà, Thomas, il était comme ça…

Les flics hochèrent la tête. Entre les propos des parents et ceux de son meilleur ami, ils commençaient à se faire une idée assez précise de Thomas Andrieu. Margaux décida que le moment était venu de recentrer les questions sur les éléments qu'ils possédaient.

— Et sa rupture avec Mathilde ? Il la vivait comment ?

— Pfff... difficile à dire... Thomas n'en parlait pas vraiment. Il y a fait allusion à deux, trois reprises mais... honnêtement, je ne suis pas certain que c'était la préoccupation majeure de sa vie.

— Pourtant, il lui avait fait envoyer une rose, pondéra Urbain.

— Oui, je sais... Je n'ai pas dit qu'il était indifférent à sa séparation d'avec Mathilde... Mais je continue de croire que Thomas consacrait plus d'énergie à mener ses combats sociopolitiques et ses études qu'à essayer de sauver sa relation amoureuse. C'est d'ailleurs ce qui décevait Mathilde : elle passait très souvent après le reste... Et pour être franc avec vous, Mathilde n'était pas le genre de fille prête à sacrifier son vendredi soir pour faire des maraudes auprès des sans-abri ou pour organiser une manifestation au profit des LGBT !

Les deux policiers échangèrent un regard rapide. Là encore, le récit de Bastien corroborait celui des parents. La dernière phrase de Thomas quand il avait quitté Mathilde le jour de sa disparition résonna dans la tête d'Urbain. « *De toute façon, tu sais quoi ? Je m'en tape ! Vis ta vie, oublie-moi, et moi, je vais faire pareil ! Parce que, crois-le ou pas, y'a des choses bien plus importantes que notre petite histoire ratée !* » Au final, ce n'était peut-être pas une réplique cynique, comme ils l'avaient interprété, mais le reflet de la réalité.

— Avant sa mort, Thomas a disparu de la circulation pendant une semaine, relança Malot. Tu as une idée de l'endroit où il a pu aller ?

Bastien Krimer secoua la tête, l'air effaré.

— Aucune ! D'ailleurs, je ne comprends pas ! Thomas m'avait rejoint à l'IUT et on a mangé ensemble le midi au restau U. On a discuté de tout et de rien. Il m'a dit qu'il avait rencard dans l'après-midi avec Mathilde mais il ne s'est pas vraiment étendu sur le sujet... En revanche, il a parlé de l'anniversaire de Coline, sa petite sœur. Il m'a clairement dit qu'il allait passer la soirée et la nuit chez ses parents, à Rouffiac, pour la fête. Il avait même acheté un cadeau à Coline... Et après, pfft, il disparaît dans la nature sans donner de nouvelles... ça n'a aucun sens !

— D'où notre interrogation sur l'entrevue qu'il a eue avec Mathilde et qui a abouti à une fin de non-recevoir, commenta Margaux.

— Je vois où vous voulez en venir ! réagit Bastien Krimer. Mais jamais Thomas n'aurait fait faux bond à Coline le soir de son anniversaire ! Ils étaient très proches... Thomas adorait sa petite sœur... Coline doit passer le bac à la fin de l'année et ils avaient même prévu de partager un appart l'an prochain.

— Bien... Écoute, Bastien, je voudrais que tu essaies de te remémorer vos échanges ce jour-là au restau U... Thomas a-t-il fait allusion à autre chose ? Est-ce qu'il avait un rendez-vous avec quelqu'un en dehors de Mathilde ? Est-ce qu'il devait faire un crochet quelque part ?

Tout en cherchant visiblement dans ses souvenirs, Bastien Krimer avait fait non de la tête à chaque question de Margaux. Apparemment, il ne possédait aucun indice supplémentaire concernant l'emploi du temps de Thomas cet après-midi-là.

— Mathilde a affirmé que, lors de leur rencontre, Thomas avait le nez fourré dans son téléphone, qu'il écrivait des textos... ça ne te dit rien ?

— Non, vraiment, je ne vois pas, fit Bastien sur un ton d'excuse.

— Une autre question : c'était dans les habitudes de Thomas d'éteindre son portable ? relança Urbain.

— Absolument pas... Aucun jeune ne le fait, de toute façon ! Comment vous expliquer ?... Tout passe par le portable aujourd'hui ! Internet, SMS, appels, agenda, réseaux sociaux, appareil photo... Sans portable, t'es complet coupé du monde, conclut-il, comme une évidence.

— Pourtant, c'est ce qui s'est passé, reprit Margaux. Le dernier bornage situe Thomas aux alentours de la gare le jour de sa...

— La gare, vous dites ?! la coupa l'étudiant.

— Oui, la gare. Pourquoi ?

— Eh bien, je l'ignorais... Mais s'il était du côté de Matabiau, j'ai peût-être une explication. En fait, Thomas allait souvent du côté de la gare ces derniers mois, dans le cadre de son mémoire et de sa fameuse infiltration du milieu SDF. À deux, trois reprises, il a même mentionné un type qui se faisait appeler « Montagne » et qui traînait souvent dans le coin.

Une lueur éclaira immédiatement le regard d'Urbain. Et si la disparition du jeune Thomas était en lien avec le milieu interlope des sans-abri ? Après tout, il y avait là une faune pas toujours fréquentable aux prises avec des addictions, des besoins d'argent, des maladies mentales... L'étudiant en sociologie avait-il pu se fourrer dans une sombre histoire malgré lui ?... La voix de Bastien Krimer le sortit de ses réflexions.

— Sérieux, dites-moi la vérité, s'il vous plaît ! Vous non plus, vous ne croyez pas au suicide de Thomas, c'est ça ?

La bonde venait de lâcher

Quand il entra dans la salle d'audition ce samedi matin, Anthony Servat avait tout d'un homme ravagé. De grands cernes noirâtres lui cerclaient les yeux. Son teint était affreusement brouillé. Une barbe naissante et clairsemée renforçait son air abattu. En quelques heures seulement, l'homme avait perdu tout panache et son charme naturel s'était presque évaporé. Éloïse mesurait pleinement le drame qu'il traversait : il avait brutalement perdu son épouse et, cerise sur le gâteau, il venait d'apprendre que cette dernière lui avait menti… La gendarme l'accueillit selon le protocole et passa la main à Thibault, qui entra dans le vif du sujet.

— Monsieur Servat, nous savons par l'université que votre femme ne s'était inscrite à aucun colloque le jeudi 7 février… Selon vous, pourquoi vous a-t-elle menti ?

Les yeux d'Anthony Servat s'embuèrent immédiatement. L'homme écrasa ses mains l'une contre l'autre, puis se rencogna sur sa chaise. Après un long silence, il répondit d'une voix éteinte et tremblante :

— Je ne sais pas… Je… Elle avait forcément une bonne raison… Évidemment, vous voudriez m'entendre dire que Céline me trompait, c'est ça ?!

— Est-ce que le prénom Guillaume évoque quelque chose pour vous ?

— … Guillaume ?… Euh… On a un ami qui s'appelle comme ça… Mais quel rapport avec…

— Nom de famille, s'il vous plaît ?!

— Pardon ?

— Votre ami Guillaume, quel est son nom de famille ?

— Petit. Il s'appelle Guillaume Petit... Mais il vit depuis cinq ans en Nouvelle-Zélande, donc si vous sous-entendez que ma femme a pu avoir une liaison avec lui, vous vous fourrez le doigt dans l'œil.

— D'accord. Et en dehors de ce Guillaume Petit, d'autres Guillaume ?

— ... Non, répondit-il après un temps de réflexion... Et maintenant, si vous m'expliquiez ce que vous avez en tête ?

Thibault jeta un œil rapide à Éloïse qui lui retourna un regard négatif.

— Nous vous donnerons toutes les explications nécessaires le moment venu, monsieur Servat, reprit Thibault d'une voix bienveillante. Mais, pour le moment, s'il vous plaît, veuillez répondre à nos questions. D'accord ?

Le mari ferma un instant les yeux en inspirant bruyamment, comme meurtri par cette réponse, mais finit par acquiescer d'un hochement de tête.

— Bien... Je suis désolé de devoir vous demander cela, mais aviez-vous connaissance d'une relation adultère de votre femme ?

— Non, répondit l'homme du tac au tac. Non, pour la simple et bonne raison que Céline ne me trompait pas... C'est tout bonnement... impossible !

— Vraiment ? Qu'est-ce qui vous rend si sûr de vous ?

— Eh bien, la personnalité de Céline, pour commencer ! C'était une femme droite, vous comprenez ?! Une femme sérieuse ! Et aussi, une mère responsable !

— C'est-à-dire ?

— Elle n'aurait jamais couru le risque de faire quoi que ce soit qui puisse nuire aux enfants ou à l'équilibre familial, asséna Anthony Servat, sur la défensive.

Éloïse nota que l'homme avait croisé les bras contre sa poitrine. Il se fermait à toute hypothèse qui tendrait à dévoiler sa femme sous un autre jour. Deux options possibles. Ou bien il croyait sincèrement à ce qu'il disait, ou bien il jouait la comédie : après tout, en défendant bec et ongles l'image d'une épouse vertueuse, il éloignait de lui le mobile qui aurait pu l'inciter à passer à l'acte, celui si répandu de la jalousie du mari trompé. Elle décida de ne pas aborder l'homme frontalement. Après tout, elle avait quelques éléments sous la pédale.

— Monsieur Servat, quelle est votre pointure, s'il vous plaît ?

Interloqué, Anthony Servat tourna la tête vers la gendarme :

— Pardon ?

— Votre pointure, la taille de vos chaussures ?

— 42. Pourquoi ?

— Possédez-vous des bottes de type santiags pointure 45 ?

— Mais... Je viens de vous le dire, je chausse du 42. Pourquoi aurais-je des bottes en 45, bon sang ?!

— Répondez, s'il vous plaît : avez-vous des bottes de type santiags ?

— Non. Je ne porte pas ce genre de trucs.

— Accepteriez-vous de relever les manches de votre pull ?

— Mais qu'est-ce que...

Puis l'homme dut comprendre où Éloïse voulait en venir, et il lui jeta un regard peu amène. D'un mouvement brusque, il retroussa ses manches et riposta d'une voix véhémente :

— Ça vous va ?! Si je comprends bien votre petit manège, avec votre théorie du mari trompé, je suis le suspect idéal à vos yeux ?!

— Ne le prenez pas comme ça, monsieur Servat... Nous ne faisons que notre travail... S'il advenait que votre épouse ait eu une liaison, comme certains des éléments en notre possession tendent à le prouver, et s'il advenait que vous en ayez eu connaissance, alors nous ferions preuve de négligence en ne nous intéressant pas à cette piste.

— Sauf que je ne vois pas comment j'aurais pu avoir connaissance d'un adultère qui n'existe pas !... Madame, écoutez-moi bien : je ne sais pas à quels éléments vous faites référence ni ce qu'on a pu vous dire sur Céline, mais c'est forcément faux, vous m'entendez !

Le mari venait de hausser le ton. Ses dénégations trahissaient tout à la fois son indignation et sa peur. Manifestement, Anthony Servat redoutait de devoir remettre en cause l'image qu'il avait de son épouse. Malgré la pitié que lui inspirait Servat, Éloïse s'obligea à enchaîner :

— Alors pourquoi votre épouse a-t-elle inventé cette histoire de colloque ? Où a-t-elle passé la nuit du mercredi 6 au jeudi 7 février ?

L'homme se mit à gesticuler nerveusement et ses yeux s'embuèrent de nouveau.

— Mais je n'en sais foutre rien ! s'étrangla-t-il en s'effondrant. La bonde venait de lâcher et les larmes se mirent à couler. Entre deux sanglots, Anthony Servat ouvrait grand la bouche pour reprendre sa respiration et tenter de se calmer. Il hoqueta ainsi une bonne minute, le visage écarlate et barbouillé. Puis, peu à peu, il parvint à se maîtriser. Éloïse lui tendit des Kleenex et le laissa se moucher. Quand il sembla prêt, elle lui demanda :

— Monsieur Servat, il nous faudrait deux choses.

— … Allez-y.

— Premièrement, j'aimerais que vous preniez le temps de noter sur cette feuille le compte rendu détaillé de votre emploi du temps des 6 et 7 février.

Anthony Servat acquiesça d'un signe de tête.

— Merci. Deuxièmement… Avant de mourir, votre femme s'est débattue. Elle avait sous les ongles des fragments de peau de son agresseur… Nous souhaiterions prélever votre ADN, y voyez-vous un inconvénient ?

L'homme renifla, haussa les épaules et lâcha dans un souffle :

— Non, aucun. Autant évacuer au plus vite toute fausse piste.

***

Ludovic Blanchard se racla la gorge en mettant de l'ordre dans ses notes. Le gendarme avait encore les yeux rougis d'avoir quasiment passé deux jours à fouiller les données numériques et à éplucher les fadettes de Céline Servat.

— Commençons par les dépenses de la victime. Le premier examen des comptes ne fait apparaître aucune anomalie, entama-t-il. La victime a même été jusqu'à acheter un billet de train *via* Internet pour un aller-retour Toulouse Montpellier en dates des 6 et 7 février.

— Une mise en scène pour son mari ?

— Ça y ressemble, en tout cas, approuva Ludovic. Elle a reçu le mail de confirmation de la SNCF sur la messagerie qu'elle partage avec son mari… Pour finir sur les dépenses, j'ai quand même relevé quelques retraits aléatoires de soixante-dix euros dans un distributeur à proximité de l'université. Disons qu'ils ont attiré mon attention parce que Céline Servat était du genre à tout payer en Carte Bleue, même sa baguette de pain !

— Tu penses qu'elle retirait cet argent pour payer l'hôtel ? questionna Djamila.

— C'est fort possible. Mais… rien ne le prouve.

— Une femme qui s'achète des billets de train pour parfaire son alibi est aussi du genre à payer l'hôtel en espèces pour ne laisser aucune trace, commenta Éloïse. Bon, Ludovic, quoi d'autre ?

— Par acquit de conscience, j'ai examiné la boîte mail personnelle de Céline Servat, celle qu'elle partage avec son mari. Bien évidemment, je n'ai rien trouvé.

— Et la boîte pro ? demanda Thibault.

— J'ai contacté l'entreprise de maintenance informatique de l'université pour une réquisition. Je devrais pouvoir accéder au serveur de la fac à partir de mon ordinateur et examiner les mails de Céline Servat d'ici une poignée d'heures.

— OK. Et sur les réseaux sociaux ?

— Alors… Céline Servat avait créé un profil Facebook, Instagram et Twitter sous le nom de Céline Barbier – son nom de jeune fille. J'ai regardé du côté de ses amis et de ses *followers* mais il n'y a rien *a priori* de suspect, aucune conversation ni photo ambiguë. Bien sûr, il faudra que je creuse, aujourd'hui je n'ai fait qu'un premier survol… Rien non plus qui saute aux yeux en lien avec la forêt de Buzet… Enfin, après ton appel hier en fin d'après-midi, poursuivit-il à l'intention d'Éloïse, j'ai regardé si un de ses contacts portait le prénom de Guillaume, mais le seul que j'ai trouvé habite en Nouvelle-Zélande.

— Ce qui ne veut rien dire en soi… Après tout, son amant a très bien pu créer un profil au nom de Martine ou Alice ! commenta Thibault.

— C'est sûr… En tout cas, les contenus des différents échanges que j'ai survolés ne m'ont pas mis la puce à l'oreille. Les posts de Céline Servat tournaient généralement autour des vacances et de la famille… et encore, elle n'était pas une grosse consommatrice des réseaux sociaux, acheva Ludovic.

Éloïse versa machinalement le fond de la cafetière dans sa tasse tout en relançant :

— Bien. Et côté téléphonie ?

— Pour commencer, aucun prénommé Guillaume dans le répertoire de Céline Servat et aucun nom connoté de type « Loulou » ou de diminutif genre « Guigui » *et cetera*.

— Il faut tout de même passer en revue l'ensemble des numéros du répertoire pour vérifier leurs propriétaires, réagit Thibault. Notre victime a très bien pu renommer son amant pour noyer le poisson.

— Oui, j'ai prévu de le faire cet après-midi.

— Et concernant les fadettes ? relança Éloïse.

— Je n'ai pas eu le temps de tout éplucher. Mais dans les relevés d'appels des quatre jours précédant la mort de Céline Servat, il n'y a aucun numéro correspondant à un prénommé Guillaume... Conclusion : si la victime et son amant sont entrés en contact par téléphone, ça a eu lieu avant ces quatre jours-là.

— Bien... alors, il faut remonter plus loin dans le temps. Colette Matignon, la secrétaire, m'a affirmé qu'elle avait surpris une conversation téléphonique entre Céline Servat et son amant. Ce qui signifie que notre couple illégitime a forcément laissé des traces de ses échanges sur le téléphone de notre victime !

— D'accord, Éloïse... Mais peut-être ne devrions-nous pas nous limiter à rechercher un prénommé Guillaume ? hasarda Djamila. Après tout, si on en croit la secrétaire, elle a entendu cette conversation il y a de cela cinq mois. Rien n'exclut que Céline Servat ait pu rompre entre-temps et qu'elle ait trouvé quelqu'un d'autre ?

Éloïse repensa aux commentaires du Pr Duloung et de la secrétaire elle-même. Aucun d'eux n'avait l'air de considérer Céline Servat comme une mangeuse d'hommes... Certes, et pourtant l'enseignante avait ou avait eu au moins une liaison ! En dehors de l'université où elle faisait montre de sérieux, Céline Servat avait peut-être une vie frivole, faite de rencontres avec des hommes ? Ce ne serait pas la première fois qu'une seule et même personne étonnerait par sa capacité d'entretenir plusieurs existences cloisonnées...

— Effectivement, pourquoi pas ? admit Éloïse. Donc, concernant la téléphonie, Ludovic va avoir besoin de soutien. Vous allez tous les trois travailler sur deux axes de recherches. Le premier : éplucher les fadettes d'il y a cinq mois. À ce moment-là, Céline Servat entretenait une liaison avec un certain Guillaume. On devrait donc parvenir à isoler ce type et ses coordonnées en étudiant la téléphonie d'octobre 2018. Une fois que ce sera fait, on verra si ce numéro réapparaît dans les relevés récents.

— CQFD, approuva Thibault avec un hochement de tête. Et le deuxième axe de recherches ?

— Un travail de fourmi… Poursuivre l'épluchage des fadettes en extrayant l'ensemble des numéros hors répertoire officiel de Céline Servat, qu'ils appartiennent ou non à un prénommé Guillaume. Djamila a raison, notre victime avait peut-être entamé une nouvelle relation… voire plusieurs…

Les gendarmes approuvèrent silencieusement. Éloïse se fendit alors du récit détaillé de l'audition d'Anthony Servat et conclut :

— L'emploi du temps reste à vérifier mais il ne présente ni trou ni incohérence. Anthony Servat chausse du 42 et non du 45, comme l'empreinte retrouvée sur les lieux du crime. De plus, on n'a détecté aucune griffure sur les avant-bras. Et pour finir, il a accepté le prélèvement ADN. J'ai demandé au labo d'effectuer en urgence une comparaison avec l'ADN prélevé sous les ongles de Céline Servat. Bilan, à moins d'une énorme surprise, Anthony Servat est hors de cause.

— Moralité, il faut vraiment qu'on identifie le prénommé Guillaume ou tout autre amant ! réagit Djamila.

— Effectivement, approuva Éloïse, la piste de l'amant demeure privilégiée. Mais il nous faut tout de même rester vigilants. Il existe peut-être d'autres zones d'ombre dans la vie de Céline Servat… Pour l'heure, nous ne détenons pas la preuve que la victime a bien rejoint son amant la nuit de sa mort. Donc rien n'exclut une rivalité professionnelle, un conflit avec quelqu'un, une mauvaise rencontre… ou que sais-je encore !… Bon, il est tard et on a bien bossé, donc on s'arrête là. Vu qu'on est de repos demain, rendez-vous ici lundi matin, 9 heures. Et bon dimanche ! lança-t-elle en rassemblant ses papiers.

Notre fausse Bintou Samba est une clandestine

Après leur entrevue avec Bastien Krimer, Urbain et Margaux retournèrent à l'Embouchure. Quand ils poussèrent la porte du bureau, ils découvrirent leur collègue plongé dans son sport favori. Nounours sillonnait les dédales d'Internet en s'empiffrant de makrouts faits maison par Toriya. La fliquette attrapa le sachet plein de sucre et de gras posé sur le bureau et l'envoya directement dans la poubelle :

— Sérieux, Christian ! C'est quoi ce délire ?! gronda-t-elle comme il la fixait avec des yeux ronds. Que ton épouse te mitonne des petits plats à deux mille calories l'assiette, c'est déjà dramatique ! Mais si en plus tu te gaves de sucreries entre les repas, c'est en fauteuil roulant que tu vas finir ta carrière, mon vieux !

Il voulut riposter mais, la bouche encore pleine, il éructa une flopée d'onomatopées dans une pluie de postillons couleur figue.

— Bien… Autant profiter de cet esprit de franche camaraderie pour nous remettre au travail, lança Urbain avec humour. Margaux, tu ne veux pas te préparer un thé, par hasard ?

— Qu'est-ce que tu racontes ?

— En fait, je pensais au Chanoyu, lui retourna le policier d'un ton amusé.

— Au chono-quoi ?

— Cha-no-yu, articula-t-il, cérémonie de préparation du thé qui, selon les principes du bouddhisme zen, correspond en soi à une démarche spirituelle, méditative et *zénifiante*.

Christian partit d'un rire moqueur, tandis que Margaux levait les yeux au ciel, prenant un air exagérément excédé.

— Et maintenant, on se met au boulot ! ordonna leur supérieur.

Margaux se fendit du récit de la rencontre de la veille avec les parents de Thomas Andrieu puis de celle du matin avec son meilleur ami. Quand elle eut terminé, Christian réagit :

— Bon… Alors, c'est quoi ton hypothèse, le Zèbre ? Ce serait un SDF qui aurait éliminé Thomas Andrieu, c'est ça ?

— Tout doux, Nounours ! Je n'en sais rien du tout, pour le moment… Je dis juste qu'on a un étudiant qui s'était mis en tête d'infiltrer le milieu des sans-abri. Que c'est probablement pour cette raison qu'il était à la gare avant de disparaître de la circulation. Et que le milieu des SDF n'est pas à proprement parler peuplé de gens bien sous tous rapports. De là à supposer que le jeune Andrieu avait mis les pieds dans une sale histoire, il n'y a qu'un pas.

— Pour en savoir plus, il va falloir essayer de remonter la trace du SDF surnommé Montagne, ajouta Margaux. Selon Bastien Krimer, Thomas Andrieu était en contact avec ce sans-abri.

— D'accord… Donc, en plus du dossier Sissoko, il va falloir se coltiner une enquête dans le milieu des SDF… Bon sang, le Zèbre, j'espère que ton hypothèse de faux suicide est juste et qu'on n'est pas en train de se fourvoyer ! râla Christian.

— J'aurais plutôt tendance à espérer l'inverse, intervint Margaux. Parce que si le Zèbre a raison, le dossier Andrieu est une affaire de meurtre… et, là, je ne vous dis pas la pression venue du dessus, avec pour victime le neveu du ministre des Finances.

Les policiers échangèrent des regards graves.

— Passons à Nadia Sissoko, lança finalement Urbain. Si les deux intrigues sont liées et qu'il n'y a effectivement qu'un seul et même tueur, l'enquête sur Sissoko est aussi un chemin vers l'auteur du crime de Thomas Andrieu… Nounours, tu as visionné les bandes de vidéosurveillance du métro, comme prévu ?

— Oui, et autant te le dire tout net, chou blanc. Il n'y a rien de visible dans le champ que couvre la caméra d'extérieur… L'angle est trop fermé.

— Ça aurait été trop beau, commenta Margaux d'une voix désabusée.

— Mmm… c'est vraiment dommage, s'agaça leur chef… Bon, et tes autres démarches, alors ?

Christian enchaîna :

— Margaux et moi avons reçu Djibril Sissoko hier matin. On lui a mis la pression maximale, mais il n'a rien lâché qui puisse laisser croire que le meurtre de sa femme est en lien avec une activité illégale ou quoi que ce soit qu'il pourrait vouloir cacher.

— Je confirme, renchérit Margaux. Pour moi, Sissoko n'a aucune idée de ce qui a pu arriver à sa femme. S'il s'agissait de représailles, il aurait craché le morceau tellement il était à bout.

— OK. On le garde à l'œil quand même, conclut Urbain. Quoi d'autre ?

Christian se racla la gorge et répondit :

— Hier, en début d'après-midi, je me suis rendu chez Clean Office, la boîte où travaillait Nadia Sissoko. Le patron, un dénommé Denis Roy, m'a confirmé ce que l'on savait déjà : Nadia Sissoko a demandé à intervenir sur le nettoyage des locaux de BCM à cause de la ligne A du métro qui dessert le Mirail et son propre domicile à Mermoz. Selon Roy, Nadia Sissoko était une travailleuse plutôt sérieuse, il n'avait pas à s'en plaindre. En même temps, pour être clair, je ne suis pas certain que les salariés de Clean Office puissent se payer le luxe de décevoir Denis Roy. Le gus est le prototype de l'esclavagiste des temps modernes ! Il dirige à la schlague des employés qui marnent à temps partiel avec des horaires de merde et sont payés au lance-pierre…

— OK, mais quel intérêt pour notre enquête, Nounours ? intervint Margaux.

— Patience, tu vas comprendre… Donc, j'ai jeté un œil rapide au registre du personnel : les trois quarts des salariés sont d'origine étrangère, certainement en situation précaire sur le plan administratif. Et ça, ce n'est que la partie visible de l'iceberg !

Urbain hocha la tête et fit signe à son collègue de poursuivre.

— Durant l'entretien, Denis Roy m'a indiqué que les locaux de BCM sont très vastes. Le ménage est donc effectué par deux personnes tous les soirs. Mercredi dernier, Nadia Sissoko travaillait en binôme avec une dénommée Bintou Samba.

— Tu l'as interrogée ? réagit vivement le Zèbre. Elle est certainement la dernière personne à avoir vu Nadia Sissoko avant qu'elle se fasse tuer !

Christian lui lança un regard embarrassé.

— Eh bien… D'après Denis Roy, Bintou Samba a disparu de la circulation depuis son intervention de mercredi soir. Elle aurait dû travailler jeudi soir selon les horaires habituels, mais elle ne s'est pas présentée à son poste. Roy en a été informé par la remplaçante de Nadia Sissoko, une nouvelle recrue embauchée au pied levé qui aurait dû être briefée par Bintou Samba et qui s'est retrouvée seule dans les locaux de BCM. Roy était furieux et a tenté de joindre Bintou Samba à de nombreuses reprises… En vain.

— Et tu as cherché à en savoir davantage sur cette femme ?! demanda Urbain, visiblement tracassé par cette information.

— Évidemment ! Je me suis rendu à l'adresse que Bintou Samba a communiquée à son employeur, un petit immeuble défraîchi du quartier de Bagatelle. Mais il n'y avait personne sur place et aucune boîte aux lettres portant ce nom.

— Tu as interrogé les voisins ?

— Le seul qui a ouvert la porte était un octogénaire plutôt antipathique qui a indiqué, je cite : « Bintou Samba ou qui vous voulez ! L'immeuble grouille de Noirs qui s'entassent dans des appartements minuscules, ça sent mauvais et ils font un boucan pas possible avec leurs musiques de dégénérés et leurs mômes qui courent partout dans la cage d'escalier. »

— Charmant, commenta Margaux.

— N'est-ce pas ?!… Ce matin, j'ai fait des recherches auprès de la préfecture pour essayer d'en apprendre un peu plus sur elle.

— Tu as trouvé quelque chose ?

— Ouais… à partir du numéro de Sécu transmis, on a bien une Bintou Samba, rwandaise, avec un permis de séjour en règle. Le hic, c'est qu'elle habite Châteauroux… Je venais tout juste de dégoter cette info quand vous êtes arrivés.

Urbain plissa le front en réfléchissant. Après quelques secondes de silence, il finit par lâcher :

— Je vois… À tous les coups, notre Bintou Samba à nous utilise les papiers de la Bintou Samba de Châteauroux pour travailler illégalement en France… Donc si j'ai raison, notre fausse Bintou Samba est une clandestine… Et au stade où on en est, je crains fort qu'elle ne soit aussi en lien avec tout ce micmac…

— Attends voir… Tu penses qu'elle s'est fait la malle ?! Ou qu'elle aussi s'est fait dézinguer ?! réagit Margaux, ahurie.

— Comment savoir ?! répondit Urbain. Elle ne s'est pas présentée au travail et ne répond pas aux appels de son patron…

— Je ne voudrais pas ajouter à l'opacité ambiante, risqua Christian, mais ne faudrait-il pas considérer Bintou Samba comme notre principale suspecte ? Après tout, le Zèbre, si on ne part pas bille en tête avec ton hypothèse de deux affaires liées par un meurtre maquillé en suicide et qu'on considère uniquement les faits, la fausse Bintou Samba est la dernière personne à avoir vu vivante Nadia Sissoko et, comme par hasard, elle s'évapore dans la nature le lendemain du meurtre…

Un long silence suivit le propos de Christian, chacun soupesant cette hypothèse et ses ramifications.

— Nounours n'a peut-être pas tort, finit par approuver Margaux. On ignore tout des liens entre les deux collègues… Il y avait peut-être un conflit larvé, une rivalité… un mobile qui aurait incité notre fausse Bintou Samba à se débarrasser de Nadia Sissoko.

Urbain étira ses vertèbres et fit craquer sa nuque en laissant échapper un soupir.

— D'accord, souffla-t-il. Je vois mal une femme tuer sa collègue avec un couteau de chasse mais, Christian, je te le concède, on ne peut pas ne pas explorer cette piste. D'ailleurs, que j'aie tort ou raison, peu importe : dans les deux cas, il nous faut retrouver la fausse Bintou Samba… soit parce qu'elle a commis un meurtre, soit parce que, elle aussi, a vu quelque chose de suffisamment gênant pour mettre les voiles…

— Auquel cas, espérons qu'elle n'ait pas été elle aussi rayée de la carte, ajouta cyniquement Margaux.

Les flics échangèrent un regard médusé.

— Merci pour ces paroles pleines d'espoir ! ironisa Christian. Bon, on s'y prend comment, alors ?

— Est-ce que tu as asticoté le boss de Clean Office autour de la fausse Bintou Samba ?

— Non, je n'avais aucune raison de le faire avant maintenant !

— Alors tu retournes voir ce Denis Roy avec Margaux. Moi, je poursuis les recherches sur Bintou Samba. Je vais essayer d'avoir la vraie au téléphone, celle de Châteauroux, histoire de voir quels sont ses liens avec la fausse et si elle a des informations sur l'endroit où elle peut se cacher. Et à 17 heures, on raccroche jusqu'à lundi !

— Wouaw ! le charria Margaux. C'est généreux de ta part !

— N'est-ce pas ?!

— Du coup, un verre au Cactus en fin de journée, ça vous dit ? lança-t-elle à la cantonade.

— C'est jouable pour moi, approuva Christian. Mais je ne m'attarderai pas, sinon Toriya va me tuer.

— Sans moi, lança Urbain. J'ai prévu d'aller nager.

Je pourrais bien tuer la première journaliste qui me passerait sous la main

La journée de ce dimanche lui avait paru interminable. Conformément à la demande de la journaliste, la gendarme avait consulté la veille, juste avant l'audition d'Anthony Servat, le fichier des véhicules volés. Elle avait pu relever un cas de plainte pour vol de voiture à Pau, non loin de l'hôpital. Cependant, le dépôt de plainte avait eu lieu soixante heures après la fuite d'Anne Poey et ce délai paraissait bien long pour que cette voiture ait quelque chose à voir avec l'évasion de la grande prêtresse… Malgré tout, Éloïse n'avait cessé de se perdre en conjectures et spéculations, et elle attendait désormais désespérément des nouvelles d'Amanda en déroulant dans sa tête la même liste de questions. La journaliste avait-elle raison ? Anne Poey avait-elle tout simplement volé une voiture et rejoint une planque établie de longue date, une sorte de camp retranché à l'abri des regards, pour attendre tranquillement qu'on l'oublie ? Et si tel était le cas, elle aurait eu tout le temps de préparer sa fuite vers l'étranger. La gendarme serra machinalement les poings à cette idée. La sociopathe sévissait-elle ailleurs à l'heure actuelle ? Ou avait-elle refait sa vie sous une nouvelle identité, profitant des millions qu'elle avait amassés durant plusieurs décennies ? Ou… Son téléphone sonna. C'était Amanda et elle s'empressa de répondre.

— Oui, allô ?

— Bonsoir, Éloïse.

— Alors, du nouveau ?

— Bien, merci. Le week-end s'est passé sans encombre.

— Grrrr ! ragea la gendarme. Amanda, de grâce, épargnez-moi votre cou…

Mais, à sa grande surprise, la communication fut coupée net, la laissant bouche ouverte. À peine l'eut-elle examiné sous tous les angles que son téléphone vibra de nouveau. La gendarme comprit le message et décrocha :

— Bonjour, Amanda. Tout va bien ? demanda-t-elle, les dents serrées.

— Comme je vous le disais, mon séjour dans le Béarn s'est bien déroulé. Et vous, comment ça va depuis hier matin ?

— Pfff, vous êtes infernale !… Oui, ça va, donc si on pouvait passer à… Enfin, non ! Si vous voulez tout savoir, ça ne va pas du tout !!! Je suis incapable de penser à autre chose qu'à Anne Poey, j'ai passé un week-end horrible à l'imaginer en train de siroter des cocktails aux Fidji en nous adressant son plus beau doigt d'honneur, j'ai l'impression que si je ne finis pas par lui mettre la main dessus, je vais devenir complètement dingue et que je pourrais bien tuer la première journaliste qui me passerait sous la main, si vous voyez ce que je veux dire !

— Ah, c'est mieux… on progresse.

— Pardon ?

— C'est bien de lâcher prise de temps en temps et d'ouvrir un peu vos chakras.

La gendarme partit d'un petit rire nerveux.

— Amanda, sérieusement ! Depuis quand vous intéressez-vous au yoga ?!

— Depuis que ma nouvelle meilleure amie s'y est mise. À ce propos, à quand remonte votre dernière séance ?

— À il y a trois jours, répondit spontanément Éloïse avant de mesurer le grotesque de l'échange… Non mais, à quoi jouez-vous, là ?! Je vous rappelle que je ne cherche pas un coach de vie mais une partenaire de travail !

— Dommage… je suis certaine que je pourrais vous soutenir dans votre démarche de développement personnel, s'amusa la journaliste.

— Parfait, je vous appellerai au besoin ! Et maintenant, est-ce qu'on peut en venir à nos investigations ?

— OK, du calme !… Bon, suite à votre appel d'hier matin, je me suis rendue à Pau pour en apprendre davantage sur ce fameux vol de voiture. Et, devinez quoi ?

— Mais je ne sais pas, moi ! Balancez !

— Figurez-vous que la voiture volée était garée au pied d'un petit immeuble situé à deux cents mètres de l'enceinte de l'hôpital. Même là, Anne Poey aura été maligne : elle disposait au sein du complexe hospitalier d'un parking entier de véhicules mais elle a dû craindre d'attirer l'attention des enquêteurs si l'un des salariés ou des patients venait à signaler le vol de sa voiture la nuit même où elle avait pris la fuite.

— OK… Mais je vous rappelle que rien ne relie encore Anne Poey à ce vol. L'emploi du conditionnel me semblerait donc plus approprié…

— C'est parce que je n'ai pas encore fini de parler.

— Mais je suis tout ouïe, Amanda !

— Alors… J'ai examiné l'endroit où le vol a eu lieu. C'est un petit bâtiment bas et sinistre construit au bord d'un boulevard à quatre voies, vous voyez le genre ?… Le parking se trouve à l'arrière de la résidence, à l'abri des regards mais ouvert aux quatre vents. Anne Poey n'aura eu aucun mal à accéder aux voitures stationnées là… Bref, profitant d'être sur place, j'ai tenté ma chance en me rendant chez Pascal Dumont, le propriétaire de la voiture volée. Non seulement, il n'avait pas déménagé mais, cerise sur le gâteau, il était chez lui quand j'ai sonné. C'est un cariste qui travaille dans un entrepôt palois. La nuit du vol, il n'a rien vu ni rien entendu pour la simple et bonne raison qu'il n'était pas chez lui. Figurez-vous qu'il a été absent durant trois jours parce qu'il suivait une formation à Bayonne sur les règles de sécurité en entrepôt !

— Sérieux ?!

— Si je vous le dis ! Dumont était parti là-bas avec un de ses collègues palois qui était passé le prendre parce que le véhicule de Dumont – une Fiat Panda de 1992 – était plutôt en bout de course. Une voiture de base sans grande ingénierie électronique qui aurait compliqué le vol et sans GPS intégré au tableau de bord…

— Anne Poey et Francis opéraient avec ce genre de véhicule lorsqu'ils en volaient un pour leurs livraisons, commenta Éloïse.

— Tout à fait ! Et, pour finir, notre Dumont est rentré de Bayonne deux jours après la fuite de la grande prêtresse. Il ne s'est aperçu du vol que le lendemain de son retour à Pau, tôt le matin, au moment de partir au travail.

— Donc la voiture a été volée entre le moment de son départ pour Bayonne et le moment où il s'en est rendu compte.

— Exactement, c'est-à-dire entre la veille de la fuite d'Anne Poey et les deux jours et demi qui l'ont suivie… Mais la plainte, elle, a été enregistrée le jour où il s'en est rendu compte, à savoir soixante heures environ après la disparition de la prêtresse.

À cet instant précis, la gendarme eut le sentiment très fort qu'ils tenaient enfin une piste sérieuse.

— J'ai demandé à notre cariste de revenir sur les circonstances de son dépôt de plainte. Il m'a répondu avec ironie qu'à l'époque, toutes les polices étaient sur les dents avec la dangereuse criminelle échappée de l'hôpital et que le vol d'une bagnole avait dû être le cadet de leurs soucis.

— Que le policier qui a pris la plainte n'ait pas fait le rapprochement entre l'hôpital et l'adresse du vol, passe encore, intervint Éloïse. Il devait certainement avoir d'autres chats à fouetter, en effet. Mais que ce Dumont n'ait pas fait le lien entre le vol de sa voiture et la fuite de notre criminelle, alors même que sa résidence jouxte l'hôpital d'où elle s'est enfuie, ça, c'est fort de café !

La journaliste partit d'un petit rire moqueur :

— Je ne suis pas certaine que vous vous représentiez clairement Pascal Dumont ! Alors, on va faire clair et concis : le syndrome du mâle dominant nourri de poncifs éculés, le regard aussi éclairé que celui d'une poule, les neurones brouillés par l'absorption excessive de mauvais vin et le visionnage assidu des *Marseillais à Miami*… bref, la caricature du macho décérébré qui ne saurait concevoir un instant qu'une femme ait pu lui voler sa caisse !

— Vous êtes cruelle.

— Non, réaliste. Et je vous rappelle que c'est moi qui ai bu du café lyophilisé dans une de ses tasses à la propreté douteuse tout en essuyant ses regards lubriques, pas vous !

Éloïse se fendit d'un sourire amusé.

— Donc, pour finir sur mon entrevue avec Dumont, j'ai appris de sa bouche qu'il avait été informé il y a treize mois environ que sa voiture avait été retrouvée.

— Où ça ?

— À Tarbes. C'est-à-dire à quarante-cinq bornes de Pau… Le commissariat de Tarbes l'a appelé pour lui signifier que sa bagnole venait d'être retrouvée calcinée dans un garage fermé au bas d'une barre d'immeubles. Apparemment, une bande de jeunes s'est amusée à foutre le feu à deux ou trois garages durant la nuit de la Saint-Sylvestre 2017.

— Et qui était propriétaire de ce garage ?! s'enquit la gendarme, surexcitée.

— D'après Dumont, après l'enquête de base, les flics lui ont dit que le garage en question était la propriété d'un bailleur tarbais de type office HLM… et que ledit garage était loué depuis plus de dix ans à une femme, laquelle, après vérifications, utilisait un faux nom…

— Incroyable !

— Je ne vous le fais pas dire… C'est pourquoi, un saut à Tarbes s'imposait… C'était parfait, je n'y avais jamais mis les pieds et j'avais entendu dire qu'ils y cuisinent des haricots qui valent le détour.

— Hein ?!

— Les haricots tarbais, Éloïse ! Dans le coin, ils appellent ça des *mounjettes*, figurez-vous, et…

— Amanda, de grâce ! la coupa la gendarme, excédée. Épargnez-moi vos appréciations culinaires, vous êtes en train de me rendre complètement dingue, bon sang !

— OK, calmez-vous, c'est bon… Donc, hier, après un bon plat de *mounjettes*, j'ai mis à profit l'après-midi pour me rendre chez Promo Logement, une société gestionnaire d'un parc d'habitations à loyers modérés et qui possède en sus des garages proposés en location.

— Alors ?

— La locataire du garage qui a cramé avec deux autres avait signé le bail en 1999 sous le nom de – tenez-vous bien – Dolorès Berger.

— Berger ?! s'exclama la gendarme, les dents serrées. Bon sang ! Anne Poey aime vraiment se foutre de la gueule du monde !

— Elle a effectivement un sens de l'humour très noir… Et en même temps, je me demande s'il n'y a pas derrière tout ça une sorte de démarche inconsciente à vouloir semer des indices… Un peu comme les tueurs en série en mal de reconnaissance qui ne peuvent s'empêcher de signer leurs crimes et qui finissent par se faire interpeller parce qu'ils en ont trop dévoilé...

La gendarme leva les yeux au ciel :

— Vous envisagez une reconversion dans la psycho-criminologie ou quoi ?

— Merci, Éloïse... C'est agréable de pouvoir échanger librement avec vous autour de ce genre de considérations !

— ... Désolée, Amanda, votre analyse est probablement juste... Mais pour ce qui me concerne, l'arrestation d'Anne Poey est mon unique objectif... Je me fous éperdument de ce qu'elle cherche ou ne cherche pas, de ce qui la motive ou non... Et surtout, je ne peux m'empêcher de voir dans le choix de ce nom, une provocation supplémentaire...

— Oh, c'est certainement son état d'esprit !... Mais, ce faisant, elle laisse des indices, et c'est ce qui compte.

Éloïse s'abstint de tout commentaire, la journaliste avait raison.

— Et vous avez pu apprendre quelque chose sur cette Dolorès Berger ?

— Alors, premier point, il n'y a aucune Dolorès Berger existant dans le 65.

— Pas étonnant.

— Second point – ne me demandez pas comment, vous n'aimeriez pas la réponse –, j'ai réussi à jeter un œil au bail du garage. Anne Poey avait bien fourni une carte d'identité et trois bulletins de salaire au nom de Dolorès Berger au moment de la signature du contrat. Tout est bidon, évidemment. Jusqu'à l'adresse indiquée sur la CNI : 3, rue du Passereau, 65000 Tarbes.

— Mmm... la question est donc : comment remonter la trace de cette Dolorès Berger si tous les éléments transmis à Promo Logement sont erronés ?

— Exactement... Mais laissez-moi d'abord vous soumettre ce que je pense à l'issue d'un week-end entier passé à réfléchir.

— Allez-y.

— Bon... Anne Poey disparaît en tirant une voiture garée à proximité de l'hôpital de Pau et se rend à Tarbes, rue Laporte, où est situé le garage qu'elle loue depuis 1999. De là, deux options.

— Option un, proposa la gendarme, une voiture l'attend sagement dans le garage et elle prend la fuite avec, après avoir dissimulé le véhicule volé de Dumont dans le garage fermé. On peut même imaginer que ce garage contient aussi une valise avec des vêtements et des accessoires pour se grimer ainsi que de l'argent et des faux papiers.

— Tout à fait, approuva la journaliste. Mais elle a conscience que le laps de temps dont elle dispose est réduit. Elle ignore quand ça se produira exactement, mais elle sait qu'elle fera l'objet d'un mandat de recherche et que le territoire sera quadrillé dès que les flics se rendront compte de sa disparition. Si elle part, elle s'expose donc à un réel risque de contrôle.

— Si elle a de faux papiers et qu'en plus elle est déguisée – lentilles oculaires, perruque, lunettes –, elle peut espérer passer entre les mailles du filet…

— Certes… mais elle s'expose tout de même au risque d'être reconnue par un gendarme ou un policier physionomiste.

— C'est sûr… Option numéro deux ?

— Retour à la théorie que j'ai évoquée au Dubliner. Anne Poey a une planque à proximité du garage. Un appartement acquis *via* un montage financier opaque. Et elle s'y terre en attendant que le filet se desserre.

— Pourquoi ai-je l'impression que vous croyez plutôt à cette option-là ?

La journaliste sourit :

— Parce que c'est ce que j'aurais fait à sa place.

— Pourquoi ?

— Parce que, au moment où Anne Poey organise une éventuelle fuite, elle ignore tout du contexte dans lequel celle-ci aura lieu. S'agira-t-il d'une situation d'urgence ? De combien de temps disposera-t-elle ? Sera-t-elle traquée par des policiers ?… Donc, si je devais envisager dix ans à l'avance un scénario pour échapper aux forces de l'ordre, je prévoirais nécessairement un lieu où me replier.

— Ça se tient.

— Et si ce lieu de repli existe, je ne vois pas pourquoi – le moment venu – je courrais le risque d'une interpellation en prenant la route.

— Effectivement, si l'on réfléchit en ces termes, il était plus risqué pour Anne Poey de tenter une fuite en urgence que de se réfugier dans un endroit sécurisé et d'attendre le bon moment…

— Mmm, c'est comme ça que je vois les choses…

— Bien. Et si cette hypothèse est la bonne, reste à savoir comment remonter jusqu'à cette planque.

Il y eut un court silence durant lequel la journaliste laissa échapper un bâillement. Puis elle reprit :

— J'ai une idée de ce que je peux faire… mais je vais avoir besoin de vos services.

Le spectre du danger rôdait autour d'elle

Efia M'Bani jeta un œil inquiet à Fatia et Ali. Les petits venaient enfin de s'assoupir, serrés l'un contre l'autre sur la banquette arrière. La jeune femme se frotta les yeux en laissant échapper un long soupir. Depuis le meurtre dont elle avait été témoin, elle n'avait pas dormi plus de deux heures d'affilée. La peur avait pris corps en elle. Peur des représailles. Peur pour ses enfants. Et peur de l'avenir. L'équilibre précaire qu'elle avait réussi à bâtir avait volé en éclats.

— Ne vous inquiétez pas, Efia. Ça va aller, lui répéta Marie, une des bénévoles d'Éducation sans frontière. D'ici une heure, nous serons à bon port et vous pourrez enfin poser vos valises pour quinze jours.

Efia hocha la tête, mais son expression trahissait sa tension.

— Florian et Natacha forment un couple très gentil, vous verrez ! Ils ont l'habitude d'accueillir des gens dans votre situation... Avec les enfants, vous aurez tout l'étage pour vous. Il y a deux chambres, une salle de bains et des W-C. La maison est plutôt isolée, donc les enfants pourront même jouer dehors sans risque d'attirer les regards.

La sollicitude de Marie était touchante, cependant Efia n'était pas à même de faire la conversation. Elle revoyait en boucle les images de ce gamin balancé dans le vide comme un vulgaire détritus. D'après les dernières informations divulguées à la radio ce dimanche, la version du suicide de Thomas Andrieu, le neveu du ministre des Finances, était toujours d'actualité. Cependant, le doute continuait de planer. Les parents du jeune Thomas n'y étaient pas étrangers, ils avaient annoncé en début de soirée qu'ils se battraient bec et ongles pour connaître la vérité. Selon eux, la thèse du suicide ne tenait pas. Ils enjoignaient publiquement au procureur de ne pas classer le dossier et d'ouvrir une instruction pour homicide. En fin d'après-midi, ils avaient même lancé un appel à témoins en offrant dix mille euros de récompense à toute personne susceptible de leur apporter des éléments nouveaux concernant la mort de leur fils. Efia sentit un frisson la parcourir en repensant à la voix digne mais altérée de ce père qui venait de perdre son fils. L'homme clamait à cor et à cri qu'il demandait simplement la vérité ! N'en serait-il pas exactement de même pour elle si l'un de ses enfants venait à disparaître de manière aussi abjecte ?! Comment pouvait-elle prendre la fuite alors que les parents Andrieu se retrouvaient plongés en plein cauchemar et qu'elle constituait peut-être leur seul espoir de trouver les réponses dont ils avaient besoin ! Efia porta une main devant sa bouche et réprima un haut-le-cœur. Elle se faisait horreur ! Elle ne pourrait plus jamais se regarder dans un miroir. Sa fuite ne faisait-elle pas d'elle une complice ? Sans même s'en rendre compte, Efia serra les poings à s'en faire blanchir les jointures. Toutes les valeurs auxquelles elle croyait et qui faisaient le socle de cette France qu'elle avait choisie, elle les foulait au pied, uniquement pour…

— Maman, on est bientôt arrivés ? demanda Ali d'une voix lasse et ensommeillée, la coupant dans ses réflexions.

Efia se retourna et regarda son fils. Son petit. Son trésor chéri. Il la fixait d'un œil inquiet. Elle pouvait y lire toutes les questions qu'il n'était pas encore en âge de formuler : mais où nous amènes-tu comme ça ? Pourquoi n'avons-nous plus de chez-nous ? Et les copains de l'école, est-ce qu'on les reverra ? Et puis, c'est qui tous ces inconnus de l'association qui ont surgi dans nos vies ?

— Chuuuut… Ferme les yeux, mon cœur. Le voyage n'est pas encore fini, répondit-elle d'une voix douce.

Ali fronça les sourcils dans une moue boudeuse mais garda le silence. Puis il se pelotonna contre sa sœur et se rendormit. Efia se retourna alors et fixa la route sinueuse que balayaient les phares. Ce qui arrivait aux Andrieu était absolument horrible. Mais non, elle n'était pas la complice de ces immondes tueurs, et non, elle ne pouvait pas se payer le luxe de jouer à la justicière. Parce que si elle prenait ce risque, elle mettrait en danger Ali et Fatia. Et bon sang de bonsoir, elle n'avait pas mis au monde des enfants pour les jeter en pâture à des assassins, n'est-ce pas ?! Le regard glaçant de numéro deux s'invita dans sa mémoire et, de nouveau, Efia sentit les mâchoires de la peur se refermer sur elle. Elle frissonna.

— Vous voulez que je monte un peu le chauffage ? s'enquit Marie avec douceur.

— Je veux bien, merci.

Marie tourna un bouton sur le tableau de bord et reprit :

— Après-demain, Claudia viendra vous rendre visite pour faire un point sur votre situation. Claudia est avocate, spécialiste en droit des étrangers et de la nationalité. Elle se penchera sur votre dossier et vous donnera des conseils.

— Pour le moment, j'ai juste besoin de mettre mes enfants à l'abri, murmura Efia.

Marie hocha la tête d'un air compréhensif. Efia n'en était pas fière, mais elle lui avait menti, arguant une sombre histoire de conflit autour de la garde des enfants. Son ex-compagnon avait plusieurs fois menacé de les récupérer, avait-elle inventé, et sa situation irrégulière faisait d'elle une proie facile. Hors de question de raconter la vérité et ce qui l'avait décidée à fuir. Au vu de la gravité et de la publicité concernant la mort de Thomas Andrieu, nul doute que les travailleurs sociaux du réseau Éducation sans frontière auraient voulu s'en mêler… Or Efia tenait à garder les coudées franches. Elle comptait bien rester maîtresse de ses choix et de sa vie ! N'était-ce pas pour cela qu'elle se battait depuis des années ?! Et aujourd'hui, sa priorité numéro un consistait à protéger Fatia et Ali… Tant pis pour les états d'âme, tant pis pour les parents du jeune Thomas Andrieu…

Elle ferma les yeux et s'obligea à se remémorer une énième fois l'enchaînement des événements. De retour chez elle le matin qui avait suivi le meurtre, elle avait bouclé les bagages en urgence. Elle refit mentalement le tour du petit T2 qu'elle partageait avec Cynthia, chacune d'elles avec deux enfants. Dans ses valises, elle avait entassé tout ce qu'elle avait pu et elle n'avait rien laissé derrière elle qui pût permettre aux tueurs de suivre sa piste. Photos de famille, documents administratifs et scolaires, courriers personnels, répertoires… elle avait tout emporté. Elle avait même brûlé la carte sim de son téléphone et en avait acheté un à carte prépayée… En toute logique, si elle demeurait dans l'ombre, les tueurs ne pourraient pas remonter jusqu'à elle. Cynthia, sa colocataire, ignorait totalement ses projets et ne pourrait donc pas la trahir. Si la police ou les tueurs parvenaient à remonter jusqu'à Bintou, cette dernière ne leur serait d'aucune utilité ! Efia comptait bien demeurer à distance.

Au final, son plus gros doute concernait Désiré… Le père d'Ali et Fatia avait été expulsé deux ans plus tôt, après un séjour en centre de rétention administrative suite à un contrôle d'identité. Il avait préféré taire ses liens paternels pour préserver ses enfants de tout risque d'expulsion. Malgré la distance, Efia avait réussi à maintenir les relations entre le père et les enfants. À ce jour, Désiré n'était pas encore parvenu à réunir l'argent nécessaire pour quitter le Rwanda et rejoindre de nouveau la France. Efia serra les mâchoires. Cela faisait deux ans désormais qu'elle gérait seule l'éducation des petits et qu'elle devait subvenir à leurs besoins. Au moins, lorsqu'il était encore présent en France, Désiré la soulageait un peu. Leur histoire d'amour avait certes tourné court, mais Désiré s'était comporté en homme responsable désireux d'assumer ses obligations paternelles. Qu'en serait-il à partir d'aujourd'hui ? Efia ne prendrait-elle pas de risques trop importants si elle gardait le contact avec lui ? Les tueurs pouvaient-ils remonter jusqu'à sa colocataire, et apprendre par elle qui était le père des enfants ?…

Une peur sans fond se mit à alimenter ses doutes. Efia ne savait plus à quel saint se vouer. Au moindre faux pas, elle pourrait fort bien placer sa famille sur la trajectoire des assassins de Nadia et de Thomas Andrieu… La jeune femme sentit ses yeux s'embuer. La vérité, c'est qu'elle était totalement désemparée depuis que le spectre du danger rôdait autour d'elle. Elle écrasa nerveusement ses mains l'une contre l'autre et refoula ses larmes. Elle n'avait pas le droit de se laisser aller. Elle devait être forte et faire dès à présent les bons choix pour la sécurité et l'avenir de ses enfants.

La jeune femme semblait totalement paniquée

Le ciel était dégagé et une lumière franche éclairait Toulouse en ce lundi matin. Le soleil se réverbérait sur les briques et, malgré le froid, l'hiver semblait moins dur à supporter. Accompagné de Margaux, Urbain Malot avait entrepris de ratisser le petit immeuble du quartier Bagatelle dans lequel la fausse Bintou Samba était censée résider. Ils frappaient aux portes depuis trente minutes et venaient de faire chou blanc au rez-de-chaussée et au premier étage. Sur dix locataires, trois seulement leur avaient ouvert – lundi matin oblige – et aucun ne connaissait de Bintou Samba. Parvenu au deuxième, Urbain enjamba un vélo d'enfant qui encombrait le palier et toqua à la première porte sur sa gauche. Derrière la paroi de bois, le son de la télévision lui parvenait sous les piaillements d'enfants qui s'amusaient. Il attendit une petite minute et comme rien ne se passait, il frappa trois coups plus forts cette fois-ci. Un « *Wui, wui,* moi arrive ! » lancé depuis l'appartement se fraya un chemin par-dessus les bruits qui fuitaient. Vingt secondes plus tard, la porte s'ouvrit enfin. Vêtue d'un boubou aux couleurs chatoyantes, une trentenaire à la peau noir ébène et aux traits fins se découpa dans l'embrasure. Accroché à sa jambe, un gamin de trois ans emmitouflé dans une écharpe et un pyjama en pilou les regardait avec timidité.

— Lieutenant Urbain Malot, police nationale, lança le Zèbre en présentant sa carte sous l'œil subitement inquiet de la résidente.

La jeune femme fixa le badge avant de relever des yeux effrayés vers les deux policiers.

— J'ai papiers France, se défendit-elle.

— Nous ne sommes pas venus pour ça… Pouvons-nous entrer, madame ?

Le policier nota le léger flottement de son interlocutrice et la lueur craintive qui traversa son regard avant qu'elle ne se décide à s'écarter pour les laisser passer.

— Major Margaux Dutilleux, se présenta la jeune flic en passant devant la mère de famille. Et vous êtes ?

— Cynthia Ba.

Planté au milieu du couloir, un second garçonnet de cinq ou six ans en pyjama jaune canari mâchonnait son doudou – un lapin aux longues oreilles roses – en braquant ses grands yeux noirs sur les visiteurs. La mère de famille indiqua d'un geste de la main le salon encombré. Urbain repéra une petite cuisine sur sa gauche et d'autres pièces au bout du couloir. Dans le salon, il avisa dans un angle deux petits matelas pour enfants couverts de jouets, de vêtements et de crayons de couleur. Devant le clic-clac ouvert du salon, les vestiges d'un petit déjeuner jonchaient la table basse. Pris d'une subite intuition, Urbain demanda à aller aux toilettes et Cynthia Ba lui indiqua une porte au fond du couloir. Laissant Margaux, il remonta le couloir et entra dans la salle de bains exiguë où se trouvaient également les W-C. Un tas de vêtements reposait sur la machine à laver – parmi lesquels une petite robe à fleurs dont l'étiquette indiquait quatre ans – et une étagère murale ployait sous le poids des serviettes. Le policier attendit quelques secondes avant de ressortir sans activer la chasse d'eau. Mais le garçonnet de cinq ans l'attendait juste devant la porte en le regardant étrangement. Le Zèbre lui adressa un large sourire en s'agenouillant à sa hauteur :

— Avant, j'étais noir partout… comme toi… et puis, un jour, je me suis réveillé avec une petite tache blanche ici, fit-il en montrant l'angle de sa bouche. Et petit à petit, il y a eu d'autres petites taches blanches, là et là… Et voilà le résultat ! Maintenant je ressemble à un zèbre !

Le garçonnet gloussa en faisant oui de la tête. Puis, il reprit un air sérieux et demanda :

— Ça fait mal ?

— Non, pas du tout !… Tu me dis comment tu t'appelles ? ajouta Urbain.

— Zacharie.

— Enchanté, Zacharie. Moi, c'est le Zèbre !

Et il lui tendit une main que le gamin s'empressa de serrer fièrement.

— Tu me montres ta chambre, Zacharie ?

Le gamin opina du chef et poussa une porte côté droit. Urbain découvrit une petite pièce dans laquelle trônaient deux lits superposés pour enfants, un couchage une place le long du mur opposé et une commode remplie à ras bord.

— Il est là ton lit ? demanda-t-il en montrant le petit lit en haut de l'échelle.

— Oui. Et là, c'est le lit de Bilal !

— Ton petit frère ?

Zacharie approuva de la tête.

— Et là, laisse-moi deviner, c'est le lit de… la fée Clochette !

— N'importe quoi, d'abord ! se moqua l'enfant en riant. C'est pas le lit de la fée Clochette, c'est le lit de maman !

— Ah bon, d'accord ! Je croyais que maman dormait à côté, dans le grand clic-clac !

— Mais non ! Ça, c'est le lit d'Efia ! Et puis aussi, Efia, elle dort avec Ali et Fatia, d'abord !

— Waouw ! Mais tu as plein d'autres frères et sœurs, alors ?!

Hilare, le garçonnet s'apprêtait à répondre quand il aperçut sa mère qui se tenait à l'entrée de la pièce. La jeune femme semblait totalement paniquée. Elle ferma les yeux dans un long soupir.

***

Cynthia Ba resserra les mains autour de la tasse de thé fumant. Elle vérifia que Zacharie et Bilal étaient bien absorbés par le dessin animé qui défilait sur l'écran et reporta son attention sur les policiers assis en face d'elle.

— Madame Ba, en venant ici, nous cherchions la personne qui travaille chez Clean Office sous le nom de Bintou Samba, entama Urbain. C'est elle que Zacharie a appelée Efia tout à l'heure ?

La mère de famille hocha la tête avec crainte.

— C'est problèmes papiers, précisa-t-elle d'une voix mal assurée. Efia, il a vrai nom M'Bani. Il travaille avec nom Samba de cousine, parce qu'il n'a pas papiers France. Mais les mamans, il faut bien travailler pour nourrir enfants, hein ?

— Écoutez, madame Ba, encore une fois, vous n'avez pas à vous inquiéter, nous ne sommes pas ici pour des questions de papiers. Le lieutenant Malot et moi-même travaillons pour la police judiciaire.

Cynthia Ba plissa le front, cherchant à comprendre.

— C'est quoi police judiciaire ?

— Nous nous occupons des affaires criminelles, expliqua Urbain.

— C'est Efia, elle a graves problèmes ?! réagit la jeune femme avec inquiétude.

— … Oui, finit par dire Margaux. Nous cherchons à retrouver votre amie parce que nous pensons qu'elle a peut-être besoin de notre aide. (C'était un demi-mensonge mais Margaux préférait faire au plus simple avec leur interlocutrice qui maîtrisait mal le français.)

— Efia, partie avec enfants. Il a pris affaires et l'appartement vide.

— Quand est-elle partie ?

— Jeudi soir. Moi rentre du travail. C'est Mamadou qui garde enfants, expliqua-t-elle.

— Mamadou ?

— La voisin, fit-elle en montrant du doigt l'étage supérieur. Lui vient Mali. Nous s'aide pour vivre ici.

— D'habitude, c'est Efia qui garde vos enfants ? tenta de clarifier Margaux.

— *Wui.* Efia, il travaille soir et moi travaille jour. Alors, moi garde enfants soir et Efia garde enfants jour après école. Plus facile comme ça.

— Et aujourd'hui, il n'y a pas école ? s'étonna spontanément Margaux.

— Aujourd'hui, Bilal malade à cause le froid, alors moi pas travail. Et aussi, moi garder Zacharie. Plus facile comme ça.

— D'accord. Revenons à Efia M'Bani, reprit Urbain. Vous partagiez cet appartement, n'est-ce pas ?

— *Wui.* Parce que cher ici appartement. Efia, il dort ici avec Ali et Fatia. Et moi dors avec Zacharie et Bilal dans chambre. Et aussi, Efia, il parle bien français, aide moi beaucoup pour papiers préfecture et école.

Les deux policiers échangèrent un regard, il était temps d'entrer dans le dur du sujet.

— Madame Ba, savez-vous pourquoi Efia M'Bani a fui avec ses enfants ?

— *Wui* ! Moi reçois texto peur mercredi, expliqua la jeune femme en sortant son portable.

— Texto peur ?

— *Wui*. Moi je montre vous… attends.

Cynthia Ba fit courir ses longs doigts sur l'écran tactile et tendit le téléphone à Urbain quelques secondes plus tard. Le flic sentit un frisson lui parcourir l'échine car il eut la confirmation d'avoir vu juste depuis le début ! Il passa l'appareil à Margaux et celle-ci se tendit immédiatement à la lecture du message envoyé mercredi à 23 h 41 : « Je viens d'assister à un meurtre et maintenant, je suis en DANGER DE MORT !!! Si je ne suis pas rentrée demain soir, appelle ma cousine Bintou au 06.23.52.31.55 pour qu'elle s'occupe des enfants. Note le numéro et EFFACE CE TEXTO ! »

— Moi pris la photo texto pour cacher lui. Après, moi efface message, expliqua Cynthia Ba. Moi sens peur, il fait mal dans mon ventre. Moi attends, attends, attends mais nuit, il finit, et Efia, pas rentrée. Alors, matin, moi m'occupe Zacharie, Bilal, Ali et Fatia pour aller école. Et puis, moi rentre soir et Efia, il partie avec enfants.

Urbain hocha la tête.

— Et elle ne vous a rien expliqué ? Elle n'a pas laissé un mot ?

— Non. L'appartement vide et c'est tout. Mamadou a dit moi que Efia, il a laissé Zacharie et Bilal et après il part avec Ali et Fatia sans expliquer.

Le policier se tourna vers Margaux :

— Monte et essaie de trouver ce Mamadou. S'il est là, fais-le venir ici, s'il te plaît. Il a peut-être vu ou entendu quelque chose. Et préviens aussi Christian. Qu'il rentre au central pour effectuer des recherches sur la dénommée Efia M'Bani et qu'il tente de joindre la cousine, Bintou Samba, pour voir si elle sait quelque chose. Moi, je n'ai pas réussi à l'avoir au téléphone samedi. Dis-lui que ça urge !

Elle parlait d'une voix basse et avec le sourire

Il était près de midi et les rayons d'un soleil sans chaleur perçaient dans le ciel d'hiver, égayant le rose des briques et des tuiles. Incapable de plonger dans le dossier Servat ouvert devant elle, Éloïse, campée derrière son bureau, travaillait d'arrache-pied à ce que lui avait demandé Amanda la veille au soir.

— Coucou Éloïse !

La gendarme sursauta et découvrit Djamila qui venait de passer la tête par l'ouverture de la porte.

— Oui ?

— Deux nouvelles.

— Je t'écoute.

— Tu sais, le SMS qu'a envoyé Céline Servat à son mari la veille de sa mort, à 21 h 02, pour lui dire qu'elle était bien installée à l'hôtel ?

— Oui ?

— Ludovic a fait les recherches auprès de l'opérateur, l'envoi du message a activé un relais situé à Balma.

— Balma… Donc notre professeure se trouvait là-bas aux alentours de 21 heures… Il faut qu'on regarde si certaines de ses connaissances habitent dans ce coin-là…

— Ludovic est en train d'examiner tout ça, justement.

— OK. Et deuxième info ?

— On a fini d'éplucher les fadettes de janvier et février avec Ludovic et Thibault.

— Et ?

— Rien, grimaça la jeune gendarme. Aucun Guillaume dans les appels reçus ou passés sur les cinq dernières semaines.

Éloïse laissa échapper un long soupir.

— Leur liaison avait peut-être tourné court, qui sait ?... Bon, je me doute que c'est fastidieux, mais, comme je vous l'ai déjà dit, il faut se coltiner les fadettes du mois d'octobre 2018. La secrétaire a indiqué qu'elle avait surpris la conversation à ce moment-là, donc, en toute logique, ce Guillaume devrait ressortir dans l'épluchage des appels d'octobre... Il faut absolument identifier ce type. Et s'il n'a rien à voir avec le meurtre, il pourra peut-être nous communiquer des éléments importants ou nouveaux sur la victime.

— Oui, c'est ce qu'on avait prévu de faire... Tu as parcouru le dossier sur Céline Servat ?

— Le dossier ? Euh... Je... oui, j'y ai jeté un œil... Pourquoi ?

— Ben... pour... pour savoir ce que tu en penses... tu as pu relever un élément important qui nous a échappé ou...

— À chaud, là comme ça, rien, mentit Éloïse.

— OK, tant pis... Bon, je rejoins les collègues pour le repas et après, on se lance sur les relevés téléphoniques d'octobre 2018. À partir de 16 heures, on reprend l'enquête de personnalité : Thibault et moi, on interroge des amis de Céline Servat.

— Parfait.

— Euh... Tu ne te joins pas à nous pour manger ? J'ai apporté les restes d'un couscous fait maison par ma mère ce week-end. Une vraie tuerie !

— Je... non, c'est sympa mais... j'ai encore des choses à faire.

Djamila opina du chef mais une certaine déception pouvait se lire sur son visage. Quand elle fut partie, Éloïse secoua la tête. Elle était vraiment la pire des directeurs d'enquête de la SR. Le meurtre de Céline Servat tombait au moment même où la gendarme et la journaliste se lançaient dans leur contre-enquête sur Anne Poey, et Éloïse devait bien admettre que sa disponibilité au travail s'en ressentait. Elle en concevait une certaine honte, d'autant qu'elle se servait de son statut de gendarme pour se procurer des documents confidentiels ou faire des recherches dans les fichiers numériques des forces de l'ordre. Le tout au bénéfice de la journaliste la plus détestée de toutes les gendarmeries et polices réunies du grand Sud-Ouest ! Si quiconque s'en rendait compte, elle n'aurait plus qu'à rendre son tablier...

***

À 14 heures, après une demi-journée consacrée à son enquête parallèle avec Amanda, Éloïse poussa la porte du bureau que partageaient Thibault, Ludovic et Djamila. Dès son entrée, elle fut frappée par le silence de mort qui y régnait. Thibault leva deux yeux rougis vers elle et balança son stylo sur la table :

— C'est à n'y rien comprendre, *chief* ! On vient de se cogner toutes les fadettes du portable de Céline Servat correspondant aux communications du mois d'octobre, et devine quoi ?!

— Aucun Guillaume ? proposa Éloïse en posant une fesse sur le bureau de Ludovic.

— Exactement…

— OK, souffla-t-elle. Il n'y a pas trente-six options, l'abonnement de ce type n'est pas à son nom. Peut-être au nom de sa femme ? Une sorte de contrat pour deux téléphones mais avec un seul abonnement ?

— C'est exactement ce qu'on s'est dit, rebondit Djamila avec lassitude. On est en train d'essayer d'identifier l'ensemble des appelantes et appelées d'octobre 2018 pour savoir si l'une d'elles est en couple avec un prénommé Guillaume !

— Mmm… je vois…

— Sans compter que parmi tous les amis et amies de Céline Servat que nous avons pu interroger samedi, aucun ne connaît de Guillaume, ni de près ni de loin, ajouta Thibault.

— Du calme ! Vous n'avez pas encore vu tout le monde, Thibault ! Il suffit parfois d'un témoignage, un seul…

— Certes. Il nous manque notamment la meilleure amie de la victime, partie mercredi dernier pour un week-end prolongé à Rome. Elle rentre en fin d'après-midi, on la verra demain… Mais en attendant, ce type a tout l'air d'un mirage ! Elle est sûre d'elle, ta Colette machin-chose… la secrétaire d'université ?

— Colette Matignon. Oui, elle est formelle et elle me semble fiable. Après, bien sûr, elle a pu mal entendre… Cependant le prénom Guillaume prête difficilement à confusion avec un autre, non ?

Thibault approuva mollement, s'étira sur sa chaise et fit craquer ses cervicales.

— Bon, et côté réseaux sociaux, toujours rien ? relança Éloïse en se tournant vers Ludovic.

— J'ai identifié une amie de Céline Servat sur Facebook qui habite à deux kilomètres de Buzet... Une dénommée Martine Rey. Mais avant que vous vous emballiez, cette Martine est mariée à un certain Joseph Rey... Donc, retour à la case départ...

— OK. Pourtant, si ce Guillaume existe, il doit forcément y avoir une trace de lui quelque part, bon sang !

— Et en dehors de l'hypothèse d'un amant ? hasarda Thibault.

— Que veux-tu dire ?

— Eh bien... Je ne sais pas ! Peut-être Céline Servat a-t-elle menti à son mari pour une autre raison ?

— Laquelle ?

Le jeune gendarme ouvrit ses deux mains :

— Je n'en sais rien ! C'était une idée lancée comme ça !

— Écoute, Thib, tempéra Éloïse, je sais que c'est décourageant de pédaler dans la semoule... Mais, en dehors de l'adultère, je ne vois pas pourquoi une femme irait inventer un colloque à Montpellier pour justifier son absence du foyer familial durant toute une nuit ?! Qui plus est, le témoignage de la secrétaire abonde dans ce sens...

— Oui. OK. D'accord. Tu as raison !

Éloïse laissa passer quelques secondes, en faisant les cent pas dans la pièce. L'appel téléphonique dont avait été témoin la secrétaire était pour l'heure la seule piste dont ils disposaient. Pourtant, la téléphonie de Céline Servat s'obstinait à ne donner aucun résultat probant... Subitement, une idée lui traversa l'esprit.

— Djamila ! Tu as le dossier Servat, ici ?

— Euh, oui... Il est là, pourquoi ?

Éloïse ouvrit la chemise en grand sur le bureau de la jeune gendarme et entreprit de parcourir les différentes pièces.

— Mon rapport sur ma rencontre avec Colette Matignon, il est où ?! s'agaça-t-elle.

— Ici, indiqua Djamila en piochant un feuillet.

Éloïse attrapa le document et lut à haute voix des bribes de phrases choisies :

— « Quand je suis arrivée, Mme Servat était assise derrière son bureau. Elle m'a saluée, moi aussi », gnagnagna... « Comme je vous l'ai dit, la porte du bureau était grande ouverte », gnagnagna... « Elle parlait d'une voix basse et avec le sourire, c'est ce qui a attiré mon attention. » Punaise, qu'on est cons !

— Mais quoi ?! intervint Thibault qui ne voyait pas où sa supérieure voulait en venir.

— On est en train de passer au crible le portable de Céline Servat alors que l'appel qu'a surpris Colette Matignon est arrivé sur le fixe de son bureau à l'université !

Un silence stupéfait suivit.

— Mais oui, c'est évident ! Qui laisserait la porte de son bureau ouverte dans le cadre d'une conversation ultra-privée ? Personne ! En réalité, Céline Servat s'est mise à parler à voix basse car elle ne pouvait pas aller fermer la porte. Et pourquoi ça ?

— Parce qu'elle était retenue par une ligne filaire, déduisit Thibault.

— Exactement ! Coincée derrière son bureau, elle a donc baissé la voix… mais ses inflexions ont attiré l'attention de la secrétaire à côté et celle-ci a tendu l'oreille.

— OK ! Donc si tu as raison, son amant l'appelait sur le fixe de l'université… ce qui par ailleurs empêchait toute découverte de la part du mari : texto intempestif, photo compromettante, trace d'appel, *et cetera*… Notre Céline Servat était donc du genre très prudent.

— Mmm… et maintenant, il va falloir qu'on réquisitionne toutes les fadettes de la ligne fixe de Servat à l'université et qu'on se tape consciencieusement leur épluchage pour remonter jusqu'à ce fameux Guillaume ! grimaça Djamila.

… On n'est pas dans un film, là !

L'air s'était chargé de cette effervescence propre à l'avancée d'une enquête. En quelques heures et à partir du texto envoyé par Efia M'Bani à sa colocataire, l'enquête sur Nadia Sissoko avait pris une tournure beaucoup plus complexe et inquiétante. Les policiers avaient en tête la théorie échafaudée par Urbain Malot et, par effet ricochet, l'affaire Thomas Andrieu se retrouvait propulsée en première ligne. Chabrol, le patron du SRPJ, informé de l'actualité du dossier Andrieu, était sur les dents. Pour l'heure, et sans autre élément plus concret que le texto d'Efia M'Bani, hors de question que la probabilité d'un meurtre soit éventée. Que les parents du jeune Thomas aient du mal à croire au suicide de leur fils et aillent jusqu'à lancer un appel à témoins contre récompense, quoi de plus normal ? Mais que la police ébruite une affaire de meurtre concernant le neveu d'un ministre, et les journalistes rappliqueraient *illico* ! Sans parler de la pression que mettrait alors le préfet après l'avoir lui-même reçue du ministère ! Non merci… Le mot d'ordre était donc discrétion, et si Chabrol manœuvrait habilement, il pourrait peut-être même tirer son épingle du jeu en faisant procéder à l'arrestation du meurtrier de Thomas Andrieu. Un très bon point pour lui, quand la mort de ce jeune avait toutes les apparences d'un suicide… Pour faire bonne mesure, Chabrol avait détaché deux jeunes recrues fraîchement nommées à l'Embouchure pour venir en soutien à l'équipe du lieutenant Urbain Malot.

Un étage plus bas, loin de ces considérations, le Zèbre accueillit avec gratitude les deux renforts inespérés, les brigadiers Miranda Cortez et Antoine Cartier. Il se fendit d'un exposé complet des dossiers Sissoko et Andrieu, sous l'œil attentif et soucieux de bien faire des deux bleus. Au bout d'une heure, il conclut sur un avertissement :

— Pour le moment, les parents de Thomas Andrieu ne sont pas informés des éléments que nous venons de découvrir. La trop grande proximité des Andrieu avec les médias nous incite à cette réserve. En effet, si le tueur venait à apprendre qu'Efia M'Bani a été témoin du meurtre, cela reviendrait à mettre une fatwa sur la tête de cette femme. Donc, motus !

Urbain fixa des yeux les deux jeunes brigadiers et Antoine Carlier s'autorisa alors à prendre la parole :

— Pourquoi Efia M'Bani n'a pas appelé la police, tout simplement ?!

— Elle n'a pas appelé la police parce qu'elle est en situation irrégulière, et d'après les informations qu'a glanées Christian, elle a même une OQTF au derrière. Autant dire qu'elle risque l'expulsion à tout moment et qu'elle n'a pas voulu se jeter dans la gueule du loup.

— Et donc, Nadia Sissoko a été éliminée parce qu'elle aussi a été témoin du meurtre de Thomas Andrieu ? demanda alors Miranda Cortez.

— Si, à l'instar de M'Bani, elle avait été témoin du meurtre, elle aurait dû, elle, appeler la police. Étant en situation parfaitement régulière, elle n'avait rien à craindre de ce côté-là. Au lieu de quoi, elle a quitté le bâtiment de BCM comme si de rien n'était pour rentrer chez elle. Pour moi, elle a agi comme quelqu'un qui n'avait rien vu et n'avait rien à craindre.

Le policier se rapprocha du tableau où les noms des deux victimes avaient été notés, et il reprit :

— La seule déduction sensée dans tout ce fatras est celle-ci : Nadia Sissoko est morte pour des nèfles. Elle n'a été témoin de rien. En réalité, le type qui l'a éliminée s'est trompé de personne.

Un silence sidéré suivit la conclusion de Malot.

— Tu veux dire que le tueur de Thomas Andrieu a pris Sissoko pour M'Bani ?!

— Oui, c'est la seule explication rationnelle que j'ai trouvée. Reprenons le texto qu'Efia M'Bani a écrit à Cynthia Ba : « Je viens d'assister à un meurtre et maintenant, je suis en DANGER DE MORT !!! Si je ne suis pas rentrée demain soir… », *et cetera*. Nous savons donc de manière certaine que la jeune femme a assisté en direct à la mise à mort de Thomas Andrieu. Que s'est-il passé exactement sur le toit, difficile à dire. Mais en tout cas, Efia – et elle l'a d'ailleurs écrit – s'est sentie en danger de mort. Pour moi, cela ne peut signifier qu'une seule chose : le tueur a repéré notre témoin, et notre témoin a également vu que le tueur l'avait repérée. C'est pour cette raison que le badge d'Efia M'Bani n'est activé qu'à 7 h 59 le jeudi matin : elle a passé la nuit cachée dans les locaux de BCM, contrairement à Nadia Sissoko.

— Ça se tient ! approuva Christian. Après tout, il faisait nuit. M'Bani et Sissoko sont black toutes les deux, et la distance qui sépare les deux toits d'immeuble est d'une bonne dizaine de mètres. La confusion est tout à fait possible…

— Donc selon toi, le tueur attend sagement que la femme de ménage quitte son travail, la suit pour qu'elle s'éloigne du lieu du faux suicide d'Andrieu et hop, il la saigne ? questionna Margaux.

— Qu'est-ce qui te gêne ?

— Eh bien… que le tueur n'ait pas immédiatement pris la fuite ! Il ne peut pas savoir, lui, qu'Efia M'Bani est en situation irrégulière. Donc, en toute logique, il aurait dû craindre que ce témoin gênant appelle la police, non ?

Les policiers échangèrent un regard. La remarque de Margaux était pertinente et les cerveaux se mirent à mouliner à vitesse grand V.

— À moins qu'il ne soit tombé sur Nadia Sissoko au moment même où il fuyait, proposa Urbain. Celle-ci a peut-être quitté BCM quelques minutes seulement après le meurtre ? Le tueur vient de descendre du toit et il tombe sur elle. Contre toute attente, la femme n'a pas prévenu les flics. Chance inespérée pour lui, il la suit et la tue avant qu'elle ait le temps d'agir.

— C'est possible, admit Margaux. Mais il faudrait le vérifier en reconstituant la chronologie du crime avec les divers éléments en notre possession.

Urbain opina du chef et fit signe à ses collègues de se plonger dans les documents transmis par le patron de Clean Office.

— J'ai ! s'écria Christian une minute plus tard. Nadia Sissoko a badgé à exactement 23 h 31, soit une minute après la fin prévue de sa prise de poste. Or nous savons que le meurtre a forcément été commis avant 23 h 30, fin du service, sinon aucune des deux salariées n'aurait pu en être témoin. Ce matin, j'ai visité BCM et questionné le boss de Clean Office. Après le travail, les salariées se changent dans un local du rez-de-chaussée mis à disposition par l'entreprise. Vu qu'elle a badgé à 23 h 31, Nadia Sissoko était probablement dans ce local quand le meurtre a eu lieu. Si l'on évalue à une dizaine de minutes le temps qu'il lui faut pour ranger son matériel et se changer, elle est entrée dans le local aux alentours de 23 h 20. Donc le meurtre a probablement été commis entre 23 h 20 et 23 h 30.

— Attends voir ! réagit Margaux. J'ai sous les yeux le tableau de suivi des tâches affiché dans le local, Nadia Sissoko a paraphé les cases correspondant aux étages 1 à 10. Ce qui signifie qu'Efia M'Bani travaillait ce soir-là dans les étages supérieurs, entre le vingtième et le onzième. Elle devait donc se trouver au dernier étage vers 23 h 20, heure approximative à laquelle elle venait juste de finir son ménage.

— Oui. Et je pense même pouvoir dire qu'elle se trouvait dans l'ascenseur situé à droite du bâtiment quand le meurtre a eu lieu. Il faut savoir que les deux ascenseurs du building BCM sont situés chacun à un bout d'aile, précisa Christian. Ce sont ces espèces de colonnes de verre accrochées au flanc des immeubles contemporains.

Urbain nota les différents horaires sur le tableau et se fendit d'un petit dessin schématique des deux immeubles.

— OK. Il est donc environ 23 h 20, puisque Efia M'Bani termine son service à 23 h 30 et qu'il lui faut une dizaine de minutes pour descendre, ramener son chariot, se changer rapidement et signer le tableau d'intervention. Elle se dirige vers l'ascenseur… Il y a un détail qui me chiffonne : si le tueur était déjà sur le toit de l'immeuble voisin à ce moment-là, il aurait dû repérer la lumière du dernier étage de BCM !

— … Sauf si c'était éteint, hasarda Christian, je crois me souvenir que les lumières sont sur minuterie.

— Tu vérifieras, s'il te plaît ?… Bon, admettons, les plafonniers se sont éteints automatiquement et Efia M'Bani se rend jusqu'à l'ascenseur en bout d'aile à la lumière des veilleuses. Que se passe-t-il ensuite ?

Une onde de fébrilité avait gagné les enquêteurs et Miranda Cortez sortit de sa réserve d'une voix timide :

— Elle monte dans l'ascenseur. Depuis le vingtième, elle dispose d'une vue dégagée à travers la paroi de verre. Et c'est de là qu'elle assiste à la mise à mort de Thomas Andrieu sur le toit de l'immeuble en construction…

— Et c'est la lumière de l'ascenseur qui a trahi la présence d'Efia M'Bani ! rebondit Christian. Le type est sur le toit. Il vient de balancer le gamin dans le vide et s'apprête à repartir quand *bam !*, une lumière attire son attention. Il tourne la tête et repère la femme de ménage enfermée dans sa cage transparente en train de passer devant lui !

— OK, ça colle… Comme l'a fait remarquer Margaux tout à l'heure, il décide alors de filer dare-dare, poursuivit Urbain.

— J'ai fait un repérage de l'immeuble en construction, ce matin, en sortant des locaux de BCM. Les escaliers ne sont pas achevés et l'ascension comme la descente du dixième et dernier étage se sont faites par l'échafaudage. Au moment du crime, il faisait nuit et croyez-moi, c'est plutôt casse-gueule, compléta Christian.

— Oui, on a vu ça avec Margaux, jeudi matin, quand on s'est rendus sur place, approuva Malot.

— Bilan, on fera le test, mais je pense qu'il faut bien cinq bonnes minutes à notre gus pour effectuer la descente sans se rompre le cou. Ajoutons deux à trois minutes minimum pour traverser le terrain vague et escalader les barrières d'enceinte du chantier. Donc, si le tueur tombe sur Nadia Sissoko à 23 h 31 quand elle quitte BCM, c'est que le meurtre a eu lieu aux environs de 23 h 23.

— Oui, cela paraît cohérent, admit Margaux. En voyant Sissoko, le criminel se pense en veine. Si la femme de ménage avait appelé la police, elle n'aurait pas bougé des locaux de l'entreprise. Il n'a pas grand-chose à perdre, de toute façon. Il pense tenir sa chance, suit la femme et décide d'agir avant qu'elle ait le temps de prendre le métro.

— Bien… Le puzzle prend forme ! D'autres questions ?

— Juste une remarque, lança Antoine Cartier, d'un ton suffisant. Quand on y pense, Efia M'Bani s'est enfuie pour rien ! Après tout, le tueur ignorait et ignore probablement toujours qu'il s'est trompé de témoin. Moralité, si elle n'avait pas paniqué, Efia M'Bani aurait compris qu'elle n'avait plus rien à craindre !

Ce commentaire sarcastique stupéfia tout le monde. Finalement, Christian, pourtant débonnaire à l'accoutumée, balança d'un ton lapidaire :

— Écoute petit, on n'est pas dans un film, là ! On est dans la réalité, OK ?! Donc, quand Efia M'Bani a quitté BCM après une nuit d'attente probablement terrifiante pour elle et qu'elle a découvert, en se dirigeant vers le métro, la scientifique en train d'examiner le corps de sa collègue *morte pour de vrai*, elle a dû déduire à juste titre que le tueur de Thomas Andrieu était prêt à aller jusqu'à l'élimination de témoins pour se couvrir. En conséquence, elle a réagi en être humain normal : ne pouvant pas faire appel à la police, elle a décidé de fuir pour protéger sa vie et au passage celle de ses enfants. « Moralité », pour reprendre tes mots, ta remarque est très déplacée.

Mouché, Antoine Cartier vira au cramoisi et hocha la tête en baissant les yeux.

— Bien… il est 18 heures passées… On a bossé comme des fous, on n'a rien avalé depuis le petit déjeuner et on est tous un peu à cran, donc… je propose qu'on lève le camp maintenant pour profiter au mieux de la soirée et d'un repos salvateur, lança Urbain en décochant un regard appuyé à Christian. Rendez-vous demain matin ici à 9 heures. On définira les équipes et on répartira le travail.

Je pourrais la croiser dans la rue demain…

Éloïse retira son anorak et se glissa derrière la seule banquette libre du Dubliner. Autour d'elle, l'ambiance était très animée. Le brouhaha écrasait la musique rock et, à deux pas de sa table, deux types aux allures de bikers disputaient une partie de fléchettes en plaisantant. Cela ramena la gendarme à sa première soirée avec Jean-Marc et une vague de nostalgie menaça de la submerger. Elle détourna alors les yeux et se focalisa sur Amanda qui serpentait, deux bières à la main, entre les clients massés près du bar.

— Et voilà ! Madame est servie ! lança la journaliste quelques secondes plus tard.

— Je vous remercie.

Amanda prit place en face de la gendarme et lui lança un regard plein de curiosité.

— Alors, vous avez pu faire ce que je vous ai demandé ?

— Oui. J'ai tout dans cette pochette, répondit Éloïse. Mais d'abord, on fait un point.

— Allez-y, je vous écoute.

— Bon, ça va être rapide… Depuis votre appel hier soir, j'ai écumé toutes les administrations pour voir s'il y avait la moindre trace d'une dénommée Dolorès Berger, et je n'ai hélas rien trouvé. Si Anne Poey s'est servie de ce nom d'emprunt autrement que pour la location du garage tarbais, je n'ai pas réussi à le voir, conclut la gendarme d'une voix dépitée.

— Mmm… je ne suis guère surprise.

— Et vous, alors ?

— De mon côté, répondit la journaliste, j'ai passé ma journée à appeler les agences immobilières de Tarbes et des environs… Et tout ça pour le même résultat que vous : je n'ai rien trouvé !

— C'est-à-dire ?

— Eh bien… Je me suis dit que si notre fameuse Dolorès Berger avait réussi à louer un garage en présentant de faux papiers, elle pouvait avoir fait la même chose avec un appartement ou une maison sur Tarbes. Alors, j'ai fait le tour des agences de location de la ville.

— Et aucune d'entre elles n'a de cliente sous ce nom, c'est ça ?

— Vous avez deviné.

— En même temps, si elle a loué un bien, rien ne dit qu'elle soit passée par agence.

— Je sais, Éloïse ! Mais je devais quand même explorer cette piste, ne serait-ce que pour l'exclure.

— C'est sûr… Et pour en rajouter une louche, Anne Poey a très bien pu acheter un bien immobilier et non le louer.

— Tout à fait… D'ailleurs, je penche plutôt pour cette option.

— Pourquoi ?

— Parce que si vous vous aménagez une planque par anticipation, c'est beaucoup plus adapté d'être propriétaire. Pas de risque de dénonciation de bail, vous êtes libre de faire des travaux à votre guise…

— Des travaux ?! Vous imaginez quoi ? Un tunnel permettant de fuir en cas d'assaut ? railla la gendarme.

— Très drôle… Et après tout, pourquoi pas, hein ? s'enhardit la journaliste. Je vous rappelle qu'un des plus grands casses du siècle dernier s'est fait par le biais d'un tunnel !

— On n'a qu'un Spaggiari par siècle, et heureusement !

— Oh ! Parce que des Anne Poey, ça court les rues ?!

— OK, OK… arrêtons là, voulez-vous ?

— Vous abdiquez ?

— C'est ce que vous voudriez entendre… Disons plutôt que ce débat est stérile et que je souhaite recentrer la conversation sur ce qui nous préoccupe vraiment. Qu'en dites-vous ?

Amanda leva son verre en signe de paix avant de reprendre :

— Je disais donc qu'Anne Poey est probablement propriétaire. Elle avait les moyens d'acheter sans laisser de trace, *via* une holding, et c'est ce qu'elle a dû faire… Dans ces conditions, je ne vois qu'une possibilité de remonter la piste depuis le garage où elle a caché la voiture volée : faire du porte-à-porte en espérant que quelqu'un la reconnaisse. Et vu le tapage médiatique qu'il y a eu, elle n'a pas pu faire autrement que de se grimer tout le temps où elle s'est terrée à Tarbes. Conclusion, pour avancer, j'ai besoin de vos simulations.

La gendarme hocha la tête et attrapa la pochette :

— Je ne vous cache pas que j'ai moi-même été très surprise à la vue de certains résultats. Je n'imaginais pas à quel point une coupe, une couleur de cheveux ou une paire de lunettes pouvaient modifier l'apparence d'une femme.

— Il paraît que certains *relookings* sont de vrais trompe-l'œil ! Voyons, montrez-moi ça.

La journaliste ouvrit la pochette et commença à faire défiler les images qu'Éloïse avait préparées à partir d'un logiciel expert de la gendarmerie. Elle s'arrêta plusieurs fois sur certaines simulations. Éloïse avait raison : selon les critères de transformation choisis, la grande prêtresse était méconnaissable. Elle s'arrêta notamment sur une version d'Anne Poey avec des cheveux blonds très courts, des lentilles de contact marron foncé et une paire de lunettes en demi-lune stylisée.

— Si je ne savais pas que vous avez fait ça à partir de son visage, je pourrais la croiser dans la rue demain, boire un verre avec elle et ne jamais l'identifier !

— Je vous l'avais dit...

— Bluffant !... C'est parfait, merci. Maintenant, il n'y a plus qu'à espérer que quelqu'un la reconnaisse parmi toutes ces apparences possibles.

Éloïse hocha lentement la tête. Elle essayait de paraître confiante mais, au fond d'elle-même, elle avait le sentiment que l'enquête autour d'Anne Poey tenait à un fil.

SONGE 3

À l'aune du néant qui m'environne

J'ai dû m'endormir et c'est une vive douleur à la nuque qui m'extirpe de mon hébétude. Je me redresse précautionneusement, une barre à la base de mon crâne palpite et m'arrache une grimace. Ce fichu fauteuil n'a pas d'appui-tête et j'ai sombré dans une torpeur éthylique, la tête basculée en arrière. Il est 1 heure du matin. Hier, à la même heure, j'étranglais Céline de mes mains… Les images menacent de m'assaillir de nouveau, alors je décide de me lever pour chasser ma somnolence et aller chercher un antalgique dans la salle de bains. Cependant, mes pas sont incertains et, je ne sais trop comment, mon gros orteil heurte le pied de la table basse. Le choc est violent et me réveille tout à fait. Je crie de douleur et de rage, foutue table basse ! Et comme je traverse le hall d'entrée désert, je suis frappé par l'ironie de la situation : je vis dans une baraque où il ne reste presque rien depuis le départ de Karen et des enfants, et je parviens tout de même à me cogner contre l'un des rares meubles encore présents ! J'en suis là de mes réflexions quand j'entre dans la salle à manger et que la réalité du vide autour de moi me saute au visage : la pièce de quarante-cinq mètres carrés est entièrement nue en dehors de la misérable table de camping que j'ai récupérée il y a trois mois au garage pour la placer là, *en attendant… En attendant quoi ?…* C'est fou le nombre de choses que l'on peut faire attendre…

À l'aune du néant qui m'environne, je prends subitement conscience que je me suis accommodé de cette coquille vide parce que je ne sais pas comment les gens procèdent pour la remplir. En fait, je n'ai jamais eu à me préoccuper de mon intérieur.

L'ameublement, l'agencement des objets et des choses, l'association de la praticité et du beau, la recherche du confort et de l'ergonomie d'un domicile ont totalement échappé à ma conscience. Je me rends compte avec stupeur que *tout cela* a toujours été géré pour moi par Karen et avant elle par mes parents – la parenthèse du studio étudiant entièrement meublé et donc prêt à l'emploi ayant opportunément repoussé la question à plus tard.

Lorsque Karen est partie, elle a tout emporté. Mon esprit perçoit confusément qu'au-delà de la revanche de cette dépossession à mon égard, se jouait peut-être pour elle une légitime appropriation d'un mobilier qu'elle seule avait choisi et associé avec goût. En partant, elle ne m'a laissé que notre lit – souvenir de notre vie conjugale bafouée –, un fauteuil et une table basse Ligne Roset – cadeau de mariage de mes parents –, et le mobilier de mon bureau. En réalité, cette pièce demeure la seule aujourd'hui, hormis la cuisine intégrée bien sûr, à posséder une âme et une fonctionnalité à toute épreuve. Karen avait tout fait construire sur mesure, tant et si bien que l'ensemble de meubles en palissandre épouse parfaitement chaque angle et chaque contour de la pièce. Cette composition de son cru – je l'ai appris avec le jugement de divorce – est devenue un « immeuble par destination » : les meubles étaient si bien incorporés à la maison qu'ils lui étaient indissociables et ne pouvaient être emportés. J'ai toujours supposé que Karen en avait conçu une certaine amertume…

Me voilà donc figé au centre de la salle à manger qui me renvoie l'écho de mon immense solitude quand je mets le doigt sur une nouvelle ironie du sort : le vide de cette baraque constitue certainement l'un des rouages majeurs de l'implacable mécanique ayant conduit au meurtre de Céline. L'idée chemine, finit par prendre tout son essor et un rire amer s'échappe de moi devant cette consternante vérité.

J'imagine Céline hier, ayant franchi ce seuil aux alentours de 21 heures, certaine de m'y trouver puisque c'était ce dont nous étions convenus. Par précaution, elle s'était certainement garée près de la poste avant de remonter à pied l'avenue des Mimosas. Céline était d'une prudence maladive quant à notre liaison et agissait toujours comme si le voisinage n'avait rien d'autre à faire que scruter nos allées et venues. Or, pour ce qui me concernait, Karen m'ayant quitté, je n'avais aucune raison de cacher ma maîtresse.

D'une certaine manière, ma vie personnelle n'avait jamais été aussi limpide ! Mais Céline tenait farouchement à son mariage, elle me l'avait clairement signifié, ce qui m'allait par ailleurs parfaitement. Pour elle, la discrétion était devenue une seconde nature – « La vie est une garce et on ne sait jamais sur qui on peut tomber ni où », ne cessait-elle de me répéter. Et je voyais bien qu'elle y croyait vraiment… Elle avait donc dû opérer comme à l'ordinaire, en arrivant à pied et en passant par le portillon de derrière qui donne sur la rue des Œillets plutôt que par l'entrée principale située avenue des Mimosas. De là, elle avait longé le garage, traversé le jardin et pénétré dans la maison par la porte de la cuisine… Qu'a-t-elle pensé en ne me trouvant pas chez moi ? Que j'avais pris du retard au travail ? Que, pour une fois peut-être, je m'étais arrêté faire quelques courses plutôt que de m'inquiéter tardivement de commander un plat livré à domicile ? Je ne le saurai jamais… Je me rappelle que, pris dans le tourbillon de cette soirée fatidique, j'ai pensé l'appeler pour m'excuser et lui dire de profiter autrement de sa nuit. Mais voilà… je n'avais pas son numéro de portable, pas plus qu'elle n'avait le mien – règle numéro un de l'épouse paranoïaque. J'avais bien songé à mon téléphone fixe mais il n'était plus branché depuis belle lurette, et l'eût-il été qu'elle n'aurait jamais osé décrocher chez moi – prudence élémentaire de l'amante redoutant le flagrant délit. Vers 22 h 30, pris d'une inspiration subite, je me souviens d'avoir attrapé mon portable et entré Céline Servat sur le moteur de recherche de Messenger, mais je n'y ai découvert que des homonymes. Céline, la mienne, avait dû se donner un surnom. L'enchaînement des événements s'apparentait à une spirale infernale et je n'avais guère le loisir d'envisager d'autres stratégies pour tenter de prévenir ma maîtresse. De toute façon, le retard était tel qu'il avait désormais toutes les apparences d'un lapin et Céline, qui n'avait rien d'une Pénélope, avait dû mettre les voiles. C'est sur cette pensée que j'avais relégué à l'arrière-plan la question de Céline pour me consacrer pleinement à la gestion de l'urgence que constituait le neveu du ministre des Finances. Au final, la solution a été radicale puisqu'elle m'a conduit à franchir la ligne rouge, et le meurtre de Céline – un peu plus tard dans la nuit – n'a finalement été que le prolongement horrifique d'une soirée placée sous le signe d'une destinée machiavélique…

Je me revois activer le portail automatique de l'avenue des Mimosas alors que les chiffres lumineux de mon tableau de bord affichaient 00 h 25. Du dehors, j'ai constaté avec étonnement qu'il y avait de la lumière et j'ai songé que Céline avait dû oublier d'éteindre en partant. Pas un instant je n'ai imaginé qu'elle était encore là, postée chez moi, à m'attendre. Mon intérieur est celui d'un homme défait de toute matérialité, je n'ai même pas pris le temps de racheter un téléviseur ni une chaîne hi-fi. L'unique fauteuil du salon est tourné vers le jardin mais je ne sache pas que ce dernier puisse constituer une distraction suffisante pour tuer quatre heures de temps. J'ai donc poussé la porte d'entrée, certain d'être seul, et j'ai presque sursauté en découvrant le bagage de Céline posé au milieu de la grande salle à manger vide. Je me suis senti flatté, elle m'avait donc attendu tout ce temps ! Puis l'idée m'est venue qu'elle n'avait aucun chez-soi où rentrer puisqu'elle était censée être à Montpellier pour un colloque. M'attendant à la découvrir boudeuse dans son coin, j'ai alors sillonné le rez-de-chaussée. Mais Céline ne s'y trouvait pas. Ne restait que l'étage. Je revois nettement encore le sourire que m'a tiré l'idée qu'elle était peut-être nue sur le lit, excitée par l'attente et piaffant que je la rejoigne. J'avais, qui plus est, de l'ardeur à revendre car mon corps était encore chargé d'adrénaline après le crime auquel je venais de participer avec Wlad. J'ai donc gravi les marches plein d'une onde érotique qui montait en moi et me secouait. Ma chambre était ouverte mais le lit était vide. S'y est-elle jamais allongée ? A-t-elle un instant conçu dans le secret de son âme la promesse des plaisirs que nous allions partager ? Ou, lasse de ne pas me voir arriver, a-t-elle au contraire échafaudé mille vengeances auxquelles elle a rêvé de me soumettre ? Je ne saurais le dire… Quoi qu'il en soit, ce n'est pas dans ma chambre que je l'ai trouvée. Non. Elle était confortablement installée derrière mon bureau, plongée dans la lecture de fichiers des plus compromettants…

L'issue de la nuit dernière aurait-elle été différente si Céline ne s'était pas acharnée à me renvoyer ma culpabilité au visage, à river sur moi le regard si blessant qu'on ne réserve qu'aux criminels ? Oui, les heures filent depuis sa mort, et je pense – je suis certain, même – que je lui aurais laissé la vie sauve si elle n'avait pas été si fermée, si butée, si certaine de son bon droit à m'accuser. Je lui ai pourtant tout expliqué des raisons qui m'avaient conduit à ces extrémités ! Je lui ai tout dit de la spirale infernale qui s'était acharnée à m'aspirer et de laquelle je n'avais fait que chercher à m'extraire ! Mais elle n'a rien voulu entendre… Au final, lorsque j'ai été convaincu qu'elle me dénoncerait sans hésiter si je ne me rendais pas moi-même à la police, j'ai fait la seule chose sensée dans le contexte. Et très honnêtement, ça n'a pas été une partie de plaisir…

Je chasse les images de la strangulation, elles me persécutent bien assez comme ça. Et j'en reviens à mon point de départ : si la maison avait été meublée, Céline aurait réglé l'abat-jour sur une lumière tamisée, se serait confortablement lovée dans le canapé, et… elle aurait choisi un programme télé distrayant en buvant un verre de Martini blanc – son apéritif préféré – ou elle aurait allumé la chaîne hi-fi et inséré un CD de Coltrane – elle adore le jazz. Quoi qu'il en soit, elle n'aurait pas eu à errer dans cette immense maison vide et ne se serait jamais retrouvée dans mon bureau, derrière l'écran de mon ordinateur encore ouvert sur mes dernières conclusions.

Les Toulousains ne savent pas conduire sur la neige

Une nouvelle vague de froid mordant avait sévi dans la nuit et les piétons, parés de leurs écharpes, bonnets et doudounes marchaient d'un pas vif. La météo avait annoncé quelques chutes de neige en fin d'après-midi et, si les prévisions se révélaient exactes, Toulouse se transformerait en gigantesque parterre d'autos tamponneuses, à l'instar du jeudi précédent. Même s'ils auraient tous juré le contraire sur le bouclier de Brennus[1], les Toulousains ne savent pas conduire sur la neige, c'est un fait. Margaux passa devant la gare Matabiau et jeta machinalement un œil le long du canal du Midi. Malgré la température qui frôlait le zéro, une poignée d'irréductibles zonards squattait – bière à la main – le vaste parterre nouvellement aménagé en lieu et place de la passerelle d'acier qui enjambait jadis le bras d'eau.

— Quand on pense que notre jeune de bonne famille frayait avec une faune aussi marginale, pas étonnant que l'histoire se soit achevée en drame, commenta-t-elle à haute voix.

— Certes… mais ce ne sont pas des sans-abri qui ont balancé Thomas Andrieu du haut du toit.

— Qu'est-ce qui te fait dire ça ?

— Le scénario est trop compliqué et demande certains moyens matériels, lui retourna Urbain d'une voix songeuse. Il a fallu amener Thomas Andrieu jusqu'au Mirail en pleine nuit, ce qui nécessite un véhicule. Puis l'obliger à escalader l'immeuble jusqu'au toit, ce qui suppose la menace d'une arme.

---

1. Chaque année, le bouclier de Brennus récompense l'équipe victorieuse du championnat de France du rugby à XV.

— Sauf à l'avoir attiré là-haut avec un motif fallacieux ! Une sorte de guet-apens. Auquel cas, *exit* le problème de transport, Thomas Andrieu s'est déplacé par ses propres moyens. Et *exit* la menace de l'arme, il est monté de son plein gré.

— Ce qui nous ramène à un scénario plutôt compliqué. Je ne suis pas spécialiste, mais chaque fois que j'ai eu à enquêter sur des règlements de comptes entre clodos, franchement, ça ne ressemblait pas à ça…

— Ça ressemblait à quoi ?

— À des disputes sur fond de came, d'alcool et de rancune à la noix qui dégénéraient en coups de saton ou de surin. Le genre de scénario peu reluisant et sans préméditation, crois-moi.

— Oui, j'imagine le genre, admit Margaux. Sans compter qu'il faut tout de même être en bonne santé et sobre pour escalader et redescendre un échafaudage en pleine nuit… Alors, c'est quoi ta théorie ?

— Je n'en ai pas pour le moment, figure-toi. Espérons qu'on parvienne à remonter jusqu'à celui qui se fait appeler « Montagne » et qu'il puisse nous éclairer.

Margaux ralentit en s'engageant dans la rue des Jumeaux située derrière la gare Matabiau. Elle scruta les façades et, à hauteur du numéro 6, se gara à cheval sur le trottoir, devant un local défraîchi surmonté d'une enseigne discrète, « Vivre solidaires ». Une petite terrasse en bois sur laquelle sommeillaient quatre chiens en laisse la conforta dans l'idée qu'ils étaient au bon endroit.

— On est arrivés.

— En dehors de la présence des chiens, il faut vraiment connaître pour savoir que c'est là, commenta Urbain en étudiant la devanture du local.

— Je suppose que dans le milieu SDF, les informations circulent plutôt bien.

Le policier poussa la porte et entra le premier dans une petite pièce qui servait de sas d'accueil. Une chaleur aux relents d'alcool se plaqua immédiatement sur lui. Derrière un comptoir, un grand échalas avec des dreadlocks était en pleine discussion avec un homme crasseux qui empestait le vin et le chien mouillé. Sur la droite, un petit couloir débouchait sur une pièce un peu plus grande dans laquelle une poignée de SDF s'était disséminée autour de tables. La signalétique à l'entrée du couloir indiquait « Bar sans alcool ». Quelques échos des discussions parvenaient jusqu'à l'accueil. Margaux et Urbain patientèrent plusieurs minutes en détaillant le dépliant de l'association. Vivre solidaires proposait un accueil quatre journées par semaine pour les personnes à la rue. Intervenaient ici un psychologue, une assistante sociale, un médecin et trois éducateurs. Le lieu avait vocation à offrir un point de chute temporaire pour les démunis qui avaient besoin de parler, de souffler un peu autour d'une boisson chaude, d'être aidés dans certaines démarches ou de consulter pour des soins… L'association disposait aussi d'une petite banque alimentaire et de quelques rayonnages de produits de première nécessité. Elle constituait l'un des ultimes remparts à l'indifférence et au rejet par la société de ses laissés-pour-compte. Ici échouaient ceux qui avaient perdu tout ancrage dans le monde. Sans toit. Sans revenu. Sans famille. Et sans aucune certitude du lendemain. Le SDF aviné acheva dans un haussement d'épaules son échange avec le jeune de l'accueil et entreprit un demi-tour incertain jusqu'à la sortie. Il zigzagua malgré lui et finit par atteindre la porte. Le Zèbre approcha alors du comptoir.

— Bonjour. Lieutenant Urbain Malot, police judiciaire, lança-t-il en montrant sa carte. Et voici ma collègue, le major Margaux Dutilleux.

— Mmm… Je me disais aussi, répondit le jeune avec un sourire en coin… Je m'appelle Andréa Solari, je suis éducateur spécialisé et, comme vous le voyez, je travaille ici… Euh, voilà… Est-ce que je peux vous renseigner ?

— Votre lieu d'accueil est situé près de la gare et nous voulions savoir si vous aviez déjà croisé ce jeune homme, expliqua Urbain en exhibant une photo de Thomas Andrieu.

L'éducateur observa la photo. Ses sourcils se froncèrent, il sembla hésiter, puis finit par dire :

— Je ne sais pas… il me dit quelque chose mais… elle est récente, cette photo ?

— Oui. Pourquoi ?

— Ben… les personnes qui viennent ici, généralement, elles sont plutôt abîmées par la vie, si vous voyez ce que je veux dire…

L'idée que Thomas Andrieu ait pu se présenter dans ce point d'accueil sous un jour moins favorable traversa alors l'esprit du policier.

— Regardez bien, s'il vous plaît, c'est important… Il était peut-être habillé différemment, et présentait moins bien ?

— … Oui, effectivement… je pense l'avoir déjà croisé… Attendez, je vais appeler quelqu'un qui connaît beaucoup de monde dans le milieu ! Ne bougez pas.

Le jeune homme se plaça à l'entrée du couloir et héla :

— Martin ?! Tu peux venir, s'il te plaît ?

— Pourquoi ça ?! lui répondit une voix bourrue depuis la salle du bar sans alcool.

— J'ai besoin de toi.

Quelques bougonnements leur parvinrent, suivis d'un raclement de chaise. Un instant plus tard, un grand type arriva en boitillant. Malgré la chaleur presque étouffante, il était resté emmitouflé dans son anorak sale et élimé. C'était un homme malingre et légèrement voûté, à la peau rongée par l'eczéma, mais dont les yeux clairs et vifs trahissaient une certaine intelligence. Sur sa barbe hirsute, était restée accrochée une miette de chocolatine.

— Martin, tu as déjà vu ce jeune ? questionna l'éducateur en montrant la photo.

— … Ça se pourrait, répondit-il prudemment, après avoir jeté un œil de biais aux deux policiers.

— Tu l'as rencontré où ?

— Ici… Ailleurs… Par-ci, par-là, quoi…

Le Zèbre approcha du SDF qui recula instinctivement d'un pas :

— Vous, vous êtes flic, hein ?!

— Urbain Malot. Police judiciaire.

— Ah, voyez, j'ai le flair pour ça !… Et vous lui voulez quoi au jeunot ? De toute façon, je ne l'ai pas vu depuis… oh ! une bonne dizaine de jours au moins ! Alors…

— Ce jeune est décédé, lui retourna Malot.

— Décédé ?! accusa le SDF. Merde alors… Mais… comment ça ?

— Un suicide, *a priori*.

— … *A priori*, vous dites ?… À part que si c'était un suicide, vous ne seriez pas là, hein ? lança-t-il, soupçonneux.

— Nous ne sommes encore sûrs de rien, mentit le policier. Nous procédons à quelques vérifications… Maintenant, qu'est-ce que vous pouvez nous dire sur ce jeune ? Qui fréquentait-il ? Où avait-il l'habitude d'aller ?

— Écoutez, je suis vraiment désolé pour ce petit gars… Il était plutôt gentil… Mais je l'ai juste croisé deux trois fois du côté de la gare ou ici… Difficile de vous en dire plus…

Urbain Malot sonda le type des yeux. Regard fuyant. Gêne visible. Il en était certain, le sans-abri ne disait pas tout. Il croisa les bras sur son torse pour marquer son agacement et laissa échapper un long soupir de scepticisme.

— Monsieur, le moindre détail peut être important, intervint alors Margaux avec douceur. Faites un effort, s'il vous plaît… Pour ses parents et sa petite sœur qui cherchent des réponses.

— Ses parents ? s'étonna le type. Il disait à tout le monde qu'il était de la DDASS et qu'il avait fui une famille d'accueil, le gosse !

— S'il a dit ça, c'est faux, je vous assure. Il avait bel et bien une famille qui tenait à lui et qui ne comprend pas ce qui a pu se passer.

Martin plissa le front d'un air soucieux.

— Je lui avais bien dit, au petit, de choisir ses fréquentations… Mais il n'en faisait qu'à sa tête… C'est les jeunots, ça. Ils croient toujours avoir tout compris avant tout le monde… Pfff… La rue, moi, je la connais depuis l'âge de quinze ans, alors je sais ce que je dis !

— Quelles fréquentations ? De qui aurait-il dû se méfier ?

Mais l'homme se contenta de secouer négativement la tête d'un air buté. Aucun doute possible, il savait quelque chose mais il refusait d'en parler.

— C'est de Montagne dont il aurait dû se méfier ? lança Margaux, jouant ainsi sa seule carte.

Une lueur de surprise et de peur zébra immédiatement le regard de l'homme qui rétorqua d'un ton méfiant :

— Qui vous a parlé de Montagne ?!

— Peu importe… Mais, d'après nos informations, Thomas était en lien avec lui… Dites-nous ce que vous savez sur cet homme.

Martin jeta des œillades inquiètes tout autour de lui puis avança d'un pas vers les policiers.

— Je sais que c'est le genre de type avec qui il vaut mieux ne pas fricoter, voilà ce que je sais, lâcha-t-il d'une voix basse et hargneuse… Mais ce que je sais surtout, c'est que dans mon monde, on tord facilement le cou à ceux qui parlent à tort et à travers… Alors maintenant, laissez-moi tranquille !

Le type tourna les talons pour rejoindre ses compagnons dans la salle voisine. Urbain Malot esquissa un geste pour le retenir, mais Margaux l'arrêta :

— Laisse-le... Il a trop peur, il ne parlera pas... en tout cas, pas ici...

Le Zèbre hocha lentement la tête, sa collègue avait raison. Il se tourna alors vers Andréa Solari, le gars de l'accueil :

— Et vous, un surnommé Montagne, ça vous dit quelque chose ?

— Jamais entendu ce nom, désolé, lui retourna-t-il en haussant les épaules. Mais je ne travaille ici que depuis trois mois... Si vous voulez, je peux me renseigner... Il y a deux éducateurs qui font des maraudes la nuit, ils connaissent très bien le milieu.

— Vous les voyez quand, vos collègues ?

— Ce soir, à 20 heures, ici. Ils entament les maraudes à 20 h 15.

— On en sera, prévenez-les, lui retourna Malot. Tenez, prenez aussi notre carte et refilez-la discrètement à Martin... Dites-lui bien qu'il peut nous appeler n'importe quand.

Le travailleur social opina du chef et fit glisser la carte dans sa poche.

Bingo !

Mamadou Traoré ouvrit la porte, vêtu d'un boubou bigarré aux dominantes jaune et orange assorti au turban noué autour de sa tête. Il devait avoir dans les soixante-dix ans, à en croire sa barbe blanche et les rides profondes qui lui barraient le front. Dès qu'il vit Christian, il comprit à qui il avait affaire.

— Bonjour. Vous êtes de la police, c'est ça ?

— Oui, je suis le major Saucède, de la police judiciaire. Deux de mes collègues ont cherché à vous rencontrer hier mais vous n'étiez pas chez vous. Ils vous ont d'ailleurs laissé un mot pour que vous rappeliez le central.

— J'étais chez ma fille pour quelques jours et je suis rentré hier soir tard, se défendit Mamadou Traoré. J'allais justement vous téléphoner.

— Je peux entrer, s'il vous plaît ?

L'homme s'écarta pour le laisser passer. L'appartement surchauffé était un simple deux-pièces meublé dans la pure tradition africaine. Christian s'assit sur une banquette et refusa poliment le thé que que son hôte proposa de lui préparer.

— Monsieur Traoré, je suis ici pour essayer d'en apprendre un peu plus sur le départ précipité de votre voisine du dessous, Mme Efia M'Bani. Mes collègues et moi-même avons toutes les raisons de croire qu'elle est en danger et nous cherchons donc à remonter sa trace.

— En danger ?

— Oui. Mais je ne suis pas autorisé à évoquer l'enquête en cours… Nous savons par Cynthia Ba qu'Efia M'Bani est venue vous voir jeudi dernier en fin de journée.

— Oui… Il était 17 heures environ… Efia m'a demandé de garder les enfants de Cynthia. D'habitude, c'est elle qui s'en occupe après l'école jusqu'au retour de Cynthia.

Christian hocha la tête.

— Comment s'est passée votre entrevue avec Efia M'Bani jeudi dernier ? Vous a-t-elle confié quelque chose ?

— Elle… elle était pressée… elle ne m'a pas dit grand-chose… Elle m'a juste demandé de garder les petits de Cynthia…

— Vous ne lui avez demandé aucune explication ?

— Non, répondit-il, embarrassé. On a l'habitude de se rendre des services, alors j'ai pensé qu'elle devait sortir… Je me suis bien dit qu'elle semblait nerveuse, mais c'est allé tellement vite que je n'ai même pas eu le temps de lui demander ce qui se passait.

— A-t-elle évoqué la moindre chose qui pourrait nous indiquer où elle avait l'intention de se rendre ?

Mamadou Traoré sembla replonger dans les souvenirs de cet épisode et finit par secouer négativement la tête.

— Non… Elle n'a rien dit… Elle n'est même pas entrée dans l'appartement.

Christian lui adressa un regard dépité avant de relancer :

— Lui connaissiez-vous des amis, de la famille, vers qui elle aurait pu se tourner pour être hébergée avec ses enfants ?

— Bintou ! C'est sa cousine, elle habite à Châteauroux.

— Nous l'avons jointe par téléphone, mais elle n'a pas eu de contact récent avec Efia et elle dit n'avoir aucune idée de l'endroit où a pu se rendre sa cousine.

— Alors, je ne vois pas… Efia a toute sa famille au Rwanda. À part Bintou, elle n'a jamais parlé de qui que ce soit.

— Et pas la moindre amie en France ?

— En dehors de Cynthia, je ne connais personne… Mais peut-être que la dame de l'association pourrait vous en dire davantage.

— L'association ?

— Oui… il y a une dame qui venait parfois visiter Efia. Elle l'aidait pour les papiers et la scolarité des petits.

— Vous connaissez le nom de cette association ?! demanda vivement Christian.

Mamadou Traoré se mit à réfléchir :

— ... Efia en a parlé une ou deux fois mais je ne me souviens plus exactement... Il y avait « sans frontière » dedans... « École sans frontière » peut-être, mais je ne suis pas sûr.

Le policier sortit son téléphone de sa poche et pianota dessus. Un instant plus tard, il relevait la tête :

— Éducation sans frontière ?

— Oui, voilà, c'est ça !

— Bingo ! se réjouit Christian entre ses dents.

★★★

Il était 16 heures passées lorsque les deux bleus, Miranda Cortez et Antoine Carlier, entrèrent dans le studio de Thomas Andrieu. Inhabité depuis presque deux semaines, le lieu s'était chargé d'une vague odeur de renfermé et de vaisselle sale. Malgré le froid extérieur, la jeune policière ouvrit en grand l'unique fenêtre de la pièce. De toute façon, personne ne dormirait ici le soir même...

— Tu inspectes le côté chambre et salle de bains et je m'occupe de fouiller le bureau ? proposa-t-elle.

— Ça me va !

Miranda détailla l'espace de travail qu'avait créé le jeune Andrieu. Apparemment, au fil de ses années d'études, les rayonnages, piles de bouquins, notes diverses avaient empiété sur le coin repas, et la table haute était pour partie envahie de documents. Miranda délaissa le bureau et entama son inspection par les documents posés sur la table car ils étaient probablement les plus récents. À force de farfouiller, elle repéra une certaine organisation dans le fatras ambiant : d'un côté les cours universitaires, d'un autre les recherches liées aux sujets d'études et, enfin, le travail personnel du jeune Andrieu autour de son mémoire. Dans cette dernière zone, son attention fut rapidement attirée par des petits carnets soigneusement étiquetés par date de rédaction. Elle ouvrit le premier de la pile, marqué « janvier 2019 », et découvrit des prises de notes diverses de l'étudiant concernant le milieu des sans-abri. Il pouvait s'agir de réflexions, d'interrogations, de raisonnements, de portraits des SDF rencontrés ou encore de récits détaillés de certaines scènes de vie auxquelles l'étudiant avait assisté. Comme autant de carnets de voyage dans un univers marginal et méconnu du plus grand nombre, un monde à part... Les carnets étaient au nombre de quatre et couvraient la période d'octobre 2018 à janvier 2019. Miranda remarqua que la dernière page, griffonnée à la hâte, datait du 28 janvier 2019, veille de sa disparition. Elle la parcourut et comprit très vite qu'elle venait de mettre la main sur un élément important.

28 janvier 2019

J'approche du but. J'ai enfin rdv avec Montagne à la gare à 18 heures. Si mes déductions sont justes, je devrais en apprendre davantage sur ce qui est arrivé à Pampelune et à tous les autres.

Miranda releva alors la tête et repéra son collègue qui fouillait les tiroirs de la commode.

— Bingo ! triompha-t-elle en lui tendant les carnets. Avec ça, on a des chances de découvrir qui le jeune Andrieu fréquentait et les lieux où il se rendait... ça va donner du grain à moudre au lieutenant Malot ! Quant au dénommé Montagne, il pourrait bien être le dernier à avoir vu Thomas Andrieu vivant.

— Qu'est-ce qui te fait dire ça ?

— Regarde les dernières notes du carnet de janvier.

Antoine Carlier s'exécuta et releva la tête.

— *Pampelune et tous les autres* ?! Tu sais de quoi il parle ?

— Euh... j'aurais d'abord pensé à la ville... mais la mention « tous les autres » fait plutôt référence à des gens, non ?

— Probablement... On n'a qu'à parcourir les carnets pour en apprendre davantage.

Miranda garda les deux derniers et remit à Antoine ceux qui couraient d'octobre à novembre 2018. Suivit une lecture silencieuse en diagonale. Certains passages firent grimacer les policiers : Thomas Andrieu rapportait avec force détails les épisodes les plus sordides de son immersion, et le monde auquel il avait choisi de s'intéresser était sans pitié, régi par les dures lois de la survie et de la prédation. Les carnets de l'étudiant étaient des fenêtres entrouvertes sur un univers de détresse et de violences qu'alcool et drogues exacerbaient. Miranda parcourait d'un air atterré un passage relatant le viol en réunion d'une junkie complètement shootée quand Antoine Carlier l'interrompit :

— J'ai ! Écoute ça, il pouvait être poète à ses heures, notre étudiant ! En date du 21 octobre 2018, il écrit : « Il m'est apparu sous la lumière éclatante de cette belle journée d'octobre, sa souris blanche juchée sur une épaule. Avec ses frusques d'été, ses sandales sans attache, sa besace étoilée de quelques grains de sable, il a tout du voyageur sans destination. Malgré les marques d'une vie à la dure, je ne lui donne guère plus que mon âge. Il s'appelle Nicolas, mais en fin d'après-midi, tout le monde l'appelait "Pampelune". Du nom de sa dernière étape et à cause de tout le soleil dont son être s'est gorgé là-bas, dans ces contrées exotiques et fantasmées par tous les mendiants sans horizon. »

— Mmm… Il a dû sympathiser avec lui, supposa Miranda, et vu ce qu'il évoque dans sa dernière prise de notes, il est arrivé quelque chose à ce Pampelune.

— Oui, il faut poursuivre la lecture, c'est forcément écrit quelque part, répondit Antoine tout en faisant défiler les pages des carnets.

Miranda s'y remit également, sautant les passages insoutenables où chaque destin semblait coulé dans le noir absolu. Au bout de plusieurs minutes, elle finit par repérer une allusion à Pampelune.

— Tiens, écoute un peu ça ! C'est en date du 12 décembre 2018 et Thomas Andrieu écrit : « Impossible de mettre la main sur Pampelune. Ça fait plus de six jours désormais que je suis à sa recherche. Son portable est sur répondeur, il ne doit pas avoir assez d'argent pour s'acheter une recharge… J'ai fait tous les squats où il se terre d'habitude, en vain, et aucun de ses contacts n'a pu me dire où le trouver. Putain, mais que se passe-t-il ?! »

Miranda tourna la page et laissa courir son doigt le long des lignes qui suivaient.

— Tiens, il en parle de nouveau, ici, en date du 18 décembre et… (Elle s'interrompit en découvrant les mots sous ses yeux.) Merde alors !

— Quoi ?

— Attends… je cherche le début… Ah, j'y suis : « Si j'avais encore le moindre doute, me voilà fixé. Je me suis présenté au commissariat et j'ai été reçu par un agent qui, après m'avoir fait poireauter une heure et demie, a refusé de prendre ma déposition. Les personnes majeures ont le droit de disparaître, m'a-t-il matraqué. Ensuite, il m'a servi le couplet habituel sur la volatilité de la population SDF… À quoi pouvais-je m'attendre d'autre ? Sauf que Pampelune est le troisième sans-abri que je connais à disparaître du jour au lendemain depuis mi-octobre. Personne ne s'en inquiète et, pire encore, personne n'a le droit de s'en inquiéter… Âmes sans attache, existences invisibles, quantités négligeables de notre société, parasites crasseux… nos SDF n'intéressent personne… Hors de question pour moi d'en rester là. »

Miranda releva les yeux vers son coéquipier qui se fendit d'une grimace, et elle conclut d'une voix inquiète :

— De là à imaginer que notre étudiant a fini par mettre au jour quelque chose de louche, il n'y a qu'un pas…

Elle avait un certain appétit sur le plan sexuel

Élodie Denat prit une bonne minute pour se délester de ses vêtements d'hiver, couche après couche, comme autant de pelures d'oignon. Quand elle se sentit plus à l'aise, elle s'assit devant Thibault et Éloïse qui patientaient silencieusement. Trente-cinq à quarante ans maximum, plutôt jolie fille, visiblement soucieuse de son apparence.

— Tout d'abord, madame Denat, merci d'être venue, entama Éloïse. Nous avons souhaité vous rencontrer dans le cadre de l'enquête concernant le meurtre de Céline Servat... Pouvez-vous décliner votre identité, s'il vous plaît ?

— Élodie Denat, trente-huit ans, mariée à Bertrand Denat. Nous avons un fils de huit ans qui s'appelle Samuel et je suis chef de projet au sein du groupe SOC, « Sud-Ouest Cosmétiques ».

— Bien... D'après nos informations, Céline Servat et vous étiez très proches ?

Élodie Denat hocha nerveusement la tête. Son regard s'était déjà embué et elle s'empressa d'attraper un Kleenex dans son sac pour s'essuyer les yeux.

— Céline est... était ma meilleure amie, souffla-t-elle d'une voix émue.

— Mmm... Nous comprenons que cette entrevue soit éprouvante pour vous, mais nous avons besoin d'en apprendre un maximum sur votre amie.

— Oui... oui, je sais bien, approuva la jeune femme.

— Madame Denat, que pouvez-vous nous dire sur Céline Servat ?

— Céline était une femme… une femme formidable, énergique, disponible pour les autres et… et aussi, très très intelligente ! Brillante, même… Je l'ai rencontrée au lycée, en première S – ça s'appelait comme ça à l'époque. Entre nous, ça a immédiatement matché et, à partir de là, on ne s'est jamais quittées.

— Quel genre de femme était-elle ? demanda Thibault.

Élodie Denat braqua un regard défiant sur le gendarme :

— Que voulez-vous savoir exactement ?

— Eh bien… Céline Servat était mariée et mère de deux enfants… Était-elle pleinement satisfaite de sa vie ou… ?

— Ou quoi ?

— Ou allait-elle voir ailleurs ? lança Éloïse, légèrement agacée par leur interlocutrice.

Un silence suivit. La question mettait visiblement leur témoin mal à l'aise.

— Madame Denat ?

— Euh… Je… Céline était très heureuse en tant que mère et épouse…

— Mais ?

— Mais elle aimait le sexe… Je veux dire, elle avait un certain appétit sur le plan sexuel et… Oh bon sang ! En parlant d'elle de cette façon, j'ai l'impression de la réduire à ça, et c'est tellement… tellement loin de la réalité ! jeta Élodie Denat en éclatant en sanglots.

— Calmez-vous, madame Denat. Ni mon collègue ni moi ne réduisons votre amie à quoi que ce soit… En revanche, cet aspect précis de sa vie pourrait constituer la clé de sa mort, vous comprenez ?

À ces mots, la jeune femme releva vivement les yeux vers les gendarmes ; manifestement, elle avait elle-même envisagé cette hypothèse.

— J'ai eu Anthony au téléphone. Il m'a expliqué pour le faux colloque… Alors… alors, vous pensez que la mort de Céline est liée à cet aspect caché de sa vie ?! Mais c'est insensé…

— Une mauvaise rencontre ? Un amant éconduit ? Il existe une multitude de possibilités…

— Quelles précisions pouvez-vous nous donner sur cette facette secrète de votre amie ? enchaîna Éloïse. Connaissiez-vous ses amants ? Comment procédait-elle pour entrer en contact avec…

— Attendez ! Je pense que vous vous faites de fausses idées par rapport à ce que j'ai dit... Céline avait des besoins sexuels, oui, mais elle n'était pas du genre à fréquenter des sites de rencontres ni à se jeter dans les bras du premier inconnu ! Ça va peut-être vous paraître paradoxal, mais Céline était une femme responsable et sérieuse...

Thibault fronça les sourcils, les propos d'Élodie Denat n'étaient pas très éclairants. Il croisa le regard d'Éloïse assise à côté de lui et y lut le même flottement.

— Madame Denat ? Le plus simple serait peut-être que vous nous racontiez tout ce que vous savez sur la vie... disons, *parallèle*... de votre amie. Cela nous permettra peut-être de mieux comprendre ce que vous essayez de nous dire. D'accord ?

La jeune femme hocha vivement la tête, se moucha discrètement et se lança :

— Voilà... il y a trois ans, Anthony a fait un accident vasculaire cérébral... Vu son jeune âge et le fait qu'il a été traité très rapidement, les séquelles ont été minimes, et aujourd'hui, il n'y paraît presque plus... Cependant, d'après ce que Céline m'a raconté, cet accident avait altéré la libido d'Anthony ainsi que... ses performances, si je puis m'exprimer ainsi, confia-t-elle avec gêne. Nous n'avions pas réellement évoqué nos sexualités avec Céline avant cet accident... Bien sûr, je me doutais que l'activité sexuelle de son couple était importante pour elle. Certaines de ses réflexions ou quelques traits d'humour me l'avaient fait sentir, mais nous n'en avions jamais parlé ouvertement... Et puis, il y a huit mois environ, j'ai découvert le... le pot aux roses. Je participais à une réunion de travail organisée par le siège de mon entreprise. La direction avait réservé la salle de conférences d'un hôtel dans la couronne toulousaine. Il devait être 8 h 30 du matin, j'étais arrivée en avance ainsi que certains de mes collègues parce que, avec la circulation, ça n'est pas toujours simple d'évaluer les temps de trajet... Bref, le colloque commençait à 9 heures mais un brunch d'accueil était prévu pour nous à l'intérieur. On est donc entrés et au moment où je passais dans le hall, je suis tombée nez à nez avec Céline qui sortait de l'ascenseur avec un homme...

Élodie Denat marqua une pause dans son récit, semblant se remémorer la scène. Un sourire triste lui barra le visage et elle expliqua :

— C'était totalement contraire à tout ce que je pouvais imaginer de ma meilleure amie, pourtant, j'ai immédiatement su… Pas un instant je n'ai imaginé qu'il pouvait y avoir une explication autre que celle d'une liaison… Nos regards se sont croisés… mais nous étions toutes les deux tellement interloquées qu'il ne nous a même pas traversé l'esprit de nous adresser la parole… J'ai suivi mes collègues vers la salle qui nous était réservée et elle, elle a quitté l'hôtel…

L'excitation gagna les gendarmes, le fameux Guillaume ne se résumait plus à un spectre insaisissable !

— Le soir même, Céline m'envoyait un texto pour me proposer de déjeuner avec elle dans la semaine. J'ai accepté, bien entendu. Et quand on s'est vues, elle m'a expliqué la situation par rapport à Anthony… Elle m'a dit que leurs rapports sexuels s'étaient considérablement espacés et qu'ils étaient devenus très insatisfaisants pour elle… Elle m'a aussi expliqué qu'Anthony culpabilisait énormément et qu'elle ne voulait pas en rajouter…

— Je vois, fit Éloïse. Et est-ce qu'elle vous a parlé de son amant ?

— Pas directement. Céline était toujours très amoureuse d'Anthony. Et elle n'envisageait absolument pas de le quitter. Elle avait juste besoin de… de s'épanouir sexuellement… Même si je ne pense pas que j'aurais ressenti la même chose – je veux dire les mêmes besoins – à sa place, je me suis interdit de porter le moindre jugement sur le choix qu'elle avait fait… La seule chose qu'elle m'a confiée sur cet homme, c'est, pour reprendre ses termes exacts, qu'il était cent pour cent compatible avec elle sur le plan sexuel. Mais en aucun cas cette liaison ne mettait son couple en péril…

— Vous a-t-elle dit le prénom de son amant ?

— Non, même pas ! Je crois que le nommer lui aurait donné une sorte d'existence qui n'avait pas lieu d'être à mes yeux… Anthony et Bertrand, mon mari, s'entendent très bien et il ne se passe pas une semaine sans que nous ne mangions tous les quatre ensemble… En réalité, je sais gré à Céline de n'avoir pas « fait vivre » ce type plus qu'il n'était nécessaire pour moi.

— Et vous a-t-elle indiqué depuis combien de temps elle fréquentait cet homme ?

— Maintenant que vous me posez la question, je me rends compte que non… Mais la manière dont elle m'en a parlé m'a laissé penser que cette relation existait depuis un certain temps…

— D'accord… Savez-vous si Céline entretenait d'autres relations adultères ? ou si elle est restée avec l'homme de l'hôtel ? ou les deux ?

Élodie Denat secoua la tête.

— En dehors de cette entrevue, nous n'avons jamais reparlé de ce sujet. Je ne sais pas qui est cet homme, d'où il vient, où il vit, si elle a poursuivi sa liaison avec lui ou si elle est allée voir ailleurs… La seule chose que je peux partager avec vous, c'est mon intime conviction.

— Allez-y.

— Céline n'était ni frivole, ni inconséquente. À ce titre, je ne la vois pas multiplier les relations. Elle a toujours été une très jolie femme et elle a toujours attiré les regards. Mais elle s'en tamponnait complètement, Anthony lui suffisait. En fait, je pense que cet homme est arrivé à un moment où Céline était fragilisée par les difficultés de son couple et que cet adultère aurait pu ne pas se produire : ce type est apparu dans le bon timing et, surtout, il ne constituait pas de menace pour Céline.

— Qu'entendez-vous par là ?

— Je suis absolument certaine que Céline n'aurait pas poursuivi une relation susceptible de mettre à mal son couple et sa famille. Si elle a choisi cet homme, c'est nécessairement que le deal avec lui était clair et respecté : il n'y avait aucune place pour le sentiment amoureux. Du désir, forcément. De la complicité, aussi. Du respect, car je vois très mal Céline se transformer en simple objet sexuel. Mais de l'amour, c'est sûr que non, acheva-t-elle avec conviction.

Éloïse et Thibault échangèrent immédiatement un regard lourd du même sous-entendu : si Élodie Denat avait raison et que les termes du « contrat » étaient clairs pour Céline Servat, rien ne prouvait qu'au fil des mois ils le soient restés pour son partenaire…

***

Éloïse s'approcha du tableau blanc et écrivit tout en parlant :

— Guillaume X. Grand, un mètre quatre-vingt-cinq environ, brun, cheveux courts, yeux noisette, la quarantaine, de corpulence moyenne, plutôt bel homme et présentant bien. Tels sont les éléments descriptifs qu'a pu nous communiquer Élodie Denat, la meilleure amie de la victime.

— Est-il envisageable d'établir un portrait-robot ? demanda Djamila.

— Hélas, non. Notre témoin n'a pas un souvenir suffisamment précis de ce type.

— Qui plus est, ajouta Thibault, à l'heure actuelle, nous ne sommes même pas sûrs que l'homme aperçu à l'hôtel soit le fameux Guillaume que Céline Servat a eu au téléphone en octobre à l'université.

— Effectivement. La rencontre inopinée à l'hôtel remonte à huit mois, expliqua Éloïse. Élodie Denat nous a rappelés il y a une demi-heure : après vérification sur son agenda, le colloque d'entreprise auquel elle assistait s'est tenu le 26 juin 2018 à l'hôtel « Les Cyprès ». Conclusion : comme vient de le dire Thibault, l'homme de l'hôtel et le dénommé Guillaume ne sont donc peut-être pas le même individu… Cela étant, d'après son amie, Céline Servat n'était pas du genre à collectionner les aventures. Il est donc possible que les deux ne fassent qu'un ! Mais sans plus d'éléments, on ne saurait l'affirmer…

Éloïse avala rapidement une gorgée de café puis reprit d'un ton encourageant :

— Rien n'est encore joué mais on tient un début de piste. Demain, on fait un saut aux Cyprès. Il est possible que les deux amants aient fréquenté régulièrement cet établissement et que le personnel puisse nous en dire davantage. On demandera également à consulter le registre des réservations du 25 au 26 juin 2018 et on se penchera sur le mode de paiement. On ne va pas se faire de faux espoirs, mais avec un peu de chance, le règlement ne s'est peut-être pas effectué en espèces, qui sait ?!

— Et on aura peut-être accès à des images de vidéosurveillance, ajouta Thibault. Après tout, Céline Servat est morte il y a moins d'une semaine… Si jamais elle est allée là-bas avec ce type dans les quinze derniers jours – c'est le délai habituel de conservation des images –, elle aura été filmée avec lui !

— Sur ce point, il faudra également scruter les alentours de l'hôtel. Il est situé à l'orée du périphérique, en bout d'une zone commerciale… Il y a peut-être d'autres établissements possédant des caméras, des distributeurs d'argent liquide… Bref, nous devrons ratisser large pour multiplier nos chances, conclut Éloïse.

Les gendarmes hochèrent la tête, ils avaient tous envie d'y croire. Les examens de la téléphonie de Céline Servat leur avaient laissé un arrière-goût d'échec et tous se passeraient bien de remettre ça avec le fixe de l'université s'il y avait un autre moyen de remonter à ce fameux Guillaume !

… Le soleil, le froid et les vents mauvais

Le ciel était dégagé et la nuit glaciale. Vêtus chaudement, Margaux et Urbain s'étaient invités dans le fourgon de Mohamed et Enzo, les deux travailleurs sociaux en maraude. Ils s'engagèrent dans la rue Denis-Papin qui surplombait la voie ferrée, à proximité de la gare Matabiau. Sous l'arrosage des lampadaires, les rails givrés luisaient comme des serpents d'acier bazardés au fond d'une fosse urbaine.

— Ça ne va pas être simple, votre histoire, lança finalement Enzo. Le lien tissé avec les sans-abri est toujours ténu, vous savez… Ne le prenez pas mal, hein ? mais s'ils ont l'impression qu'on leur amène les flics, on aura du mal, derrière, à recréer une relation de confiance.

Urbain Malot laissa filer un laps de temps en observant le jeune éducateur aux allures de rastafari et une certaine tension s'insinua dans l'habitacle.

— Peut-être, mais on a un gamin assassiné et toutes les raisons de croire que c'est en lien avec le milieu des sans-abri…

— Qu'est-ce que vous entendez par « lien » ?

— Difficile à dire pour le moment. Le môme était un étudiant en sociologie. Il travaillait sur la population SDF et n'avait pas trouvé plus lumineux que d'infiltrer le milieu… D'après nos derniers éléments, il devait rencontrer un certain Montagne. Ça vous dit quelque chose ?

— Jamais entendu parler, répondit Mohamed sans la moindre hésitation. Et toi ?

— Non plus, renchérit Enzo. Attends, arrête-toi ! Il y a Denis, là, regarde !

— Je vois ça, s'étonna Mohamed en se garant à cheval sur le trottoir. Ça faisait un petit moment qu'il avait quitté le secteur… Son histoire d'installation à Carcassonne a dû tourner court.

— Bouge pas, j'y vais…

Enzo et Mohamed n'eurent pas besoin de préciser aux policiers installés à l'arrière de demeurer discrets. Tout dans l'attitude des travailleurs sociaux les mettait à l'écart. Tandis qu'Enzo quittait l'habitacle, Urbain décida de revenir à la charge :

— Et des SDF qui auraient disparu brutalement de la circulation, ça vous parle ?

Mohamed – un quinquagénaire noir comme l'ébène et usé par son métier – se contorsionna depuis son siège conducteur :

— Disparus brutalement de la circulation ?… Comment vous expliquer… Derrière le mot SDF, il existe des réalités multiples. Pour faire simple, on a d'un côté une poignée de sans-abri que l'on suit depuis des années. Des personnes très démunies, présentant souvent des pathologies psychiques et/ou physiques, mais qui ont fini par s'implanter dans un lieu. Tenez, par exemple, vous avez forcément entendu parler d'Élodie, elle a vécu ici même pendant plus de dix ans, fit-il en montrant le pont qui enjambait la voie ferrée en bas de l'avenue de la Gloire. Elle a fini par être hospitalisée il y a huit ans environ, après que la mairie et Élodie elle-même ont reçu des menaces de mort anonymes. Il fallait la mettre en sécurité…

— Exact ! Et il y a eu ce type, aussi, qui a vécu pendant des années dans un abri de fortune construit juste derrière l'Arsenal, près du restau U, rebondit Margaux en se remémorant ses études de droit.

— Voilà ! À Toulouse et dans la couronne, on a ce genre de population. Elle est plutôt bien repérée par les associations et fait l'objet d'un suivi assez important. Généralement, au fil des ans, de vraies relations de confiance se créent.

— Mais il y a aussi tous les autres, c'est ça ? avança Malot.

— Exactement. Dans SDF, il y a le mot « fixe ». Et il existe un paquet d'individus qui circulent énormément… défaits de tout ancrage sur un territoire. C'est aussi ce qui rend le travail d'accompagnement extrêmement compliqué, voire impossible. Je vous parle là de grands marginaux qui vont et viennent sans cesse. Leur volatilité empêche une véritable évaluation des besoins et un suivi au long cours. On répond aux besoins fondamentaux et immédiats : un lit, une douche, un repas, des soins d'urgence...

— Donc, si je comprends bien, la disparition d'individus appartenant à cette catégorie peut fort bien vous échapper ?

— Tout à fait.

— Et dans les personnes que vous connaissez bien ?

— Non... Parmi ceux que nous suivons depuis longtemps, aucun n'a disparu brutalement sans raison. Lorsque ça arrive, il s'agit le plus souvent d'une hospitalisation en psychiatrie ou en services d'urgence, suite à une décompensation liée à la maladie, à l'abus de substances illicites ou à un épisode éprouvant. Généralement, le SAMU social nous informe... Ces hospitalisations durent très peu de temps et on voit réapparaître nos gus dans les quarante-huit heures... Ils supportent tous très mal l'enfermement et les soins.

Les policiers échangèrent un regard : Thomas Andrieu avait l'air sûr de son fait. À en croire ses carnets, plusieurs SDF s'étaient bel et bien volatilisés, dont le surnommé Pampelune.

— Pampelune, vous connaissez ? Je veux dire, pas la ville, mais un SDF, s'empressa d'ajouter Urbain.

— ... Un petit jeune, blond, avec une souris, c'est ça ? finit par proposer Mohamed, le front plissé.

— Exactement.

— Mmm... ça fait un petit moment qu'on ne l'a pas vu. Et il n'est pas resté très longtemps en ville. Je dirais deux à trois mois... Il faisait la manche du côté de la gare... Il s'était lié avec quelques vieux briscards du quartier Matabiau... Et je l'ai vu deux ou trois fois avec un autre jeune de son âge.

— Celui-ci ? questionna le policier en brandissant la photo de Thomas Andrieu.

Le travailleur social examina le cliché avec attention :

— Oui... C'est bien lui ! approuva-t-il, les yeux écarquillés. Mais il n'avait pas cette apparence, si vous voyez ce que je veux dire... Il se faisait appeler Tintin et on le voyait beaucoup sillonner le milieu... D'après ce qui se disait, c'était un gamin de l'ASE[1]... Pourquoi ? C'est lui, votre étudiant en sociologie ?

1. Aide sociale à l'enfance, anciennement appelée DDASS (Direction départementale des affaires sanitaires et sociales).

— C'était lui, en effet, répondit Urbain en appuyant sur l'imparfait. Il a été jeté du toit d'un immeuble. Ses parents cherchent des réponses.

Mohamed comprit parfaitement le sous-entendu du policier et laissa échapper un soupir.

— Écoutez, ni Enzo ni moi ne savons quoi que ce soit sur Montagne ou sur des disparitions de sans-abri… Mais on connaît quelqu'un qui pourra peut-être vous éclairer… Alors, voilà ce que je vous propose : dès qu'Enzo en aura fini avec Denis, on vous amène chez le Philosophe.

— Le philosophe ?

— Il s'appelle Claude, mais tout le monde le surnomme « le Philosophe » car dans sa vie avant la rue, il enseignait la philo à des lycéens… Vous lui posez vos questions. Si quelqu'un a entendu parler de quelque chose, c'est forcément lui… Et après, on vous ramène en ville et vous nous laissez faire notre maraude en paix… Ça vous va ?

— Amenez-nous chez ce Claude. Et si nous obtenons les réponses que nous cherchons, nous vous laisserons finir votre maraude tranquillement, lui retourna le Zèbre d'une voix calme.

★★★

Le camion remonta le boulevard Bonrepos, laissant la gare derrière lui, puis enjamba le canal du Midi et s'engagea avenue de Lyon. La nuit, l'artère sentait mauvais à plein nez. Sur les trottoirs où s'alignaient les enseignes tapageuses de troquets mal famés ou d'épiceries de nuit décrépites, apparaissaient furtivement les silhouettes de zonards en quête de came ou celles de petites frappes en plein business. Une faune glauque de noctambules en errance.

— Et votre Philosophe, il lui est arrivé quoi ? demanda Margaux.

— Claude ne se confie que très rarement… Une fois, une seule, il a fait allusion à son ex-femme. Si j'ai bien compris, elle a demandé le divorce et lui ne l'a pas supporté… Dépression, alcool… jusqu'au décrochage total… On n'a jamais réussi à savoir s'il avait été plumé par son ex-femme ou s'il avait fait lui-même le choix de la rue… Toujours est-il qu'il vit dehors depuis plus de douze ans, raconta Mohamed.

— Et il n'a pas d'enfants ?

— Si. Deux filles qu'il ne voit plus... Oh maintenant, elles doivent bien avoir la quarantaine, ou pas loin.

— Vous allez voir, ajouta Enzo, il est assez surprenant... Il traîne de sacrées casseroles mais, au final, il a réussi à trouver une sorte d'équilibre en marge de la société. Bon an mal an, il garde la tête hors de l'eau.

Ils s'enfoncèrent dans le quartier niché entre le boulevard des Minimes et la rue du Faubourg-Bonnefoy et finirent par atteindre l'ancienne gare de triage Raynal reconvertie en centre de maintenance. Mohamed stoppa le fourgon :

— Enzo, tu gardes le camion, on fait vite.

Puis il se tourna vers ses passagers et expliqua :

— Désolé, mais à partir d'ici, c'est à pied.

Dehors, le froid les cueillit immédiatement. Les deux policiers remontèrent la fermeture Éclair de leur blouson et enfilèrent gants et bonnet. Devant eux, s'étendait un immense entrelacs de rails, d'allées bétonnées et de caténaires, à l'extrémité duquel se découpaient les silhouettes rampantes et sans âme des bâtiments techniques et des entrepôts. Urbain balaya longuement des yeux cette enclave d'acier au cœur de la ville, une enclave en sursis, vouée à disparaître d'ici à 2025 lorsque la station de métro Raynal sortirait de terre.

— Suivez-moi. Et faites gaffe où vous posez les pieds...

Tournant le dos aux bâtiments de maintenance, ils suivirent une voie ferrée désaffectée, au vu des touffes d'herbe qui poussaient anarchiquement et des détritus de toutes sortes qui jonchaient les traverses. Malgré les lampadaires disséminés le long du site, le Zèbre et Margaux peinaient à se repérer dans la pénombre et heurtaient régulièrement du pied canettes abandonnées et morceaux de vieilles ferrailles. Ils marchèrent sur une distance qui leur parut très longue, avant de parvenir enfin devant un abri de tôles rouillées adossé à un haut mur d'enceinte. Le cabanon de guingois formait une sorte d'architecture biscornue qui avait dû s'agrémenter d'extensions au fil des années et au gré des matériaux de fortune récupérés çà et là. Une lumière terne s'échappait de l'unique fenêtre barrée d'un rideau sans âge jauni par la nicotine. En scrutant l'obscurité, Urbain repéra une liane de câbles électriques qui descendait le long du mur et entrait dans l'abri par un angle proche du toit. Mohamed leur fit signe d'attendre et s'approcha de l'entrée – une porte en plastique de chantier arrimée à des gonds branlants. Le travailleur social cogna doucement au battant avant de s'annoncer :

— Claude ? C'est Momo de Vivre solidaires.

— Entre ! lui répondit une voix éraillée. J'ai du café chaud !

— Je ne suis pas seul, Claude...

Le rideau s'écarta du fenestron, laissant passer une lumière plus vive. Puis un visage labouré de rides et encadré d'une chevelure anarchique s'approcha du Plexiglas.

— C'est qui, eux ?!

— Des... des policiers qui cherchent des informations.

Un long silence suivit alors.

— Claude ?

— Qu'est-ce que tu fous, Momo ?! J'veux pas d'ennuis, moi !

— Claude, est-ce que je peux entrer ?

— Toi, oui.

Mohamed fit signe aux policiers de patienter et poussa la porte de la cabane. Des effluves de chien mouillé et de bois brûlé s'échappèrent alors de l'intérieur. Margaux et Urbain, prisonniers du froid glacial, prirent leur mal en patience. Bientôt, le ciel se mit à crachoter des flocons minuscules qui tourbillonnaient sous le jet des lampadaires comme des lucioles immaculées attirées par la lumière, avant de s'échouer en silence. Enfin, la porte s'ouvrit dans un couinement de plastique et Mohamed apparut :

— C'est bon... Vous pouvez venir.

Malgré les relents désagréables qu'exhalait la cabane, les policiers ne se firent pas prier. Deux chiens roupillaient derrière la porte dont un hors d'âge, au pelage mité qui disparaissait par plaques entières. Le plus jeune ouvrit vaguement un œil qu'il referma aussitôt. L'intérieur était sommairement meublé de bric et de broc crasseux et des fils couraient partout sur les murs pour alimenter quelques appareils électriques rescapés d'un monde où l'obsolescence n'était pas encore programmée. À même le sol, des lattes de palettes avaient été disposées et un poêle turbinait dans un angle de la petite pièce. Une ouverture laissait deviner l'accès à un autre espace en enfilade. Assis sur une chaise de camping en plastique, les mains resserrées sur un mug de café fumant, Claude les observait de ses yeux clairs et inquisiteurs. Malot lui donna entre soixante et soixante-dix ans. Ses cheveux blancs et indisciplinés cascadaient sur ses épaules et la peau de son visage, burinée par le soleil, le froid et les vents mauvais, se creusait en sillons rouges et profonds. L'homme était petit, sec comme une trique et vêtu d'un vieux costume au tissu lustré par le temps, dont le bout des manches était élimé jusqu'à la trame.

— Merci de nous recevoir, déclara Margaux pour enclencher la conversation.

Claude fit un mouvement de tête agacé qui signifiait clairement qu'elle ferait mieux de cesser ses manières. Urbain prit alors le relais :

— Un gamin a été assassiné, il s'intéressait au milieu des sans-abri. On est là parce qu'on cherche des réponses.

— Prends la chaise pliante, là, juste derrière toi... Voilà... et maintenant, assieds-toi, ça coûtera pas plus cher, va ! Et pareil pour toi, ajouta-t-il à l'adresse de Margaux.

Les policiers s'exécutèrent tandis que le SDF les jaugeait avec amusement. La lueur dans son regard trahissait une intelligence vive et un esprit à l'affût.

— J'ai des questions, osa finalement le Zèbre.

— Vas-y, dis toujours...

— Nous avons de bonnes raisons de croire que le jeune dont j'ai parlé est mort parce qu'il s'intéressait de trop près à la disparition de certains SDF.

— Mohamed m'a expliqué tout ça. Le jeune en question se faisait appeler Tintin. Je l'ai croisé à plusieurs reprises, il traînait du côté de la gare. Il était souvent avec le petit Pampelune...

— Pampelune fait justement partie des sans-abri qui ont disparu, relança Margaux.

— ... J'ai supposé qu'il avait repris la route. Pampelune n'était pas fixé à Toulouse... Alors, tu penses qu'il a disparu, lui et d'autres ?... Combien seraient-ils ?

— Nos collègues sont en train d'éplucher les carnets de Tintin... là, je ne peux pas encore vous éclairer, répondit Urbain.

Le Philosophe hocha vaguement la tête mais son regard sembla s'absenter et plonger dans un univers lointain et intime. Puis, d'un coup, il s'ébroua comme sortant d'un mauvais rêve, une sorte d'inquiétude imprimée sur son visage.

— Quoi d'autre ? demanda-t-il finalement.

— La dernière fois qu'on l'a vu vivant, Tintin avait rendez-vous avec un certain Montagne. Vous connaissez ?

À cette évocation, le Philosophe tressaillit et braqua les yeux sur ceux du policier. Une intensité rare et presque hypnotique enflammait son regard délavé. Sur ses traits, l'inquiétude s'était muée en stupeur. Il laissa filer de longues secondes et sa voix rocailleuse finit par rompre le faible sifflement qui s'échappait du poêle.

— Il se dit toutes sortes de choses plus ou moins absurdes et, crois-moi, les racontars et superstitions les plus farfelus se répandent avec autant d'efficacité que la gale sur une peau crasseuse… Si je me mettais à te raconter tout ce que j'entends, on pourrait éditer un livre entier sur les légendes urbaines qui circulent… Et jusqu'à preuve du contraire, Montagne en est une. C'est du moins ce que je me plais à croire…

— Possible, consentit Malot. Mais je me dois de vérifier. Par expérience, hélas, je peux affirmer qu'il n'est pas rare que la réalité dépasse la fiction. Alors, racontez-moi ce que vous avez entendu dire et je ferai le tri.

Le Philosophe attrapa la cafetière qui sommeillait sur son socle et se versa une longue rasade d'un liquide fumant plus marron que noir à force d'avoir cuit. Dans le silence pesant qui accompagnait chacun de ses gestes, il avala une gorgée, toussota et prit une longue inspiration.

— À bien y réfléchir… Montagne, c'est un peu le croque-mitaine des laissés-pour-compte, l'ogre impitoyable qui enlève les malheureux pour leur chair fraîche. Il est appelé comme ça à cause de sa stature imposante. Le problème, c'est que ceux qui ont eu affaire à lui ne sont plus là pour en parler… donc je me demande bien comment quiconque peut savoir qu'il existe vraiment et à quoi il ressemble, raisonna le Philosophe d'une voix amusée – mais ses yeux, eux, ne riaient pas vraiment… Bref, passons !… Le début de l'histoire remonte à il y a huit mois environ, quand un type a commencé à arpenter le milieu pour recruter des volontaires.

— Des volontaires ?!

— Oui, des volontaires pour une expérience dans un laboratoire… Quelle expérience exactement, je ne sais pas. Ceux qui étaient démarchés et qui acceptaient étaient payés cinq cents euros, c'était le deal. C'était censé être un plan confidentiel, pourtant la nouvelle s'est répandue comme une traînée de poudre et y'avait un paquet de collègues qui espéraient après cette manne providentielle ! Sauf qu'un mois plus tard, une autre rumeur a couru tout aussi vite, disant que ceux qui avaient accepté de participer à l'expérience n'étaient jamais réapparus pour en parler. Je te passe les spéculations diverses nées à partir de là... Voilà comment, par le simple bruit qui court, la manne providentielle est devenue le miroir aux alouettes ! De là, tu te doutes bien, le flot des volontaires s'est tari.

Le Philosophe s'interrompit un instant pour vider la fin de son mug. Tout à ses pensées, il secoua la tête comme pour combattre une théorie absurde qui aurait malgré tout eu la dent dure.

— C'est peu de temps après ça que j'ai entendu parler de Montagne pour la première fois, reprit-il. Face à la pénurie de volontaires, il s'est dit et il se dit toujours que Montagne enlève des gus parmi la fange que nous constituons, pour que la fameuse expérience puisse se poursuivre.

Et comme si l'expression à haute voix de ce qui se terrait jusque-là dans le secret de la pensée rendait l'idée grotesque, le Philosophe partit d'un petit rire gras qui dévoila sa denture déplorable. Un petit rire gras qui sonnait pourtant faux...

Ta mère, le truc de ouf !

L'hôtel des Cyprès était un long bâtiment de deux étages en forme de L. Situé à proximité de Labège, il présentait l'avantage d'être proche de Toulouse tout en offrant à ses clients un petit cadre de verdure. Le lieu devait certainement apparaître charmant durant les beaux jours, mais sous le ciel gris et ramassé de ce mardi matin, le jardin aux massifs dénudés et le bâtiment au crépi saumoné semblaient plutôt mornes. Éloïse gara la voiture devant l'accueil et quitta l'habitacle, suivie de Thibault et Djamila. Derrière la double porte vitrée du hall, un réceptionniste occupé sur son écran leva les yeux vers le trio de gendarmes dès que les portes coulissèrent.

— Bonjour monsieur, Section de recherches de la gendarmerie nationale, annonça Éloïse en sortant sa carte.

L'homme, grand et filiforme, la quarantaine bien tassée, arborait un crâne lisse comme un œuf qu'il compensait par une barbe rousse soigneusement taillée. Il leur offrit un sourire crispé et demanda :

— Que puis-je faire pour vous ?

— Nous aurions besoin de voir la personne responsable de l'établissement, s'il vous plaît.

— Ah… M. Dubois… un instant, je l'appelle.

L'homme qui vint à leur rencontre était à l'exact opposé de son réceptionniste : petit, ventru, la chevelure poivre et sel bien garnie. Il se présenta et invita les gendarmes à le suivre jusque dans son bureau derrière la réception. La pièce sans âme était exiguë et ne contenait pas assez de sièges, aussi Éloïse resta-t-elle debout, comme ses collègues. Elle entra directement dans le vif du sujet en plaçant la photo de Céline Servat sous les yeux du directeur :

— Cette femme vous dit-elle quelque chose ?

Marc Dubois chaussa ses lunettes et examina attentivement le cliché.

— Oui… possible… son visage m'est familier, mais je vois tellement de monde… Pourquoi ?

— Cette femme s'appelle Céline Servat et elle a été assassinée. Nous savons de source sûre qu'elle a passé la nuit du 25 au 26 juin 2018 dans votre hôtel.

— Euh… assassinée ? balbutia Dubois, intimidé. Mais en quoi cela…

— La nuit en question, elle est venue accompagnée d'un homme que nous cherchons à identifier.

— Ah, oui, je vois. Vous voulez que je regarde le planning des réservations de cette nuit-là, c'est ça ?

— Pas seulement, mais ce sera un bon début.

L'homme, visiblement impressionné, activa son ordinateur et fit jouer sa souris. Puis il releva la tête et osa du bout des lèvres :

— Et euh… comment dirais-je… Il ne vous faut pas une autorisation… quelque chose d'officiel pour accéder à des informations concernant nos clients ?

— Pardon ?

— Je veux dire, ai-je bien le droit de vous communiquer les…

— Une instruction est ouverte et nous sommes OPJ[1]. Vous vous exposez à une amende si vous vous opposez à nos réquisitions. Cela répond à votre question ? lui retourna Éloïse du tac au tac.

L'homme opina nerveusement du chef et tourna immédiatement l'écran de son ordinateur vers les gendarmes.

— Il n'y a pas eu de réservations au nom de Servat cette nuit-là, regardez.

— Avez-vous une réservation effectuée avec le prénom Guillaume ?

Dubois parcourut la liste des clients inscrits sur son tableau et secoua négativement la tête.

— Désolé, mais non.

— OK. Envoyez le listing complet des réservations de cette nuit-là à cette adresse, lui intima Éloïse en posant sa carte sur la table. Par ailleurs, pouvez-vous me dire si certains clients ont réglé leur nuit en espèces ?

1. Officiers de police judiciaire

— Attendez, il faut que j'entre sur un autre logiciel, lui répondit Dubois en ouvrant de nouvelles fenêtres… Voilà… euh, la nuit du 25 au 26 juin 2018… ah oui ! j'ai un règlement de cent dix euros en espèces, c'est-à-dire une nuit en chambre double avec petits déjeuners.

Les gendarmes échangèrent un regard désabusé, il y avait de fortes chances que le couple illégitime soit concerné par ce paiement.

— Ça correspond au paiement de la chambre 225… réservée au nom de… des époux Thomson, Nathalie et Gérard Thomson, précisa Dubois.

Djamila sortit son carnet et nota l'information, quasiment certaine que les époux Thomson n'existaient pas.

— Pouvez-vous maintenant me dire si d'autres réservations ont été effectuées à ce même nom sur l'année 2018 et jusqu'à ce jour, s'il vous plaît ?

— Je bascule sur notre fichier clients, une seconde.

Dubois manœuvra quelques instants et releva la tête d'un air surpris :

— J'ai onze réservations au nom des Thomson sur l'année 2018. La dernière date du 18 octobre 2018.

— Aucune après le 18 octobre, vous êtes sûr ? grimaça Éloïse en se rendant compte que la piste était froide.

— Oui, c'est certain… Sauf, naturellement, s'ils ont utilisé un autre nom.

— Mmm, évidemment… Vous pouvez m'imprimer le listing des dates de présence des Thomson, s'il vous plaît ?

Le directeur s'exécuta et la gendarme récupéra elle-même la feuille qui sortait de l'imprimante.

— Tiens Thibault, essaie de joindre Anthony Servat et demande-lui si sa femme était chez eux à chacune de ces dates, intima Éloïse. J'ai peu de doutes, mais autant vérifier tout de suite si Nathalie Thomson est bien Céline Servat.

— Yep, *chief* !

— Et pour le paiement, en espèces chaque fois, je suppose ? relança-t-elle à l'adresse du directeur.

— Vous voulez que je vérifie pour les onze dates des Thomson ?

— Exactement.

Le directeur pianota sur son clavier durant une bonne minute avant de confirmer les doutes de la gendarme :

— Oui… chaque fois. Il y a même eu quatre repas pris dans notre restaurant le soir… et les notes, quel que soit le montant, ont toutes été réglées en espèces.

— Je vois… envoyez-moi la fiche client des Thomson avec les dates de réservation, s'il vous plaît.

— Celle que j'ai déjà imprimée ?

— Oui, celle-là même.

Dubois s'exécuta puis releva les yeux. Il avait la tête du type qui redoute les ennuis et a hâte d'en finir. Il laissa échapper un soupir et lança d'une voix exagérément embarrassée :

— Je ne suis pas sûr que nous puissions vous aider… si ces gens ont donné un faux nom…

— Je vous rassure, vous allez encore pouvoir nous être utile, monsieur Dubois ! Il me faudrait le listing complet et les coordonnées des personnels de l'établissement présents chaque fois que le couple Thomson est venu dans votre établissement.

La mine du directeur s'allongea immédiatement.

— Mais avant que vous réunissiez ces informations, j'ai un certain nombre de questions, enchaîna Éloïse en attrapant son carnet : où se trouve le distributeur de billets le plus proche ? Quels sont les restaurants à proximité de votre établissement ? Pouvez-vous nous sortir tous les enregistrements de vidéosurveillance que vous possédez ?

Thibault réapparut à ce moment-là :

— Je viens d'avoir Anthony Servat ! Aucun doute possible. Son épouse était absente sur les onze dates correspondant aux nuits que les époux Thomson ont passées ici.

***

Les bureaux de la SR s'étaient chargés d'une onde fiévreuse. Après une matinée entière à arpenter les environs de l'hôtel à la recherche d'images de vidéosurveillance du couple illégitime, Djamila et Thibault étaient revenus bredouilles. De son côté, Éloïse avait fait défiler les images de vidéosurveillance des Cyprès, en vain. Le couple Thomson n'avait pas séjourné dans cet établissement sur les derniers quinze jours, durée correspondant aux fichiers encore stockés. Ensuite, les gendarmes avaient interrogé les salariés présents à l'hôtel, mais si deux d'entre eux avaient reconnu le couple, ils n'avaient pu leur donner d'informations intéressantes. Les gendarmes étaient alors rentrés au bercail pour étudier les documents transmis par le directeur, et prendre contact avec l'ensemble des salariés qui avaient travaillé les soirs où le couple avait réservé une chambre. En tout, six personnes étaient concernées : deux réceptionnistes, deux femmes de chambre, un veilleur de nuit et le cuisinier du restaurant de l'hôtel.

Djamila avait laissé des messages à trois d'entre eux et réussi à joindre les trois autres. La perspective de devoir retourner à l'épluchage des fadettes et le désir d'avancer enfin dans l'enquête l'avaient rendue particulièrement convaincante au téléphone : Érika Manton, femme de chambre, Bénédicte Bourgeois, réceptionniste, et Jonathan Levasseur, gardien de nuit, attendaient sagement dans les couloirs de la SR. Djamila opta pour la femme de chambre, Thibault pour la réceptionniste et Éloïse reçut donc Levasseur.

— Bonjour monsieur Levasseur, Éloïse Bouquet, capitaine à la Section de recherches. Je vous auditionne en qualité de témoin dans le cadre d'une instruction ouverte concernant le meurtre au premier degré de Céline Servat, retrouvée morte le jeudi 7 février en forêt de Buzet.

Le jeune homme devant elle ouvrit des yeux grands comme des soucoupes.

— La prof de l'université ?!

— Ah ?! Vous la connaissiez ?

— Non, j'ai même pas fait la fac, moi ! C'est juste que ça passe en boucle sur BFM ! Sérieux, je sais pas c'est qui, cette femme !

— Calmez-vous... Vous allez comprendre... Allez, on va commencer par le début, d'accord ? Veuillez décliner votre identité, s'il vous plaît.

Jonathan Levasseur affichait un visage blême et craintif et faisait nerveusement tressauter ses jambes. La gendarme sut instinctivement qu'il avait dû avoir maille à partir avec la justice.

— Jonathan Levasseur, vingt-six ans, je suis veilleur de nuit à l'hôtel des Cyprès et j'ai rien fait, madame, j'vous jure !

— Je n'ai jamais dit le contraire, monsieur Levasseur. Votre domicile ?

— Chez ma mère, 21, route de Labège à Escalquens.

— Merci. Nous vous avons demandé de venir pour recueillir votre témoignage concernant deux individus se présentant comme un couple, qui ont fréquenté courant 2018 l'établissement où vous travaillez.

Le visage du jeune homme se rasséréna un peu, puis soudain, un éclair lumineux traversa son regard :

— C'est ça ! La femme de la télé, c'est à l'hôtel que je l'ai vue ! J'étais trop sûr d'avoir déjà vu sa tête quelque part ! Ta mère, le truc de ouf ! Elle avait un nom anglais, genre Smith ou j'sais pas quoi ! C'est pour ça, hein, que je suis là ?!

La gendarme réprima un sourire. Malgré sa bonne volonté, Jonathan Levasseur n'avait pas tout à fait les codes de langage attendus… Pour autant, avec son visage encore juvénile et sa spontanéité, il lui était plutôt sympathique.

— Exactement, répondit-elle. Et peut-être allez-vous pouvoir nous fournir des éléments susceptibles de nous ouvrir des pistes.

Le jeune homme se redressa sur sa chaise, c'était probablement la première fois qu'il passait chez les Schmidt sans être accusé de quoi que ce soit.

— La victime, Céline Servat, fréquentait Les Cyprès sous le nom de Nathalie Thomson.

— Voilà ! Un nom anglais, j'savais bien !

— Nous nous intéressons fortement à l'homme qui l'accompagnait.

— Ah ouais… en fait ils faisaient genre qu'ils étaient mari et femme et c'était pas la vérité, c'est ça ?

— Monsieur Levasseur, que pouvez-vous me dire sur cet homme ? éluda la gendarme.

— Euh… Genre classe. Bien sapé, le gars. Avec une belle caisse, et tout… À l'aise, quoi !

— Quel genre de voiture ?! réagit immédiatement Éloïse.

— Une Golf TDi 150, noire, trop belle. Jantes alu. Et dedans, intérieur cuir et toutes options. Un bijou, la caisse, j'vous jure !

Éloïse dut trahir son étonnement face à cette description précise, car le jeune Levasseur s'empressa d'ajouter :

— Comme je travaille de 23 heures à 8 heures et que je dois surveiller le parking, ou genre sortir les poubelles et tout ça tout ça, j'ai le temps de regarder les jolies voitures, m'dame !

La gendarme hocha la tête, puis s'empressa de noter les informations avant de relancer :

— La plaque, vous avez fait attention ?

— Ben non... elle était immatriculée dans le 31, mais pour le reste ! Si j'avais su...

— OK. Et physiquement, cet homme, il ressemblait à quoi ?

— Ben, comme je vous ai dit, classe.

— Brun, blond, roux ?

— Euh... brun, je crois bien. Avec des cheveux courts.

— Taille ?

— Comme moi, un mètre quatre-vingt-cinq à peu près.

— Mmm... quoi d'autre ? Que pouvez-vous me dire sur ce couple ?

Jonathan Levasseur se mit à réfléchir.

— Je les ai croisés deux trois fois le matin vers 7 heures quand ils prenaient le petit déjeuner... Ils parlaient pas trop, voyez... Et puis bon, dans les hôtels, les gens ils sont dans leurs chambres, on parle pas avec eux... Alors, je sais pas trop quoi vous dire à part qu'ils étaient discrets, voyez ? conclut-il, navré.

La gendarme, bien que déçue, hocha la tête. Ils possédaient la description du véhicule de l'amant, c'était déjà mieux que rien...

— Enfin... je dis discrets mais y'a eu une fois où le type s'est énervé grave, reprit subitement Jonathan Levasseur en fouillant dans ses souvenirs.

— Énervé ?

— Ben... c'était un matin, tôt. M'sieur Dubois – c'est le boss – il faisait faire des travaux sur le parking parce qu'y avait eu des dégâts avec un cyprès qui s'était déraciné à cause de l'orage. Du coup, pendant les travaux, il manquait des places, voyez ?

— Je vois.

— Et le gus, là, m'sieur Thomson, j'sais pas trop ce qui s'est passé, mais il a fait un foin pas possible comme quoi c'était inadmissible de devoir payer en plus, tatitata...

— Je ne comprends pas. Payer quoi en plus ?

— Ben, c'est pas moi qui ai géré le truc, c'est pas mon travail, voyez ?... C'est Géraldine... parce que m'sieur Dubois, il était absent ce matin-là.

— Géraldine ? Je ne l'ai pas dans la liste des personnels de l'hôtel, rebondit Éloïse après vérification.

— Normal... c'est la fille au boss... elle fait des études en hôtellerie. Et quand m'sieur Dubois est absent, elle vient des fois filer un coup de main. Si vous voulez, j'ai son 06 ?

La gendarme ne savait pas très bien si cet élément avait la moindre importance, mais dans le doute et faute de piste nouvelle, elle sortit son portable et composa le numéro que Jonathan Levasseur lui lisait. Au bout de trois sonneries, une voix jeune et dynamique lui répondit. Éloïse expliqua rapidement l'objet de son appel et ce que lui révéla alors la fille de Marc Dubois en réponse lui fit l'effet d'une bombe. La gendarme raccrocha, surexcitée, sous le regard ébahi et incrédule du jeune Levasseur grâce à qui l'enquête venait de faire un sacré bond en avant. Enfin, les gendarmes tenaient leur M. Thomson !

Un petit repérage Google Earth de la zone

Urbain fit son entrée, le visage marqué, les traits tirés. Avec la maraude et le passage chez le Philosophe, la nuit avait été courte, Margaux elle-même accusait le coup malgré son jeune âge. Christian posa une boîte en fer remplie de cornes de gazelle et de petits sablés marocains au centre de la table, puis il croisa le regard de Margaux et leva les deux mains vers le ciel en signe d'impuissance :

— Toriya, s'excusa-t-il. Que veux-tu que j'y fasse ?

— ... Divorce, se moqua-t-elle.

Les bleus déjà installés autour de la table gloussèrent, ce qui n'empêcha personne de piocher dans le tas de gourmandises. Urbain lui-même avala deux sablés avec son café avant d'ouvrir la réunion :

— Allez, on y va. Miranda, Antoine ?

— On a épluché les carnets trouvés chez Thomas Andrieu. De septembre à novembre, on y trouve beaucoup de portraits de sans-abri. Andrieu essayait apparemment de retracer leur trajectoire, leur vécu... bref, il cherchait à répertorier les éléments clés qui les avaient conduits à leur situation. Ces portraits pourront nous servir si nous avons besoin d'approcher des SDF qui l'ont fréquenté, précisa Miranda. Parallèlement, il passait à la loupe les dispositifs d'insertion sociale ainsi que les associations caritatives au bénéfice des plus précarisés. À partir de début décembre, la nature de son immersion commence à se modifier sensiblement. Son copain Pampelune disparaît dans la nature et notre étudiant conçoit de gros doutes quant à un départ choisi.

— Est-ce qu'il explique pourquoi ?

— Thomas Andrieu s'était lié d'amitié avec Pampelune. À la lecture des carnets, on sent bien le glissement de l'étudiant qui sort de son rôle d'observateur pour s'inscrire dans une relation plus impliquée. Il pense pouvoir aider Pampelune à s'en sortir et d'après ce qui est écrit, ce dernier avait commencé à interroger ses choix de vie. Il envisageait de se poser un peu à Toulouse et de trouver un travail saisonnier.

— C'est confirmé par Isabelle Buteau, l'assistante sociale de Vivre solidaires, intervint Antoine. Après la lecture des carnets, je lui ai passé un coup de fil hier en fin d'après-midi. Elle m'a indiqué qu'elle avait, à diverses reprises, reçu le jeune Pampelune – son vrai nom est Nicolas Verneuil – et qu'il semblait vouloir s'inscrire dans une démarche d'insertion. Elle était en train de monter avec lui des dossiers de demande d'accueil en CHRS[1]. Elle m'a aussi expliqué qu'il n'était pas rare que ce genre de publics ne mène pas à terme les démarches entreprises… Elle dit que les délais sont longs, que les CHRS sont bondés et que la volonté de prendre un nouveau départ peut facilement s'émousser au fil des semaines. Elle a tout de même ajouté que l'absence de Pampelune à son dernier rendez-vous l'avait surprise parce qu'elle avait le sentiment de tenir le bon bout avec ce jeune… Après, elle s'était fait une raison, ce genre de rendez-vous manqués étant fréquent dans son travail.

— De son côté, Thomas Andrieu ne l'entend pas de cette oreille, reprit Miranda. Pour lui, la disparition de Pampelune est louche. Elle se produit du jour au lendemain et en plus, sans qu'il ait été prévenu. Mais surtout, il y a ceci : d'après ses carnets, Thomas Andrieu est parti à la recherche de Pampelune après que celui-ci a disparu des radars. Il s'est rendu dans différents lieux où le jeune SDF était susceptible de se terrer mais ne l'a pas trouvé. Puis, en date du 17 décembre 2018, il écrit : « À force de poser des questions partout, un dénommé Fredo, que je ne connaissais pas, m'a dit qu'il avait vu le *SDF à la souris* faire la manche du côté de Saint-Georges, il y a une bonne dizaine de jours. J'ai donc été sur place. Je savais qu'il y avait un parking souterrain à proximité, rue Maurice-Fonvielle, où on pouvait entrer assez facilement pour se mettre à l'abri. J'y suis allé et en arpentant les sous-sols, j'ai trouvé, dans un recoin, le sac à dos de Pampelune qui contenait toutes ses

1. Centre d'hébergement et de réinsertion sociale.

affaires. Je furetais encore quand Nina, sa souris, a pointé le bout de son nez… » À partir de là, conclut Miranda en relevant les yeux, Thomas Andrieu tient pour acquis qu'il est arrivé quelque chose à son copain. Pour lui, Pampelune n'aurait jamais repris la route sans son sac et surtout, sans sa souris.

— Le lendemain, le 18 décembre, il est venu au commissariat pour alerter sur cette disparition et… bon, forcément, on lui a ri au nez, acheva Antoine.

Le Zèbre prit quelques secondes de réflexion. Certains SDF avaient beau être en mouvement permanent, il n'en demeurait pas moins qu'ils emportaient systématiquement avec eux le peu qu'ils détenaient : sac de couchage, vêtements, réchaud, papiers… et leur fidèle animal, bien évidemment…

— Qu'est-ce qu'on a sur les autres disparus dont Thomas Andrieu fait mention ? questionna-t-il finalement.

— Pas grand-chose, grimaça Miranda. Il y fait référence deux ou trois fois. Il évoque un prénommé Basile mais rien de plus. En revanche, on sait qu'il avait justement décidé d'en apprendre davantage sur ces disparitions.

— Le Philosophe qu'on a rencontré hier soir nous a relaté qu'une rumeur autour de plusieurs disparitions de sans-abri avait couru et continuait de courir. Margaux, si tu veux bien expliquer.

Margaux rendit alors compte de la maraude et de leur virée à la gare Raynal. Quand elle eut terminé, ses collègues la regardaient avec des yeux ronds comme des soucoupes.

— Un laboratoire et des expériences ?! finit par réagir Christian. Et on n'en sait pas plus ?

— Pour le moment, non… On peut juste supposer que le surnommé Montagne est une sorte de rabatteur de « cobayes », fit-elle en mimant les guillemets. Le hic, c'est que d'après le Philosophe, Montagne serait un mythe, une sorte de légende urbaine…

— Certes. Mais si on en croit les carnets du jeune Thomas, ce fameux Montagne existe bel et bien puisque l'étudiant avait rendez-vous avec lui. Et il pourrait même être le dernier à l'avoir vu en vie !

Margaux et Urbain hochèrent la tête.

— Si ce type existe vraiment, on finira bien par lui mettre la main dessus et par séparer le vrai du faux dans tout ce fatras, fit le Zèbre. Bon, sinon, Nounours, tu en es où dans le dossier Efia M'Bani ?!

— Dans une heure, je dois rencontrer une éducatrice qui travaille pour l'association « Éducation sans frontière ». Je l'ai eue au téléphone hier et je l'ai sentie plutôt méfiante… Il a fallu que je déploie des trésors de précautions pour obtenir ce rendez-vous avec elle. Elle est du genre ultra-engagée et ne compte absolument pas nous livrer Efia M'Bani en pâture. En filigrane, la question est la suivante : quelles garanties pouvons-nous donner pour la protection administrative de notre témoin clé ?

— Et la notion d'obstruction à enquête, cette nana, elle sait ce que c'est ?! s'agaça Margaux.

— Pas sûr que ça la fasse trembler ! Elle considère sa mission comme légitime et, en tant que professionnelle, elle peut toujours faire valoir son obligation de discrétion.

— Ça ne tiendra pas une seconde devant un ju…

— Margaux, du calme ! intervint Urbain. Nous n'avons pas de temps à perdre dans une guéguerre juridique. Qui plus est, il ne serait pas judicieux d'essayer de passer en force avec Éducation sans frontière. On braquerait cette professionnelle contre nous et, si jamais on fait ça, on aura une levée de boucliers de toutes les associations de défense des sans-papiers !

Un court silence suivit cette assertion, puis Christian ajouta :

— Mmm… J'imagine la tête de Chabrol si des associations venaient défiler en bas du central avec la moitié des caméras de France pointées sur nous !

— C'est clair. Bon, Nounours, il va falloir que tu la joues très fin avec cette travailleuse sociale, elle est notre seul maillon vers notre témoin.

— La jouer très fin, tu dis ?! réagit Christian. Excuse-moi, le Zèbre, mais on n'attrape pas des mouches avec du vinaigre, et si Efia M'Bani court le risque de tout perdre en collaborant avec nous, je ne vois vraiment pas pourquoi elle le ferait ! Est-ce que tu vois où je veux en venir ?

Margaux laissa échapper un soupir désabusé qui en disait long sur sa désapprobation. Elle haussa les sourcils en signe d'interrogation :

— Je crains fort d'avoir compris ton sous-entendu et je ne suis pas tout à fait…

— Tu as raison, Nounours, la coupa Urbain, j'évoquerai cette question d'expulsion avec Chabrol pour voir si on peut faire quelque chose. En attendant, essaie de nous attirer les bonnes grâces de cette travailleuse sociale. Margaux et moi, on va battre le bitume à la recherche de ce fameux Montagne.

★★★

Les deux bleus faisaient face à leurs écrans. Antoine bâilla ostensiblement devant les images de vidéosurveillance du métro du Mirail qui défilaient sur son PC. Il se força néanmoins à rester vigilant durant les vingt dernières minutes de bande. Puis il éjecta le CD-Rom et lança à sa collègue :

— Le lieutenant avait probablement raison. Le soir de sa mort, Thomas Andrieu n'est pas arrivé par le métro jusqu'au quartier du Mirail.

— Ce qui veut probablement dire qu'il a été conduit sur place… Reste à savoir par qui puisqu'il n'avait pas de voiture, lui répondit Miranda en se tournant vers lui. Espérons que le témoignage d'Efia M'Bani nous en apprenne un peu plus.

— Mmm… Et toi, de ton côté ?

— J'ai fini d'éplucher les carnets de Thomas Andrieu et de répertorier l'ensemble des personnes avec qui il a été en lien pendant sa période d'immersion dans le milieu SDF. Et là, j'en ai terminé avec le profil de Nicolas Verneuil, *alias* Pampelune.

— Alors ?

— Eh bien… fils unique, né à Beauvais le 27 septembre 1998 d'un père électricien et d'une mère secrétaire d'origine guadeloupéenne. Les deux parents décèdent dans un accident de voiture alors que Nicolas a huit ans. C'est le grand-père paternel, habitant à Clermont-Ferrand, qui prend le relais, mais visiblement, ça tourne court puisqu'en 2010, le jeune Verneuil est placé en foyer. Il a alors douze ans. D'après les informations que j'ai glanées, le placement a eu lieu à la demande du grand-père qui ne parvenait plus à avoir la moindre autorité sur son petit-fils. Au moment où il entre en foyer, Nicolas Verneuil est déscolarisé depuis plus d'un an et il collectionne déjà les fugues. Au foyer, il fait rapidement parler de lui : encore des fugues, absentéisme au collège, petits trafics et consommation de stupéfiants… rien de bien grave en soi, mais il a déjà le profil d'un môme plutôt paumé. En 2011, il est placé en famille d'accueil mais, là encore, ça se solde par un échec. Finalement, en 2013, Verneuil retourne en foyer. Suivent des allers-retours entre la rue et l'établissement, le tout agrémenté de petits faits de délinquance. Au final, à dix-huit ans, Nicolas Verneuil met les voiles et s'adonne librement à son sport favori : la bougeotte.

— Je vois. Tu as eu son grand-père au téléphone ?

— Malheureusement, il est décédé l'an dernier. En revanche, grâce au foyer de l'enfance, j'ai obtenu le numéro d'une tante, la sœur de sa mère, enseignante qui vit en Guadeloupe et qui entretenait une relation à distance avec le jeune Pampelune. Je viens de l'avoir au téléphone : aucune nouvelle de son neveu depuis l'anniversaire de ce dernier, à savoir fin septembre 2018.

— Elle en dit quoi ?

— Qu'elle l'avait tous les deux mois environ au téléphone… Du coup, elle s'est interrogée sur cette absence de nouvelles, d'autant qu'elle lui a laissé plusieurs messages sur son répondeur courant décembre, puis à l'occasion des fêtes de Noël, et qu'il ne l'a pas rappelée…

Antoine Carlier s'étira sur sa chaise :

— Ça pourrait corroborer l'hypothèse d'une disparition inquiétante ?

— Pas vraiment. La tante n'est pas assez proche de son neveu pour attester que l'absence de contact depuis quatre mois constitue un élément inquiétant… En revanche, on est désormais certains que la seule famille de Verneuil n'a pas eu de nouvelles, donc l'hypothèse de Thomas Andrieu reste plausible.

— Et en dehors de la tante, aucune relation suivie ?

— Pas que je sache…

— Génial… Alors, on fait quoi maintenant ?

Miranda laissa passer quelques instants. Elle affichait une mine aussi amusée que satisfaite.

— Figure-toi que j'ai profité d'avoir la tante au téléphone pour lui demander le numéro de portable de Nicolas Verneuil… Et, après vérification, c'est un portable à carte prépayée qui a cessé d'émettre le 5 décembre 2018 à 20 h 46.

— On sait où ?! demanda Antoine avec empressement.

— J'ai l'emplacement de la dernière borne-relais qui a été activée à 20 h 45 le soir du 5 décembre… Elle est située entre Bessières et Buzet-sur-Tarn, au nord-est de Toulouse.

— Qu'est-ce que Pampelune a été foutre là-bas ?

— Et comment s'y est-il rendu à une heure aussi tardive ?

Les deux flics échangèrent un coup d'œil excité, puis Antoine fit pivoter sa chaise et ouvrit Internet.

— On va commencer par un petit repérage Google Earth de la zone ! Ensuite, je propose qu'on aille se dégourdir les pattes dans le coin, ça te dit ?!

— Avec grand plaisir !

Notre M. Thomson porte enfin un vrai nom !

À 19 h 30, Éloïse passa la tête dans le bureau de ses collègues et lança d'une voix triomphante en remuant des notes en l'air :

— Ça y est, on le tient ! Notre M. Thomson porte enfin un vrai nom !

— Vas-y, explique, *chief* !

— Alors… Pendant l'audition de Levasseur, j'ai appris que notre M. Thomson avait eu une altercation un matin avec une prénommée Géraldine qui n'est autre que la fille de Dubois, le directeur de l'hôtel. Il arrive que la fille vienne donner un coup de main aux Cyprès, notamment quand son père est absent. Je l'ai donc appelée pour savoir si elle se souvenait de cet incident. Elle m'a expliqué que ce matin-là, le 5 septembre 2018 exactement, notre M. Thomson s'en était pris à elle. En effet, le parking de l'hôtel étant en travaux, Thomson avait dû se garer à l'extérieur. Au moment de quitter l'hôtel, il s'est rendu compte qu'il avait pris un manche pour stationnement gênant !

— Énorme ! commenta Thibault.

— Comme tu dis ! Il s'est donc plaint de cette amende auprès de Géraldine Dubois, estimant qu'elle devait être réglée par l'hôtel. A suivi un échange suffisamment vif pour que cette dernière s'en souvienne encore aujourd'hui.

— Mais comment la fille du directeur peut-elle être aussi précise sur la date de cet incident ? intervint Djamila.

— En fait, j'ai demandé à Géraldine Dubois si elle avait souvenir de la période où ça s'était passé. Elle m'a répondu que les travaux du parking s'étaient déroulés entre le 28 août et le 20 septembre.

J'ai croisé cette période avec le listing des réservations des Thomson à l'hôtel et une date est ressortie, celle du 5 septembre 2018.

— De là, un saut sur le fichier des infractions, et hop, affaire réglée !

— Exactement. Contravention pour stationnement gênant mise à 8 h 12 le 5 septembre 2018 au 4, rue Anatole-France à Labège.

— Gros coup de pot pour nous, jubila Djamila, mais énorme manque de chance pour lui ! Je n'aurais jamais cru qu'on puisse prendre une prune dans cette zone commerciale !

— En fait, c'est le patron de la société voisine de l'hôtel qui a appelé les gendarmes. Le véhicule gênait l'accès des camions de livraison à l'entrepôt, obligeant les conducteurs à manœuvrer.

— Je vois. Ceci explique cela.

— Au final, les collègues ont fait le déplacement et collé un PV à la voiture, une Golf TDi 150, immatriculée DG 724 KL, appartenant à un dénommé Guillaume Coquery.

Une vague d'excitation gagna immédiatement les gendarmes. Après de longs jours à pédaler dans la semoule, ils obtenaient enfin un résultat !

— Ne nous emballons pas trop vite, reprit Éloïse pour tempérer les ardeurs. Guillaume Coquery et Céline Servat ont entretenu une liaison, nous n'aurons aucun mal à le prouver… Cependant…

Le téléphone d'Éloïse vibra à ce moment-là, l'interrompant dans ses propos. Elle y jeta un œil et découvrit un message surexcité d'Amanda qui lui disait rentrer de Tarbes et lui proposait un rendez-vous le lendemain matin à la brasserie Le Bibent, place du Capitole. Elle y répondit rapidement et releva la tête vers ses collègues qui attendaient.

— Pardon… je disais donc : ne nous emballons pas trop vite. Première chose, les nuits clandestines à l'hôtel des Cyprès ont cessé en octobre 2018, donc Coquery a très bien pu être remplacé par un autre amant. Deuxième chose, si nous parvenions à établir que Coquery était toujours l'amant de Servat quand celle-ci a été tuée, nous aurions encore à prouver qu'il est l'auteur du meurtre et à comprendre son mobile… En conclusion, pour l'heure, nous sommes loin de pouvoir l'inculper !

Ludovic fit un petit signe de main à Éloïse.

— Pour rappel, le soir du meurtre, Anthony Servat a reçu un texto de sa femme lui disant qu'elle était bien arrivée à Montpellier. La borne téléphonique activée était située à Balma.

— Exact ! s'enthousiasma Éloïse en consultant ses notes. Bingo ! Devinez quoi ?!

— Notre Guillaume Coquery habite à Balma ? supposa immédiatement Thibault.

— CQFD.

— Avec ça, on peut le placer en GAV[1], *chief* ?!

— Disons que c'est un bon début, approuva Éloïse. Mais j'aimerais bien avoir quelques billes supplémentaires avant d'aller cueillir notre homme ! Je veux qu'on ait réuni tous les éléments susceptibles de le confondre s'il venait à nous mentir : qui est ce type ? Quel est son parcours ? ses fréquentations ? son emploi du temps habituel ? Y a-t-il un élément qui le relie au lieu où le corps a été retrouvé ? Je veux tout savoir de lui, jusqu'à sa couleur préférée ! Vu l'heure, rendez-vous demain 14 heures pour un portrait complet du monsieur.

1. Garde à vue.

Comme autant de stigmates des souffrances endurées

La voiture s'engagea sur un chemin goudronné à l'entrée duquel un portail avait été ouvert. Un gros panneau indiquait « Site industriel interdit au public. Défense d'entrer ». Margaux leva légèrement le pied, la route qui fendait la forêt était étroite. Bientôt, un ballet lumineux apparut à une centaine de mètres entre les troncs d'arbres.

— C'est quoi ce délire ?! Toute la cavalerie de Delpech est sur place ! Ils t'ont dit quoi exactement, les bleus ? demanda Margaux en débouchant sur un parking.

Urbain se raidit immédiatement sur son siège. Sous le feu des projecteurs qui arrosaient le parc, s'affairaient une flopée de TIC dans leurs combinaisons blanches. Au sol, des cavaliers jaunes numérotés fleurissaient tels des jonquilles criminalistiques. Partout, des flashs crépitaient pour immortaliser les indices. On se serait cru sur un plateau de cinéma, la fiction en moins.

— Je n'y comprends rien ! Ils m'ont juste dit qu'ils avaient borné le téléphone du jeune qui se faisait appeler Pampelune et que ça les avait conduits sur un lieu intéressant.

— Et ?

— Et rien de plus ! On a fait vite, je n'avais presque plus de batterie et…

Le policier s'interrompit alors et sortit son portable de la poche arrière de son jean. Devant l'écran noir, il se tapa sur le front.

— Merde ! Ma batterie m'a lâché !

— Ah ben voilà… Je comprends mieux… Entre-temps, ils ont dû trouver quelque chose et ils n'ont pas réussi à te joindre.

— Oui, sûrement… Bon, allons voir, j'ai l'impression qu'il y a du lourd ici, lui retourna Urbain.

Margaux coupa le moteur et attrapa son portable :

— Tu m'étonnes ! J'ai quatre textos de Miranda ! Elle me dit qu'ils nous attendent à l'intérieur.

Malot ouvrit sa portière. Le parking faisait face à une longue bâtisse qui s'étirait au coeur d'un parc arboré. L'air glacial pénétra dans l'habitacle et Margaux s'empressa d'enfoncer son bonnet sur sa tête.

— Rejoins-les dedans si tu veux. Moi, je vais voir ce qui se passe dans le parc et je vous retrouve, proposa le Zèbre.

— Tu es sûr ?! Parce que, vu le froid, il ne faudra pas me le dire deux fois !

— Oui, c'est bon… À tout de suite.

Margaux prit la direction de l'entrée du bâtiment tandis que son supérieur foulait l'herbe du parc. Une minute plus tard, il passa sous les rubalises et s'approcha de Pierrette Delpech, chef de la scientifique. Elle se réchauffait en serrant une tasse de thé fumante entre ses mains.

— Bonsoir, lieutenant Malot, l'accueillit-elle d'un air grave.

— Bonsoir. Il se passe quoi exactement ici ?

Pierrette Delpech lui lança un regard intrigué :

— Ce sont vos hommes qui ont découvert le pot aux roses, je vous rappelle !

— Je sais, j'ai reçu un appel mais ma batterie m'a lâché…

— Ils sont à l'intérieur, si vous souhaitez les rejoindre.

— Dans quelques minutes, merci… Comme je n'ai pas eu droit aux détails pour le moment, vous me feriez un petit topo ?

— Bien sûr, mais je vous préviens, c'est assez glauque… Alors, commençons par l'extérieur. Ici, fit-elle en désignant l'arrière du bâtiment, on a découvert une fosse, à deux pas de l'incinérateur… On n'a pas fini de compter, mais la dernière fois que je suis allée voir, Pom en était à sept cadavres.

— Sept ?! s'exclama Urbain, incrédule.

— Comme je vous dis. Il a même dû envoyer un de mes hommes récupérer un stock de housses mortuaires à la morgue.

— Mais c'est un véritable carnage !

Le policier scruta du regard l'arrière de la bâtisse et distingua alors une rangée de corps sous leurs housses noires. Le légiste qui se tenait près d'un des cadavres se tourna au même moment et l'aperçut. Il se dépêcha de remonter vers lui.

— Bonsoir, le Zèbre ! Je vous vois plus souvent que ma femme, en ce moment ! lança-t-il en préambule.

— Hélas ! lui retourna Malot.

Puis Pom fit un pas vers la table pliante installée près d'un arbre et se servit une boisson chaude.

— Vous ne voulez rien ?

— Non merci, ça ira... Pierrette me parlait de sept cadavres ?

— Huit en tout dans la fosse, si on n'en a pas oublié ! ironisa le légiste. D'après un premier examen sommaire, je peux vous affirmer que toutes les victimes sont décédées d'une balle dans la tête tirée à bout portant, ici, au niveau de la tempe, fit-il en pointant un index sur son propre crâne.

— OK... Une idée de la datation des corps ?

— Je dirais que la fosse est récente. Plus on s'enfonce, plus ils sont abîmés, ce qui est normal car la terre est plus chaude en profondeur qu'à la surface. À vue d'œil et en prenant en compte la vague de froid qui sévit à Toulouse en ce moment, je dirais que les corps ont quelques jours... six à dix jours, environ. Pour une datation plus précise, il faudra attendre les autopsies.

— D'accord.

— Autre élément : les victimes... elles sont toutes, comment dire... c'étaient des personnes en mauvaise santé. L'état de la denture en est le premier révélateur. Quant aux vêtements, ils laissent penser à des fripes : tailles trop grandes, chaussures usées jusqu'à la corde.

— Des SDF, marmonna Urbain en secouant la tête.

— Je ne saurais l'affirmer *ex abrupto*. Mais effective...

— Je ne posais pas une question, j'affirmais.

— Ah !

— D'autres éléments ? relança le policier.

— Eh bien, intervint Pierrette Delpech, nous avons effectué des prélèvements dans l'incinérateur tout proche, car un de vos hommes a repéré les restes d'un cadavre calciné. Le corps n'a pas été consumé correctement jusqu'au bout... Il faudra vérifier mais nous pensons que l'incinérateur est tombé en panne.

Plus Pom et Delpech lui en apprenaient, plus le Zèbre avait le sentiment de plonger en plein cauchemar.

— Vous voulez dire que des corps ont été brûlés dans un incinérateur… en plus du charnier ?!

— Je peux me tromper mais je pense que ce charnier – comme vous dites – a été creusé parce que l'incinérateur ne fonctionnait plus.

— Mais ça veut dire que…

— Que nous ne saurons jamais combien de personnes exactement ont trouvé la mort dans cet incinérateur, conclut Pom en lui jetant un regard atterré. Bon allez, j'y vais. On se tient au courant pour les autopsies.

Ahuri, Urbain Malot regarda le légiste retourner près de la fosse. La stupeur le disputait à l'excitation : plus ils avançaient, plus l'affaire ressemblait à une construction en gigogne ! Les racontars relayés par le Philosophe n'avaient désormais plus rien d'une légende urbaine, et le dossier Andrieu était en train de prendre une ampleur dramatique.

— Tant qu'on y est, je vous parle de l'intérieur, lieutenant ? relança la chef de la scientifique.

— Pardon ?

— L'intérieur du bâtiment ?

— Euh… oui, oui… je vous écoute.

— D'après l'agencement et les carrelages muraux, ce devait être un complexe scientifique, une sorte de laboratoire de recherches… Nous avons effectué divers prélèvements un peu partout mais… je serais très étonnée que nous trouvions quoi que ce soit d'exploitable.

— Je ne comprends pas.

— Allez voir par vous-même. Il n'y a plus un seul meuble ni la moindre trace de document. Tout a été vidé, nettoyé, récuré, javellisé du sol au plafond. Et vu l'odeur de détergent, ça a été fait récemment… C'est impressionnant, on dirait une bâtisse fantôme !

***

Urbain poussa la porte qui avait été fracturée. Immédiatement, l'odeur caractéristique de l'eau de Javel lui chatouilla les narines. Sous le jet des projecteurs installés par la scientifique, il traversa un hall carrelé qui paraissait d'autant plus vaste qu'il était vide. Ses pas résonnaient étrangement sous le haut plafond et il se dégageait du lieu une impression de désertion et d'aseptisation. Il poussa une double porte battante qui débouchait sur un long couloir. Des éclats de voix lui parvenaient au loin mais il ne savait pas d'où exactement. Dans le corridor, le carrelage avait cédé la place à un linoléum qui faisait chuinter ses semelles. Avec les faisceaux des halogènes qui segmentaient les ténèbres, le policier eut l'impression d'évoluer dans une géométrie surréaliste et menaçante d'ombres et de lumières. Des pans entiers échappaient à son regard scrutateur et, malgré lui, il posa la main sur son arme. Il dépassa ainsi une dizaine de portes qui donnaient toutes sur des pièces plus ou moins grandes. Une bonne majorité d'entre elles étaient pourvues de paillasses carrelées et il comprit ce qu'avait voulu lui dire Delpech quelques minutes plus tôt concernant la vocation scientifique du lieu. Il repéra çà et là des traces de poudre sur les montants des portes et sur les poignées, témoignant du passage des TIC. Le long défilé de pièces vides et propres le laissa songeur. Les lieux avaient été vidés récemment et on avait pris soin de ne laisser aucune trace de l'activité qui avait eu cours ici. Cela ne pouvait signifier qu'une seule chose : les gens qui travaillaient dans ces locaux agissaient illégalement et, d'une manière qui lui échappait totalement, ils avaient anticipé la venue de la police...

— Par ici, le Zèbre ! lui jeta une voix qui se répercuta en écho.

Urbain leva la tête vers le fond du couloir et distingua la silhouette de Margaux qui affleurait d'un gouffre d'ombre.

— On pense qu'il y a un sous-sol ! ajouta-t-elle avec excitation.

— Vous êtes allés voir ?

— On t'attendait. Il y a une porte en fer cadenassée, suis-moi !

Malot accéléra le pas pour franchir les dix derniers mètres qui le séparaient de sa collègue, mais celle-ci tourna les talons et s'enfonça dans les ténèbres. Un instant plus tard, la lumière de sa Maglite surgit dans l'obscurité.

— Par ici !

Urbain imita Margaux et sortit sa propre lampe. Il découvrit alors un large appendice en U perpendiculaire au couloir central. Miranda, Antoine et Margaux l'y attendaient.

— Salut, les jeunes, lança-t-il d'une voix piteuse. Désolé, mais mon téléphone m'a lâché.

— Oui, Margaux nous a expliqué, lui retourna Miranda.

— C'est vous qui avez trouvé les restes d'un corps calciné dans l'incinérateur ?

— Oui… On venait de t'appeler parce que le site pouvait s'apparenter au laboratoire qu'avait évoqué le Philosophe. En attendant que vous arriviez, on a fait le tour pour voir. Et on a découvert l'incinérateur. Les types avaient posé une plaque en fonte devant pour le dissimuler mais il y avait une sale odeur de barbecue, alors…

— Je vois.

— Quand les TIC sont arrivés, ils ont remarqué le grand rectangle de terre retournée à quelques pas de l'incinérateur. Alors, ils ont creusé au cas où… C'est comme ça qu'ils ont découvert la fosse.

La voix de Miranda Cortez tremblotait légèrement malgré les efforts visibles de la jeune femme pour ne pas trahir ses émotions. De son côté, Carlier affichait une mine blafarde qui ne laissait aucun doute sur le choc qu'il avait subi.

— Miranda, Antoine… Je suis vraiment désolé pour vous, soupira le Zèbre. C'est votre première enquête et on peut dire que vous n'êtes pas gâtés.

— Il faut toujours une première fois, répondit Antoine sans conviction. Bon, on l'ouvre ou pas, cette porte ?

Urbain arrosa les trois pans de murs autour de lui. Il y avait une porte dans chacun d'eux.

— Derrière cette porte, il y a un tableau électrique, précisa Margaux, et derrière celle-ci, un local de maintenance. En revanche, celle-là est cadenassée.

— On a repéré des soupiraux dehors, donc on pense qu'il y a un sous-sol, enchaîna Miranda. Du coup, Antoine a farfouillé dans le local de maintenance et il a récupéré ça, acheva-t-elle en exhibant une pince-monseigneur.

— Parfait… Allons voir.

Urbain Malot fit rapidement sauter le cadenas. Ses collègues avaient raison, la porte ouvrait sur un escalier. Des exhalaisons de moisissures émanèrent immédiatement de la bouche de ténèbres. Il ouvrit la descente dans un silence de mort, sa Maglite braquée devant lui. Il compta vingt-deux marches avant de poser le pied sur un sol en ciment nu. Puis il éclaira un long couloir sur sa droite, avança de deux pas et se figea net :

— Bordel de merde… laissa-t-il échapper.

De chaque côté du couloir, cinq cellules barreaudées se succédaient. Dans chacune d'elles, se trouvaient un lit, un lavabo et un W-C. Le policier s'approcha des barreaux et éclaira une des cellules. Ici, aucun nettoyage n'avait été effectué. Les murs, le matelas et le sol étaient maculés de traînées et de griffures faites de selles et de sang, comme autant de stigmates des souffrances endurées.

... Un rebondissement inattendu dans l'affaire

Les premières lueurs de l'aube perçaient à travers les rideaux de la chambre. Efia sortit du sommeil avec le sentiment de n'avoir pas fermé l'œil, en dépit des bribes d'images cauchemardesques qui flirtaient encore à l'orée de sa conscience. Cette nuit, une fois de plus, elle s'était vue chuter d'un toit et s'était réveillée en sursaut, prise de vertige. Elle avait dû se rendormir puisque le visage de numéro deux flottait désormais devant ses yeux entrouverts. Dans ce second mauvais rêve, l'homme l'avait poursuivie, un couteau à la main, dans un dédale de rues sombres et n'avait eu aucun mal à la rattraper puisque les pieds d'Efia semblaient scotchés à même le sol et que chacun de ses pas lui arrachait un terrible effort. La jeune femme essuya d'un revers de main son front trempé de sueur puis cligna plusieurs fois des yeux pour chasser les résidus de son cauchemar. Depuis sa fuite de Toulouse, elle enchaînait les nuits sans repos, son esprit refusait obstinément de s'apaiser. Comment l'aurait-il pu ?! Ali et Fatia ne cessaient de lui demander quand ils allaient rentrer à la maison et quand ils retrouveraient leurs maîtresses et leurs camarades de classe... Leurs hôtes, Natacha et Florian, étaient bienveillants, ils faisaient de leur mieux pour les mettre à l'aise. Pour autant, Efia et les enfants se sentaient comme des étrangers dans ce nouvel environnement, ils n'étaient tout simplement pas chez eux. De plus, Efia savait qu'ils repartiraient dans une poignée de jours pour rejoindre un nouveau point de chute, et ainsi de suite. Dorénavant, la vie de la famille ressemblerait aux journées écoulées depuis le drame : une succession d'heures toutes déclinées au présent, sans aucun projet d'avenir...

Le bruit d'un moteur de voiture s'éleva depuis la cour de la villa, sortant Efia de ses songes. La jeune femme refoula ses larmes et sortit du lit. Les petits dormaient encore, Natacha et Florian venaient de partir au travail, autant profiter du calme et de la solitude de la maisonnée. Efia descendit sans bruit l'escalier vers le rez-de-chaussée et se fit couler un café en laissant son regard errer par-delà les reliefs de la pinède, sur le dos plat et infini de la Méditerranée qui s'étendait au loin. Depuis le massif de la Clape où était nichée la villa, la vue sur la mer était imprenable, époustouflante. Avant sa fuite, Efia n'avait jamais mis les pieds hors de l'agglomération toulousaine. Plusieurs fois, elle avait eu le cœur serré parce que sa situation irrégulière la maintenait à l'écart de certaines joies simples, comme celle d'emmener ses enfants une journée à la mer. Pour cela, il lui aurait fallu une voiture, et par voie de conséquence un permis. Face à ces restrictions, elle avait dû troquer les plaisirs de la mer contre ceux des bordures du canal du Midi, du jardin japonais ou du lac de la Ramée... Sa vie était plus étroite que celle des autres et, pour chasser sa frustration, Efia se martelait qu'elle possédait l'essentiel. À ce moment-là, elle n'imaginait pas à quel point elle avait raison ! Aujourd'hui, devant cet horizon d'eau qu'écrasait un ciel maussade, elle avait le sentiment d'étouffer. Rien du splendide décor autour d'elle ne lui procurait la joie attendue et ses désirs d'avant lui apparaissaient subitement d'une totale vacuité. En proie à une vague de déprime, Efia s'arracha à sa contemplation.

Elle emporta sa tasse de café dans le salon où elle alluma la télévision pour suivre les informations. La chaîne déroulait en boucle les divers titres de l'actualité. Bientôt, il fut question de la mort de Thomas Andrieu et Efia sentit son ventre se contracter douloureusement quand le présentateur annonça avec sérieux un rebondissement inattendu dans l'affaire, suite à la déclaration que les parents du jeune homme avaient souhaité faire aux médias. L'instant d'après, M. et Mme Andrieu apparurent côte à côte, assis sur un canapé et se tenant la main. Tous deux semblaient ravagés par la douleur et la colère. M. Andrieu fixa l'objectif avec détermination, déplia une feuille de papier et en entama la lecture. Ses propos eurent sur Efia l'effet d'une douche glacée. Elle eut le souffle coupé et son cœur se mit à pulser violemment dans sa poitrine.

« Lorsque nous avons appris le décès de Thomas et les circonstances de sa mort, mon épouse et moi-même avons immédiatement su que notre fils ne s'était pas suicidé. Il existait bien trop d'éléments incompatibles avec cette hypothèse. Dès lors, nous n'avons cessé d'alerter les médias et les enquêteurs. Aujourd'hui, grâce à notre appel à témoins, nous sommes en possession de nouveaux éléments qui tendent à prouver que nous avions raison depuis le début. En effet, deux femmes de ménage travaillaient le soir du mercredi 6 février 2019 dans une tour qui jouxte l'immeuble en bas duquel Thomas a été retrouvé. L'une de ces femmes de ménage a été assassinée le même soir en quittant son travail. La seconde n'a plus donné de nouvelles à son employeur depuis ce soir-là. Ce meurtre et cette disparition ne sauraient être des hasards. Ces femmes ont vu quelque chose de compromettant. D'après les éléments en notre possession, la femme de ménage disparue aurait pris la fuite avec ses enfants. C'est pourquoi, mon épouse et moi souhaitons nous adresser à cette personne. Madame, si vous m'entendez, nous avons besoin de vous. Nous savons que vous avez peur. Mais vous-même êtes une maman et en tant que maman, vous pouvez comprendre que nous ayons besoin de savoir ce qui s'est réellement passé ce soir-là. En tant que maman, vous pouvez comprendre que les parents que nous sommes ont besoin de réponses. Seule la vérité pourra nous permettre d'entamer notre deuil. Tant que l'assassin de notre fils ne sera pas appréhendé, nous ne trouverons aucun apaisement. Nous ne réclamons rien d'autre que la justice, au nom de Thomas, au nom de sa sœur Coline et en notre nom. Alors, madame, nous vous supplions de vous manifester auprès de la police ou, si vous le préférez, auprès de notre avocat toulousain, Me Berton. Nous comptons sur vous. Nous avons besoin de vous. Merci. »

Le reportage s'arrêta et le présentateur reprit la parole, mais Efia lui coupa le sifflet en activant la télécommande. Dans le silence qui suivit, elle se rendit compte que ses joues étaient baignées de larmes. Le père Andrieu s'était directement adressé à elle, il l'implorait de leur venir en aide. Son espoir était palpable et ses mots s'étaient plantés dans le cœur d'Efia comme autant de coups de poignard. Mais l'empathie qu'avait suscitée son discours se transforma rapidement en rage. Avec cette foutue déclaration, le père de Thomas venait d'aiguiller les tueurs vers elle ! Avait-il un seul instant mesuré les conséquences de cette révélation au grand public ?! Efia laissa échapper à haute voix une flopée d'insultes, les yeux toujours fixés sur l'écran noir du téléviseur. Puis elle renifla bruyamment, essuya son visage avec la manche de son pyjama et se leva d'un bond nerveux. La panique commençait à la submerger. Elle fit plusieurs allers-retours entre le canapé et la télé. Le peu d'espoir qui lui restait était en train de voler en éclats ! Comment pouvait-elle s'en sortir désormais ?! Comment allait-elle protéger ses enfants ?! Une plainte s'éleva entre ses dents serrées et des sanglots montèrent dans sa gorge. Si les tueurs avaient suivi les informations, ils devaient déjà se mettre en ordre de marche ! Combien de temps leur faudrait-il pour remonter sa trace ? En proie à une agitation grandissante, la jeune femme hoqueta, porta les mains à sa bouche puis courut vers l'évier de la cuisine où elle arriva juste à temps pour vomir le café qu'elle venait d'avaler.

Totalement hébétée, Efia dut laisser filer de longues secondes avant de parvenir à rassembler ses idées. Elle n'était plus en sécurité. Elle ne le serait plus nulle part… Désormais, il ne lui restait plus qu'une seule option. Radicale. Définitive. Et très risquée.

Elle ne manque vraiment pas de toupet

Dès qu'elle poussa les portes du Bibent, les effluves de café torréfié et de croissants chauds lui chatouillèrent le nez. Éloïse balaya la brasserie des yeux et finit par apercevoir Amanda, assise sur une banquette à côté de la baie vitrée offrant une vue imprenable sur le Capitole. Dans le boucan des rideaux métalliques qui se levaient et des camions de livraison déchargeant leurs marchandises, la place vibrait déjà de cette animation citadine qui ne s'éteindrait que tard dans la nuit. Là, sous la paupière entrouverte du matin, des vagues d'étudiants filant en cours croisaient la cohorte anonyme d'employés qui se pressaient vers leur travail.

En rejoignant la journaliste, Éloïse détecta la lueur dans son regard et fut immédiatement confortée dans l'idée qu'elle tenait quelque chose.

— Bonjour, Éloïse !

— Bonjour… Alors, que me vaut ce rencard en urgence ?

— Décidément, je ne m'y ferai jamais !

— Quoi donc ?

— Vous !… Cette manière quasi martiale de régenter votre univers.

La gendarme se sentit piquée mais encaissa la réflexion sans sourciller. Elle voulut répliquer – c'est encore ce qu'elle savait faire de mieux –, mais aucun son ne franchit ses lèvres. Suivit alors un léger flottement qui mit la journaliste en alerte.

— Vous aurais-je vexée, Éloïse ?

— Je… Absolument pas.

— Vous me rassurez ! J'ai un instant cru que je venais de réussir à fissurer la façade en acier trempé qui vous protège du monde !

— Bon sang, Amanda… Quand arrêterez-vous de jouer à la psy de comptoir ?! C'en est presque maladif !

— Je ne fais ça qu'avec les gens que j'apprécie… et ils sont rares.

La journaliste avait parlé avec un accent de sincérité qui finit de déstabiliser la gendarme.

— Café ? Thé ? Croissant ? poursuivit-elle d'un ton égal.

— Euh… Un grand café.

Amanda fit signe à un serveur et passa commande.

— Bon, Éloïse, je voulais absolument vous voir pour vous l'annoncer. J'ai une grande nouvelle !… Devinez quoi ?!

— Arrgh, Amanda, de grâce !

— Figurez-vous que j'avais raison sur toute la ligne ! J'ai réussi à remonter jusqu'à la planque de la grande prêtresse !

— Quoi ?!

— Comme je vous le dis. Je sais où Anne Poey s'est terrée après sa fuite. Mais avant que vous ne vous fassiez une fausse joie, sachez qu'elle n'y est plus, s'empressa de préciser la journaliste.

— D'accord, d'accord… Mais, allez-y, racontez-moi tout !

— OK. Tout est venu d'une de vos simulations, expliqua Amanda en sortant une image de son sac. Cette apparence-là a matché !

Éloïse jeta un œil au portrait posé sur la table. On y voyait le visage d'Anne Poey avec des cheveux coupe garçonne d'un blond presque blanc et des yeux marron.

— Je suis partie du garage où la voiture de Pascal Dumont a été retrouvée, c'est-à-dire 44, rue Honoré-Laporte à Tarbes, soit dit en passant, à un jardin de la gendarmerie !

— Sérieusement ? réagit Éloïse.

— Je vous assure.

— Elle ne manque vraiment pas de toupet, cette tarée !

— C'est le moins qu'on puisse dire… Bref, j'ai fait du porte-à-porte avec mes portraits sous le bras. J'ai marché des heures durant en cercles concentriques autour du jardin Massey, situé juste à côté du garage… J'étais vraiment en train de douter de ma méthode quand, hier en début d'aprèm, un restaurateur m'a enfin donné la réponse que j'espérais : « Les autres ne me disent rien, mais cette dame-là, si. Je suis sûr de l'avoir déjà vue chez nous. » Le type a fait venir une de ses employées qui a immédiatement confirmé les dires de son patron. Du coup, j'ai poursuivi mes prospections dans les rues à proximité du restaurant jusqu'à tomber sur une charmante vieille dame, Mme Crapin, de la rue Dalloz, qui m'a tout simplement balancé : « Ah oui ! La couleur des yeux est un peu plus claire mais, sans ça, c'est Mme Bertrand, sans aucun doute ! Une très belle femme, et gentille comme tout avec ça ! »

— Tu parles d'une gentille femme, maugréa la gendarme d'un ton désabusé. Et donc ?

— Anne Poey s'est fait passer pour Mme Camille Bertrand, possédant une maison de ville au numéro 22 de la rue Dalloz à Tarbes. Prétendument suisse, ayant acheté la maison tarbaise en 1999, suite à un séjour dans les Pyrénées. Coup de cœur pour le coin !

— Incroyable…

— Attendez, le meilleur est à venir. D'après ses voisins, Camille Bertrand venait régulièrement y séjourner.

— Quoi ?! Vous êtes en train de me dire qu'Anne Poey…

— … est allée de 1999 à 2015, soit durant seize ans, prendre des vacances à Tarbes sous le nom d'emprunt de Camille Bertrand, alors même qu'elle vivait dans la commune de Bagnères-de-Bigorre située à vingt bornes, compléta la journaliste.

— Punaise, cette femme est un vrai robot ! Elle s'est astreinte à ce simulacre pendant des années, uniquement pour passer inaperçue si d'aventure un jour elle devait se replier dans cette planque.

La journaliste ouvrit les mains en signe d'évidence :

— Oui. Et ça a fichtrement bien fonctionné. Il lui aura suffi de venir de temps en temps passer une semaine à Tarbes pour s'intégrer dans le paysage.

— Et elle changeait son apparence chaque fois ?! s'étrangla la gendarme.

— Oui. Mme Camille Bertrand a toujours eu les cheveux très courts, blond cendré, et les yeux noisette.

Éloïse se frotta les tempes avec vigueur. Anne Poey était de très loin la criminelle la plus organisée qu'elle avait jamais eu à rencontrer. Pousser l'anticipation et la précaution si loin relevait d'une véritable ingénierie du crime. Y avait-il la moindre chance pour qu'elle ait commis une erreur – une seule – qui leur permettrait de lui mettre enfin la main dessus ?!

— Finalement, je ne suis pas certaine que votre percée soit une bonne nouvelle, asséna la gendarme. Plus on croit se rapprocher d'elle, plus on se rend compte qu'Anne Poey a maîtrisé sa partition de bout en bout ! C'est à se demander si vos découvertes ne font pas elles-mêmes partie de son foutu plan !

Désappointée par la réaction d'Éloïse, la journaliste fronça les sourcils et se força néanmoins à examiner cette hypothèse. Au bout de longues secondes de silence, elle finit par trancher :

— Non.

— Pardon ?

— Non... Anne Poey ne nous a pas sciemment conduites sur ses traces pour nous faire un énième pied de nez !

— Qu'est-ce qui vous rend si sûre de vous ?

— Je vous rappelle que j'ai remonté sa piste à partir de la voiture de Dumont incendiée le soir de la Saint-Sylvestre 2017 dans un garage de la rue Laporte à Tarbes. Et ça, désolée, mais la grande prêtresse ne pouvait pas le prévoir ! Tout comme elle ignorait qu'en volant la voiture de Dumont, elle allait tomber sur un type en formation à Bayonne qui ne déclarerait le vol que trois jours plus tard... D'une certaine manière, Anne Poey a bénéficié d'une chance insolente, elle ne maîtrisait pas tout de la situation.

La gendarme expira bruyamment.

— Vous avez raison... concéda-t-elle. Elle me rend totalement parano !

— En effet, je confirme.

— Mais admettez tout de même que c'est bluffant d'avoir mis en scène des vacances à Tarbes pendant seize ans, avec une fausse identité et sous une autre apparence, uniquement au cas où un jour, cela puisse lui servir !

— Taratata... Bluffant, vous dites ?! Désolée, Éloïse, mais vous ne m'emmènerez pas sur ce terrain, lui rétorqua Amanda. Cette femme a régné sur un cheptel humain durant plusieurs décennies uniquement parce qu'elle s'était érigée en déesse. C'est sa méthode : l'emprise mentale. Plus on la mythifie, plus on est sous sa coupe.

— Mais...

— Laissez-moi finir ! Anne Poey, si l'on y regarde de plus près, n'a rien fait d'autre que s'aménager une porte de sortie au cas où on l'identifierait. C'était malin et rigoureux de sa part, c'est vrai. Mais concrètement, ça s'est résumé à acheter une maison et à y venir une ou deux fois l'an sous l'identité et l'apparence de Camille Bertrand ! Une perruque, des lentilles et *basta*...

La gendarme se rencogna sur son fauteuil en hochant lentement la tête d'un air songeur.

— Mmm... j'admets que vous n'avez pas tort.

— Wouaw ! Je commande du champagne, alors ? s'amusa la journaliste.

— Ben... je n'aurais pas dit non s'il n'était pas 8 h 30 du matin !

Les deux femmes échangèrent un sourire et Éloïse reprit :

— Alors, on s'y prend comment, maintenant ? Il est peut-être temps que j'informe ma hiérarchie afin qu'une perquisition soit...

— Ah non, Éloïse ! Pas cette fois-ci ! Avec votre sœur, c'était différent[1], mais là, désolée, je ne compte absolument pas passer la main aux enquêteurs officiels qui – soit dit en passant – n'ont pas fait le quart de mon job de terrain.

— Mais je risque mon poste, Amanda !

— Oh, vraiment ?! Eh bien, il fallait y penser avant de venir me chercher, lui retourna la journaliste d'un ton implacable. Lorsque vous m'avez proposé le deal, j'ai pris un engagement et je le tiendrai : celui de ne pas révéler mes sources d'information, à savoir Olivier Merlot et vous-même. Mais à aucun moment vous n'avez énoncé avoir la main sur la conduite de cette enquête.

La gendarme fusilla la journaliste du regard. Pourtant, cette dernière disait vrai, elle n'avait posé aucun garde-fou... Et à quoi d'autre aurait-elle pu s'attendre de la part d'Amanda ?!

— Parfait. Et quand pensez-vous prévenir mes collègues ? Au moment fatidique où Anne Poey vous mettra en joue ?! railla-t-elle.

Amanda eut un sourire désabusé.

— Qu'est-ce que ça peut bien vous faire ?

— Oh s'il vous plaît, épargnez-moi le couplet de...

— Je ne vous demande qu'une chose, la coupa la journaliste, soyez loyale avec moi comme je l'ai été avec vous. Autrement dit, laissez votre hiérarchie en dehors de tout ça !

— Mais, que comptez-vous faire, au juste, hein ?

— Il vous faut vraiment un dessin ?! M'introduire chez Camille Bertrand et glaner autant d'informations que possible à son domicile tarbais. Et idéalement, de là, remonter jusqu'à Anne Poey. Dès que

1. Voir *Double Amnésie*, du même auteur.

je l'aurai localisée, je bouclerai mon dossier d'investigation. Et à ce moment-là, pas avant, j'alerterai les forces de l'ordre.

— C'est de la folie pure.

— Et en quoi est-ce plus fou que ce que j'ai fait jusqu'à présent avec votre approbation ? Après tout, Éloïse, en remontant jusqu'à sa planque tarbaise, j'aurais très bien pu tomber nez à nez avec Anne Poey !

La gendarme ne trouva rien à répondre… Amanda avait parfaitement raison.

— Soit. De toute façon, j'imagine que je ne vous ferai pas changer d'avis ?

— En effet… Donc, il ne reste qu'une question : je continue en solo ou vous êtes toujours de la partie ?

Éloïse accusa le coup. Vu la tournure de la discussion, la question d'Amanda était logique. Pourtant, elle ne l'avait pas vue venir. La gendarme s'imagina un instant Amanda poursuivant seule l'enquête, et cela lui apparut totalement inacceptable. Elle agissait pour la mémoire de Jean-Marc ! Elle agissait pour que justice soit faite ! Elle prit alors conscience qu'elle n'était pas du tout prête à se retirer de la partie, quand bien même son poste de gendarme était en jeu.

Quoi qu'il dût lui en coûter, elle irait au bout de cette quête et soutiendrait Amanda. Elle prit une grande respiration et répondit :

— J'ai fait appel à vous, ce n'est pas pour retirer mes billes alors qu'on approche du but.

— À la bonne heure ! lui lança la journaliste avec un grand sourire.

Vous proposez quoi, en fait ?

Urbain Malot n'avait quasiment pas dormi de la nuit, comme ses collègues, d'ailleurs. Alerté, Christian avait rejoint l'équipe sur place et tous avaient ratissé le laboratoire et son sous-sol de fond en comble, attendant le départ de la scientifique pour lever le camp eux aussi. Par la suite, alors que le sommeil tardait à le gagner, le Zèbre avait revu par flashs les cellules découvertes en sous-sol. À plusieurs endroits, des inscriptions s'étaient dégagées sur les murs. Une tentative de dessin. Un surnom. Un nom et un prénom. Le tout tracé à l'aide de sang ou d'excréments. Comme autant d'indices qu'avaient cherché à disséminer les captifs. Malot avait serré les dents en repensant à ces ultimes et révoltantes esquisses clôturant l'insignifiant passage sur terre de tous ces malheureux maltraités jusqu'au bout.

Au petit matin, malgré la fatigue après trois heures de sommeil sans repos, Urbain avait foncé à la piscine. Il savait qu'il ne ferait pas de prouesses mais il avait besoin de nager. Quand l'eau l'enveloppait, il était coupé du monde et de ses horreurs. Seules ses rumeurs lui parvenaient dans un brouhaha indistinct, un fond sonore quasi hypnotique. Le policier glissait avec fluidité, concentré sur sa respiration et l'enchaînement de ses mouvements. Et bientôt, il trouva cette bulle intérieure, ce berceau mental propice à une méditation apaisante. Il nagea une heure, d'un rythme régulier, et ressortit du bassin lourd d'une fatigue naturelle mais libéré de tout stress. Assis sur le rebord, les pieds ballants, il but une longue rasade d'eau en ignorant le regard d'une nageuse qui le scrutait comme un monstre de foire. En dehors des rares proches qui l'avaient déjà vu en maillot ou torse nu, tous ignoraient que son corps était lui aussi marbré de ces surprenantes dépigmentations. Il sourit à la réminiscence d'un souvenir d'adolescence, période où sa différence avait commencé à le complexer. Hélène, sa mère adoptive, avait su trouver les mots pour transcender sa particularité : « Urbain, tu es un superbe puzzle 3D en noir et blanc, et ces zébrures sont le tatouage de ta propre histoire ! » Cette simple phrase l'avait touché en plein cœur. Elle était non seulement chargée d'amour mais aussi profondément juste. Parce que, oui, son histoire était bel et bien bicolore : il avait fait partie des fameux « enfants de la Creuse », comme on les appelait, une marée de mômes déracinés de leurs familles et de leur île à cause de la politique de Debré[1]. Urbain l'avait compris très tôt, lui avait eu la chance d'être accueilli dans un foyer aimant. Marc était agriculteur, Hélène, conseillère d'orientation en lycée agricole, et ils ne pouvaient pas avoir d'enfant. Urbain avait été attendu, désiré et aimé, et lorsque la vérité sur les conditions de son abandon avait jailli, Hélène et Marc avaient remué ciel et terre pour remonter la trace de ses parents naturels. Urbain connaissait aujourd'hui leurs noms, savait qu'il avait quatre frères et sœurs et possédait même une photo de sa famille réunionnaise qu'il gardait précieusement dans son portefeuille… Pourtant, il n'avait jamais franchi le pas des retrouvailles. Il n'était pas prêt, il attendait un déclic qui ne viendrait peut-être jamais… Le policier s'arracha à ses songes, noua sa serviette autour de sa taille et se dirigea vers les vestiaires, prêt à affronter une longue journée de travail.

★★★

À l'Embouchure, l'atmosphère était électrique. À peine Urbain Malot avait-il mis un pied dans les bureaux qu'il avait été convoqué chez Chabrol. L'annonce des parents Andrieu avait eu l'effet d'un tsunami : désormais, Efia M'Bani était exposée à un danger

1. Sous la députation de Michel Debré, entre 1963 et 1982, plus de deux mille enfants réunionnais ont été immatriculés de force par la DDASS et déportés en métropole afin de repeupler les départements désertés, comme la Creuse, la Lozère, le Gers… Ceux d'entre eux qui n'étaient pas pupilles de la nation ont fait l'objet d'une procédure d'abandon forcé, leurs parents ayant signé aux autorités des documents qu'ils ne savaient pas lire.

bien réel. Si le tueur du toit avait entendu le message diffusé sur les ondes, il savait qu'un témoin susceptible de l'identifier était dans la nature. Partant de là, nul doute qu'il allait se lancer à la recherche de cette pauvre femme. Une course contre la montre était donc engagée !

Dans l'attente du retour du Zèbre, tout le monde était à pied d'œuvre. Les deux bleus, Miranda et Antoine, étaient en train de structurer les pièces du dossier Andrieu qui ne cessait de s'alourdir au fil des jours. Christian gobait loukoum sur loukoum en tapant le rapport de sa rencontre la veille avec l'éducatrice de l'association « Éducation sans frontière » qui avait aidé Efia M'Bani à fuir. Margaux, quant à elle, étudiait l'organigramme qu'avait élaboré Miranda à partir de la lecture des carnets de Thomas Andrieu, le but étant d'essayer de mettre un nom sur les SDF disparus et d'identifier ceux qui étaient susceptibles de les renseigner sur le dénommé Montagne.

Il était presque midi quand un claquement de doigts attira l'attention de tous. Christian venait de décrocher son téléphone et, l'air surexcité, fit signe aux autres de s'approcher. Puis il mit le haut-parleur et précisa en masquant le micro :

— C'était Brigitte Dumont, l'éducatrice que j'ai rencontrée hier. Elle me passe l'avocate de l'association ! Où est le Zèbre, bordel ?!

— Chez Chabrol, je vais le chercher ! répondit Margaux avant de se précipiter hors du bureau.

Une voix ferme retentit alors dans l'appareil :

— Bonjour, monsieur. Maître Claudia Gali, avocate en droits des étrangers, je travaille pour l'association Éducation sans frontière. Brigitte Dumont, éducatrice spécialisée, m'a contactée ce matin pour m'expliquer vos recherches concernant Mme Efia M'Bani ainsi que la complexité de la situation. J'ai ensuite eu une longue conversation avec Mme M'Bani elle-même. Il ressort de ces différents échanges que l'association n'agira pas contre la volonté de sa protégée et, en l'occurrence, de ma cliente. Ce n'est pas contre vous, entendons-nous bien, mais…

— Vous avez expliqué la situation à Mme M'Bani ? la coupa Christian, agacé par le ton péremptoire de son interlocutrice. Vous lui avez dit que son témoignage pouvait être primordial ?

— Je n'en ai pas eu besoin, elle ne le sait que trop ! lui retourna Claudia Gali d'un ton glacial. Dois-je vous rappeler la déclaration des Andrieu aux médias ?!

— Maître, nous n'avons jamais souhaité que cette information circule ! Nous redoutions justement que Mme M'Bani soit exposée à un danger.

— Ma cliente l'est aujourd'hui d'autant plus qu'elle est certaine de pouvoir reconnaître un des deux hommes qui étaient sur le toit, et ce, sur photo si jamais celui-ci était fiché, ou par une confrontation, si vous veniez à l'arrêter…

Devant lui, ses collègues se mirent à gesticuler dans tous les sens ! Christian lui-même bondit de son siège en serrant les dents.

— Attendez voir !… Vous… vous dites qu'ils étaient deux ?! Et que Mme M'Bani pourrait identifier l'un d'eux, c'est ça ?!

— Oui, elle l'a très bien vu… Et, très honnêtement, elle aimerait collaborer… Le premier problème, c'est que Mme M'Bani fait l'objet d'une OQTF et redoute donc une expulsion… C'est d'ailleurs pour cette raison qu'elle n'a pas appelé la police sur le moment…

— D'accord, nous comprenons cela. Mais, bon sang, aujourd'hui, nous avons toutes les raisons de croire que ce meurtre est relié à une série, et l'identification d'un des criminels peut être essentielle pour l'avancée de l'enquête !

Il y eut un blanc au téléphone, puis Claudia Gali répondit :

— Écoutez… j'en suis désolée… mais ma mission, à moi, est d'agir dans l'intérêt de ma cliente et de la protection des personnes accueillies par l'association. À ce titre, je…

— Mme M'Bani peut être un témoin clé dans une affaire de meurtre, lui-même relié à d'autres crimes très graves ! Vous n'imaginez pas que nous la ferions reconduire à la frontière alors que nous avons besoin d'elle ?!

— Certes… et ensuite ?

— Quoi, ensuite ?

— Vous proposez quoi, en fait ? Un sursis de deux ou trois ans, le temps de boucler votre enquête et d'appeler votre témoin clé à la barre ? Et après ? Quelle garantie pouvez-vous réellement offrir à Mme M'Bani et à ses enfants concernant leur situation administrative ? Et, seconde question, quelle protection seriez-vous en mesure de fournir à ma cliente et à ses enfants ?

Christian leva les yeux vers la porte en espérant voir surgir le Zèbre, en vain.

— Je… il y a forcément une solution, reprit-il, embarrassé. Notre chef d'équipe examine en ce moment même les possibilités…

— Écoutez, de mon point de vue, la question de la régularisation ne se pose même pas ! Nous savons pertinemment qu'au cas par cas, un étranger peut obtenir une régularisation s'il justifie d'un talent exceptionnel ou de services rendus à la collectivité, par exemple dans les domaines culturel, sportif, associatif, économique ou civique, énonça l'avocate d'un ton docte… Et je ne pense pas extrapoler en affirmant que, si elle devait témoigner, Mme M'Bani devrait obtenir une régularisation au titre de service rendu. Elle est en situation de grande vulnérabilité et son témoignage l'expose, ainsi que ses enfants, à de sérieuses représailles. Après tout, elle serait décédée s'il n'y avait pas eu méprise sur l'identité du témoin, n'est-ce pas ? Et pour couronner le tout, vous me parlez d'une série de meurtres !

Christian secoua silencieusement la tête. La fatigue et le stress venaient de lui faire commettre une erreur : son insistance et sa mention de l'ampleur dramatique du dossier n'avaient fait que confirmer à l'avocate la latitude dont elle disposait pour négocier. Chabrol ne voulait pas d'éclaboussures médiatiques autour des sans-papiers, et Christian ne doutait pas que son interlocutrice en avait parfaitement conscience… sinon, pourquoi la police aurait-elle tenté la conciliation ?!

— Monsieur ?

— Oui… Comme je vous le disais, je ne suis pas en mesure de vous faire une réponse.

— Je ne m'attendais pas à ce que vous puissiez m'en donner une aujourd'hui, monsieur. Vous avez mes coordonnées et je vous ai fait part de nos inquiétudes et de nos demandes : protection administrative et mesures pouvant garantir à Mme M'Bani qu'elle-même et ses enfants seront bien en sécurité si elle accepte de témoigner.

— C'est noté, maître. Je transmets immédiatement. Mon supérieur vous rappellera dans les meilleurs délais.

... Le nouvel homme biotechnologique

Il était à peine 14 heures, un opercule cafardeux ternissait déjà le ciel et la vague de froid qui s'était abattue sur le Sud-Ouest refusait de se retirer. Toulouse prenait des airs parisiens... Éloïse entra d'un pas décidé dans la salle de réunion, alluma les plafonniers et prit place à proximité du tableau blanc. Quand tout le monde fut assis, elle entra dans le vif du sujet :

— Guillaume Coquery, trente-neuf ans, docteur en microbiologie et en biotechnologie, résidant 22, avenue des Mimosas à Balma. Divorcé depuis octobre 2018 de Karen Guérin, avocate en droit de la famille. Deux enfants : Line, dix ans passés, et Damien, huit ans en mars prochain.

Éloïse releva la tête de ses notes et interrogea des yeux ses collègues.

— D'après ce que j'ai réussi à glaner sur la Toile et les réseaux sociaux, indiqua alors Thibault, Guillaume Coquery a travaillé en tant que chercheur de 2006 à 2008 dans le laboratoire pharmaceutique KLG de Toulouse. En janvier 2008, il prend son premier poste en région parisienne, puisqu'il intègre le département de biotechnologie de l'Institut GÉNÉTECH en tant qu'ingénieur recherche et développement. Puis, en 2013, il quitte GÉNÉTECH pour devenir chef du département d'ingénierie en microbiologie de synthèse au sein du laboratoire pharmaceutique HEPAX. Il y reste de février 2013 à décembre 2017. Sur le plan de la recherche, Coquery publie de nombreux articles scientifiques qui lui valent une réelle reconnaissance de ses pairs. Il aurait notamment apporté sa contribution aux travaux de l'Institut Craig Venter, qui a créé en 2010 la première bactérie de synthèse.

— Tu veux dire que cette bactérie a été fabriquée artificiellement ?

— C'est ça ! Craig Venter dit exactement ceci : « Voici sur cette planète la première espèce capable de se reproduire ayant pour parent un ordinateur », lut Thibault.

— C'est moi, ou… c'est quand même légèrement flippant ?

— Tout dépend des applications, répondit Thibault. Mais bon, dormez tranquilles, il y a de la marge avant qu'ils ne créent le nouvel homme entièrement biotechnologique à qui on donnerait vie grâce à une imprimante biologique 3D !

Quelques rires fusèrent, puis Éloïse recentra l'échange :

— OK, revenons à Coquery. On en était à son départ de chez HEPAX fin 2017.

— Exact. Figure-toi que je perds sa trace en janvier 2018.

— C'est-à-dire ?

— Impossible de savoir ce qu'il fait professionnellement à partir de là.

— En tout cas, il est rentré sur Toulouse, intervint Ludovic, puisque son assurance habitation pour un T3 à Paris est résiliée et que ses différents contrats – Internet, banque, téléphone fixe – sont ou résiliés, ou transférés sur Balma.

— Donc personne ne peut me dire où ce type travaille aujourd'hui ? s'étonna Éloïse.

— Eh bien… Coquery a bénéficié en janvier 2018 d'un très gros versement d'une société qui s'appelle Bio Investissement, et il perçoit de cette même société des émoluments mensuels conséquents, expliqua Ludovic.

— Conséquents ?

— Vingt-cinq mille euros par mois.

— Joli salaire ! Et la somme de janvier 2018 ?

— Trois cent cinquante mille euros, sachant que cent mille euros ont été virés sur le compte d'un dénommé Wang Fang à la mi-janvier 2018, puis deux cent cinquante mille euros transférés début octobre 2018 sur le compte de son ex-femme, Karen Guérin. Le divorce ayant été prononcé fin septembre 2018, on peut supposer qu'il s'agit de la part de madame sur la maison, et peut-être d'une pension calculée en fonction du nombre d'années de vie commune.

— Bien... Et on peut en savoir plus sur cette société Bio Investissement ? Ils ont des bureaux ou des locaux ici, à Toulouse ?

— Je vais faire des recherches, répondit Ludovic.

— Ensuite ?

— J'ai regardé du côté de l'ex-femme, intervint Djamila. Dès le prononcé du divorce, elle emménage dans une maison rue Française à Toulouse, quartier de la Côte Pavée. Son cabinet d'avocats est situé place des Carmes. Elle a la garde des enfants. Au besoin, on pourra toujours l'auditionner.

— Entendu. Bon, et concernant la relation entre Coquery et Servat, on a quoi ?

— J'ai essayé de reconstituer la chronologie des événements à partir des éléments que nous avons glanés, reprit la jeune gendarme. La première réservation à l'hôtel des Cyprès a été effectuée le 13 février 2018.

— Sachant que Coquery n'est revenu à Toulouse qu'en janvier 2018, il n'a pas perdu de temps ! commenta Thibault, goguenard.

— C'est exactement ce que je me suis dit, figure-toi ! Comme Coquery et Servat appartiennent à la même famille professionnelle, j'ai épluché l'agenda de Céline Servat et j'ai relevé qu'elle avait participé à un colloque à Lyon les 1er et 2 février 2018. De là, j'ai fait un saut sur la Toile et j'ai retrouvé le programme du colloque en question : Coquery faisait partie des conférenciers !

— *Good job*, collègue ! lança Thibault.

Djamila lui adressa un clin d'œil avant de rétorquer :

— Et attends de voir la suite !

— On t'écoute.

— Donc leur relation a certainement commencé lors de ce colloque. Ils sont tous les deux de Toulouse, ça facilite une suite. Ils se fixent un premier rendez-vous aux Cyprès le 13 février 2018 et ils s'y rencontrent plutôt régulièrement, une à deux fois par mois, jusqu'à la dernière réservation en octobre 2018. Donc, de deux choses l'une, ou leur relation a pris fin à ce moment-là, ou les modalités de leurs rencontres ont changé. Or, comme je vous l'ai dit, Karen Guérin a emménagé à la Côte Pavée en octobre 2018.

— J'y suis ! s'exclama Thibault. Tu penses qu'ils ont pu continuer à se voir, mais chez lui et non plus à l'hôtel.

— Ça se tient, approuva Éloïse. Mais j'aimerais bien qu'on dispose d'une preuve directe de la poursuite de cette relation.

Ludovic se racla alors la gorge et prit la parole :

— Sur ce point précis, je pense qu'on a ce qu'il faut. Comme nous n'avions rien trouvé dans les fadettes qui nous permette d'identifier Coquery, je me suis penché sur les abonnements au nom de Karen Guérin, son ex-femme. Celle-ci a souscrit à son nom, il y a cinq ans, un contrat global couvrant trois numéros de portable : le sien personnel, le sien professionnel et celui de son mari. Et ce dernier numéro de portable apparaît bien dans les fadettes du fixe de l'université, et ce, jusqu'au vendredi 1er février 2019.

— Attends voir ! Karen Guérin n'a pas résilié cet abonnement après le divorce ?! s'étonna Éloïse.

— À ce jour, pas encore.

— Possible qu'elle n'ait pas eu le temps de s'en occuper ? suggéra Djamila. Après tout, entre le déménagement, l'installation à la Côte Pavée, la nouvelle école pour les enfants et son cabinet à gérer…

— Qui plus est, son numéro professionnel fait partie du packaging de l'abonnement, et elle est peut-être embarrassée. Après tout, un changement de numéro professionnel n'est pas forcément le bienvenu quand on est avocate et qu'il faut faire tourner un cabinet plein pot parce qu'il n'y a plus qu'un seul salaire pour faire bouillir la marmite. Cela étant, on pourra toujours lui poser la question.

— Tu as probablement raison, Ludovic… Quoi qu'il en soit, on est désormais certains que Coquery était toujours en relation avec Servat puisqu'il l'a appelée le 1er février. Ce qui nous donne un point supplémentaire pour la GAV ! se réjouit Éloïse. Si on récapitule, on a les appels du portable de Coquery sur le fixe de Servat à l'université, un appel de Coquery cinq jours avant le meurtre de Servat, le texto de celle-ci ayant activé une borne-relais à Balma le soir de sa mort, sachant que Coquery habite Balma, et enfin, les employés de l'hôtel comme témoins oculaires pour attester que le couple Thomson était constitué de Coquery et Servat, ce qui prouve que la relation était bien de nature intime et non pas professionnelle. Mais reste désormais à savoir si Coquery avait un mobile, et lequel…

— Tu veux dire que, pour l'heure, on n'a pas assez d'éléments pour une garde à vue ?

— Disons qu'il nous manque une preuve directe de la présence de Servat au domicile de Coquery le soir de sa mort… Cela étant, rien ne nous empêche d'asticoter le bonhomme en audition ! Et selon ce qui ressort de la rencontre, on pourra peut-être prononcer une GAV dans la foulée… Ludovic, tu essaies de me trouver des informations sur Bio Investissement. Tôt ou tard, il faudra qu'on puisse rencontrer des collègues de ce Coquery pour un 360. Parallèlement, tu examines les réseaux sociaux et sa téléphonie. Tu essaies d'identifier ses différents contacts : amis, famille… On aura aussi besoin de les rencontrer. Djamila et Thibault, vous prévoyez un rendez-vous en fin de journée ou demain matin avec Karen Guérin.

— Yep, *chief* ! Elle a été mariée pendant des années à Coquery, c'est encore elle qui peut nous en apprendre le plus !

— Parfait. De mon côté, j'irai faire un saut à Balma en fin d'après-midi pour interroger les voisins : connaissent-ils Céline Servat, l'ont-ils déjà vue ? Ont-ils remarqué quelque chose la nuit du meurtre ? Et je finirai ma tournée en allant remettre à Coquery une convocation en main propre. On le recevra demain après-midi.

SONGE 4

On n'échappe pas à son destin

Dehors, la nuit se délite et le noir devient gris. Je commence à distinguer les contours du jardin sous la brouillasse d'une journée qui s'annonce morne. La neige a disparu et j'en reviens à mon idée d'hier : le voile de pureté s'est désagrégé et les horreurs qu'il recouvrait vont bientôt apparaître à la lumière du jour. Je viens de remonter une bouteille de chablis de la cave. Mon gros orteil me lance toujours et l'ongle a pris une teinte noirâtre. Je m'installe dans le fauteuil, devant la baie vitrée donnant sur le jardin, et dans le calme avant le tintamarre du réveil de la ville, je me sers un verre et je m'oblige à allumer mon portable. Quelques mots dans le moteur de recherche Google me donnent raison en quelques clics. Deux faits divers occupent l'actualité de la Ville rose : l'apparent suicide de Thomas Andrieu et le corps de Céline retrouvé en forêt de Buzet par un joggeur hier en début d'après-midi. Voilà… la neige a bel et bien fondu !

Je descends d'un trait mon blanc qui manque de fraîcheur et je me ressers. Je n'ai plus envie de penser. Je veux m'anesthésier, je veux que les images des meurtres cessent de me persécuter, je veux que tout cela soit faux, je veux que la malchance arrête de s'acharner sur moi… FOUTUE GUIGNE !

Pourquoi moi, hein ?

De quoi me punit-on ?!

J'ai perdu en quelques mois plus qu'un homme ne le devrait dans toute une vie… Cent mille euros au jeu malgré un carré de dames, bon Dieu !… Karen qui est partie en me saignant – satanée avocate !… Les gamins que je ne vois même plus… Cet étudiant fouineur qu'il aura fallu éliminer et qui se trouve être le neveu d'un ministre – non mais, sérieusement, peut-on être aussi malchanceux ?!… Céline qui m'a obligé à la tuer… Quand la spirale s'arrêtera-t-elle ?

La gorgée de vin que j'avale m'arrache une grimace à cause de la brûlure aigre le long de mon œsophage…

J'ai beau le prendre dans tous les sens, j'en reviens toujours à Bruno Lamarque. Depuis qu'il est entré dans ma vie, ma déveine n'a cessé de prendre de l'ampleur. Bien sûr, l'homme est d'un commerce fort agréable. Je le revois, assis dans son fauteuil de cuir vintage, derrière un bureau immense, avec ses airs d'homme lisse et propre et son sourire rassurant. J'étais aux abois, à un pouce de la banqueroute. Et lui se tenait devant moi avec l'offre inespérée qui allait enfin me sortir des emmerdes ! Je me souviens d'avoir songé que oui, j'avais eu raison de croire en ma bonne étoile. Je ne savais pas encore le goût amer de la compromission, j'ignorais que je m'engageais sur une pente glissante et j'étais loin de me douter de la vitesse vertigineuse que j'allais atteindre dans ma déroute. Dans ces conditions, il arrive forcément un moment où vous perdez le contrôle…

C'était fin 2017. Tous les voyants autour de moi s'obstinaient à demeurer dans le rouge. Mon banquier me harcelait au téléphone ! Wang Fang ne me lâchait plus, il voulait que je le paie ! Il ne se passait pas une semaine sans que je reçoive une visite de ses hommes de main. La dernière m'avait d'ailleurs valu une raclée monumentale avant d'être suspendu par la fenêtre de la salle de bains, tête vers le bas, six mètres au-dessus du béton de la cour intérieure. Mais je ne pouvais pas payer ! Je n'avais même pas de quoi offrir un cadeau de Noël décent aux enfants. Pour Karen, la question ne se posait pas : elle venait d'entamer une procédure de divorce après avoir reçu des photos de ce qu'elle s'acharnait à percevoir comme une trahison suprême – quelques sordides clichés de soirées avec des filles sans lendemain. Elle m'avait informé qu'elle quitterait la maison dès le prononcé du divorce et qu'elle allait me faire cracher au bassinet. Je me souviens d'avoir souri quand elle m'a annoncé cela : elle était très loin de se douter dans quel pétrin financier j'étais. Et comme si cela ne suffisait pas, j'avais découvert avec effroi six jours plus tard dans ma boîte aux lettres la photo de

Line et Damien sortant de l'école. Le message était aussi clair que terrifiant, Wang Fang s'apprêtait à passer à la vitesse supérieure...

Nous étions un vendredi soir de la fin du mois d'octobre. J'avais décidé de ne pas rentrer à Toulouse, pourquoi l'aurais-je fait ? Karen m'aurait réservé le pire et elle était certainement en train de monter les enfants contre moi ! Parvenu en bas de mon appartement parisien, j'avais avalé les marches jusqu'au troisième étage, prudent, silencieux, prêt à les redescendre en courant au besoin. J'avais appris à mes dépens que l'ascenseur est une prison quand deux armoires à glace vous attendent juste devant. J'ai débarqué sur le palier du troisième sur la pointe des pieds et jeté un œil discret dans le corridor. Personne ne m'attendait. J'ai senti la pression se relâcher et, soulagé, j'ai remonté le couloir jusqu'à ma porte d'entrée. Apparemment, j'étais en sursis jusqu'au lendemain et je comptais donc profiter au maximum de ma soirée... À chaque jour suffit sa peine, comme dit l'autre...

Je souris amèrement à ces réminiscences. À l'époque, j'étais tellement acculé que je vivais au jour le jour. Que pouvais-je faire d'autre ?! Le destin m'avait réduit à la condition de paria. Derrière la vitrine avantageuse d'un scientifique de renom, se dissimulait un pauvre type surendetté, lâché par sa femme et menacé de mort par un mafieux...

Je ne m'y attendais pas et mon cœur a fait un bond quand j'ai aperçu l'enveloppe posée sur mon paillasson. Qu'est-ce que ce salopard de Wang Fang m'avait encore préparé ? Qu'allais-je trouver à l'intérieur ? Le doigt d'un de mes mômes ?! Ou une de leurs oreilles ?! Cette idée, je me le rappelle parfaitement, m'a soulevé l'estomac, et c'est d'une main tremblante que j'ai ramassé le pli en me disant qu'un doigt ou une oreille aurait forcément créé un renflement à l'intérieur. Rasséréné par cette évidence, j'ai rageusement décacheté l'enveloppe, maudissant déjà Fang des turpitudes qu'il me faisait endurer. Au lieu de quoi, j'y ai trouvé une carte de visite et une simple feuille blanche sur laquelle était écrit à la main : « Monsieur Coquery, je suis passé chez vous, espérant vous rencontrer. Merci de bien vouloir me rappeler, j'ai une proposition à vous faire qui retiendra toute votre attention, j'en suis certain. » Et c'était signé : « Bien à vous, Bruno Lamarque. »

À bien y réfléchir, je ne suis pas certain d'avoir réellement envisagé qu'il pouvait s'agir d'une opportunité. L'ombre de Wang Fang avait à ce point gangrené mon existence que le soulagement devant l'absence de représailles ce soir-là a immédiatement pris le pas sur toute autre considération. Je suis entré dans mon appartement pour prendre une douche et en suis ressorti une heure plus tard, bien décidé à profiter de ce qui serait peut-être mon dernier vendredi soir sur la terre ! J'ai flambé mille euros prélevés sur le compte de Damien qui, du haut de ses six ans, n'en aurait eu cure s'il l'avait su, et suis rentré sur les coups de 2 heures du matin au bras d'une fille plutôt jolie mais extrêmement bête. Je me souviens qu'elle avait le rire le plus stupide que j'avais jamais entendu de toute ma vie. Une sorte de hennissement irritant. Je n'avais cependant pas prévu de lui faire la conversation et ses atouts plastiques avaient pleinement de quoi occuper le reste de ma nuit.

Elle est repartie vers 10 heures du matin en gloussant et j'ai trouvé son 06 sur un morceau de papier posé sur la table de nuit. J'en ai fait une boule que j'ai jetée à la poubelle et j'ai filé dans la salle de bains. Lorsque j'en suis ressorti un quart d'heure plus tard, on frappait à ma porte. Méfiant – qui d'autre que Wang Fang pouvait ainsi se pointer chez moi un samedi matin ? –, j'ai découvert par l'œilleton l'homme au costume impeccable qui se présenterait à moi quelques secondes plus tard sous le nom de Bruno Lamarque.

Nous sommes descendus boire un café sur la place. Lamarque m'a alors fait part de ses intentions. L'homme travaillait pour un consortium pharmaceutique qui venait de créer un laboratoire dédié à la recherche sur la microbiologie de synthèse dans le cadre d'un projet classé secret-défense financé par l'armée. Il n'était pas autorisé à m'en dire davantage. Sa mission consistait à recruter l'ingénieur chef du projet et à accompagner la mise en place dudit laboratoire ainsi que le bon déroulement des opérations tout au long du projet. Mon profil l'intéressait fortement, mais il ne m'a pas caché que d'autres candidats avaient également été contactés. Il a aussi pris le temps de me faire comprendre que les moyens alloués étaient colossaux et que le financement des matériels et des recherches était quasi illimité. En gros, pour un chercheur comme moi, ce type de proposition revenait à dire à un gamin de six ans : « Voilà, désormais Disneyland sera ta nouvelle maison ! » Cependant, je refrénais mon excitation. Et je me rappelle parfaitement avoir adopté la tactique du bluff, telle que je la maîtrisais grâce à mes années de jeu. Je lui ai prêté une oreille qui se voulait distraite et me suis contenté de clore notre échange par cette phrase que j'avais pris le temps de préparer dans ma tête : « Mes revenus chez HEPAX m'assurent un certain train de vie et je ne saurais m'engager ailleurs sans qu'il s'agisse pour moi d'une substantielle évolution de carrière. »

Quatre jours plus tard, j'étais dans l'immense bureau de Lamarque pour recevoir la proposition d'embauche la plus incroyable qui fût. Après réflexion, l'homme avait finalisé son choix sur moi, et dès lors qu'il me voulait, moi, il n'a pas lésiné sur les moyens. Il me proposait un boni d'accueil de trois cent cinquante mille euros et des émoluments de vingt-cinq mille euros mensuels. J'ai eu le sentiment très net que la chance, enfin, tournait à mon avantage. On me déroulait le tapis rouge et j'allais pouvoir d'un seul coup effacer la menace de Wang Fang et éviter la banqueroute programmée du divorce qu'organisait ma femme. J'ai envisagé un instant de faire monter les enchères. Des types qui pouvaient faire une telle proposition n'étaient pas à cinquante mille euros près ! Mais Lamarque devait lire dans mes pensées car il a ajouté immédiatement que l'offre était non négociable et courait durant quarante-huit heures. Si je ne m'étais pas prononcé dans ce délai, la proposition serait caduque.

J'ai répondu favorablement au bout de trente-six heures. C'était là ma manière de ne pas paraître trop empressé, ce qui est totalement absurde, je m'en rends compte désormais. L'offre était de celles qu'on ne refuse pas, Lamarque le savait parfaitement. J'ai demandé – que dis-je, j'ai *exigé* – que le laboratoire soit implanté dans le Toulousain, pensant encore que ce rapprochement pourrait sauver mon mariage… J'étais subitement plein de bonnes résolutions. Un nouveau départ s'offrait à moi ! J'allais arrêter le jeu, une fois pour toutes. Et cesser mes frasques. Après tout, la bagatelle ne méritait pas que je mette en péril ce que j'avais construit jusque-là… C'était compter sans la rencontre avec Céline au colloque de Lyon quelques semaines plus tard…

Je termine la bouteille de chablis sur cette pensée ironique : finalement, est-on maître de quoi que ce soit ? L'impétuosité de nos désirs, les facéties du sort, les caprices de la chance sont autant d'éléments qui nous sortent du chemin que l'on décide de prendre ! En réalité, on n'échappe pas à son destin. Et mon retour à Toulouse n'a rien eu du havre salvateur auquel je voulais croire. Non. Au lieu de cela, il a enclenché un engrenage aussi puissant et inéluctable que celui de l'écoulement de l'eau aspirée par un siphon. Aujourd'hui, je suis un meurtrier. Et Dieu sait que je n'ai rien voulu de ce désastre.

Un bourdonnement à la porte d'entrée me tire de mes songes éthyliques. La lumière du jour qui pénètre dans mon salon entre les lames des persiennes est légèrement plus claire. Je crie que j'arrive dans ce qui ressemble à un braillement aviné et je sens les hésitations de mon corps quand je me lève pour aller ouvrir. Je suis bien trop ivre pour me méfier et, tant bien que mal, j'arrive à la porte, loin de me douter des minutes qui m'attendent…

PARTIE 2

La fable de la grenouille

Si l'on plonge subitement une grenouille dans de l'eau chaude,
elle s'échappe d'un bond ; alors que si on la plonge dans l'eau froide
et qu'on porte très progressivement l'eau à ébullition,
la grenouille s'engourdit ou s'habitue à la température
pour finir ébouillantée.[1]

1. Explication issue d'un article de Wikipédia.

SONGE 1

La loi du pet dans l'eau

Du haut de la Freedom Tower, confortablement installé dans mon authentique Lounge Chair en cuir et acajou de Charles & Ray Eames, je m'absorbe dans la contemplation de la géométrie de Manhattan qui s'étale devant moi. La vue d'ici m'a manqué. Comme le bruit. L'agitation. Les lumières, la nuit. Et surtout, le sentiment vertigineux de domination qui est le mien lorsque je plonge mon regard cent vingt et un étages plus bas… Dire que je n'ai pas apprécié le charme bucolique et suranné de la campagne toulousaine serait excessif. J'ai pleinement goûté ce plaisir-là, mais je me sens comme le voyageur heureux de rentrer chez lui…

Un tintement m'annonce enfin l'arrivée du message que j'attends impatiemment, et je sens mon cœur accélérer légèrement sa cadence. Je clique sur le mail de ma banque de Georgetown qui me confirme le virement de dix millions d'euros sur mon compte aux îles Caïmans. Un sourire s'invite sur mon visage, voilà une affaire rondement menée. Une excellente occasion pour allumer un Réserve de Sa Majesté[1] et le savourer tranquillement. Je n'ai pris aucun rendez-vous, je m'octroie quinze jours de vacances bien méritées.

Je recrache les volutes légèrement bleutées à la lumière d'un soleil déclinant et je laisse venir les images de mon année et demie passée en France. Je soupire d'aise, tout est fini désormais, j'ai

1. Le Réserve de Sa Majesté est un cigare produit par la compagnie américaine Gurkha Cigars qui coûte 1 050 dollars l'unité. Outre ses étapes de fabrication sélectionnant les meilleurs tabacs au monde, il est notamment mis à infuser dans un cognac Louis XIII.

rempli mon contrat… Grâce à Coquery, l'homme de la situation, l'homme piégé… Il est certain que si je l'avais démarché avant ses déboires, il n'aurait jamais plongé tête la première dans notre accord. Il n'y a rien de mieux et de plus malléable qu'un homme au bord du précipice. Et Coquery était clairement le genre de type qui n'a plus rien à perdre… ou plutôt qui pense qu'il peut encore tout sauver. Lors de notre rencontre, il était acculé. Je n'ignorais rien du marasme financier et affectif dans lequel il s'était fourré tout seul à cause de son intempérance. J'ai cependant toujours été surpris de son aptitude à n'en rien saisir. À l'écouter, il essuyait les revers d'un sort qui s'acharnait. Rien n'avait jamais procédé de lui. Nos vies seraient donc le résultat des facéties du destin. J'ai toujours eu pour ce genre de propos la plus grande aversion. S'il est rare que nous soyons responsables de notre bonheur, nous sommes très souvent les artisans principaux de notre malheur. Non ?

Les premières fois où Coquery s'est laissé aller à quelques confidences, j'ai conçu pour le bonhomme une fascination aussi vive que spontanée. J'avais devant moi un cerveau d'intelligence supérieure, un des vingt chercheurs de la planète capables de révolutionner le monde scientifique, et cet homme me parlait superstition, pensée magique, chance et destin ! C'était dingue, incroyable, totalement irrationnel. Je me trouvais comme devant un défi, une sorte de casse-tête, je voulais comprendre. Au fil des mois passés à ses côtés, j'ai fini par trouver ma réponse. Elle vaut ce qu'elle vaut, mais c'est la mienne. Pour moi, le drame de Coquery réside justement dans son trop-plein d'intelligence : il se savait au-dessus du lot et c'est clairement le genre de choses qui l'angoissait. Comprendre, appréhender des réalités qui échappent au commun des mortels, saisir avec facilité les notions les plus complexes… tout cela avait généré chez lui une sorte de panique liée aux responsabilités qui sont généralement le corollaire de l'intelligence. Je l'ai observé, disséqué, examiné comme un objet de foire et je suis désormais persuadé qu'il fallait absolument que quelque chose échappe à sa maîtrise. Il aura – de fait – passé sa vie à chercher à se soustraire aux lois élémentaires de la physique la plus basique qui soit, cette physique que mon père traduisait à l'enfant que j'étais par cette image fleurie mais hautement signifiante : « Mon petit, quand on pète dans l'eau, ça fait des bulles. » Mon paternel était plein de ce bon sens terrien et il m'a très tôt inculqué que chaque fait emporte ses conséquences, qu'un homme avisé doit les mesurer afin de faire un choix assumé… Mon père m'a beaucoup appris. C'était un homme austère et détestable, qui gouvernait son monde par la force. En cas de conflit ou de contrariété, il s'en donnait à cœur joie. Nous étions sept enfants à la maison, sept souffre-douleur potentiels. Ma mère n'était pas épargnée, elle non plus. Elle était généralement la première sur le chemin des poings de mon père. Et comme cela suffisait rarement à apaiser le courroux de l'ogre, nous venions derrière, dans un ordre variable essentiellement lié à la proximité physique. J'étais le seul garçon, né en quatrième position, et mon père frappait sur moi avec davantage de force – question de mâle dominant, je suppose. Ainsi ai-je appris très jeune à encaisser les coups et à réfléchir aux inépuisables leçons de vie que nous assénait notre père en nous battant. L'homme était fruste, d'une logique sans nuance l'incitant à développer des points de vue arrêtés qu'il appelait vérités et que personne ne contestait sans être prêt à recevoir une volée de bois vert. Il avait raison, pathologiquement raison sur tout. Et l'essentiel de ses enseignements philosophiques et existentiels se situait autour des choses tangibles, palpables, *sérieuses* de ce monde. Il n'y avait aucune place pour la fantaisie conceptuelle, l'imagination ou l'extrapolation intellectuelle. Un et un font deux, deux et deux font quatre, et malheur à qui tergiverse. Une contestation et c'était la gifle assurée. Ainsi, je pense pouvoir affirmer sans trop me tromper que j'ai très vite intégré le fameux principe de cause à effet.

Coquery n'était pas du bois de mon père. Ça non ! Il devait absolument mythifier, confier ses réussites à une sorte de main invisible et maudire les astres de ses déboires. C'était sa manière à lui de s'inscrire dans le réel. La loi du pet dans l'eau lui était complètement étrangère. D'une certaine manière, l'angoisse de responsabilité qui le poursuivait ne s'atténuait que s'il se convainquait de ne rien maîtriser de sa vie. C'est étrange lorsque l'on considère que l'immense majorité des vivants se rassurent par la maîtrise qu'ils exercent – ou imaginent exercer – sur leur existence.

Je pose mon cigare, la bouche tapissée d'une saveur âcre et d'un arrière-goût de cognac… Coquery, mon pauvre Coquery… Je n'ai pas ton intelligence et je t'ai pourtant roulé dans la farine avec une facilité déconcertante ! Trois pièges seulement et tu étais ferré !

Témoin à la clé

Il était 17 h 15. Le froid continuait de piquer malgré un ciel qui s'était légèrement découvert, laissant passer quelques rayons d'un soleil prometteur. Éloïse entra dans Balma, se gara juste à côté de la poste et pressa le pas jusqu'à l'avenue des Mimosas. La maison de Coquery se trouvait un peu plus haut, mais la gendarme s'arrêta à la première toulousaine de la rue et appuya sur la sonnette qui indiquait « Levallois ». Une minute plus tard, la porte s'ouvrit sur une quadragénaire qui resserra contre elle son chandail et ne cacha pas son agacement d'être dérangée. Des chamailleries d'enfants parvinrent à la gendarme depuis l'intérieur de la maison.

— Oui ?

Éloïse exhiba sa carte en guise d'introduction :

— Bonjour, madame. Capitaine Bouquet, gendarmerie nationale.

La mère de famille afficha dans une même moue inquiétude et crainte de se mettre en retard.

— Je n'en aurai que pour une minute.

— Euh… Oui… Y'a un problème ?

— Reconnaissez-vous cette personne ?

Le visage de la femme s'allongea immédiatement. Elle se mordilla la lèvre et réagit sur la défensive, comme prise en faute :

— Oh non ! C'est la prof de fac, c'est ça ?!… Rhooo punaise, j'en ai encore parlé à mon mari avant-hier, mais je vous assure qu'on n'était sûrs de rien, sinon, on aurait contacté la police, évidemment !… Gustave, Amélie, on se calme maintenant ! s'interrompit-elle en se retournant parce que la chamaillerie virait clairement à la dispute.

Puis elle sembla prendre conscience que son interlocutrice se gelait sur place et proposa :

— Je n'ai que très peu de temps, je dois emmener les enfants au sport… Mais, entrez, on va faire vite.

Éloïse remonta un petit couloir et suivit son interlocutrice jusqu'à la cuisine. Elle accepta de bonne grâce le café que lui proposa son hôtesse.

— C'est qui, la dame ?! brailla soudain un blondinet en déboulant dans la pièce, de longues chaussettes de foot à la main.

— C'est une dame de la police, lui retourna sa mère du tac au tac. Tu veux que je lui raconte toutes les bêtises que tu fais, Gustave ?

Le gamin qui n'avait guère plus de sept ans vira immédiatement au cramoisi. Il jaugea Éloïse avec crainte et trouva préférable de s'éclipser en silence.

— Madame Levallois, vous connaissez donc Céline Servat ?

— Eh bien… pas personnellement, non… Mais, mon mari et moi, on l'avait remarquée. Apparemment, elle fréquentait un de nos voisins… M. Coquery. Mais si vous êtes là, c'est que vous le savez, hein ?

La gendarme repensa aux débuts laborieux de l'enquête, aux efforts et au temps passés pour identifier Coquery, et se mordit les joues pour ne pas la rabrouer. Dire qu'il aurait suffi d'un appel !

— Comme je vous l'ai dit… Avec Arnaud, on n'était pas formels à cent pour cent… C'est une chose de voir le portrait d'une femme à la télévision et une autre de se souvenir des traits d'une dame qui n'a fait que passer rapidement devant votre fenêtre. Vous comprenez ?

— Et quand avez-vous vu Céline Servat pour la dernière fois ?

— Eh bien… en fait, la veille des informations à la télé…

— La veille de sa mort, vous avez vu Céline Servat qui rejoignait M. Coquery, c'est ce que vous êtes en train de me dire ?!

La mère de famille accusa le coup. Elle opina du chef et murmura :

— Je vous assure qu'on n'était pas sûrs de nous… On… On ne peut pas comme ça, accuser un voisin de… enfin, vous voyez ?… Si jamais on avait tort… et puis, M. Coquery est un homme, comment dirais-je, bien sous tous rapports, alors…

— Si vous le dites… Qu'avez-vous vu exactement ?

— Oh rien ! Enfin, rien de grave !... Elle est juste passée, là, devant la fenêtre, fit la femme en montrant la rue derrière Éloïse.

— Vous faites attention à tous les gens qui passent devant la fenêtre de votre cuisine ?

— Euh... Non... C'est juste que cette dame traînait toujours une valise à roulettes... et sur le trottoir, ça fait un boucan de tous les diables. Alors, forcément, ça attire l'attention...

— Vous l'avez vue entrer chez M. Coquery ?

— Euh... Moi ?... Pas exactement, non... mais je sais qu'elle allait chez lui, répondit Mme Levallois avec embarras.

— Comment ça ?

— Eh bien... l'entrée principale de chez M. Coquery est sur la rue des Mimosas. Mais il y a aussi un portillon donnant sur le jardin côté rue des Œillets. Et quand il s'ouvre, ce portillon grince atrocement. On l'avait dit à M. Coquery, pour qu'il le graisse un peu... mais il ne l'a jamais fait.

— Donc, à chaque passage de cette dame, vous avez entendu le portillon ?

— Oui... Mais si vous voulez une confirmation, il y a Mme Bonnet, du 3, rue des Œillets... On parle souvent, elle et moi, de choses et d'autres. Et il se trouve qu'elle a vu la dame à la valise à roulettes un soir entrer chez M. Coquery par le portillon. La fenêtre de sa chambre donne sur le jardin.

— OK, approuva Éloïse en notant le nom de Bonnet sur son carnet. Et Céline Servat, vous l'avez vue souvent ?

— Oh... trois ou quatre fois à peu près...

Éloïse termina d'un trait sa tasse de café et relança :

— La veille de sa mort, vous l'avez donc vue aller chez M. Coquery ?

— Oui... je suis sûre de la date parce que justement, quand on a regardé les infos à la télé, j'ai dit à mon mari : « C'est fou, elle ressemble à la compagne de M. Coquery, je l'ai vue pas plus tard qu'hier soir aller chez lui. »

— Quelle heure était-il ?

— Aux alentours de 21 heures... Les enfants étaient au lit et je nous préparais une tisane, à mon mari et à moi, pour la boire devant la télé... Le film n'allait pas tarder à commencer.

— Vous avez dit « compagne » tout à l'heure. Pourquoi ?

La femme s'empourpra :

— Eh bien… c'est ce que j'ai déduit, oui. Elle venait le soir… avec une valise… et ne repartait que le lendemain matin… Et puis, M. Coquery est un homme libre, son épouse est partie il y a plusieurs mois… Un peu plus de quatre mois, si ma mémoire est bonne.

Éloïse s'abstint de lui répondre qu'effectivement, elle avait une excellente mémoire et qu'elle aurait pu l'utiliser pour faciliter le travail des gendarmes !

— Quand avez-vous repéré Céline Servat pour la première fois ?

— Comme je vous l'ai dit, c'était il y a quatre mois environ, après le départ de Mme Coquery… enfin, Mme Guérin !

La gendarme posa quelques questions supplémentaires à cette voisine si bien renseignée et toutes ses assertions corroborèrent les hypothèses qu'ils avaient échafaudées. Pour finir, elle fixa un rendez-vous à Mme Levallois pour une déposition en bonne et due forme, puis elle tira sa révérence. Il était temps désormais de signifier sa GAV à Guillaume Coquery… Après tout, n'était-il pas l'amant chez qui Céline Servat avait passé la nuit de sa mort, témoin à la clé ?

***

Thibault se gara à cheval sur le trottoir, à deux pas d'Éloïse qui faisait le pied de grue cinquante mètres en contrebas de chez Coquery. Elle avait profité de l'attente pour sonner chez l'autre voisine, Mme Bonnet, de la rue des Œillets. La dame, d'une bonne soixantaine d'années, lui avait confirmé les propos de Mme Levallois. Elle avait bien vu, un soir, une femme tirant une valise entrer chez M. Coquery par le petit portillon du jardin… En revanche, sa vue étant mauvaise, elle n'avait pas pu faire le rapprochement entre la femme à la valise et le portrait diffusé à la télé.

— Hello, *chief* !

— Salut, Thibault. Désolée, je t'ai coupé en pleine audition de Mme Guérin ?

— Non, aucun problème, elle ne viendra que demain matin… Alors, tu m'expliques ?

Éloïse lui fit le récit rapide de ses récentes entrevues avec les voisines et Thibault se fendit d'un sourire vainqueur.

— OK… Donc Coquery est bien notre *client* !

— En tout cas, ça y ressemble vraiment...

— Yep ! Et maintenant, avec les deux témoignages, on a de quoi le mettre en garde à vue... M'est avis qu'avec tous les éléments qu'on va lui opposer, on finira bien par lui soutirer des aveux !

— Espérons-le... Mais de toute façon, il aura droit à un prélèvement ADN, et le labo pourra effectuer une comparaison avec les échantillons prélevés sur le corps de Céline Servat.

— Il est ferré !

Éloïse hocha nerveusement la tête.

— Bon... Si je ne m'abuse, Coquery est chez lui en ce moment même, précisa-t-elle. J'ai fait un repérage en passant tout à l'heure et sa voiture est garée dans l'allée. Depuis, aucun mouvement à l'extérieur. Donc je te propose d'aller le cueillir sans tarder, tant qu'il est ici.

La gendarme s'interrompit, marqua une hésitation puis se décida :

— Écoute, Thibault, je... j'ai pensé l'interpeller seule, mais...

— Arrête ça, *chief* ! la coupa-t-il avec autorité. Sauf cas extrême, on demande toujours du renfort pour procéder à une arrestation, tu connais la procédure ! Et puis, on ne sait jamais comment peut réagir un loustic quand on l'interpelle...

Éloïse acquiesça. Elle était, hélas, bien placée pour savoir qu'une intervention – même banale – pouvait déraper. Il y avait eu Vicenti puis Jean-Marc... Deux hommes avaient déjà trouvé la mort dans l'exercice de leurs fonctions et c'était deux de trop.

— Tu es prête ? lui lança Thibault, la main sur son arme.

— Oui. Je passe devant.

La gendarme poussa le portillon et s'engagea dans l'allée, Thibault sur les talons. Parvenue sur le seuil, elle pointa du doigt l'intérieur de la maison et murmura :

— Regarde par cette fenêtre à 15 heures... On entrevoit une lumière allumée, au fond.

— Exact. Coquery est bien chez lui.

Les deux gendarmes se raidirent. Rapidité et surprise étaient les meilleurs atouts d'une interpellation. Éloïse donna le top départ par un léger signe de tête, puis tambourina avec vigueur à la porte :

— Monsieur Coquery, gendarmerie nationale, ouvrez immédiatement ! somma-t-elle.

Les gendarmes tendirent l'oreille mais aucun bruit ne leur parvint de l'intérieur. Éloïse réitéra immédiatement son injonction en augmentant encore le volume sonore, ce qui eut pour effet de faire sortir les voisins de Coquery. Thibault leur fit signe de retourner chez eux mais certains ne l'entendaient pas de cette oreille, comptant bien assister au spectacle jusqu'au bout ! Le gendarme reporta son attention sur Éloïse qui venait de poser la main sur la poignée de la porte.

— Cet enfoiré est forcément chez lui, murmura-t-elle, mais il fait le mort… J'essaie d'ouvrir, écarte-toi et tiens-toi prêt.

Thibault dégaina son arme, se déporta sur le côté, dos au mur, prêt à pivoter si la porte s'ouvrait. Éloïse abattit lentement la poignée et sentit que la porte n'était pas fermée à clé. Elle cria :

— Gendarmerie nationale ! Monsieur Coquery, nous sommes armés, nous entrons !

Et elle poussa le battant. Thibault jeta un œil dans l'ouverture en se dévissant la tête.

— Le champ est libre ! souffla-t-il en s'engouffrant dans la maison.

Elle le suivit immédiatement, l'arme braquée devant elle. Tous deux déboulèrent alors dans un vaste hall qui desservait deux ouvertures en vis-à-vis. Le froid qui régnait dans la maison, aussi glacial qu'à l'extérieur, et l'absence totale de mobilier autour d'eux, alertèrent immédiatement les gendarmes.

— Putain, tu vas voir que ce connard s'est fait la malle ! ragea Thibault.

— Pas de conclusion hâtive, Thib ! On vérifie. Et reste sur tes gardes, s'il te plaît !

Thibault partit côté droit et déboucha dans une immense salle à manger au centre de laquelle trônait une misérable table de camping. Il n'y avait personne dans cette foutue maison ! Mais il s'obligea à poursuivre son inspection, l'arme au poing et tous les sens aux aguets, en se dirigeant vers la cuisine. Éloïse, de son côté, s'engagea sur la gauche et arriva dans un grand salon seulement meublé d'une table basse et d'un fauteuil. Coquery était vautré dans ce dernier, tourné vers la baie vitrée grande ouverte donnant sur le jardin. Un trou entre les deux yeux.

***

Il était 20 h 30 quand Éloïse et Thibault revinrent à la SR. Djamila et Ludovic les attendaient en salle de réunion avec des sandwichs posés au centre de la table. Éloïse, qui mourait de faim, mordit dans le premier qu'elle attrapa et, la bouche pleine, entama :

— Le suicide est écarté. Si Coquery s'était mis une balle entre les deux yeux, l'arme aurait été retrouvée sur place. Partant de là, il s'agit d'un meurtre. Et d'après le premier examen du légiste sur place, la mort remonte à plusieurs jours. L'autopsie nous en apprendra davantage. Thibault, comment tu vois les choses ?

— Eh bien… Plusieurs éléments sont à prendre en compte. D'un côté, nous avons le meurtre d'une femme adultère et de l'autre, celui de son amant, le tout dans une fenêtre de temps d'une semaine maximum. On pourrait donc facilement déduire que le mari trompé a pu découvrir la vérité et passer à l'acte.

— Sauf que la comparaison ADN est tombée pendant votre absence, intervint Djamila, et que l'ADN d'Anthony Servat ne correspond pas à celui des prélèvements effectués sous les ongles de la victime…

Les gendarmes échangèrent un regard entendu. Aucun d'eux ne croyait vraiment à la culpabilité du mari.

— Et donc, si ce n'est pas le mari ?

— L'ADN prélevé sur Coquery matchera peut-être avec les prélèvements effectués sur Céline Servat ! reprit Thibault. Mais s'il advenait que Coquery soit innocent, nous devrons nous poser certaines questions. Qu'est-ce qui reliait Céline Servat et Guillaume Coquery, en dehors du sexe ? Quelqu'un avait-il intérêt à les faire disparaître tous les deux, et pourquoi ? Avaient-ils trempé dans quelque chose de louche ? Ou au contraire, Céline Servat n'est-elle qu'un dommage collatéral parce qu'elle s'est trouvée au mauvais endroit au mauvais moment ?

— On peut aussi penser que nous avons deux tueurs, proposa Djamila. Après tout, les meurtres ne répondent pas au même mode opératoire. Coquery tue Servat et quelqu'un d'autre tue Coquery ?

— Possible. Et on en revient au problème du mobile ! lâcha Éloïse. Qui avait intérêt à supprimer Coquery ? Son ex, Karen Guérin, doit être auditionnée demain matin, c'est ça ?

— Oui.

— Bien… Espérons qu'elle nous éclaire un peu sur la vie de Coquery ! Ludovic, tu as trouvé des informations sur lui, notamment son travail, depuis son retour dans le Toulousain ?

— J'ai passé ma matinée là-dessus. Bio Investissement, qui semble être l'employeur de Coquery, vu les émoluments versés chaque mois depuis plus d'un an, a tout d'une société écran. Une entité juridique vide de tout substrat dont le siège est aux Seychelles. Ce pays n'est évidemment pas signataire de l'AEOI[1], et même si j'ai effectué une demande de renseignements, je sais d'ores et déjà que le secret bancaire ne sera pas levé.

— Incroyable ! Donc on n'a aucun moyen de savoir qui se cache derrière cette fameuse entité pour laquelle Coquery travaillait ?!

— À partir des versements, non… Mais si on trouve des papiers, un contrat, un nom, alors là, je pourrai sûrement dégoter quelque chose.

— Justement, parlons-en ! s'agaça Éloïse. La fouille rapide de la maison de Coquery n'a rien donné. Tout simplement parce que le tueur a fait un grand ménage avant nous : l'ordinateur de Coquery a purement et simplement disparu et ses papiers ont fait l'objet d'un tri soigné…

— Entre le vol de preuves chez Coquery et Bio Investissement qui est une société écran, ce meurtre est plus que louche, commenta Thibault. On n'a plus qu'à espérer que Karen Guérin ait quelque chose à nous dire au sujet de la dernière activité professionnelle de son ex-mari…

Éloïse hocha la tête avant de rebondir :

— Tout à fait ! Selon toute probabilité, le meurtre de Coquery est lié à une activité opaque que le tueur a cherché à effacer en subtilisant le PC et les papiers compromettants… Mais ce n'est pas parce qu'on vole un PC que les éléments numériques disparaissent ! Ludovic, tu nous proposes quoi ?

— Il me faudrait les adresses de messagerie de Coquery, ce serait un bon début ! Je pourrais facilement craquer ses mots de passe et accéder aux échanges qu'il a pu avoir.

— OK. Karen Guérin pourra nous renseigner là-dessus. En attendant, on peut fouiller la boîte mail professionnelle de Céline Servat. Avec un peu de chance, son amant lui aura un jour envoyé

1. *Automatic Exchange of Information.*

un courriel. De là, on aurait une adresse mail de Coquery et ne resterait qu'à craquer le mot de passe, non ?

— Je me lance là-dessus dès demain matin si tu veux.

— Oui, occupe-t'en en priorité, s'il te plaît. Si le tueur a embarqué l'ordinateur, ça n'est pas par hasard…

Deux poids, deux mesures

La matinée était bien entamée quand Urbain Malot enfila sa doudoune et se lança dans une marche à pied revigorante jusqu'à l'Embouchure. Faisant fi des agressions qui l'entouraient – gaz d'échappement, coups de Klaxon, circulation des trottinettes électriques et des vélos sur les trottoirs –, il remonta le boulevard d'un pas alerte et conquérant. Il se sentait plutôt confiant en ce vendredi matin. Il avait passé la journée de la veille à faire des allers-retours entre son bureau et celui de Chabrol. Jonglant entre les appels au DRPJ[1], au préfet, les échanges avec un agent de liaison de la DGEF[2] et avec le juge d'instruction, Chabrol n'avait pas arrêté ! Lorsque le Zèbre s'était rendu pour la énième et dernière fois dans son bureau, il était 22 h 15 et le commissaire était d'une humeur exécrable. À en croire ses traits tirés et sa nervosité, l'exercice politique semblait aussi périlleux que la haute voltige. Bien sûr, Urbain Malot n'était pas dupe : l'intensité des efforts déployés dans les hautes sphères décisionnelles s'enracinait bien davantage dans le lien de parenté qui unissait le jeune étudiant Thomas Andrieu et le ministre des Finances que dans la noble idée d'une justice à rétablir pour une pauvre sans-papiers. Mais le policier avait décidé de se focaliser sur le bon côté des choses : Efia M'Bani serait bientôt à l'abri des tueurs du toit…

Après une demi-heure de marche rapide, il parvint au commissariat central sur les coups de 10 h 30. Il avala les escaliers avec

1. Directeur régional de police judiciaire

2. Direction générale des étrangers en France, service du ministère de l'Intérieur.

entrain et se rendit directement dans le bureau de ses collègues. Margaux, Christian et les deux bleus l'attendaient, impatients de connaître l'issue des négociations de la veille, et lui sautèrent dessus dès son entrée.

— Salut, le Zèbre. Tu as fini à quelle heure hier soir ?

— Vas-y, raconte ! Qu'est-ce qui a été décidé ?!

Malot se fendit d'un grand sourire provocateur mais ne répondit pas. Il retira lentement sa doudoune, dénoua son écharpe et se dirigea à pas lents vers le bureau de Margaux. Il attrapa alors le téléphone posé dessus, puis, en prenant bien son temps, sortit ostensiblement un papier de sa poche et commença à composer le numéro de Me Gali, l'avocate de l'association. Son petit numéro lui valut d'être chahuté par ses collègues. Margaux lui lança une gomme tandis que Christian le railla en s'adressant aux deux bleus :

— Et voilà, vous voyez ! Ça, c'est ce qui arrive quand on passe trop de temps en tête à tête avec le boss ! On ne se sent plus péter après !

Mais dès que la voix du Zèbre s'éleva pour parler dans le combiné, un silence parfait régna dans le bureau.

— Maître Gali ?

Margaux s'empressa d'activer le haut-parleur et Christian – comme au spectacle – attrapa discrètement dans son tiroir le reste du sachet de loukoums qu'il avait entamé la veille.

— Lieutenant Urbain Malot, SRPJ, bonjour, maître.

— Ah ! Bonjour, lieutenant. Vous appelez au sujet de Mme M'Bani, c'est ça ?

— En effet.

— Mmm… C'est donc vous qui avez la lourde charge de tenter de finaliser un accord avec moi ?

— Rassurez-vous, je suis confiant… je pense que nous devrions tomber très vite d'accord.

— Vraiment ?! commenta l'avocate d'un ton pincé… Eh bien, je vous écoute.

— Je vais être direct… Depuis la déclaration médiatique des parents Andrieu, et jusque tard dans la nuit, le commissaire a entretenu de nombreux échanges avec les autorités compétentes autour de la situation de votre cliente. Il ressort des discussions que la régularisation de Mme M'Bani est acquise à deux conditions. Un, Efia M'Bani doit être dans nos locaux dans les délais les plus brefs. Deux, elle s'engage à rester à notre totale disposition pour les besoins de l'enquête.

— Mmm, c'est bien – et je m'en entretiendrai avec Mme M'Bani –, mais ce n'est qu'une partie du problème… Je vais être franche avec vous, lieutenant. Ma cliente ne doit d'être en vie qu'à une méprise du tueur, et votre collègue en a rajouté une louche hier en indiquant que le meurtre du jeune Andrieu était relié à une série de crimes… De vous à moi, vous mettriez vos enfants en danger par votre témoignage si vous n'aviez aucune garantie de protection ? Or nous savons qu'il n'existe aucun programme de protection des témoins en France.

Christian manqua d'avaler un loukoum de travers et devint écarlate, conscient d'en avoir trop dit lors de sa discussion de la veille avec l'avocate. Mais à son grand étonnement, le Zèbre ne lui jeta même pas un regard de biais. Il répondit sans ciller :

— Mme M'Bani ne nous serait d'aucune utilité s'il lui arrivait quoi que ce soit. Et croyez-moi, nous sommes parfaitement conscients des risques auxquels elle s'exposera par son témoignage…

— S'exposerait, nuance, corrigea l'avocate.

— Maître, écoutez-moi jusqu'au bout, s'il vous plaît. Nous proposons que la régularisation soit faite sous un nouveau nom, connu uniquement du préfet, du juge d'instruction et d'un agent de liaison du ministère de l'Intérieur dépêché sur Toulouse. C'est cet agent qui assurera le lien entre Mme M'Bani et les services du SRPJ ou le juge d'instruction. En sus, le préfet propose la mise à disposition d'un logement et un emploi d'agent d'entretien au sein d'un service préfectoral.

Un sifflement ébahi fit suite à cette explication.

— Eh bien, vous déroulez le tapis rouge ! Du jamais vu dans ma carrière ! J'en déduis que notre ministre des Finances a fait jouer ses relations…

— Quoi qu'il en soit, cette proposition profite à votre cliente et c'est la seule chose qui compte pour vous, n'est-ce pas ?

— Effectivement.

— Bien. Le préfet va vous faire parvenir par mail dès aujourd'hui un exemplaire de notre proposition pour signature. Dès retour du document signé, les nouveaux papiers seront établis et les mesures que je vous ai énoncées mises en œuvre. Bien entendu, vous êtes signataire et tenue au silence total sur cet accord.

— Cela va de soi, en effet.

— Pour finir, je vous rappelle que plus tôt nous récupérerons Mme Efia M'Bani, mieux ce sera pour sa sécurité et celle de ses enfants, tint à préciser Urbain.

Il y eut un court silence et l'avocate reprit avec une pointe d'agacement :

— Je ne l'ignore pas, lieutenant, et Mme M'Bani non plus ! Pour autant, vous ne pouvez pas rogner sur le temps nécessaire à l'examen attentif des documents que je recevrai ; ma cliente a également besoin de réfléchir à la proposition et d'en mesurer les différents impacts pour la valider en toute connaissance de cause.

— Je comprends. C'est juste que le témoignage d'Efia M'Bani peut être crucial dans le cadre des enquêtes en cours et que…

— Écoutez, lieutenant, le coupa-t-elle, je ne pense guère m'avancer en vous disant que ma cliente acceptera votre proposition… Cela étant, sachez que c'est une femme particulièrement éprouvée. La semaine qui vient de s'écouler a été très chargée sur le plan émotionnel et les enfants n'ont pas cessé d'être ballottés de droite à gauche… Aussi me semble-t-il plus raisonnable de laisser à cette famille un week-end de repos au calme et de fixer le transfert de Mme M'Bani à lundi qui vient, fin de matinée.

Le Zèbre pinça les lèvres, il avait espéré que les choses aillent plus vite. Il comprenait cependant les réserves de l'avocate. Dès qu'Efia M'Bani validerait l'accord, sa vie entière basculerait : une nouvelle identité, qui la couperait de toute sa famille rwandaise et du père de ses enfants, un nouveau métier, un nouveau domicile… et une nouvelle école pour les enfants. Ce n'était pas rien ! Sans compter que si les tueurs étaient en cavale, la petite famille vivrait avec la peur permanente d'être identifiée…

— Entendu, je comprends, consentit-il.

— Parfait… Je suppose que votre hiérarchie vous informera de la suite en temps et en heure…

— Merci à vous.

Malot raccrocha sous les yeux exorbités de ses coéquipiers.

— On se croirait dans un feuilleton américain ! lança Margaux, moqueuse. En fait, on ne le sait pas, mais tout est négociable ?!

— Margaux, on a l'assassinat déguisé en suicide du neveu du ministre des Finances. Juste après, on a le meurtre de Nadia Sissoko, liquidée au simple motif qu'elle risquait de témoigner.

Et maintenant s'ajoutent à cela huit cadavres et on ne sait combien d'autres, réduits en cendres dans un incinérateur, le tout sur fond de laboratoire illégal où ont été menées des expériences dont nous ignorons tout, protesta Urbain. Alors bon, je pense qu'on peut effectivement mettre le paquet pour protéger l'unique témoin connu de cette affaire, surtout s'il est susceptible de nous ouvrir une piste !

— Sachant que ce qui est mis en place pour cette femme et qui nous semble incroyable est totalement acquis dans des pays comme les États-Unis, l'Italie, le Royaume-Uni ou l'Irlande qui, eux, possèdent leur propre programme de protection des témoins, renchérit Miranda.

— Ça va, calmez-vous tous les deux ! rétorqua Margaux. Vous avez parfaitement raison, il fallait prendre ces dispositions pour protéger Efia M'Bani... Cela étant dit, admettez que l'affaire est devenue politique et que, au final, il y a deux poids, deux mesures !

— Je suis d'accord avec Margaux, rebondit Christian, encore mouché par les propos de l'avocate. Même si, évidemment, c'est une bonne chose pour Efia M'Bani.

— C'est aussi ce que je pense, avança timidement Antoine. Tout le monde n'est pas logé à la même enseigne.

— Bon sang ! Vous ne pouvez pas juste vous réjouir pour cette femme et laisser le reste de côté, non ?! protesta Urbain, dépité.

Margaux se leva alors pour déclarer d'un ton excessivement théâtral :

— En tout cas, je tiens à vous dire merci, chers collègues, pour votre soutien ! Je me sens moins seule... Pour autant, Nounours, soyons clairs : ce n'est pas parce que tu t'es désolidarisé du Zèbre pour te rallier à ma cause, que je vais fermer les yeux sur cet énorme paquet de loukoums que tu as déjà à moitié descendu entre hier et aujourd'hui ! Allez, donne-moi ça !

Les rires fusèrent immédiatement dans le bureau et Christian dégaina un revolver imaginaire qu'il pointa sur sa collègue avant de mimer un tir. Quand l'hilarité prit fin, Urbain décida de remettre tout le monde au travail :

— Bon, on s'y met ? Margaux et moi, on est attendus à midi à l'IML, on ne rentrera pas, on va enchaîner derrière avec les SDF. Nounours, si tu pouvais mettre ton après-midi à profit pour faire le tour de tes contacts, ce serait bien ! La question est : quelqu'un a-t-il entendu parler d'un dénommé Montagne ?

— Ça marche.

— Les bleus, vous me ratissez les alentours de la rue Vauquelin, au Mirail, à la recherche de vidéosurveillances pour la soirée du mercredi 6 février. Vu que Thomas Andrieu n'est pas arrivé au Mirail en métro, autant essayer de récupérer des bandes qu'on étudiera pour voir si l'on peut repérer un véhicule suspect à proximité de cet immeuble.

— OK. Tu nous veux ici à quelle heure ? demanda Miranda.

— Pas de réunion ce soir. On s'appelle s'il y a du nouveau, ça suffira. Le gros morceau, ce sera à partir de lundi avec Efia M'Bani. Si elle identifie le ou les tueurs du toit, on risque d'être sur la brèche. Donc, week-end de repos avant le grand rush de la semaine prochaine.

Les dix derniers jours avaient été intenses et la déclaration du Zèbre fut accueillie par tous avec enthousiasme.

Une sorte de spirale infernale

L'entretien avec Karen Guérin commença avec une grosse demi-heure de retard. L'avocate, une belle brunette dans la quarantaine, était arrivée en trombe mais totalement assaillie d'appels sur son portable. Elle avait finalement coupé l'appareil pour se rendre disponible auprès des enquêteurs. Cela faisait désormais vingt minutes qu'elle répondait à leurs questions. Malgré un certain aplomb – sans doute lié à sa profession –, l'ex-épouse de Coquery transpirait le stress. Elle avait des gestes nerveux, un ton légèrement trop sec et les traits tendus. Une femme de caractère plongée dans la tourmente, songea Éloïse. Après l'entrée en matière de rigueur, la gendarme décida d'orienter les échanges sur la personnalité de Guillaume Coquery :

— Madame Guérin, nous aurions besoin d'en apprendre davantage sur la personnalité de votre ex-mari, sur ses relations, ses hobbies…

— … Guillaume était bourré de paradoxes, avança l'avocate d'une voix où pointait une certaine colère. Il était capable de tout et son contraire… Par exemple, il adorait les enfants. Pourtant, après le divorce, il s'est révélé incapable d'effectuer pour eux le moindre aménagement qui lui aurait permis de les accueillir un week-end sur deux dans la maison. Vous avez vu l'intérieur depuis que je suis partie ?! enchaîna-t-elle en secouant la tête d'incrédulité. Il n'a même pas pris l'initiative d'aller leur acheter un lit !

Les gendarmes se contentèrent d'approuver d'un hochement de tête.

— Un autre exemple de cette personnalité paradoxale, et non des moindres : Guillaume était un scientifique brillant, à l'esprit rationnel, aiguisé, et à la fois un joueur impénitent capable de remettre sa vie entière entre les mains de la chance. Il a...

— Pardon, je vous coupe, votre ex-mari jouait ?!

— Oui. Et, à la lumière de ce que j'ai découvert, je pense même pouvoir affirmer qu'il était malade. Il a perdu des sommes colossales. Durant la procédure de divorce, j'ai même appris qu'il avait hypothéqué la maison en imitant ma signature... Avec le recul, j'ai l'impression que Guillaume était entré dans une sorte de spirale infernale, chaque mauvais choix en emportant un autre plus mauvais encore...

— Depuis quand votre mari jouait-il ?

— Précisément, je ne saurais le dire... Disons que la première alerte a eu lieu quand un lointain cousin de Guillaume a mentionné un héritage de cinquante mille euros que mon mari avait touché et dont je n'avais jamais entendu parler. C'était il y a trois ans, or l'histoire remontait à des années auparavant, puisque Guillaume travaillait encore à Toulouse quand l'héritage en question était tombé ! J'ai alors confronté Guillaume à cette allégation et il a fini par m'avouer que cet apport avait compensé un découvert sur son compte personnel.

— Un découvert de cinquante mille euros ?! Comment la banque a-t-elle pu accepter cela ?

— Nous avions des salaires conséquents... Et, d'après ce que j'en ai su, Guillaume avait négocié en direct avec son banquier, arguant qu'il attendait de gros versements... Bref, autant de mensonges pour repousser une issue inéluctable ! Sauf que cet héritage inattendu a effectivement renfloué le compte de mon ex-mari, lui épargnant de faire face à ses responsabilités...

L'avocate marqua une pause. Elle laissa son regard se perdre quelques instants dans le vide, comme réfléchissant à ce qu'elle venait de dire, et reprit brusquement :

— Je me demande bien ce qui se serait passé si cet héritage n'était pas arrivé. Et, au fond de moi, je ne peux m'empêcher de penser que cette manne qui l'a provisoirement sauvé aura finalement été un vrai poison. Pour lui et pour nous.

— Parce qu'il a continué à jouer, c'est ça ?

— Oui, mais il y a autre chose... C'est un peu difficile à expliquer... Guillaume avait une fâcheuse tendance à fuir la réalité... Parfois, il tenait certains propos autour du destin, de signes, de la chance, autant de concepts auxquels il semblait sincèrement adhérer, comme si cette croyance lui permettait de se soustraire à ses responsabilités, vous comprenez ?... Et cet héritage, je suis persuadée qu'il l'a vu comme un signe du destin, une sorte de main réparatrice venue lui signifier qu'il retomberait toujours sur ses pattes, que tout pouvait s'arranger en un claquement de doigts.

D'un mouvement de tête, Éloïse encouragea Karen Guérin à poursuivre.

— Bref... nous étions solidaires puisque mariés sous le régime de la communauté... Donc, quand Guillaume m'a avoué que l'héritage avait comblé des dettes de jeu, je l'ai questionné encore et encore. Mais il m'a juré par tous les dieux qu'il ne jouait plus depuis longtemps, que cette histoire appartenait au passé et qu'il ne m'avait rien dit à l'époque parce qu'il avait honte.

— Mmm...

— Je l'ai cru, admit l'avocate, mâchoires serrées. J'ai voulu le croire, je suppose. Mais tout cela était faux, je l'ai découvert avec le divorce. En réalité, Guillaume n'a jamais cessé de jouer. Durant toutes les années où il travaillait à Paris, il a cumulé les emprunts, les crédits revolving... Au final, quand je me suis décidée à demander le divorce, il était au bord du gouffre, et moi avec !

— Si vous ignoriez ce désastre bancaire, puis-je savoir ce qui vous a incitée à entamer une procédure de divorce ?

Karen Guérin baissa les yeux, visiblement embarrassée de la réponse qu'elle s'apprêtait à faire.

— En réalité... je... j'ai reçu par la poste une enveloppe contenant des... des photos de mon mari... Guillaume me trompait, confessa l'ex-femme d'une voix affectée. Et le pire fut de constater qu'il ne se contentait pas d'une seule maîtresse.

— Vous voulez dire qu'il entretenait plusieurs relations ?

— Oui. Il y avait six photos dans l'enveloppe. Chacune d'elles le montrait au bras d'une femme différente...

Éloïse et Thibault échangèrent un regard. Derrière la facette du scientifique brillant et reconnu, Coquery se révélait être un joueur invétéré et un véritable coureur de jupons. Sa mort pouvait-elle être en lien avec ces aspects cachés de sa personnalité ?

— Qui vous a envoyé ces photos, et pourquoi ?

— Aucune idée. Il n'y avait rien de plus dans l'enveloppe. Le cachet indiquait Paris, c'est tout. Je n'ai jamais su qui avait posté ces clichés. Mais je vais être honnête, même si j'ai été profondément blessée et que j'ignore tout des intentions de la personne qui a fait ça, je lui en suis reconnaissante ! Il me fallait cet électrochoc...

— D'après nos informations, M. Coquery a quitté Paris fin 2017 pour revenir à Toulouse. Vous avez donc vécu sous le même toit de janvier 2018 à octobre 2018, c'est bien cela ?

— Oui. J'attendais que le divorce soit prononcé pour partir avec les enfants.

— Nous avons vu que votre ex-mari vous avait versé une somme importante et...

— La moitié du prix de la maison, précisa l'avocate.

— Oui. Et savez-vous comment votre mari a pu rassembler une telle somme ?

Karen Guérin se crispa légèrement. Le regard songeur, elle se rencogna sur sa chaise, ramena nerveusement une mèche de cheveux derrière son oreille et hésita quelques secondes avant de répondre :

— Guillaume m'a parlé d'un boni lié à un nouveau poste qu'il venait d'accepter en région toulousaine... Bon... je vais être franche avec vous, je n'ai pas cherché à en savoir davantage. Je venais d'apprendre qu'il me trompait, j'avais engagé une procédure de divorce et je commençais à mesurer l'ampleur du désastre financier dans lequel nous étions. L'annonce de son retour à Toulouse dans ce contexte était tout sauf une bonne nouvelle. Alors, lorsque Guillaume m'a indiqué qu'il allait toucher une somme suffisante pour s'acquitter de la moitié du prix de la maison et pour éponger les dettes, je vous avoue que je n'ai pas fait la fine bouche... Pour tout dire, ça a même été un réel soulagement.

— Vous n'avez posé aucune question ?

— Aucune. Je ne voulais rien savoir. Je voulais juste sauver ma peau, rétorqua l'avocate d'un ton implacable. Aujourd'hui, c'est fait et c'est très bien comme ça.

Éloïse nota que l'ex-femme s'abstenait de les interroger sur l'intérêt qu'ils portaient à cette somme. Une question de sa part aurait pourtant été légitime. Mais Karen Guérin avait certainement bu la coupe jusqu'à la lie et refusait désormais de s'exposer au moindre risque d'une énième révélation sulfureuse.

— Bien... Et que pouvez-vous nous dire du nouveau poste qu'avait accepté votre mari ?

L'avocate fronça les sourcils et secoua lentement la tête :

— Désolée mais je n'en sais fichtrement rien… Les dix mois durant lesquels Guillaume et moi avons dû partager la maison avant le prononcé du divorce ont été un enfer… Cela faisait des années que nous vivions séparément en semaine. Imaginez un peu l'ambiance lorsqu'on s'est retrouvés à vivre sous le même toit alors que nous étions en instance de divorce !… En réalité, j'ai passé le plus clair de mon temps à éviter Guillaume et à faire le décompte des semaines qui passaient.

— Mais pendant ces dix mois, vous n'avez jamais entendu parler de quoi que ce soit autour de ce nouveau poste ? Le nom d'un contact ? Un lieu de travail ? L'objet des recherches conduites par votre mari ?

— Je ne comprends pas bien… il ne doit pas être très compliqué pour vous d'obtenir ces informations ? Je veux dire, pourquoi ne pas vous adresser directement à l'employeur de Guillaume ?

Thibault et Éloïse échangèrent un regard médusé qui n'échappa pas à l'avocate.

— Qu'est-ce qui se passe ?

— À compter de janvier 2018, votre mari a perçu des émoluments de Bio Investissement. Nous avons enquêté, il s'agit d'une société écran dont le siège est situé aux Seychelles. Nous n'avons à ce jour aucune idée de l'identité de ses dirigeants.

L'avocate écarquilla les yeux.

— Euh, je… C'est vraiment très étrange… Mais, comme je vous l'ai dit, je n'ai jamais interrogé Guillaume sur ce poste, alors… Pourquoi ne pas vous rendre directement sur son lieu de travail ?

— Le problème, madame Guérin, c'est que nous ignorons où votre mari travaillait… La maison a été nettoyée après le meurtre : l'ordinateur et les traces papier concernant son activité professionnelle ont été embarqués, lui retourna Éloïse d'un ton grave.

L'avocate sembla accuser le coup et les rouages dans sa tête commencèrent à se mettre en branle. Son mari avait certainement occupé un poste des plus louches : l'énorme prime au moment de l'embauche et le ménage effectué par le tueur l'attestaient. L'ex-épouse ferma un instant les yeux en soupirant et osa enfin la question qui la taraudait :

— Alors vous… Vous pensez que sa mort est en lien avec ce travail ?

— Il est beaucoup trop tôt pour l'affirmer… Mais cette piste doit être explorée. Et pour ne rien vous cacher, nous espérions que vous pourriez nous dire quelque chose, n'importe quoi qui puisse nous renseigner sur cette activité.

L'avocate secoua la tête d'un air navré :

— Je n'ai jamais parlé de cette question avec mon mari. Je suis désolée.

Éloïse laissa échapper un soupir, puis se reporta à sa liste de questions. Certains détails demandaient encore à être éclaircis.

Quatre prélèvements sur les huit ont matché au FNAEG

Il était midi et un petit vent glacial s'engouffrait en sifflant entre les bâtiments du complexe hospitalier de Rangueil qui domine Toulouse du haut de sa butte. En contrebas, les immeubles de l'agglomération rampaient à perte de vue dans un camaïeu de gris et de roses terni par la brouillasse du ciel. Margaux rabattit son bonnet et remonta la fermeture Éclair de son anorak en pestant contre la bise qui la frigorifiait. Devant elle, Urbain ouvrait la marche, direction l'institut médico-légal. Quand ils arrivèrent devant l'entrée, le portable du Zèbre sonna.

— C'est le labo ! lança-t-il juste avant de décrocher.

Margaux le regarda s'éloigner et se mettre à l'abri sous le porche d'un bâtiment voisin. Il hocha nerveusement la tête à plusieurs reprises, puis sortit son calepin pour griffonner dessus. Cinq bonnes minutes plus tard, il raccrocha enfin.

— Si j'avais su que ton appel serait si long, je serais descendue me mettre au chaud auprès de notre bon docteur Pom ! lui lança-t-elle.

— Tu parles ! Tu détestes l'IML !

— Certes... Mais je déteste aussi le froid.

— Moins que la morgue, sinon tu ne serais pas restée plantée là !... Bon, tu veux savoir ce que je viens d'apprendre ?

— Je t'écoute.

— Les prélèvements ADN effectués sur les huit corps de notre charnier ont été envoyés hier matin à la première heure pour un examen en urgence. Figure-toi que quatre prélèvements sur les huit ont matché au FNAEG.

Margaux haussa les sourcils en signe d'incrédulité.

— Nous avons donc l'identité de quatre des huit corps retrouvés derrière le laboratoire de la forêt de Buzet. Ce sont tous des sans-abri qui ont été fichés suite à des délits : vols et violences, trafic de stupéfiants, dégradations de biens publics.

— Logique, en fait… qui dit sans-abri dit population plus exposée aux violences et à la délinquance.

— Oui, hélas… En tout cas, ces identifications tombent bien. Elles vont nous aider pour nos investigations dans le milieu SDF. On va pouvoir ratisser plus large, désormais. Vu mon téléphone de première génération, j'ai demandé qu'on t'envoie par mail les photos de l'Identité judiciaire : en approchant les différents sans-abri qui ont côtoyé les défunts, on finira bien par trouver quelqu'un qui a vu quelque chose !

— Espérons-le… Parce que jusqu'à présent, le surnommé Montagne a tout d'un spectre insaisissable…

— Un spectre que le jeune Andrieu avait réussi à approcher ! Et nos recherches nous conduiront tôt ou tard vers un SDF qui l'identifiera. Ah, une autre information avant que j'oublie ! La tante de Nicolas Verneuil vient de…

— Verneuil ? le coupa Margaux.

— Pampelune, si tu préfères. Tu te souviens que le jeunot avait une tante vivant en Guadeloupe ?

— Exact.

— Donc cette tante vient de donner son accord pour se soumettre à un prélèvement. Cela nous permettra de faire une comparaison ADN avec le corps retrouvé partiellement calciné et avec les minuscules fragments d'os prélevés dans l'incinérateur… Si ça matche, on aura identifié une victime de plus.

— Certes… Et va savoir combien d'autres, totalement réduites en cendres, ne le seront jamais, acheva Margaux, la mine dégoûtée.

Urbain Malot se contenta d'un hochement de tête puis reprit le chemin de l'institut médico-légal où huit corps attendaient d'être profanés pour les besoins de l'enquête. Ils en ressortirent quelques heures plus tard, vers 14 h 30, après l'autopsie de trois cadavres sur huit qui racontaient peu ou prou la même histoire. Une date d'exécution – c'était le mot dès lors que tous avaient pris une balle dans la tête – située dans une fenêtre courant du mardi 5 février au vendredi 8 février. Tous SDF au regard de l'état général du corps, de la dentition et des divers problèmes de peau encore visibles étant donné la mort récente. Et des parois stomacales légèrement irritées – mais rien de bien grave, avait commenté le légiste. Pom avait effectué des prélèvements pour les examens toxicologiques et les résultats devaient tomber d'ici trois jours.

***

Urbain se hissa sur la pointe des pieds pour jeter un œil par-dessus le portail doublé de contreplaqué qui obstruait la vue. Après avoir reconnu Sylvain Porcher parmi les photos de l'Identité judiciaire que lui avaient montrées le Zèbre et Margaux, le Philosophe les avait envoyés devant cette toulousaine de la rue Milhès. La maison constituait un squat pour une poignée de junkies, dont Sylvain Porcher avant sa mort. Le SDF avait été arrêté en 2010 pour trafic de stupéfiants. Lui-même héroïnomane au dernier degré, il refourguait de la mauvaise came coupée dans les bas-fonds toulousains pour se payer ses doses journalières. La vie de Porcher s'était résumée à une véritable descente aux enfers, chaque pas l'enfonçant plus profondément dans les ténèbres de la dépendance, de la déchéance et de la marginalisation. L'homme était mort à trente-sept ans mais le cliché de l'IJ de 2010 avait immortalisé un type sans âge, les traits émaciés, la peau déjà parcheminée et truffée de plaques rosâtres qui pelaient. Les ravages de l'héroïne sautaient aux yeux alors qu'il n'avait que vingt-huit ans. Après un court séjour en prison, Porcher avait directement replongé dans la drogue et dans la rue. D'après le Philosophe, il avait sillonné Toulouse et finalement élu domicile dans ce squat qu'il partageait avec quelques compagnons d'infortune. Renseignements pris, la maison appartenait au père de Joël Placard, l'un des junkies vivant sur place.

Sous le couvercle d'un ciel couleur trottoir mouillé, écrasée par une longue barre d'immeubles qui se dressait derrière elle, la petite toulousaine décrépite suintait la déréliction. Par-dessus le contreplaqué, Urbain observa la façade de crépi terni. Les volets rabattus et délabrés. Les marches du perron jonchées de feuilles et de détritus. Et le sinistre jardin qui servait de dépotoir recueillant des sacs poubelles éventrés, des cartons d'emballage, des canettes de bière, des vestiges de chaises en plastique, un vieux touret en bois vermoulu et deux matelas détrempés sur lesquels rampaient toutes sortes de bestioles. Margaux monta sur le petit muret qui peinait à contenir la haie et eut une mimique de dégoût en découvrant le véritable naufrage que dissimulaient les rameaux de sapinettes. Elle redescendit d'un bond tandis qu'Urbain appuyait sur la sonnette, même s'il doutait qu'elle marchât encore. Comme aucun bruit ni mouvement ne leur parvint depuis la maison, le Zèbre tenta de pousser le portail. Il ne réussit à l'ouvrir qu'en lui mettant un grand coup d'épaule. Dans le jardin, une sale odeur de viande avariée et de bois pourri flottait dans l'air, et les deux policiers se hâtèrent de slalomer entre les déchets jusqu'au seuil de la baraque. Urbain s'apprêtait à frapper quand il se rendit compte que la porte demeurait entrebâillée à cause de l'humidité qui avait gonflé les boiseries. Il fit un signe de tête à Margaux avant de pousser le battant qui s'ouvrit en raclant le sol. Immédiatement, des relents rances de nourriture et de moisissures les assaillirent et Margaux plaqua sa main contre son nez. La maison était plongée dans la pénombre : Urbain attendit quelques instants dans le hall afin que ses yeux s'habituent à l'obscurité. Puis il avança vers une pièce côté gauche, évitant cartons et emballages gras qui jonchaient le sol, et décela à tâtons un interrupteur qu'il activa. Il réprima alors un mouvement de recul en découvrant ce qui servait de cuisine. Il avait déjà entendu parler de personnes atteintes du syndrome de Diogène, pathologie consistant à accumuler toutes sortes de choses, au point que l'habitat devenait impropre à toute vie normale. Là, c'était la même chose version junkie. On devinait à peine un des placards bas, à moitié défoncé, dont la porte blanche avait viré au jaune pisseux maculé de coulures grasses et de traces indéfinissables. Par terre, les sacs poubelles éventrés par quelques rongeurs vomissaient leurs déchets dans un jus pestilentiel. Pas un centimètre carré du carrelage au sol ou des plans de travail n'était épargné par la saleté, les emballages et les immondices. Un réchaud miteux, tellement encrassé qu'il paraissait fossilisé, surnageait dans le fatras ambiant et un rat, surpris par la lumière blafarde du plafonnier, s'empressa de déguerpir en couinant.

— C'est infâme, commenta Urbain en opérant un demi-tour.

Il laissa néanmoins allumé pour bénéficier d'un peu de clarté et se dirigea vers la pièce opposée. Face au gouffre de noirceur qui lui tendait ses bras crasseux et malodorants, il se décida à donner de la voix :

— Police ! Hé-ho ! Il y a quelqu'un là-dedans ?!

En guise de réponse, il y eut une sorte de frottement qui mit le policier en alerte. Oui, quelqu'un se terrait dans cette touffeur malsaine. Il posa la main sur son arme juste avant de détecter un mouvement d'air à moins d'un mètre de lui. D'instinct, il fit un pas en arrière, redoutant une bousculade, l'autre ayant l'avantage de pouvoir le distinguer. Margaux dégaina aussi dans la foulée, tous sens en alerte, et pointa son arme vers la bouche sombre en criant :

— Pas de panique, hein ! Sortez les mains levées et tout ira bien !

Mais le bruit caractéristique de volets violemment rabattus vers l'extérieur leur parvint en réponse, suivi d'une cascade de lumière grisâtre qui arrosa partiellement la pièce. Urbain tourna vivement la tête vers la clarté, aperçut une silhouette dans l'encadrement – tignasse hirsute, jean délavé et tee-shirt informe – et se précipita pour tenter de l'agripper. Il entendit alors dans son dos les bruits de pas de Margaux qui se précipitait vers la porte d'entrée. Et quand sa main à lui ne rencontra que le vide, il se dit que sa collègue risquait d'être la première sur le fuyard. D'un bond agile, il enjamba la fenêtre et sprinta dans le jardin.

Margaux dévala immédiatement les marches, longea la façade de la baraque et obliqua à l'angle de celle-ci. Elle vit alors le fuyard arriver en courant en face d'elle, talonné par le Zèbre. Le type grimaça de peur en la voyant surgir, marqua une hésitation en lançant un regard par-dessus son épaule, mais, ne pouvant fuir par un autre côté, se décida à foncer droit sur elle. La panique dans ses yeux et son attitude était palpable. Un voile de sueur nimbait la peau de son visage, ses yeux semblaient lui sortir de la tête et des tics nerveux faisaient tressauter sa bouche. Il ne se passa qu'une ou deux secondes mais Margaux eut le temps de détecter l'ensemble de ces signaux de détresse. Elle se figea, décala ses appuis, fléchit légèrement les genoux et se positionna épaules en avant pour absorber le choc si le type tentait de passer en force. Là, elle pointa son arme et hurla :

— STOP ! Arrêtez-vous ou je tire !

Devant la menace de l'arme, le type freina des quatre fers. L'herbe humide eut alors raison de son équilibre et il chuta lourdement sur un sac poubelle qui traînait là. Sous l'impact, le sac éclata, libérant une explosion de miasmes tandis qu'un fumet nauséabond s'élevait dans l'air. Une seconde plus tard, l'homme au sol observait d'un œil incrédule et terrifié les deux canons pointés sur lui.

— Qu'est-ce que vous me voulez ?! gémit-il alors que les larmes lui embuaient déjà les yeux. J'ai rien fait, merde !

— Ben oui ! Alors pourquoi t'as déguerpi comme un rat, hein ?!

De plus près, Margaux nota que l'homme était complètement ravagé par la dope. Corps famélique. Bras marbrés d'hématomes. Denture déplorable. Yeux rouges aux veinules éclatées. Quant à l'hygiène corporelle, elle était à l'image de cette foutue baraque...

— Ton nom ! ordonna Urbain.

— Placard... Joël Placard...

— Parfait, mec ! C'est justement toi qu'on cherchait. Allez, maintenant lève-toi et conduis-nous dans l'antre infâme qui te sert de tanière.

— Qu'est-ce... mais vous me voulez quoi, au juste ? balbutia le junkie, aux abois.

— On va t'expliquer tout ça. À l'intérieur.

La pièce de laquelle avait détalé Joël Placard constituait le salon. L'air vicié s'était un peu assaini avec l'ouverture de la fenêtre, mais des relents persistants continuaient de planer dans l'air. À l'instar de la cuisine, il régnait ici un fatras crasseux qui empêchait toute vie normale.

— Putain, c'est vraiment dégueu... T'as pas une pièce où on pourrait s'asseoir pour parler ? demanda Margaux avec effarement.

Placard se gratta nerveusement les avant-bras, puis le crâne, il faisait vraiment pitié à voir. Margaux se demanda s'il passerait seulement l'année...

— Le garage ? proposa-t-il en indiquant une porte au fond du salon. Mais j'ai perdu la clé y'a des années, ajouta-t-il en haussant les épaules.

Urbain se dirigea vers ladite porte, observa les boiseries rongées par l'humidité et se décida. Il mit un grand coup d'épaule et le bois autour de la serrure éclata immédiatement. Il jeta un œil dans l'espace attenant et fit un signe à Margaux. À l'exception de quelques cartons, d'une armoire normande et de vieilles chaises en Formica entassées dans un coin, le lieu était vide. Le policier disposa trois chaises et fit asseoir Placard. Margaux et lui s'installèrent en face du gus qui ne cessait de leur lancer des regards apeurées. Urbain décida de mettre fin à son supplice et expliqua :

— On n'est pas là pour te chercher des ennuis, Placard. On est là parce qu'on a besoin d'infos sur un de tes potes, Sylvain Porcher.

— Je ne l'ai pas vu depuis des mois, s'empressa de répondre Placard avec soulagement. Je vous jure ! Il ne vit plus ici.

— Ah ça, on le sait, mec ! Son cadavre a été retrouvé au fin fond d'une forêt.

À l'annonce de Margaux, Placard ouvrit des yeux comme des soucoupes et sa bouche s'affaissa. On aurait dit un poisson mort.

— Ton copain disparaît du jour au lendemain et toi, tu ne t'inquiètes pas ?

Placard commençait à s'agiter sur sa chaise. Les tiges qui lui servaient de jambes tressautaient et son visage se déformait sous l'assaut de grimaces nerveuses. La pellicule de sueur qui faisait luire son visage sembla s'épaissir subitement et des gouttes se mirent à perler sur son front et le long de ses tempes.

— C'est ce plan pourri, putain ! marmonna-t-il, dents serrées, pour lui-même. On n'aurait pas dû, merde !

— Quel plan pourri, Placard ?

— … Hein ? fit-il, comme reprenant conscience qu'il n'était pas seul.

— Vous n'auriez pas dû quoi ?

— Je… C'est cette histoire de… de tests… On avait besoin de thunes, c'était la galère, ici…

Margaux se retint de lui demander si son existence avait jamais été différente. S'il s'était passé une seule semaine de sa chienne de vie sans qu'il soit dans la galère. Galère de thunes. Galère de bouffe. Galère de dopes. Galère de clopes.

— Y'avait un bruit qui courait comme quoi on pouvait se faire cinq cents balles facile. Il fallait juste accepter de faire des tests. Et hop !

— Des tests ? Quel genre de tests ?

— Qu'est-ce que j'en sais, moi ? Des tests ! s'énerva Placard, certainement parce que le manque commençait à le disputer au stress. Il se disait qu'un certain Montagne cherchait des gens qui seraient OK pour tester un truc, genre cobayes, quoi ! Alors bon… cinq cents balles, c'est un paquet d'argent, et Sylvain et moi, on voulait en être… Donc on essayait de se rencarder sur ce plan. Et puis, un soir…

Le regard de Placard sembla plonger dans un souvenir lointain et, d'un seul coup, il se déconnecta. Margaux dut le rappeler à eux, en claquant des doigts devant son visage :

— Hey, Placard ! T'es où, là ?!

Le type s'ébroua en refaisant surface.

— Hein ?... Qu'est-ce que je disais ?

— T'en étais à : un soir...

— Ah ouais... Ben, Sylvain est rentré tout excité. On avait un super-plan pour toucher de la bonne came qu'on pourrait couper pour la revente et faire la culbute mais, putain, on n'avait pas la thune de départ et... (Il s'interrompit brutalement, comme prenant conscience qu'il parlait à des flics.) Faites chier, merde ! C'est quoi votre interrogatoire, hein ?! J'ai droit à un avocat, non ? Ou un truc du genre ?!

— Écoute, Placard, tes histoires de drogue, on s'en balance totalement, tu piges ? expliqua Urbain en faisant défiler les photos de l'Identité judiciaire sur le smartphone de Margaux. Rémy Bal, vingt-six ans, Basile Vallier, trente et un ans, Arnaud Deltour, vingt-huit ans, et Sylvain Porcher, ton pote, trente-sept ans, énuméra-t-il lentement. Tous morts. Et ce sont seulement ceux qu'on a réussi à identifier... mais il y en a un paquet d'autres.

— Moralité, ton business de bas étage, on s'en tamponne le coquillard, surenchérit Margaux. On n'est pas des stups, nous, mais de la *crim*, et on a plus de huit cadavres sur les bras. Tu comprends, ça ?!

Placard fixait l'écran d'un œil halluciné. Il essuya la sueur sur son visage avec le bas de son tee-shirt et balança en se recroquevillant :

— Ouais, je comprends... Mais, putain, je me gèle le cul, là !

Margaux se leva en expirant bruyamment et alla dans la pièce voisine. Elle revint avec un polo crasseux qu'elle tenait du bout des doigts. Placard l'enfila, il tremblait des pieds à la tête et claquait des dents. En plus du froid réel qui régnait dans la baraque, le gus était en pleine descente.

— Assez perdu de temps, Placard ! On t'écoute, ordonna-t-elle, impitoyable. Soit tu craches maintenant tout ce que tu sais, soit on t'emmène au poste et on te laisse mariner en cellule. M'est avis que ton séjour là-bas devrait te laisser un souvenir impérissable.

Placard lui jeta un regard affolé et s'empressa de reprendre.

— OK, OK, cool… Alors, un soir, Sylvain est rentré. Il était genre super-excité. Il m'a dit qu'on l'avait enfin branché sur ce fameux plan des tests.

— Qui ?! le coupa Margaux. Qui l'avait branché ?

— Lui, là, fit-il en désignant Rémy Bal sur l'écran, Rémy, c'était un gars plutôt sympa. Quand il avait un peu d'oseille, ben, il en faisait profiter les potos, quoi ! Voyez ?

— Mmm, poursuis.

— Rémy a dit à Sylvain qu'il y aurait un recrutement à Matabiau le lendemain soir.

— Un recrutement ?!

— Ouais… Montagne, il ne prenait pas n'importe qui pour les tests, en fait.

Les flics échangèrent un regard ahuri.

— Alors bon, Sylvain et moi, on s'est dit, c'est tout bon, ça ! Du coup, le lendemain soir, on a tracé à Matabiau. Le rendez-vous était avenue de Lyon, vers le bas, juste avant la station-service. Quand on est arrivés, ben, y'avait un camion, une sorte de vieille épave pourrie type Renault Master, un truc comme ça. Et on était une dizaine à se présenter. Montagne, il nous a reçus un par un à l'arrière du camion.

— Tu l'as vu alors, ce type ?!

— Ouais… enfin, pas vraiment ! Quand ça a été mon tour et que je suis monté dans le fourgon, il y avait deux rangées de trois sièges dedans. Montagne était assis sur la banquette arrière. Direct, il m'a balancé : « Entre, assieds-toi devant moi et referme la porte. » Alors, j'ai fait ce qu'il m'a ordonné.

— Tu veux dire que tu lui tournais le dos ?

— Ouais.

— OK, mais quand tu es monté, tu l'as vu, non ?

— Ben, non… c'est allé trop vite, en fait ! À part vous dire qu'il était très baraqué et qu'on ne l'appelait pas Montagne pour rien, je sais pas trop…

Urbain laissa échapper un soupir d'agacement.

— Ben, désolé, hein… mais comme je vous ai dit, il faisait nuit, le mec était assis à l'arrière et tout ça, quoi ! Alors…

— OK, c'est bon, souffla le Zèbre. Donc, tu montes dans le Master, et après ?

— Après, Montagne a enchaîné en disant : « Tu es le numéro 8. Souviens-t'en parce qu'à la fin, je ferai l'appel des mecs retenus. Tu sauras que tu es recruté si tu entends ce numéro, c'est clair ? » J'ai répondu que oui. Après, il m'a posé plein de questions. Et quand il a fait l'appel…

— Quel genre de questions ? le coupa le policier.

— Pfff… des trucs… Genre si je voyais toujours mes parents, si j'avais de la famille, ou des frères et sœurs, ou si j'avais des amis ou pas… Bref, franchement, je ne voyais pas trop ce que tout ça pouvait bien lui foutre… mais comme y'avait cinq cents balles en jeu, j'ai essayé de montrer mon meilleur profil, quoi !

— Et c'est quoi, ton meilleur profil ?! railla Margaux.

— Ben, pas trop à la ramasse, quoi… J'ai dit que j'habitais dans la maison de mon père et je n'ai pas trop précisé qu'on ne se voyait plus depuis plus de quinze ans… Bref, je voulais… putain, j'avais besoin de cinq cents balles, quoi ! Vous pouvez comprendre ça ?!

Urbain semblait être rentré en lui-même. Regard lointain. Sourcils froncés. Mâchoires serrées. Finalement, il lâcha :

— Et je pense que ça t'a sauvé la vie.

— Quoi ?

— Tes réponses, mon gars… Celles qui t'ont valu de ne pas faire partie des *malheureux* élus. Montagne était certainement mandaté pour recruter des pauvres âmes sans aucune attache, des types qui pouvaient disparaître du jour au lendemain sans que personne ne s'en inquiète jamais.

Soudain, Margaux fut frappée par l'évidence. Elle se rappela les propos recueillis au point-rencontre des SDF : Thomas Andrieu s'était créé un faux profil social, se faisant passer pour un gamin de la DDASS. Cette imposture lui avait certainement permis de passer le recrutement de Montagne, alors même que l'étudiant ne faisait que chercher à remonter les traces de son ami Pampelune. Que s'était-il passé par la suite ? Les gars du labo s'étaient-ils rendu compte de la supercherie ? Et si oui, comment ?… Margaux repensa aux événements associés à la disparition du jeune Andrieu. Dès le troisième jour sans nouvelles, la famille avait fait appel aux médias qui s'étaient emparés de l'affaire. Certains avaient même publié la photo du neveu du ministre des Finances. Était-ce à cette occasion que le laboratoire clandestin avait compris que l'un des prétendus SDF enfermés dans leurs geôles n'était autre que le tant recherché

Thomas Andrieu ?!… La policière releva les yeux vers le Zèbre qui la scrutait avec intensité.

— Voilà… si je ne m'abuse, tu viens de faire le lien avec notre étudiant en socio ? commenta-t-il. (Elle hocha lentement la tête.) Et un suicide – autrement dit, la fin de toute recherche et de toute enquête – était certainement l'issue la plus favorable pour une organisation criminelle qui ne souhaitait pas attirer l'attention sur ses activités.

— Putain de merde… lâcha Margaux.

Placard remua sur sa chaise, se rappelant aux deux policiers. Il suivait leur échange sans rien comprendre, d'un œil perdu. Il s'essuya de nouveau du revers de sa manche, renifla bruyamment et finit par demander :

— On a fini ? J'ai trop envie d'une clope, là.

— Oh non, mon gars ! Loin de là. On va aller te chercher tes clopes et tu vas gentiment répondre à nos questions… À toutes nos questions.

On a une multitude de pistes

Il était près de 18 h 30 quand Éloïse acheva le compte rendu détaillé de l'audition de Karen Guérin, ex-épouse de Coquery. Dès qu'elle se tut, Djamila prit la parole :

— OK… Donc, en plus de son addiction aux jeux d'argent, Coquery cumulait les relations extraconjugales ! Et celles-ci lui ont explosé au visage quand Mme Guérin a reçu des clichés compromettants… A-t-elle la moindre idée de l'identité de l'expéditeur et de son mobile ?

— Aucune… Le cachet de la poste indiquait Paris, mais nous n'en saurons pas plus : Mme Guérin a tout flanqué à la poubelle après le divorce.

— En tout cas, ces photos auront eu pour effet de la décider à demander le divorce, précisa Thibault. Et durant toute l'audition, cet élément m'a chiffonné. Comme un voyant rouge clignotant dans ma tête.

— Explique-toi, l'enjoignit Éloïse.

Le gendarme prit quelques secondes pour rassembler ses pensées et se lança :

— En fait, Karen Guérin a découvert l'addiction de son mari ainsi que ses dettes de jeu grâce à la procédure de divorce, divorce lui-même déclenché par la réception des fameuses photos… Et comment Coquery a-t-il pu assainir sa situation et se remettre à flot ?… Grâce au boni versé par Bio Investissement au moment de l'embauche, poursuivit le gendarme. Bizarrement, la somme qu'il a reçue lors de sa prise de poste à Toulouse a pile-poil couvert ses dettes et le paiement de la moitié de la maison à son ex-femme. Est-ce que quelqu'un voit où je veux en venir ?

— Tu penses que le montant de la somme en question n'est pas un hasard !

— Exactement. Cela reste à prouver, mais il est possible qu'on ait appâté Coquery avec ce fameux boni qui résolvait d'un coup tous ses problèmes.

— Ça se tient, approuva Éloïse. Donc, si je suis ton raisonnement, tu penses que la personne qui a envoyé les photos compromettantes de Coquery à sa femme l'a fait pour finir d'acculer notre homme ?

— Oui, c'est ça… J'ai l'impression que la procédure de divorce constitue l'élément fatal pour Coquery. Jusque-là, il était parvenu à dissimuler ses dettes de jeu à sa femme et, si l'on en croit cette dernière, il avait cette espèce de capacité de déni qui lui évitait de faire face à ses responsabilités… À part que le divorce a mis fin à ce mode de fonctionnement. Non seulement Coquery s'est retrouvé démasqué, mais en plus sa dette s'est alourdie de la moitié du prix de la maison – ce qui, en l'espèce, n'est pas une paille ! De là, notre scientifique est pris à la gorge de tous les côtés…

— Et il aura très bien pu accepter un poste douteux en contrepartie d'une solution miracle à tous ses emmerdements, conclut Éloïse en hochant la tête.

Il y eut un long silence durant lequel les gendarmes réfléchirent à la théorie de Thibault. Finalement, Djamila prit la parole :

— Si les gens qui se dissimulent derrière Bio Investissement ont effectivement manœuvré de la sorte, alors cela ne peut signifier qu'une seule chose : de gros enjeux se cachaient derrière le fait que Coquery accepte ce poste.

— En effet, ça paraît logique.

— Auquel cas, reprit Djamila, il existe peut-être un lien entre le meurtre du scientifique et son travail.

— Tout à fait, approuva Éloïse. D'autant qu'à ce stade le mystère autour dudit poste demeure entier !

— Le hic, c'est que Mme Guérin elle-même n'est pas fichue de nous renseigner sur ce travail ! Alors, comment peut-on s'y prendre pour en apprendre davantage ?!

Éloïse réfléchit quelques secondes, puis releva la tête :

— Il faut être méthodique… Essayer de faire une reconstitution. Nous devons retracer le parcours de Coquery en partant de son dernier poste connu… Thibault, Djamila, vous seriez intéressés par un saut à Paris ?

Les deux jeunes gendarmes échangèrent un regard plein d'excitation.

— Yep, *chief* ! C'est quoi l'idée, exactement ?

— Rencontrer les anciens collègues de Coquery là-bas. Voir si certains savent quelque chose. Leur a-t-il parlé du poste qu'il avait accepté ? Quelqu'un a-t-il la moindre information qui puisse nous éclairer là-dessus ?

— OK… Et tant qu'à être à Paris, on pourrait aussi essayer de savoir qui Coquery a fréquenté : avec qui il jouait et où ? Auprès de qui s'était-il endetté ? Il a dû rencontrer des personnes peu recommandables et, là aussi, c'est une piste à ne pas négliger. Après tout, rien ne dit qu'il n'a pas été tué à cause de dettes qu'il n'aurait pas remboursées, non ?

— Effectivement, c'est une possibilité, même si je ne vois *a priori* aucun lien entre ce genre de règlement de comptes et la disparition de son ordinateur… Cela étant, il faut bien sûr essayer de glaner des informations sur cet aspect de la vie de Coquery, approuva Éloïse.

Ludovic fit un signe de la main pour prendre la parole :

— Oui, Ludovic ?

— Sur ce point, n'oublions pas le versement opéré en janvier 2018 à un dénommé Wang Fang. Il s'agissait peut-être d'une dette de jeu…

— Exact ! Cet élément m'était totalement sorti de la tête, admit Éloïse. Thibault, Djamila, vous profiterez de votre passage dans la capitale pour explorer cette piste. Ludovic, qu'as-tu appris sur ce bonhomme ?

— C'est un commerçant de mobilier asiatique. Il tient une boutique d'import-export qui s'appelle « Le Lampion », située dans le treizième arrondissement. Tu veux que je creuse ?

— Non, pas la peine, Thibault et Djamila l'asticoteront en direct. D'ailleurs, après la réunion, vous vous occuperez d'organiser votre feuille de route du séjour à Paris et vous prendrez vos billets. Programmez votre départ pour lundi.

— Ça marche, lui retourna Thibault.

Malgré l'heure tardive, Éloïse se servit machinalement un énième café. La fatigue commençait à se faire sentir mais le travail était loin d'être terminé.

— Bien… Passons à Anthony Servat. Djamila, que peux-tu nous dire ?

— Je l'ai auditionné pendant trois heures… Nous savons que rien ne le relie matériellement au meurtre de sa femme. Reste donc l'hypothèse qu'il en soit le commanditaire.

— Un tueur à gages n'étrangle pas ses victimes, intervint Éloïse. Le meurtre de Céline Servat n'a rien d'un contrat… En revanche, celui de Coquery y ressemble beaucoup. Peut-on imaginer que le mari trompé ait embauché quelqu'un pour supprimer l'amant ?

— Rien ne l'exclut pour l'heure… D'après la balistique, l'arme utilisée est un pistolet Remington cal.45 semi-automatique sept coups : la balle extraite de la tête de Coquery est en train d'être examinée. Peut-être aurons-nous une correspondance sur une autre affaire et, de fil en aiguille, sur son utilisateur ?

— OK… Quoi d'autre ?

— Anthony Servat a affirmé avec vigueur ne pas connaître Coquery. Il soutient même qu'il n'a jamais su que sa femme le trompait, qu'il l'a découvert avec l'enquête. Si c'est vrai, il n'avait donc aucun mobile pour faire éliminer un amant dont il ne soupçonnait même pas l'existence…

Éloïse arrêta Djamila d'un geste de la main :

— La meilleure amie savait, elle ! Qui dit qu'Élodie Denat n'a pas cafté ? Auprès de son mari qui était très proche d'Anthony Servat ? Ou auprès d'Anthony Servat lui-même ?

Un silence incrédule suivit.

— Écoutez, reprit Éloïse, je vais être claire avec vous : moi-même, je ne crois pas à la culpabilité d'Anthony Servat. Cependant, nous ne pouvons négliger aucun mobile réel et sérieux et, par voie de conséquence, nous ne pouvons éliminer le mari de la liste des suspects. Je convoquerai de nouveau Élodie Denat pendant que vous serez à Paris et je lui mettrai la pression. A-t-elle ou non évoqué l'adultère de sa meilleure amie devant son mari ou devant Anthony Servat en personne ?

Djamila secoua la tête, songeuse, avant de commenter :

— Quand on y pense, c'est étrange. Du côté de Coquery, on ne sait plus où donner de la tête ! Entre le mari trompé, le nouveau poste de travail et les dettes de jeu, on a une multitude de pistes. À l'inverse, du côté de Céline Servat, on fait du sur-place…

— N'exagérons rien, tempéra Éloïse. La piste de l'amant demeure prometteuse. Dès que nous aurons les résultats des comparaisons entre l'ADN de Coquery et celui des fragments de peau retrouvés sous les ongles de Céline Servat, nous serons fixés. Et je gage que c'est bien l'amant qui a éliminé sa maîtresse. Reste à savoir pourquoi… Évidemment, comme nous ne pouvons plus le cuisiner, il va falloir nous y prendre autrement.

Les gendarmes approuvèrent d'un hochement de tête.

— Bien, poursuivons. Ludovic, du nouveau sur Bio Investissement ?

— Rien. C'est une coquille vide… En revanche, tu m'avais demandé d'inspecter la boîte mail de Céline Servat et je suis tombé sur quelque chose d'assez étrange. À 23 h 47, le mercredi 6 février – nuit de sa mort –, Céline Servat a reçu un mail portant pour objet « DOCUMENT GUILLAUME À CONSERVER » écrit en majuscules. Le mail était vierge mais il y avait une pièce jointe. Ce qui m'a interpellé, c'est l'adresse d'expédition : Gco123@wanadoo.fr. Gco m'a fait penser aux initiales de Guillaume Coquery. J'ai voulu en avoir le cœur net et j'ai remonté l'adresse IP de l'expéditeur. Figurez-vous qu'elle correspond bien à l'ordinateur de Coquery.

— Bizarre, intervint Thibault, cette adresse mail n'est pas celle que Karen Guérin nous a communiquée tout à l'heure.

— Qui était guillaumecoquery@wanadoo.fr, compléta Éloïse en lisant ses notes.

— Ça veut juste dire qu'il avait plusieurs adresses mail, je ne vois pas ce qu'il y a de curieux là-dedans, non ? intervint Djamila.

— Entièrement d'accord, approuva Éloïse. En revanche, ce qui m'étonne, c'est que Guillaume Coquery ait envoyé un document à Céline Servat quelques heures avant sa mort et alors même que Céline Servat était avec lui…

— J'allais justement y venir, la coupa Ludovic, il n'était pas avec elle.

— Pardon ?

— D'après ses relevés de Carte Bleue, le mercredi 6 février, Coquery a effectué un paiement à 23 h 58 pour un plein de gasoil dans une station-service Total située route des États-Unis à Toulouse.

— Route des États-Unis ?! Mais qu'est-ce que Coquery fichait si loin de chez lui à une heure pareille ?

— Aucune idée. En revanche, on peut compter une bonne vingtaine de minutes pour le trajet entre la station-service et le domicile de Balma. Ce n'est donc pas lui qui a adressé ce mail à Céline Servat depuis son ordinateur.

Éloïse laissa échapper un soupir de lassitude.

— Donc, si je comprends bien, étant donné que Céline Servat se trouvait au domicile de Coquery ce soir-là…

— Il y a de fortes chances pour qu'elle se soit elle-même envoyé cette pièce jointe depuis la boîte mail de Coquery, acheva Thibault.

— C'est logique mais totalement saugrenu ! réagit Éloïse. Pourquoi s'envoyer un mail depuis la boîte de son amant ? Et surtout, comment ?! Si nous supposons que Céline Servat est l'auteur du mail, cela signifie qu'elle avait accès à la messagerie de Coquery, autrement dit qu'elle connaissait son mot de passe… C'est gros, quand même, non ?!

La gendarme observa ses collègues et attendit.

— Sauf si elle a fait ça en loucedé[1] ! lança subitement Thibault en claquant des doigts.

— Comment ça ?

— Eh bien… Nous sommes le soir de sa mort, d'accord ? Céline Servat est chez Coquery. Imaginons – reste à définir comment et pourquoi – que Céline Servat fouille l'ordinateur de son amant dans son dos. Elle tombe sur ce document et veut en conserver un double. Elle doit faire vite parce qu'elle a peur de se faire toper, par exemple. Donc, elle fait au plus court en utilisant la messagerie de son amant.

— Explique-moi en quoi…

— Parce qu'elle est sur son ordi, Éloïse ! la coupa Thibault. Le type possède un raccourci écran pour ouvrir sa session mail ! C'est ce que font toutes les personnes qui sont uniques utilisatrices d'un ordinateur !

Éloïse percuta, et réfléchit tout haut :

1. « En douce », en louchébem.

— OK, OK, j'ai compris ! Donc Céline Servat est pressée et ouvre la session de Coquery pour aller plus vite. De là, elle s'envoie le mail et prend juste le temps d'écrire le titre « DOCUMENT GUILLAUME À CONSERVER ». Bon, et alors, c'était quoi exactement, ce document ?

— La pièce jointe était intitulée « Sosia bacterium », répondit Ludovic. Il s'agit d'une étude scientifique ardue de deux cents pages. Il faut être agrégé en biologie pour piger. Apparemment, si j'en crois les commentaires compréhensibles qui agrémentent schémas, formules et hélices ADN, ça parle d'une bactérie.

— Rien de bien transcendant si l'on considère que Coquery et Servat étaient biologistes, commenta Éloïse, dépitée.

— Certes. Mais si l'on donne du crédit à l'hypothèse de Thibault, il paraît incontournable de se pencher sur le contenu de cette fameuse pièce jointe « Sosia bacterium », osa Ludovic. Parce que, jusqu'à traduction par un spécialiste, nous ne savons absolument pas de quoi parle cette étude et, surtout, en quoi ce document aurait été suffisamment important pour que Céline Servat se l'envoie en douce.

Surprise par cette prise de position inhabituelle chez l'informaticien, Éloïse marqua un temps d'arrêt avant d'approuver :

— Tu as parfaitement raison, Ludovic. Fais-moi suivre ce document, s'il te plaît, je vais dès demain solliciter les lumières du Pr Duloung de l'Université Paul-Sabatier, ça occupera son week-end, s'il ne savait pas quoi faire !... Bon, je suis crevée. On s'arrête là ou il y a d'autres éléments ?

— Une dernière information, répondit Ludovic. Comme je disposais de l'adresse Gco123@wanadoo.fr, j'ai cherché à pirater la boîte mail. Et je vous le donne en mille : le compte a tout bonnement été supprimé...

— Wouaw ! Donc cette boîte faisait partie des éléments que le voleur de matériel informatique cherchait à dissimuler, déduisit Éloïse. Et le moins qu'on puisse dire, c'est qu'il n'a pas perdu de temps pour commencer à faire le nettoyage derrière lui...

— C'est clair ! rebondit Thibault. Et je ne voudrais pas en rajouter une couche, mais c'est depuis ce compte supprimé qu'est parti le mystérieux mail que se serait envoyé Céline Servat le soir de sa mort... Donc, bon... tout ça est peut-être lié, non ?

Éloïse se frotta les tempes en hochant la tête :

— Oui… Tous ces éléments sont très certainement liés… Mais il est difficile de comprendre exactement comment. Donc, je vais faire suivre le document à Duloung en lui demandant une explication de texte.

— On a fini, *chief* ?

— Oui. De votre côté, prenez vos billets pour Paris. Dans dix minutes, je ne veux plus personne ici, vous raccrochez tous pour le week-end !

— Pourquoi tu dis « vous » ?

— Parce que demain matin, j'assiste à l'autopsie de Coquery, répondit la gendarme d'un ton las. Mais, crois-moi sur parole, à partir de midi je serai en week-end !

… Dans mon propre besoin de justice

Il était 23 h 30 quand Éloïse reçut le texto d'Amanda : « Appelez-moi si vous n'êtes pas couchée ! » La gendarme qui venait de se glisser sous ses draps laissa échapper un grognement mais téléphona immédiatement à la journaliste. De toute façon, elle ne fermerait pas l'œil si elle ignorait de quoi il retournait. Amanda décrocha à la seconde sonnerie, elle était surexcitée. Des bruits de bar s'élevaient derrière elle :

— Bonsoir, Éloïse ! Comment allez-vous ?! brailla-t-elle pour couvrir le fond sonore.

— Ça va… Dites, vous ne voudriez pas trouver un endroit calme parce que là, vous me hurlez littéralement aux oreilles.

— Hein ?! Qu'est-ce que vous dites ?! Parlez plus fort, je vous entends très mal !

La gendarme comprit que la journaliste se déplaçait, aux murmures d'excuses qu'elle égrenait au fil de sa progression. Puis elle entendit une porte s'ouvrir et un calme bienvenu envahir l'appareil.

— Vous êtes toujours là, Éloïse ?

— Oui, je n'ai pas bougé. Et vous, vous m'entendez, maintenant ?

— Oui, mais j'ai dû sortir et, du coup, je me caille grave.

— De toute façon, vu l'heure, on va faire vite ! Vous avez du nouveau ?

— Et comment ! Figurez-vous que j'ai pu entrer chez Anne Poey à Tarbes.

— Personne ne vous a vue, au moins ?

— Non, ne vous inquiétez pas ! J'ai attendu que Mme Crapin aille chez le coiffeur.

— Mme Crapin ?

— Mais oui, la voisine ! Soixante et onze ans et une âme de concierge ! Toujours fourrée derrière sa fenêtre à surveiller les moindres faits et gestes dans la rue… Bref, elle est sortie en fin de matinée, et j'ai profité de son absence pour me glisser chez Anne Poey alias Camille Bertrand. J'ai escaladé le portillon et cassé une fenêtre du rez-de-chaussée à l'arrière de la maison, loin des regards de la rue. J'ai failli me blesser avec le verre mais au final, j'ai réussi mon coup !

— Alors ?

— Jolie décoration, un mobilier design d'excellente facture mais trop épuré à mon goût. Finalement, c'est le genre d'intérieur qui révèle peu de la personnalité de son hôte, vous voyez ce que je veux dire ?

Éloïse leva les yeux au ciel tout en refrénant son envie de tacler la journaliste.

— Mmm… je vois… Et ?

— Je suis sûre qu'elle avait fait un grand ménage avant de quitter les lieux, car je n'ai rien trouvé de significatif dans les pièces à vivre : photos ou magazine de voyages susceptibles de donner un indice sur sa destination.

— Amanda ! C'est pour ça que vous m'avez demandé de vous rappeler à 23 h 30 ? s'étrangla Éloïse.

— Mais non, c'est ma manière à moi de vous faire languir !

— Oh bon sang, Amanda, si vous saviez à quel point je suis fatiguée de votre cirque ! s'agaça la gendarme. Sans compter que je ne sais plus où donner de la tête avec mon travail ! Deux cadavres à une semaine d'intervalle pour une enquête à tiroirs… comme vous rêveriez d'en couvrir une un jour, ajouta Éloïse avec malice.

— Sérieux ?! De quoi s'agit-il ? la coupa la journaliste avec intérêt.

— Même pas dans vos rêves ! Et celle-là ferait un excellent papier, croyez-moi !

— Éloïse, enfin !

— Alors ?!… Vous voyez, c'est pénible, hein, dès que les rôles sont inversés !

— Ah, d'accord… vous vous moquez de moi, c'est ça ?

— En effet, mentit effrontément la gendarme, de peur de retrouver la journaliste devant sa porte dès potron-minet. Un crime passionnel lié à un adultère... une histoire glauque mais d'une banalité consternante... On peut en revenir à Anne Poey ? Vous avez finalement trouvé quelque chose ?

— Oui ! Figurez-vous qu'en fouillant méthodiquement la baraque, j'ai fini par dégoter une grosse malle fermée à clé dans la cave. J'ai mis vingt minutes à faire sauter la serrure mais j'y suis parvenue. Dedans, il y avait de vieux papiers, des archives, de très vieilles photos... Certaines remontent au père de la grande prêtresse.

— Attendez, j'ai du mal à suivre. Comment a-t-elle pu embarquer...

— Hou-hou, Éloïse, réveillez-vous ! la coupa Amanda. Je vous rappelle qu'Anne Poey a acquis cette planque en 1999 !

— Exact, oui... excusez-moi, je suis crevée.

— Pas de souci. Donc, je pense que cette base arrière lui a aussi permis de vivre plus sereinement sa vie de socio-anthropologue à Bagnères-de-Bigorre. Vous m'avez dit que la fouille de sa maison à Bagnères n'avait pas donné grand-chose, et pour cause ! L'ensemble des documents la reliant de près ou de loin au cheptel, les archives administratives et bancaires *et cetera* devaient être stockés ici même à Tarbes. C'est ce que je déduis de la multitude de documents contenus aujourd'hui encore dans cette malle, laquelle se trouve dans une maison au nom de Camille Bertrand. S'il y avait eu le moindre soupçon sur elle à Bagnères, aucune perquisition là-bas n'aurait pu alimenter la thèse de sa culpabilité.

Éloïse se leva et alla au salon pour allumer une cigarette. Les propos d'Amanda lui fouettaient le sang. Et dire qu'à aucun moment l'hypothèse d'une base arrière – comme l'avait appelée Amanda – n'avait été envisagée par les enquêteurs !

— C'est vraiment bizarre, vous savez...

— Quoi donc ?

— Eh bien... quand j'ai découvert certaines photos montrant Anne Poey enfant, que je l'ai vue là-haut dans cette montagne, seule, sans amis... quand j'ai regardé ce père complètement cinglé qui posait à côté d'elle... quand j'ai observé quelques clichés en noir et blanc du cheptel pris à l'insu de ses membres... j'ai eu le sentiment vertigineux de plonger dans la genèse de la monstruosité que nous avons découverte en 2015... Et j'ai aussi mesuré l'immense injustice dont Anne Poey a été victime...

— Vous avez bu, Amanda, ou quoi ?!

— Éloïse, calmez-vous… Cette femme est gravement déviante, je le sais, vous le savez, tout le monde le sait ! Mais elle a été une enfant dont la vie a ressemblé à un chemin de croix. Vous vous imaginez un peu sa condition ? Coupée du monde, tenue à distance de la communauté qu'observait son savant fou de père, délaissée par ce dernier…

— Elle a élevé et commercialisé des êtres humains, Amanda ! Et quand elle a été repérée et que son petit monde menaçait de s'effondrer, elle a gazé l'ensemble de ces gens, hommes, femmes et enfants… Et à cause d'elle, d'autres personnes sont décédées, dont deux gendarmes !… Désolée, mais là, je vais avoir du mal à compatir…

— … Ce n'est pas vraiment de compassion que je parlais. J'essayais juste de dire qu'en observant ces clichés, j'avais eu l'impression de mieux saisir la mécanique du pire… Ça n'enlève rien aux horreurs perpétrées par Anne Poey, pas plus que ça ne les excuse, mais… Éloïse, vous êtes là ?

À l'autre bout du fil, assise en tailleur au pied de sa table basse, la gendarme tirait nerveusement sur sa cigarette en cherchant comment faire taire Amanda. Finalement, après avoir tourné quelques ripostes cinglantes dans sa tête, elle laissa parler son cœur :

— Écoutez, Amanda… Il y a un dicton populaire qui fonde le droit français et qui dit qu'on ne peut être à la fois juge et partie. Dans cette affaire, je suis partie. Il appartiendra au juge d'évaluer les circonstances atténuantes ou pas concernant cette sociopathe… Moi, je suis dans ma douleur et dans mon propre besoin de justice. En d'autres termes, émotionnellement, je ne peux pas recevoir vos appréciations, aussi exactes soient-elles.

Il y eut un long blanc au bout de la ligne, puis la voix teintée de remords de la journaliste s'éleva :

— Pardon, Éloïse. Vous avez raison, je suis vraiment désolée.

— … Et si vous me racontiez la suite ? Avez-vous oui ou non trouvé quelque chose qui puisse nous indiquer comment remonter jusqu'à Anne Poey ?

— Je pense que oui ! Bon, soyons claires : Anne Poey a fait un tri soigneux avant de partir de Tarbes, histoire de ne pas laisser le moindre indice de sa destination ni d'une autre identité qu'elle utilise certainement… Cependant, parmi les archives qu'elle a abandonnées, j'ai trouvé un vieux feuillet qui a échappé à sa vigilance. Avec le temps, le papier en question s'était collé à un autre ; je m'en suis rendu compte parce que le faisceau de ma Maglite a fait apparaître des écritures en filigrane. À la seule lumière du plafonnier, cela m'aurait échappé. Bref, cette feuille est un simple courrier de novembre 2007 établi par un organisme de gestion immobilière de Saint-Domingue. Il est adressé à : « Olivia Wilhem, chez Mme Camille Bertrand ».

Le cœur de la gendarme bondit violemment dans sa poitrine.

— Olivia Wilhem, vous dites ?!

— Oui, et attendez, ce n'est pas tout ! Ce courrier informe la dénommée Olivia Wilhem que sa propriété de Santa Cruz de Barahona a subi un important dégât des eaux suite à l'ouragan Noël et qu'il sera procédé à des travaux conformément au contrat de gestion immobilière blablabli-blablabla…

Éloïse sentit une irrépressible montée de larmes. Son flair lui hurlait qu'Anne Poey était désormais à portée de main.

— Bon… évidemment, le courrier remonte à 2007, donc notre tueuse a très bien pu revendre cette propriété et en acquérir une nouvelle dans un autre coin du monde, hein ?! Mais c'est déjà une piste à exploiter ! Éloïse ?

— … Oui… Je… je vous écoute…

— C'est moi, ou vous pleurez ?

— C'est vous, lui retourna âprement la gendarme en reniflant.

— OK… Bon… Euh…

— Amanda, se ressaisit la gendarme, l'ensemble des papiers que vous avez trouvés à Tarbes sont des pièces à conviction qui devront être versées au dossier avec l'arrestation d'Anne Poey. Donc, il vous faut tout laisser sur place.

— Je le sais parfaitement ! J'ai déjà photographié les clichés qui m'intéressaient ainsi que la fameuse lettre de Saint-Domingue. Et j'ai tout rangé ensuite.

— Bien. Quel est votre plan, maintenant ?

— Je viens de rentrer sur Toulouse et je prends un verre pour fêter ça avant de rejoindre Black Sheep, chez lui.

— Black Sheep ?

— Un de mes contacts… Il s'est choisi ce surnom parce qu'il a toujours été une sorte de mouton noir ! D'ailleurs il déteste les gens, de manière générale… Bref, c'est un virtuose de l'informatique, le genre de type capable de craquer n'importe quel serveur de n'importe quelle administration dans le monde, si vous voyez ce que je veux dire !

La gendarme marqua un temps d'arrêt puis répondit :

— Un hacker, en somme ?

— Pas tout à fait, mais peu importe !... Je finis ma bière et je vais passer la nuit chez lui. On va traquer Olivia Wilhem. Est-elle inscrite sur des réseaux sociaux ? répertoriée auprès d'administrations ? membre d'un forum en ligne ? *et cetera*... Croyez-moi, si cette fausse identité est celle qu'Anne Poey utilise aujourd'hui encore, Black Sheep la retrouvera !

— Vous pourriez tout simplement passer un coup de fil à l'agence de gestion immobilière de Saint-Domingue ou aux administrations sur place, ce serait plus simple, non ?

— C'est bien des idées de gendarme, ça ! Ça reviendrait à prendre le risque qu'un type à qui elle a graissé la patte l'informe qu'une journaliste française pose des questions sur elle, merci bien ! S'il y a une chose dont je suis certaine, c'est qu'Anne Poey a forcément assuré ses arrières. Et dans un pays aussi corrompu que la République dominicaine – si tant est qu'elle soit bien là-bas –, elle doit avoir des antennes partout, et jusque dans les administrations locales, croyez-moi.

La gendarme serra les dents, Amanda avait sûrement raison. La grande prêtresse avait tout de l'araignée qui tisse sa toile dès qu'elle s'installe quelque part...

— Effectivement, pourquoi prendre ce risque, admit-elle. Et si vos recherches Internet ne donnent rien ?

— Eh bien, si on ne trouve rien, ça voudra dire qu'Anne Poey a pris une autre identité.

— OK... Et si vous la localisez ? Si Olivia Wilhem est bien en République dominicaine ?

— Je pensais prévenir anonymement votre ami d'Interpol, Olivier Merlot. Il m'a donné un bon coup de pouce, je pourrais lui renvoyer l'ascenseur. Et dès que l'arrestation sur place aura eu lieu, vlan, je sors mon dossier d'investigation !

— Vous aurez des ennuis.

— Je sais. Et alors ? J'ai toujours des ennuis avec les enquêteurs officiels, ce n'est plus un problème.

— Si vous le dites !

Amanda laissa filer quelques secondes avant de conclure :

— Mais, Éloïse, nous n'en sommes pas là, et vous le savez, hein ?... Il peut tout aussi bien s'agir d'une piste froide.

— J'ai du mal à chasser mon pressentiment, mais nous verrons bien... Il y a juste une chose que je ne comprends pas : pourquoi Anne Poey a-t-elle acheté une propriété dans un pays qui a signé des accords d'extradition avec la France ? Ça ne lui ressemble pas, elle qui est toujours tellement prudente...

— En quelle année la Républicaine dominicaine a-t-elle signé ces accords ?

— Dans les années 2000, il me semble. Vous avez une seconde ?

— Oui, j'attends.

Éloïse ouvrit une session Internet sur son ordinateur et, après quelques manipulations, reprit son téléphone :

— 2002, très exactement ! Il est vraiment étrange qu'elle n'ait pas pensé à cela, elle qui est si prévoyante, non ?

— Oui, en effet... Mais Anne Poey avait peut-être acquis sa propriété avant 2002, qui sait ?

— Mmm... Possible... Bon, vous me tenez au courant ?

— Ne vous inquiétez pas, je vous appelle demain sans faute... Allez, je vous laisse, je suis en train d'attraper froid tandis que ma bière, elle, se réchauffe !

La gendarme raccrocha avec dans le cœur une boule de haine et de jubilation mêlées. Malgré elle, elle ne pouvait s'empêcher de croire qu'elles tenaient enfin quelque chose et d'imaginer l'arrestation de la criminelle. Menottes aux poignets. Extradée vers la France pour affronter son procès, certainement l'un des plus retentissants du XXIe siècle !

Faut pas avoir oublié le sel !

Éloïse consulta une énième fois son GPS. Non, elle ne s'était pas perdue et le chemin vicinal cabossé qu'elle suivait depuis dix minutes en serpentant à travers la forêt de Bouconne correspondait bien à l'adresse que lui avait transmise Amanda. De toute façon, elle n'avait pas d'autre choix que d'avancer, dans la mesure où la langue de bitume défoncée sur laquelle elle s'était engagée était trop étroite pour lui permettre de négocier un demi-tour ! Repérant un énorme nid-de-poule, la gendarme leva encore le pied, maudissant à haute voix la journaliste de l'avoir entraînée jusque-là… Elle roula encore un bon kilomètre à un train de sénateur avant de commencer à se détendre. La végétation autour d'elle devenait moins dense et elle aperçut dans un virage une petite maison nichée dans une clairière à une cinquantaine de mètres. De fait, le chemin l'y conduisit. La gendarme sortit de la voiture, effarée. La bicoque de Black Sheep était perdue au cœur des bois – un petit édifice de béton, de fer et de verre isolé au milieu des arbres. Il n'y avait ici aucun voisin, aucun pont vers la civilisation. *Ce type est un vrai sauvage*, songea-t-elle.

— Bonjour Éloïse ! lui lança Amanda en la rejoignant.

— Eh bien ! Faut pas avoir oublié le sel !

La journaliste lui fit les gros yeux en l'avertissant :

— Je vous invite à vous mettre en mode social et à arborer votre mine la plus avenante… Black Sheep est un autiste Asperger et je ne suis pas certaine qu'il comprenne et apprécie vos sarcasmes.

— Sans blague ! Et par quel miracle s'entend-il avec vous ?

Amanda s'empourpra légèrement :

— Disons que… Black Sheep est de loin le meilleur dans sa partie et que…

— Nécessité fait loi ? la coupa Éloïse.

— Ha ha, très drôle ! Non, je m'apprêtais à dire que j'ai appris à m'adapter… En attendant, quand vous aurez entendu ce qu'il a à vous dire, vous lui serez d'une reconnaissance éternelle et je gage que vous le traiterez en prenant en compte ses particularités, lança Amanda en tournant les talons.

Éloïse la suivit silencieusement jusque dans la maison et découvrit un intérieur moderne et fonctionnel rangé au cordeau et entièrement blanc. Le dénommé Black Sheep était assis dans un coin du grand salon, devant un mur entier d'écrans reliés à plusieurs claviers. La gendarme venait de pénétrer dans l'antre d'un geek vivant en ermite au cœur d'une forêt, et qui ne semblait pas porter plus d'attention à elle que si elle avait été la femme invisible. Black Sheep la détrompa tout net puisqu'il lui jeta, toujours de dos :

— Bonjour, Éloïse. Je n'aime pas votre parfum.

La gendarme jeta un regard ahuri à la journaliste qui se contenta de hausser les épaules en signe d'impuissance.

— Bonjour, euh… comment dois-je vous appeler ?

— Black Sheep, qui signifie « mouton noir » en français.

— Eh bien… bonjour, Black Sheep.

— Alors, nous avons trouvé les éléments qui vous intéressent. Vous pouvez vous asseoir dans le canapé des invités, c'est celui qui comporte un coussin.

Il y avait deux canapés identiques de couleur blanche, sur l'un d'eux reposait un coussin. La gendarme s'y installa sagement et attendit.

— Black Sheep, je vais à la cuisine préparer un café pour notre invitée, l'informa alors Amanda.

— D'accord.

Elle revint cinq minutes plus tard avec un plateau qu'elle posa sur la table basse. Black Sheep pianotait toujours sur un des claviers de ses ordinateurs tandis qu'Éloïse fixait son dos d'un air totalement dérouté.

— Black Sheep, je vais expliquer à Éloïse le résultat de nos recherches, est-ce que tu veux te joindre à nous ? lui lança la journaliste.

— Non merci.

Amanda s'installa alors à côté d'Éloïse dont la mine s'allongeait de minute en minute et entama son récit :

— J'ai une bonne et une mauvaise nouvelle. La bonne nouvelle, c'est que nous sommes parvenus à remonter jusqu'à Anne Poey : elle est bien installée en République dominicaine dans sa propriété de Santa Cruz de Barahona sous l'identité d'Olivia Wilhem.

À cette annonce, la gendarme faillit renverser son café. Une irrépressible jubilation était en train de prendre corps en elle.

— Alors, c'est quoi le problème ? demanda-t-elle avec empressement.

— Eh bien, soupira la journaliste, Anne Poey a très bien joué son coup. D'après les informations qu'a extraites Black Sheep concernant l'impôt foncier, Olivia Wilhem a acquis sa propriété en 2000, deux ans avant les accords d'extradition France-République dominicaine. Par ailleurs, les variations concernant la consommation mensuelle d'eau et d'électricité témoignent d'une présence sur place environ quatre à cinq fois par an depuis l'année 2000, à l'exception de la période courant de septembre 2015 à mars 2017.

— Plus d'un an et demi durant lesquels elle s'est terrée à Tarbes !

— C'est ça. Quand elle a estimé que les mailles du filet s'étaient suffisamment desserrées, elle a pris l'avion sous l'identité d'Olivia Wilhem pour Santa Cruz de Barahona, où elle vit désormais.

— Vous disiez qu'elle avait très bien joué son coup, pourquoi ?

La journaliste lança un regard navré à la gendarme :

— Ses fréquents séjours sur place dès l'année 2000, ajoutés à la fondation ACAC – acronyme de « A Child, A Chance » – lui ont rapidement permis de tisser des liens étroits avec les politiques locaux, les administrations sociales et les autorités judiciaires.

— A Child, A Chance ?! s'étrangla Éloïse.

— Mmm... en substance, cette fondation a vocation à venir en aide aux enfants issus des familles les plus défavorisées de l'île en leur fournissant un toit, un suivi personnalisé, un accès à la scolarité et un accompagnement vers l'insertion professionnelle. En presque deux décennies, ACAC est devenu un acteur socio-économique incontournable de l'île. Les partenariats sont multiples et le maillage sur le territoire est impressionnant. En gros, il y a des antennes ACAC dans chaque grande ville de la République dominicaine.

— Bon sang, ça me donne envie de vomir, commenta Éloïse, les dents serrées.

— Les W-C sont à gauche dans l'entrée, lui indiqua alors Black Sheep d'un ton monocorde.

Saisie, la gendarme ouvrit des yeux ronds tandis qu'Amanda expliquait calmement :

— C'est une expression, Black Sheep, pour signifier qu'on est écœuré.

— D'accord.

— Maintenant, est-ce que tu peux nous afficher les captures d'écran que tu as faites, s'il te plaît ?

Le jeune homme dont Éloïse n'avait toujours pas vu le visage s'interrompit, fit rouler sa chaise sur le côté et se plaça devant un nouveau clavier. Il cliqua sur un dossier d'images qui s'affichèrent sur un des écrans suspendus au mur. La gendarme eut le sentiment de prendre un coup de poing dans le ventre quand elle identifia le visage méconnaissable de la grande prêtresse – cheveux blond cendré courts, yeux noisette – coupant un ruban à l'aide de ciseaux. La journaliste se leva et entreprit de commenter :

— Avril 2003, création de la première structure ACAC à Saint-Domingue. L'homme que vous voyez devant Anne Poey n'est autre que Juan Domingo, procureur général de la République.

Un nouveau cliché chassa le précédent, on y voyait un superbe banquet dressé sous un immense marabout en bord de plage.

— Août 2004, gala organisé en vue d'une levée de fonds au bénéfice d'ACAC qui ouvre une antenne-relais à Santa Cruz de Barahona. Il y a là toutes les huiles de l'île et Anne Poey est ici, posant à côté de Pedro Suarez, conseiller juridique de la présidence, et de son épouse Maria Suarez, ministre du Tourisme.

L'image fit place à une nouvelle, où l'on voyait Anne Poey découper un énorme gâteau à étages.

— 2 décembre 2005. Soirée privée. Olivia Wilhem fête son anniversaire dans sa fastueuse demeure de Santa Cruz de Barahona. Le parterre de convives massés autour d'elle est exclusivement constitué de riches hommes d'affaires, de politiciens influents et de grands pontes de l'administration. L'homme qui applaudit derrière elle est Sacha Legrand, l'ambassadeur de France, et le trio que vous voyez là est constitué de José Santiago, ministre de la Défense, Alberto Lopez, l'un des plus riches investisseurs locaux, et Assomption Pondevedra, ministre de la Santé.

Une quatrième photo s'afficha, mais la journaliste cessa de commenter.

— Je m'arrête ici, mais sachez qu'il y a plus de soixante photographies prises au fil des ans et des centaines d'articles de presse consacrés à Olivia Wilhem. Anne Poey a tissé sa toile là-bas comme une araignée... Et dire qu'elle a le bras long est un doux euphémisme !

Éloïse ferma les yeux et fit le point à voix haute :

— Vous êtes en train de me dire que malgré la double incrimination, la procédure d'extradition est totalement vouée à l'échec.

— Amanda n'a pas dit ça.

— Mais elle l'a induit ! laissa spontanément échapper la gendarme.

— Amanda, est-ce que tu l'as induit ?

— En effet, Black Sheep, c'était implicite.

— Je ne peux pas comprendre l'implicite, cela ne fait pas partie de mes habiletés sociales.

— Je sais, Black Sheep... Je suis désolée, je ne l'ai pas fait exprès.

— D'accord.

La gendarme avait suivi l'échange comme on suit une partie de tennis et elle ne put retenir un sourire ébahi. Amanda était véritablement bluffante.

— Dites-moi, Éloïse, vous avez parlé de double incrimination ? relança la journaliste.

— Oui. Pour faire simple, il faut que le crime reproché au ressortissant par l'État requérant son extradition soit aussi un crime pour l'État accueillant ce ressortissant.

— Pourquoi ?

— Eh bien, imaginons par exemple que l'homosexualité soit un crime puni par un État et que ce même État adresse à la France une demande d'extradition pour un de ses ressortissants sur le motif pénal de...

— J'ai compris, la coupa Amanda. On ne peut décemment pas livrer cette personne.

— Ni décemment, ni juridiquement, appuya la gendarme. Mais revenons-en à Anne Poey. Ses crimes – trafic d'êtres humains, assassinats, meurtre par empoisonnement, pour ne citer qu'eux – sont forcément des crimes reconnus en République dominicaine. Il n'y a donc juridiquement aucun empêchement... Mais vu le déroulé que vous venez de me faire, je peux presque prédire ce qui se passera en cas de demande d'arrestation provisoire dans le cadre d'une extradition, acheva la gendarme, mâchoires serrées.

— Oui, nul besoin d'un dessin ! Anne Poey sera immédiatement informée, le juge freinera la procédure le temps nécessaire et la police ne se mettra en ordre de marche que lorsque la prêtresse aura mis les voiles.

La gendarme se leva et commença à déambuler dans la pièce. L'exaltation qu'elle avait ressentie quelques minutes plus tôt à la première annonce d'Amanda était retombée comme un soufflé. Une rage froide prenait maintenant corps en elle. Sur l'écran, la dernière image venait de s'afficher. On y voyait le portrait insoutenable d'Anne Poey qui prenait de bonne grâce la pose avec un sourire rayonnant. La gendarme serra et desserra plusieurs fois les poings en fixant la photo et, d'un ton définitif, elle balança :

— Hors de question qu'elle nous échappe cette fois-ci ! D'une manière ou d'une autre, on doit trouver le moyen de la faire revenir en France.

La petite a un nom, un prénom, des parents qui la cherchent encore…

C'était dimanche et la pendule murale affichait 13 heures. Derrière la baie vitrée de la cuisine, un soleil pâlichon perçait péniblement entre les frondaisons qui s'égouttaient après une nuit pluvieuse. Amanda jeta des légumes dans le wok et commença à les faire sauter à feu vif. Derrière elle, Éloïse ouvrit une bouteille de vin rouge et leur servit un verre.

— J'en propose un à Black Sheep ?

— Non, pas la peine, il ne boit que du Coca.

— Vous l'avez rencontré comment ?

— Alors que je faisais un papier sur les ripostes des entreprises face à la cybercriminalité, répondit la journaliste en attrapant son verre. J'ai immédiatement été fascinée ! Black Sheep est vraiment hors norme. C'est assez déconcertant au début et puis, à force, on s'y fait.

La gendarme lui lança un regard amusé :

— Vous êtes étonnante, Amanda, vous savez ?

— Oh ! Dois-je prendre ça comme un compliment ?

— Vous pouvez, oui.

— Nooon, sérieusement ?! Le vin vous monte déjà à la tête, Éloïse ?!

— Mmm… Et agaçante aussi, mais ça, je vous l'ai déjà dit ! Tchin !

Les deux femmes se mirent à rire et portèrent un toast.

— Vous croyez que Black Sheep va trouver quelque chose ?

— S'il y a quelque chose à trouver, oui. On en revient toujours au même problème, en fait : qu'est-ce qui pourrait inciter

Anne Poey à monter dans un avion et à prendre le risque de revenir en France ? On peut d'ores et déjà exclure l'amour et la famille…

— Eh bien… Il reste l'argent, le business ? proposa Éloïse.

— Bah ! Elle est pleine aux as et, de toute façon, elle avait protégé ses avoirs bien avant son arrestation. Quant au business, elle le fait déjà sur place.

— Le pouvoir ?

— Elle l'a à Saint-Domingue… En bonne grande prêtresse, elle est même parvenue à se reconstituer une cour. Sa rétrospective l'atteste : il n'y a pas une seule sphère de pouvoir dans laquelle elle ne se soit introduite…

— Oui, et c'est dingue quand on y pense ! Cette femme est un véritable aimant. Tout le monde lui mange dans la main.

Il y eut un silence durant lequel les deux femmes se regardèrent d'un air circonspect. Finalement, Éloïse conclut :

— Dieu sait que ça me fout en l'air, mais je ne vois pas ! Tout ce qui fait moteur pour le commun des mortels lui est étranger. Dans ces conditions, comment voulez-vous qu'on l'appâte, bordel ?!

— Moi, j'ai trouvé.

Éloïse sursauta et fit volte-face, surprise par la voix monocorde de Black Sheep, qui venait d'apparaître dans l'encadrement de la porte de la cuisine. Près de vingt-quatre heures s'étaient écoulées et elle découvrait enfin son visage. Black Sheep devait avoir dans les trente ans. Il avait des traits fins et harmonieux, des yeux foncés qui se cachaient derrière des lunettes carrées à monture noire. La gendarme chercha à capter son regard mais comprit qu'il ne pouvait pas la fixer dans les yeux.

— Tu as trouvé, Black Sheep ?! rebondit Amanda.

— Sa collection.

— Explique-moi, s'il te plaît.

— Olivia Wilhem est une collectionneuse. Comme moi avec les figurines de dinosaures que tu as vues dans ma chambre.

— Elle collectionne des dinosaures en plastique ? réagit la gendarme, incrédule.

— Non, je n'ai pas dit ça, Éloïse. Vous n'avez pas compris. J'ai dit qu'elle était une collectionneuse, comme moi.

— D'accord… Et euh… elle collectionne quoi, alors ?

— Les morceaux d'humains morts.

La gendarme avala son vin de travers, manquant de s'étouffer, et toussa bruyamment. Amanda ouvrit alors un tiroir et en sortit une boîte de Kleenex qu'elle tendit à Éloïse.

Quand celle-ci recouvra sa respiration, Black Sheep débita d'un trait :

— J'ai fait des recherches sur Internet mais, ce genre de collections ne porte pas de nom précis. Les vestiges humains fascinent et attirent un certain nombre de connaisseurs. Ossements, crânes réduits, restes humains organiques… sont généralement conservés dans des musées par des anthropologues ou des archéo-anthropologues. Mais il existe aussi des collectionneurs privés qui se constituent leur propre cabinet de curiosités. D'après ce que j'ai pu repérer, il existe un trafic considérable pour les amateurs fortunés. Olivia Wilhem en fait partie. Elle est d'ailleurs membre d'un cercle privé sur le Darknet dédié à ce hobby. Si cette question vous intéresse, je peux vous montrer.

— Black Sheep ! Tu es un génie ! s'exclama Amanda.

— Oui, je sais.

— Euh… attendez un instant, Black Sheep, s'il vous plaît. Vous allez trop vite pour moi.

— D'accord, j'attends… Ça y est ?

— Pas tout à fait, Black Sheep. Dites-moi comment vous savez pour le cercle du Darknet ?

— Vendredi soir, Amanda m'a demandé de créer une boîte mail à partir d'un serveur basé en Ukraine. Puis, à partir de cette boîte, elle a envoyé un mail à Olivia Wilhem, présidente de la fondation ACAC, pour lui demander comment s'y prendre pour effectuer un versement de soutien. Olivia Wilhem a répondu il y a quatre heures et douze minutes. À partir de sa réponse, j'ai pu remonter l'adresse IP de son ordinateur et m'introduire dedans. J'ai parcouru ses fichiers, ses mails et tout ce qu'il contenait. Puis j'ai attendu. Et il y a quarante-cinq minutes, Olivia Wilhem s'est connectée sur un site en .onion. J'ai donc pu suivre son activité en direct grâce à mon logiciel espion. C'est là que j'ai atterri sur le cercle en question. Un jeu d'enfant, Éloïse.

La gendarme se rendit compte qu'elle fixait le jeune geek, la bouche à demi ouverte, et tenta de retrouver une contenance :

— Vous êtes... absolument génial !

— Je sais, Éloïse. Et maintenant, est-ce que vous voulez voir les résultats de mes recherches ?

— Avec plaisir !

★★★

Les deux femmes fixaient d'un œil horrifié les différentes images qui envahissaient les écrans. À partir des nombreux échanges sur le cercle privé du Dark, elles avaient découvert un véritable univers de collectionneurs hors norme partageant tous une fascination pour le morbide. Chacun y allait de sa dernière acquisition : organes de *freaks*[1] embaumés au formol, tsantzas[2] et autres têtes réduites, corps momifiés, plastinés[3], incorruptibles, ossements anciens... autant de réalités hallucinantes pour le quidam, situées à la frontière de la plastique, de la conservation de la matière humaine et de la dimension spirituelle, sacrée – voire magique. Ici, les adeptes foulaient du pied toutes les considérations éthiques sur le statut d'inviolabilité du corps humain. Ne comptait que posséder et posséder encore. Éloïse détacha ses yeux des écrans et s'adressa à Amanda :

— Vous avez noté l'assiduité d'Anne Poey dans ce cercle ? Elle se connecte tous les jours, c'est dingue ! Je pense que Black Sheep a trouvé son talon d'Achille avec cette obsession devenue maladive chez elle... Reste à échafauder un plan pour faire sortir le loup de sa tanière.

— J'ai peut-être une idée... J'ai vu passer plusieurs échanges concernant des ventes aux enchères privées, et je me dis qu'on pourrait peut-être appâter notre collectionneuse avec un motif comme celui-là.

---

1. *Freaks* : mot anglais signifiant « monstres de foire ». Désigne les personnes présentant des dysmorphies liées à des anomalies génétiques ou faisant suite à un accident ou encore obtenues par chirurgie (implants sous-cutanés, limage des dents...).

2. Objets rituels confectionnés à base de têtes humaines par les tribus d'Amérique du Sud.

3. La plastination est un procédé de conservation des corps mis au point en 1977 par l'anatomiste Gunther von Hagens, qui vise à préserver les tissus biologiques en remplaçant les fluides organiques par du silicone.

— C'est une bonne idée, à la nuance près que les enchères peuvent tout à fait s'opérer *via* Internet, réagit Éloïse. Au travers de photos des objets.

— Oui, je sais… Sauf si le vendeur en décide autrement.

— Pour quelle raison ferait-il cela ?!

— Eh bien… parce qu'il est prudent, par exemple. Qu'il ne veut prendre aucun risque… Ou que c'est un puriste, un fétichiste qui souhaite rencontrer les acquéreurs.

— La prudence est un motif plutôt rationnel. Il ne serait de mise que si le vendeur risquait très gros avec ce qu'il vend… Or si le commerce de vestiges humains est dans certains pays puni par la loi, les sanctions demeurent légères. En tout cas, elles ne sont pas de celles qui justifieraient de se montrer aussi prudent à l'ère où le Darknet offre autant de garanties d'intraçabilité.

Un silence chargé de réflexion suivit la remarque de la gendarme. Finalement, elle reprit :

— Sauf à ce que le délit concernant le trafic de vestiges humains ne cache quelque chose de très grave, bien sûr…

— Expliquez-vous, Éloïse.

— Eh bien… la plupart des vestiges humains en vente proviennent de pays où la législation dans ce domaine n'est pas coercitive, ou très peu. Par ailleurs, les vestiges en question sont des reliquats détournés de fouilles archéologiques ou sont issus du pillage de musées ou de sites anciens, comme des catacombes, des tombeaux égyptiens ou des cimetières amérindiens… vous voyez ce que je veux dire ?

— Certes… mais c'est de ces endroits que proviennent les vestiges humains, non ?

— Majoritairement, oui. Et dans ces cas, on n'a pas de crime lié à l'humain dont le corps est commercialisé. Mais je repensais à ce truc, reprit la gendarme en pointant une image sur un des écrans, la plastination. La technique est récente, en tout cas suffisamment pour nous ouvrir un scénario très douteux. Après tout, elle ne peut s'opérer que sur un cadavre tout neuf ! Et là, la question de la provenance du corps se pose pleinement.

— Excusez-moi, Éloïse, mais je ne suis pas certaine qu'il soit si difficile de se procurer un corps. Avec toutes les guerres qui ont lieu dans le tiers-monde, j'imagine que la matière première ne doit pas vraiment manquer et que les moyens de contrôler les abus autour des personnes décédées sont très limités ! Et sans aller jusque-là, il y a aussi les morgues remplies de gens sans famille et dont personne n'identifie ni ne réclame le corps ! Alors, OK, le vol de cadavres est illégal… mais dans des cas comme ceux-là, qui s'en soucie ?

La gendarme adressa un regard grave à la journaliste :

— Imaginons que je commercialise le corps plastiné d'une fillette française ou belge ou espagnole – pourvu qu'il s'agisse d'un pays proche de la France – portée disparue un ou deux ans plus tôt. Elle a fait la une des tabloïds. Le fait divers est d'actualité. La petite a un nom, un prénom, des parents qui la cherchent encore… Deux éléments psychologiques vont ici animer l'instinct de prédation d'Anne Poey : posséder un corps parfaitement bien plastiné, ce qui en soi doit déjà être rare. Et posséder ce corps-là précis, une sorte de…

— De trophée extraordinaire au sein d'une collection, acheva Amanda.

— Ce scénario est abject, lâcha la gendarme, mais…

— Comme vous dites. Mais c'est typiquement le genre de produits rarissimes qui pourraient la faire bouger, conclut la journaliste d'une voix blanche. À ce stade, je pense que nous aurions tout à gagner à tenter de la faire venir vers un pays frontalier plutôt que directement en France… Autant ne pas éveiller ses soupçons, non ?

— Oui, je suis d'accord. Et pour en revenir à notre question de départ, dans un cas comme celui-là, je vois mal le criminel ayant plastiné le corps mettre ce dernier en vente *via* la Toile, non ?

Les deux femmes étaient en train d'élaborer un scénario susceptible d'attirer Anne Poey hors de son île protectrice et, ce faisant, elles devaient s'approprier l'horreur et la noirceur absolues qui nourrissaient ses penchants criminels. Elles échangèrent un bref regard empreint de dégoût pour elles-mêmes.

— Admettons… Admettons que nous voulions mettre au point quelque chose… *dans ce goût-là*, commenta la gendarme. Petit un, comment entre-t-on en lien avec elle pour cette fausse mise aux enchères ? Petit deux, si elle monte dans un avion direction un pays frontalier, on s'y prend comment ensuite ?

— J'ai déjà quelques idées… mais il va falloir me laisser un laps de temps suffisant pour travailler avec Black Sheep…

— Vous ne m'en dites pas plus ?

— Non… Je crois qu'il est temps de mettre un peu de côté la monstruosité du monde et de faire honneur à l'excellent repas dominical que je nous ai préparé !

… Le crime est un art de vivre

Après un vrai week-end de deux jours qu'il avait mis à profit pour dormir et nager, le Zèbre se sentait d'attaque pour une semaine qui s'annonçait prometteuse. Ses collègues également avaient fait le plein d'énergie et c'est avec une certaine impatience que l'équipe attendait l'arrivée d'Efia M'Bani. Le Zèbre avait organisé un petit débriefing. Nounours avait disposé un sachet de mini-viennoiseries au centre de la table, et la réunion avait mis tout le monde à niveau. Les deux bleus s'étaient procuré quatre bandes de vidéosurveillance positionnées à proximité de la rue Vauquelin. Restait désormais à les visionner pour essayer de repérer le véhicule qui avait conduit le jeune Andrieu sur le lieu de son prétendu suicide. Christian avait interrogé ses indics et quelques personnes du milieu, mais il s'était heurté à la même réponse : personne n'avait jamais entendu parler d'un dénommé Montagne. Quant à Margaux et Urbain, ils firent un retour sur les autopsies des SDF et sur leur rencontre avec Joël Placard, le junkie de la rue Milhès, ami d'un des SDF retrouvés dans la fosse du laboratoire clandestin.

— Bon, Miranda et Antoine, vous regarderez ces bandes vidéo dès que possible. Nounours, de ton côté, tu cherches des informations sur le labo de Buzet : qui paie le foncier ? À qui appartient cette bâtisse ? conclut Urbain en regardant sa montre.

Il était 11 h 15, Efia M'Bani n'allait pas tarder. À cet instant précis, le portable de Malot sonna. C'était le standard : des personnes demandaient à le voir.

— En piste ! lança-t-il à Margaux. Notre témoin vient d'arriver.

Les deux policiers accueillirent Efia M'Bani à la sortie de l'ascenseur. C'était une jolie femme de trente-cinq ans environ, le port un peu raide, l'expression anxieuse et les mains nouées au niveau du ventre. À ses côtés, se tenait un homme en costume, d'une quarantaine d'années, dégageant force et autorité. Conscient de la nervosité de la jeune femme, le Zèbre lui adressa un sourire qu'il voulut rassurant et se présenta :

— Bonjour, madame M'Bani. Bienvenue. Je suis Urbain Malot, je dirige l'enquête qui vous concerne, et voici ma collègue, Margaux Dutilleux.

Efia M'Bani hocha la tête et l'homme à ses côtés s'avança :

— Enchanté. Mathieu Riscles, agent de la DGEF. J'assurerai la liaison entre vos services et Mme M'Bani, étant entendu que chacune de vos requêtes la concernant devra être validée par le juge d'instruction. Bien sûr, l'audition d'aujourd'hui a déjà été approuvée par ce dernier.

— OK.

— Afin de garantir la sécurité du témoin et de ses enfants, l'ensemble des dépositions sera consigné sous le nom de M'Bani et il appartiendra au juge de lever ou non le secret sur la nouvelle identité du témoin, le moment venu et en fonction du résultat de l'enquête.

Mathieu Riscles attendit quelques instants et Urbain approuva ces informations d'un hochement de tête.

— Voici ma carte. Je suis joignable H24.

— Entendu, répondit le policier en rangeant la carte de l'agent dans la poche de son jean.

— Bien... Vous souhaitez que j'attende ici ?

— Non, vous pouvez assister à l'audition, pas de problème.

— Parfait, merci.

Le Zèbre passa la tête dans le bureau de ses collègues et lança :

— Christian, tu peux dire à un informaticien de se tenir disponible ? Si le tueur des toits ne figure pas dans notre fichier, on peut en avoir besoin pour établir un portrait-robot.

Margaux installa Efia M'Bani dans la salle d'audition et lui proposa une boisson que cette dernière déclina poliment. Quand tout le monde fut assis, Urbain invita la jeune femme à prendre la parole. Celle-ci raconta avec émotion ce qu'elle avait vu le soir du mercredi 6 février. Son récit corrobora les hypothèses des enquêteurs :

Efia M'Bani finissait son service quand elle avait assisté en direct au meurtre du jeune Thomas Andrieu. Elle avait vu un homme forcer le jeune à taper un message sur un téléphone puis, aidé de son acolyte, balancer le gamin dans le vide sans aucun état d'âme. Et comme la cage de verre poursuivait sa descente, elle avait surpris le visage d'un des deux hommes sous le clair de lune.

— Je n'ai pas osé quitter l'immeuble, poursuivit-elle d'une voix blanche. Ce type m'avait jeté un regard à glacer le sang et j'ai senti au fond de moi que j'étais en danger… que je venais de me trouver au mauvais endroit au mauvais moment… Et… je ne pouvais pas appeler la police, vous comprenez ?

Margaux fit oui de la tête pour l'inciter à poursuivre.

— Je ne savais pas ce qui allait se passer… Donc, je me suis cachée dans un bureau et j'ai envoyé un texto à ma colocataire pour qu'elle mette les enfants à l'abri au cas où il m'arriverait quelque chose… J'ai attendu toute la nuit, paralysée par la peur… Et puis, peu avant 8 heures, les employés du bureau ont commencé à arriver. C'est là que j'ai trouvé le courage de sortir pour rentrer chez moi… Mais quand je suis arrivée au métro, j'ai vu… J'ai vu Nadia, ma collègue, et…

La jeune femme plaqua ses mains contre son visage puis essuya ses yeux. Elle pleurait malgré elle.

— C'était… c'était horrible… J'ai tout de suite compris ce qui s'était passé… Alors je suis rentrée à l'appartement… j'ai appelé l'association pour demander de l'aide en urgence… Après, j'ai fait nos bagages… et dès que les enfants sont rentrés de l'école, je suis partie avec eux…

Urbain tendit un Kleenex à Efia M'Bani qui hoquetait encore et patienta une poignée de secondes. Quand elle se fut un peu calmée, il demanda :

— Madame M'Bani, pourriez-vous reconnaître un des hommes que vous avez vus sur le toit ?

La jeune femme hocha nerveusement la tête.

— Je ne pourrai jamais l'oublier. J'en rêve toutes les nuits depuis… depuis ce soir-là. C'était un homme très grand et très fort. Blanc. Il portait un bonnet enfoncé jusqu'aux sourcils mais j'ai vu les traits de son visage. Son nez était cassé… il avait les pommettes saillantes, un menton carré… Ses yeux étaient de couleur claire – bleus ou verts – et ses sourcils ressortaient par-dessus.

— … Madame M'Bani, je vais vous montrer notre fichier. D'accord ?

— Oui.

Le visionnage des photos durait depuis plus d'une heure quand Efia M'Bani eut un mouvement de recul. Ses yeux s'agrandirent sous l'effet du choc et, d'un index tremblant, elle pointa un des visages :

— C'est lui !

Margaux et Urbain échangèrent immédiatement un regard nerveux. Efia M'Bani s'était montrée catégorique, mais le policier s'obligea à demander :

— Vous êtes sûre ?

— C'est lui. Oui. J'en suis absolument certaine.

***

À 17 heures, la salle de réunion sentait la transpiration, le café et le miel frit – Christian ayant pour l'occasion ouvert une boîte de pâtisseries, des zlabias qu'avait cuisinés Toriya pendant le week-end.

— Notre client s'appelle Wladimir Yakouchine, entama Urbain. Quarante-deux ans. Né le 16 octobre 1976 à Marseille. Bien connu de nos services et de moi-même, puisque j'ai procédé à sa dernière arrestation ! Christian, je t'ai demandé de nous dresser un portrait complet du bonhomme, donc je te passe la main.

— C'est parti ! Alors… Chez les Yakouchine, grand nom du banditisme, le crime est un art de vivre et se transmet de génération en génération ! Le père, Dimitri, est un spécialiste des braquages en tout genre : joailleries, guichets de banque, camions, entrepôts… À l'heure où je vous parle, il est incarcéré à Fleury pour son dernier coup : un hold-up dans une agence du Crédit Lyonnais de Marseille. Son fils aîné, Wladimir, a longtemps cherché sa voie. Il commence sa carrière avec des arnaques aux particuliers puis des escroqueries à l'assurance, mais se réoriente rapidement vers les cambriolages. Il écope de sa première condamnation en 1996 après avoir participé à un cambriolage qui a mal tourné, le propriétaire ayant surpris les intrus. Wladimir prend quatre ans ferme pour vol avec violences. Suite à sa libération anticipée en 1999 pour bonne conduite, il entreprend une reconversion puisqu'il délaisse la cambriole pour le trafic de stupéfiants, nettement plus lucratif.

Chaudement recommandé par l'un des sbires de Joan Suarez dont il a partagé la cellule pendant deux ans, Wladimir se met dès sa sortie de prison au service de Suarez à Toulouse. Pour rappel, ce dernier est dans les années 2000 un grand boss local de la mafia uruguayenne qui arrose de dope tous les quartiers Nord. Désireux de faire carrière, Wladimir s'investit pleinement dans l'entreprise et il grimpe rapidement les échelons, passant de simple livreur à homme de confiance. Connu pour sa violence, il n'hésite pas à se salir les mains et exécute les basses besognes sans états d'âme. Entre 2000 et 2012, il est arrêté à dix-huit reprises et agrémente son *curriculum vitae* de trois condamnations pour coups et blessures et une pour homicide involontaire – c'est cette dernière que nous devons au Zèbre ! Yakouchine est sorti de prison en 2016 et il n'avait pas refait parler de lui jusqu'à aujourd'hui ! acheva théâtralement Christian, sous l'œil amusé de ses collègues.

— Sacré client, commenta Margaux. On sait où il loge ?

— Il est sous contrôle judiciaire et l'adresse transmise est celle d'une de ses sœurs, Virginie, trente-deux ans. Elle habite à Castelsarrasin, à trois quarts d'heure de Toulouse.

— Elle fait quoi, elle ?

— Elle est cartomancienne et énergéticienne… Oui, madame, parfaitement ! ironisa Christian.

Des rires fusèrent autour de la table.

— Et pour ajouter à la caricature, elle vit dans une caravane, sur une aire de stationnement des gens du voyage sédentarisés. Elle est mariée à Brian Zigler, un Manouche, garagiste de profession. J'ai appelé nos collègues sur place, Zigler est bien connu dans le coin. Magouilles en tout genre, escroqueries, vol de voitures, recel, cambriolages… Soit dit en passant, les collègues confirment que Yakouchine crèche bien chez sa sœur.

— Et est-ce qu'il est possible que Wladimir Yakouchine et Montagne ne fassent qu'un ? proposa timidement Antoine Carlier.

— Je pense qu'on y a tous songé durant l'éloquent exposé de Nounours, répondit Urbain. En tout cas, sur la description physique de Montagne, ça peut coller. Yakouchine est une vraie armoire à glace. Un mètre quatre-vingt-treize, cent kilos de muscles, c'est un adepte de la fonte.

— Pour le vérifier, il faudrait qu'on sillonne le milieu des SDF, photo de Yakouchine à l'appui, intervint Margaux. Mais le risque est que nos recherches fuitent…

— Avec la déclaration fracassante des époux Andrieu, répondit Urbain, je crains fort que nous n'ayons déjà un train de retard. Si Yakouchine est bien notre homme, il a peut-être déjà mis les bouts… ou, pire encore, il essaie de remonter jusqu'à Efia M'Bani, qui sait ?

— Et donc ?

— On va essayer de loger notre client et, si on le trouve, on lui file le train, pour éviter qu'il disparaisse dans la nature en cas d'alerte. Parallèlement, on sonde le milieu des sans-abri avec une photo de Wladimir Yakouchine.

— Mais la déposition d'Efia M'Bani peut suffire à l'arrêter, non ? demanda Miranda Cortez.

— Oui, et après ? rétorqua Urbain. Si on veut réussir à mettre un type de cette trempe à table, il va nous falloir quelque chose de plus solide. Pour l'heure, il n'est relié au meurtre de Thomas Andrieu que par le témoignage de Mme M'Bani. Un faux alibi fourni par complaisance, et hop ! *exit* notre témoin oculaire… Qui plus est, on ne sait absolument pas si Yakouchine est relié au laboratoire sauvage de la forêt de Buzet et si oui, comment. Donc, maintenant que nous avons son nom, on va réellement pouvoir enquêter et glaner des informations.

— Tu veux qu'on s'y prenne comment ? demanda Margaux.

— Nounours, dès demain, tu me ratisses le milieu : anciennes connaissances de Yakouchine, indics… Tu essaies d'en savoir un maximum sur les activités du bonhomme depuis sa sortie de prison.

— Entendu.

— Miranda, Antoine, vous assurez la surveillance de Yakouchine. En tout cas, le temps que j'obtienne le détachement d'autres hommes de la part de Chabrol. L'idée numéro un est de le garder à l'œil s'il ne s'est pas déjà évanoui dans la nature, c'est clair ?

— Oui.

— L'idée numéro deux est de voir qui il fréquente – je vous rappelle qu'ils étaient deux sur le toit –, avec qui il fait son business, et lequel exactement.

— OK, approuva Miranda. Au fait, on a des nouvelles du labo concernant le téléphone d'Andrieu ?

— J'ai relancé le technicien pour que ces examens passent en priorité. Si Yakouchine a laissé ses empreintes sur l'appareil ou s'il y a la moindre trace ADN, on aura un élément formel pour le relier à ce meurtre. Et ça, ça nous aiderait vraiment, répondit Margaux.

— Croisons les doigts… Bon, allez, tout le monde, au boulot…

Le Zèbre attrapa un petit morceau de zlabia qu'il avala avant de conclure, la bouche encore pleine :

— Je vous l'avais dit ! À partir de demain, on ne va plus toucher terre !

La première chose qui me vient en tête est bien évidemment l'expérimentation sauvage

Thibault et Djamila suivirent des yeux le scientifique qui quittait la pièce. Michel Blanchard, le DRH d'HEPAX, avait joué le jeu en répondant à leurs questions puis en mettant à leur disposition une des salles du personnel. Les deux gendarmes avaient alors pu recevoir un à un l'ensemble des anciens collègues du service de recherches que dirigeait Coquery à Paris. Neuf personnes en tout, secrétaire comprise. Thibault jeta un œil à sa montre : 17 heures. Ils avaient passé cinq heures à enchaîner les interrogatoires et ils n'étaient guère plus avancés qu'en arrivant.

— Vous avez terminé ? lança Blanchard en passant la tête.

— Oui, ça y est, répondit Djamila en s'étirant le dos. Mais entrez, je vous en prie.

— J'espère que vous avez obtenu les réponses que vous cherchiez, fit le DRH en s'asseyant en face des enquêteurs.

La phrase n'était pas à proprement parler une affirmation et la gendarme saisit la balle au bond.

— Pas vraiment… M. Coquery a travaillé ici durant cinq années et pas un seul de ses collègues n'a la moindre information sur le poste qui lui a fait quitter votre société.

Blanchard laissa échapper un soupir. Puis il se leva et se dirigea vers la machine à café.

— Vous en voulez un ?

— Avec plaisir, acquiescèrent les deux gendarmes.

L'homme, qui leur tournait le dos, se lança dans la préparation des boissons tout en leur parlant.

— Vous savez… nous sommes dans un secteur extrêmement concurrentiel. La biologie de synthèse permet la modification ou la création du vivant et ses applications emportent des enjeux colossaux sur le plan environnemental, écologique, écosystémique, thérapeutique, sanitaire… et j'en passe ! Autant de domaines susceptibles de révolutionner nos modes de consommation, de production, notre qualité et notre espérance de vie à tous… Bref, pour en revenir à votre enquête et à vos préoccupations, sachez que dans ce contexte très concurrentiel, il n'est pas rare que les laboratoires bardent leurs contrats de travail de clauses de confidentialité.

L'homme – la quarantaine bien mise avec son look plutôt décontracté qui rompait avec l'image d'Épinal du DRH standard travaillant dans les grands groupes – pivota et revint vers les gendarmes, un petit plateau à la main.

— Vous avez du sucre ici, si vous le voulez, fit-il en se rasseyant.

— Merci… Et donc, si je comprends ce que vous êtes en train de nous dire, M. Coquery avait peut-être signé un contrat qui l'empêchait de parler de son nouveau travail ?

— Pourquoi pas ? C'est une pratique courante à notre niveau… Je m'explique. HEPAX est implanté dans plus de trente pays et fait partie des trois plus gros laboratoires pharmaceutiques de la planète ! Il fait figure de leader à plus d'un titre, et la rémunération et les conditions de travail sont parmi les meilleures proposées sur le marché. Sur le plan « recherche et développement », nous offrons également un environnement de travail à la pointe des avancées technologiques… Aussi, quand M. Coquery m'a présenté sa démission, vous imaginez bien que j'ai cherché à comprendre ses motivations. Mais comme je vous l'ai déjà dit ce matin, il est demeuré très évasif. Son unique réponse a été que sa décision était ferme et définitive, qu'il avait déjà signé ailleurs. J'en ai déduit qu'on lui avait fait un pont d'or. J'ai essayé d'en apprendre davantage sur ses projets, mais je me suis heurté à un mur ! J'ai donc pensé qu'il avait signé chez un de nos deux plus gros concurrents et qu'il n'était pas encore autorisé à le dire. Je n'ai pas insisté, je savais que j'en saurais davantage tôt ou tard… Sauf que, à ma grande surprise, je n'ai plus entendu parler de lui… Jusqu'à votre appel de ce matin.

— D'accord. Donc vous admettez que les clauses de confidentialité que vous avez évoquées ne sauraient à elles seules expliquer ce qui s'est passé par la suite, raisonna Thibault, à savoir une disparition totale des radars et un secret demeuré entier durant plus d'un an quant à l'identité de son nouvel employeur !

— Effectivement, admit le DRH avec perplexité. Les clauses de confidentialité dont je parlais s'appliquent aux axes et objectifs de recherches, aux processus de travail, à leurs applications et bien évidemment aux résultats obtenus. Il n'y a *a priori* aucun enjeu autour du nom de l'employeur…

Tout à ses réflexions, Blanchard fronça les sourcils. Il prit quelques secondes et, sans dissimuler un léger amusement, finit par proposer :

— À moins bien sûr que l'employeur n'ait pas intérêt à divulguer un certain champ d'activité…

— À quoi pensez-vous ?

— Eh bien… Un projet de recherches confidentiel…

— Confidentiel ?!

— Mmm… Un programme mis en place par le gouvernement ou par l'armée, énonça-t-il en les regardant d'un œil malicieux à cause de leur appartenance à un corps d'armée.

— Vous êtes sérieux ? réagit Djamila.

— Pourquoi pas ?… Ça s'est déjà vu… et vous ne l'ignorez pas ! Les projets Bluebird, MK Ultra, Omer, les contaminations biochimiques effectuées dans les métros de New York et de Chicago, les thérapies d'aversion pour les soldats homosexuels en Afrique du Sud…

— C'est vrai que tous ces trucs se sont réellement passés, admit Djamila en secouant la tête.

— Hélas ! Et, pour beaucoup de ces projets, la CIA était le chef d'orchestre… En vérité, je n'aurais pas assez d'une journée pour vous lister l'ensemble des expériences initialement secrètes qui ont été conduites au nom d'une idéologie, d'une hypothèse ou d'intérêts supérieurs… D'ailleurs, ces expériences alimentent pleinement la sphère complotiste ! ajouta-t-il avec une once d'excitation. D'après vous, qu'est-ce qui fait le terreau de pensée des néognostiques, des ufologues, des adeptes de la culture conspirationniste ? (Blanchard laissa filer une seconde.) Les dossiers classés confidentiels de l'armée. Les notions de secret-défense ou de raison d'État. Et naturellement, les précédents en matière d'expériences secrètes financées et gérées par des organisations gouvernementales, la CIA, le contre-espionnage, l'armée ou que sais-je encore…

— Je vous vois venir ! coupa Thibault. Et le tout orchestré, bien sûr, par des sociétés secrètes franc-maçonnes ou *illuminati* présentes dans toutes les hautes sphères de pouvoir !

Blanchard gloussa.

— C'est vous qui l'avez dit !... Non, plus sérieusement... Je n'affirme pas que les complotistes ont raison. Je suis juste en train de pointer du doigt certains éléments de réalité dans le magma conceptuel du courant de la contre-culture... Et pour en revenir à Guillaume Coquery et à son silence autour de son nouveau poste de travail, je voulais simplement évoquer l'éventualité d'un projet de recherches confidentiel, conclut l'homme en haussant les épaules. C'est juste une idée en l'air.

— Ça pourrait lui ressembler ? demanda Djamila. Je veux dire... il avait le profil pour... enfin, vous voyez ?

— Le profil pour quoi, exactement ? rebondit Blanchard. Pour accepter une mission à l'éthique douteuse ? Ou le profil pour intégrer un programme de recherches dont il ne maîtrisait pas forcément les applications et les enjeux ?

— Je ne comprends pas bien.

— Vraiment ? Pourtant, ce sont deux choses très différentes... Lorsque Einstein décrit le principe de l'émission stimulée en 1916, il est à des années-lumière, si je puis dire, d'imaginer que quarante ans plus tard le laser naîtra de son principe !... Ce que j'essaie de vous dire, c'est qu'aucun chercheur ne peut prétendre avoir et garder la main sur l'exploitation de ce qu'il découvre... Par ailleurs, il est rare qu'on lui demande son avis. Pour couronner le tout, une même découverte peut générer la meilleure et la pire des applications, vous comprenez ? En conclusion, oui et mille fois oui, Guillaume Coquery a très bien pu, sans le mesurer, participer à une entreprise aux objectifs contestables.

— OK, intervint Thibault. Mais ce que ma collègue demandait, c'est si M. Coquery aurait pu, selon vous, participer sciemment à quelque chose de douteux ?

Blanchard ouvrit les paumes vers le ciel :

— Je n'en ai aucune idée... Dans le cadre de son travail chez nous, et je vous l'ai déjà dit, M. Coquery a donné pleine satisfaction. On compte sur les doigts d'une main le genre de HP comme lui dans une entreprise.

— HP ?

— Haut potentiel. C'était un homme éminemment brillant ! Il a largement favorisé le développement du département de microbiologie de synthèse et participé au rayonnement d'HEPAX dans ce domaine à l'international… Mais qui était l'homme derrière le scientifique ? Aurait-il pu volontairement mettre ses compétences au service d'applications controversées ? Je ne saurais le dire…

— Bio Investissement, ça vous dit quelque chose ? demanda Thibault pour relancer l'échange.

Le DRH plissa le front et finit par secouer la tête.

— Non. Cela étant, il existe une foultitude de financeurs privés et je suis loin de tous les connaître. J'ai une grosse culture du secteur mais je ne suis que DRH…

— Bio Investissement est une société écran, une coquille vide, dont le siège est basé aux Seychelles, précisa Thibault. Voilà la seule trace – *via* les virements bancaires opérés – que nous ayons du dernier emploi de M. Coquery.

Blanchard se rencogna sur sa chaise, sourcils froncés.

— Vous voulez dire que vous ignorez tout du laboratoire dans lequel Guillaume Coquery travaillait ?! Quelle entité juridique ? Qui dirige ? Où sont leurs locaux ? Qui travaille là-bas ?

— Exactement. Cerise sur le gâteau, l'ensemble du matériel informatique de M. Coquery a disparu de son domicile après son exécution… Un grand ménage empêchant l'identification de ses échanges et contacts numériques.

— Ah oui, en effet, je comprends mieux vos questions !… Vue sous cet angle, l'affaire semble bien scabreuse… Bien sûr, avec un siège aux Seychelles, il peut s'agir d'un modèle d'optimisation fiscale, mais…

— Mais ?

— Mais je ne m'y prendrais pas autrement si je souhaitais financer des recherches puis les exploiter sans risquer d'être identifié.

— Quel intérêt ?

— Dissimuler des activités illégales ou criminelles ? hasarda le DRH.

— Comme quoi, par exemple ?

— Je ne sais pas… Sans sombrer dans de mauvais scénarios de science-fiction, mais juste en se référant à ce qui a déjà été fait, la première chose qui me vient en tête est bien évidemment l'expérimentation sauvage.

— Pardon ?

— L'expérimentation sur des sujets consentants ou non… mais surtout hors cadre légalement validé.

— Vous faites allusion à des… cobayes humains ?

Blanchard hocha la tête avant de se fendre d'une moue dubitative :

— Le hic, c'est que chaque fois que des agences gouvernementales ont lancé ce type d'expérimentations, elles n'ont jamais pris la peine de passer par des sociétés écrans avec siège aux Seychelles ! Dès lors qu'on peut se prévaloir d'une classification secret-défense, pourquoi donc s'encombrer de telles précautions ?!

★★★

Il était 18 heures quand Thibault et Djamila quittèrent le complexe de verre et d'acier d'HEPAX-Paris implanté au cœur d'une zone privée du bois de Vincennes, non loin de l'hippodrome. Le taxi qu'ils avaient fait appeler les attendait déjà sur le parking visiteurs.

— 34, avenue d'Ivry, s'il vous plaît, lança Thibault en montant.

La voiture s'engagea sur une des allées bitumées qui découpaient le bois dans un dédale alambiqué de voies de circulation et de ronds-points. Dix minutes plus tard, le taxi s'engageait sur l'A4. Loin de la touffeur des arbres, l'horizon apparut, truffé de cumulus menaçants qui assombrissaient l'atmosphère et appesantissaient les âmes.

— Tout ça pour ça ! finit par lâcher Djamila. Bizarre, ce Blanchard, tu ne trouves pas, avec ses allures juvéniles et son discours à la limite du conspirationnisme, non ?

— Mmm… et s'il avait raison ?

— Hein ?

— Si Coquery s'était vraiment engagé sur un projet confidentiel ?… Et s'il avait été éliminé parce qu'il en savait trop et qu'il avait décidé de parler ? ajouta Thibault à voix basse.

Djamila lui lança un regard ahuri, puis pouffa nerveusement :

— Tu ne peux pas sérieusement souscrire à une hypothèse aussi… aussi farfelue !

— … En attendant, ça expliquerait pas mal de choses. Le silence total de Coquery auprès de ses anciens collègues et de son ex-femme. Sa disparition de la scène scientifique. Sa mort qui a tout d'une exécution… Et, pourquoi pas, la mort de Céline Servat.

— Je ne te suis pas, là.

— Eh bien… peut-être avait-elle découvert quelque chose ! Elle a peut-être fourré son nez dans des recherches confidentielles ? Le fameux dossier *Sosia bacterium*, par exemple.

— Et Trump a peut-être fomenté ce complot contre Coquery et envoyé Roswell le liquider ! lui retourna-t-elle, moqueuse.

Il y eut un court silence interloqué puis les deux gendarmes partirent d'un fou rire plus nerveux qu'amusé. Le reste du trajet se déroula dans le silence. Songeuse, Djamila tentait de repousser loin d'elle les hypothèses de Thibault. Mais celles-ci revenaient en force, instillant dans son esprit le lent poison du doute. Des recherches secrètes. Un laboratoire officieux. Des expérimentations sauvages…

À 18 h 30, le taxi s'arrêta en double file devant le numéro 34 de l'avenue d'Ivry, dans le treizième arrondissement. Le jour était complètement tombé et les devantures de magasins émaillaient les trottoirs de leurs enseignes lumineuses et colorées. Au cœur du quartier chinois de Paris, Le Lampion arborait une façade de circonstance avec ses lanternes rouges auréolant la porte d'entrée d'un halo vaporeux, et sa vitrine clinquante où s'amoncelaient mobilier de facture vaguement asiatique et objets ultra-kitch – calendriers déroulants, bouddhas grassouillets, estampes… Une fois entré, Thibault s'attarda sur une flopée de chats stylisés en céramique aux dominantes rouge et or qui avaient tous la patte droite levée au niveau de l'oreille, comme dans un salut martial. Une vendeuse ne tarda pas à approcher :

— Ils plaisent beaucoup, lança-t-elle avec un très fort accent.

— Vraiment ? lui retourna Thibault, goguenard.

Puis il sortit sa carte :

— Gendarmerie nationale. Nous voudrions voir M. Wang Fang.

La mine de la jeune femme s'allongea immédiatement et elle répondit qu'elle allait le chercher dans l'arrière-boutique, tout en opérant une légère inclinaison du buste.

— Sérieux, pourquoi ils font toujours ça ?! demanda Thibault quand la vendeuse s'éclipsa. Ce mouvement de bascule vers l'avant ?

— Ça doit être un signe de politesse ou de déférence, hasarda Djamila, amusée.

— Ben moi, ça m'agace !

Un type qui ne devait pas mesurer plus d'un mètre soixante s'approcha bientôt. Malgré sa petite taille, l'homme était sacrément charpenté – corps trapu, cou de taureau, démarche sportive – et dégageait une impression de puissance à la limite de la brutalité. Ses cheveux courts, raides et noir de jais étaient coiffés vers l'arrière et suintaient la brillantine. Il les détailla d'un regard dur et impénétrable qui finit d'alerter les gendarmes : Fang avait tout d'un sale type et son business d'import-export devait avantageusement servir de couverture à un trafic plus douteux.

— Monsieur, madame, que me vaut l'honneur de votre visite ? susurra-t-il d'une voix étrangement féminine, tout en reproduisant le fameux mouvement de balancier.

— Un versement bancaire substantiel de la part d'un certain Guillaume Coquery, lui répondit froidement Thibault, bien décidé à asseoir d'entrée son autorité.

Wang Fang se figea, une des veines de son cou enfla et se mit à palpiter. Son visage, en revanche, demeura de marbre.

— Par ici, finit-il par dire, suivez-moi.

Il les conduisit dans l'arrière-boutique, une sorte de boui-boui infâme et poussiéreux où s'entassaient cartons, objets cassés, paperasses… sous l'œil impavide d'un chat – un vrai, cette fois – lové sur un vieux téléviseur cathodique allumé. L'homme se dirigea vers un angle de la pièce où était installée une petite table et s'assit en invitant les gendarmes à faire de même.

— Je vous écoute, lança-t-il.

Thibault lui retourna un sourire crispé :

— Non, monsieur Fang, c'est nous qui vous écoutons.

Le type garda le silence et se contenta de sonder avec intensité le gendarme du regard. En réponse, Thibault s'enfonça sur sa chaise et croisa les bras sur la poitrine. *Vas-y, mon gros, tu veux vraiment jouer au roi du silence avec moi ? Pas de problème, j'ai tout mon temps, et le cas échéant, un gros paquet d'ennuis à la clé pour toi.* Une petite minute passa ainsi sous l'œil attentif de Djamila, alors que les dialogues d'un feuilleton de série B distillaient un fond sonore incongru dans la petite pièce. Finalement, Wang Fang se fendit d'un large sourire, révélant une dentition aussi parfaite que carnassière. Il fit claquer sa langue et balança :

— Très bien… Dettes de jeu. Ce type me devait un gros paquet de fric. Il m'a remboursé. Fin de l'histoire.

Thibault sourit à son tour et décroisa les bras en avançant vers son interlocuteur :

— Chapeau monsieur Fang, quel sens de la concision ! On dirait une histoire tout droit sortie des éditions du *Reader's Digest* !... Mais, voyez-vous, j'ai toujours préféré les versions longues. Pas toi, Djamila ?

— Elles sont généralement plus intéressantes, il faut bien l'admettre, s'amusa la gendarme.

— Exactement !... Et puis, comme dit l'autre, le diable se cache souvent dans les détails ! ajouta Thibault en reportant son attention sur Fang.

Wang Fang sembla faire mentalement le compte des risques encourus. Finalement, il laissa échapper un long soupir et reprit :

— Écoutez, je ne sais pas ce que ce fils de pute de Coquery vous a raconté, mais je vous ai dit la vérité. Cet argent, il me le devait.

— Coquery ne nous a rien raconté, monsieur Fang. Coquery est mort. D'une balle entre les deux yeux.

Fang leva un sourcil incrédule et vaguement amusé, puis rétorqua avec un brin de provocation :

— Dois-je appeler mon avocat ?

— Pourquoi donc, monsieur Fang ? Serait-ce vous qui avez éliminé Guillaume Coquery ?

— Quel intérêt pour moi ?! s'esclaffa Fang. L'homme m'avait payé sa dette. Et bien plus encore ! Partant de là...

— OK... Écoutez, monsieur Fang, voilà ce je vous propose : on arrête de jouer au jeu du chat et de la souris, vous nous dites tout ce qu'on a besoin de savoir concernant Coquery et nous partons d'ici.

— Ou bien ?

— Ou bien... reprit Thibault en soufflant bruyamment, vous nous obligez à vous convoquer officiellement pour une audition, à laquelle vous viendrez certainement accompagné de votre avocat, audition qui nous laissera sans nul doute un arrière-goût suffisamment amer pour que nous demandions à la brigade financière de porter une attention toute particulière à vos cahiers comptables et à l'ensemble des marchandises qui transitent entre l'Asie et la France pour alimenter votre boutique...

Wang Fang pianota sur la table de sa main droite, l'air aussi songeur que mauvais.

— Bien. Je vais vous raconter ce qui s'est passé… Après tout, notre rencontre ici même est totalement informelle, n'est-ce pas ?

— En effet.

L'homme se servit un thé brûlant. Avala une minuscule gorgée du bout de ses lèvres fines et sévères, ses yeux bridés mi-clos, aussi étirés que ceux d'un chat fomentant un coup bas. Puis se lança dans un récit qui ne manqua pas de surprendre les deux gendarmes.

SONGE 2

J'ignorais alors que les choses seraient aussi simples

Coquery était l'homme de la situation. Je le savais, nous le savions tous. Et grâce au sens aigu de la rationalité que j'ai hérité en grande partie des taloches de mon père, je savais aussi qu'on n'attrape pas les mouches avec du vinaigre. Sagesse populaire éprouvée et consacrée. Mais voilà… le scientifique était un homme convoité et, d'après mes sources, au moins deux prestigieux laboratoires concurrents d'HEPAX lui avaient fait de gros appels du pied dans l'espoir de le débaucher. En vain. Pourtant, lesdits concurrents n'avaient pas lésiné sur leurs offres… Je ne comptais pas être le troisième à essuyer un refus, aussi poli soit-il. Le consortium pour lequel j'avais accepté de travailler me payait au résultat et la première étape de ma mission consistait à réussir à extirper Coquery des griffes d'HEPAX.

J'enquêtai donc sur l'homme. À défaut d'entrer par la porte principale, j'étais bien décidé à trouver un passage de service, une fenêtre, une fissure… n'importe quelle ouverture qui me permettrait de pénétrer la forteresse Coquery. J'ignorais alors que les choses seraient aussi simples.

En réalité, il me fallut moins d'un mois pour découvrir les vices cachés du scientifique de renom : les femmes et le jeu, ces deux écueils formant le socle d'une vie parallèle secrète et quasi suicidaire. J'admets avoir été interpellé par la frénésie de Coquery – hors contexte de travail – à cumuler avec assiduité les impairs, les imprudences et les ennuis. Si je campais à une table de jeu voisine au casino, je pouvais l'observer plonger avec l'ardeur du type accro, contaminé au dernier degré par le virus du jeu. L'équation était simple. S'il perdait, il voulait se refaire à tout prix. S'il gagnait, il poussait irrémédiablement sa chance jusqu'à ce qu'il perde. Et de là, il n'avait de cesse de remonter la pente… Coquery me donnait le tournis. Ses grands gestes. Sa faconde et son exubérance. Autant d'artifices qui ne manquaient pas d'attirer tous les papillons de nuit présents à la ronde – à savoir ces femmes d'un soir en manque de sensations fortes. Et que dire de son acharnement à reproduire les mêmes erreurs avec la même énergie pour le même résultat ? Au bout de longues semaines d'observation, j'en arrivai à une conclusion déroutante mais incontestable : Coquery se nourrissait de sa propre destruction. Il ne se sentait vivre qu'en perdant le contrôle, plongeant tête la première dans un tourbillon, celui-là même qui l'aspirait, l'avalait, le rinçait, le propulsait vers des hauteurs effrayantes avant de le rabattre violemment au sol, le laissant pantelant et aussi plumé qu'un coq qui va passer à la casserole. J'en arrivais même à le comparer à l'héroïnomane qui court ventre à terre en quête des sensations de son premier shoot, dont il sait parfaitement qu'il ne les revivra pas. Alors, il s'en injecte plus. Et plus encore. Et pourtant, au fond de lui, il le sait : jamais il ne retrouvera ce paradis perdu qu'on ne visite, dit-on, qu'une seule fois, la toute première. Il le sait, mais il s'enferre, comme si sa raison d'être s'était réduite à cet unique point, à cette tête d'épingle : poursuivre sa chimère. Et ce faisant, il se meurt lentement, de faim, de soif, et surtout de dignité…

Bref, derrière la façade proprette et enviable du scientifique de renom, se cachait un homme en perdition. Et je conçus rapidement que j'avais trouvé l'ouverture tant espérée : j'attraperais Coquery grâce aux terrifiantes responsabilités auxquelles il allait devoir faire face. Je planifiai mes actions méthodiquement, avec en tête cette métaphore de la grenouille que l'on ébouillante, tout simplement en montant très progressivement la température de l'eau. J'allais à la fois être celui qui tourne la molette du gaz et celui qui extrait la grenouille de la casserole au moment ultime où elle comprend qu'elle va mourir et que, totalement ankylosée, elle n'est plus à même d'effectuer le moindre mouvement pour se sauver.

En premier rideau, j'embauchai quelques femmes chargées d'approcher Coquery lors de ses errances nocturnes. Je pris soin de les sélectionner, je les voulais aguicheuses, vulgaires, je voulais qu'elles exhalent le stupre rien qu'à travers les photos que j'allais faire d'elles ! Il me fallait susciter une véritable réaction de répulsion de la part de Karen Guérin. Parce que si Coquery ne le mesurait pas clairement, moi, j'en étais certain : malgré toute l'inconséquence du bonhomme à l'égard de son mariage, malgré la mécanique implacable dont il était prisonnier et qui l'incitait à desceller une à une les pierres de cette union sacrée devant Dieu, Coquery demeurait profondément attaché à son épouse. Karen Guérin constituait un phare dans la tourmente, un point d'ancrage… une sécurité. Une sécurité qu'il me fallait absolument faire sauter. Les filles firent le boulot correctement et j'obtins même quelques clichés à la hauteur de mes espérances, où Coquery apparaissait avec tous les stigmates de l'homme dépravé : aviné, débraillé, une main lubrique pelotant ostensiblement un sein ou une paire de fesses, et ce, en pleine rue ou à l'arrière d'une voiture. Je ne connaissais pas Karen Guérin personnellement mais j'avais suffisamment enquêté sur elle pour savoir qu'elle ne serait pas femme à accepter ce genre d'affront.

Parallèlement, je partis en quête d'un sale type. Il me fallait quelqu'un de peu scrupuleux, capable d'accepter un contrat étrange sans poser de questions gênantes, sachant jouer et tricher au poker et apte à mettre en scène quelques intimidations musclées… En somme, un truand habile, menaçant, mais aussi digne de confiance. Autant dire, la perle rare ! Coquery était maintenant interdit de casino, ce qui facilitait la mise en place de mon plan. Il écumait depuis quelques mois les tables de jeu illégales, frayant par là même avec une faune dangereuse, et il réglait de plus en plus péniblement ses dettes de jeu. Il vendit tout d'abord les objets de valeur qu'il possédait – sa collection de montres Cartier, un coffret de boutons de manchettes en or massif que son grand-père lui avait transmis à sa majorité, un œuf Fabergé qu'il avait hérité d'une lointaine tante des années plus tôt… Puis il hypothéqua la maison toulousaine dans le dos de sa femme. Enfin, il commença à souscrire des crédits revolving. L'homme était déjà en pleine déconfiture. Plus les semaines passaient, plus il était mûr, prêt à recevoir l'estocade, le coup de grâce qui allait le mettre aux abois.

Mes efforts portèrent leurs fruits quand, à force de recherches, je mis la main sur Wang Fang. Fang était un malfrat de moyenne envergure qui faisait venir de la drogue *via* les conteneurs transitant entre l'Asie et la France. Il achalandait au passage sa boutique d'import-export d'objets et de mobilier asiatiques : elle lui servait de façade pour son blanchiment d'argent sale. Rien que de très classique, jusque-là… Fang fréquentait les cercles de jeu d'une bien étrange manière, c'est-à-dire pour le plaisir. Lorsque nous commençâmes à échanger, lui et moi, il m'expliqua qu'il s'adonnait au poker, comme d'autres au golf. Un sport, une discipline, un passe-temps, appelez cela comme vous voulez. Pour lui, jouer ne signifiait pas gagner ou perdre. Quand d'autres dépensaient mille euros pour se payer une cotisation annuelle dans tel ou tel club, lui les dépensait pour s'asseoir à une table de jeu. Ce plaisir avait un prix, celui de sa mise. Il sortait dès qu'il l'avait épuisée, avec la même satisfaction qu'un golfeur achève son parcours. J'écoutai le type avec attention, intrigué par cet état d'esprit particulier qui consiste à jouer pour le seul plaisir de jouer, tout en me demandant comment ce plaisir pouvait exister s'il était dénué de tout challenge. Pour être honnête, à ce jour, je n'ai toujours pas trouvé la réponse et j'ai tendance à croire qu'il y va de quelque mystère lié aux différences culturelles. Quoi qu'il en soit, cette tournure d'esprit servait pleinement mes intérêts. Je ne souhaitais pas m'acoquiner avec un joueur patenté, pris à la gorge tous les quatre matins, et enclin à faire monter les enchères avec moi.

Fang montra un vif intérêt au marché que je lui proposai. Un marché fort simple dans son objectif, plus complexe dans sa mise en œuvre, sachant que celle-ci lui revenait entièrement. Fang ne me dit jamais comment il s'y prit, mais je sais que la table de jeu qui porta le coup fatal à Coquery était uniquement constituée de complices. Les tours de jeu et les mises se succédèrent durant toute une nuit et quatre joueurs se retirèrent, les uns après les autres, plumés comme des oies. Ne restaient que Fang et trois autres joueurs dont Coquery, qui refusait de sortir malgré ses pertes progressives depuis plusieurs tours. Le bonhomme avait entamé sa soirée avec des gains substantiels avant de commencer à perdre et perdre encore… Comme à l'accoutumée, il s'entêtait, il voulait se refaire. Bilan, à 4 h 20 du matin, Coquery s'était délesté de ses vingt-deux mille euros du début de soirée. C'est le moment précis que choisit Fang pour proposer à ses adversaires de clore le tournoi sur un dernier tour où chacun mettrait cent mille euros sur la table. Dans un état second, Coquery fit alors des pieds et des mains pour que Fang lui avance cette somme afin qu'il puisse entrer dans le jeu. Fang résista pour la forme. À 4 h 26, le scientifique signa une reconnaissance de dette, et le tour fatal commença.

Coquery découvrit ses deux cartes : une paire de dames noires. De là où je me trouvais, je vis immédiatement la lueur dans son regard : il se pensait en veine ! Arnaqueur numéro 1 parla en premier et se coucha dès qu'il vit sa main. Coquery misa alors trois mille cinq cents. Après lui, arnaqueur numéro 3 se coucha direct. Fang qui parlait en dernier monta la mise à onze mille et Coquery – trop heureux – le suivit. Ils n'étaient plus que deux autour de la table, et les trois premières cartes de la rivière furent alors retournées, révélant un 3 de pique, une dame de cœur et un 4 de pique. Fang fit check, préférant laisser Coquery jouer. Celui-ci, fort de son brelan de dames, s'engouffra dans la brèche et misa neuf mille cinq cents. Fang opta alors pour l'agressivité et surenchérit à trente et un mille cinq cents, histoire de sonder son adversaire. Coquery pensa certainement que Fang possédait deux piques et visait la couleur, ou bien qu'il avait une paire de 3 ou de 4 et possédait un brelan. Il le suivit en ajustant sa mise. La quatrième carte de la rivière fit alors son apparition : une dame de carreau. À cet instant, l'œil de Coquery trahit une électricité triomphante. Il tenait un carré de dames ! Il était certain de gagner. Fang, qui parlait en premier, fit check, confortant Coquery dans l'idée que son adversaire possédait au mieux un brelan de 3 ou de 4. À ce stade, le scientifique décida de ne pas effrayer Fang qui pouvait légitimement redouter d'être battu par un brelan de dames puisque deux d'entre elles étaient déjà dans la rivière. Coquery devait penser qu'il cueillerait Fang sur le dernier tour et fit check également. La dernière carte de la rivière fut alors retournée, révélant un 6 de pique. Trois piques dans la rivière, Coquery songea que Fang avait peut-être une couleur. Quoi qu'il en soit, lui avait mieux. Fang misa vingt-huit mille cinq cents et Coquery – fort de son carré de dames – fit tapis et avança donc tout ce qui lui restait. Fang releva alors les yeux et sonda son adversaire, comme on le fait pour tenter de déceler un bluff. À cet instant, Coquery dut trembler intérieurement, redoutant que Fang ne se couche ! Ce dernier, qui avait un certain sens de la mise en scène, fit durer le supplice quelques longues secondes avant de pousser vers le centre de la table l'ensemble de l'argent qui lui restait. Un silence assourdissant s'installa immédiatement. Les deux hommes se jaugèrent puis, Coquery se décida et retourna ses deux dames. Il ouvrait la bouche pour parler quand Fang déroula sa main : 5 et 7 de pique. Avec le 3, le 4 et le 6 à la rivière, le Chinois possédait une quinte flush ! Il était 4 h 32. En cinq minutes, Coquery venait de s'endetter de cent mille euros.

Il accusa le coup avec autant de panache qu'un boxeur qui prend un fulgurant uppercut en plein estomac alors même qu'il n'avait pas bandé ses muscles. Il s'effondra et happa l'air en vain, avec cette espèce de tête qu'ont les poissons quand ils tressautent sur la grève. La sidération le cloua d'abord sur sa chaise. Une bonne minute fila avant qu'une lueur de consternation ne s'imprime sur sa rétine : il commençait à prendre la mesure de sa dette, il retrouvait son souffle après une apnée douloureuse, mais cette respiration tant attendue ne lui procurait qu'une nouvelle onde de souffrance dont il savait qu'elle allait durer.

Wang Fang toucha les cinquante mille euros promis à l'issue de cette première étape, ainsi que le remboursement par anticipation de la dette de cent mille euros que lui devait Coquery. De mon côté, j'étais pleinement satisfait : je venais d'asséner le coup fatal à mon scientifique. Il était désormais dépouillé, nu comme un ver, mûr à point. Ne restait plus qu'à le cueillir…

La phase numéro 2 de mon association avec le truand asiatique put alors commencer. Je lui laissai carte blanche pour se rappeler régulièrement au bon souvenir de son prétendu débiteur, dans la limite, bien sûr, d'une atteinte modérée à l'intégrité physique de ce dernier. Wang Fang se plia à l'exercice avec un sens du devoir qui lui fit honneur, amusé – comme il me le confia – d'être payé pour réclamer le remboursement d'une dette de jeu truqué et qu'il avait de surcroît déjà perçue. Coquery essuya de nombreuses menaces, prit quelques coups de poing, se retrouva suspendu dans le vide par la fenêtre de sa salle de bains du troisième donnant sur cour, et pour finir découvrit dans sa boîte aux lettres la photo de ses enfants sortant de l'école.

La suite s'apparenta à une pure formalité. J'envoyai à l'épouse bafouée les photos des infidélités répétées de Coquery. Comme de bien entendu, celle-ci réagit au quart de tour en entamant une procédure de divorce grâce à laquelle elle découvrit l'ampleur du désastre financier dont son mari était responsable. En conséquence de quoi il n'y avait plus aucune raison qu'elle fît marche arrière. Ne devait-elle pas sauver ce qui pouvait encore l'être avant que le bateau touche complètement le fond ?! Dans le pire des cas, la vente de la maison épongerait péniblement les dettes... Coquery était fait comme un rat et sa réaction face à son naufrage fut à la hauteur du personnage : il se vautra avec une intempérance accrue dans l'amplification de sa déconfiture, allant même jusqu'à ponctionner l'argent dormant sur le compte bancaire de son fils de six ans... Quand je fus certain que l'homme était au bord du gouffre, je laissai sur le paillasson de ma victime ma carte de visite agrémentée d'un mot lui enjoignant de me contacter. J'avais une proposition intéressante pour lui...

Et voilà comment je devins en une entrevue le sauveur de l'homme que j'avais moi-même accompagné à un pas du précipice, la main secourable arrachant la grenouille à une mort programmée.

… En proie à une tourmente grandissante

Thibault laissa passer quelques secondes. Ce que Wang Fang venait de leur raconter donnait à la théorie du complot évoquée par le DRH d'HEPAX une consistance inattendue… Le gendarme s'ébroua, le regard encore chargé d'incrédulité. Djamila, silencieuse à ses côtés, essayait d'articuler le récit de Fang avec les autres éléments qu'ils avaient glanés au cours de l'enquête.

— Cet homme, il s'appelait comment ? lança-t-elle.

— L'Américain. C'est tout ce que je sais, répondit Fang en étirant un sourire énigmatique.

— *L'Américain* ?!… Voyez-vous ça… Et l'argent qu'il vous a versé ?

— Du liquide.

— Évidemment… Et lors de vos échanges avec L'Américain, qu'avez-vous compris de… de la mécanique qu'il mettait en branle ?

— J'ai compris que j'allais me faire un sacré paquet de fric en plumant un pigeon et sans courir le moindre risque.

— Pas de ça avec nous, monsieur Fang ! intervint Thibault. Vous avez parfaitement compris la question de ma collègue : pourquoi L'Américain a-t-il dépensé autant d'argent pour plumer ce pigeon – pour reprendre votre expression ?

Wang Fang braqua ses yeux dans ceux du gendarme et celui-ci y décela une lueur d'agacement. Mais le truand prit sur lui, inspira ostensiblement, et répondit :

— Si vous voulez savoir si L'Américain s'est ouvert de ses projets devant moi, la réponse est non. À aucun moment il ne m'a révélé quoi que ce soit concernant ses intentions. Qui plus est, le deal entre lui et moi était clair : je ne devais poser aucune question, ce qui m'allait parfaitement, pour ne rien vous cacher. Je sais par expérience que moins on en sait, mieux on se porte. En revanche, si vous voulez savoir ce que j'en pense, je peux toujours vous faire part de mes hypothèses.

— On vous écoute.

— L'Américain voulait que Coquery soit aux abois. Et je ne vois que deux raisons possibles à cela : la vengeance ou le levier.

— Le levier ?

— Oui… L'Américain avait besoin d'un levier pour obtenir de lui quelque chose. Quoi ? Quand ? Pourquoi ? Je n'en ai pas la moindre idée.

Thibault repensa à la déposition de Karen Guérin, à cette impression qu'il avait eue – et qui s'avérait désormais – que quelqu'un avait acculé Coquery… Le gendarme ne pensait pas que Fang pourrait l'éclairer, mais il s'obligea tout de même à poser la question :

— À la même période, l'épouse de Coquery a reçu des photos compromettantes de son mari, ce qui l'a incitée à demander le divorce. Avez-vous entendu parler de ça ?

— Non… Mais ça renforce l'hypothèse numéro deux ! lui retourna Fang d'un ton ironique. (Le truand se tut durant quelques instants, puis fit craquer les jointures de ses doigts.) Voilà, expira-t-il, je vous ai dit tout ce que je savais… Donc maintenant, si vous voulez bien…

— Pas si vite, monsieur Fang, le coupa Thibault en gonflant les pectoraux. Il reste les questions d'usage : où avez-vous rencontré L'Américain ? Comment ? À quoi ressemblait-il ? Quels éléments concrets pouvez-vous nous donner le concernant ?

***

Songeuse, Éloïse observait les ombres qui s'installaient en rampant sur les toits de Toulouse. Cette enquête qui semblait plutôt simple au départ était loin de l'être. Les résultats de la scientifique étaient tombés en début d'après-midi, et ils épaississaient encore le mystère.

L'ADN extrait des lambeaux de peau retrouvés sous les ongles de Céline Servat avait parlé. Après avoir disculpé Anthony Servat, il incriminait clairement Coquery. Même chose avec les examens préliminaires du corps de ce dernier, qui avaient mis en évidence des griffures sur ses avant-bras et à la base du cou. Pour finir, les TIC avaient analysé une espèce de trophée scientifique qu'avait remporté Coquery – une tige surmontée d'un losange en verre dans lequel était prisonnière une médaille – et qui trônait sur son bureau parmi d'autres récompenses. La forme dudit trophée correspondait en tout point à l'objet utilisé pour porter un coup à l'arrière du crâne de la victime. Après analyses en laboratoire privé pour raccourcir les délais, les confirmations étaient tombées : le losange du trophée, malgré le nettoyage qui en avait été fait, portait encore l'ADN de Servat et les seuls ADN et empreintes relevés sur le manche appartenaient à Coquery. L'amant était donc le meurtrier, sans l'ombre d'un doute. Mais pour le reste, c'était une autre paire de manches… L'homme chaussait du 43 et aucune des chaussures retrouvées chez lui ne s'apparentait de près ou de loin à des santiags. *Idem* avec le lambeau de cuir découvert dans la forêt près de la scène de crime : le scientifique portait des vêtements de facture classique – costumes ou jeans pour ses tenues les plus décontractées – et rien dans son armoire ne pouvait laisser croire à une quelconque accointance avec le milieu des bikers. Partant de là, une déduction s'imposait : Coquery avait éliminé Céline Servat et quelqu'un d'autre s'était débarrassé du corps. Éloïse espérait que le morceau de cuir finirait par parler : après examen, celui-ci portait bien des traces infimes et détériorées d'un ADN dont l'exploitation nécessitait une méthode plus avancée… Depuis le lendemain de la mort de Céline Servat, l'échantillon était à l'IRCGN[1] à Pontoise, où il se trouvait toujours en cours d'étude. Les résultats devaient tomber bientôt… ce n'était plus qu'une question d'heures.

Éloïse exhala sur la vitre. Au cœur du nuage de buée qui se forma, elle dessina machinalement un point d'interrogation qui faisait écho à toutes ses questions sans réponse. Pourquoi Coquery avait-il tué Céline Servat ? Qui était le deuxième homme, celui qui avait balancé le corps dans la forêt de Buzet ? Quel lien unissait Coquery à ce deuxième homme ? Et ce dernier était-il l'exécuteur du scientifique, celui-là même qui lui avait logé une balle entre les deux yeux ? Si oui, pourquoi ? Pourquoi l'aider à se débarrasser d'un corps et l'assassiner ensuite ?

1. Institut de recherche criminelle de la Gendarmerie nationale.

Eloïse s'écarta de la fenêtre en pestant. L'hypothèse initiale d'un vaudeville sanglant avait complètement volé en éclats. La gendarme avait réentendu Élodie Denat une heure plus tôt et celle-ci avait juré qu'elle n'avait jamais évoqué l'adultère de sa meilleure amie, ni devant son propre mari, ni devant Anthony Servat. Ce dernier semblait donc bien ignorer qu'il était trompé et, qui plus est, il n'était désigné ni de près ni de loin par les éléments matériels des deux crimes. Bref, rien ne servait de s'acharner sur lui. L'homme – malgré le meilleur mobile du monde – paraissait totalement hors de cause…

La sonnerie de son portable la sortit de ses réflexions. Elle jeta un œil au numéro affiché et s'empressa de répondre :

— Bonsoir, professeur Duloung ! Merci de me rappeler si vite.

— Bonsoir, capitaine, je… j'appelle par rapport au mail que vous m'avez envoyé ce week-end… Euh, j'ai commencé à parcourir le document, la pièce jointe *Sosia bacterium*, fit-il d'un ton aussi précipité que nerveux. Euh, en fait… Capitaine Bouquet, je ne sais pas trop si… Ce que j'essaie de vous dire… (L'homme s'interrompit de nouveau, visiblement submergé par ses émotions.) Bon… Écoutez, le mieux serait peut-être qu'on en parle de vive voix…

— Vous êtes à l'université ? s'enquit Éloïse devant le trouble de son interlocuteur.

— Oui, dans mon bureau.

— Je pars immédiatement, je serai là d'ici une demi-heure maximum.

— Je… d'accord… je vous attends.

Éloïse sentit un léger frisson la parcourir. Vu l'agitation de Duloung, ce document constituait un élément important. Restait à savoir comment il allait s'imbriquer dans une équation qui lui semblait déjà bien complexe. La gendarme enfila son blouson et se précipita vers les escaliers.

***

Thibault et Djamila poussèrent la porte du Start Loundge situé quai de Gesvres, quartier Saint-Merri. Après leur incursion dans le treizième, les gendarmes avaient le sentiment d'avoir pris un ticket pour voyager d'un monde à un autre. Ils avaient quitté un quartier populaire aux enseignes clinquantes pour émerger sans transition à deux pas du théâtre du Châtelet, sur une avenue bordée de façades aux pierres blanches et cossues qui donnaient sur la Seine. Dès qu'il eut franchi le seuil de l'établissement, Thibault s'extasia :

— Vise un peu ça ! C'est trop classe, ici !

— Mmm... je n'ose même pas imaginer le prix d'un soda dans un endroit comme celui-ci.

— T'inquiète... ça passera sur la note de frais.

— Oh, vraiment ?!... Éloïse va péter un infarct, tu veux dire !

Mais Thibault était déjà en train de s'accouder au bar. Il commanda un cocktail sans alcool – horaires de service obligent – en arborant un sourire ravi. Djamila se contenta d'une eau pétillante et grimpa sur un tabouret haut d'où elle observa les lieux. C'était donc ici que L'Américain avait pour habitude de retrouver Wang Fang. Le décor était chic et feutré, avec ses lumières tamisées, ses tapisseries et ses fauteuils club en cuir patiné. Le barman déposa les commandes devant les gendarmes et Thibault en profita pour sortir discrètement sa carte.

— Section de recherches de Toulouse. Vous travaillez ici depuis longtemps ?

— Quatre ans, monsieur.

— Parfait... Voilà, nous recherchons des informations sur un homme ayant fréquenté votre établissement. Il y est venu accompagné de ce monsieur-là, lança le gendarme en brandissant son portable sur lequel s'affichait le portrait de Wang Fang.

Le barman fronça les sourcils et hocha lentement la tête.

— Oui, c'est exact. Je remets cet homme, approuva-t-il. Il est effectivement venu à quelques reprises, accompagné de M. Bruno... c'est ainsi que nous l'appelions, précisa-t-il. Maintenant, est-ce son vrai nom, impossible à dire.

— C'est ce M. Bruno qui nous intéresse. Que pourriez-vous nous dire sur lui ?

— Pfff... C'était un habitué mais je ne l'ai pas revu depuis de longs mois... Oh ! ça fait bien un an, même...

— Je comprends... mais c'est très important pour nous. La moindre indication peut être précieuse. Une description physique, peut-être ?

— Voyons voir... Blanc, la petite quarantaine. Très élégant, toujours en costume. Un mètre quatre-vingt-cinq environ. Élancé. Cheveux bruns coupés très court. Yeux noisette. Rasé de près...

Ah si ! Et une petite cicatrice ici, ajouta-t-il en montrant le coin supérieur droit de sa lèvre. À part ça… difficile de vous en dire davantage.

Le gendarme hocha la tête. Ces éléments descriptifs collaient avec ceux que leur avait transmis Wang Fang.

— Avez-vous souvenir qu'il ait payé en carte b…

— Je vous coupe, M. Bruno a toujours payé en liquide. Et je m'en souviens parfaitement parce qu'il avait l'habitude de laisser des pourboires très généreux.

— OK. Une idée de l'endroit où il habitait ?

Le barman fouilla dans ses souvenirs puis se figea, songeur.

— Euh… maintenant que j'y réfléchis, je me rappelle l'avoir vu à plusieurs reprises entrer ou sortir du Palace Hôtel.

— C'est l'hôtel situé plus bas sur le quai ? demanda Djamila.

— Oui, quai de l'Hôtel-de-Ville, juste à l'angle de la rue de Brosse. Je suppose qu'il résidait là-bas, étant donné le nombre de fois où je l'y ai vu…

— Merci bien, le libéra Thibault.

— L'Américain pour Wang Fang… *M. Bruno* pour le personnel du bar… tout cela me semble hélas bien vaporeux… Mais gardons espoir ! commenta Djamila en choquant son verre contre celui de Thibault. Espérons que le Palace puisse nous en apprendre davantage.

★★★

Le Pr Duloung était encore absorbé dans la lecture quand Éloïse passa la porte de son bureau. Il sursauta en relevant vivement la tête, et la gendarme remarqua l'expression de profonde anxiété qui altérait son visage.

— Que se passe-t-il, professeur ?

— Vous êtes seule ?

— Euh oui… pourquoi ?

— Fermez la porte, s'il vous plaît… Je… je ne veux pas prendre le risque qu'on nous entende, répondit-il dans un débit précipité.

La gendarme s'exécuta, tous les sens en alerte, consciente que l'angoisse de Duloung était en train de la gagner. Dès qu'elle fut assise à côté de lui, le professeur la mitrailla :

— Où avez-vous eu ce document, bon sang ? Et pourquoi me l'avoir envoyé ? C'est en rapport avec la mort de Mme Servat, hein, c'est ça ?!

— Hé ! Calmez-vous, d'accord ? lui enjoignit Éloïse d'un ton à la fois doux et autoritaire. Je n'ai encore aucune idée des raisons qui ont conduit au meurtre de Céline Servat… Je vous jure que c'est vrai, ajouta-t-elle en croisant le regard méfiant de son interlocuteur.

— Admettons… Alors, comment êtes-vous entrée en possession de cette étude ?

— En examinant les courriels professionnels de Céline Servat. Si nos déductions sont justes, elle s'est elle-même envoyé ce document depuis la boîte mail d'un tiers.

— Mmm, voyez-vous ça ! fit-il avec amertume. Et aujourd'hui, comme par hasard, elle est morte !

— Hein ?! Mais qu'est-ce que vous dites ?!

Le regard perdu dans le vague, le Pr Duloung semblait en proie à une tourmente grandissante. Puis il secoua la tête, ramena ses yeux sur Éloïse et lui lança d'une voix désabusée :

— Vous n'avez donc absolument aucune idée de ce qu'est *Sosia bacterium*, n'est-ce pas ?

— En effet. Je ne suis pas scientifique et le contenu de ce document est pour moi aussi illisible que du braille. C'est pour cette raison que je vous l'ai transmis, professeur. Pour bénéficier de votre éclairage.

— Je vois… Et ce faisant, vous ignoriez ce dans quoi vous me mettiez…

— Et si vous m'expliquiez les choses clairement ?!

L'homme se rembrunit. Son regard devint fuyant, il était visiblement tiraillé.

— Professeur ?

— Il ne vous est jamais venu à l'esprit que ce document puisse être responsable de la mort de Céline Servat ?

— On n'a jamais vu un document étrangler une personne, ironisa-t-elle avec un certain agacement.

— Fichez-vous de moi, capitaine ! En attendant, toute personne en possession de cette étude est en danger. Et la question que je me pose là, maintenant, c'est de savoir s'il ne vaudrait pas mieux – pour vous comme pour moi – que nous tirions un trait sur ce document.

Interloquée, Éloïse mit quelques instants à réagir.

— Je vous demande pardon ?

— Vous m'avez très bien compris.

— Écoutez, professeur, je suis l'OPJ chargée de cette enquête. Mon travail consiste à faire la lumière sur la mort de Céline Servat et de son amant. À ce titre…

— Son amant ?! la coupa-t-il. Quel amant ? Quel rapport ? Et lui aussi a été tué, alors ?!

— Sauf le respect que je vous dois, je n'ai pas à évoquer avec vous certains aspects de l'enquête.

— Quant à moi, madame, sauf le respect que je vous dois, je n'ai pas demandé à être mêlé à tout ce fatras ! réagit Duloung, dents serrées. Et vous ne pouvez pas exiger de moi que je collabore aveuglément à des recherches qui me mettent en danger !

— Et si vous arrêtiez un peu avec vos périphrases ! De quel danger parlez-vous ? Qu'est-ce qui vous fait dire que la mort de Céline Servat est en lien avec ce document ?

— Je ne vous dirai plus rien tant que vous ne m'aurez pas révélé de quoi il retourne.

Éloïse avait l'impression de s'enfoncer, chaque seconde un peu plus, dans le délire d'un paranoïaque en pleine crise. Elle ouvrit la bouche dans l'idée de lui remettre les points sur les i mais se ravisa au dernier moment : Duloung n'était pas fou, il était terrorisé. La gendarme pinça les lèvres, pesa le pour et le contre, et se décida pour un rapide compte rendu de l'enquête. Le professeur l'écouta, atterré par certaines révélations. Quand elle eut terminé, Éloïse fixa son interlocuteur dans les yeux. L'homme semblait encore plus inquiet qu'avant son récit.

— J'ai fini… À vous maintenant, professeur.

En réponse, Duloung lui jeta un regard désemparé. Il conserva le silence durant de longues secondes puis finit par lancer d'une voix blanche :

— Voilà ce qu'on va faire. Si vous voulez que je vous dise ce que je pense, il va falloir me jurer que je n'aurai plus jamais affaire à vous après ce soir.

— Mais…

— Pas de mais. D'un point de vue légal, vous ne pouvez pas me contraindre, n'est-ce pas ?

— C'est exact, admit Éloïse, déroutée.

— Donc, les choses sont simples : ceci est notre dernière conversation. Ensuite, je nettoierai ma boîte mail et je m'empresserai d'oublier *Sosia bacterium*, Coquery et tous les mystères qui entourent sa mort et celle du Pr Servat… J'ai votre parole ?

Éloïse croisa les mains sur sa poitrine et souffla :

— Vous l'avez.

— Bien… Commençons par Coquery. C'est une sommité, je suppose que vous le savez ? (La gendarme hocha la tête.) Tout au long de la lecture du document, je me suis demandé qui avait bien pu concevoir *Sosia bacterium* et diriger cette étude. D'un point de vue strictement scientifique, le travail conduit est d'une rigueur et d'une inventivité remarquables. Maintenant que vous m'avez parlé de Coquery, cela ne fait aucun doute pour moi : l'homme est très certainement le directeur de recherches. Il en avait l'envergure… Et, à ma connaissance, peu de chercheurs l'ont…

— Céline Servat s'est envoyé le document depuis sa boîte mail à lui avec comme titre « Étude de Guillaume à conserver »… La paternité de Coquery ne semble donc faire aucun doute.

— Mmm… Avant toute chose, sachez que le document que vous m'avez transmis est incomplet…

— Comment ça ? Il y a tout de même deux cents pages !

— Je sais… Mais c'est une partie seulement de l'étude menée. Il manque certains pans importants du travail, je reviendrai là-dessus plus tard.

— D'accord. Mais vous avez compris de quoi il retournait, n'est-ce pas ? Vous pouvez m'expliquer ?

— Oui… Commençons par le début… En 1980, John Craig Venter parvenait à décrypter le texte génétique d'une bactérie. Trente ans plus tard, en 2010, l'Institut Craig Venter créait la première bactérie de synthèse, ce qui suppose deux choses : décrypter la séquence ADN puis la synthétiser *ex nihilo*. Jusque-là, nous savions modifier le code génétique d'un organisme pour lui attribuer telle ou telle fonctionnalité ou lui enlever telle ou telle tare – c'est le cas notamment avec les OGM. Mais avec la biologie de synthèse et les résultats de l'Institut Craig Venter, un énorme cap a été franchi : l'homme, pour la toute première fois, venait non pas de modifier une séquence ADN existante, mais de créer cette séquence. Bon, bien sûr, à ce stade, il s'agissait avant tout de recopier la vie, en recréant en laboratoire les composants de base d'un code génétique existant… Mais tout de même ! Cela venait d'ouvrir des perspectives incroyables ! Il était désormais possible d'imaginer qu'un jour l'homme pourrait lui-même « fabriquer la vie », c'est-à-dire créer de toutes pièces des organismes vivants, inconnus à l'état naturel. Évidemment, il est inutile que je me répande sur les risques éthiques associés à ces perspectives.

— Je peux imaginer, oui… surtout à l'ère des guerres bactériologiques !

— C'est un excellent exemple, en effet… Maintenant, revenons à Coquery. Je ne sais plus exactement quand, mais je me souviens qu'il a commencé à faire parler de lui en intégrant le département de biotechnologie de GÉNÉTECH, alors dirigé par le Pr Bastien qui se trouve être un proche de Craig Venter.

— C'était en 2008, précisa la gendarme.

— Oui, vous devez avoir raison puisque le rapport d'études a été rendu public dès 2011. Il mentionnait d'ailleurs que le département de biotechnologie de GÉNÉTECH avait activement collaboré aux recherches de l'institut américain. Bref, sans entrer dans des détails trop techniques, sachez juste que Coquery s'est illustré lors de cette collaboration, en apportant une pièce majeure à l'édifice de Craig Venter. Mais c'est deux ou trois ans plus tard qu'il se hisse au rang de petit génie français, en donnant la vie à la première bactérie de synthèse au codage ADN entièrement inventé en laboratoire. Cette bactérie ne présente pas d'utilité curative, écologique ou autre, mais elle est viable et ouvre de grandes perspectives. Coquery est alors courtisé par une armada de laboratoires et il choisit HEPAX pour poursuivre sa carrière.

— OK… Seriez-vous en train de me suggérer que *Sosia bacterium* est une bactérie créée en laboratoire ? C'est ce qu'atteste le document que je vous ai envoyé ?

— Oui, répondit Duloung. D'après l'étude que j'ai parcourue, *Sosia* est une bactérie de synthèse dont le séquençage ADN s'inspire d'une bactérie existante totalement inoffensive mais à laquelle on a attribué certaines performances, si je puis m'exprimer ainsi… Cette bactérie porte le nom de *Sosia* en référence au mythe grec de Sosie. Vous connaissez, je suppose ?

— Euh… je sais ce qu'est un sosie, c'est quelqu'un qui vous ressemble trait pour trait.

— Oui, Sosie étant le nom de l'esclave d'Amphitryon dont Mercure avait pris l'apparence. Quelle ne fut pas la surprise du vrai Sosie quand il se retrouva en face de son double qui le singeait ! Bref, tout ça pour dire que *Sosia bacterium* se présente sous l'aspect connu d'une bactérie très répandue et inoffensive… À la nuance près que des attributions spécifiques lui ont été génétiquement dévolues.

— Attributions spécifiques, c'est-à-dire ?

— … C'est là que les choses deviennent très alarmantes, commenta le professeur en baissant la voix. Car *Sosia* a été programmée pour tuer.

— Vous voulez dire… tuer des êtres humains ?! s'étrangla Éloïse.

— C'est ça… Je vous avais prévenue, ce document est terrifiant. (Duloung prit un temps de réflexion.) Dans l'absolu et en simplifiant à l'extrême, la fabrication d'une bactérie de synthèse pourrait être comparée à une programmation informatique. À partir de 1 et de 0, le programmeur peut inventer ce qu'il veut : un logiciel de calcul, de jeu vidéo, de musique…

— Ou même un virus ! intervint Éloïse.

— Tout à fait ! Et, en l'espèce, si notre bactérie devait être comparée à un virus informatique, elle s'apparenterait à un cheval de Troie qui ne révèle son contenu qu'une fois qu'il a pénétré dans le système qu'il veut détruire. À l'instar de ce procédé, *Sosia* est pensée pour tromper les défenses naturelles de l'organisme parce qu'elle offre toutes les apparences d'une bactérie commensale présente dans la flore intestinale. Elle franchit donc les barrières immunitaires et se développe tranquillement dans le tube digestif… jusqu'au moment où elle passe à l'attaque. Et à ce moment-là, elle s'est tellement reproduite que l'agression est fulgurante et… mortelle sans traitement dans les quarante-huit heures suivant l'agression.

Éloïse accusa le coup. Elle était encore trop abasourdie pour essayer de coupler les fracassantes révélations de Duloung avec les éléments qu'elle détenait sur la mort de Servat et Coquery. Mais ce fut le professeur qui alla sur ce terrain :

— Tout à l'heure, vous m'avez dit que vous ignoriez tout de l'employeur de Coquery… Honnêtement, je n'en suis guère surpris. Un laboratoire qui travaillerait sur ce type de recherches a tout intérêt à demeurer dans l'ombre.

— Oui, vu ce que vous venez de me révéler, je comprends… Mais quel est l'objet de ces recherches ? Je veux dire, quelle finalité y a-t-il derrière *Sosia bacterium* ?

Le professeur Duloung fixa Éloïse avec gravité.

— À partir de maintenant, nous entrons dans un champ plus spéculatif que factuel. Comme je vous l'ai dit en introduction, il manque des pans entiers à l'étude que vous possédez, notamment les annexes et toutes les parties relatives aux essais cliniques.

— Aux essais cliniques ?!

— Oui. Le dossier de Coquery tel quel pourrait s'apparenter à une sorte d'étude théorique, dénuée de toute expérimentation. D'une certaine manière, penser l'horreur ne revient pas à la commettre, vous me suivez ?

— Euh… oui, je crois.

— Bien. Cependant, certains titres du plan de l'étude présent en fin de document font référence à des phases expérimentales. On bascule ici dans le champ clinique.

— Attendez… Vous êtes en train de me dire que *Sosia* aurait été testée en vrai, c'est bien ça ?!

— C'est en tout cas ce que laissent penser les titres du plan de l'étude complète…

La gendarme secoua la tête, incrédule.

— Et ce n'est pas tout, reprit Duloung d'une voix nerveuse. Certains intitulés laissent également penser à une expérimentation curative, comme le corrobore d'ailleurs un des volets de l'étude de Coquery. Je m'explique. Reprenons notre comparaison entre le biologiste et le programmeur informatique, voulez-vous ? Ce dernier peut décider dans sa programmation que le virus qu'il a créé s'autodétruira face à telle ou telle manipulation.

— Je ne vois pas pourquoi il ferait cela si son but est de détruire un système, réagit Éloïse.

— C'est exactement ce que je me suis dit… Mais le but n'est peut-être pas de détruire le système ? En tout cas, pas entièrement.

— Je ne vous suis pas.

— Eh bien… par exemple, il peut s'agir de générer une pandémie tout en conservant la possibilité de l'éradiquer à tout moment. Ça reviendrait en quelque sorte à contrôler cette pandémie… En tout cas, d'après ce que j'ai pu comprendre, Coquery a prévu une sorte de talon d'Achille chez *Sosia*. Une faiblesse précise dans l'encodage génétique qu'il connaît puisqu'il l'a placée sciemment chez elle.

— J'ai l'impression de nager en plein délire SF !

Le professeur Duloung serra les mâchoires :

— Je préférerais de loin être dans un scénario de science-fiction, croyez-moi ! Mais ce n'est pas le cas… Céline Servat est morte à cause de *Sosia*, j'en suis persuadé. Etant donné ce que vous m'avez dit, on peut facilement imaginer qu'elle est tombée sur ce document et qu'elle n'aurait pas dû. D'après les preuves que vous détenez, Coquery l'a tuée. Eh bien, je ne vois qu'une explication : il l'a tuée pour se protéger. Il redoutait que le Pr Servat ne le dénonce…

— Mmm… Elle l'a peut-être même menacé de le faire… là, il perd son sang-froid – les éléments de la scène de crime montrent bien l'absence de préméditation –, il la frappe avec le premier objet qui lui tombe sous la main et finit le travail en l'étranglant.

La gendarme, toute à sa réflexion, poursuivit la scénarisation avec les derniers éléments de l'enquête et proposa à haute voix :

— Là, il panique : il prend conscience de la gravité de son geste, il vient de tuer sa maîtresse ! Il appelle quelqu'un qui vient l'aider à se débarrasser du corps… Mais ça n'explique pas qui a tué notre scientifique ni pourquoi… Sauf… reprit-elle… sauf à imaginer que le passage à l'acte de Coquery risquait d'attirer l'attention de la police ! Après tout, c'est exactement ce qui s'est passé. L'enquête sur le meurtre de Céline Servat nous a conduits chez Coquery… L'homme aurait-il gardé sa langue s'il avait été placé en garde à vue ? Impossible à dire. Mais son employeur, si vigilant à demeurer dans l'ombre, était-il prêt à courir ce risque ?… Au final, éliminer Coquery était peut-être la seule option pour préserver le secret de l'étude…

— Mais c'était compter sans le fait que le Pr Servat s'était envoyé une copie, conclut Duloung.

— CQFD.

Éloïse et Duloung échangèrent un regard médusé. Si leurs déductions étaient justes, le meurtre de Céline Servat dissimulait des réalités à glacer le sang autour d'une bactérie mortelle conçue en laboratoire et, possiblement, des essais cliniques sur des cobayes humains… Quant à savoir quel but poursuivait le laboratoire dans lequel Coquery s'était fourvoyé, cela demeurait un mystère total.

Pour ce que j'en ai vu, ce type parlait français comme toi et moi

Un brouillard rampant léchait le sol jusqu'à un petit mètre de haut avant de s'effilocher dans l'air en fines volutes. Au loin, tapies derrière le voile de brume, les caravanes commençaient à s'éveiller, émaillant l'aube naissante de halos de lumière fantomatiques. De temps en temps, le coassement d'un crapaud ou le cri d'un rapace striait la chape silencieuse de la campagne. Dissimulé derrière un rideau d'arbres, Antoine scrutait le camp de Gitans à l'aide de ses jumelles. Derrière lui, Miranda tentait de se réchauffer en faisant les cent pas.

— Tiens, le voilà ! Il vient de sortir… il s'en grille une en passant un coup de fil, tu le vois ?

— Le type en jogging et tee-shirt ?! Il est réchauffé ! commenta Miranda entre ses dents. Et dire que s'il ne quitte pas le camp de la journée, on va devoir planter ici sans bouger !

— Ne parle pas de malheur… De toute façon, les gars comme Yakouchine ont la bougeotte… M'est avis que d'ici une petite heure, on devrait le voir s'agiter.

— Tu as repéré sa voiture ?

— Oui, c'est la BMW série 1 blanche. Je l'ai en ligne de mire, s'il monte dedans, je le verrai de suite. Et comme il est obligé d'emprunter la route juste derrière nous, on n'aura plus qu'à lui filer tranquillement le train.

— Oui, eh bien, espérons qu'il ne tarde pas ! Je préviens le Zèbre qu'on a Yakouchine en vue.

***

Christian quitta sa voiture sur les coups de 9 heures du matin lorsque le rideau de fer de la boutique de téléphonie se leva. Le froid piquant le mordit immédiatement et il traversa la rue Pargaminières au pas de course. Le carillon retentit, alertant le vendeur qui leva les yeux. Dès qu'il le vit, sa mine s'allongea.

— Salut, Polo ! lui lança Christian d'un ton exagérément enjoué. Mais, dis-moi, le temps file à une allure, hein ?! C'est quand, la dernière fois qu'on s'est vus ? Il y a six, sept mois au moins, non ?!

— ... Pas assez longtemps à mon goût, soupira le dénommé Paul Lacroix... Il faut te le dire comment, mon gars ? Je suis rangé maintenant, bordel !

— Ça marche bien ce casque audio sans fil ? le coupa Christian en trifouillant un emballage, la mine sceptique. Je demande ça parce que c'est bientôt l'anniversaire de ma nièce... J'ai vu le même genre de produits *made in China* dans les grandes enseignes. Un poil moins cher mais... je sais pas, grimaça le flic, je suis plutôt d'avis qu'il faut aider les petits commerçants disponibles pour leurs clients... les honnêtes gens qui travaillent dur et paient leurs impôts en France... C'est comme qui dirait les bases d'une consommation citoyenne... À ce propos, Polo, les affaires marchent comme tu veux ?!

— Écoute, mon gars, je ne...

— Et quand je dis « affaires », le coupa Christian, je ne te parle pas de tous ces gadgets téléphoniques ou de ces appareils Apple dernier cri, non ! Je pense plutôt à la revente des contrefaçons de sacs Chanel au marché aux puces, tu vois... Parce que je me suis laissé dire que ça ne tournait pas trop mal, non ? Je me trompe ?

Paul Lacroix expira bruyamment, croisa les bras sur son comptoir et lança avec lassitude :

— OK. Tu veux quoi, mon gars ?

— Ah, on se comprend enfin ! Un café pour commencer ? lui retourna Christian dans un grand sourire carnassier.

***

Margaux gara la voiture à deux pas du local de l'association Vivre solidaires. Ils trouvèrent le même grand échalas tenant l'accueil. Celui-ci leur adressa un sourire légèrement crispé :

— Vous voulez refaire une maraude avec Enzo et Mohamed ce soir ?

Apparemment, le jeune éducateur avait eu écho des divergences de points de vue entre ses collègues travailleurs sociaux et les policiers. L'enquête dérangeait. Elle menaçait les liens de confiance chèrement établis entre les laissés-pour-compte et les professionnels du secteur social. Mais le Zèbre n'en avait cure. Si Yakouchine avait un lien avec le laboratoire, seuls les SDF pourraient l'attester, et c'était tout ce qui lui importait. Malot s'approcha du comptoir et demanda à voix basse :

— Le prénommé Martin qu'on a vu la dernière fois, il ne serait pas là, par hasard ?

Le jeune éducateur blêmit légèrement, trahissant son malaise. Voilà qu'il était contraint de *collaborer*. Le policier lui vint en aide :

— Mais ne bougez pas ! Je vais voir par moi-même, lança-t-il en s'engageant dans le petit couloir distribuant le bar sans alcool.

Dans la pièce surchauffée, une quinzaine de sans-abri attablés étaient en train de discuter en buvant café ou chocolat chauds. Parmi eux, Urbain repéra rapidement le maigrichon barbu prisonnier de son anorak rouge hors d'âge. Le type croisa son regard et comprit immédiatement qu'il n'y échapperait pas. Il se leva avec peine et approcha du flic en boitillant, le regard aussi mauvais qu'inquiet.

— Quoi encore ? lança-t-il en préambule.

— J'ai quelque chose à vous montrer, suivez-moi.

— Et si je dis non, hein ?

— Vous m'obligeriez à vous embarquer pour refus d'obtempérer… Est-ce vraiment ce que vous voulez, Martin ?… Alors que si vous me suivez jusqu'à l'accueil, l'histoire sera pliée en quelques secondes.

Le sans-abri se gratta nerveusement la joue, faisant crisser les poils de sa barbe, et passa de mauvaise grâce devant le flic, direction la salle voisine. Quand il arriva près du comptoir, le jeune éducateur lui adressa un regard désolé.

— Alors ? lança le SDF.

— Nous avons arrêté ce type ce matin, mentit Urbain en exhibant une photo de Yakouchine. Ma question est simple : Montagne, c'est bien lui ?

— Vous l'avez arrêté, vous dites ?

— Oui. Et il n'est pas près de respirer le grand air de sitôt !

— Ah…

— Martin, ce type est-il bien celui qui se faisait appeler Montagne, oui ou non ?

Le SDF détourna son regard de la photo et, l'air toujours méfiant, il acquiesça d'un lent hochement de tête.

— Vous êtes formel ?

— Aussi sûr que je m'appelle Martin, asséna le sans-abri d'un ton ronchon avant de pivoter.

Les flics le regardèrent retourner près des siens en claudiquant. Ils venaient d'avoir la confirmation qu'ils attendaient. Yakouchine et Montagne ne faisaient qu'un. Le criminel ne s'était donc pas contenté de jeter Thomas Andrieu du haut d'un toit. Il avait aussi le sang de dizaines de SDF sur les mains… Mais s'ils voulaient le faire cracher, il leur fallait réunir des preuves avant d'interpeller le bonhomme et de le placer en garde à vue. Et ce n'était hélas pas le témoignage d'un sans-abri aviné qui suffirait face à l'avocat de Yakouchine !

⁂

Paul Lacroix posa deux cafés sur la table de l'arrière-boutique et attendit. Christian but une gorgée avant de sortir une photo de Yakouchine qu'il plaça devant le vendeur. Ce dernier balaya le cliché des yeux mais s'abstint de tout commentaire.

— Wladimir Yakouchine. Ça te dit quelque chose ?

Lacroix haussa les épaules.

— Ça devrait ?

— Je pense que oui, *ça devrait*, comme tu dis. Yakouchine travaillait pour Suarez au moment même où tu refourguais ta came de bas étage à la sortie des boîtes de nuit… Je me suis même laissé dire qu'il t'était arrivé de t'approvisionner auprès du bonhomme… La mémoire te revient ou je poursuis ?

— Admettons… Mais je n'ai plus aucun lien avec lui depuis son dernier séjour au zonzon, de toute façon !

— Mmm… tu perds vite de vue tes amis, dis-moi ?!

— Ça n'a jamais été un ami !

— Peu importe, Polo, ne cherche pas à me la faire à l'envers, OK ? Tu as forcément de ses nouvelles et c'est tout ce qui compte pour moi.

— De ce que je sais, Wlad a quitté le circuit de la drogue. Il crèche chez sa frangine à Castelsarrasin.

— Ça, je le sais déjà ! s'agaça Christian en reposant bruyamment sa tasse. Ce qui m'intéresse, c'est ce que j'ignore, tu piges ?

Paul Lacroix releva les yeux vers le policier qui affichait désormais une mine menaçante. Il le connaissait depuis assez longtemps pour comprendre que l'affaire était grave. Suffisamment pour que le flic décide de le serrer si jamais il ne lui donnait pas un petit quelque chose à se mettre sous la dent.

— Autrement dit, avec qui Yakouchine est-il en affaire ? Pour qui il bosse exactement ? Et qu'est-ce qu'il fout à traîner autour des SDF ? mitrailla Christian.

— OK, mon gars, on se calme… J'ai vu Wlad deux ou trois fois en compagnie de Dedieu et d'un autre type que je n'avais jamais croisé avant.

— Dedieu ?… Philippe Dedieu ?! (Paul hocha la tête.) Rien que ça !

Le policier jeta un regard surpris à son interlocuteur. Dedieu avait trempé dans de nombreux mauvais coups mais il s'était avant tout distingué par ses *home-jackings* ultra-violents dont l'un lui avait valu de prendre dix ans ferme : l'octogénaire agressée dans sa maison de Cornebarrieu avait subi de multiples sévices, toute une nuit durant. Son aide à domicile l'avait retrouvée au petit matin, dénudée, baignant dans une mare de sang, le corps constellé de brûlures de cigarette et marbré d'ecchymoses. Finalement, la dame âgée avait succombé à ses blessures sur le chemin de l'hôpital. L'affaire remontait à quinze ans et avait fait grand bruit à l'époque, suscitant l'indignation et la colère des habitants. Le fait divers avait pris de l'ampleur jusqu'à être relayé au JT de France 2.

— Dedieu, c'est noté… Et le second type, tu peux me dire quoi sur lui ?

— Je ne l'avais jamais vu avant, je te le jure… Je ne sais pas qui c'est… J'ai juste entendu Wlad et Dedieu l'appeler L'Américain.

— L'Américain ?

— Oui… mais, ne me demande pas pourquoi ! Pour ce que j'en ai vu, ce type parlait français comme toi et moi.

***

Le camp gitan commença à s'animer sur les coups de 10 heures du matin. Brian Zigler, le beau-frère de Wladimir Yakouchine, quitta l'aire de stationnement en premier. Depuis leur planque, les deux bleus assistèrent ensuite à un ballet incessant de voitures, certaines quittant le camp, d'autres y arrivant… Yakouchine, quant à lui, serra des pinces à droite et à gauche en fumant quelques cigarettes. Puis il retourna dans la caravane familiale et sembla ne plus vouloir en sortir. Antoine chercha alors à tuer le temps en suivant – jumelles aux yeux – la vie du camp qui sentait le business à plein nez. Petits trafics, arrangements, deals, recels, le tout entériné par quelques poignées de main… Vers 11 h 30, frigorifié, il rejoignit Miranda dans la voiture.

— Là, j'ai vraiment trop froid, balança-t-il en s'asseyant.

— Tiens, prends le Thermos et sers-toi un café, ça va te réchauffer… Rien de nouveau, je suppose ?

— Non, rien… Tu parles d'un boulot ! Les planques, c'est vraiment d'un ennui mortel, ajouta-t-il d'une voix désabusée.

— Mmm… je confirme.

Pour autant, aucun d'eux n'imaginait vraiment qu'ils allaient encore devoir attendre de longues heures sans bouger d'un pouce.

La partie émergée de l'iceberg…

Thibault et Djamila longèrent les quais de Seine sous la lumière sans âme de ce mardi matin de février. À côté d'eux, le fleuve ronronnait, poursuivant sa lente course, indifférent aux humeurs du monde. Quelques bateaux-mouches dodelinaient sur l'eau, formant des taches colorées au milieu de la grisaille ambiante. Les gendarmes traversèrent l'avenue pour rejoindre l'entrée du Palace Hôtel. Les révélations d'Éloïse concernant son entretien de la veille avec Duloung ajoutaient à la dimension criminelle de l'affaire. Si le professeur avait raison en émettant l'hypothèse d'essais cliniques à partir de la bactérie *Sosia*, les morts de Servat et Coquery ne constituaient que la partie émergée de l'iceberg… Dans ces circonstances, identifier et mettre la main sur celui qui tirait les ficelles et se faisait appeler « L'Américain » constituait une urgence.

Le hall d'accueil du Palace Hôtel aurait pu à lui seul contenir cinq ou six appartements parisiens. Ambiance feutrée, marbre lustré, tapis de luxe, soieries, lustres gigantesques, cuir patiné, objets d'art et tableaux… le tout conçu dans un esprit Empire. Thibault se dirigea d'un pas conquérant vers la réception, suivi de Djamila qui se sentait dans ses petits souliers. Parvenu à hauteur du comptoir, il exhiba sa carte et s'adressa à la jeune femme devant lui :

— Nous voudrions voir quelqu'un de la direction.

— C'est à quel sujet, monsieur ?

— Au sujet du séjour qu'a effectué chez vous un meurtrier dans le courant de l'année 2017.

La jeune femme s'empourpra et décrocha son téléphone. Elle fit le lien entre son interlocuteur et le gendarme jusqu'à ce que celui-ci, agacé, s'empare du combiné. L'échange fut lapidaire mais efficace. Cinq minutes plus tard, les deux enquêteurs étaient reçus au quatrième étage de l'hôtel particulier, là où se trouvait le bureau d'Édith Fourquet-Bobois, la directrice adjointe. En entrant, Thibault arrêta un instant son regard sur la baie vitrée qui surplombait un vaste jardin intérieur, à l'existence insoupçonnable depuis les quais. Puis il prit place sur le fauteuil que lui proposa Mme Fourquet-Bobois et déroula sa requête.

— Nous avons un nombre considérable de clients internationaux, commença la directrice adjointe dans un sourire de façade, tout en replaçant derrière son oreille une petite mèche échappée de son chignon. Sans plus d'éléments de votre part, je crains fort que…

— L'homme que nous recherchons est impliqué dans une affaire de meurtres multiples. Je suis absolument certain que vous saurez extraire de votre fichier clients la ou les personnes remplissant les critères suivants : blanc, probablement américain mais parlant un français parfait. Environ un mètre quatre-vingt-cinq, mince, cheveux courts et bruns, yeux noisette. Très élégant. Se faisant peut-être appeler M. Bruno auprès du personnel, ce qui pourrait laisser croire que son prénom est Bruno. Signe distinctif : une petite cicatrice au coin supérieur droit de la bouche. Et pour finir, cet homme a pu séjourner longuement chez vous, sur une période couvrant les mois de juillet à décembre 2017.

La directrice adjointe se tortillait sur son fauteuil, visiblement mal à l'aise à l'idée de trahir la confidentialité qu'elle devait à ses clients. Thibault décida de porter l'estocade.

— Voici la liste écrite des éléments que je viens de vous mentionner. Je gage que vous saurez mieux que nous cibler les clients correspondants… Bien évidemment, si vous ne trouviez rien, nous serions obligés de réquisitionner vos archives afin de procéder nous-mêmes à une vérification. Ce serait pour nous une substantielle perte de temps… et pour vous, le risque majeur que nous contactions inutilement de nombreux clients fidèles de votre établissement n'ayant rien à voir avec cet « Américain »…

— Je vois, trancha la directrice adjointe en s'emparant nerveusement de la liste. Laissez-moi quelques heures et je pense que je saurai extraire de nos fichiers la personne concernée.

— Parfait ! commenta Thibault. Il est 11 heures passées. Nous reviendrons en fin d'après-midi.

Édith Fourquet-Bobois se leva, raide dans son tailleur jupe cintré. Sa mine s'était considérablement fermée au long de l'entrevue et elle n'avait plus rien de la directrice arrogante qui les avait fait entrer quelques minutes plus tôt.

***

À 14 h 15, après leur pause-déjeuner, les gendarmes s'invitèrent chez la concierge du 22, rue de La Planche, dans le septième arrondissement, à deux pas du boulevard Raspail. Mme Gaubert, la soixantaine bien tassée, ne dissimula guère son agacement à être dérangée au moment où allait commencer un de ses feuilletons de l'après-midi.

— Qu'est-ce que vous voulez ? demanda-t-elle quand Djamila sortit sa carte de gendarme.

— Des renseignements sur un ancien locataire. Un certain Guillaume Coquery.

— Bah, il est parti depuis plus d'un an !

— Oui, nous le savons. Mais il a vécu ici durant dix ans, donc je pense que vous êtes en mesure de nous parler de lui.

Chantal Gaubert resserra les pans de sa veste en laine, haussa vaguement les épaules et demanda :

— Il a des ennuis, m'sieur Coqu'ry ? En même temps, ça m'étonn'rait pas !

— Il est mort.

La gardienne ouvrit deux grands yeux éberlués et, mesurant que l'interlude avec les gendarmes serait peut-être plus trépidant que son feuilleton, se décida dans la seconde :

— Ben, entrez donc ! Z'allez me faire choper froid, sinon !

Les gendarmes découvrirent un intérieur surchargé. Mme Gaubert collectionnait les poupées folkloriques vêtues de leurs habits régionaux. Il y en avait partout, bien au-delà des vitrines censées les contenir. Dormant sous leurs cloches en plastique, les figurines aux tissus bigarrés empêchaient tout repos pour les yeux. Djamila et Thibault s'assirent sur un angle de canapé et acceptèrent le café de leur hôtesse. Cinq minutes après, Chantal Gaubert entrait dans le vif du sujet :

— Alors, comme ça, m'sieur Coquery est mort ? Ben, ça alors… Vous m'en direz tant !

— Vous avez dit tout à l'heure que vous ne seriez pas étonnée d'apprendre qu'il avait des ennuis. Pourquoi ?

Chantal Gaubert leur raconta en long, en large et en travers les déboires de Coquery. Ses retours ivre les samedis de fête, les femmes « aux mœurs douteuses » à qui il donnait alors le bras et « la faune de faces jaunes peu fréquentables » qui s'était mise à visiter l'immeuble avec assiduité parce que Coquery « devait des sous, vous comprenez » ? Elle agrémenta son discours de questions dictées par la curiosité et, au bout d'une heure et demie, finit par se lasser du petit jeu : les gendarmes ne voulaient rien lâcher !

— Mais je parle, je parle et le temps file ! conclut-elle. C'est que j'ai du travail, moi, m'sieur-dame !

Les gendarmes prirent congé, la tête pleine de l'intarissable gouaille de la concierge. Ils n'avaient rien appris de plus sur le fameux « Américain »… Ils s'engouffrèrent dans le métro, espérant faire meilleure pioche avec le Palace.

… Sous une luminosité crépusculaire

Passé midi, le ciel s'était chargé de gros nuages noirs et bas qui filtraient toute clarté. Miranda et Antoine avaient cessé de parler depuis longtemps. Ils se contentaient de fixer les caravanes d'un œil morne et passablement fatigué. Puis, à 15 h 30, Yakouchine pointa son nez dehors. Il s'était enfin habillé : jean, blouson en cuir et santiags. Il monta sans attendre dans sa BMW, soufflant un vent d'adrénaline sur les deux bleus. Le malfrat démarra dans un dérapage de gravillons comme s'il avait le feu aux fesses et passa deux minutes plus tard à une dizaine de mètres de la voiture banalisée d'Antoine et Miranda, laissant derrière lui une tapageuse traînée de musique raï qui résonnait malgré ses vitres fermées. Antoine rejoignit la route sans perdre une seconde, mais la filature se révéla rapidement plus ardue que prévu : Yakouchine ne respectait aucune limitation de vitesse ni aucune règle de conduite. Derrière lui, le jeune bleu faisait au mieux pour rester dans son sillage sans se faire repérer… Antoine commença à se détendre un peu quand Yakouchine s'engagea sur l'A62, direction Toulouse. Il demeura à distance respectable sans jamais le perdre de vue. Trente minutes plus tard, Yakouchine prit la sortie Castelnau-d'Estrétefonds, puis zigzagua dans les méandres de la vaste zone d'activités truffée d'allées sans âme et de bâtiments industriels, avant de se garer dans l'arrière-cour d'un entrepôt. Antoine s'arrêta dans l'allée, une cinquantaine de mètres en contrebas, selon un angle qui lui permettait de surveiller l'arrière de la voiture de Yakouchine.

— Qu'est-ce qu'on fait ? demanda-t-il. On attend ou on va jeter un œil discrètement ?

Il n'était que 16 heures mais les contours de la zone industrielle s'estompaient déjà sous une luminosité crépusculaire. La grisaille enveloppait les bâtiments de tôles ondulées et le bout de l'avenue semblait grignoté par la pénombre. Les camions qui rentraient ou quittaient les entrepôts alentour circulaient tous avec les codes allumés, révélant dans leurs halos jaunâtres un léger crachin qui ajoutait au sinistre ambiant. Le dos et les jambes ankylosés à force d'attendre sans bouger dans la voiture, Miranda se décida :

— Je vais faire un petit tour de reconnaissance ! Je reste dans ta ligne de mire, ne t'inquiète pas.

La jeune femme boutonna son épais blouson, rabattit sa capuche sur sa tête et quitta l'habitacle. Elle poussa presque un grognement d'aise en faisant ses premiers pas sur l'asphalte et en sentant le sang circuler dans ses jambes. Malgré la bruine qui fourmillait désagréablement sur elle, elle parcourut une trentaine de mètres, tous les sens aux aguets, prête à rebrousser chemin si le moindre signe de vie lui parvenait depuis le bâtiment à l'angle duquel était stationnée la BMW de Yakouchine. Elle arriva à hauteur de la cour intérieure et détailla les lieux en passant. En dehors de la voiture de leur malfrat qui formait une petite tache blanche sur le vaste parterre goudronné, elle ne repéra que les vestiges d'un long abri d'extérieur sous lequel s'amoncelaient anarchiquement de vieilles palettes grisées par les intempéries et des monceaux de ferrailles rouillées. L'endroit semblait complètement à l'abandon. Miranda voulut en avoir le cœur net et traversa la rue de manière à se donner du champ. Elle longea alors la bâtisse depuis le trottoir d'en face et repéra bientôt, en hauteur sur la façade de tôles ondulées, une galerie de fenêtres cassées. Pour sûr, le site n'abritait plus aucune activité... Bon sang, qu'est-ce que pouvait bien faire Yakouchine dans un entrepôt abandonné ?! La policière repensa à la présentation de Nounours : Yakouchine avait longtemps travaillé pour une mafia de la drogue, se pouvait-il qu'il ait installé dans les entrailles de l'ancienne usine un laboratoire de fabrication de came ? Toute à ses pensées, elle parvint au bout du long bâtiment qui se prolongeait par un haut grillage rigide. Derrière, la cour du site continuait de s'étendre, des touffes d'herbe bosselant et perçant çà et là le béton, et tout au bout, une sorte de guitoune se découpait dans le crachin. Prise d'un pressentiment, la policière traversa de nouveau la rue et se plaqua contre le grillage. Là, sous la bruine qui détrempait ses vêtements, elle aperçut l'entrée principale de l'ancien site d'activité située une cinquantaine de mètres devant elle. Il y avait eu jadis un gardien qui gérait le flux d'entrées et de sorties depuis sa guérite en activant une barrière aujourd'hui figée en position levée, comme un bras tendu vers le ciel. Malgré le crachin et la pénombre qui brouillaient sa vue, Miranda parvint à distinguer les contours d'une grosse berline stationnée à quelques pas de la guérite. Elle en était là de ses observations quand une puissante détonation perfora le silence. Son cœur fit un bond violent dans sa poitrine, puis une onde d'adrénaline pure électrisa tout son corps. Le coup de feu provenait de l'entrepôt ! Animée par la peur et l'instinct, la jeune femme se mit à courir dans une sorte d'état second vers l'entrée qu'avait empruntée Yakouchine. Également alerté par la déflagration, Antoine se rua vers l'extérieur et rejoignit sa collègue au moment où elle entrait dans la cour.

★★★

Après quelques sondages supplémentaires auprès d'indics naviguant dans le milieu du banditisme toulousain, Christian était rentré au central. Il n'avait rien appris de plus que ce que lui avait énoncé Paul Lacroix : depuis sa sortie de prison, Yakouchine avait quitté les mafias de la drogue et frayait avec Dedieu et un type surnommé « L'Américain ». Point. Depuis plus de deux heures, aidé d'un spécialiste Web-réseau, le policier cherchait à déterminer à qui appartenaient les bâtiments de la forêt de Buzet ayant servi de laboratoire.

— J'y crois pas ! lança subitement le spécialiste.

— Quoi ? T'as trouvé ?

— Viens plutôt voir ça !

Christian se rapprocha de son collègue :

— Qu'est-ce que c'est que ce binz ?

— Les résultats de ta recherche, Nounours. Comme tu peux le lire sur la fenêtre ouverte à gauche de l'écran, les bâtiments appartiennent à une société nommée Bio Investissement.

— Et sur la fenêtre de droite ?

— Les informations concernant Bio Investissement.

— Et donc ?

— C'est une coquille vide. Le siège est aux Seychelles et les dirigeants sont invisibles… On appelle ça une société fantôme.

— Tu veux dire qu'on n'a pas les moyens de connaître qui se cache derrière ce truc ?

— C'est ça, c'est un bon résumé.

Christian laissa échapper un long soupir en étirant ses lombaires. Puis, sans même s'en rendre compte, il attrapa un petit sachet de bonbons Haribo dans son tiroir et fit mentalement le point, sous l'œil amusé de l'informaticien. Cette histoire puait à mille lieues à la ronde ! Des gens avaient pris grand soin de dissimuler leur identité derrière un montage opaque. Ces mêmes personnes disposaient de moyens importants, si l'on en croyait le grand nettoyage du site de Buzet. Et ce n'était pas Yakouchine et Dedieu qui avaient pu agir de la sorte ! Non. Les deux criminels n'étaient que des hommes de main chargés des basses besognes… Conclusion, les types qui avaient géré le laboratoire sauvage appartenaient à une puissante organisation. Restait à remonter jusqu'à elle… Christian fit une boule du sachet de bonbons vide et la jeta dans la poubelle. Puis il saisit son portable et lança à son collègue :

— Merci l'ami pour ton aide… Je te libère ! Moi, je vais appeler le Zèbre… Pas sûr que cette nouvelle le mette en joie.

***

Miranda et Antoine avançaient prudemment, leurs lampes et leurs pistolets braqués devant eux. En dehors de piles de cartons d'emballage au nom de l'ancienne société, l'entrepôt était vide. Le plateau du rez-de-chaussée se présentait comme un vaste hangar percé d'un côté de hautes portes prévues pour s'ouvrir à hauteur des hayons, au cul des camions. Les deux policiers longeaient le quai de déchargement, balayant régulièrement les alentours de leurs faisceaux, mais aucun bruit ne leur parvenait de nulle part. En bout de quai, un escalier métallique rampait le long du mur du fond pour desservir un étage. Miranda posait un pied sur la première marche quand sa semelle en heurta l'angle et qu'elle manqua de chuter. Elle se stabilisa *in extremis* mais le choc contre le fer se répercuta en un écho sans fin dans l'entrepôt vide. La jeune femme sentit les poils de ses avant-bras se dresser. Les deux bleus se figèrent, mais le silence écrasant continua de bourdonner à leurs oreilles. Miranda reprit lentement son ascension, consciente du risque d'avoir alerté Yakouchine, s'il était bien tapi là. À chaque marche, elle sentait le poison de l'acide lactique engourdir ses jambes. Mais ce n'était pas l'effort qui lui plombait le corps, c'était la peur. Yakouchine était un homme dangereux qui venait d'avoir maille à partir avec quelqu'un. Qui avait tiré ? Pourquoi ? Aucune idée… Mais quelque part dans l'ombre, se terrait probablement un homme armé. Peut-être les attendait-il tranquillement en haut, revolver chargé, prêt à faire feu ? La policière tenta de chasser ces pensées, en vain. Ses mains commencèrent à trembloter et se nimbèrent d'une pellicule de sueur tandis que son cœur pompait furieusement. Elle avait le sentiment de se jeter dans la gueule du loup !

— Miranda ?… Miranda, ça va ? lui chuchota Antoine. Tu veux que je passe devant ?

Elle se rendit compte alors qu'elle avait stoppé son ascension. Son esprit avait grimpé la volée de marches restantes mais son corps, lui, s'était pétrifié. Elle serra les dents : si elle flanchait maintenant, elle ne pourrait plus jamais intervenir en terrain menaçant. Habitée par la volonté farouche de faire ses preuves, elle alla puiser au plus profond d'elle-même la force de reprendre sa progression. Les yeux rivés sur le sommet, elle comptait dans sa tête. Un – j'inspire, deux – j'expire, un – j'inspire, deux – j'expire… Et ainsi de suite, jusqu'à ce que son pied droit se pose sur le palier du premier. Là, avec sa lampe, elle balaya lentement l'espace autour d'elle. À sa droite, un long couloir desservait des bureaux. Devant elle, s'ouvrait un grand sas avec un comptoir qui avait dû accueillir un secrétariat. La jeune femme avança, fouilla des yeux chaque recoin sombre, arrosa de lumière l'arrière du comptoir. Rien. Personne n'était caché là. De son côté, Antoine surveillait le couloir, prêt à réagir en cas de mouvement. Miranda le rejoignit rapidement et lui fit un signe de tête pour qu'il la suive. Sur la gauche, à quelques mètres, elle découvrit un espace sanitaire avec murs carrelés et lavabos. En vis-à-vis, trois W-C en enfilade, trois cachettes possibles. Miranda s'agenouilla et rasa le sol avec le faisceau de sa lampe. Aucun pied ne lui apparut. Le pouls filant, elle s'obligea néanmoins à pousser tour à tour chacune des portes. Mais il n'y avait personne. Antoine prit le relais en s'engageant dans le couloir qui desservait une dizaine de portes. Il allait pousser la quatrième quand un claquement leur parvint du bout du corridor. Les deux bleus échangèrent un regard angoissé. Quelqu'un était bien là, à quelques mètres d'eux. Les avait-il entendus ? Les attendait-il, prêt à défourailler ? La voix d'Antoine brisa alors le silence, une voix qui s'éleva dans une tonalité trop aiguë, au débit précipité, trahissant son état de stress :

— YAKOUCHINE !!!... Yakouchine ou qui que tu sois, on sait que tu es là !... Écoute, mon gars, on est quatre, OK ? mentit-il. Quatre flics armés et prêts à faire feu !... C'est ça que tu veux ?! Allez, réponds, c'est ça que tu veux ?!

Les espaces vides répercutaient les paroles du jeune flic en échos inquiétants qui ricochaient entre eux et ajoutaient à la tension ambiante. Mais Antoine était lancé et ses mots franchissaient précipitamment sa bouche.

— On approche, tu m'entends ?! On vient vers toi, mon gars ! Ne fais pas de bêtise ! Rends-toi maintenant ! Pose ton arme et sors mains sur la tête ! On ne te fera rien si tu te rends maintenant !

Ce disant, Antoine avançait, lampe et flingue tendus droit devant lui. Miranda, deux mètres derrière, était positionnée en couverture, la lampe braquée sur la dernière porte du fond, côté gauche, de là où était venu le bruit. À quelques pas de la pièce close étiquetée « Direction », Antoine hurla malgré lui :

— YAKOUCHINE, BORDEL !!!

Mais seul le silence lui répondit. Antoine se retourna alors vers Miranda et lui fit un signe de tête. Celle-ci se rapprocha et se positionna au mieux pour pouvoir couvrir son collègue.

— Je vais ouvrir, mon gars ! prévint-il en raffermissant sa voix. Derrière moi, il y a trois collègues ! C'est ta dernière chance, tu entends ! Sors maintenant si tu ne veux pas finir avec une balle dans le buffet !

Rien ne se produisit. Alors Antoine s'accroupit, étira son bras au maximum pour atteindre la poignée et, d'un mouvement sec et rapide, l'abaissa et poussa le battant. Celui-ci pivota lentement dans un grincement et Miranda braqua immédiatement sa lampe-torche dans l'ouverture. Au premier regard, elle ne distingua rien. Elle fit un pas nerveux en avant et mit un coup de pied à la porte qui finit de s'ouvrir tout à fait. Antoine opéra alors un demi-tour et découvrit un vaste plateau. Il commença à balayer la pièce en tous sens et sa lampe s'arrêta très vite le long d'un mur.

— Bordel de merde ! jura-t-il en s'essuyant le front.

Miranda réprima un haut-le-cœur. Prisonnier des faisceaux lumineux, un type dans la soixantaine en simple chemise blanche et pantalon de costume noir, gisait dans une mare de sang, une balle lui ayant perforé la gorge. La policière se précipita vers lui – le sang continuait de sortir par petits à-coups de sa blessure, donc le cœur battait encore. Le blessé agonisait et la fixait d'un œil paniqué. Miranda se fit violence pour ne pas détourner la tête du sinistre spectacle. Dans une succession de gestes nerveux, elle dénoua son écharpe, la roula en boule et la plaqua sur la jugulaire de l'homme agonisant pour essayer de limiter l'hémorragie. Dans son dos, Antoine continuait l'inspection du plateau. Bientôt, elle entendit une porte s'ouvrir, puis des pas rapides qui descendaient un escalier. Miranda se dévissa le cou mais Antoine avait disparu. L'homme eut alors un râle atroce – une sorte d'infâme gargouillis – et il lui attrapa le poignet d'une main tremblante. Puis, brutalement, l'étreinte se desserra et les yeux de l'homme la regardèrent sans plus la voir. Il était mort.

Miranda s'écarta, le souffle court, horrifiée. Mais son devoir de flic la rappela à l'ordre et elle se précipita alors vers la porte qu'avait franchie Antoine. Elle donnait sur un escalier extérieur. Miranda entamait la descente quand elle entendit la voix de son collègue s'élever depuis la cour.

— Miranda ?!

— Oui.

— Yakouchine a eu le temps de se tirer ! Mais il est blessé ! Et la victime ?!

— Morte à l'instant.

— Merde !

— Préviens le central ! lui hurla-t-elle.

Miranda retourna sur ses pas. En passant, son attention avait été attirée par un petit amoncellement au sol. Elle éclaira alors le linoléum et repéra un stylo, un porte-cartes, un portefeuille, un téléphone portable. Puis elle remarqua des traces de sang et les suivit des yeux, elles conduisaient aux escaliers de secours. Cela corroborait les propos de son collègue, Yakouchine avait été blessé. Il avait dû dépouiller son adversaire de sa veste pour se faire un garrot et bazarder à la va-vite le contenu des poches. Elle poursuivit son inspection et se figea net en découvrant une arme qui avait glissé au sol : un Sig Sauer SP 2022. Le même que celui qu'elle tenait dans sa main. Le même que celui qui équipait la police nationale. À la nuance près qu'un silencieux avait été ajouté en bout de canon. Et que ce n'était donc pas cette arme dont la détonation avait retenti jusque dehors. Les morceaux de puzzle commencèrent à s'assembler dans l'esprit de la jeune bleue et une idée glaçante germa. Elle décida d'en avoir le cœur net. Elle extirpa un stylo de sa veste et s'agenouilla devant le porte-cartes qu'elle ouvrit avec le bout de son Bic.

Et ce qu'elle redoutait se matérialisa devant ses yeux stupéfaits.

… Le prix de la transgression

Les deux gendarmes repassèrent les portes du Palace Hôtel aux alentours de 17 heures. Thibault repéra immédiatement la directrice adjointe, confortablement installée sur une banquette en cuir à deux pas du comptoir d'accueil. Dès qu'elle les vit approcher, elle se leva et vint à leur rencontre d'un pas décidé.

— Voilà ce que vous demandiez, lança-t-elle sans préambule à Thibault en lui tendant une enveloppe. Nous n'avons jamais eu qu'un seul client correspondant à l'ensemble des éléments que vous m'avez listés. Il s'appelle Bruno Goldstein.

Thibault ouvrit l'enveloppe et en sortit le contenu.

— Ce sont les relevés bancaires répertoriant les divers paiements que M. Bruno Goldstein a effectués chez nous. La carte bancaire utilisée est la même pour l'ensemble des règlements. Je suppose que grâce à elle, vous pourrez remonter jusqu'à ce monsieur ?

— En effet, approuva le gendarme sans cacher sa satisfaction.

— Quoi qu'il en soit, ce sont les seuls éléments probants que notre établissement puisse vous fournir, précisa-t-elle d'une voix ferme.

— Bien… Il ne me reste plus qu'à vous remercier, madame Fourquet-Bobois, conclut Thibault en tendant la main à son interlocutrice.

Celle-ci consentit de mauvaise grâce à la politesse et le gendarme eut le sentiment de refermer ses doigts sur un calmar froid et glissant. Puis il la regarda repartir vers les ascenseurs, la posture raide et le pas autoritaire, ses talons claquant sur le marbre.

— Vieille peau ! marmonna Djamila, postée à côté de lui.

***

Elle attendait cet appel depuis qu'elle avait quitté la maison de Black Sheep tapie au fond des bois. Éloïse répondit dès la première sonnerie et, au bout du fil, la voix surexcitée d'Amanda se fit immédiatement entendre :

— Bonjour Éloïse, on a enfin trouvé !

— Enfin trouvé quoi ?

— Comment soumettre une fausse vente aux enchères à la grande prêtresse sans éveiller ses soupçons.

— Je vous écoute.

— Avec Black Sheep, on a passé deux jours à traquer tous les contacts d'Anne Poey au sein de son cercle d'amateurs de vestiges humains du Dark. On a fini par isoler ceux avec lesquels elle entretient des échanges privés privilégiés. Il y en a une petite dizaine. Mais seulement trois d'entre eux vivent en Europe, on s'est donc focalisés sur ces trois-là.

— Focalisés ?

— Eh bien, on a investigué sur eux... enfin, Black Sheep a investigué. L'idée étant de voir si l'on pouvait en utiliser un pour appâter la grande prêtresse.

— Comment ça ?

— Je vous expliquerai précisément après. Donc, Black Sheep a remonté leur adresse IP à partir d'un *malware* qui a infesté chacun des contacts avec lesquels la grande prêtresse a échangé sur le site depuis dimanche 17 heures. De là, il a craqué le contenu de leur ordinateur. Le premier est taxidermiste et réside à Stockholm. On n'a rien trouvé d'utile.

Dans l'incompréhension, la gendarme fronça les sourcils, mais parvint à garder ses questions pour elle afin de ne pas interrompre son interlocutrice.

— Black Sheep a ensuite grattouillé du côté du deuxième contact. Un Anglais, ancien militaire, passionné de *freaks*. Là, *idem*, on a fait chou blanc. Le type est un énorme consommateur de porno avec *freaks*. C'est aussi un fétichiste recherchant des relations sexuelles avec des femmes mutilées : unijambistes, culs-de-jatte et j'en passe, pourvu qu'il y ait des moignons ! s'amusa Amanda. C'est assez tordu, mais ça n'a rien d'illégal et ça ne peut donc pas nous servir de levier.

— De levier pour quoi ?! s'agaça la gendarme.

— J'y viens, minute ! Le troisième s'appelle Georges Bacher. C'est un prof d'anthropologie à l'université de Bruxelles. Il est marié et père de trois enfants. Mais ce que sa femme ignore, c'est qu'il collectionne les parties de jambes en l'air avec ses étudiantes.

— OK… et donc ?

— Et donc, que croyez-vous qu'il répondra si on lui demande de contacter Anne Poey *via* le site du Dark pour lui vanter une mise aux enchères privée qui se déroulerait en Belgique, avec un produit exceptionnel ?

— Attendez… vous voulez faire chanter ce type en utilisant ses relations extraconjugales ?!

— Disons qu'il s'agit de lui proposer un arrangement qui lui éviterait de perdre sa famille et sa réputation… Il ferre notre prêtresse et nous, en contrepartie, on efface les preuves qu'on a collectées de sa vie parallèle. Échange de bons procédés, en somme !

— Mmm… c'est bien ce que je disais : c'est du chantage.

Amanda laissa échapper un soupir bruyant avant de rétorquer avec humeur :

— Il n'y a aucune autre solution, Éloïse, j'ai pris le problème dans tous les sens ! Le seul moyen d'endormir la méfiance d'Anne Poey est d'utiliser un des contacts avec qui elle échange depuis plus d'un an et en qui elle a confiance. Si l'on se pointe la gueule enfarinée dans ce cercle hyper-fermé, il nous faudra attendre des plombes avant d'espérer créer une relation avec…

— Oui. Je sais. Vous avez raison, la coupa la gendarme en se rapprochant de la fenêtre de son bureau. Le moment venu, il faudra donc programmer un saut chez notre ami belge.

— Je pensais faire ça d'ici quelques jours.

— Je viendrai avec vous, Amanda !

— D'accord… Mais avant d'aller cueillir notre homme, il faut finaliser notre plan : date de la fausse enchère ? Lieu ? Moyens nécessaires ? Répartition des rôles ? Bref, on ne posera un pied en Belgique que lorsque tout sera réglé comme du papier à musique.

— Qu'avez-vous prévu ce soir ?

— Rien. Pourquoi, vous êtes disponible ?

— Oui. Mes hommes enquêtent à Paris, ils ne rentrent que demain. Autant en profiter.

— Parfait. Disons 19 heures chez moi. Ça vous va ?

— C'est bon pour moi. J'apporte le dessert.

Éloïse raccrocha, le cœur filant, les yeux perdus sur l'horizon de toits luisants d'humidité qui s'ombrait lentement avec la course déclinante du soleil. Elle avait enclenché la machine et elle ne ferait pas demi-tour. Il fallait piéger Anne Poey, la livrer aux autorités françaises – si possible sans être identifiée – et obtenir enfin justice. Elle ne retrouverait la paix qu'à ce prix. Le prix de la transgression et de l'illégalité… Elle en était là de ses réflexions quand un coup de tonnerre roula et qu'un éclair zébra le ciel au loin. Une minute plus tard, une pluie lourde commença à s'abattre sur la ville.

À la guerre comme à la guerre

Urbain Malot bazarda rageusement son téléphone sur le tableau de bord de la voiture, laissa filer une demi-seconde, puis mit un coup sec du plat de la main sur la garniture de la portière.

— Merde !

— Qu'est-ce qui se passe ?! lança Margaux, totalement ahurie par la saute d'humeur inhabituelle de son supérieur.

— Mets les gaz direction Castelnau-d'Estrétefonds, et sors la sirène, ça urge !

Margaux s'exécuta et commença à zigzaguer dans la circulation qui se densifiait à l'heure des sorties de bureaux.

— Pfff ! Et Chabrol qui m'a déjà laissé un message… ça sent mauvais tout ça, ça sent vraiment mauvais ! pesta Malot, les yeux sur son portable.

— Houhou, tu m'expliques, ou bien ? s'agaça Margaux en empruntant la bande d'arrêt d'urgence.

— Je viens d'avoir Miranda. Figure-toi que Yakouchine a refroidi un type et qu'il s'est barré !

Déstabilisée par la colère et l'annonce de son chef, Margaux le dévisagea d'un air circonspect. Mais le Zèbre n'alla pas plus loin, il était déjà en pleine cogitation. N'y tenant plus, Margaux le relança :

— Il a refroidi un type ? Mais quel type ?

— … C'est là que ça devient vraiment craignos, Margaux… D'après Miranda, il a dézingué un flic de la DGSI[1].

— Quoi ?! fit-elle, sidérée.

1. Direction générale de la sécurité intérieure.

— Comme je te le dis.

— Mais qu'est-ce que la DGSI a à voir avec Yakouchine, c'est quoi cette histoire ?

En guise de réponse, le policier s'enfonça dans son siège et fixa la route devant lui.

— Urbain ?

— Je n'en sais fichtre rien ! C'est pour ça qu'on va là-bas, pour essayer d'en savoir un peu plus avant que les superflics se pointent et nous envoient balader.

— Attends, je ne comprends pas ! Comment Miranda sait-elle que c'est un mec de la DGSI ?

— Elle a vu sa carte.

Un silence tendu s'installa dans l'habitacle. Margaux se concentra sur sa conduite et, après vingt minutes à serpenter nerveusement sur la rocade, parvint à relier l'échangeur de l'A62. Elle put alors écraser le champignon.

— Bon, c'est quoi l'idée ?

— Être sur place avant que la scène de crime soit nettoyée. Ou, pire, qu'on soit dessaisis…

— OK, je vois… Et l'appel de Chabrol ?

— J'écouterai son message plus tard.

— Vraiment ?

— Oui. Parce que s'il est au courant pour le flic de la DGSI et qu'il me donne l'ordre de rentrer au bercail, au moins je n'aurai pas eu à désobéir.

Margaux leva les yeux au ciel mais s'abstint de tout commentaire. Elle roulait, sirène hurlante, à cent soixante kilomètres à l'heure, et préféra reporter son attention sur la route, d'autant que des gouttes de pluie commençaient à tomber du ciel bas et chargé. De toute façon, quand le Zèbre était dans cet état, la discussion était vaine. Dix minutes plus tard, elle se rabattit entre deux voitures, emprunta la sortie et roula jusqu'à l'entrepôt. Sur place, deux grosses berlines noires aux vitres teintées stationnaient déjà le long du trottoir…

***

Urbain acheva sa conversation téléphonique, son blouson remonté sur sa tête pour se protéger de la pluie drue qui avait commencé à s'abattre. Au bout d'une petite minute, il rejoignit la voiture au pas de course et s'engouffra dans l'habitacle. Sa mine renfrognée parlait pour lui mais il informa tout de même ses équipiers :

— C'est foutu ! Le responsable de la DGSI sur place n'a rien voulu savoir. Tout juste si les enfoirés qui montaient la garde à l'entrée du site ne m'ont pas fait de fouille au corps avant de me laisser entrer !... Bref, selon leur chef, le dossier concerne leurs services, ils prennent le relais.

— Comment ça ?! Ils prennent le relais sur tout ? réagit Margaux.

— Ce n'est pas encore très clair... Mais ce qui est certain, c'est que ce meurtre-là ne nous regarde pas.

— Sérieux ?! Mais rien ne dit qu'il n'est pas directement lié à notre enquête !

— Mmm... d'autant que ça sent l'entourloupe à plein nez. Leur chef a pris grand soin de me mythonner.

— Explique.

— Il a vaguement évoqué une affaire de réseau terroriste tout en omettant soigneusement de préciser que c'est un de leurs gars qui venait d'être descendu. Si tu n'avais pas vu la carte, Miranda, on n'en aurait jamais rien su, ajouta-t-il en se tournant vers la jeune bleue assise à côté d'Antoine à l'arrière.

— Miranda, tu n'as rien touché directement, au moins ? demanda Margaux.

— Non... J'ai utilisé un stylo pour ouvrir le porte-cartes... D'ailleurs, pour info, le superflic dézingué s'appelait Julien Lépineux... Mais quand ils sont arrivés, Antoine et moi, on a fait semblant de ne rien savoir. Ni le nom du type, ni son appartenance au service des renseignements.

— Ils vous ont interrogés ?

— Oui. Séparément, répondit Antoine. On a dit exactement la même chose.

— C'est fou ! Qu'est-ce que la DGSI vient faire dans notre histoire ? questionna Margaux.

— Aucune idée... Mais Antoine et moi, on pense que Yakouchine avait un rendez-vous. Il a quitté le camp gitan et s'est directement rendu ici. Cinq minutes après son arrivée, *bam*, coup de feu. Et vu les éléments qu'on a pu voir là-haut, il n'est pas exclu que Yakouchine ait riposté.

— Qu'est-ce qui vous fait dire ça ?

— On n'a entendu qu'une seule détonation, celle qui a entraîné la mort du flic. Pourtant Yakouchine a été blessé, lui aussi, par un Sig Sauer équipé d'un silencieux. Avant de prendre la fuite, il s'est fait un garrot avec la veste du flic.

Aussi incrédule qu'inquiet, Urbain secoua la tête.

— Cette affaire pue le soufre ! ragea-t-il. On ne compte plus les morts ! D'abord le jeune Andrieu, ensuite Sissoko, puis le laboratoire avec son four crématoire et sa fosse, et maintenant, un flic de la sécurité intérieure ! Pour couronner le tout, Yakouchine est dans la nature… Je n'aime pas du tout cette idée ! Ce type est dangereux, je suis bien placé pour le savoir… Pour le moment, la déposition d'Efia M'Bani n'a pas filtré jusque chez les journalistes, mais ça ne saurait tarder.

— Et alors ? De quoi as-tu peur ? Cette femme est aussi protégée que le Pentagone ! lui retourna Margaux.

— Ce qui n'a pas empêché qu'un avion s'écrase dessus en 2001.

— Hé, collègue ! Je te rappelle que même nous, on ignore comment notre témoin a été rebaptisée, où elle travaille et où elle habite ! Comment veux-tu que Yakouchine remonte jusqu'à elle ?!

— Mmm… Tu as probablement raison, mais n'empêche… je n'aime pas ça.

La tension dans l'habitacle était à son comble. La pluie matraquait le toit et les vitres sans relâche, insufflant une atmosphère surréaliste. Finalement, Miranda demanda :

— On fait quoi, maintenant ?

— Antoine et toi, vous rentrez au central prêter main-forte à Nounours. Vous ratissez toutes les informations qu'on a sur Yakouchine. La question est : où a-t-il pu se réfugier ? Est-il chez quelqu'un ou a-t-il une planque ?… Allez, *go* !

Les deux bleus quittèrent alors la voiture pour rejoindre la leur, garée un peu plus bas dans la zone industrielle. Dès qu'ils furent seuls, Margaux interpella Urbain :

— Et nous, on fait quoi ?

— On va aller rendre une petite visite à Philippe Dedieu.

— C'est qui ce Dedieu ?

— D'après les informations que Christian vient de me transmettre au téléphone, c'est un acolyte récent de Yakouchine. Il est possible qu'il soit impliqué dans cette histoire de labo, et c'était peut-être le deuxième homme du toit duquel Andrieu a été balancé.

— ... Traduction : si la porte Yakouchine nous est fermée au nez par la DGSI, il reste l'option Dedieu.

— Exactement !

— Et Chabrol, tu l'as rappelé ?

— Chaque chose en son temps, Margaux. Pour le moment, on occupe le terrain... Parce que j'ai comme le pressentiment que ce dossier va nous filer entre les doigts.

***

La fermette où vivait Dedieu était perdue dans un hameau en pleine pampa, du côté de Lanta, au nord-est de Toulouse. Il était 20 heures quand les deux policiers s'engagèrent sur l'étroite communale serpentant entre les coteaux jusqu'au hameau. La pluie tambourinait sans relâche sur la tôle du véhicule dans un vacarme assourdissant. Les yeux écarquillés, Margaux fixait la route dont les contours semblaient engloutis par la campagne enténébrée. Au bout de dix minutes qui lui parurent le double, la silhouette du hameau surgit dans le pinceau des phares. Il y avait là quatre ou cinq bâtisses disséminées au pied d'une colline que l'on devinait à peine derrière le rideau de pluie. Margaux détailla les indications sur un petit panonceau de bois et découvrit ce qu'ils cherchaient.

— « Les Tournesols », lut-elle à haute voix. Apparemment, c'est la ferme, côté droit, au milieu de ce chemin.

Elle s'engagea prudemment sur la langue caillouteuse qui distribuait la poignée d'habitations, serpentant entre les nids-de-poule et les ravines que l'eau creusait dans la terre.

— La lumière est allumée, Dedieu est chez lui... Dépasse la baraque, pas la peine de le prévenir de notre arrivée.

Margaux passa devant la fermette et ne s'arrêta qu'un peu plus haut, à la faveur d'un virage bordé de bosquets.

— Prêt à prendre la saucée ? lança Margaux d'un ton désabusé.

— À la guerre comme à la guerre !

La pluie les rinça immédiatement. À vol d'oiseau, une trentaine de mètres seulement les séparait de la maison de Dedieu. Mais au cœur des ténèbres, il leur fallut cinq bonnes minutes pour rejoindre la cour en évitant les ornières et les ruissellements d'eau qui labouraient le chemin. La bâtisse était un corps de ferme en L, trapu, fait de briques et de galets noircis et austères. Sur toute la longueur d'un côté, un hangar d'où émanaient des odeurs de terre mouillée et de moisissures, formait une bouche sombre peu engageante. À cause du tonnerre et du déluge, les poules s'étaient réfugiées dessous et leurs caquètements effrayés striaient anarchiquement le martèlement sourd et constant de la pluie. Les deux flics longèrent le hangar au pas de course et se dirigèrent vers l'entrée du corps d'habitation. Une lumière jaunâtre éclairait une des fenêtres, témoignant de la présence de Dedieu. Urbain se baissa en passant sous la fenêtre éclairée, imité par Margaux. Ils se placèrent chacun d'un côté de la porte et tendirent l'oreille, mais le déluge qui s'abattait couvrait tout bruit de l'intérieur. Dedieu était loin d'être un enfant de chœur et Malot voulait le cueillir par surprise. Il tendit une main vers la poignée qu'il fit tourner le plus silencieusement possible. Par chance, la porte d'entrée n'était pas verrouillée. Le policier la poussa un peu, dégaina son arme et passa prudemment la tête dans l'interstice. Les bruits assourdis d'un téléviseur lui parvinrent alors. Il fit un signe à Margaux et ils entrèrent. Le corridor devant eux était plongé dans la pénombre et, main armée pointée devant lui, le Zèbre progressa lentement jusqu'à l'encadrement à sa gauche d'où provenaient une lumière fadasse et les échos de la télé. Il se plaqua au mur, hasarda un regard rapide dans la pièce, et décela la chevelure brune de Dedieu qui regardait les informations, assis dos à lui sur le canapé. Margaux se déploya alors de l'autre côté de l'encadrement et deux secondes plus tard, les flics firent irruption dans la pièce.

— Police ! Bouge pas Dedieu, on t'a en joue !

Mais Dedieu ne bougea pas d'un millimètre, et pour cause… Une balle faisait un joli petit trou bien net entre ses deux yeux.

★★★

La ferme avait été fouillée, cela ne faisait pas l'ombre d'un doute. Quoi qu'ait cherché l'assassin de Dedieu, il avait dû le trouver, car chaque tiroir du bureau avait été inspecté, la chambre retournée, comme les autres pièces de la maison. S'il y avait eu chez lui quelque élément compromettant, il avait forcément disparu. Urbain s'accroupit en face du truand, et le tâta avec une main gantée, d'abord aux bras, puis aux jambes.

— La rigidité cadavérique totalement installée, commenta-t-il alors que Margaux l'observait d'un œil rond, montre que la mort est récente. Comme elle est complète – membres inférieurs et supérieurs –, le décès a eu lieu dans une fenêtre de six à douze heures.

— Depuis quand t'es légiste ?

— Depuis que mon boulot consiste à collectionner les macchabées, lui retourna Malot. Disons qu'on apprend quelques rudiments, à trop fréquenter des gars comme Pom !

Urbain se releva et arpenta la pièce.

— Ce dossier est en train de nous exploser au visage, commenta-t-il, songeur. Dès qu'on suit une piste, on a un macchabée qui surgit… Misère !… On se fait un ping-pong, ça te dit ?

— Ça marche. Tu commences.

— Bien… D'après les infos qu'a obtenues Nounours, Yakouchine et Dedieu ont bossé pour le même patron, un type surgi de nulle part surnommé « L'Américain ». À toi.

— OK… Yakouchine a été formellement identifié par Efia M'Bani. Si Dedieu a fait la paire avec Yakouchine, on peut donc supposer qu'il est lui aussi mêlé à la mort d'Andrieu… et qu'il est le deuxième homme du toit. À toi.

— Si Dedieu est le deuxième homme, on peut légitimement penser qu'il est aussi mêlé au trafic autour des SDF et du labo clandestin. À toi.

— Miranda pense que Yakouchine s'est rendu cet après-midi à l'entrepôt pour rencontrer quelqu'un. Vu le cadavre retrouvé, on peut déduire que Yakouchine avait rencard avec le flic de la DGSI. À toi.

— Yakouchine a été blessé par une arme à feu équipée d'un silencieux qui appartenait à notre superflic. Conclusion : ce dernier avait prémédité de tuer Yakouchine, qui a riposté. À toi.

— Comme Dedieu et Yakouchine ont travaillé ensemble, que le premier est mort et que le second a échappé à la mort *in extremis*, on peut supposer que quelqu'un est en train de faire le ménage. À toi.

— Si quelqu'un est en train de faire le ménage, ça veut dire qu'on s'approche de très près d'une sale vérité, certainement la même que le jeune Andrieu avait reniflée. C'est pour ça qu'on l'a tué. À toi.

— Si Yakouchine avait rendez-vous avec superflic… Non, attends ! s'interrompit Margaux. Si superflic a cherché à éliminer Yakouchine, c'est que… eh merde ! Qu'est-ce que vient foutre la DGSI dans cette affaire ?!

— … À moi ?

— Ben, si tu as quelque chose de pertinent à dire, ne te gêne pas… Moi, je sèche, là.

— Nounours n'a pas réussi à identifier les propriétaires du laboratoire de la forêt de Buzet. La piste s'ar…

— Hé, le Zèbre ! Tu triches !!! Je ne l'ai pas, moi, cette information !

— Tant pis pour toi. De toute façon, tu perds toujours au ping-pong, la provoqua-t-il.

— Pff… sans commentaire… Alors, c'est quoi cette histoire de propriétaire ?

— Les impôts locaux et, de manière générale, toute la fiscalité liée à l'activité économique du site de Buzet sont acquittés par une société écran dont le siège se trouve aux Seychelles et qui s'appelle Bio Investissement.

— Sérieux ?! réagit Margaux, ahurie.

— Oui… Donc, je reprends. Si on est face à une société fantôme, c'est qu'on n'a pas affaire à trois lapins crétins sortis de derrière les fagots. Si l'on ajoute à ça, la présence de la DGSI dans le sillage de ce laboratoire, on peut en déduire que des intérêts supérieurs, de nature économique et/ou politique, sont en jeu. (Urbain laissa filer une dizaine de secondes.) De deux choses l'une, conclut-il, ou la DGSI cherche à faire tomber un trafic d'envergure et nous sommes en train de marcher sur ses plates-bandes avec notre enquête, ou…

— … la DGSI cherche à protéger des gens haut placés mêlés à ce trafic ! le coupa Margaux d'une voix altérée.

Les deux flics se jaugèrent longuement du regard. Puis Urbain lança :

— Et que nous disent les preuves ?

— Quelles preuves ?

— La maison de Dedieu retournée de fond en comble. Dedieu dézingué. Yakouchine dont le rendez-vous a tout d'un guet-apens. Et des superflics qui me baladent avec une histoire de réseau terroriste sans jamais évoquer qu'ils viennent de perdre un des leurs…

Par expérience, je sais que pour remonter jusqu'à la vérité, il faut suivre la piste des mensonges.

Margaux lui jeta un regard sombre :

— À part que cette enquête risque fort de ne plus être la nôtre dans quelques heures. Et tu le sais très bien !... Bon, j'appelle le central pour notre ami Dedieu...

— Parfait. Et moi, j'appelle Chabrol.

Le numéro que vous demandez...

Du haut de son appartement perché au dernier étage d'une petite tour donnant sur le boulevard intérieur, Urbain Malot laissait son regard errer sur les lumières de la ville. Il était près de 2 heures du matin et, malgré sa fatigue, il ne trouvait pas le sommeil. L'entretien avec Chabrol quelques heures plus tôt avait été tendu. Son supérieur s'était montré très clair, les ordres venaient d'en haut, de très haut – du ministère – et la DGSI prenait le relais sur le dossier Andrieu-Sissoko-Laboratoire clandestin-Yakouchine-Dedieu. Dès le lendemain, Urbain était censé plancher sur de nouvelles affaires et Dieu sait qu'elles ne manquaient pas – l'enquête en cours ayant mobilisé son équipe à temps plein ! Bien sûr, il avait tenté de protester, mais Chabrol n'était pas du genre à se démarquer en ne respectant pas les ordres. Les questions non résolues autour de ce dossier étaient légion mais, en dehors de la poignée de flics qui avaient bossé là-dessus, les réponses n'intéressaient personne...

Le policier enjamba les cartons qui gênaient le passage et alluma la lumière du salon. Puisqu'il ne pouvait pas dormir, autant en profiter pour enfin commencer à mettre de l'ordre chez lui. Il attrapa sa trousse à outils, en sortit une clé Allen et entreprit de remonter le grand meuble à étagères qui accueillerait quelques bouquins, sa télé et sa box – dès lors qu'il se serait occupé de contacter son fournisseur d'accès. Il assembla les premiers montants et se lança dans un vissage en règle, tandis qu'il réfléchissait aux maigres options qui s'offraient à lui. Pouvait-il transgresser les directives du patron et poursuivre son enquête en électron libre ? S'il faisait ça, impossible pour lui de mêler ses collègues à ce choix.

Margaux avait une carrière à construire et Nounours, un ménage à faire tourner. Les deux bleus, quant à eux, avaient déjà été réquisitionnés pour prêter main-forte à un de ses collègues. Agir seul revenait à travailler dans le peu d'intervalle de temps libre qu'il réussirait à glaner, autant dire peanuts... Sans compter que ses marges de manœuvre seraient de fait extrêmement limitées... Urbain laissa échapper un long soupir d'insatisfaction. Au fond de lui, il savait pertinemment qu'il n'avait plus qu'à abandonner ; pourtant, la frustration et le sentiment d'avoir effleuré du doigt une affaire d'envergure ne cessaient de le piquer.

Il songea à Efia M'Bani, aux risques que cette femme avait pris en identifiant Yakouchine et se demanda si, finalement, son témoignage aurait jamais la moindre utilité. Dans l'éventualité où la DGSI cherchait à noyauter l'enquête en supprimant Yakouchine de l'échiquier, il y avait fort à parier que non, puisqu'il n'y aurait aucun procès... Alors, pourquoi le ministère avait-il enclenché un tel programme de protection pour Efia M'Bani ? La réaction de l'avocate de l'association au téléphone lui revint en mémoire : « Eh bien, vous déroulez le tapis rouge ! Du jamais vu dans ma carrière ! J'en déduis que notre ministre des Finances a fait jouer ses relations... » Et effectivement, l'avocate avait raison... Urbain attrapa machinalement un des croisillons de maintien et commença à le visser à l'arrière du meuble. Quel enjeu pouvait bien se cacher derrière la mise en place de mesures si extrêmes ? Naturalisation, changement d'identité, domiciliation secrète, travail à la clé, surveillance rapprochée... Plus il y pensait, plus cela lui semblait totalement ahurissant... Le genre d'offre tellement alléchante qu'elle ne saurait se refuser... Un leurre ?... Et soudain, une idée – sordide mais digne d'un politicard véreux comme il en pullulait dans les hautes sphères – se fit jour dans son esprit. Urbain se releva d'un bond, prit vaguement conscience qu'il avait vissé deux panneaux de son meuble à l'envers et se rua dans sa cuisine. Il tira un des tiroirs du bahut, farfouilla à l'intérieur et mit la main sur son portable à carte prépayée – celui que les flics utilisent généralement quand ils ne souhaitent pas laisser de trace de certains appels. Puis il s'engouffra dans sa chambre, attrapa son jean, fouilla nerveusement dans ses poches arrière et finit par en extraire la carte que lui avait donnée Mathieu Riscles, l'agent de la DGEF censé assurer la sécurité d'Efia M'Bani. Tant pis pour l'heure tardive, l'homme lui avait dit qu'il était joignable H24 ! Urbain composa le numéro, implorant tous les saints qu'il connaissait pour faire erreur, pour entendre la voix ensommeillée de l'agent et raccrocher immédiatement, mais ce fut le timbre électronique d'un serveur qui lui répondit : « Bonjour, le numéro que vous demandez n'est pas attribué. »

Il avait eu beau s'en douter, Urbain Malot eut le sentiment de prendre un uppercut en plein ventre. Il raccrocha, le cœur battant, avec le sentiment abject d'être l'instrument qui avait envoyé la pauvre Efia M'Bani dans la gueule du loup. Le préfet était-il dans le coup, lui aussi ? Et Chabrol en personne était-il au parfum ? Jusqu'où le mensonge étendait-il ses tentacules ? En qui pouvait-il ou non avoir confiance ? De rage, le policier balança son téléphone contre le mur. L'appareil se brisa dans un bruit métallique qui perfora le silence feutré de la résidence…

… On cherchait à lui faire avaler des couleuvres

L'aube morose cueillit Urbain Malot endormi au milieu de son salon, entre une étagère mal montée et quelques cartons éventrés. La clarté le réveilla et il se mit debout malgré la fatigue qui lui plombait le corps. Il ne s'était assoupi qu'en fin de nuit alors qu'il venait d'achever le montage du clic-clac. Il envisagea un instant de se faire porter pâle puis se sermonna. Non, il n'avait pas le droit de laisser ses collègues en plan. Margaux et Nounours devaient être aussi dépités que lui et, en tant que chef d'équipe, il lui revenait de remonter le moral des troupes. Le policier envoya rapidement un texto à Christian pour le prévenir de son retard mais l'assura qu'il arrivait. Sur quoi, il alluma la cafetière et fila à la douche.

Un quart d'heure plus tard, il avalait une grande tasse de café et une barre de céréales, debout dans la cuisine, déjà dans les starting-blocks, tandis que la radio le renseignait sur la couleur du monde. Il se figea net et tendit l'oreille quand la journaliste annonça d'une voix de circonstance un rebondissement dans l'enquête concernant le jeune Thomas Andrieu.

« D'après des sources proches du ministère de l'Intérieur, la police serait désormais sur la trace de l'assassin présumé de Thomas Andrieu, le neveu du ministre des Finances. L'homme, dont l'identité n'a pas encore été révélée, est bien connu des services de police. Il aurait poussé le jeune étudiant du toit d'un immeuble du quartier du Mirail. L'affaire serait liée au démantèlement d'un réseau terroriste auquel le suspect appartenait. Thomas Andrieu aurait détenu des informations compromettantes sur cet individu, informations qu'il s'apprêtait à divulguer aux autorités compétentes.

À l'heure actuelle, le suspect est en cavale et fait l'objet d'un mandat d'arrêt. Pour rappel, les parents du jeune Thomas Andrieu s'étaient exprimés à plusieurs reprises dans les médias, réfutant la thèse du suicide de leur fils. Il y a quelques minutes, ce matin, le père de l'étudiant a fait une déclaration sur les derniers éléments de l'enquête, je vous propose d'écouter sa réaction. »

Une voix posée – celle du père de Thomas – s'éleva sur les ondes. À sa diction, il ne faisait aucun doute que l'homme lisait un texte.

« Mon épouse et moi-même tenons ce matin à remercier l'ensemble des enquêteurs mobilisés depuis le début de ce drame et qui ont travaillé d'arrache-pied à la recherche de la vérité. Malgré l'immense peine que nous cause la perte de notre fils, nous sommes soulagés d'avoir été entendus et crus. Les dernières découvertes de la police excluent formellement le suicide de Thomas et font apparaître la piste criminelle. Au regard des différents éléments glanés par les policiers, nous nous disons satisfaits et n'avons plus de raison de nous manifester publiquement jusqu'à la clôture de l'enquête. Nous souhaitons désormais entamer notre deuil en paix, loin des regards. Pour finir, nous tenons à remercier chaleureusement l'ensemble des médias qui nous ont soutenus tout au long de nos prises de parole et ont ainsi contribué à l'émergence de la vérité. Fin de déclaration. »

Urbain sentit son estomac faire un bond et il se précipita vers l'évier où il régurgita sa barre de céréales et son café. Non contente de noyauter son enquête, la DGSI venait de livrer sur un plateau une version très éloignée de la vérité aux parents Andrieu, mais une version satisfaisante pour eux… Convaincus par les mensonges qu'on leur avait servis, les Andrieu allaient sagement cesser de remuer le fumier. L'enquête était close, pour eux comme pour l'opinion publique ! *Exit* le laboratoire secret de Buzet, *exit* les SDF victimes d'expérimentations douteuses… La DGSI n'avait jamais eu l'intention de prendre la suite des investigations entamées par Urbain et son équipe. En réalité, la DGSI avait fait main basse sur un dossier sensible et conduisait tout le monde vers un unique coupable dont elle ne tarderait pas à divulguer l'identité : Wladimir Yakouchine. *Qu'on le pende haut et court !* serait certainement la seule vindicte des citoyens. Une parodie de justice, une affaire tuée dans l'œuf pour protéger une poignée de nantis mouillés jusqu'au cou dans une magouille qui n'éclaterait jamais au grand jour… Et loin des regards et des médias, balancés dans la fosse commune de l'indifférence, s'entasseraient à jamais des morts sans nom et sans importance… Le policier, débordé par la rage, serra les poings et reconsidéra sa décision de se rendre à l'Embouchure. Mais son téléphone sonna pile-poil à ce moment-là. C'était Christian, et lui aussi avait dû entendre le flash info du matin avec la désagréable sensation qu'on cherchait à lui faire avaler des couleuvres !

★★★

La mine renfermée de ses coéquipiers renseigna immédiatement le Zèbre sur leur état d'esprit. Tout comme lui, Margaux et Christian se sentaient profondément blousés. De plus, sans les deux bleus qui avaient fait leur trou dans l'équipe, le bureau semblait étrangement calme et vide.

— J'ai acheté des croissants, lança Urbain sans conviction.

Christian lui lança un regard atterré.

— Ne me dis pas que tu comptes en rester là ?!

— Que veux-tu que je fasse ? souffla Malot, sur la défensive. Jusqu'à preuve du contraire, je n'ai aucun super-pouvoir !

— Tu as entendu cette déclaration du père Andrieu ? Mais enfin, on nous prend pour des pingouins ou quoi ?!

— C'est dégueulasse, mais ça ne sert à rien de t'en prendre à Urbain, Nounours ! intervint Margaux.

Un silence sinistre suivit, annonciateur de l'ambiance des jours à venir. Après quelques longues secondes, Christian se décida à attraper un croissant et mordit dedans à pleines dents :

— Je ne sais pas pour vous, entama-t-il la bouche pleine, mais moi, j'aurais tendance à continuer de gratter un peu.

— Chabrol a été clair hier soir, le contra Margaux. On est dessaisis, Nounours, tu comprends ce que ça veut dire ?

— Ouais… ça veut dire qu'on nous la met par-derrière, et moi, je n'aime pas ça !… Mais bon, libre à toi d'accepter ce genre de pratiques… Chacun ses mœurs !

— T'es vraiment con quand tu veux, tu sais ça ?! Et retire ta main de ce fichu sachet de viennoiseries !

Christian saisit un second croissant qu'il enfourna ostensiblement pour provoquer sa collègue. Il mastiqua quelques secondes avant d'interpeller leur chef :

— Et toi, l'ami, tu en dis quoi ?

Urbain Malot hésita une seconde de trop, trahissant son trouble.

— Je te connais trop bien, le Zèbre ! Qu'est-ce que tu ne nous dis pas ? relança Christian avec autorité.

— Rien… Je… De toute façon, maintenant, c'est foutu.

— Ben justement, foutu pour foutu, lâche le morceau !

— Pour le coup, je suis d'accord avec Nounours, ajouta Margaux.

Le Zèbre pesa le pour et le contre mais ce genre de secrets n'étant pas son fort, il décida de soulager sa conscience :

— Il s'agit d'Efia M'Bani… J'ai appelé son agent de protection hier soir, le dénommé Mathieu Riscles.

— Pourquoi diable ?

— Dedieu assassiné. Yakouchine blessé et traqué. Un grand ménage organisé par la DGSI ! Alors, je me suis demandé à quel point tout ce merveilleux montage autour de la protection d'un témoin clé était vrai. J'ai donc téléphoné au numéro que ce type m'avait laissé, et devinez quoi ?

— Ben, balance !

— Aucun abonné au numéro indiqué.

Un silence stupéfait couronna cette révélation. Puis Margaux réagit :

— Attends… À quoi ça rime, tout ça ? Tu penses que la DGSI nous a aussi bananés sur ses intentions à l'égard d'Efia M'Bani, c'est ça ?! Que les papiers, la nationalité et tout le berzingue, c'était du flan ?!

— Exactement.

— Mais… quel intérêt ? Pourquoi échafauder un tel scénario ?

— J'ai passé la nuit sur ces questions tout en montant mes meubles… Et je crois que j'ai trouvé les réponses… Si j'ai raison, elles ne sont pas jolies-jolies, croyez-moi.

— On t'écoute, vas-y.

— Revenons au contexte, OK ? Efia M'Bani a disparu dans la nature et, en dehors de nous, tout le monde s'en tamponne. À part que les parents Andrieu optent pour un appel à témoins avec récompense à la clé. À ce stade, je pense qu'on peut légitimement déduire que le patron de la société de ménage que l'on est allé asticoter autour de Sissoko puis de M'Bani a vite compris qu'il pouvait se faire de l'argent facile. Il contacte les Andrieu et les informe que deux de ses salariées travaillaient dans une tour voisine de celle où leur fils a trouvé la mort, le soir même. Puis il explique que la première d'entre elles a été assassinée et que la seconde a étrangement disparu dans la nature. De là à imaginer que les femmes ont été témoins du meurtre, il n'y a qu'un pas.

— Oui, ça colle ! Les parents Andrieu s'adressent alors à Efia M'Bani *via* les ondes, en lui demandant de se rendre à la police pour témoigner.

— Tout à fait. Et c'est cette déclaration qui met le feu aux poudres, reprit Urbain. Les parents Andrieu ont conclu à tort que les deux femmes de ménage avaient été témoins du meurtre de leur fils. Ils croient donc que l'homme qui a éliminé Sissoko est aussi à la poursuite de M'Bani.

— Et sans le mesurer, avec cet appel, ils indiquent au meurtrier que le vrai témoin court dans la nature ! déduisit Margaux. Ce qui accule Efia M'Bani et l'incite à se rapprocher de nous *via* l'association.

— Exactement… Et donc, d'après vous, que fait Yakouchine ?… Qu'auriez-vous fait à sa place ?

Margaux se leva et commença à déambuler dans le bureau.

— Connaissant Yakouchine, je dirais qu'il cherche à protéger ses arrières, proposa Christian. Il n'a pas hésité à éliminer Sissoko, pourquoi hésiterait-il à éliminer M'Bani ? Il se lance à la poursuite du témoin gênant, comme on l'a toujours redouté et comme M'Bani elle-même le redoutait !

— Non, commenta Margaux. Non… Ton hypothèse supposerait pour lui de mettre la main sur cette femme plus rapidement que les enquêteurs. Or on a déjà une bonne longueur d'avance et il le sait ! Il sait même qu'au vu de la déclaration des Andrieu, Efia M'Bani se sent en danger et qu'elle va sortir du bois rapidement pour se placer sous notre protection.

— Pas faux… Et tu proposes quoi, alors ?

— Eh bien… Avec la DGSI qui a pris le relais, nous tenons pour acquis que des gens haut placés sont impliqués, d'accord ? Donc, si j'étais Yakouchine et que ma tranquillité reposait sur l'élimination de ce témoin gênant, je décrocherais tout simplement mon téléphone, j'appellerais un des types pour qui je travaille et je lui dirais qu'il a plutôt intérêt à résoudre le problème M'Bani parce que s'il advenait que je sois identifiée, il se pourrait bien que je me mette à table et que je parle du laboratoire clandestin… Voilà très exactement ce que je ferais.

— CQFD, valida Urbain.

Christian jeta un regard sidéré à sa collègue et la lumière s'alluma définitivement dans son esprit :

— Mais oui ! Et là, tout s'explique ! Avant même qu'Efia M'Bani ne prenne contact avec nous, les gus planqués aux ministères préparent déjà un deal qu'elle ne pourra pas refuser. Ils attendent et ce qu'ils avaient prévu se produit : M'Bani nous contacte. Là, Urbain, tu lui déroules le tapis rouge en toute bonne foi… et le piège se referme sur elle.

— Hélas, concéda le Zèbre. Une fois ici, chaperonnée par notre ami Mathieu Riscles, son prétendu protecteur, elle identifie Yakouchine.

— Et là, celui-ci devient clairement l'homme à éliminer, conclut Christian, parce que les hauts placés ne veulent pas prendre le risque que Yakouchine les balance. D'où la récupération de l'enquête par la DGSI *via* le fichage S !

— Deux secondes… Il y a un truc qui ne colle pas, tempéra Margaux.

— En effet, il y a un détail qui cloche, approuva Urbain en souriant. Pourquoi concevoir un tel montage avec M'Bani ? Pourquoi ne pas avoir d'entrée de jeu éliminé Yakouchine ?

— Mais oui, c'est vrai ça, approuva Christian. Ça résolvait tous leurs problèmes, sans avoir besoin de mettre en place ces simulacres de protection de témoin, non ?

— Voilà ce que je pense, intervint Urbain. Yakouchine n'est pas né de la dernière pluie. Il ne peut tenir la dragée haute à ses employeurs de l'ombre que s'il…

— Que s'il détient des preuves, bordel ! triompha Christian. C'est ça ! Cet enfoiré est prudent et il a mis de côté des éléments compromettants. Dans ces conditions, ses employeurs ne peuvent pas courir le risque qu'il se fasse arrêter et se mette à table, preuves à l'appui ! Les types là-haut paniquent et s'engagent alors à éliminer le problème M'Bani. Mais ils exigent en contrepartie que ces fameuses preuves leur soient remises.

— Normal… À ce niveau-là, c'est du donnant, donnant, approuva Margaux d'une voix sinistre. Et si on a raison, voilà ce qui s'est passé : les boss éliminent cette pauvre Efia M'Bani et envoient une photo de son cadavre à Yakouchine. En retour, celui-ci accepte de se rendre au rendez-vous fixé hier à l'entrepôt de Castelnau-d'Estrétefonds pour remettre en main propre les éléments compromettants.

— Mais le rendez-vous est en réalité un guet-apens parce que les hauts placés ne souhaitent pas prendre le risque que leur maître chanteur remette ça.

— De son côté, Yakouchine sait à qui il a affaire et assure ses arrières, enchaîna Margaux. Il se rend donc armé au rendez-vous, au cas où. Au final, le piège tendu tourne en faveur de Yakouchine, qui en ressort blessé alors que l'agent de la DGSI y laisse sa peau.

Les flics échangèrent un regard consterné. L'histoire tenait de bout en bout et rendait vraisemblable l'implication de personnes très haut placées… suffisamment en tout cas pour avoir la main sur la DGSI.

— Et quand nous arrivons dans l'entrepôt, conclut Urbain, les superflics se sont déjà assurés que nos deux bleus ne savent rien sur l'identité du mort, ce qui est faux. Ils me bananent alors avec une histoire de réseau terroriste pour légitimer leur présence sur place ainsi que la main qu'ils comptent prendre sur notre dossier.

— Mmm… Et pour clore le chapitre, Chabrol te reçoit et te sort le couplet de l'intérêt supérieur à cause de la question terroriste engageant la sécurité nationale. Fin de l'histoire, rompez.

— Une histoire plutôt bien huilée puisqu'elle va jusqu'à intégrer ce fameux labo sauvage. Chabrol m'a laissé entendre que les corps de SDF étaient le fait de l'entreprise terroriste. Une affaire d'arme bactériologique… Et qui sait ? Je l'aurais peut-être cru si Miranda n'avait pas vu la carte de la DGSI de Julien Lépineux, éveillant ainsi mes soupçons sur un noyautage en règle de notre enquête. Tout au long de mon échange hier avec Chabrol, je me suis mordu la langue pour ne pas lui dire ce que je savais.

— Tu penses qu'il est au courant ?

— Aucune idée… comment savoir ?

Il y eut un léger flottement puis Christian énonça d'une voix blanche :

— Si on m'avait dit qu'en ma qualité de policier, j'aiderais un jour une bonne femme innocente à monter sur l'échafaud, je ne l'aurais jamais cru.

— Sans parler de la question la plus ignoble de toutes : qu'est-ce que ces types ont fait des deux gamins ? murmura Urbain, la mine accablée.

Imaginons un instant que je sois d'humeur conciliante...

Il était 9 heures et demie quand Éloïse entra d'un pas traînant et d'une humeur de dogue dans son bureau. Elle avait passé plus de la moitié de la nuit avec Amanda à élaborer et peaufiner un plan visant à piéger Anne Poey, et la poignée d'heures de sommeil qu'elle s'était accordée ne l'avait pas remise sur pied. La journée commençait à peine et elle se sentait totalement crevée.

— Petite nuit ? demanda Ludovic en passant la tête par l'ouverture de la porte.

— Tellement petite que je ne m'en souviens même pas ! Y'a du café dans cette maison ?

— Non, mais je peux en lancer un.

— Excellente idée ! Mais d'abord, dis-moi que tu as trouvé quelque chose sur Bruno Goldstein, le type du Palace Hôtel.

— Eh bien, j'ai tracé les mouvements bancaires de la CB qui a servi à régler l'hôtel... Mais le compte par lequel se sont effectués les paiements appartient à Bio Investissement, expliqua l'informaticien.

Éloïse laissa échapper un long soupir d'exaspération en se frottant les tempes.

— Bon sang, cette enquête va me rendre dingue ! Se pourrait-il qu'il y ait un élément, un seul, qui m'aide à avancer ?!

— ... Je ne sais pas si ça peut t'aider mais, avant que j'oublie, tu avais bien demandé un traitement particulier du labo de Pontoise pour les analyses d'un morceau de pantalon en cuir retrouvé près du corps de Céline Servat ?

— Oui.

— Eh bien, le labo a appelé avant que tu n'arrives, il y a vingt minutes environ.

— Ça a matché avec le FNAEG ?!

— D'après ce que j'ai compris, ça se pourrait… Mais je n'ai pas pu en savoir beaucoup plus, la femme qui a appelé m'a dit que tu étais la personne de référence sur ce dossier.

— Grrr ! Ils nous emmer…

— Tiens, je t'ai noté le numéro de la ligne directe ici, la coupa Ludovic en posant un Post-it sur son bureau. Je vais faire du café.

Éloïse ouvrit la bouche pour remercier l'analyste informatique mais il avait déjà disparu. Elle composa alors le numéro du laboratoire et tomba sur une jeune femme qui lui confirma les déductions de Ludovic : le laboratoire avait réussi à faire parler les infimes traces ADN contenues sur le tissu en cuir et celles-ci matchaient avec un type fiché au FNAEG. L'excitation fouetta le sang de la gendarme, qui cria depuis son bureau :

— Ludovic ! Fais-moi une recherche immédiate sur un certain Wladimir Yakouchine, s'il te plaît !

★★★

Ludovic réapparut une vingtaine de minutes plus tard avec une liasse de feuilles à la main. Ses sourcils froncés et ses yeux songeurs trahissaient un certain trouble.

— Voilà qui me semble bien étrange, lança-t-il en secouant la tête.

— Quoi donc ?

— Tiens, voici le casier de notre homme. Je te préviens, il est long comme mon bras. Ce qui me chiffonne, c'est que j'ai trouvé deux procédures parallèles concernant ce type. D'un côté, une enquête judiciaire en cours renseignée sur le TAJ[1] concernant un homicide volontaire sur la personne de Thomas Andrieu.

— Le neveu du ministre des Finances ?! s'étrangla Éloïse.

— C'est ça… Mais attends, écoute un peu la suite. D'un autre côté, j'ai un mandat d'arrêt émis ce matin par le procureur et

1. Traitement d'antécédents judiciaires : fichier commun police/gendarmerie utilisé dans le cadre des enquêtes judiciaires ou administratives.

qui vient de rejoindre le FPR[1]. Et là, regarde un peu le motif écrit…

— Bon sang, Yakouchine est fiché S !

— Voilà… En une nuit, Yakouchine est passé de la catégorie « judiciaire » à la catégorie « sûreté de l'État ».

— Attends voir… j'ai entendu un flash info ce matin à la radio, se rappela Éloïse. Le nom du suspect n'était pas communiqué mais les journalistes ont fait savoir que Thomas Andrieu ne s'était effectivement pas suicidé et que son meurtre était en lien avec des informations qu'il s'apprêtait à divulguer autour d'une organisation terroriste.

Éloïse secoua la tête d'incompréhension. Elle avait le sentiment que le brouillard qui enveloppait leur affaire s'épaississait davantage encore. En premier lieu, elle ne parvenait pas à saisir comment Guillaume Coquery avait pu frayer avec un malfrat de la trempe de Yakouchine pour se débarrasser du corps de sa maîtresse. En second lieu, la dimension terroriste s'invitait désormais dans l'équation !

— Bon sang, j'ai l'impression que chaque fois qu'on fait un pas en avant dans notre enquête, le mystère devient un peu plus inextricable ! ragea-t-elle.

— Effectivement… Sauf si le DRH d'HEPAX a raison, commenta Ludovic d'un ton pince-sans-rire.

— De quoi tu parles ? De cette fumeuse théorie du complot ?!

L'informaticien ouvrit les paumes vers le ciel et ajouta avec le ton qui sied aux évidences :

— Excuse-moi, Éloïse, mais entre les révélations effroyables que t'a faites le prof de fac avant-hier sur *Sosia* et sur des possibles tests cliniques, les confessions de Wang Fang concernant la banqueroute organisée de Coquery et une société écran avec un siège aux Seychelles… je ne sais pas ce qu'il te faut pour commencer *a minima* à avoir des doutes ! Et maintenant, tu ajoutes à tout ça le mandat d'arrêt et le fichage S pour « appartenance à un réseau terroriste » d'un truand qui a l'air aussi radicalisé que moi !

— Pas si vite, Ludovic ! Jusqu'à preuve du contraire, Yakouchine est sorti de taule récemment. Or on sait tous que la prison est un terreau très fertile pour le recrutement de djihadistes !

1. Fichier des personnes recherchées.

— Admettons… Oublions Yakouchine un instant, alors… Tu fais quoi de toutes les autres informations ?

— … À bien y réfléchir, j'ai une hypothèse crédible, figure-toi ! Coquery a été acculé pour intégrer une organisation terroriste dans le cadre de la préparation d'une attaque bactériologique.

— Mmm… pourquoi pas… Hypothèse numéro deux, des gens haut placés sont en train de s'emparer du dossier pour des raisons qu'on ignore. D'où le fichage S.

— Tu as le moindre argument pour étayer ton hypothèse ?

— Un, le mandat d'arrêt a été émis par le procureur et non par le juge d'instruction nommé dès le départ sur le dossier Andrieu. Tu ne trouves pas ça bizarre dans une instruction en cours ? Or nous savons que le rôle du procureur est bien plus politique que celui du JI. Deux, le motif invoqué au Fichier des personnes recherchées étant « atteinte à la sûreté de l'État », il permet à la police judiciaire du ministère de l'Intérieur de prendre le relais si bon lui semble… Ça se tient également, non ?

La gendarme resserra sa tasse de café et pivota nerveusement sur sa chaise, l'air fermé. Alors qu'elle tentait de réfléchir à l'hypothèse de Ludovic, elle songea qu'en l'espace de quelques jours, l'analyste avait quitté son habit d'homme invisible pour finir par lui tenir tête. Le visage de la gendarme se teinta alors d'amusement. Elle devait bien l'admettre, ce changement n'était pas pour lui déplaire…

— Qu'est-ce qu'il y a ? Pourquoi tu souris ?

— Pour rien… Imaginons un instant que je sois d'humeur conciliante et que je donne foi à tes scénarios paranoïaques… Que penses-tu que je devrais faire ?

— Eh bien… si tu souhaitais réellement connaître la vérité, je te conseillerais de ne pas alerter la hiérarchie et les échelons décisionnels… car c'est là, généralement, que s'élaborent les intrigues.

— Attends ! Tu voudrais que je squeeze le colonel Saint-Blanca et le proc ?!

— Ben… tu me demandes, je te réponds. Et puis, il ne s'agit pas à proprement parler de les squeezer, mais de partir à la pêche aux infos avant de les alerter… Après, tu es le chef d'enquête, donc c'est toi qui vois ! conclut-il devant la moue sceptique de sa supérieure.

Éloïse acheva son café en réfléchissant aux implications que pourrait avoir la décision qu'elle allait prendre. Ludovic parlait de recherche de vérité et elle devait admettre que si le but poursuivi était bien celui-là, signaler au procureur que Yakouchine était mêlé à l'homicide de Céline Servat revenait certainement à être dessaisie du dossier au profit de la DGSI ou d'une brigade spécialisée dans la lutte antiterroriste, priorité oblige. Elle n'en saurait alors jamais davantage sur tout le mystère Coquery et *Sosia bacterium*…

— Trouve-moi le nom et le numéro de l'OPJ qui a renseigné le TAJ. Et dépêche, avant que je change d'avis !

Tu parles d'un zèbre ! Le mufle, oui !

Urbain Malot était encore en plein conciliabule avec ses collègues quand la ligne de son bureau sonna. Il s'interrompit au milieu d'une phrase pour prendre l'appel et s'isola dans le couloir parce que Margaux et Christian poursuivaient l'échange en cours avec une certaine fougue.

— Lieutenant Urbain Malot, police judiciaire, j'écoute.

— Bonjour, lieutenant. Capitaine Éloïse Bouquet, SR de Toulouse.

— Oui, bonjour. Que me vaut votre appel ?

— Eh bien… voilà, je vous téléphone dans le cadre d'une enquête pour homicide que je dirige actuellement… Certains éléments de preuves nous orientent vers l'implication d'un suspect au sujet duquel vous avez vous-même renseigné le TAJ pour une autre instruction en cours…

— Oui ?… Quel est notre client commun ?… Allô ?

— … Il s'agit de Wladimir Yakouchine, lâcha Éloïse dans un souffle.

Urbain sentit immédiatement une onde nerveuse le traverser. Mais il refréna son désir d'en apprendre davantage avant de s'être assuré que la gendarme à l'autre bout du fil savait bien ce qu'elle faisait.

— Euh… C'est que… mon équipe a été dessaisie du dossier hier soir. La DGSI a pris le relais – sûreté nationale – et Yakouchine fait l'objet d'un mandat d'arrêt depuis ce matin.

Éloïse laissa volontairement filer quelques secondes, espérant que le flic en dise davantage, lui entrouvre une porte, mais il n'en fit rien.

— Allô ?

— Oui, oui, je suis là… je… J'ai effectivement pris connaissance de ce mandat… mais…

— Mais ?

— Disons qu'avant de risquer moi-même d'être dessaisie, je me disais que peut-être j'aurais intérêt à… Bon, écoutez, je vais être franche, s'agaça Éloïse qui ne savait pas jouer de tours et de détours, un de mes hommes a le sentiment que ce fichage S est un moyen de… comment dire…

— Noyauter l'enquête ? risqua alors le Zèbre d'une voix qui trahissait son excitation.

— Voilà, c'est exactement ça ! Je ne voudrais pas passer pour une hurluberlue…

— Il a parfaitement raison ! la coupa le policier.

— Pardon ?

— Votre homme. Il a vu juste à cent pour cent.

Un silence unit alors les deux enquêteurs, un silence où se mêlaient tension et urgence.

— C'est quoi, votre homicide ? finit par demander Urbain.

— En réalité, il y en a deux qui sont liés, celui d'une prof de Paul-Sabatier et celui d'un microbiologiste de renom… Au départ, on a pensé à un mari jaloux parce que la prof avait une liaison avec le scientifique. Mais en réalité, c'est l'arbre qui cache la forêt ! Disons qu'il y a beaucoup de ramifications dans ces deux affaires et, désormais, nous pensons que notre scientifique a pu se fourvoyer dans une entreprise douteuse. Nous…

— Excusez-moi, je vous interromps, mais quand vous dites que ce type a peut-être trempé dans une entreprise douteuse, vous pensez à quoi ?

— Nous ne parvenons pas à savoir clairement en quoi a consisté sa dernière activité professionnelle, mais certains éléments nous laissent penser qu'il a pu effectuer des recherches scientifiques louches, aux objectifs contestables… Pourquoi ?

— Eh bien, de notre côté, les ramifications sont également multiples… Mais pour faire extrêmement court, j'ai un labo illégal et des cobayes humains.

Éloïse eut l'impression de recevoir une décharge électrique. Elle ferma un instant les yeux, tentant d'assimiler cette révélation.

— Capitaine, vous êtes là ?

— Faisons simple, appelez-moi Éloïse, retourna-t-elle d'une voix blanche.

— D'accord... et vous, Urbain.

— OK, Urbain. Écoutez, je ne vais pas m'étendre par téléphone, mais je dirais que votre enquête semble en lien très étroit avec la mienne. Je pense que nous détenons chacun un morceau de l'histoire.

— Éloïse, que diriez-vous de nous rencon...

— Midi au Passe-Muraille, allée de Barcelone. C'est bruyant et bondé, idéal pour parler sans avoir à faire attention. Ça vous va ?

— Pas de problème, j'y serai.

— OK. Autre chose, Urbain.

— Oui ?

— Je pense qu'il vaudrait mieux que ça reste entre nous, en tout cas pour le moment. Vous savez comme moi que cette entrevue est plutôt *limite* dans le contexte... Pour ce qui me concerne, je ne souhaite pas embringuer mes hommes dans une situation qui pourrait se retourner contre eux. Vous me suivez ?

— ... Oui. Vous avez raison. Les cachotteries ne sont pas mon fort, mais je vais prendre sur moi.

— Je pense que c'est mieux comme ça... Dites-moi, je vous reconnais à quoi ?

Urbain laissa échapper un petit rire avant de répondre :

— Ne vous inquiétez pas pour ça ! Mon surnom, c'est le Zèbre. Et croyez-moi sur parole, vous comprendrez à l'instant où vous me verrez !

— Mais...

Urbain Malot raccrocha en souriant tandis qu'Éloïse observait son téléphone avec étonnement.

— Tu parles d'un zèbre ! Le mufle, oui ! râla-t-elle à haute voix.

***

Éloïse franchit les portes du Passe-Muraille à 12 h 05. Elle jeta un œil circulaire à la salle déjà à moitié pleine, cherchant un type certainement aficionado des rayures noires et blanches – elle qui détestait ça ! – quand son regard s'arrêta net sur un homme hors du commun. Se pouvait-il que… Le type en question remarqua son insistance et lui sourit. Éloïse sentit immédiatement le feu lui monter aux joues et comprit qu'elle avait vu juste quand il lui adressa un hochement de tête. Elle se décida alors à le rejoindre.

— Vous êtes Urbain, c'est ça ?

— Vous voyez, je vous l'avais bien dit ! plaisanta-t-il.

Éloïse serra la main que le policier lui tendait et s'assit devant lui, légèrement décontenancée. Ils se regardèrent durant un instant embarrassé, puis la gendarme décida de briser la glace avec une entrée en matière à son image – directe.

— Bon, OK, j'admets que c'est plutôt surprenant au premier regard. Cependant, pour être honnête, je trouve que vous portez très bien votre vitiligo.

— Merci… Mais vous savez qu'il ne doit pas y avoir une personne sur dix qui connaît ce mot ?

— Mmm… ça ne m'étonne pas !

Urbain Malot partit d'un petit rire sincère avant de lui retourner :

— Compliment pour compliment, vous portez également très bien vos yeux vairons.

— Merci… Mais vous savez que tout le monde connaît ce mot ? se moqua-t-elle avec une moue faussement navrée.

Tous deux éclatèrent d'un rire commun.

— Soyez bonne joueuse, Éloïse, et admettez que je me distingue suffisamment par mon physique sans avoir encore besoin de me distinguer par ma science, *moi* ! plaisanta Urbain.

Leur échange fut interrompu par l'irruption d'un serveur venu prendre leur commande. Dès qu'il fut parti, les enquêteurs décidèrent d'entrer dans le vif du sujet. Urbain accepta de s'acquitter en premier du récit de l'enquête de police. Entrées et plats défilèrent, et Éloïse l'écouta avec une attention non feinte. Elle résista tant bien que mal à la tentation de l'interrompre lorsqu'elle faisait des liens avec sa propre enquête. Quand il eut terminé – les cafés venaient juste d'arriver sur la table –, la gendarme s'autorisa à réagir.

— Votre enquête à tiroirs est complètement démente… Le neveu du ministre des Finances, un témoin sans-papiers, des cobayes SDF et pour finir un laboratoire clandestin… Bon sang ! c'est à peine croyable tellement c'est sordide… Le pire étant que ça colle parfaitement avec les allégations du Pr Duloung.

— Qui est ce Duloung ?

— Je vais vous expliquer… Et vous allez voir, vos pièces de puzzle s'emboîtent parfaitement avec les nôtres, répondit Éloïse en terminant son café. Bien sûr, il demeure des zones d'ombre, à commencer par l'identité de ceux qui se cachent derrière l'exploitation dégueulasse de la misère humaine.

— C'est clair, et je donnerais cher pour les démasquer… Mais j'ai beaucoup parlé, Éloïse, et maintenant, j'ai très envie de connaître les dessous de votre propre enquête, le hic étant qu'on en a encore pour un long moment et que nous sommes les derniers, indiqua Urbain en montrant l'établissement vide.

— Ça alors, je n'ai pas vu passer le temps ! Deux secondes, fit-elle en attrapant son portable… Ludovic ? J'ai un contretemps, désolée, je ne vais pas pouvoir repasser comme prévu. J'irai directement chercher Thibault et Djamila à la gare à 16 h 15 et on te rejoint tous les trois à la SR vers 17 heures… OK… À toute.

— Un de vos collègues, je présume ?

— Oui. Celui-là même qui m'a convaincue de vous téléphoner… et à qui j'ai dû mentir ouvertement, précisa piteusement Éloïse. Je lui ai dit que je vous avais eu au téléphone et que vous m'aviez confirmé la thèse officielle.

— Celle d'un Yakouchine aux prises avec une entreprise terroriste ?

— Oui, et qui aurait éliminé le jeune Thomas Andrieu pour l'empêcher de communiquer à la police des informations compromettantes.

— Mmm… je vois. Et vu ce que je subodore, vous avez bien fait de tenir votre homme à l'écart…

— Urbain ? Je me trompe, ou il y a quelque chose que vous ne me dites pas ?

Le Zèbre détacha son regard de la tasse de café qu'il sondait d'un air distrait et releva ses yeux mordorés vers la gendarme. Une lueur étrange éclairait son expression.

— Urbain ?

— Eh bien… Je… je vous ai détaillé notre enquête et ses étapes, mais je n'ai pas encore évoqué la dimension politique de cette affaire… Or j'ai toutes les raisons de craindre que la DGSI n'agisse pour protéger des gens haut placés et qu'elle ne soit en train d'effectuer un grand nettoyage.

— *Un grand nettoyage ?!* réagit Éloïse, stupéfaite.

— Oui... je vous expliquerai tout cela plus tard. Autant garder mes théories pour la fin, quand vous m'aurez exposé vos propres recherches et qu'on croisera nos données.

La gendarme plissa les yeux, inquiète, mais finit par consentir :

— Entendu, je vous résume d'abord notre enquête... Ça vous dit qu'on finisse notre conversation en marchant un peu ?

— Ça me va, approuva Malot.

Lorsqu'ils sortirent, un froid piquant leur mordit immédiatement la peau. Ils longèrent le canal *via* les allées de Brienne, puis passèrent l'écluse pour se retrouver sur les berges de la Garonne au milieu des rares sportifs et flâneurs prêts à braver l'air glacial. Tout le long de leur promenade, Éloïse rendit compte de leur travail d'enquête autour de Servat puis de Coquery. Ils marchaient depuis plus d'une heure et demie quand elle en arriva à son échange avec le Pr Duloung autour de *Sosia bacterium*. À côté d'elle, Urbain n'avait cessé de marquer son excitation par de grands gestes ou mimiques expressifs chaque fois que le récit de la gendarme lui fournissait enfin les explications qui lui manquaient.

— Voilà, je crois que j'ai fait le tour.

— Incroyable... j'ai pu établir un certain nombre de liens tout le long de votre récit !

— J'ai vu ça... D'ailleurs, si vous deviez vous faire virer de la police, vous pourriez envisager une reconversion en mime Marceau, ironisa la gendarme.

Urbain partit d'un grand éclat de rire bienvenu dans le contexte terriblement noir et grave de l'affaire qu'ils étaient en train de reconstituer. Puis il jeta un œil à sa montre.

— Éloïse, il est bientôt 15 h 45.

— Mince ! Il faut que je retourne à ma voiture, j'ai mes collègues à aller récupérer à la gare ! Je vais être à la bourre... J'avais l'idée qu'on aurait le temps de croiser nos données et qu'on pourrait éclaircir ensemble les différents points d'interrogation restants... Sans parler de vos théories concernant la DGSI ! ajouta-t-elle avec une pointe de reproche.

— Oui, je sais... et je suis aussi frustré que vous, croyez-le bien !... Bon... qu'est-ce qu'on fait, on se retrouve ce soir ?

— Ça me va, mais pas avant 20 h 30.

— Parfait. Rendez-vous aux Américains entre 20 h 30 et 21 heures.

— Ça marche. Allez, je file ! conclut Éloïse en faisant demi-tour au pas de course.

Elle lâcha prise et ferma les yeux

Éloïse quitta la caserne à 20 h 15 sur les chapeaux de roue. Elle venait de boucler le dossier avec ses collègues en prenant grand soin de leur dissimuler son entrevue avec Urbain Malot. Ce mensonge lui avait déplu au plus haut point mais elle ne se voyait pas compromettre les membres de son équipe en leur faisant poursuivre une enquête qui n'était plus officiellement la leur depuis 18 h 02, heure à laquelle le colonel Saint-Blanca avait convoqué Éloïse pour l'informer que la DGSI reprenait la main – sécurité nationale oblige.

Tout était désormais verrouillé, côté police comme côté gendarmerie. Éloïse avait bien envisagé de ne pas informer tout de suite Saint-Blanca de l'implication de Yakouchine dans le meurtre de Céline Servat, mais cela aurait induit qu'elle expose son équipe en la mettant dans la confidence. Sinon, pourquoi retarder le relais d'information vers sa hiérarchie ? Elle avait fait le choix qui lui semblait le moins mauvais en protégeant ses hommes. Désormais, elle se faisait l'effet d'un justicier isolé : tout ce qu'elle pourrait entreprendre serait hors cadre, hors procédure, sans aucune valeur. *Idem* pour Urbain Malot, d'ailleurs. La gendarme sentit un léger trouble à l'idée de ce rendez-vous secret. L'homme lui plaisait. Il lui plaisait même beaucoup, et elle en concevait une pointe de honte. Jean-Marc était décédé il y avait de cela trois ans et demi et jusque-là, elle n'avait pas ressenti la moindre attirance pour quiconque. Et alors qu'elle se lançait à la poursuite d'Anne Poey, qu'elle le faisait avant tout pour honorer la mémoire de son ancien compagnon, voilà qu'elle avait un coup de cœur pour un autre homme. La gendarme secoua la tête pour chasser ces pensées. Elle devait absolument rester centrée sur l'épineuse et sordide enquête à tiroirs qui la reliait à Urbain Malot. Point barre. Il n'y avait aucune place pour la bagatelle aujourd'hui dans sa vie, ce n'était pas le bon moment…

Elle entra dans le bar et s'assit en face du flic à 20 h 48. L'homme n'était plus en service et avait déjà bu une bière. Éloïse lui emboîta le pas en commandant une Desperados. Ils échangèrent des banalités pendant quelques minutes – la circulation, le froid mordant de ce mois de février –, puis la gendarme en vint à ce qui les réunissait. Elle leva sa bouteille et lança :

— À mon dessaisissement !

— Ah, ça y est ?! s'exclama Urbain.

— Depuis 18 h 02 aujourd'hui.

— Je vois… Eh bien alors, trinquons… aux mensonges d'État !

— Aux mensonges d'État ! lui retourna Éloïse avant d'avaler une gorgée de sa bière. Et si vous m'expliquiez maintenant de quoi il retourne exactement ?

— Mmm… mais je vous préviens, si mes hypothèses sont justes, on a affaire à quelque chose de très gros et de très moche. Suffisamment gros et suffisamment moche pour que la DGSI nous dame le pion.

— Je vous écoute.

Le policier lui exposa les éléments polémiques qu'il avait préféré passer sous silence à leur rendez-vous de midi. Il mentionna la réaction des parents Andrieu puis revint sur les prétendues mesures de protection offertes à Efia M'Bani pour l'inciter à coopérer avec la police. Il rendit ensuite compte de la confrontation entre Yakouchine et un flic de la DGSI dans l'entrepôt de Castelnau-d'Estrétefonds, de la découverte du cadavre de Philippe Dedieu dans sa ferme et en vint aux conclusions qu'il avait tirées. Éloïse le fixait avec effarement, les mains nouées autour de sa bouteille de bière. Quand il eut fini, elle réagit immédiatement :

— Donc vous êtes en train de suggérer qu'Efia M'Bani a servi d'appât ? Qu'elle a été… exécutée… juste pour museler Yakouchine et pouvoir lui fixer un rendez-vous ? Mais c'est…

— Abject.

— Avez-vous la moindre preuve de…

— Non, la coupa le flic. J'ai juste la carte professionnelle bidon de Mathieu Riscles mentionnant un numéro qui sonne aux abonnés absents. Pendant notre rendez-vous de midi, mon collègue Nounours a effectué des recherches sur ce type dépêché du ministère pour la protection de Mme M'Bani. Et je vous le donne en mille…

— Ce type n'existe pas ? hasarda Éloïse dans un souffle.

— Exactement. Il n'y a personne à ce nom à la DGEF, en tout cas officiellement.

— Mais il y a bien eu ce contrat signé avec l'avocate de l'association !

— Et alors ? Ceux qui agissent dans l'ombre ont conçu quelque chose de diabolique en changeant l'identité d'Efia M'Bani ! Personne ne connaît son nouveau nom en dehors du préfet et peut-être du juge. Avec le fichage S et la requalification des crimes, le dossier change de main et le juge est dessaisi, tout comme nous ! Je ne suis même pas certain qu'il ait été informé de la prétendue nouvelle identité d'Efia M'Bani avant d'être déchargé du dossier. Pour finir, la mort programmée de Yakouchine à l'entrepôt devait aboutir à la clôture définitive de l'enquête. Pourquoi poursuivre les investigations alors que l'assassin présumé de Thomas Andrieu était mort ?

— OK… Mais à qui la DGSI aurait-elle fait porter le chapeau pour le meurtre de Yakouchine ?

— Avec un type de sa trempe, les possibilités sont multiples ! Une rivalité du milieu ? Un règlement de comptes lié à une mafia de la drogue ? Ou même, une élimination par ses prétendus amis terroristes pour sécuriser leur réseau, pourquoi pas ? Peu importe, Éloïse, tout le monde se fout royalement de connaître la vérité concernant l'exécution d'un malfrat !

Abasourdie, la gendarme secoua la tête, et Urbain poursuivit :

— De là, ne restait que cette histoire de laboratoire sauvage et de cadavres de SDF qui ne comptent pour personne, dans le cadre d'un complot terroriste sur fond d'arme bactériologique ! Autant dire, chasse gardée pour la DGSI…

— Le hic, c'est que Yakouchine n'est pas mort et que Miranda a découvert l'identité de Julien Lépineux, l'agent de la DGSI dézingué à l'entrepôt… Votre collègue, celui que vous appelez Nounours, il a pu se renseigner sur ce Lépineux ?

— Oui, discrètement, en passant par quelques connaissances. D'après les informations qu'il a glanées, Julien Lépineux est né en 1959 à Alger. Son père était un très proche collaborateur de

Foccart et Lépineux a fait ses armes très jeune puisqu'il a intégré le SAC en 1979 et qu'il y est resté jusqu'à la dissolution de l'association en 1982. Il a ensuite rejoint le groupe *Direction* commandé par Philippe Massoni, qu'il a suivi aux RG dès 1986. Lépineux traîne une réputation d'homme sombre, à la botte du pouvoir en place. Certains affirment qu'il a fait partie du cabinet noir de l'Élysée et qu'il aurait exécuté certaines basses besognes pour le compte de l'État.

— Le prototype même du barbouze, commenta Éloïse, songeuse. Le profil parfait du type que des gens haut placés mandateraient pour descendre Yakouchine au fin fond d'un entrepôt à Castelnau-d'Estrétefonds…

— Exactement.

Un long silence suivit durant lequel la gendarme et le policier se sondèrent du regard. Ils s'étaient retrouvés pour finir de croiser leurs informations mais ils n'étaient guère plus avancés désormais. Quoi qu'ils puissent comprendre de leurs affaires respectives, ils ne pouvaient plus rien faire.

— J'ai repensé à ce que vous m'avez expliqué cet après-midi, fit soudainement Urbain. Cette histoire de bactérie tueuse développée par Coquery et pour laquelle, parallèlement, il aurait conçu un traitement… J'ai du mal à comprendre la finalité d'une telle entreprise.

— Le Pr Duloung évoquait la création d'une pandémie qui demeurerait maîtrisable.

— D'accord… Mais dans quel but ? Réguler les problèmes de surpopulation mondiale ? Éliminer certaines communautés gênantes sur le globe ? C'est quoi l'enjeu, hein ?

Éloïse haussa les épaules en signe d'ignorance :

— Je n'en sais rien. Je redoute que nous l'apprenions seulement quand le plan de ces tarés aura été mis à exécution.

— Vous vous rendez compte, Éloïse ? C'est extrêmement effrayant, tout ça.

— Oui… Et ça l'est d'autant plus que nous sommes dans une totale impuissance à agir… Vous pensez que nous devrions alerter des journalistes ?

— Pour qu'ils meurent subitement dans un accident de la route ou dans l'incendie de leur maison provoqué par un malheureux court-circuit ?

La gendarme ferma un instant les yeux. Les assertions de Malot lui glaçaient le sang. Parce qu'il avait raison. Des types qui organisaient des essais cliniques sauvages sur des SDF, qui éliminaient un jeune étudiant en sociologie, deux hommes de main et un scientifique devenus gênants – et possiblement un témoin visuel et ses deux enfants ? – n'hésiteraient pas un instant à rayer de la carte deux ou trois journalistes impétueux. Pour autant, Éloïse se refusait à accepter cette donne, et décida de se focaliser sur le seul espoir qui planait encore à ses yeux.

— Urbain ?

— Oui.

— Pour Sissoko, Servat, Coquery, Dedieu et les SDF, on a un corps ou du moins, la preuve de leur mort. Mais pas pour Efia M'Bani et ses enfants… Est-il possible d'espérer que cette famille soit encore en vie ?

Le policier grimaça en secouant la tête :

— Je n'arrête pas de penser à eux. J'ai le sentiment d'avoir été l'instrument du pire et ça me donne envie de vomir.

— Cette réaction n'a pas lieu d'être, réagit Éloïse en posant spontanément sa main sur celle du flic. Vous ne pouviez pas savoir…

— Tous mes coéquipiers ont trouvé dingue que le ministère mette en place de telles mesures ! Tous !… D'ailleurs, ils m'ont charrié… Mais voilà, je n'ai pas réfléchi, j'ai foncé tête baissée… J'avais tellement envie d'y croire !

— Mais rien ne dit que cette famille a réellement été exécutée, non ?

— Pff, vous plaisantez ou quoi ? Donnez-moi une seule bonne raison pour que nos criminels s'encombrent de cette femme et de ses gamins !

— Mais elle ne sait rien ! À part que Yakouchine est un des tueurs du toit, élément qui va dans le sens de leur propre scénario !

— Mais il n'y aura pas de procès, Éloïse… Une fois Yakouchine mort, M'Bani est un témoin inutile.

— Certes… mais d'un autre côté, pourquoi se salir les mains si elle n'est d'aucun danger ?

— Parce que Yakouchine est un malin ! Qu'il ne s'est pas pointé au rendez-vous de l'entrepôt sans être certain que ses employeurs avaient éliminé le seul témoin susceptible de l'identifier. Voilà pourquoi.

— Excusez-moi, Urbain, mais si Yakouchine était si malin que ça, il n'aurait jamais accepté un rendez-vous qui sentait le guet-apens à mille lieues à la ronde !

Le policier sembla alors prendre conscience que leurs doigts se touchaient car ses yeux coururent le long du bras d'Éloïse et s'arrêtèrent sur le dos de sa main. La gendarme sentit le feu lui monter aux joues et esquissa un mouvement de recul mais, d'un tour de poignet, le Zèbre rattrapa sa main et planta ses yeux dans les siens :

— J'ai l'impression de n'être pas le seul idéaliste sur cette planète, Éloïse, n'est-ce pas ?

— Peut-être, bien…

— J'ai hélas appris à mes dépens qu'il ne suffit pas de refuser de voir quelque chose pour que cette chose n'existe pas, conclut-il en lui souriant tendrement.

La gendarme sentit son ventre s'enflammer et ses joues s'empourprer davantage encore. Mais Urbain ne lui fit aucun cadeau, il resserra son étreinte et porta l'estocade :

— Vous me plaisez énormément… Éloïse, je… En fait, j'ai très envie de vous embrasser.

Suivit un instant suspendu dans le vide durant lequel Éloïse sentit physiquement un vertige la faire tanguer. Puis elle vit le flic se pencher par-dessus la table et, profondément émue, elle lâcha prise et ferma les yeux. Le souffle d'Urbain s'approcha du sien alors que son cœur battait déjà la chamade. Quand leurs lèvres commencèrent à s'effleurer, le téléphone du flic se mit à biper agressivement, rompant le charme de leur baiser. Malot tressaillit avant de poser ses yeux sur son téléphone. Son attitude changea alors du tout au tout. Il s'écarta d'Éloïse, une expression stupéfaite sur le visage.

— C'est Margaux. Apparemment, elle est toujours au central et elle m'écrit que Yakouchine vient de chercher à me joindre ! Elle lui a donné mon numéro de por…

Mais Urbain n'avait pas encore fini sa phrase que son téléphone sonna. Éloïse qui venait d'assimiler ses propos réagit au quart de tour :

— Décrochez, ça doit être lui !

SONGE 3

Un problème n'arrive jamais seul

J'écarte légèrement deux lames de mon rideau californien et je plonge les yeux par-delà la terrasse, sur les toits de Manhattan enneigé. L'aube naissante me révèle cette vision merveilleuse de la ville engourdie avec ses gratte-ciel emmitouflés dans d'éphémères écharpes blanches. Le tohu-bohu, ici, ne cesse jamais, mais j'éprouve cette étrange sensation de ralentissement du monde et de bruits ouatés qui me ramène à l'enfance, aux odeurs de biscuits à la cannelle que ma mère faisait cuire au four à l'approche de Noël, aux journées d'école que nous manquions parce que la route communale n'avait pas encore été déblayée, et dont nous profitions pour faire des batailles de boules de neige. Ce sont là, peut-être, mes seuls bons souvenirs de jeunesse… Mon père haïssait le froid et la neige, il se terrait à l'intérieur, près de la cheminée, tout en pestant contre cette saleté de temps, alors que nous, enfants heureux, nous profitions du dehors sans avoir à craindre l'irruption du daron en colère. Je m'ébroue pour chasser la sombre vision de l'homme et de ses mains larges comme des battoirs. Je ne sortirai pas aujourd'hui, me dis-je. Rien ne m'y oblige et j'apprécie la solitude de mon loft, son altitude et l'immense perspective qu'il m'offre sur le monde. De là où je me tiens, j'ai le sentiment de voir grand et loin, moi le mal-né que tout prédisposait à un avenir médiocre. Cette pensée m'amène à Coquery et je grimace un sourire amer. Comment un homme aussi doué, qui avait les meilleures cartes en main, a-t-il pu gâcher toutes ses chances, une à une et avec une telle obstination ?!

Je resserre les pans de mon peignoir et je me rends côté cuisine pour me faire couler un expresso bien serré. Les effluves amers et grillés m'envahissent le nez et je savoure mon breuvage en repensant à l'ironie de ce *sort facétieux* – me voilà utilisant les mots de Coquery ! – qui condamna définitivement le scientifique au moment même où tout était fini, au moment même où un nouveau départ s'ouvrait devant lui comme une douce promesse de quiétude… Quand j'y pense…

À ma grande surprise, Coquery exigea que le laboratoire de recherches soit implanté dans l'agglomération toulousaine. Cela n'arrangeait guère mes préparatifs, mais l'homme s'entêta avec la force qui le caractérisait quand il s'agissait de risquer le tout pour le tout. Je demandai un délai de réflexion et j'informai mes employeurs de cette requête inattendue. Malgré toutes les dépenses et l'énergie que cette disposition de dernière minute allait générer, ils validèrent. Les enjeux du projet s'accommoderaient bien de ce caprice absurde. Je dis absurde car je ne sais par quelle force de déni Coquery s'était convaincu que ce rapprochement pourrait sauver son mariage ! Son épouse venait de découvrir ses infidélités répétées ainsi que l'état catastrophique de leurs comptes… qu'est-ce que l'homme pouvait encore bien espérer ?! Je m'abstins de tout commentaire – de toute façon, je n'étais pas censé savoir – et je consacrai les trois mois du préavis de Coquery à organiser la délocalisation du laboratoire, initialement implanté dans la couronne parisienne, vers l'agglomération toulousaine, matériel et hommes compris. C'est là mon travail, celui pour lequel on me paie chèrement : je trouve et je mets en œuvre les solutions face à toutes les situations qui se présentent, et surtout si elles se présentent mal.

Comme de bien entendu, le rapprochement de Coquery ne changea rien à sa situation conjugale. Karen Guérin mit les bouts dès que le divorce fut prononcé, et elle le fit avec d'autant plus de facilité que notre homme s'était depuis de longs mois entiché d'une prof de fac rencontrée dans un colloque quelques semaines seulement après le retour de l'enfant prodigue en terre natale. Il est fait de ce bois, notre Coquery : résolu envers et contre tout à sauver son mariage le lundi et s'amourachant le mardi d'un joli petit minois en la personne de Céline Servat… Yakouchine, que j'avais recruté et qui veillait au grain, m'informa de ce nouveau pas de côté dès ses débuts – chambre 223 de l'Holiday Inn de Lyon Perrache. Peut-être ai-je sur ce point manqué de sens dramatique, mais comment aurais-je pu imaginer un instant que Coquery finirait par tuer sa maîtresse de ses propres mains ? L'idiot ! Le sombre idiot ! Je me tends malgré moi en y repensant, cette nuit-là fut une vraie catastrophe. Et il s'en fallut de peu qu'elle n'anéantisse plus d'une année de travail acharné.

Coquery avait conçu *Sosia*, il lui avait donné naissance comme un Dieu créateur dans l'univers d'un laboratoire, avait défini son encodage génétique et, après des mois et des mois de recherche et de tâtonnements, notre minuscule organisme vivant semblait prêt à sévir. Les essais cliniques avaient commencé cinq mois plus tôt et ils étaient concluants : *Sosia*, après trois jours d'incubation et de prolifération dans son hôte, révélait sa vraie nature. L'attaque était massive et foudroyante. Après seulement quarante-huit heures de troubles digestifs aigus, les douleurs gastriques devenaient abominables jusqu'au moment où les parois stomacales ulcérées finissaient par lâcher. L'hémorragie massive provoquait alors la mort en quelques heures. Nous achevions la seconde vague d'essais, la plus importante, celle qui devait nous assurer que nous maîtriserions bien la situation le moment venu. En d'autres termes, il s'agissait de pouvoir tuer le monstre que nous avions créé. Nous en avions presque terminé et tant mieux, parce que Yakouchine peinait à recruter de nouveaux volontaires. Même chez les indigents, la nouvelle des étranges disparitions s'était répandue et la matière première devenait rare. Je suppose que Yakouchine a dû se montrer moins regardant durant le dernier mois de travail… Quoi qu'il en soit, le premier drame se produisit la nuit du mercredi 6 février aux alentours de 19 heures, soit deux jours avant la fermeture définitive du laboratoire.

C'est moi qui l'ai reconnu. Il venait déjà de passer une semaine dans nos cellules, et l'allure fringante de la photographie s'était estompée au profit d'un air abattu et d'une mise peu reluisante. En réalité, il ne restait plus de l'étudiant en sociologie qu'une vague ressemblance avec l'image diffusée dans les médias. Mais un détail m'avait fait tiquer la veille au soir alors que je consultais le journal et que le portrait de Thomas Andrieu, neveu du ministre des Finances porté disparu, s'étalait sur une demi-page. Dans les avis de recherche, on appelle ça un « signe distinctif ». Thomas Andrieu avait une petite balafre qui lui barrait le sourcil droit dans le sens de la longueur, une courte cicatrice d'un centimètre environ. Ce n'était pas laid, mais c'était le genre de détail qu'on remarque. Ce mercredi soir, avant de rentrer chez moi, j'étais passé au poste de contrôle comme je le faisais tous les jours, et j'allais partir quand l'image de la caméra 2 attira mon attention. Je demandai à Dedieu présent au PC de zoomer sur les traits qui m'avaient furtivement été révélés par le balayage automatique de la vidéosurveillance, et mon malaise s'amplifia quand je découvris le visage en gros plan du SDF de la cellule numéro 4. J'activai immédiatement mon téléphone et un saut sur Internet me confirma ce que je redoutais. Sous la crasse et les marques d'angoisse, je le reconnus. Par quel malheureux hasard ce môme avait-il bien pu intégrer notre programme, je n'en savais rien ! En revanche, il était clair que nous venions de commettre une erreur colossale. Nous étions à quarante-huit heures de la fermeture du laboratoire, il ne restait plus sur place que le noyau dur d'ingénieurs de recherche prêts à clôturer le dossier avec cet ultime round d'observations. Et j'avais devant les yeux le neveu d'un ministre français…

Comme je l'ai dit, je suis celui qu'on paie pour gérer tout type de situation. Je pare aux urgences, je trouve des solutions, c'est mon métier. Mes employeurs apprécient de ne pas être dérangés pour un oui ou pour un non, ils allongent beaucoup d'argent pour que leurs projets aboutissent sans accroc. J'appelai donc Yakouchine qui rappliqua aussitôt. Hors de question de conserver plus longtemps sur place le jeune Andrieu. Il était en fin de test : il avait ingéré *Sosia*, avait connu ses premières morsures et avait ensuite bénéficié de notre traitement. Nos semaines d'observations nous avaient permis de conclure que la prise médicamenteuse devait se situer, selon les sujets, dans un délai de trente-deux à trente-huit heures maximum après l'apparition des premiers symptômes, sans quoi les attaques ulcéreuses de *Sosia* devenaient irréversibles. Andrieu était donc guéri, comme les huit autres SDF présents dans les cellules voisines. Leur élimination était prévue pour le lendemain soir – les fumées, malgré le filtrage, sont visibles en plein jour. Restait que l'attente jusqu'au lendemain constituait une prise de risque supplémentaire. Après tout, nous ignorions tout des circonstances de la disparition d'Andrieu et nous ne souhaitions pas voir rappliquer une armada de flics à deux jours de la clôture du site. Je fis venir Coquery au PC, et il ordonna la mise en place en urgence de la phase terminale – à savoir la clôture immédiate des tests. Nos SDF allaient ingérer leur dernier repas et ainsi rejoindre Morphée avant d'être balancés dans l'incinérateur, une opération bien huilée depuis plusieurs mois. Sauf que…

Ma longue expérience dans la mise en œuvre des sombres projets issus de consortiums de tout poil m'a appris une chose : un problème n'arrive jamais seul. C'est à peine si je fus surpris quand Yakouchine revint au PC avec la mine de travers pour m'informer que l'incinérateur était en panne. En témoignaient les vestiges du dernier corps carbonisé dans la machine. Une fois encore, j'allais devoir parer au plus pressé, faire les bons choix et les faire vite ! Une chose était certaine : il ne devait y avoir aucun lien entre le corps d'Andrieu et le laboratoire et, idéalement, aucune enquête autour de la mort de ce jeune. Après un long conciliabule avec Yakouchine et Dedieu, nous optâmes pour le suicide. Yakouchine connaissait bien un quartier de Toulouse où habitait une prostituée qu'il fréquentait régulièrement. Il y avait là-bas, rue Nicolas-Louis-Vauquelin, non loin de l'université où étudiait Thomas Andrieu, un immeuble en construction qui ferait parfaitement l'affaire pour un dernier saut de l'ange. J'avais besoin de Philippe Dedieu sur place pour s'occuper des huit SDF en attente de leur dernier voyage, et il me fallait donc un homme en plus. Quand il comprit qu'il allait devoir se salir les mains, Coquery tenta de protester. D'une manière aussi élégante que possible dans ce contexte, je lui rappelai l'inconfort de sa situation et je vins rapidement à bout de ses réserves. Entre autres talents, je sais me montrer persuasif quand la situation l'exige… Contrairement à ses confrères d'infortune, Thomas Andrieu sauta son dernier repas. On lui retira sa chemise de nuit, on le lava sommairement afin qu'il retrouve un peu de son apparence habituelle et on lui remit les vêtements qu'il portait à son arrivée. Puis, afin de tuer dans l'œuf toute velléité de rébellion, je reçus le jeune homme dans mon bureau pour lui expliquer la vie sous la menace d'une arme. Il allait docilement suivre deux hommes et exécuter leurs ordres, sinon sa petite sœur chérie connaîtrait les joies d'un long viol collectif avant de mourir dans d'abominables souffrances. Je répugne généralement à utiliser ce genre de levier, mais admettez que la situation le nécessitait. Andrieu devait mourir et il fallait que tout cela ait l'air le plus naturel possible.

La suite ne se passa pas exactement comme prévu, puisque Yakouchine merda ce soir-là dans les grandes largeurs. Non seulement il se fit repérer au sommet du toit, mais en plus, il élimina le mauvais témoin. Pour parfaire le tout, il ne trouva pas utile de m'informer de cet *aléa criminel* et je ne découvris la vérité que grâce aux assertions médiatiques des parents Andrieu. Là encore, il me fallut réagir pour limiter la casse, mais c'est une autre histoire…

Que se passa-t-il exactement pour Coquery dans les heures qui suivirent l'épisode du toit ? Toujours est-il qu'à 1 h 55 du matin je reçus son appel inattendu, un appel braillard et désespéré, et je compris aussitôt que la fameuse loi des séries n'en avait pas fini avec moi. Entre deux reniflements, le scientifique m'expliqua qu'il venait de tuer Céline Servat. Il avait bu, cela s'entendait à son élocution déjà approximative. Je mis un terme rapide à l'échange – on évite généralement de parler de meurtre au téléphone, simple question de bon sens. Je convoquai alors Yakouchine qui avait rejoint Dedieu pour l'aider à charrier les derniers corps de SDF dans une fosse improvisée, et je lui demandai de nettoyer la scène de crime et de se débarrasser du corps de Céline Servat. Il fila s'acquitter de la basse besogne et jeta son dévolu sur un environnement qui lui était désormais devenu familier : la forêt de Buzet.

C'est à ce moment-là qu'aurait dû tomber le rideau de fin… Mais le lendemain, Yakouchine m'informa que Coquery s'était épanché entre deux verres d'alcool : il avait assassiné Céline Servat parce qu'elle avait découvert un document relatif au projet *Sosia*. L'information m'ébranla. Coquery connaissait les règles et il avait transgressé la plus capitale de toutes en exfiltrant de la documentation liée à nos recherches. J'en informai mes employeurs. En haut lieu, on redoutait que la documentation n'ait circulé ou, pire encore, que l'enquête sur la mort de Céline Servat ne conduise la flicaille chez Coquery. Était-on certain que l'homme fourvoyé saurait se taire ? Que, pressé comme un citron en garde à vue, il passerait sous silence plus d'une année de sa vie professionnelle ? Non. On était même à peu près sûr du contraire… Finalement, l'ordre tomba vingt-quatre heures plus tard, je devais *définitivement régler le problème*, c'est-à-dire offrir à l'homme de science un aller simple pour le pays dont personne n'est encore jamais revenu.

Je sonnai chez lui aux premières lueurs du jour. Je revois encore sa tête défaite, ses cheveux hirsutes, son œil alcoolisé ainsi que les traces odorantes de quelques régurgitations sur son peignoir qui lui donnaient une apparence des plus pathétiques et dépravées. Le bonhomme me fit entrer sans soupçonner un seul instant les raisons de ma présence. Je découvris sur place l'image même du désastre auquel la vie de Coquery s'apparentait depuis le départ de son ex-femme. La demeure était un tombeau vide de tout substrat. Coquery se vautra dans l'unique fauteuil du salon. Je demeurai debout et je le fis parler de son crime. Lorsque je fus certain qu'il avait bien tué sa maîtresse avant que celle-ci ait pu communiquer sur sa trouvaille avec qui que ce soit du dehors, je sortis mon flingue équipé d'un silencieux et lui mis une balle entre les deux yeux. Puis je coupai le chauffage central et j'ouvris la baie vitrée en grand pour que le froid ralentisse la décomposition du cadavre et que les odeurs n'alertent pas le voisinage trop rapidement. Je me rendis ensuite à l'étage et j'opérai un grand ménage.

À 8 h 30, je sortis de la maison de Coquery avec l'idée persistante d'un immense gâchis. Je l'aimais bien, moi, ce type. Il était bizarre, c'est vrai… comme le sont souvent les personnes qui ont 160 de QI, mais quand même, je l'aimais bien.

Une sorte d'écume écarlate sortait de sa bouche

Urbain Malot s'était assis dans la voiture d'Éloïse qui descendait, pied au plancher, le boulevard intérieur direction le monument aux morts. Parvenue au croisement de la rue de Metz, elle grilla le feu et poursuivit tout droit sur les allées Forain-Verdier. À côté d'elle, la main agrippée à la poignée de maintien accrochée au plafond, le policier tentait de raisonner :

— Il est en train de crever, ça ne fait pas un pli, je l'ai compris à sa voix ! Il sait que c'est la fin !

— Mais pourquoi veut-il te voir ?!

— Je ne sais pas, Éloïse ! Je n'en ai aucune idée !

— Il t'a dit quoi exactement ?

— Qu'il s'était fait baiser mais qu'il ne comptait pas tomber tout seul… qu'il avait quelque chose à me remettre… que je devais venir seul… Ah ! Et qu'il fallait que je fasse vite, que le temps pressait !

— OK, mais je pourrais difficilement faire plus vite, là !

Éloïse s'engagea sur le Grand-Rond en faisant couiner les pneus de sa 208 sur l'asphalte tout le long du demi-cercle qu'elle suivit, puis roula à tombeau ouvert vers le pont des Demoiselles.

— Mais pourquoi toi ? relança-t-elle.

— C'est à moi qu'il doit son dernier séjour au placard… À l'époque, j'ai conduit l'interrogatoire pendant les quarante-huit heures de garde à vue réglementaires… Je lui ai peut-être laissé l'image d'un flic réglo, en qui on peut avoir confiance, est-ce que je sais ?

— Je déteste ça !

— Quoi donc ?

— Foncer comme ça, tête baissée sans avoir le temps de réfléchir… Je n'aime pas cette précipitation… Crois-moi, une opération peut tourner au drame en un quart de seconde !

Urbain jeta un œil de biais à la gendarme et se rendit compte qu'elle serrait le volant à se faire blanchir les jointures. Instinctivement, il eut la certitude qu'elle avait perdu un collègue en intervention. Au même moment, Éloïse passa le pont qui enjambait le canal du Midi et s'engagea sur le boulevard de la Marne. Le policier reporta alors son attention sur la route, ils approchaient du lieu de rendez-vous que lui avait fixé Yakouchine. À mi-hauteur du boulevard, la gendarme leva le pied, tourna à droite avenue Bedouce et se gara en dérapant sur une place proche d'une petite toulousaine défraîchie et inhabitée, à en croire les hautes herbes qui proliféraient dans le jardinet et les volets condamnés par des traverses de bois. Partiellement éclairée par les lampadaires de la rue, la maisonnette semblait se tapir derrière un vieux cèdre qui étirait son ombre sur la façade de briques.

— Voilà, on y est !

— Reste là, je…

— Hors de question ! le contra la gendarme en sortant de l'habitacle. Rien ne dit qu'il ne s'agit pas d'un piège.

Malot ouvrit la bouche pour riposter, mais renonça. Le regard d'Éloïse était clairement inflexible.

— Il ne sait pas que je suis accompagné, laisse-moi d'abord lui expliquer qui tu es. Et il faudra vraiment rester à couvert jusqu'à ce que je te donne le feu vert… Éloïse ?

— J'ai bien compris, ne t'inquiète pas ! Allez, je te suis.

Talonné par la gendarme, Urbain poussa le portillon en bois vermoulu qui desservait le jardinet. Un petit chemin de dalles pierreuses beiges reliait la rue à la maison et le policier remarqua rapidement des gouttes de sang qui tachaient la pierre et serpentaient vers l'entrée de la toulousaine. D'un doigt, il les montra à Éloïse. Parvenu devant la porte, il nota que le bois du chambranle avait explosé. Yakouchine était gravement blessé, il n'avait certainement pas défoncé cette porte tout seul. Le flic dégaina alors son arme en se félicitant intérieurement de n'être pas repassé par chez lui après avoir quitté le central. Puis il poussa la porte et entra, prêt à tirer s'il devait se défendre. Les ténèbres de la maison et sa respiration d'une humidité glaciale l'enserrèrent immédiatement.

Éloïse brandit alors sa Maglite et balaya l'intérieur. La bicoque était vide, à l'exception d'un vieux piano poussiéreux abandonné dans le salon et de deux chaises à l'assise défoncée qui trônaient au centre d'une petite cuisine. La gendarme éclaira sans un mot les traces de sang qui maculaient le vieux parquet et se dirigeaient vers l'étage. Malot hocha la tête et commença à monter les marches dont le bois fatigué gémit immédiatement.

— Yakouchine, tu m'entends ?! lança-t-il. C'est moi, Malot !

Des coups mats provenant du premier lui répondirent.

— Je monte… Je te préviens, je ne suis pas seul.

Seul le silence fit écho à sa déclaration.

— Écoute mon vieux, je t'expliquerai, mais il faut que tu me fasses confiance. La capitaine de gendarmerie Éloïse Bouquet est avec moi. Elle a mené l'enquête sur le meurtre de Coquery et de sa maîtresse… On s'est retrouvés parce que nos deux affaires sont reliées. Je te garantis que…

Mais les propos du flic furent interrompus par un nouveau martèlement de coups mats.

— OK, on monte ! Je suis armé, mon vieux, fais pas le con !

Éloïse éclairait les marches tout en suivant Urbain dans son ascension. Elle ne pouvait s'empêcher de songer que le type logé en haut était un dangereux criminel qui avait balancé un gamin du toit d'un immeuble et avait recruté des SDF pour servir de cobayes. Qu'il soit sur son lit de mort ne la rassurait guère ; après tout, il n'avait désormais plus rien à perdre, non ? Le palier du premier desservait un couloir à gauche et un autre à droite. De chaque côté, il y avait des portes fermées. Urbain et Éloïse allaient s'engager vers la gauche quand de nouveaux coups leur parvinrent du côté opposé. D'ailleurs, à bien y regarder, un rai de lumière pâle apparaissait sous la porte la plus au fond. Ils remontèrent le couloir et Malot toqua. Un coup leur répondit, suivi d'un gémissement quasi inaudible. Urbain ouvrit lentement, et l'image qui leur parvint alors leur fit l'effet d'un film d'épouvante. Yakouchine se terrait là, affalé sur un matelas ensanglanté. Une poignée de bougies allumées aspergeaient le colosse d'une lumière vacillante et tamisée, révélant qu'il avait pris deux balles. L'une au niveau du ventre, l'autre à la clavicule. Sur les deux blessures, des serviettes gorgées d'hémoglobine noirâtre ralentissaient l'hémorragie, mais du sang continuait à goutter lentement sur le matelas. Yakouchine avait le teint terreux, les yeux cocardés par des cernes noirs. Il tenait son revolver d'une main tremblante qui n'avait plus rien de menaçant. Un rapide coup d'œil dans la pièce renseigna les enquêteurs, il n'y avait personne ; mais quelqu'un avait bel et bien aidé Yakouchine à s'installer ici et lui avait dispensé des soins de fortune. Éloïse distingua même une maladroite tentative de suture au niveau de la clavicule.

— Il faut qu'on t'emmène à l'hôpital ! lança Urbain en approchant.

— Non, gémit le malfrat dans un souffle rauque. (Puis il grimaça un sourire qui révéla ses dents marbrées de sang séché.) Tu n'as pas encore compris, hein ?

— Quoi donc ? relança le policier en s'asseyant en tailleur près du blessé dont les mots se mouraient dans un murmure.

— … C'est foutu pour moi, Malot… Où que j'aille, ils me trouveront… et ils m'achèveront.

— Qui, ils ?

Des bruits de pas dévalant l'escalier résonnèrent alors, révélant que quelqu'un était en train de prendre la fuite ! Mue par son instinct, Éloïse fit volte-face et remonta le couloir en courant avant de se jeter dans la cage d'escalier à la poursuite du fuyard. Mais lorsqu'elle parvint sur le seuil du rez-de-chaussée, elle dut balayer le jardinet des yeux et eut à peine le temps d'apercevoir une ombre furtive qui longeait la clôture de la maison voisine. Elle poursuivit sa course et buta devant le haut grillage de séparation, se demandant comment le type avait bien pu passer par-dessus. À l'aide de sa lampe, elle éclaira le bas de la clôture et finit par repérer un petit coffrage en béton qui protégeait les compteurs de gaz et d'électricité. Elle ne tenta même pas l'escalade, elle avait perdu trop de temps pour espérer mettre la main sur le fuyard. Dépitée, elle rebroussa chemin et rejoignit Urbain à l'étage. Quand elle passa la porte, elle eut le sentiment de se retrouver devant le tableau d'un homme de foi recueillant l'ultime confession d'un condamné à mort. D'un souffle haché et poussif, Yakouchine livrait l'essentiel de ses dernières malversations terrestres. Elle s'approcha et Urbain interrompit l'homme pour expliquer :

— Le type qui vient de s'enfuir est un ami de Yakouchine. C'est lui qui l'a installé ici, et il attendait d'être sûr qu'on arrive pour mettre les bouts. Yakouchine a appelé du portable de son pote pour que les superflics ne puissent pas le tracer.

Éloïse hocha la tête et s'installa à côté d'Urbain pour entendre les derniers mots de Yakouchine. Celui-ci parla avec peine durant cinq bonnes minutes, et la gendarme dut se mordre les lèvres à plusieurs reprises pour ne pas l'insulter. Yakouchine était un fieffé salopard. Il leur confirma tout ce qu'ils savaient déjà, mais les surprit tout de même en affirmant que l'homme qui l'avait accompagné sur le toit pour balancer Thomas Andrieu dans le vide n'était pas Dedieu, comme ils le pensaient, mais Coquery.

— Coquery ?!

— Oui, ma p'tite dame, lâcha-t-il dans un râle... De toute façon... il y était... jusqu'au cou, le chercheur... Alors, un peu plus... un peu moins...

— Attends voir, Yak !... Ça veut dire que Coquery est également complice du meurtre de Nadia Sissoko ? s'étonna Urbain.

— Non, ça non... Il venait juste de... repartir... quand cette bonne femme... a quitté l'immeuble... Quand je l'ai vue... je l'ai suivie et je... (L'homme dont la respiration devenait de plus en plus sifflante grimaça et s'interrompit.)

— OK, c'est bon, je crois qu'on a compris, intervint froidement Éloïse. Et Coquery, c'est vous qui l'avez tué aussi ?

— ... Non, ma p'tite dame... j'ai pas buté le chercheur...

— Alors qui, hein ?

Le malfrat partit d'un petit rire moqueur qui provoqua chez lui une inquiétante quinte de toux. Des coulées de sang jaillissaient de ses plaies à chaque spasme et une sorte d'écume écarlate sortait de sa bouche. Puis l'homme parvint à se calmer et à répondre à la gendarme :

— Vous croyez que les types... pour qui je travaillais... étaient du genre... à me tenir au parfum ?

— Je suppose que non... lui retourna Éloïse avec mépris. Pour être franche, plus je vous écoute, moins je crois que vous êtes du genre à vouloir soulager votre conscience. Or, c'est vous qui avez appelé le lieutenant Malot. Vous avez donc des choses à nous dire, non ? Sinon, pourquoi nous avoir fait venir ?

Yakouchine lui adressa un sourire où se disputaient amusement et lubricité. Puis il reporta son regard vers Malot et lâcha d'un ton qui se voulait complice :

— Elle a du tempérament, la gonzesse… J'ai jamais vraiment… aimé les bonnes femmes… à part les putes parce que… le deal est clair… et ma mère… parce que… c'est ma mère… Mais elle, là… elle me plaît bien…

— Pas certain qu'Éloïse se sente flattée, se moqua Urbain. Et maintenant, tu te mets à table, Yak, ou bien ?

— J'ai ça… pour vous deux, fit Yakouchine en ouvrant sa main gauche maculée de sang séché.

Éloïse distingua une petite clé qu'elle attrapa.

— C'est un double… L'autre, c'était… ma monnaie d'échange à l'entrepôt… elle est tombée… pendant… la rixe… Du coup… ces enfoirés… ont dû… la récupérer…

— Tu aurais dû nous contacter avant ! balança Malot en secouant la tête. Si les types de la DGSI ont la clé depuis hier soir, c'est cuit pour nous !

Yakouchine lui décocha un sourire malicieux :

— T'inquiète… je suis pas né de la dernière pluie… À l'heure où on parle… les mecs ont… fait chou blanc… je les ai… envoyés sur une fausse… piste… en Espagne…

Cette pensée provoqua l'hilarité chez Yakouchine qui se mit à toussoter. On aurait dit les crachotements poussifs d'un vieux moteur en manque d'essence.

— Numéro 16C… C'est la clé d'un coffre, fit la gendarme en la tendant à Urbain.

— D'un casier, précisa Yakouchine en grimaçant de douleur… Le club de musculation CBBG… Club de body building genevois…

— Genevois ?!

— Oui… J'ai pris une licence… là-bas, expliqua-t-il en plaquant sa main gauche sur sa panse sanguinolente. Pas loin de l'appartement que… j'avais acheté… Je comptais… redémarrer de zéro… avec tout le fric que… que j'avais gagné…

Les mots de Yakouchine peinaient à franchir ses lèvres et devenaient de moins en moins audibles. Urbain et Éloïse étaient désormais obligés de se placer à une dizaine de centimètres du colosse pour l'entendre.

— Qu'est-ce qu'il y a dans ce coffre ?

— … Des preuves… Ils m'ont… baisé… enfoirés… la DGSI et… les cols blancs… alors… faites-les tomber…

— Qui sont-ils ?

— Je… sais pas… des types haut placés… influents. (Il voulut aspirer de l'air, mais un sifflement rauque et encombré s'éleva.)… Et riches…

— Et L'Américain ?! Qui est L'Américain ?!

Yakouchine toussota faiblement et sa tête commença à s'affaisser. Au même moment, des bruits de pneus hurlant sur le bitume s'élevèrent non loin. Urbain bondit vers la fenêtre donnant sur la rue et aperçut entre les lames des volets une grosse berline noire dont surgirent trois hommes aux allures de barbouzes.

— La DGSI ! lança-t-il nerveusement à Éloïse. Vite, faut qu'on se tire ! la pressa-t-il en soufflant sur les bougies allumées pour se fondre dans l'obscurité.

Dans la foulée, il se rua vers la fenêtre opposée, qui donnait sur l'arrière de la toulousaine. Comme en façade, les volets étaient condamnés. Sécurisé par le garde-corps, Malot mit un grand coup d'épaule et le bois vola en éclats. De son côté, Éloïse refusait de lâcher Yakouchine.

— Yakouchine ! Qui est L'Américain ?! s'énerva-t-elle en secouant le malfrat qui tournait de l'œil.

Le truand eut une sorte de spasme qui déforma sa bouche, ses yeux s'agrandirent l'espace d'une seconde avant de se voiler. À cet instant, un gros fracas retentit au rez-de-chaussée et des pas martelèrent le sol. Urbain se pencha en avant et repéra une gouttière qui courait le long du mur jusqu'au jardin.

— Éloïse, vite !

La cavalcade des types s'élevait désormais dans la cage d'escalier.

— Wow, Yakouchine, vous m'entendez ?! cria la gendarme. Répondez, bordel ! Qui est L'Américain ?

— On n'a plus le temps, Éloïse !

La tête de Yakouchine bascula en arrière, comme subitement relâchée, et dans un ultime râle, il expira alors que la gendarme conservait son oreille plaquée sur sa bouche. Les superflics investissaient déjà le palier. La gendarme se releva alors d'un bond et rejoignit le policier.

— Là ! lui indiqua-t-il en désignant la gouttière.

Éloïse se hissa dans l'encadrement de la fenêtre et, aidée par Urbain, parvint à agripper le tuyau. Elle entama sa descente, priant pour que la gouttière ne cède pas. Trois secondes plus tard, elle atterrit lourdement dans le jardin et releva la tête. Le Zèbre commençait déjà à se laisser glisser alors que des claquements de portes s'ouvrant à la volée leur parvenaient de l'intérieur. Puis, au moment même où Malot posait pied à terre, une silhouette surgit dans l'encadrement de la fenêtre. Urbain et Éloïse détalèrent avant que le gars ne défouraille. La gendarme ouvrit le chemin en se précipitant vers le coffrage en béton grâce auquel l'ami de Yakouchine l'avait distancée quelques minutes plus tôt. Fouettée par l'adrénaline, elle prit appui sur le socle et se propulsa d'un bond par-dessus la clôture. Urbain l'imita et tous deux se retrouvèrent dans le jardin voisin alors qu'un bruit de cavalcade s'élevait déjà derrière eux. Espérant que la clôture ralentirait le barbouze, Éloïse et Urbain escaladèrent le portail donnant sur la rue. La 208 d'Éloïse était garée quelques mètres plus bas et ils finirent leur course comme des dératés. La gendarme démarra alors en trombe, les yeux exorbités, surveillant nerveusement l'image que lui renvoyait le rétroviseur. Mais elle parvint en bas de l'avenue Bedouce sans voir surgir la berline. Là, elle grilla un feu rouge sous les coups de Klaxon d'un conducteur qui pila net pour éviter le choc, et elle s'introduisit dans la circulation. Son cœur battait à rompre et les questions se bousculaient dans sa tête.

Faisons un petit quiz

Ils roulaient depuis une dizaine de minutes dans un silence total, chacun tentant de comprendre ce qui venait de se passer. À proximité des berges de la Garonne, Éloïse repéra une place vide et se gara. Elle se tourna alors vers Urbain et lui lança :

— Écoute, j'ai beau le prendre dans tous les sens, j'en reviens toujours à la même question : comment ont-ils su où nous étions ?!

— Eh bien… aucune idée… comment veux-tu que je te réponde ?!

La gendarme tambourina nerveusement sur le volant et se mit à réfléchir intensément.

— Tu les as déjà rencontrés ?

— Qu'est-ce que tu veux dire par là ?

— Est-ce que tu as eu l'occasion ou non de rencontrer des types du ministère de l'Intérieur ?

— Oui ! Comme je te l'ai dit : Mathieu Riscles à l'Embouchure lors de la déposition d'Efia M'Bani… Et hier soir à l'entrepôt où Yakouchine a été piégé. Mais pourquoi tu…

Le policier s'interrompit, stupéfait. Se pouvait-il que… Il eut un flash. Il se revit, arrivant à l'entrepôt, alors que les superflics étaient déjà sur place, protégeant la scène de crime. Il visualisa le type patibulaire qui filtrait l'entrée et sous le nez duquel il avait présenté sa carte en demandant à parler au responsable. Il revit ce type contacter son chef par radio, lequel lui avait répondu : « Fouillez-le et laissez-le passer. » Et pour finir, il se revit remettant son arme et son téléphone dans un bac en plastique que lui tendait le cerbère… Urbain Malot sortit immédiatement son portable de la poche de son blouson et jeta un regard de biais à Éloïse. La gendarme hocha la tête, elle avait déjà compris ! Le Zèbre retira la coque de protection de son téléphone et repéra immédiatement la petite pastille de nanotechnologie collée au dos de l'appareil. Il connaissait ce dispositif : traceur-micro. Un filet de sueur glacée glissa entre ses omoplates, il avait le sentiment d'être le mauvais figurant d'un blockbuster américain. Un moucheron prisonnier d'une gigantesque main qui se refermait sur lui. Le mini-flic devant une organisation obscure soutenue par la DGSI ! Dents serrées, il retira la pastille, ouvrit la portière et la jeta au sol. Éloïse s'empressa alors de démarrer et descendit le quai de Tounis vers le pont Saint-Michel.

— Ces enfoirés ont mis un traceur et un micro dans mon téléphone ! écuma alors le policier, fou de rage. Ce qui veut dire que tout ce que j'ai dit depuis hier soir a été consciencieusement écouté !

— Et que nos superflics ont pleinement profité de nos échanges du jour, ajouta la gendarme, lèvres pincées. Tes théories sur la DGSI, son lien avec le laboratoire secret, mes compléments d'enquête concernant Coquery et *Sosia bacterium*, tout, Urbain. Ils n'ignorent rien de ce que nous savons !

Urbain Malot fixait la chaussée, accablé. Sa première pensée fut pour Éloïse, à ses côtés, qui ce matin encore n'avait pas mis un doigt dans l'engrenage des services de l'Intérieur et qui ce soir s'y retrouvait engluée jusqu'au cou.

— Je suis désolé, Éloïse, lâcha-t-il, dents serrées.

— Tu plaisantes ou quoi ?! Des superflics sans aucune morale participent à un projet secret reposant sur des cobayes humains et c'est toi qui t'excuses ?!

Malgré la culpabilité mordante qu'il ressentait, Malot accueillit ces propos avec gratitude. Il posa sa main sur la cuisse d'Éloïse et demanda :

— Qu'est-ce qu'on fait, maintenant ?

— Primo, on éteint nos portables, pour ne pas risquer d'être tracés avec les antennes-relais. Deuxio, on file à Wilson, j'achète un téléphone tombé du camion et je passe un coup de fil. Tertio, on se terre pour réfléchir et faire le point ensemble.

***

Amanda attrapa la bouteille de vodka glacée et remplit généreusement trois verres. Assis côte à côte dans le canapé des visiteurs de Black Sheep, Urbain et Éloïse entreprirent de raconter les axes de l'enquête la plus ahurissante qu'ils avaient jamais connue. Quand ils eurent terminé, la journaliste fixa Éloïse d'un œil sévère :

— Et moi qui croyais que vous enquêtiez sur un simple crime passionnel ! Vous m'avez bien bananée sur ce coup, Éloïse !

— Au moment où nous avons parlé, j'étais encore à des années-lumière de savoir ce qui m'attendait, se défendit la gendarme.

— Refilez-moi cette clé de coffre suisse, je vais aller les chercher, moi, les preuves de Yakouchine !

— NON ! ripostèrent d'une même voix Urbain et Éloïse.

— Ça va, ça va… Je plaisantais ! Ce que vous pouvez être nerveux.

La gendarme jeta un œil rond à la journaliste.

— Nerveux ?! Hé, Amanda ! Réveillez-vous ! Vous avez entendu ce qu'on vient de vous raconter ?

— Mmm… parfaitement. Et je vais être très franche avec vous.

— On vous écoute.

— La vérité… c'est que vous savez que dalle !

— Hein ? Mais qu'est-ce que…

— Vous ne savez rien de rien ! coupa la journaliste avec le ton qui sied aux évidences. La seule et unique piste que vous puissiez encore suivre, c'est celle de Bruno Lamarque. (La journaliste laissa échapper un petit rire.) Bon sang, j'aurais adoré être là ! J'imagine Yakouchine, ensanglanté, agonisant, vous livrant son ultime secret dans un murmure qui est aussi son dernier souffle… Franchement, c'est digne d'un film hollywoodien ! conclut théâtralement la journaliste.

— Amanda, de grâce, vous n'amusez personne ! intervint Éloïse, agacée.

La journaliste se leva et se dirigea vers Black Sheep qui fixait ses écrans avec un casque antibruit vissé sur les oreilles. D'un geste très doux, elle tapota sur l'épaule du geek qui souleva un écouteur sans même se retourner.

— Black Sheep, pourrais-tu s'il te plaît essayer de nous faire une rétrospective sur un dénommé Bruno Lamarque ? Le hic, c'est qu'on ne sait rien de ce type. La seule chose qu'on peut te dire, c'est que ce n'est pas un *vulgum pecus*. Ce mec est un puissant ou côtoie les puissants. Pour information, il est surnommé « L'Américain ».

— D'accord, lui retourna Black Sheep en remettant son casque sur ses oreilles.

Urbain attendit qu'Amanda se soit rassise pour demander :

— Pourquoi... pourquoi il porte ce casque, là ?

— Il est hyperacousique.

— Hyper quoi ?

— Il entend trop et ça l'envahit. Il ne peut pas filtrer les bruits, si vous préférez. Donc, dès qu'il y a plus de deux personnes dans une pièce, il se protège en mettant ça.

— Ah, d'accord...

— Bon, revenons-en à ce que je vous disais. Que savez-vous, en réalité ?

— Je ne comprends pas votre obstination, lui retourna Éloïse.

— Bien. Faisons un petit quiz, alors... En dehors de Lamarque, qui travaille pour le consortium de l'ombre ? (Urbain et Éloïse se turent, n'ayant rien à répondre.) OK... Quels sont les objectifs du projet *Sosia bacterium* ?... Toujours rien ?... Bien, alors... avez-vous la moindre idée de l'identité de la société – je ne vous demande même pas le nom d'un homme – qui gère dans l'ombre Bio Investissement ?

Le flic et la gendarme secouèrent négativement la tête.

— Voilà. Vous ne savez rien. Et ce qui est plutôt bon pour vos fesses, c'est que le micro placé dans le téléphone a conforté le fait que vous ne savez rien.

— Vraiment ? Alors pourquoi ces types ont-ils débarqué comme des furies avenue Bedouce, hein ?

— Parce que Yakouchine, vivant, représentait une menace. Voilà pourquoi... D'ailleurs, n'est-ce pas lui qui vous a donné le seul nom susceptible aujourd'hui de vous ouvrir une piste ?

— Soit ! Donc si je pousse la logique jusqu'au bout, maintenant qu'on tient la piste Lamarque, on est bel et bien en danger !

— Vu la scène que vous m'avez décrite, Éloïse, je pense sincèrement que non. On a un type qui vous murmure le nom de Lamarque à l'oreille alors qu'Urbain, dont le téléphone est dans la poche du blouson, se trouve à l'autre bout de la pièce en train de défoncer une fenêtre et que trois barbouzes déboulent dans la baraque avec leurs gros godillots ! Ma rationalité m'incite fortement à croire que personne n'a entendu l'ultime confession de Yakouchine, à part vous.

— Ça se tient, admit Urbain en se tournant vers Éloïse. C'est allé très vite et c'était le bordel ! Même moi, je n'ai pas entendu ce que Yakouchine te disait en mourant.

La gendarme vida d'un trait sa vodka glacée et fit signe à la journaliste de la resservir. Puis elle se leva et fit les cent pas dans le salon.

— Imaginons que vous ayez raison, Amanda. Yakouchine étant mort, pourquoi nous ont-ils poursuivis dans le jardin ?

— Pour vous faire peur. Pour que vous arrêtiez de gratter et que vous rentriez sagement dans le rang.

— Vous croyez vraiment à ce que vous dites ?

— Absolument.

— Et qu'est-ce qui vous rend si péremptoire ?

Amanda se fendit d'un sourire triomphant :

— Le fait que nous sommes tous les trois assis autour de cette table à descendre une vodka… Je m'explique. Croyez-vous vraiment que vous seriez encore en vie si vous représentiez une menace pour la DGSI, pour les types qui tirent les ficelles dans l'ombre, pour le projet *Sosia* ?

Urbain et Éloïse échangèrent un regard médusé.

— Vous dites vous-mêmes que le micro a été placé hier soir… il y a donc plus de vingt-quatre heures. Entre-temps, vous vous êtes vus, et même revus, ajouta la journaliste avec un petit sourire entendu, et il ne vous est rien arrivé ! Pas d'accident de la route à cause d'un chauffeur ivre perdant le contrôle de son véhicule, pas de balle perdue, pas de pot de fleur tombant malencontreusement d'un balcon au moment où vous passiez, pas d'incendie d'appartement dû à un court-circuit… rien, que dalle.

— Ils attendaient peut-être qu'on les mène à Yakouchine ? hasarda la gendarme.

— Pff ! Et comment auraient-ils pu imaginer que Yakouchine appellerait précisément Urbain ? Vous-même n'aviez jamais envisagé cette éventualité.

Un silence suivit les propos de la journaliste. Tout bien pesé, elle n'avait peut-être pas tort. Et si l'intention des superflics était bel et bien de leur faire peur, ils y étaient parvenus.

***

Il était 2 heures du matin quand Black Sheep leur proposa une rétrospective du dénommé Bruno Lamarque, celui que tout le monde appelait « L'Américain ». L'homme de quarante-deux ans était né à Arenthon, Haute-Savoie, dans une famille nombreuse. Son père était chaudronnier, sa mère, femme au foyer. D'après les différents signalements de maltraitance effectués par quelques voisins, puis par la directrice du collège, et qui étaient demeurés sans suite, le môme avait grandi dans une famille soumise aux sautes d'humeur d'un père violent. Dès l'obtention de son baccalauréat, le jeune Lamarque avait quitté la France pour New York où il avait enchaîné divers petits jobs. Il s'était ensuite illustré en prenant une part active à la campagne électorale d'un sénateur républicain, par ailleurs homme d'affaires inscrit dans la pure lignée des riches héritiers de la côte est. Lamarque s'était élevé hors de la mêlée et avait été repéré par ledit sénateur, qui l'avait pris sous son aile. Introduit dans le cercle de l'élu, Lamarque, qui n'avait alors que vingt-trois ans, avait ensuite évolué dans les milieux affairistes et avait fait ses premières armes en intégrant un gros cabinet de lobbying new-yorkais. Son ascension avait été fulgurante, et à l'âge de trente ans, il créait son propre cabinet indépendant. L'homme était d'une discrétion quasi maladive, mais quelques photographies sur le Web le montraient à côté d'hommes politiques ou d'entrepreneurs riches et influents. Entre autres missions, il assurait le lobbying de gros consortiums pharmaceutiques et travaillait d'arrache-pied à leur développement.

Les enquêteurs savaient l'essentiel et tentaient d'imaginer le reste. L'appât du gain ? Le jeu dangereux des compromissions ? La dure loi des ascenseurs à renvoyer ? Toujours est-il que Lamarque avait dû glisser lentement sur la pente, et passer de lobbyiste à gestionnaire de projet criminel. En revanche, rien de ce que Black Sheep avait trouvé sur la Toile n'indiquait pour le compte de qui il travaillait exactement. Le portefeuille clients de Lamarque demeurait totalement secret. Et c'était peut-être là la dimension la plus terrifiante de ce dossier : n'avoir aucune idée de l'identité de ceux qui tiraient les ficelles et ignorer à quoi allait servir *Sosia bacterium*, désormais qu'elle avait pris vie et corps par le génie diabolique de Coquery…

Après une heure d'échanges animés sur la marche à suivre concernant les fameuses preuves que Yakouchine avait stockées dans un casier à Genève, tout le monde alla se coucher. La journée du lendemain promettait d'être intense.

David face à Goliath

Urbain et Éloïse, qui s'étaient tous les deux fait porter pâle au travail, foulèrent le quai de la gare genevoise avec trente-deux minutes de retard, mouvement de protestation des cheminots oblige. Mais ils s'estimaient heureux, leur train n'avait pas été supprimé ! Le froid les saisit immédiatement et chacun remonta la fermeture Éclair de sa doudoune tout en hâtant le pas vers le hall principal. Dès qu'ils passèrent les portes automatiques, la gare de Genève-Cornavin leur apparut dans toute sa dimension helvétique : d'une propreté irréprochable et d'une organisation digne de l'horlogerie suisse. Ils s'achetèrent un sandwich et profitèrent de leur pause pour repérer le chemin le plus court jusqu'à la salle de musculation où Yakouchine avait mis ses preuves en sûreté… Puis ils traversèrent le superbe parvis extérieur et se mirent en marche vers le Club de body building genevois situé au numéro 60 de la rue Liotard. Ils firent le trajet en un quart d'heure, absorbés par leurs pensées et dédaignant le paysage autour d'eux. La main dans sa poche, refermée sur la petite clé que leur avait remise Yakouchine la veille, le flic ne cessait de se demander ce qui allait désormais se passer pour eux. En toute logique, la DGSI, qui avait écouté leur échange avec Yakouchine sur son lit de mort, avait certainement déjà mis la main sur le contenu du casier… Restait à voir si la théorie d'Amanda était juste…

Parvenus au numéro 60, ils s'arrêtèrent. Ils faisaient face à un petit immeuble bas et long à la façade proprette. À côté de la double porte d'entrée aux vitres fumées, étaient fixées plusieurs plaques, dont celles du club de musculation. Urbain et Éloïse entrèrent dans l'immeuble, délaissèrent les étages pour traverser le hall qui donnait sur une arrière-cour au fond de laquelle un bâtiment bas arborait l'enseigne CBBG. Dès qu'ils passèrent la porte, une odeur de transpiration leur monta aux narines. Derrière le guichet d'accueil tenu par un type dont le tee-shirt moulant valorisait des pectoraux et abdominaux impeccablement dessinés, s'étalait un mur entier de compléments alimentaires en tout genre : brûleurs de graisse, protéines… L'armoire survitaminée les salua et ils lui retournèrent un vague bonjour avant de filer vers les vestiaires hommes. Dès qu'ils entrèrent, ils furent saisis par les effluves de sueur et de chaussettes sales qui se mêlaient à ceux de gels douche musqués. Ici, ça sentait le mâle et la testostérone dans le moindre recoin.

Le flic et la gendarme zigzaguèrent entre les allées que formaient les casiers en fer et finirent par repérer celui qu'ils cherchaient, le « 16C ». Éloïse jeta un œil autour d'eux, l'allée était vide, et Urbain inséra la petite clé dans la serrure avec l'impression vertigineuse d'être un fétu de paille au cœur d'un océan déchaîné et hostile. Il se sentait – non, *il était* – comme David face à Goliath… Le cruel déséquilibre des forces lui sautait aux yeux. Nerveux, il ouvrit la petite porte métallique et son cœur s'emballa quand il découvrit l'unique contenu du casier. Posée bien en évidence sur le fond, une simple feuille blanche lui renvoya quelques mots imprimés à l'encre noire : « Bonjour Éloïse, bonjour Urbain. Vous arrivez trop tard mais vous le saviez, n'est-ce pas ? Je vous attends au Coffee Lab, 85, rue de la Servette, à deux pas d'ici. Prenez cette feuille et rejoignez-moi. » Urbain jeta un œil inquiet à Éloïse qui attrapait le mot d'une main mal assurée. Et ce qu'ils découvrirent alors sous la feuille de papier les glaça immédiatement. Il y avait deux images. La première était une photo d'Hélène et Marc sortant d'un centre commercial. Urbain Malot laissa échapper un léger glapissement en observant ses parents adoptifs, et lança un regard paniqué à sa partenaire. De son côté, Éloïse fixait la seconde photo, sur laquelle sa sœur jumelle Manon jouait avec ses enfants, Maxence et Julie, sur la plage. Les clichés dataient de la veille, comme l'attestaient les horodatages au verso. Le message sous-jacent était clair : au moment même où Urbain et Éloïse regardaient les clichés, quelqu'un se tenait tout près de leurs familles respectives, prêt à agir… Ces photos étaient comme une menace susurrée au creux de leur oreille… Qui étaient les gens que protégeait la DGSI ?

Que leur voulaient-ils exactement ?! Et la comparaison que s'était mentalement faite le policier quelques minutes plus tôt lui revint en tête : David face à Goliath…

***

Une angoisse profonde nouait l'estomac d'Éloïse et lui donnait la nausée. La fragilité de son existence lui apparaissait dans sa dimension la plus tragique : des gens avaient le pouvoir sur elle, sur sa famille. Le pouvoir de vie et de mort… À côté d'elle, Urbain n'en menait pas large. Les échanges qu'ils avaient eus dans la nuit avec la journaliste lui paraissaient désormais irréalistes et inconscients. Quelles réponses pouvaient-ils espérer obtenir de types de cette espèce ?! Il n'était pas devant l'écran de sa télévision en train de regarder le dernier *Batman* en vogue, dans lequel le justicier masqué et solitaire combattait sans trembler une horde d'ennemis grâce à ses super-pouvoirs… Non. Il était Urbain Malot, petit flic toulousain totalement impuissant.

Talonné par Éloïse, le policier déboula rue de la Servette dans un état second. Il ne s'en rendait pas compte mais son front s'était nimbé de sueur, et il jetait malgré lui des coups d'œil soupçonneux à chaque passant qu'il croisait. Il repéra rapidement le Coffee Lab, dont l'auvent de toile blanche à rayures rouges surplombait le trottoir. Lorsqu'il passa la porte du café, il ne put s'empêcher de se demander s'il la refranchirait dans l'autre sens. Il combattit alors l'irrationnelle envie de prendre Éloïse dans ses bras et de la serrer contre lui. En revanche, il se promit que s'ils s'extirpaient tous les deux de ce marasme, il ouvrirait enfin la forteresse de son cœur… Éloïse lui effleura la main juste à ce moment-là et désigna du menton un angle au fond de la salle. Un type en costard impeccable installé dans un fauteuil feuilletait un journal. À ses côtés, un garde du corps – musculature imposante, mains croisées dans le dos, oreillette tire-bouchonnée – veillait sur l'homme assis. Ce dernier releva la tête et esquissa un sourire carnassier. Mus par la force du désespoir, le flic et la gendarme foncèrent droit sur lui. Ils étaient à un petit mètre quand le garde du corps s'interposa. Le simple geste d'arrêt que fit le bouledogue les figea tous les deux.

— Bonjour à vous, lança la voix posée du costard assis derrière le chien de garde. Érick va vous fouiller et récupérer vos portables. Simple mesure de précaution.

La mine patibulaire et sans dire le moindre mot, le molosse les palpa pour s'assurer qu'ils n'étaient pas armés puis ouvrit une boîte en polystyrène. Éloïse et Urbain y placèrent leurs téléphones, et le garde du corps s'écarta.

— Je vous en prie, balança le costard en désignant les fauteuils devant lui.

— Qui êtes-vous ? Qu'est-ce que vous nous voulez, bordel ? Je vous aver…

— Du calme, voyons, Urbain. Nous sommes entre personnes civilisées, n'est-ce pas ?

— Vraiment ?! Les photos de nos familles dans le casier m'avaient laissé craindre le contraire, ironisa Éloïse.

Le costard lui sourit – comme on sourit à une bonne blague – et croisa les bras en se rencognant sur la banquette. Puis, d'un coup, sa mimique s'évanouit et ses yeux devinrent aussi froids et durs que des billes d'acier. Il se rapprocha de la gendarme et expliqua, en prenant soin de bien détacher ses mots :

— Il était important que vous compreniez que vous n'avez pas affaire à n'importe qui… En réalité, il serait dommage que la démonstration de force doive dépasser le stade de la mise en garde, non ?

— Putain de merde ! Vous vous prenez pour qui, hein ?! Si jamais vous touchez à un cheveu de mes parents, je vous jure que…

— Que quoi, Urbain ? Faites-moi peur, allez-y.

Le policier serra les poings sous la table. Il aurait bien cassé la gueule de ce salopard !

— Voilà… je le sais, vous-même l'avez compris, vous n'êtes pas de taille. En réalité, à supposer que vous parveniez à vous en prendre à moi ici et maintenant, vous seriez comme face à l'Hydre de Lerne – vous savez, cette créature terrifiante dont les têtes se régénèrent doublement lorsqu'elles sont coupées ?

Oui, les enquêteurs voyaient parfaitement. L'image était aussi éloquente pour eux que le silence qui leur servit de réponse.

— En l'occurrence, aujourd'hui, je suis venu en ami vous délivrer un message d'une simplicité désarmante : arrêtez… Arrêtez-vous tout de suite… Comme le dit la maxime : « *Errare humanum est, perseverare diabolicum*[1] »… Ça a été une erreur de votre part de ne pas avoir lâché le dossier quand la DGSI a pris la main. Ne persévérez pas dans cette erreur.

— Et qu'est-ce qui nous vaut ce message *amical* ? grinça le flic. Il m'avait semblé jusqu'à présent que vous expédiiez vos problèmes de manière plus… définitive.

— Seulement s'il n'y a aucune alternative ! se défendit l'homme. Nous ne sommes pas des barbares, voyons.

— Vous m'en direz tant. La liste est pourtant longue des victimes qui affirmeraient le contraire… si elles pouvaient encore s'exprimer.

Le costard fit claquer sa langue en signe d'agacement et se pencha davantage encore vers Urbain.

— Écoutez-moi bien, lieutenant… Contrairement à ces *victimes*, comme vous dites, Éloïse et vous avez l'immense chance de ne rien savoir de substantiel et, par voie de conséquence, de ne représenter aucun danger. En tout cas, dans l'état actuel de vos connaissances… D'où ce message pacifique et amical : cessez immédiatement cette guerre – que vous ne pourrez par ailleurs jamais gagner, conclut le type d'une voix exagérément mielleuse.

Les enquêteurs échangèrent un bref regard. La journaliste avait vu juste sur toute la ligne. Leur interlocuteur les prévenait mais ne redoutait rien de leur part… Il leur parlait comme quelqu'un qui n'avait absolument rien à craindre.

— En somme, vous ne souhaitez que notre bien ? se moqua Éloïse. Votre mansuétude serait presque touchante mais…

— Mais, étrangement, enchaîna Urbain, il me vient en tête le cas de Mme Efia M'Bani, et je me demande bien quel danger elle pouvait représenter pour mériter d'être éliminée, hein ?!

Le costard eut une moue contrariée et leur lança un regard assassin.

— Laissez-moi deviner !… C'est le moment pour vous d'évoquer la fameuse notion de dommages collatéraux ? reprit le policier dont la rage gagnait en intensité. Yakouchine vous tenait par les couilles, n'est-ce pas ?! Que pouvaient bien peser dans la balance une pauvre sans-papiers et ses deux gamins face aux preuves compromettantes que votre salopard d'employé menaçait de divulguer si vous refusiez de lui venir en aide, hein ?!

---

1. L'erreur est humaine, persévérer dans l'erreur est diabolique.

— Vous venez de le dire, tout est question de poids et de contrepoids… Quoi qu'il en soit, nous n'éliminons jamais personne s'il existe une meilleure option… Question de principe.

Urbain vibrait de colère et le costard lui jeta un œil goguenard, tout en attrapant son téléphone. Il composa un numéro et attendit quelques secondes. Quelqu'un décrocha et le costard ordonna :

— Mets-toi en mode visio et montre-moi ce que tu vois.

Une image apparut immédiatement sur l'écran. Les enquêteurs distinguèrent une longue promenade en bordure de mer sous un ciel bas et métallique. On entendait le rugissement des vagues que perçaient des cris de mouettes et des piaillements d'enfants. Puis le téléphone trembla légèrement, pivota de quelques degrés et deux gamins emmitouflés dans des cirés jaunes apparurent. Ils couraient en tous sens sur la promenade, tentant vainement de faire décoller des petits cerfs-volants en toile rouge. Un grand éclat de rire retentit non loin du micro et le téléphone se tourna vers la source du rire. Une jeune femme aux yeux chargés de tendresse et au sourire heureux se découpa sur l'écran. Il y eut un zoom avant et, malgré l'épais bonnet de laine et l'écharpe assortie qui masquaient une partie de son visage, Urbain la reconnut immédiatement. C'était Efia M'Bani. Le costard coupa alors la communication et braqua les yeux sur lui :

— Je vous le redis, nous ne sommes pas des barbares.

Malgré la vive émotion qui lui serrait la gorge, le flic demeura sur la défensive.

— Je ne comprends pas. Pourquoi avoir diligenté un agent sous la fausse identité de Mathieu Riscles si vous n'aviez pas l'intention d'éliminer Efia M'Bani ?

— Est-ce bien important, Urbain ?

— Pour moi, ça l'est !

— Contrairement à vos brillantes déductions – sur ce point, permettez que je m'incline devant votre sagacité –, nous n'avons jamais eu l'intention de livrer Mme M'Bani en pâture à Yakouchine. Figurez-vous que dès la fin de nos opérations, cet imbécile s'était mis en tête de nous faire chanter. Il avait exporté certains documents confidentiels qu'il avait mis en lieu sûr… et nous ignorions où. La somme que demandait Yakouchine était conséquente… très conséquente…

Urbain, qui n'avait pas envisagé cette éventualité, accueillit cette révélation avec étonnement. Ainsi donc, Yakouchine avait voulu faire chanter ses employeurs !

— Par ailleurs, reprit le costard, il s'était abstenu de nous informer du meurtre de Nadia Sissoko, supposée témoin de l'épisode du toit… Vous imaginez aisément sa stupéfaction – et la nôtre – quand les parents Andrieu ont passé leur appel *via* les médias. Pour Yakouchine, s'il advenait que ce vrai témoin volatilisé dans la nature puisse l'identifier, l'ensemble de ses projets d'avenir seraient fortement compromis. D'autant que la victime du toit se trouvait être le neveu d'un ministre ! Pour nous, en revanche…

— Pour vous, déduisit Urbain, la vapeur s'est subitement renversée : Yakouchine avait besoin de votre aide.

— Exactement… À partir de là, les échanges avec lui sont devenus plus raisonnables, si je puis dire. Nous lui garantissions de mettre la main sur ce fameux témoin, en échange de quoi il s'engageait à nous remettre les preuves compromettantes qu'il détenait.

— Alors, je vous repose la question, pourquoi n'avoir pas agi de la sorte ?

— Poids et contrepoids, Urbain… N'oubliez pas qu'il fallait rendre justice à la famille d'un ministre en fonction.

— Et clore au plus vite le dossier Andrieu afin que l'histoire de votre labo sauvage demeure inconnue !

— Les deux objectifs ne sont pas incompatibles, approuva le costard. La preuve, aujourd'hui…

— Votre cynisme me donne envie de vomir.

— Le cynisme est le sang-froid des entreprises d'envergure, Urbain… Mais souhaitez-vous que je finisse ou non ?

— Je vous écoute.

— L'autre chose importante pour nous était de pouvoir profiter de la vulnérabilité de Yakouchine pour mettre un terme définitif à son chantage. La situation l'obligeait à transiger et il faut savoir saisir les opportunités quand elles se présentent.

— Vous avez donc organisé un guet-apens à l'entrepôt ?

— Oui. Ce jour-là, nous étions censés lui livrer Efia M'Bani contre les documents en sa possession. Mais peut-être auriez-vous préféré que nous le fassions ?

Le policier secoua la tête d'un air dépité.

— Yakouchine n'étant pas un bleu, il s'est pointé avec une clé, arguant que celle-ci ouvrait le coffre d'une banque madrilène. Lépineux, l'agent chargé de la transaction, doutait de la véracité de cette assertion mais cela importait peu. Après tout, si Yakouchine était réduit au silence…

— Les documents pouvaient bien dormir là où ils étaient jusqu'à la fin des temps.

— C'est ça.

— Sauf que l'opération de l'entrepôt a tourné court.

— Et que vos deux jeunes bleus étaient sur place avant que notre équipe arrive. Qu'un rapide interrogatoire nous a confortés dans l'idée qu'ils avaient identifié Lépineux et que nous avons dû parer au plus pressé.

— Avec cette histoire de sécurité nationale.

— Nous devions absolument récupérer l'enquête, retrouver Yakouchine… et nous assurer que vous resteriez bien à votre place.

Urbain leva un sourcil interrogateur.

— Vous nous avez facilité les choses, si je puis dire, en débarquant à Castelnau-d'Estrétefonds. C'est à ce moment-là que nous avons placé un mouchard dans votre téléphone.

— Et cela vous a servi bien au-delà de vos espérances, puisque nous vous avons conduits jusqu'à la planque de Yakouchine, n'est-ce pas ? lança Éloïse qui aurait voulu le gifler.

L'homme lui adressa un sourire de circonstance avant de poursuivre :

— En effet… Et ce mouchard nous a également permis de faire votre connaissance, Éloïse ! Quel tempérament, dites-moi ! Une vraie opiniâtre, hein ? Là où d'autres enquêteurs s'en seraient tenus à un sordide crime sur fond d'adultère, il a fallu que vous vous obstiniez à examiner chaque microscopique piste qui s'ouvrait… Jusqu'à récupérer ce document secret que Servat s'était envoyé par mail et vous le faire interpréter par ce pauvre universitaire qui n'avait rien demandé…

— Laissez Duloung en dehors de tout ça !

— Mmm… c'est compliqué, vous ne pouvez que l'admettre… Mais, pour tout vous dire, j'ai bon espoir ! ajouta-t-il d'un ton exagérément enjoué. Je gage que l'entrevue qu'il a eue ce matin avec un de mes hommes aura eu raison de toute velléité de sa part.

Éloïse sentit jusque dans sa cage thoracique se répercuter une onde glacée. Le professeur n'y était pour rien ! C'est elle qui l'avait incité à lui révéler le contenu du document.

— Que lui avez-vous fait, bon sang ? jeta-t-elle, les dents serrées.

— Détendez-vous, Éloïse, enfin… disons qu'il aura aussi eu droit à sa petite photo de famille, lui retourna le costard en souriant. À ce propos, saviez-vous que notre bon professeur était père de trois merveilleux enfants et – tenez-vous bien – qu'il était déjà deux fois grand-père !

La gendarme serra ses mains sous la table. Pour un peu, elle aurait pu tuer ce type !

— La famille… Les liens du sang… C'est merveilleux, n'est-ce pas ?! entama-t-il d'un ton exalté. Le terreau de nos sentiments les plus forts et les plus inaltérables ! Le socle, que dis-je, l'ancrage même de notre existence ! La source inépuisable où nous nous désaltérons chaque jour !… Et en même temps, poursuivit-il d'une voix résignée, le nœud précis de notre cruelle vulnérabilité, le levier de tous les renoncements, le mécanisme sacrificiel le plus puissant du monde… N'ai-je pas raison, Éloïse ?

— Vous êtes un salopard !

L'homme encaissa l'insulte sans broncher. Il laissa filer quelques instants puis croisa les mains sur la table :

— Bien… je pense que nous nous sommes tout dit ?

— Attendez ! Et tous ces pauvres laissés-pour-compte qui vous ont servi de cobayes, hein ?!

— Poids et contrepoids, Urbain… Dans la grande balance mondiale, ils ne pèsent rien, ou si peu, confessa le costard en se levant.

— Magnifique ! commenta la gendarme avec dédain. Et ces tests avec *Sosia*, relança-t-elle malgré elle, de quoi il retourne, hein ?

— Pourquoi poser des questions auxquelles je ne peux pas répondre ? rétorqua-t-il en enfilant son manteau. Et puis… de vous à moi, vous le comprendrez bien assez tôt, croyez-moi. Et à ce moment-là, Urbain, Éloïse, mes propos sur la famille guideront vos décisions, j'en suis certain…

Le garde du corps posa la boîte en polystyrène sur la table basse et emboîta le pas de son patron vers la sortie. Prostrés l'un à côté de l'autre, Urbain et Éloïse échangèrent un regard où se disputaient colère, indignation et frustration. Ce salopard venait de leur tenir la dragée haute et se retirait tel un prince malfaisant, laissant dans son sillage l'odeur du soufre et du sang. Éloïse se retourna sur son fauteuil et suivit l'évolution du costard et de son sbire. Ils venaient de traverser la rue et s'apprêtaient à monter tous les deux dans une berline rutilante où patientait un chauffeur. Le sbire ouvrit la portière arrière et le costard s'installa. Puis le chauffeur démarra et, tandis qu'il manœuvrait, la vitre arrière se baissa, révélant le visage du costard. Il tourna alors les yeux vers la gendarme qui le fixait d'un œil noir, et fit preuve d'une ultime provocation en lui adressant un sourire goguenard. Animée par une montée de rage viscérale et incontrôlable, Éloïse bondit de son fauteuil et parvint sur la chaussée au moment où la voiture quittait sa place de stationnement. Elle courut à côté de la fenêtre baissée et hurla :

— Je sais ton nom, salopard ! Je sais qui tu es ! BRUNO LAMARQUE, UN JOUR, JE TE FERAI LA PEAU, TU M'ENTENDS ?!

La gendarme entrevit un instant l'expression de stupéfaction totale qui s'imprima sur le visage de Lamarque. Puis la voiture la distança et elle cessa de courir. Elle ahana un instant, le cœur palpitant à cause des émotions qui se bousculaient en elle, et Urbain arriva derrière elle à ce moment-là. Le visage défait par la sidération, il la regarda, totalement désemparé :

— Pourquoi, Éloïse ?

— Cette morgue, ce cynisme… ça m'était insupportable.

— Mais tu viens de signer notre arrêt de mort !

★★★

Ils descendaient silencieusement la rue en direction de la gare. La dernière menace d'Éloïse planait dans l'air, lourde de conséquence et d'absurdité. La gendarme mesurait à chaque pas l'incommensurable stupidité de son baroud d'honneur. S'ils avaient une carte, une seule, elle venait de la griller. Et que dire du risque qu'elle faisait désormais peser sur sa vie, sur celle d'Urbain et sur celle de ses proches ? Mais tous les reproches qu'elle pouvait se faire n'y changeraient rien. Le mal était fait. *Alea jacta est*, se rappela-t-elle en souriant tristement tandis que Jean-Marc s'invitait dans sa mémoire. Contre toute attente, alors que la honte et la culpabilité lui dévoraient la conscience, Éloïse sentit les doigts d'Urbain se resserrer sur les siens. Elle leva vers lui un regard piteux tandis qu'il stoppait sa marche et se figeait devant elle. Sans dire un mot, il lui caressa doucement la joue, puis la bouche et enfin, il lui ferma les yeux. La gendarme se sentit fondre et accueillit son baiser, consciente qu'elle vivait peut-être là les derniers moments de sa courte existence. Ils s'embrassèrent longuement puis Urbain s'écarta :

— Tu sais, pour être honnête, je te comprends. Moi aussi, j'ai trouvé ce type insupportable. Moi aussi, je n'avais qu'une envie, le démolir… Alors bon, je ne sais pas où tout ça va nous mener mais… ce serait pas mal que ça nous y mène ensemble… Non ?

Éloïse se réfugia entre les bras du flic et se mit à pleurer. Il y avait un peu de tout dans ses larmes : de l'émotion, du dépit aussi, le sentiment confus d'une histoire qui commençait sur un compte à rebours, et la honte – forcément – d'être celle qui avait gâché toute espérance.

Au bout d'un long moment, une fois les pleurs taris et les baisers volés au temps, Urbain prit Éloïse par la main et l'entraîna avec lui. Ils marchèrent deux ou trois minutes avant d'arriver à un large croisement en pleine agitation. Des badauds formaient une masse compacte près du trottoir – ça criait, ça commentait à grand renfort de gestes, ça gesticulait, ça protestait – et il flottait dans l'air comme une sale odeur de carburant et de caoutchouc brûlé. Urbain et Éloïse se faufilèrent entre les gens et parvinrent près de la chaussée. Là, ils se figèrent net, incrédules. La berline rutilante de Lamarque s'était fait écrabouiller par un poids lourd. Les pompiers sur place étaient en train de désincarcérer les corps… ou du moins ce qu'il en restait. Les deux enquêteurs échangèrent un regard stupéfait, partageant la même question, le même doute. Se pouvait-il que… La voix d'un passant derrière eux coupa net leur réflexion :

— Pfff ! Une voiture face à un poids lourd, ça ne pèse rien, ou si peu.

Urbain se retourna vivement et le type, juste avant de disparaître dans la foule, ajouta en haussant les épaules :

— Poids et contrepoids !

L'association du feu et de la glace

Un œil sur son portable la renseigna : 7 h 02. Éloïse se leva, enjamba un carton et se dirigea vers la cuisine pour se faire couler un café noir et serré. Les événements des derniers jours tournaient en boucle dans sa tête. Elle prit sa tasse et alluma une cigarette.

— Tu ne devrais pas fumer au réveil, ni fumer tout court, d'ailleurs ! lui lança Urbain.

Le policier surgit dans la cuisine. Il avait noué une serviette autour de sa taille. La gendarme le détailla, encore incrédule. C'était pourtant bien réel. Depuis trois jours, elle passait ses soirées et ses nuits avec un type qu'elle connaissait à peine. Flic de surcroît. Dont la peau dessinait un étrange puzzle en noir et blanc – c'était extrêmement sexy, elle devait bien l'admettre. Et vivant depuis plusieurs mois dans un appartement où il semblait avoir emménagé la veille !

— Et toi, tu ne devrais pas rester dans ce boui-boui… personne ne devrait, d'ailleurs, je vais prévenir les services d'hygiène, lui retourna-t-elle d'un ton moqueur.

— J'ai du mal à… à investir ces murs, admit-il. Je ne sais pas vraiment pourquoi…

— Tu étais où avant ?

— Dans une maison en location, avenue du Pont-Guillemery.

— Seul ?

— Non… pourquoi ?

— Une compagne ?

— Mmm… on s'est séparés après cinq ans de vie commune, à cause de mon métier. Un grand classique. Désolé mais sur ce coup, j'ai du mal à me distinguer des autres flics ! Les horaires…

les nuits dehors… le stress lié aux risques… bref, je suppose que tu peux comprendre, acheva-t-il en prenant Éloïse par la taille. Tant qu'à devoir partir, je me suis décidé à acheter mais, comme tu le vois, ça n'est pas vraiment concluant.

— Tu n'as pas passé le cap, c'est pour ça que tu n'as pas encore réussi à emménager.

— Quel cap ?

— Le cap de la vie célibataire. Vivre seul alors que tu ne l'as pas choisi, toi. N'avoir de contraintes ou de projets que ceux que tu te fixes. Gérer au mieux ta vie sans personne avec qui partager le meilleur comme le pire… Un intérieur, ce n'est pas neutre, Urbain ! C'est souvent le reflet d'une personnalité ou d'un état d'esprit, tu sais ça ?

Il lui fit les gros yeux et la souleva pour la hisser à sa hauteur.

— Et psy avec ça ?!

— Par la force des choses, confessa la gendarme.

— Explique !

— Eh bien, entama-t-elle d'une voix sourde, j'ai perdu mon coéquipier qui était aussi mon compagnon, il y a trois ans et demi et…

Son téléphone émit un bip et Éloïse s'interrompit tout net. Ça devait être Manon, sa sœur jumelle, grâce à laquelle elle se construisait un alibi pour les huit jours à venir.

— Laisse-moi descendre ! lui lança-t-elle. Il faut que je regarde ce message, c'est important !

Urbain la reposa au sol et la suivit du regard. Vêtue du tee-shirt qu'il utilisait habituellement pour dormir et qui était trois fois trop grand pour elle, elle dégageait tout à la fois féminité et force, fragilité et tempérament, beauté et simplicité.

— C'est elle ! réagit Éloïse en découvrant son message. Ouf ! Elle est bien arrivée !

— Tu… tu as une fille ? finit par demander Urbain.

La gendarme le dévisagea d'un œil rond.

— Ben… il est tout juste 7 heures du matin… et tu cueilles ce message comme si ta vie en dépendait… alors bon ?

Elle partit d'un grand éclat de rire :

— Non ! Dieu merci, non, je n'ai pas d'enfants ! C'était ma sœur, Manon. Attends, je réponds et je t'explique après.

Assis en tailleur dans le salon, poursuivant le montage du meuble à étagères qu'Urbain avait entamé, ils passèrent les heures suivantes à parler. Éloïse s'étonna elle-même de la facilité avec laquelle elle raconta l'affaire du cheptel, la perte de Jean-Marc, les années d'errance qui avaient suivi… Urbain l'écouta attentivement, impressionné par sa détermination face aux coups durs de l'existence.

— Et là, Amanda et moi, on est à ça, fit-elle en écartant son pouce et son index de deux centimètres, à ça de la choper !

— Vous êtes un peu… un peu barrées, non, toutes les deux ?

— Surtout Amanda, tu veux dire ! Elle et moi, c'est un peu l'association du feu et de la glace… Quoi ?… Pourquoi tu me regardes comme ça ?!

— Rien… Je… je me disais juste que… c'est bizarre, j'ai l'impression de t'avoir toujours connue.

Éloïse haussa les épaules en levant les yeux au ciel, même si au fond d'elle-même elle ressentait exactement la même chose. Sentiment aussi enivrant qu'effrayant…

— Et toi, Urbain ? Si tu me parlais un peu de toi ?

***

Un grand soleil d'hiver – blanc, froid comme un cristal – finissait d'arroser ce beau samedi de février. Assis sur un banc du square Wilson, juste à côté d'un manège ancien enluminé où des chevaux de bois aux couleurs chatoyantes montaient et descendaient sans jamais se fatiguer, Éloïse et Urbain goûtaient aux joies simples du tourbillon citadin. Autour d'eux, la ville animée profitait de son week-end. Flâneurs solitaires, groupe de jeunes, consommateurs compulsifs, amoureux de cinéma, cyclistes, mangeurs de gaufres au chocolat, amateurs de lèche-vitrines… tout ce beau monde se fondait dans un mouvement frénétique et désuni.

— Vous êtes sûres de vous ? redemanda Urbain. Tu ne veux pas que je vous prête main-forte ?

Éloïse sourit tout en fronçant exagérément les sourcils :

— Grrr ! Tu cherches à me transformer en perroquet ?!

— Excuse-moi, Éloïse, mais… on sort tout juste d'une enquête plus qu'éprouvante, les questions sans réponse continuent de nous hanter et toi… et toi, tu repars bille en tête dans un nouveau combat et…

— Non, Urbain ! Ce combat, comme tu dis, n'est pas nouveau… Son ombre me poursuit depuis la mort de Jean-Marc.

Éloïse s'interrompit et laissa filer quelques secondes, comme réfléchissant à ce qu'elle voulait vraiment dire. Puis elle reprit :

— Ça va peut-être te choquer, mais l'affaire *Sosia* me renforce dans ma détermination à livrer Anne Poey aux autorités.

— Explique-toi.

— Eh bien, attaquer la grande prêtresse sur son propre terrain me donne le sentiment réconfortant, rassérénant, et absolument nécessaire, d'avoir prise sur quelque chose de juste. Quand on y réfléchit, l'enquête qui nous a réunis est typiquement du genre de celles qui viennent à bout de tout idéal. Il y a quelque part au-dessus de nous des intouchables que nos institutions républicaines protègent, des hommes qui peuvent tout se permettre. Leurs méthodes sont abjectes, leurs desseins bien obscurs, et leur pouvoir est quasi illimité… Et quand toi, minuscule maillon défenseur des valeurs que consacre notre Constitution, tu te heurtes à ce genre de salopards invisibles et insaisissables, tu prends conscience de l'étendue de ton impuissance… Et subitement, tout ce en quoi tu crois, tout ce qui fonde ton inscription au monde est profondément ébranlé… Alors, dans ce contexte, Anne Poey incarne précisément ma planche de salut !

Urbain hocha la tête, il comprenait.

— Elle, elle existe ! Elle a un nom. Un visage. Un pedigree. Elle est de chair et d'os.

— Et ses pouvoirs sont limités, ajouta le flic.

— Oui.

— Tu me donnerais presque l'envie d'y mettre aussi la main ! plaisanta-t-il. Plus sérieusement, Éloïse, je voudrais que tu me promettes quelque chose.

— Je t'écoute.

— Jure-moi que si les choses tournent mal, s'il y a le moindre imprévu… tu m'appelles. Après *Sosia*, je crois que je ne pourrais pas encaisser une fois de plus cette sensation abjecte de ne servir à rien… et en l'occurrence, de ne *te* servir à rien.

La gendarme se perdit un instant dans les yeux couleur de miel qui la suppliaient avec une sincérité désarmante, et fit oui de la tête.

— Je te le promets.

Un coup de Klaxon les fit se retourner. Amanda venait de se garer en double file sur la place circulaire et leur adressa un signe de la main. La gendarme se leva :

— Bon, ben… j'y vais.

— Je t'accompagne.

Urbain Malot jeta sur son épaule le sac de voyage d'Éloïse et traversa le petit square jusqu'au véhicule de la journaliste. Il déposa le bagage dans le coffre, embrassa Éloïse et fit le tour jusqu'à la fenêtre conducteur. Amanda croisa son regard et il n'eut pas besoin de parler.

— Oui, je vous la ramène en entier, promis !

— Merci, je compte sur vous… Faites attention à vous aussi, Amanda.

Elle lui fit un clin d'œil en souriant et démarra. Le flic fixa l'arrière de la C4 blanche jusqu'à ce que la voiture disparaisse complètement dans la circulation. Malgré lui, son ventre se noua douloureusement. Parce qu'une culpabilité terrible enflait en lui et lui cisaillait l'âme. Il avait le sentiment impardonnable de rester à quai. De ne pas se trouver là où il aurait dû.

Nous avons une petite mission pour vous

Lundi 25 février, Bruxelles, Grand-Place

La Grand-Place pavée de Bruxelles s'étendait devant elles, bordée d'édifices ducaux et d'anciennes maisons de corporations aux façades ornementées dans le pur style baroque de la fin du XVIIe siècle. Majestueux, l'hôtel de ville dardait le ciel grisonnant de son somptueux beffroi en pierres blanches. Amanda et Éloïse s'installèrent à deux tables voisines sur la terrasse abritée d'un des nombreux cafés de la place que chauffaient des braseros. Dès que le serveur eut disparu, les deux femmes reprirent leur conversation.

— D'après les informations que Black Sheep a glanées sur Messenger, notre ami Georges Bacher devrait faire son apparition sous peu, entama la journaliste en faisant passer une photographie à la gendarme.

Celle-ci observa longuement le cliché. Le professeur était plutôt bel homme. La cinquantaine fringante, des cheveux mi-longs poivre et sel, une barbe soigneusement taillée et des yeux noisette à l'expression rieuse que flattaient de fines pattes-d'oie.

— Depuis janvier, notre homme entretient une relation extraconjugale avec une jeune étudiante en première année. Chloé Lebrun. Elle a dix-huit ans et habite dans la rue, juste là. On voit la porte cochère d'ici. Ce matin, il avait rendez-vous avec elle. Sachant qu'il donne un cours à 13 heures, il devrait sortir de chez elle au plus tard dans une petite heure.

— Vous avez pris le dossier ?

— Il est là, répondit la journaliste en posant une chemise en plastique sur la table d'Éloïse. Black Sheep a exporté sur un fichier numérique les échanges salaces du prof ainsi que les photos coquines que lui envoient régulièrement ses étudiantes. Nous avons tout imprimé pour que vous puissiez lui mettre le nez dedans.

— Parfait.

— Si vous avez un trou de mémoire, la première page du dossier récapitule les informations concernant le bonhomme : domicile, données civiles, pour lui-même et sa famille.

— Bah, ne vous en faites pas ! Je connais chaque détail de la vie de cet homme comme si j'étais son ombre depuis trente ans.

— OK... vous vous sentez prête ?

— Plus que jamais.

— Bien. Alors maintenant, je vous tourne le dos, expliqua Amanda en repositionnant sa chaise. Mais je n'en perdrai pas une miette, croyez-moi !

Une demi-heure fila. Éloïse fixait la porte cochère en scénarisant mentalement l'échange avec Bacher. Elle savait que tout leur plan reposait sur la peur qu'elle inspirerait à son interlocuteur : il ne devait pas douter un instant de sa capacité de mettre à exécution les menaces qu'elle allait proférer. À 10 h 53, la porte cochère s'ouvrit et Bacher en sortit. Éloïse quitta sa table et se posta devant la terrasse abritée. Quand l'homme passa devant elle, elle l'interpella :

— Professeur Bacher !

L'homme s'arrêta. Il lui sourit, légèrement mal à l'aise de ne pas la remettre.

— Oui... On se connaît peut-être ?

— Moi, je vous connais. Comme je connais Chloé Lebrun que vous quittez à l'instant.

Le type accusa le coup et ouvrit la bouche sans qu'aucun son n'en sortît. La gendarme enchaîna :

— Suivez-moi.

— Je... pardon ?

— Venez avec moi, j'ai une table juste là, nous pourrons parler.

— Je ne pense pas, non ! riposta-t-il avec l'agressivité de l'homme pris la main dans le sac.

— Oh que si ! À moins que vous préfériez que je téléphone à votre épouse juste avant qu'elle aille dispenser son cours d'histoire du lundi à sa classe de troisième, et ce, pour l'informer du rendez-vous dont vous sortez ?

La tête de l'universitaire s'allongea d'un coup. Il jeta plusieurs regards nerveux autour de lui, tel un furet pris dans un piège.

— Que… qu'est-ce que vous me voulez ? Qui êtes-vous ?

— Eh bien… Celle qui peut foutre toute votre vie en l'air en un clic de souris… Vous venez, maintenant ?

L'homme, visiblement paniqué, lui emboîta le pas. Dès qu'il fut assis, il chercha à reprendre la main :

— Je vous préviens, je n'ai que dix minutes !

— Vous prendrez tout le temps que je déciderai, croyez-moi, lui retourna-t-elle en ouvrant sa pochette. Regardez un peu ça !

La gendarme lui bazarda sous le nez un pêle-mêle de photos compromettantes. Le professeur vira au cramoisi et ses yeux s'agrandirent comme des soucoupes. Il était fait comme un rat, mais il tenta de garder une contenance :

— Je ne vois que des jeunes filles… hum… dans leur plus simple appareil.

— Mmm… et là, que voyez-vous ?

Éloïse posa sous ses yeux la copie des mails fleuris du bonhomme.

— Chacun de ces mails établit un lien sexuel entre vous et l'une de ces filles. *Wouah, t'es vraiment bandante, ma petite chienne*, lut Éloïse d'une voix ingénue, *ce serait encore mieux si tu te mettais un doigt dans la ch…*

— C'est bon ! s'énerva le professeur en jetant des coups d'œil gênés autour de lui.

La gendarme suspendit sa lecture en prenant un air exagérément étonné.

— Oh ! pardon… ça vous met mal à l'aise, peut-être ?… Vous m'en voyez désolée mais, comme vous êtes coutumier du fait, je ne pensais vraiment pas vous embarrasser.

— Qu'est-ce que vous me voulez ? lâcha-t-il, hargneux.

— Ah ! Première intervention pertinente de votre part !

— Arrêtez ce petit jeu immédiatement et dites-moi ce que vous me voulez, bordel !

Le serveur déboula à cet instant précis et, avant que Bacher ne l'envoie promener, Éloïse prit les devants :

— Une Chimay Bleue pour monsieur, s'il vous plaît… Je ne me trompe pas, Georges, hein ?! ajouta-t-elle dès que le serveur fut parti. C'est bien votre bière préférée ?!

Immédiatement, une lueur de peur zébra le regard de son interlocuteur. Il avait perdu toute superbe, avec ses traits affaissés et son expression atterrée. La gendarme nota qu'il entortillait ses doigts. Il était presque mûr et elle se lança dans la tirade qui allait définitivement le convaincre.

— Je sais tout de vous, Georges. Tout. Des dizaines d'étudiantes que vous sautez chaque année depuis plus de vingt ans désormais, à toutes les facettes de votre vie officielle avec Michèle, votre épouse, ainsi que Barbara, Tristan et Clotilde, vos trois merveilleux enfants… Le bleu ciel est votre couleur préférée. Vous n'avez pas encore franchi le pas mais vous aimeriez acheter un gode pour expérimenter l'orgasme prostatique sur lequel vous avez fait des recherches assidues ces trois dernières semaines. Vous adorez la choucroute de poissons, le vin alsacien et ne dites pas non à un petit cigarillo cubain après un bon repas. Vous envisagez de changer de voiture mais hésitez encore entre une Audi et une Mercedes. Vous pratiquez le ping-pong et vous vous apprêtez d'ailleurs à prendre la présidence du club bruxellois que vous fréquentez depuis treize ans. Autre élément notable, vous êtes totalement fasciné par les vestiges humains, comme l'attestent vos visites régulières sur Frankenstein Office, un site très fermé du Dark… Mais la liste est bien trop longue, alors je m'arrêterai là.

Éloïse marqua une pause. Le type devant elle était aux abois. La peur labourait son visage de rides et son teint était devenu exsangue.

— Ah, j'allais oublier ! ajouta-t-elle subitement. Comme rien n'est trop beau pour celle qui vous aime fidèlement depuis trente ans, vous allez offrir à Michèle un séjour de thalasso au Touquet pour le week-end prochain… mais, suis-je bête, ça, vous ne le saviez pas encore !

Bacher déglutit péniblement, puis parvint à articuler :

— Vous… êtes des services secrets, quelque chose comme ça ?

— En quelque sorte, lui retourna la gendarme.

— Mais… qu'est-ce que… pourquoi moi ?

— Nous avons une petite mission pour vous, Georges. Quelque chose de simple. Et si tout se passe comme prévu, à savoir comme nous voulons que ça se passe, nous disparaîtrons de votre vie comme si nous n'y étions jamais entrés. Pff !

La gendarme laissa filer un instant et conclut :

— En revanche, Georges, si vous ne vous acquittez pas parfaitement de votre mission, nous nous verrons contraints de vous faire payer le prix fort. Et je peux vous assurer qu'avec toutes les saloperies qu'on a récoltées sur vous, ni Michèle ni aucun de vos enfants ne vous pardonnera jamais… Quant à l'université, il appartiendra au doyen d'évaluer l'éthique qui vous anime quand vous vous faites sucer sous le bureau par une gamine n'ayant même pas soufflé ses dix-huit bougies d'anniversaire.

★★★

Confortablement installée sur un fauteuil de bureau à côté de Georges Bacher qui s'était fait porter pâle à l'université pour troubles intestinaux, Éloïse suivait attentivement des yeux les manipulations du professeur.

— N'oubliez pas, Georges, votre message doit être en tout point conforme au ton et aux tournures que vous employez habituellement avec elle. Vous êtes nerveux, rien de plus normal… Pour autant, prenez le temps qu'il vous faut, relisez-vous attentivement et faites en sorte qu'elle ne se doute de rien.

— Je peux vous demander pourquoi vous tenez tant à ce que Phénix vienne sur le sol belge ? demanda-t-il d'un ton crispé.

— Vous n'aimeriez pas la réponse, je vous assure.

— Mais si après… elle se rend compte que je l'ai piégée et que…

— Chuuut ! Georges, je vous garantis que si Phénix pose un pied en Belgique, elle n'aura plus jamais le moindre pouvoir de nuisance. Ni sur vous, ni sur quiconque !

L'homme regarda Éloïse d'un œil horrifié.

— Vous… vous allez tuer cette femme ?!

— Et si je vous répondais oui, professeur, qu'est-ce que ça changerait pour vous, hein ?

— Eh bien… je ne veux pas être mêlé à… à un meurtre !

— Mais vous ne le serez pas !

— Et si la police trace ces échanges, hein ?!

— Comment le pourrait-elle alors que vous êtes sur un routeur en .onion, hein ?

— Je ne sais pas ! Mais vous, vous l'avez bien fait ?!

— Oui, mais nous, nous ne sommes pas n'importe qui, Georges… Et deuxième chose importante, nous avons pu entrer sur le site grâce à Phénix en personne. Parce que nous suivions en direct ses actions informatiques, vous comprenez ? Ce que je suis en train de vous dire, c'est que si Phénix venait malencontreusement à disparaître, comme vous le redoutez, il n'y aura plus aucun moyen d'accéder à vos échanges sur ce site. Sauf par vous, bien sûr…

Bacher était terrorisé et c'était exactement ce que voulait Éloïse.

— Allez, Georges ! Il est temps maintenant.

Le type – dont le pseudo était « Dark Vador » – rédigea un message à Phénix.

— Voilà.

— Hein ? « Salut Phénix, je connais ton goût pour les produits d'exception. Je peux te mettre en lice pour une acquisition très spéciale », lut la gendarme à haute voix. Et c'est tout ?

— Vous m'avez dit de faire comme je le ferais si ça venait de moi !

— Et vous feriez comme ça ?

— Oui. On ne dit pas tout d'entrée de jeu. On tend une perche et… on voit si ça mord.

— Je vais être claire, Georges, ça a plutôt intérêt à mordre !

— J'ai compris, j'ai compris… Et j'échange avec Phénix depuis plus d'un an maintenant… Elle… C'est elle qui décide… C'est elle qui choisit d'ouvrir ou de fermer une conversation… Ses connaissances en anthropologie sont remarquables, et rares sont ceux avec qui elle accepte d'échanger des messages privés… Je la connais assez pour savoir qu'elle aime avoir la main… Phénix est avenante si elle le décide et… elle peut être cinglante au moment où vous vous y attendez le moins…

— Bon sang, à vous écouter, on se croirait sur un site de rencontres !

— Rencontres ou non, on est sur un site dans lequel des êtres humains interagissent… On a tous nos personnalités, vous comprenez ?

Éloïse approuva d'un hochement de tête et appuya sur *Envoi*.

— Et maintenant ? demanda le professeur, la mine angoissée.

— Maintenant, je vais m'en aller… Mais avant, je place cette petite clé USB juste ici, fit-elle en joignant le geste à la parole, et nous pourrons suivre en direct l'ensemble de vos activités informatiques.

Georges Bacher jeta un œil effaré à Éloïse.

— Vous bluffez, hein ?

Le téléphone d'Éloïse se mit à sonner et elle décrocha immédiatement en mettant le haut-parleur.

— C'est bon. Nous sommes connectés, énonça une voix masculine au timbre totalement neutre.

— Bien… Vous pouvez lire à haute voix le message que vient d'envoyer Dark Vador ?

— « Salut Phénix, je connais ton goût pour les produits d'exception. Je peux te mettre en lice pour une acquisition très spéciale. »

— Merci.

La gendarme raccrocha et se tourna vers l'universitaire en lui tendant la main :

— Nous ne bluffons jamais. Votre portable, s'il vous plaît, Georges.

— Mais pourquoi ?

— Obéissez !

Le professeur tira son portable de la poche de sa veste et le tendit à la gendarme. Celle-ci retira la coque protectrice et colla une pastille à l'arrière de l'appareil. Puis elle réassembla le tout :

— Voilà, simple mesure de précaution. Nous saurons où vous êtes et tout ce que vous dites. S'il advenait que vous retiriez cette pastille du téléphone ou cette clé USB de son port, nous le saurions immédiatement. Si vous oubliez votre téléphone chez vous alors que vous êtes à l'université, au ping-pong ou chez une de vos maîtresses, nous le saurons aussi. Votre vie entière est sous notre surveillance et sous notre contrôle. Au moindre faux pas de votre part, nous ferons de votre existence un enfer en révélant au grand jour tous vos minables petits secrets.

Bacher fixait Éloïse, sidéré.

— Pour finir, voici la jolie enveloppe que vous allez offrir à votre épouse ce soir. Elle rêve d'une thalasso depuis deux ans et demi, nous pensons qu'il est temps que vous lui fassiez plaisir.

— Et si… si elle refuse de partir sans moi ?!

— Nous sommes certains que vous saurez la convaincre… n'est-ce pas Georges ?

La gendarme se leva, enfila son blouson et précisa :

— N'oubliez pas : nous aurons besoin de vous samedi soir.

L'homme acquiesça nerveusement, il était au supplice.

— Le bon côté des choses, l'unique point auquel vous devrez penser cette semaine, c'est ceci : dimanche, lendemain de la fausse vente aux enchères, si vous avez rempli votre mission, vous jetterez cette pastille et cette clé USB à la poubelle et tout redeviendra comme avant. Vous n'entendrez plus jamais parler de nous.

Éloïse se dirigeait vers la porte quand la voix alarmée du professeur s'éleva soudain derrière elle :

— Mais… attendez ! Et quand Phénix va me répondre, qu'est-ce que…

— Tenez-vous-en au plan ! lui retourna Éloïse avec autorité. Et si cela se révélait nécessaire, je vous appellerais.

— Et moi ?!

— Quoi, vous ?

— Et moi… si, si, si…

— Calmez-vous, Georges, vous bégayez, c'est agaçant.

Il respira un grand coup et reprit :

— Et si moi, j'ai besoin de… de vous joindre ?!

Éloïse partit d'un petit rire forcé et lui répondit :

— Mais enfin, Georges, vous n'avez rien écouté, ou bien ?! Parlez à votre téléphone. Dites-lui, je ne sais pas, moi… Euh… « J'ai besoin que vous m'appeliez », par exemple ! Hein, qu'en dites-vous ?

***

Mardi 26 février, location « Le chez soi », Uccle, quartier de Bruxelles

Il était 22 heures, heure locale, quand l'ordinateur qui tournait H24 émit un petit bip et que l'écran s'alluma. Bacher venait de se connecter. Depuis l'entrevue de la veille, l'homme, se sachant espionné, ne visitait plus aucun site pornographique et avait réduit à peau de chagrin ses échanges avec ses jeunes maîtresses.

— Voilà notre prof ! commenta Amanda, les yeux rivés sur l'écran. Il se connecte à la Toile *via* Tor, il va donc sur notre fameux site du Dark.

Éloïse bondit de sa chaise et prit place à côté de la journaliste devant l'écran.

— Pourvu que ça ait marché, marmonna-t-elle.

— J'en suis certaine, lui retourna Amanda. La curiosité l'emporte toujours dans ces cas-là.

L'écran afficha la page d'accueil du site. Sur fond d'images en noir et blanc révélant des bocaux au contenu douteux, des corps momifiés, des crânes, des planches d'anatomie ou des ossements, le nom apparut en majuscules rouges : FRANKENSTEIN OFFICE. Le menu était sommaire : Dernières actualités / Achats-ventes / Fonds d'images / Forum / Messagerie. La souris du professeur se déplaça jusqu'à la dernière icône et sa page d'échanges privés apparut.

— Regardez ! Elle a répondu ! s'écria Éloïse.

— Mmm… et mieux que ça, vous voyez cette minuscule tête de mort à côté du nom « Phénix » ?

— Oui, je la vois.

— Cela signifie qu'elle est en ligne !

La gendarme sentit son ventre se serrer d'un coup, et un mélange de jubilation et de nervosité l'inonda subitement comme une déferlante inattendue. La grande prêtresse était derrière son écran, en ce moment même. Des milliers de kilomètres les tenaient à distance mais, numériquement, elles n'étaient séparées que par un clic de souris ! Et cette réalité lui donnait le vertige. Éloïse aurait adoré pouvoir faire comme dans Tron, se glisser dans l'écran, devenir un bit et voyager dans la fibre jusqu'à Anne Poey. Si seulement elle l'avait eue en face, là, juste maintenant, si seulement elle…

— Éloïse, enfin !

— Quoi ?

— Cessez donc de vous tortiller sur votre chaise et de dégager cette électricité quasi animale !… Je pourrais presque croire que je vous rends folle, acheva Amanda d'un ton langoureux.

— Oh bon sang, Amanda, ce que vous pouvez être agaçante quand vous vous y mettez ! C'est elle, là, qui me rend dingue ! Vous n'imaginez pas ce que je donnerais pour lui tordre le cou !

— Oui, eh bien, calmez-vous. Et lisez plutôt ça, fit-elle en s'écartant de l'écran.

Phénix : Hello Dark Vador. Un produit d'exception ? Tu me mets l'eau à la bouche… Et tu sais que je n'aime pas être déçue.

— Qu'est-ce qu'il fout ce con de prof ?! Pourquoi il ne lui répond pas, hein ?! s'énerva Éloïse, prête à dégainer son portable à carte prépayée pour appeler Bacher et le secouer.

— Mais vous êtes infernale ! Laissez-lui le temps de concocter une réponse !

La gendarme se releva d'un bond et piétina dans le dos de la journaliste. Elle bouillait d'impatience.

— Ça y est, regardez !

Dark Vador : Tu ne peux pas être déçue. Pièce de collection totalement unique. État parfait. Mise à prix hors de portée du commun des mortels.

Un instant passa.

Phénix : Dis-m'en davantage.

Dark Vador : Fillette de cinq ans, plastinée. Position sexualisée. Une véritable œuvre d'art conçue par un disciple de Gunther von Hagens. La photo que j'ai vue est superbe... alors je n'ose imaginer en vrai !

De longues secondes s'égrenèrent sans qu'Anne Poey ne réponde. Amanda, prise au jeu elle aussi, fixait l'écran avec intensité. Éloïse se mordait le dos de la main en marmonnant des incantations inaudibles. Puis soudain, la réponse apparut.

Phénix : Provenance ?

Dark Vador : Rapt, février 2018.

Phénix : Nationalité ? Type ?

Dark Vador : Hollandaise. Type caucasien.

Phénix : Modalités d'achat ?

Dark Vador : Enchères privées dans un château à 65 km de Bruxelles. Mise à prix à 100 000 € , public trié sur le volet. Réseau ultra-sécurisé. Ma rémunération en tant qu'intermédiaire : 10 000 €.

Phénix : Quand ?

Dark Vador : Samedi soir, 22 heures.

Il y eut de nouveau une interruption des échanges. Amanda et Éloïse avaient longuement hésité sur ce point mais avaient finalement décidé de bousculer Anne Poey avec un délai très court. Ne pas lui laisser trop de temps pour réfléchir ou se renseigner. Ne pas lui laisser le loisir de se construire des portes de sortie si jamais elle redoutait un piège. Le hic était là : elle qui était plutôt du genre à dicter ses propres règles se retrouvait cette fois à devoir suivre celles fixées par d'autres. Éloïse ne put refréner les mots qui se pressaient sur ses lèvres :

— Allez, vieille peau ! Mords, bordel, mords !

Et la réponse de Phénix finit par apparaître sur l'écran.

Phénix : Je veux voir la photo.

Dark Vador : OK. Tiens-toi prête.

Un laps de temps s'écoula, puis une photographie envahit l'écran. On y voyait le minuscule corps d'une gamine écorchée dont les fibres musculaires d'un rouge vif avaient été préservées par plastination. Pour ajouter à l'horreur de sa simulation numérique, Black Sheep avait – à la demande de la gendarme – positionné le corps de la fillette en levrette, bouche ouverte comme dans un orgasme. Face à l'abjection du tableau, Éloïse détourna les yeux au moment même où la photo s'évanouissait. Immédiatement après, l'universitaire envoya un message.

Dark Vador : Photo éphémère, sécurité oblige. Superbe, n'est-ce pas ?

Phénix : Je te recontacte demain, 22 heures, heure de chez toi.

La petite tête de mort à côté du pseudo d'Anne Poey disparut dans la foulée. Amanda et Éloïse échangèrent un regard chargé de triomphe, d'espoir et de stress.

***

Mercredi 27 février, location « Le chez soi », Uccle, quartier de Bruxelles

En quatre jours, la petite location s'était transformée en véritable QG. Sur la moitié de la table haute du salon, une carte grand format des Hauts-de-France était dépliée et des zones stabilotées se détachaient en surbrillance. Sur l'autre moitié, se trouvaient soigneusement disposées les fiches de leur planification. À chaque étape franchie, la journaliste actualisait le déroulé du plan. La console juchée à un angle de la pièce recevait quant à elle le matériel informatique, sécurisé à distance par Black Sheep.

— J'ai faim.

— ... Exact, il est presque 21 heures, dites donc, je n'ai pas vu le temps passer ! Je file nous chercher quelque chose avant que la prêtresse ne se manifeste.

— Je peux venir avec vous ?

— Amanda ! Vous savez parfaitement que vous devez demeurer la plus discrète possible.

— Je sais... Mais j'ai l'impression d'être comme un lion en cage ! Je ne suis pas sortie depuis lundi matin !

— Et on n'est qu'au milieu de la semaine... commenta la gendarme d'un air contrit. Allez, patience... ce n'est que pour quelques jours ! Et puis, on en a déjà parlé toutes les deux.

Lors de leur préparation, Éloïse et Amanda avaient porté un soin tout particulier à ne pas laisser de trace de leur passage en Belgique. Si Anne Poey était bien appréhendée, Amanda allait sortir un papier complet sur cette dernière et les gendarmes – qui une fois encore passeraient pour des incompétents – lui chercheraient nécessairement des noises. Dans ce contexte, s'ils trouvaient le moindre élément concret la reliant à l'enlèvement d'Anne Poey, ils se feraient un immense plaisir de la serrer. Toutes deux étaient montées en Belgique avec la voiture d'un ami d'Amanda. La location avait été soigneusement choisie pour son emplacement dans un quartier familial et préservé, juste en bordure du bois de la Cambre. La réservation sous un nom bidon avait été payée par bitcoins[1] *via* un site en ligne proposant cette option. Pour finir, Amanda devait se faire la plus discrète possible : moins on la verrait, mieux ce serait pour elle si les gendarmes enquêtaient. De son côté, Éloïse ne sortait pas sans son bonnet de laine enfoncé sur le crâne et son épaisse écharpe masquant le bas de son visage. Seul Bacher avait vu sa figure, mais l'homme aurait plutôt intérêt à se faire oublier dès l'affaire réglée.

Éloïse attrapa un billet de cent euros dans la réserve et fila. Elle revint trente minutes plus tard avec un plateau de sushis d'un traiteur japonais du quartier. Les deux femmes mangèrent dans un silence quasi monastique. Chaque instant qui passait augmentait la tension ambiante. Dans une poignée de minutes, elles seraient fixées : ou bien Anne Poey se débinerait, ou bien elle annoncerait sa venue en Belgique.

1. Unité monétaire en usage sur Internet, indépendante des réseaux bancaires et liée à un système de cryptage.

À 21 h 55, l'ordinateur se mit à ronronner. Bacher était en train de se connecter au Frankenstein Office. La gendarme leva les yeux vers le ciel en une prière silencieuse puis alla s'installer devant l'écran, imitée par Amanda.

— Je stresse un max, marmonna-t-elle.

La journaliste posa sa main sur l'épaule de sa coéquipière et la lui serra :

— Allez, Éloïse, on y croit !

Bacher bascula directement vers sa messagerie privée, mais Anne Poey n'était pas encore connectée. Les deux femmes se mirent à fixer son nom, espérant voir apparaître la petite tête de mort. Mais les minutes s'étirèrent sans que rien ne se produise. À 22 h 07, Éloïse, n'y tenant plus, se leva pour déambuler autour de la table du salon.

— Elle se méfie ! Elle va nous planter là, comme des merdes !

Amanda ne prit même pas la peine d'essayer de la réconforter, signe pour la gendarme – qui connaissait parfaitement l'enthousiasme à toute épreuve de sa partenaire – que l'histoire sentait vraiment le roussi... À 22 h 15, alors que le stress ne cessait de monter crescendo et que les espoirs s'amenuisaient, elles entendirent, *via* l'émetteur du micro espion, la voix de Bacher qui chuchotait avec affolement :

— Hé, vous, là, vous m'entendez ?!... Bordel, est-ce que vous m'entendez ?... Elle n'est pas connectée ! Vu l'heure, c'est mort, elle ne viendra pas !... Wow, appelez-moi, merde ! Qu'est-ce que je dois faire, moi, hein ?! J'ai exécuté à la lettre tout ce que vous m'avez demandé, tout !

La voix de Bacher semblait désespérée. Le type était sans nul doute au bord de la crise de nerfs.

— Appelez-le, Éloïse. Il est en train de monter dans les tours !

Malgré sa nervosité extrême, la gendarme était contrainte d'assurer. En d'autres termes, de donner le change. Bacher ne devait à aucun prix percevoir ses doutes et sa propre angoisse. Elle souffla un bon coup et composa le numéro de l'universitaire *via* son portable à carte prépayée. L'homme répondit immédiatement.

— Qu'est-ce que je fais ?!

— Primo, vous vous calmez. Vous respirez et vous m'écoutez attentivement. Phénix est méfiante et rusée. Nous pensons qu'elle vous teste. Que feriez-vous dans cette situation si vous pouviez réellement faire le lien entre un gros acheteur et ce type de produits ?

— Hein ?! Mais-mais-mais…

— Respirez !

Il y eut le bruit d'une longue inspiration dans le combiné, puis l'universitaire répondit :

— Je n'en sais rien, moi !

— Réfléchissez, Bacher, et répondez-moi. On vous a choisi parce que vous connaissez ce milieu. Alors ?

— … Je suppose que… que je ne laisserais pas passer l'occasion de me faire dix mille euros…

— Autrement dit, vous n'attendriez pas après elle, c'est ça ?

— Euh, oui.

— Parfait. Voilà très exactement ce que vous allez écrire : « Bonsoir Phénix, il est 22 h 18, tu n'es toujours pas connectée. Je n'ai pas de temps à perdre avec toi. Si tu n'es pas intéressée, d'autres le sont. Je te laisse jusqu'à demain matin 7 h 45, heure belge, pour me donner ta réponse. Passé ce délai, je proposerai mes services à un autre. »

La gendarme pouvait entendre le bruit des touches du clavier à l'autre bout du fil. Quand Bacher eut fini, il demanda :

— Ça n'est pas un poil trop raide ?

— Vous faites du business, pas une approche pour un plan horizontal ! Pigé ?

— Euh… Oui, bien sûr…

— OK. Envoyez et coupez la connexion immédiatement.

— Vous voulez que… que je… je coupe, alors ?

— Oui. Et vous vous reconnecterez demain matin avant de partir à l'université. Est-ce que c'est clair ?

— Je… oui, d'accord.

La gendarme raccrocha. Et laissa échapper un cri de rage.

— Merde, merde et re-merde ! Bon sang, Amanda, dites-moi que j'ai bien fait !

— Je pense que oui… Mais voyons le bon côté des choses : quoi qu'il advienne, Michèle Bacher profitera d'un week-end tous frais payés en thalasso, et vu le mari qu'elle se coltine depuis trente ans, elle l'a bien mérité ! ironisa la journaliste.

— Arrgh ! Si je m'écoutais, Amanda, je crois que je pourrais vous étriper !

***

Jeudi 28 février, location « Le chez soi », Uccle, quartier de Bruxelles

Éloïse n'avait quasiment pas dormi de la nuit. Levée depuis 5 h 15, elle tournait en rond dans la minuscule location, se demandant si elle avait fait le bon choix avec le bras de fer qu'elle avait engagé la veille. Anne Poey allait-elle accepter qu'on lui fixe un ultimatum ? Une angoisse impossible à contrôler lui serrait la gorge. Elle aurait pu frapper le mur à coups de poing jusqu'au sang tant cette situation lui était insupportable ! Grâce à la sagacité de la journaliste, elles avaient remonté la piste de la sociopathe, l'avaient localisée, savaient où elle vivait ! Et cette garce s'était arrangée pour se barder de protections politiques, judiciaires et administratives. Une intouchable à Saint-Domingue…

La gendarme se servit un cinquième café et alluma une cigarette qu'elle alla fumer dans l'arrière-cuisine munie d'un fenestron donnant sur l'arrière de la maison. L'air glacial du matin mêlé au crachin lui fouetta le visage. Elle laissa courir son regard dans les bois à une centaine de mètres et se perdit dans ses songes. Des songes réconfortants dans lesquels elle attrapait Anne Poey par la tignasse et la passait méthodiquement à tabac…

— Bonjour, Éloïse !

Amanda se tenait derrière elle.

— Je ne vous demande pas si vous avez bien dormi… Moi-même, je vous avoue que j'ai passé de meilleures nuits que celle-ci !

— Voilà qui me rassure sur votre santé mentale…

— Je vois : nuit sans sommeil, humeur massacrante ?… Je vous laisse donc à votre contemplation de la forêt et m'en vais me faire un grand thé brûlant. Vous refermerez bientôt ? Cette arrière-cuisine est un véritable frigo !

La gendarme regarda sa montre. Encore un bon quart d'heure à poireauter avant que le prof allume son ordi et que leur sort soit définitivement scellé… Elle ralluma une cigarette… À 7 h 42, elle rejoignit la journaliste qui prenait son petit déjeuner sur un minuscule espace de la table du salon entre deux fiches-actions.

— Je ne sais pas comment vous faites pour manger. J'ai l'estomac tellement noué que j'ai l'impression que je vomirais tripes et boyaux si j'ingérais quoi que ce soit.

— Moi, c'est tout l'inverse ! Quand je stresse, je mange ! D'ailleurs...

Mais elle s'interrompit net car l'écran de l'ordinateur venait de s'allumer. Amanda et Éloïse échangèrent un regard nerveux et se dirigèrent vers leur bureau de fortune. La page de Frankenstein Office apparut bientôt sur l'écran et la gendarme ferma instinctivement les paupières tant elle appréhendait le résultat.

— Il a un message, Éloïse ! glapit Amanda. C'est elle, elle a répondu !

Le cœur de la gendarme fit un bond violent et elle rouvrit les yeux pour observer la souris de Bacher qui cliquait sur ledit message.

Phénix : Hello Dark Vador. Je prends. Donne-moi la marche à suivre.

De véritables hurlements de joie s'élevèrent immédiatement. Puis la journaliste et la gendarme se sautèrent spontanément dans les bras en une embrassade triomphante.

— Ça y est ! On y est presque, Amanda !

***

Samedi 2 mars, Bruxelles

Régentés par Éloïse, les deux derniers jours avaient coulé dans une ambiance quasi martiale. Anne Poey était ferrée, l'attestaient les informations qu'avait récupérées Black Sheep grâce au crackage de son ordinateur : elle avait acheté son billet d'avion. Les dés étaient jetés et aucune marge d'erreur ne devait être tolérée.

Durant toute la matinée, les deux femmes avaient repassé en revue leur plan une bonne dizaine de fois, traquant la moindre imperfection et vérifiant leurs plans B en cas de pépin ou d'imprévu. De son côté, Bacher avait conduit sa femme à la gare, où elle était montée dans le train pour rejoindre Le Touquet. L'universitaire était donc libéré pour le dernier acte programmé à 22 heures. Tout semblait fin prêt.

L'après-midi de ce samedi s'était étirée sans fin, dans une attente qui devenait plus insupportable à chaque minute qui passait. Il était enfin 17 h 30, et Anne Poey devait atterrir un quart d'heure plus tard. Éloïse, camouflée par son bonnet et son écharpe, pénétra dans l'enceinte de l'aéroport et se rendit jusqu'à la porte de débarquement du vol. Une violente tempête d'émotions la secouait. D'ici quelques minutes, elle était censée apercevoir l'incarnation même de l'abjection, celle qui avait conçu et élevé un cheptel humain, celle également qui était responsable de la mort de Jean-Marc. Les dernières minutes s'égrenèrent avec une lenteur insoutenable… Puis la porte s'ouvrit et les premiers arrivants apparurent enfin. Dissimulée derrière la petite foule compacte des visiteurs venus accueillir un de leurs proches, la gendarme détaillait chaque voyageur avec une avidité qui lui déformait le visage. Puis le temps s'arrêta, et le cœur d'Éloïse cogna violemment dans sa poitrine. Elle était là. À dix petits mètres seulement. Cette prestance naturelle. Ce port altier. Ce regard glacial malgré les lentilles noisette. Et que dire de sa vigilance instinctive, quasi animale – propre aux redoutables prédateurs ?! En une fraction de seconde, la gendarme comprit qu'elle ne devait pas croiser le regard de cette femme. Que si cela arrivait, Anne Poey saurait. Alors, malgré la coulée de haine qui se déversait en elle, Éloïse se força à fixer un point par-delà la grande prêtresse, feignant de chercher quelqu'un derrière elle. Et elle sut exactement à quel instant précis la criminelle posa les yeux sur elle, elle le sentit, comme on sent une morsure sur la peau. Puis la femme se dirigea vers la sortie, tirant derrière elle son bagage. Et Éloïse la suivit en maintenant une petite distance de sécurité. Focalisée sur sa proie, elle ne s'aperçut même pas qu'un homme bâti comme une armoire à glace lui emboîtait le pas…

Parvenue à l'extérieur, Éloïse s'engouffra dans la C4 où l'attendait Amanda.

— Elle est là, vous la voyez ?! Elle va prendre un taxi !

— Oui… C'est parti, lui retourna la journaliste d'un ton déterminé en démarrant.

Malgré la circulation importante, Amanda parvint à ne pas se laisser distancer par le taxi. Éloïse, côté passager, ne desserrait pas les dents. L'image de la sociopathe était collée à sa rétine et elle pouvait sentir en elle les vagues continues des émotions qui se répandaient, flux de haine, flux d'exaltation, flux de haine, flux d'exaltation.

— Ça va, Éloïse ?

— Ça ira mieux quand elle pourrira en taule !

Après une trentaine de minutes de trajet, le taxi s'arrêta devant le Warwick Brussels, l'hôtel le plus luxueux de la capitale. Amanda dépassa le bâtiment et se gara quelques mètres plus loin. Pendant ce temps, Éloïse braqua ses yeux sur le rétroviseur pour s'assurer que la prêtresse descendait bien dans cet établissement.

— C'est bon, toutes les informations qu'a crackées Black Sheep collent ! Elle ne voit rien venir… Allez, j'appelle Bacher, il doit être au château en train de récupérer les clés !

La C4 française avait déjà disparu dans la circulation quand un second taxi stationna devant le palace. La portière arrière s'ouvrit sur une armoire à glace aux allures d'homme de main qui régla sa course, récupéra son bagage et s'engouffra dans l'hôtel.

⋆⋆⋆

Samedi 2 mars, château d'Arc, Arc-Wattripont

Il était 21 h 15 quand Éloïse acheva les préparatifs. Le château et ses dépendances étaient fidèles à ce qu'elles avaient vu sur le site Internet. Les lieux présentaient l'avantage d'être en retrait au cœur d'un immense parc arboré, loin des regards. Pour les besoins de la mise en scène, Éloïse avait réservé les anciennes écuries du domaine réhabilitées en salle de réception et situées au fin fond du parc. Un chemin de gravillons y menait, jalonné de lampes en forme de boules qui rayonnaient d'une lumière blanche. Sur le parvis devant les écuries, Éloïse avait apposé un panneau « Parking » qui fléchait un endroit prétendument situé à l'arrière du bâtiment. Précaution supplémentaire afin qu'Anne Poey ne puisse s'interroger sur l'absence de véhicules stationnés sur le lieu de la vente aux enchères. Les volets du bâtiment étaient aux trois quarts rabattus, laissant filtrer la lumière mais n'offrant aucune vue sur la salle de réception. Le leurre était simple mais efficace. La gendarme testa pour la dixième fois le bon fonctionnement de la bande-son que diffusait la sono : les échos d'une soirée feutrée et de discussions mondaines se dégageaient sur un fond de musique classique. Bacher, quant à lui, déambulait sans but dans les anciennes écuries. Il était totalement stressé et ne comprenait pas grand-chose à ce qui se tramait. Éloïse s'approcha en lui tendant un costume :

— Enfilez ça, Georges. Ce soir, tout repose sur les apparences. Vous mettrez le masque le moment venu.

— Mais… vous allez lui faire quoi ? s'enquit-il, angoissé.

— Vous le saurez bien assez tôt… En attendant, vous vous en tenez à ce que je vous ai dit, point barre. Dès que Phénix passera le grand portail de l'entrée, mes collègues me préviendront. À ce moment-là, vous vous posterez devant l'entrée et vous jouerez le rôle du vigile.

L'homme approuva d'un hochement de tête nerveux. Il suait abondamment et ses yeux transpiraient la peur.

— Elle sort du taxi – ne soyez pas effrayé si elle porte un masque, ça fait partie des précautions d'usage dans ce type de soirées, OK ? reprécisa la gendarme, qui avait le sentiment que Bacher diminuait à vue d'œil. Là, elle s'approche de vous, vous énonce le mot de passe, « Fillette ». Vous vous écartez en lui disant : « Bonsoir madame. Les vestiaires sont au fond du couloir à gauche. » C'est tout ! Nous gérons le reste. Est-ce que c'est clair ?

Bacher acquiesça mais il n'en menait pas large. Il n'aurait jamais cru que ses incartades puissent un jour le contraindre à participer à une telle mise en scène. Le piège tendu lui semblait trop simple et, surtout, infiniment risqué. Pour qu'une sorte de police secrète ou des mafieux de haut vol mettent en place ce guet-apens, Phénix devait cacher quelque chose d'important. Peut-être même était-elle dangereuse ? Tout autant que ces gens qui le faisaient chanter et avaient pris possession de sa vie entière ?… Il eut alors une pensée éclair pour Michèle qui devait profiter des joies de sa thalasso au Touquet, et fut saisi d'une furieuse envie d'être avec elle sur-le-champ, de poser sa tête sur ses cuisses rondes pendant qu'elle lui gratouillerait le ventre. Bacher – si enclin à se croire au-dessus de la mêlée – prenait la cruelle mesure de sa banalité. Il n'était qu'un type bassement ordinaire… pris d'une soudaine envie de déféquer tant le stress lui tordait les boyaux…

— Allez, Bacher, dépêchez-vous !

— Je... j'ai envie de... il faut que j'aille aux W-C, confessa-t-il avec gêne.

— Sérieusement ? Mais vous êtes un vrai boulet, vous, hein ?! Dépêchez-vous, bordel !

L'homme s'empressa vers les toilettes et revint cinq minutes plus tard. Il alla se cacher dans un angle de la grande pièce vide et enfila le costume sombre qui allait faire son déguisement. Puis il coiffa ses cheveux en arrière et les attacha avec un élastique sur la nuque.

***

Depuis son poste d'observation à l'angle du domaine, Amanda vit le taxi approcher, ralentir et s'engager sur la vaste allée qui remontait vers le château. Elle sortit immédiatement son portable pour avertir Éloïse : Anne Poey avait dix bonnes minutes d'avance.

— Vous êtes prêts ?! Elle arrive !

— Parés.

— Je vous rejoins immédiatement par le sentier.

Bacher se posta devant l'entrée, se masqua le visage et attendit, mains nouées sur le ventre. Dans sa tête, un funeste décompte s'égrenait malgré lui. Le taxi suivit le chemin éclairé jusqu'aux écuries et s'arrêta sur le parterre gravillonné, à quelques mètres de l'entrée. Quelques secondes plus tard, Anne Poey en sortit. Vêtue d'un long manteau cintré, chaussée de hauts talons aiguilles, elle rejoignit Bacher en quelques pas qui firent désagréablement crisser les gravillons. Un loup noir dissimulait le haut de son visage.

— Fillette, murmura-t-elle d'une voix suave qui eut pour effet immédiat d'exciter Bacher.

Il s'écarta et, d'une voix qui trahissait son émoi, parvint à lui répondre :

— Bon-bonsoir, madame... Les vestiaires sont au fond du couloir à gauche.

Consciente de son effet, elle lui sourit – de ce sourire dévorateur dont usent les maîtresses femmes. Puis elle passa devant lui, l'écrasant de sa superbe et laissant dans son sillage les effluves d'un parfum subtil et précieux. Bacher n'entendit plus alors que le claquement sec de ses talons sur la pierre du couloir et se sentit subitement stupide. La scène avait duré trois secondes tout au plus, et tout s'était déroulé avec une simplicité déconcertante. Il venait de remplir sa mission, tout allait rentrer dans l'ordre désormais. Submergé par le soulagement, il s'alluma un petit cigarillo et décida de le déguster en marchant dans le parc. Il le savourait avec autant d'intensité que s'il venait de voir la mort en face et, pour un peu, il se serait senti l'étoffe d'un héros. Ses déambulations le conduisirent à l'orée d'un petit bois qui bordait le domaine, et il trouva là une souche sur laquelle s'asseoir. C'est à ce moment précis que le bruit d'un moteur perturba le calme de la nuit et que les contours d'un nouveau taxi se dessinèrent en bas de la grande allée. L'universitaire eut le vif pressentiment que cet élément ne faisait pas partie du plan initial. Saisi par une trouille mordante, il écrasa son cigarillo et détala entre les arbres comme s'il avait le diable aux trousses.

***

Amanda parvint près des anciennes écuries après quelques minutes d'une marche rapide. Bacher n'était pas là où il aurait dû se trouver, c'est-à-dire posté à l'entrée. Prudemment, la journaliste s'engagea dans le couloir. Les bruits de fond de la bande-son continuaient de s'égrener, mais il lui sembla entendre quelques éclats de voix provenant de l'extrémité du couloir. Elle allait s'y rendre quand elle se figea net et tendit l'oreille. Elle n'en était pas certaine, mais elle croyait percevoir le ronronnement d'une voiture dans le parc. Immédiatement, le rythme de son cœur s'emballa. Si elle avait raison, ce n'était pas prévu ! Une onde nerveuse l'électrisa. Elle hésita un instant. Pouvait-il s'agir d'un visiteur égaré, d'un membre du personnel ou du châtelain lui-même ? Ou bien, Anne Poey avait-elle assuré ses arrières ? La journaliste décida d'en avoir le cœur net et rebroussa chemin.

***

Éloïse sentit un éclair vengeur lui zébrer le ventre. Dos plaqué au mur, arme au poing, elle entendait un bruit de pas dans le couloir. Avec le fond sonore qui provenait de la grande salle, on aurait vraiment cru qu'une soirée se tenait ici même. Prête à bondir, la gendarme respira lentement, l'esprit focalisé sur le claquement des talons. Mentalement, elle évaluait la distance qui la séparait de sa proie. Trois mètres. Elle resserra sa prise sur son arme. Deux mètres.

Elle tourna la tête à quatre-vingt-dix degrés vers l'angle d'où allait surgir Anne Poey. Un mètre. Elle inspira et bloqua sa respiration. Zéro. La prêtresse déboucha dans les vestiaires. Maintenant !

— Ne bouge pas ! Mains sur la tête ! hurla Éloïse.

Anne Poey tressaillit et s'arrêta net. La gendarme lui colla son flingue sur la base de la nuque. La haine et la colère qui l'avaient nourrie jusque-là explosèrent alors en une gerbe de violence incontrôlable. Elle lui fit une béquille au genou et Anne Poey chuta en avant. Celle-ci n'eut même pas le temps de se retourner qu'Éloïse fondit sur elle, l'attrapa par le col et l'envoya violemment rouler sur le côté. La prêtresse se retrouva sur les fesses et leurs regards se croisèrent enfin. La gendarme y lut une forme de stupéfaction mêlée de l'indignation de ceux dont on bafoue l'honneur et le rang. Ce constat alimenta sa hargne et elle se rua sur elle. Elle lui arracha son loup et la gifla violemment. Une fois. Deux fois. Trois fois. Et avant la quatrième, Anne Poey l'arrêta net, avec une simple phrase lancée d'un ton très calme :

— Ça ne le fera pas revenir.

Pantelante, les yeux fous et la main levée prête à s'abattre une nouvelle fois, Éloïse reçut ces mots comme un coup de poing et se mit à trembler d'un effondrement intérieur qui la rendit d'un coup faible et vulnérable. Rien ne pourrait jamais lui rendre celui qu'elle avait perdu, c'était vrai. Et elle pourrait bien démolir cette folle de ses mains que ça n'y changerait rien. Telle était la cruelle réalité. La gendarme eut la présence d'esprit de dégainer à nouveau son arme et de s'écarter.

— Vous êtes Éloïse Bouquet, n'est-ce pas ?

Éloïse s'appuya au mur, les jambes en coton. Elle fixait la prêtresse avec horreur. Sous la violence des gifles qu'elle venait de lui asséner, une des lentilles noisette avait glissé sur l'œil, révélant un iris d'un vert de jade. Intolérable reflet déformé de son propre regard vairon.

— Seule une femme ayant perdu l'homme qu'elle aime peut me poursuivre à travers le monde avec tant d'ardeur et de persévérance… et durant si longtemps.

— Que savez-vous de l'amour ?!

— Et vous, que savez-vous de son absence ?!

— Oh, le couplet du père ! Comme si le manque d'affection constituait un passe-droit pour tuer tous ces pauvres gens !

— C'est l'œuvre de mon père que j'ai tuée. Et vous le savez très bien.

— Vous êtes immonde… Vous me dégoûtez… Gardez plutôt votre salive pour le juge. Parce que je vais vous menotter et vous ramener en France. Vous répondrez de vos actes devant un tribunal… Oh, Grande Prêtresse Virinaë ! conclut-elle avec sarcasme.

— Je ne crois pas, non.

Éloïse allait riposter quand elle eut l'impression d'un mouvement d'air derrière elle. Puis un léger raclement finit de l'alerter. Elle fit volte-face, arme au poing, et se retrouva face à Amanda qui servait de bouclier à un type aussi balèze qu'un pilier de rugby. De son bras gauche, il l'étranglait, de son autre main, il la tenait en joue.

— Baissez votre arme, ordonna-t-il en resserrant sa prise sur le cou de la journaliste dont la pointe des pieds quitta le sol.

Amanda jeta un œil désolé à sa complice, puis, manquant d'air, commença à devenir écarlate et à se débattre en vain. La poigne du type était un étau. La gendarme vit les yeux de la journaliste s'agrandir et paniquer. Elle obtempéra alors, posa son arme au sol et la fit glisser du pied jusqu'à l'autre bout de la pièce.

— C'est bon, lâchez-la maintenant !

Mais l'homme jeta un œil interrogatif à sa patronne, attendant les ordres. Celle-ci fit oui de la tête et il relâcha enfin sa prise. Amanda toussa douloureusement puis aspira l'air en sifflant. De son côté, Anne Poey se releva, s'épousseta et lança un œil terrible à Éloïse. Un œil rempli d'une promesse de châtiment… Ayant retrouvé de sa superbe, elle laissa libre cours à sa hargne :

— Vous n'auriez jamais dû me tendre ce piège ! Vous n'auriez jamais dû vous moquer de moi comme ça ! hurla-t-elle.

Elle était ivre d'une furie qui déformait ses traits. Et les mots se bousculaient sur ses lèvres venimeuses. Pour la première fois de son existence, quelqu'un d'autre qu'elle avait mené la danse, quelqu'un l'avait battue à son jeu préféré : la manipulation.

— Je vous réserve un sort des plus douloureux, Éloïse, croyez-moi ! Vous regretterez de m'avoir attirée jusqu'à vous et vous me supplierez, je vous le garantis ! Vous ramperez devant moi ! Vous…

— Sauf que vous repartez demain, se moqua la journaliste.

— Je repartirai quand bon me semblera, rétorqua la prêtresse en s'approchant d'Amanda. Et vous, qui êtes-vous ?

— Amanda Kraft, journaliste.

La prêtresse lui lança un regard intrigué.

— Ainsi donc, c'est vous ?... J'ai trouvé votre dossier de presse me concernant plutôt médiocre... Et cette fâcheuse propension à la grandiloquence et aux superlatifs, lui lança-t-elle avec dédain. Figurez-vous que je vous ai lue alors même que je me trouvais...

— À Tarbes, dans votre maison, sous l'identité de Camille Bertrand. Ou peut-être devrais-je dire, Dolorès Berger ? Eh oui, j'ai tout remonté de votre cavale, madame Poey ! Soit dit en passant, vous avez cumulé les erreurs grossières.

La prêtresse accusa le coup, son visage se décomposa.

— Et si je devais ajouter une dernière chose, ce serait que votre intérieur est à votre image. Esthétique, mais sans âme.

Anne Poey retroussa les narines comme face à une mauvaise odeur, puis se tourna vers son sbire :

— Donne-moi ton flingue... Sur-le-champ ! vociféra-t-elle, débordée par la rage.

L'homme s'exécuta. Mais il n'approuvait pas, comme en témoignait la raideur soudaine de sa posture. Il jeta un œil rapide à l'arme de la gendarme mais renonça. Éloïse l'avait bazardée dans l'angle le plus éloigné des vestiaires et le type ne pourrait plus boucher l'accès au couloir s'il voulait aller la récupérer. Il saisit alors le bras d'Éloïse et lui fit une clé de bras pour la neutraliser. Anne Poey, indifférente à la tension qui s'insinuait autour d'elle, s'approcha de la journaliste.

— Vous vous tairez enfin quand vous aurez pris une balle entre les deux yeux !

Amanda scruta le regard haineux qui la fusillait et sut que sa dernière heure était venue. Elle ne tenta même pas un coup fourré, la terreur la paralysait totalement.

— Arrêtez, s'il vous plaît ! Ne faites pas ça ! supplia la gendarme en se débattant vainement.

Mais la prêtresse ne marqua même pas une hésitation. Elle fixa la journaliste avec une expression jubilatoire, arma le semi-automatique dans un claquement sec et recula d'un mètre pour se donner du champ. La déflagration retentit brutalement et résonna dans la pièce aveugle tout en pierres de taille. Il y eut un instant suspendu, sidéré, puis le bruit caractéristique d'un corps qui chute lourdement. La prêtresse tourna la tête et cligna des yeux, comme éblouie, et lorsqu'elle reprit ses esprits, Malot avait déjà bondi près d'elle et la tenait en joue :

— Posez cette arme immédiatement ou je n'hésiterai pas à faire feu une seconde fois !

Un rictus amer déforma la bouche d'Anne Poey pendant qu'elle s'exécutait. Éloïse se tortilla au sol pour se défaire du corps du sbire qui s'était effondré sur elle tandis qu'Amanda laissait échapper une série de glapissements hystériques.

***

Nuit du samedi 2 mars au dimanche 3 mars 2019, sur la route

La nuit froide avalait le convoi de deux voitures quittant la commune d'Arc pour la frontière française, située à moins de trente kilomètres. Menottée à l'arrière de la C4, Anne Poey venait de s'endormir suite à l'absorption d'un cocktail de somnifères qu'avait préparé la journaliste. Urbain, au volant, ne cessait de lever les yeux vers le ciel en signe de remerciement. Il s'en était fallu d'un cheveu… Il avait passé la pire semaine de sa vie et, la veille, trop nerveux à l'idée de laisser Éloïse et Amanda affronter seules la grande prêtresse, il s'était résolu à foncer chez Black Sheep pour se faire expliquer leur plan. Il s'était ensuite procuré une arme auprès d'un petit caïd qu'il connaissait bien et avait traversé la France à vitesse grand V pour être à l'aéroport au moment de l'atterrissage d'Anne Poey. Contrairement à Éloïse, le flic ne s'était pas concentré sur la grande prêtresse mais sur son environnement, et le léger mouvement de tête que le mastodonte avait adressé à sa patronne n'avait pas échappé à sa vigilance. La suite était celle de l'arroseur arrosé. Le type couvrait les arrières de la femme qui l'employait, et lui couvrait ceux de la gendarme. Lorsque le taxi de l'armoire à glace s'était arrêté devant le même hôtel que celui où devait descendre Anne Poey, Urbain avait su qu'il avait vu juste et que le danger viendrait de l'homme de main… Il avait donc attendu de longues heures devant le palace. À 21 heures, il avait assisté au départ de la prêtresse, puis cinq minutes plus tard à celui de son chien de garde, qu'il avait suivi jusqu'au château. Afin de ne pas attirer l'attention, Urbain s'était arrêté devant les grilles du parc et avait rejoint les anciennes écuries en courant.

— Comment tu te sens ? demanda-t-il avec douceur à Éloïse.

— Comme quelqu'un qui a vraiment senti l'haleine de la mort… J'ai cru qu'Amanda allait y passer… C'était terrible. Urbain, je ne sais pas comment te remercier.

Éloïse secoua la tête et posa la main sur sa cuisse. Elle allait obtenir justice pour Jean-Marc et pour toutes les victimes d'Anne Poey, et elle venait de faire une rencontre formidable. Cette nouvelle donne la réjouissait tout autant qu'elle lui donnait le vertige.

— Ça y est… On arrive à la frontière, lança le policier en ralentissant.

Une onde nerveuse s'invita alors dans l'habitacle, mais il ne se passa rien. La C4 franchit le poste frontière sans encombre. *Idem* pour la journaliste qui les suivait dans la voiture d'Urbain. La gendarme sentit le poids qui l'oppressait s'évaporer enfin. Ils touchaient au but.

⋆⋆⋆

Nuit du samedi 2 mars
au dimanche 3 mars 2019, Beuvry-la-Forêt

Il était presque 5 heures du matin quand Anne Poey se réveilla enfin, poignets en croix attachés aux montants d'un radiateur en fonte, pieds et genoux soigneusement ligotés. Une épaisse couverture lui recouvrait le corps et lui démangeait désagréablement la peau. Elle comprit sa situation et se mit à gigoter.

— J'éviterais de trop bouger, si j'étais vous. Si la couverture tombe, vous allez vraiment avoir froid.

Elle tourna la tête et découvrit les silhouettes de deux femmes protégées par des combinaisons intégrales, des gants, des surchaussures et des charlottes.

— Vous ferez ce que vous voulez, bien sûr, mais sachez que nous avons assuré nos arrières. Me concernant, je viens de passer huit jours dans l'ancienne maison de mes parents en Bretagne, expliqua Éloïse. Mon passe pour le péage pourra attester mes déplacements, mon portable a dû borner des dizaines de fois là-bas, ma Carte Bleue a fonctionné tout au long de la semaine, et j'ai peut-être même échangé quelques mots avec les voisins. S'il vous prenait l'envie de raconter que je suis mêlée à ce qui vous arrive, vous vous retrouveriez très vite dans une impasse.

La gendarme marqua une pause. Dans leur plan initial, Amanda n'aurait pas dû être confrontée à Anne Poey. Mais les choses n'avaient pas tout à fait tourné comme prévu… et il avait fallu improviser.

— Et pour ce qui me concerne, enchaîna Amanda, je me fous royalement de ce que vous allez raconter ! Je m'apprête à sortir une chronique judiciaire des plus retentissantes et j'aurai à ce titre tous les flics de France et de Navarre sur le dos ! Alors, ne vous gênez surtout pas… Je gage que vos déclarations à mon encontre seront du plus bel effet, et qu'elles me permettront d'occuper durant de longues semaines la une des journaux, ce qui n'est pas pour me déplaire !… Mais c'est une chose d'affirmer et c'est une autre de prouver… Et fort heureusement pour moi, aucun enquêteur ne pourra rien prouver du tout. Je n'ai jamais mis les pieds à Bruxelles, figurez-vous !

Anne Poey leur lança un regard noir.

— Et ce type atteint de vitiligo ?!

Les deux femmes échangèrent un regard d'incompréhension :

— Quel type ?

— Aucune idée, rebondit Éloïse en haussant les épaules.

— Vous croyez vraiment vous en tirer comme ça ?! ragea Anne Poey. Mais vous rêvez ! Vous aurez forcément laissé des traces !

— Absolument pas, non… Et pour ce qui est d'ici même, les liens qui vous entravent sont neufs, la couverture qui vous recouvre vient de quitter son emballage et vos vêtements vous ont été retirés.

Éloïse s'interrompit et regarda Amanda.

— Euh… Je crois qu'on a fait le tour ?

— Je suis où ?! s'énerva la prêtresse.

— Dans le bureau de la directrice de l'école maternelle d'un minuscule village des Hauts-de-France. Autant vous le dire tout net, vous allez devoir patienter de longues heures, l'école ne rouvre que demain matin. Inutile de gaspiller votre salive, nous avons choisi ce point de chute car il est éloigné du cœur du village. Personne ne peut vous entendre crier. En revanche, nous avons l'absolue certitude que vous serez découverte demain matin à la première heure.

— Sales garces !

— Évidemment, nous avons placardé sur la porte du bureau certaines instructions à l'attention de Mme Vidal, la directrice...

Anne Poey dut comprendre que son sort était scellé et ses yeux lancèrent des éclairs haineux. Mais cet ultime rempart commença à se fissurer... La panique se frayait désormais un chemin dans l'esprit de la criminelle, et l'inéluctable défaite imprima ses premières marques sur son visage. D'une voix altérée, elle tenta néanmoins d'évaluer ses dernières chances :

— Vous oubliez Jonathan ! Il va venir me libérer, il ne m'abandonnera jamais !

Un silence lourd, chargé de remords, s'installa. La prêtresse comprit mais refusa de l'admettre. Sa faible riposte résonna pathétiquement :

— Jonathan... Jonathan va venir ! Jona...

— Officiellement, on ne connaît aucun Jonathan, la coupa la gendarme. Officieusement, la Terre est vaste et certains sols plus meubles que d'autres, acheva-t-elle avec amertume.

Cette mort non plus n'était pas prévue dans le plan initial... Et c'était Urbain qui l'avait sur la conscience. Le dénommé Jonathan était certainement un sale type mais personne ne méritait d'être enterré incognito au fin fond d'une forêt. Là aussi, il avait fallu improviser...

— Nous vous laissons, maintenant, conclut la gendarme. Je pose juste à côté de vous cette bouteille d'eau dans laquelle j'ai fixé une paille. Vous n'aurez qu'à tourner la tête et aspirer si vous avez soif... À vous de gérer, il y a un litre, largement de quoi tenir jusqu'à demain matin. Allez, Amanda, on y va, maintenant.

Les deux femmes s'éloignèrent alors qu'un hurlement de rage s'élevait derrière elles, déchirant le silence de ce dimanche matin.

ÉPILOGUE

« Le malheur des uns fait le bonheur des autres. »

Adage populaire

Ainsi tourne le monde !

Le lundi 4 mars 2019 vit le dénouement retentissant d'un fait divers sordide qui avait ébranlé la France entière quelques années plus tôt. Mme Vidal, directrice d'école, entama sa semaine de manière inattendue. Elle ouvrit l'établissement à 7 h 30, juste avant l'arrivée des animateurs de l'ALAE. Elle remonta d'un pas déterminé le couloir qui conduisait à son bureau et se figea net devant la porte qui avait visiblement été forcée durant le week-end. Ses yeux s'agrandirent et son cœur s'emballa quand elle entendit des appels hargneux s'élever de derrière le battant. Son instinct lui hurla de lire attentivement la feuille A4 scotchée à hauteur d'yeux avant de faire quoi que ce soit. Ce qu'elle apprit la glaça : « Derrière cette porte, est attachée ANNE POEY, criminelle fugitive faisant l'objet d'un mandat de recherche international et d'une notice rouge chez Interpol. Cette femme est notamment recherchée pour trafic d'êtres humains, trafic de mineurs, meurtres au premier degré, meurtres par empoisonnement… Cette personne est EXTRÊMEMENT DANGEREUSE. NE LA DÉTACHEZ SOUS AUCUN PRÉTEXTE. PRÉVENEZ IMMÉDIATEMENT LES FORCES DE L'ORDRE. La boîte à chaussures sur le bureau contient les éléments de preuve nécessaires à l'identification de cette personne. » D'une main fébrile, Mme Vidal osa pousser la porte du bout du doigt et découvrit une femme attachée au radiateur. Malgré l'horreur que lui inspiraient ses appels désespérés, la directrice suivit les instructions.

L'école fut évacuée en urgence en dépit des protestations des parents d'élèves. Il y eut des appels en tous sens. Le maire de la commune, le colonel de gendarmerie en charge du département, le général de région ainsi que le préfet, le procureur général, le garde des Sceaux... D'appel en appel, Olivier Merlot d'Interpol fut également alerté et sauta dans le premier avion pour Lille. À son arrivée, il dut fendre une horde de journalistes surexcités prévenus par on ne savait qui en milieu de matinée.

Le déferlement médiatique était en marche et toutes les rédactions françaises commencèrent à faire tourner les rotatives. Il y eut des flashs info sur toutes les radios, des reportages télé en boucle sur les chaînes d'information en continu, des interruptions de programme, des rétrospectives approximatives de la criminelle ayant tristement défrayé la chronique avec son élevage humain, des spéculations hasardeuses sur l'identité de ceux qui l'avaient livrée aux forces de l'ordre, des affirmations, des contradictions, des démentis, des théories...

Et très au-dessus de la mêlée, il y eut Amanda Kraft, qui distilla au compte-gouttes des informations vérifiables, et à laquelle l'ensemble des médias préféra emboîter le pas avant la nuit tombée. Son dossier d'investigations s'arracha à prix d'or et parut à la une du *Monde* dès le mercredi 6 mars, à la suite de quoi une armada d'éditeurs parisiens entreprit de la courtiser. L'histoire valait bien un livre et, vu le tapage, ce serait un best-seller !... Un gros producteur sortit rapidement du bois et monnaya à prix d'or une adaptation télévisuelle de cette sensationnelle histoire. Malgré l'énergie des enquêteurs et les moyens qu'on leur conféra en haut lieu, personne ne parvint à relier la journaliste au kidnapping de la criminelle. Mais la suspicion autour de son implication augmenta encore sa cote de popularité auprès des Français. Face aux questions, Amanda Kraft ne nia jamais mais ne confirma pas. Fidèle à elle-même, elle se contenta de jouir de son nouveau statut d'héroïne nationale.

L'arrestation d'Anne Poey occupa les gros titres durant de longues semaines, et le feuilleton judiciaire continua à faire parler de lui grâce à de nouveaux retentissements. Il ne se passait pas trois jours sans qu'un scandale n'éclate autour des accointances politiques *supposément suspectes* que la criminelle avait créées et entretenues à Saint-Domingue. La liste des huiles concernées étant longue comme un bras télescopique, les épisodes se succédèrent à la *Dallas*, confirmant les paroles du générique que l'on avait chantées et que l'on pensait éculées : « Dallas, ton univers impitoyable ! »

Le ramdam politico-judiciaire finit néanmoins par se tasser, chassé par une actualité brûlante. Ainsi tourne le monde !

L'affaire qui prit le devant n'émit d'abord qu'un léger clapotis. Le monde occidental était bien trop occupé à profiter de son mois d'août à la mer pour prêter l'oreille à quelques lointaines rumeurs d'épidémies en Afrique. Plus tard, lorsqu'il fallut bien s'intéresser à ce qui allait devenir une des plus grandes catastrophes sanitaires du XXIe siècle, les experts désignèrent Idriss Mavounzy, Congolais de cinquante-deux ans, comme le fameux patient zéro. C'est donc au Congo, vers la fin du mois de juin, que commença à sévir une étrange bactérie d'origine inconnue. Des centaines de personnes trouvèrent la mort dans des conditions abominables et dans l'indifférence générale, malgré l'alerte lancée par quelques ONG sur place. Le chiffre monta en flèche courant septembre 2019 quand la bactérie tueuse commença à sévir en Angola, en Zambie, en Centrafrique et au Soudan. À ce stade, le mot « pandémie » apparut dans quelques bouches, bien qu'une armada de scientifiques experts de renom tentât de relativiser l'ampleur du phénomène : à l'approche des fêtes de Noël, il convenait avant tout de juguler la panique qui menaçait de s'emparer de l'Occident.

Celle-ci commença néanmoins à œuvrer lorsque les premiers cas de morts suspectes apparurent en France, au Canada et aux États-Unis, courant janvier 2020. L'*intelligentsia* scientifique de l'OMS, qui s'affolait déjà dans l'ombre depuis de longues semaines, fut alors propulsée sur le devant de la scène internationale. Les discours se voulaient rassurants alors même qu'étaient mis en place les premiers cordons sanitaires, les quarantaines et les mesures de confinement. Les derniers sceptiques face à ce raffut se turent définitivement avec le tollé général qui éclata le 2 février 2020 quand le *Guardian* titra : « Selon des sources officielles, la bactérie tueuse passe la barre des 4 millions de morts en Afrique ! » Cette révélation propagea son onde de choc sur l'ensemble des continents, et l'hystérie collective difficilement contenue jusque-là s'exprima alors dans toute sa violence, sa démesure et sa stérilité. Les chaînes d'information ne parlaient plus que de la bactérie tueuse tandis que les réseaux sociaux et les sites Internet de tout poil s'en donnaient à cœur joie : théories apocalyptiques, thèses complotistes, nouveaux guides mondiaux autoproclamés, conseils préventifs, traitements miracles… Malgré les démentis officiels, le prix des huiles essentielles fut multiplié par dix, puis par cent, les masques médicaux produits à une cadence infernale furent bientôt en rupture de stock et la vente d'armes en tout genre connut un pic de consommation inédit. La peur était à l'œuvre. Et, dans ce climat social délétère, chacun tentait de se prémunir face à l'action d'un organisme invisible à l'œil nu.

Lorsque le nombre de victimes atteignit vingt-cinq millions, la planète semblait aussi prompte à l'explosion qu'une grenade dégoupillée – oubliant que la pandémie de grippe espagnole de 1918 avait engendré entre cinquante et cent millions de morts. Au siècle où les avancées thérapeutiques avaient engendré chez l'homme un sentiment d'invulnérabilité et un refus de sa propre extinction, à l'heure où l'information galopait loin derrière la désinformation, et à l'ère numérique où un clic de souris en Europe connaissait un retentissement direct en Asie, l'insignifiante bactérie avait pris le pouvoir partout, créant les conditions idéales du chaos généralisé. À ce stade, la thèse issue d'un sommet gouvernemental international finit par s'ébruiter et fut relayée sur les ondes : la bactérie qui ébranlait tous les fondements de la civilisation moderne avait tous les aspects d'une arme terroriste. Le XXIe siècle connaissait donc sa première guerre mondiale, une guerre bactériologique. Des armées de chercheurs financés par les plus grands groupes pharmaceutiques du monde travaillèrent d'arrache-pied, menant un combat sans relâche contre la bactérie tueuse et, par là même, contre la plus grande menace terroriste de tous les temps : il y allait de la survie de l'espèce humaine et de l'équilibre politique planétaire.

Le premier souffle de soulagement se produisit quand, dans la grande course vers la victoire, un consortium pharmaceutique français en grande partie financé par Bio Investissement annonça des premiers résultats probants dans la production d'une molécule chimique susceptible d'anéantir l'ennemi public numéro un. Des tests furent mis au point en urgence et un protocole thérapeutique émergea enfin du marasme. Tous les gouvernements se bousculèrent pour passer commande, et le groupe industriel pharmaco-chimique détenteur du brevet et en charge de la production du traitement dégagea des marges jamais vues dans toute l'histoire de l'humanité, générant pour la seule année 2020 un bénéfice de mille cinq cents milliards d'euros, et confirmant ainsi l'adage selon lequel le malheur du plus grand nombre fait le bonheur de quelques *happy few*.

***

Le monde avait frôlé la catastrophe, c'est du moins ainsi que les gens avaient ressenti le danger. Dans l'apaisement général bienvenu qui suivit, l'humanité célébra sa victoire contre le Mal, puis reprit tranquillement le cours de ses activités. Parmi elle, Urbain et Éloïse, qui avaient suivi avec une horreur muette la propagation de la bactérie dans le monde et avaient tenté d'endiguer la menace d'une anarchie collective à grand renfort d'heures supplémentaires et d'implication acharnée durant de longs mois de tension civile. Ni l'un ni l'autre n'aurait pu certifier que le douloureux épisode qui venait d'ébranler ce début du XXIe siècle était bien la résultante de *Sosia*. Bien sûr, ils en étaient convaincus… Mais tels des insectes englués dans une toile bien trop vaste et bien trop complexe, ils avaient assisté impuissants à la pandémie et soufflé de soulagement quand celle-ci avait commencé à s'éteindre.

Urbain franchit le premier l'ultime raidillon avant l'arrivée. Éloïse surgit une minute plus tard et s'arrêta à ses côtés. Le lac bleu étendait ses eaux cristallines dans l'écrin montagneux que formait le cirque de Gavarnie. Les reliefs alentour se reflétaient sur la surface miroitante, ajoutant à la majesté des lieux. La gendarme posa la tête sur l'épaule de son compagnon. Elle eut une pensée pour Jean-Marc, et songea qu'elle avait au moins réussi une chose pendant l'année écoulée. Anne Poey passerait en jugement six mois plus tard et, sur ce point, la justice avait triomphé… Pour le reste, tout n'était hélas affaire que de poids et de contrepoids… *On* le leur avait enseigné à leurs dépens. Urbain s'arracha à la beauté qui l'entourait et sourit à Éloïse, d'un sourire fatigué mais sincère. Tous deux le savaient, ils devraient chaque jour de leurs vies continuer avec ce doute et leurs regrets.

— On n'est vraiment pas grand-chose, fit alors Urbain en lui posant le bras sur l'épaule.

Éloïse ne sut pas si cette réflexion lui était inspirée par le site majestueux qui les encerclait ou par les marionnettistes invisibles qui se tenaient dans l'ombre. Peut-être un peu par les deux.

Note aux lecteurs

Je tiens à préciser que j'ai imaginé et écrit cette fiction avant l'épidémie du Covid-19, qui continue de sévir dans le monde, à l'heure même où je rédige cette note additionnelle (avril 2020). En conséquence, aucun parallèle ne saurait être établi entre les ressorts de mon roman et la réalité actuelle de cette épidémie, qui marquera tristement l'année 2020.

Remerciements

Je tiens à remercier Hélène Amalric pour la chance qu'elle m'a donnée, pour son accompagnement constant depuis *La Fille de Kali* et pour l'ensemble de ses précieux conseils.

Je remercie bien sûr Hélène Gédouin, mon éditrice, Anne Bonvoisin qui travaille d'arrache-pied à la promotion de « ses auteurs » ainsi que toutes les personnes de l'équipe éditoriale de Marabout/Black Lab sans lesquelles mes livres ne verraient pas le jour.

Merci également à Valérie Miguel-Kraak pour son soutien et son travail auprès de moi en tant qu'agente. Longue vie à notre collaboration !

Un grand merci à Karen Bouichou, ma bêta-lectrice depuis *Double Amnésie*. Quelle patience pour lire et relire, les unes après les autres, mes différentes versions issues de lumineuses idées surgies dans la nuit ! Merci également à Nadia Di Pasquale, Arnaud Denjean et Marielle Chevillard, qui ont pris le temps de lire mon manuscrit et de me faire partager leurs impressions.

Je remercie aussi Pascal Passamonti, OPJ au commissariat central de Toulouse et président de l'Amicale des policiers toulousains, qui m'a remis le prix de l'Embouchure pour *Le Cheptel* en 2018. Lors de son discours ce soir-là, il m'enjoignait de rendre hommage aux policiers – moi qui ne mettais en scène que des gendarmes – et je lui avais promis que je lui ferais suite. Pascal, voilà, c'est chose faite et j'espère que le personnage du Zèbre t'aura séduit !

Parce qu'un polar ne saurait se passer des éclairages des acteurs de terrain, je remercie chaleureusement Claire Desmazes, travaillant au laboratoire de police scientifique de Toulouse, pour le temps qu'elle m'a accordé et les documents qu'elle m'a transmis, ainsi que la majore Alexa Camy, ex Commandante de la cellule d'Identification Criminelle et Numérique de la Gironde (aujourd'hui Commandante de la Communauté de brigades d'Aiguillon), pour ses éclairages sur certains aspects de police scientifique et de médecine légale. On me dit dans l'oreillette que le docteur Larbi Benali, médecin légiste, lui aurait apporté son aide pour répondre à certaines de mes questions, je le remercie donc chaleureusement pour cette contribution.

Je souhaite rendre un hommage tout particulier à l'auteur Gilles Caillot pour les discussions que nous avons eues autour d'un univers que je ne connaissais pas, celui des cabinets de curiosités et plus largement celui de la passion de certains autour des vestiges humains. Nos échanges m'auront ici ouvert une piste de travail. Merci, Gilles !

Merci aussi à l'auteur Sylvain Forges pour sa contribution autour de mes questions concernant le Darknet et le piratage informatique.

Sachant qu'un auteur a besoin de soutien tout au long de son travail d'écriture, je tiens à remercier l'ensemble de mes proches et amis pour leurs encouragements, leur enthousiasme, leur présence à mes côtés – Renée-Paule, Jean-Marc, Séverine, David, Cristèle, Ali, Serge, Sabine, Céline, Isabelle, Guillaume, ma mère… Et pardon à celles et ceux que j'oublie parce que cette liste-là serait tellement longue…

Bruno Lamarque, libraire, je te remercie aussi très sincèrement. Je n'en nommerai pas la raison ici mais, toi, tu sais pourquoi ! D'ailleurs, l'un de mes personnages porte ton nom. Désolée, c'est un salopard, mais admets que sans lui, le livre n'aurait pas la même coloration, n'est-ce pas ?!

Bien évidemment, je tiens à adresser mes plus sincères remerciements aux lecteurs qui se manifestent sur les réseaux sociaux ou en salons pour me faire part de leur plaisir de lecture ! Sachez-le, les émotions que vous partagez sont un vrai moteur pour moi.

Enfin, je tiens à adresser mes remerciements à l'ensemble des libraires, dont le soutien et l'engagement auprès des lecteurs sont extrêmement précieux pour nous, auteurs, et à tous les blogueurs et blogueuses qui s'investissent, donnent de leur temps et de leur énergie pour communiquer leur passion du livre noir sur les réseaux sociaux, YouTube et Internet.

PAPIER À BASE DE
FIBRES CERTIFIÉES

MARABOUT
s'engage pour l'environnement
en réduisant l'empreinte carbone
de ses livres.
Celle de cet exemplaire est de :
1,2 Kg éq. CO_2
Rendez-vous sur
www.marabout-durable.fr

Photocomposition Nord Compo

Imprimé en Italie par Grafica Veneta
Pour le compte des Éditions Marabout
(58, rue Jean-Bleuzen, 92178 Vanves)

Dépôt légal : janvier 2021
ISBN : 978-2-501-13858-1
5253853